春天的丑闻

[美] 丽莎·克莱帕丝 著
叶如兰 王文亚 译

Scandal in Spring

人民文学出版社

著作权合同登记：图字 01-2011-5753 号

Lisa Kleypas
SCANDAL IN SPRING

图书在版编目(CIP)数据

春天的丑闻/(美)克莱帕丝著；叶如兰，王文亚译. —北京：人民文学出版社，2011
(壁花系列)
ISBN 978-7-02-008746-4

Ⅰ. ①春… Ⅱ. ①克… ②叶…③王… Ⅲ. ①长篇小说-美国-现代 Ⅳ. ①I712.45

中国版本图书馆 CIP 数据核字(2011)第 196688 号

特约策划：邱小群
责任编辑：苏福忠
封面设计：汪佳诗

出版发行 人民文学出版社
社　　址 北京市朝内大街 166 号
邮政编码 100705
网　　址 http://www.rw-cn.com
印　　制 山东新华印刷厂德州厂
经　　销 全国新华书店等
字　　数 191 千字
开　　本 890×1240 毫米 1/32
印　　张 9.5
印　　数 1—10000
版　　次 2012 年 7 月北京第 1 版
印　　次 2012 年 7 月第 1 次印刷
书　　号 978-7-02-008746-4
定　　价 26.00 元

序幕

“对于黛西的未来，我已经下定决心了，”托马斯·鲍曼向妻子和女儿宣布，“虽然鲍曼家族向来不服输，但我们不能对现实视而不见。”

“爸爸，什么现实？”黛西问。

“你注定无法融入英国的贵族圈子，”鲍曼皱了皱眉头，继续说道，“或者说，贵族和你无缘。我在你求偶中的投资回报率低得可怜，黛西，你知道那意味着什么吗？”

“我是一只绩差股？”她揣测地问道。

谁也猜不到此时的黛西已经是一个二十二岁的成熟女子。当与她同龄的女孩大都已长成稳重娴熟的少妇时，身材娇小纤瘦、长着一头黑发的她依旧保留着孩童般的活泼和生气。当她蜷腿闲散随意地倚在长靠椅的一端时，看起来就像一个被丢弃的瓷娃娃。见女儿把书搁在大腿上，手指夹在书里读到的那一页，鲍曼感到很恼火，她分明是没耐心听他把话讲完，只想继续看书。

“把书放下。”他说。

“好的，爸爸。”黛西掀开书偷偷瞥了一眼书的页码后才把书放到一边。这个小动作把鲍曼惹火了。书，书……他现在抓到什么是什么，看到书他就把他女儿在婚姻市场上难堪的失败归咎于它。

在旅馆套房客厅里，鲍曼坐在一张软垫靠椅上，吸了一口大雪茄，他的妻子梅西迪斯坐在一旁的藤靠背小椅子上，他们已经在这个旅馆里住了两年多了。鲍曼长着一副粗矮的桶形身材，无论是他的体格还是他的脾气都如同公牛一般。虽然已经谢顶，他的髭须依旧浓密，仿佛所有用来长头发的能量都从他头上转移到嘴唇上面去了。

梅西迪斯刚结婚时身材就不是一般的苗条，经过这么些年，她愈加瘦削，如同一块香皂被渐渐用成了一根细长条。她顺滑的黑发总是扎得很紧，她衣服的袖子紧紧裹住纤细的手腕，对鲍曼来说，它们如同白桦树枝一样轻而易举就能折断。即便她静静地坐着，就像她现在这样，梅西迪斯还是给人一种精神紧张的感觉。

鲍曼从没为选择梅西迪斯做妻子而感到后悔过——因为她坚定的抱负与他不谋而合，她是个不屈不挠的女人，性格中棱角分明，一直都在为鲍曼家族在社会中争得一席之地努力着。当时是梅西迪斯一再坚持，既然他们不能踏入纽约的上流社会，就该带女儿们去英格兰碰碰运气。“我们只要把精力集中在那些贵族身上。”她曾坚决地表示。上帝保佑，他们的大女儿莉莲如他们所愿修成了正果。

莉莲不知用什么方法捕获了最好的战利品——血统高贵的韦斯特克里夫伯爵，他是他们家相当体面的收获。但现在鲍曼迫不及待想回美国去，如果黛西真能找到一个有贵族头衔的丈夫，现在也该找到了，是时候止损了。

想想他的五个儿女，鲍曼不明白为什么他们几乎都没得到他的遗传。他和梅西迪斯都是充满紧迫感、发奋图强的人，然而他们生了三个安于现状、就等着天上掉馅饼的儿子。在这五个儿女中，唯有莉莲继承了一点鲍曼的进取精神……但这完全是一种浪费，因为她是个女孩。

他们还有一个孩子——黛西。在五个孩子中，鲍曼最不理解的就是黛西了。在黛西还小的时候，她从来不能从他讲的故事里得出正解，总问一些与故事主题风马牛不相及的问题；当他解释为什么追求低风险和稳健回报利润的投资者要把资本投到国债中时，黛西会打断他问道："爸爸，如果蜂雀开茶话会，我们变得很小，也受邀去参加，岂不是很棒？"

这么多年来，鲍曼试图改变黛西的努力受到重重阻碍。她喜欢自己这样子，喜欢依自己的方式处理问题，因此和她一起做事就如同把一群蝴蝶赶到一起，或是把果冻钉到树上一样困难。鲍曼已经被女儿捉摸不透的天性逼得几近发疯，因此对于没有男人愿意娶她相伴一生他并不觉得奇怪。有朝一日她要是成了母亲，会是个什么样子？她一定不会教孩子们正儿八经的规矩，尽只会胡扯一些诸如仙女从彩虹中飞下凡间的故事。

梅西迪斯介入了他们的对话，她的嗓音因惊惶而显得紧张。"亲爱的鲍曼先生，社交的时节远还没有结束。我觉得目前黛西进展不错，韦斯特克里夫伯爵已经把她介绍给几位前途无量的绅士了，他们都对成为伯爵的内兄颇感兴趣。”

“我觉得这只能说明，”鲍曼声音低沉地说，“真正吸引这些‘前途无量的绅士’的是成为韦斯特克里夫伯爵的小叔子，而不是娶黛西做妻子。”他严厉地看着黛西问：“这些男人里有哪个可能会向你求婚吗？”

“她怎么会知道——”梅西迪斯急忙帮她辩解道。

“女人对这种事有相当准确的预感。回答我，黛西——你和这些绅士有没有任何可能呢？”

他女儿犹豫了一下，微微上翘的深色眸子里显露出一丝为难，“没可能，爸爸。”最后她坦率地承认了。

“正如我所料。”鲍曼的手放在肚子上，粗粗的十指相互交叉，威严地打量着这两个沉默的女人。“女儿，你空空的成绩单已经让我感到烦恼不堪，我很介意在礼服和花哨饰品上不必要的开销……很介意带你去参加一个个毫无收获的舞会而产生的乏味感。不光是这些，我更介意为了你的婚事被迫留在英格兰，纽约有事也回不去。所以，我决定由我来帮你选一个丈夫。”

黛西一脸茫然地看着他。“你的人选是谁，爸爸？”

“马修·斯威夫特。”

她瞪大眼睛看着他，仿佛觉得他疯了似的。

梅西迪斯急促地吸了一口气。“选他毫无意义，鲍曼先生！一点意义都没有！促成黛西和他的婚事对我们没有一点好处。斯威夫特先生不是贵族，也没有丰厚的财产——”

“他是波士顿斯威夫特家族的一员，”鲍曼反驳道，“这是个不可小视的家族，享有良好声誉和血统。更重要的是，斯威夫特对我忠心耿耿，并且他是我见过的人中最具有商业头脑的那一类。我想选他做女婿，等时机成熟了，我打算让他接手我的公司。”

“你有三个儿子，他们自出生就具有继承你公司的权利！”梅西迪斯愤怒地说。

“这几个小子里没一个有生意头脑的，他们对此根本不感兴趣。”一想到他指导了近十年的马修·斯威夫特事业发展得如日中天，鲍曼从心底里感到骄傲，斯威夫特比他自己的孩子更像他。“他们没有一个具有斯威夫特那样的雄心壮志和坚持不懈，”鲍曼补充道，“我要让他成为我嗣孙的父亲。”

“你完全失去理智了！”梅西迪斯愤怒地吼道。

黛西淡定的话音彻底熄灭了父亲的气焰。“我想，这件事是需要我配合才行的，尤其是现在我们考虑的问题已经深入到为嗣孙寻觅父亲的程度了。我要明确地告诉你，在这世上，谁也别想强迫我为我根本不爱的男人生孩子。”

“我想，你总希望成为对别人有些用的人吧，”鲍曼低沉的话音中夹杂着威胁的意味，用压制性的力量平息反抗是他的天性使然。“我觉得你需要一个丈夫，需要一个属于你自己的家，而不是继续依赖我们过着寄生的生活。”

黛西向后缩了一下身子，仿佛他打了她一巴掌似的。“我不是寄生虫。”

“哦？那请你解释一下，你的存在为这个世界带来了什么有用的东西？你为任何人做过些什么？”

面对父亲一番咄咄逼人的对她存在价值的质问，黛西默不作答，只是目不转睛地冷冷地盯着他。

“我给你一个最后期限，”鲍曼说，“五月底前必须找到一个合适的丈夫，不然我就把你许配给斯威夫特。”

第一章

“我不该告诉你这些，”那天夜里晚些时候在马斯登的会客室里，黛西焦虑地来回踱着步子，口中不停地抱怨着。“以你现在的情况，我不该让你伤心难过，但我又憋不住，憋得我脑袋都快爆炸了，那样的话或许你会更加伤心。”

她姐姐的头靠在韦斯特克里夫伯爵强有力的肩上，听到黛西这番话，她抬起头。“跟我说说吧，”莉莲说，她胃里又泛起一阵恶心，于是咽了下口水，“别人对我有所隐瞒时，我才会感到伤心难过。”她半倚在长沙发上，韦斯特克里夫搂着她，用勺子舀了一口柠檬冰沙送到她嘴里。她闭上了眼睛，让冰沙在口中融化，乌黑的睫毛在苍白的脸颊上如同两轮新月的弯芽。

“好些了吗?”韦斯特克里夫一边轻声地问，一边帮她擦拭嘴角残留的冰沙。

莉莲点点头，她的面色惨白。“嗯，我觉得这个有点用。唉，韦斯特克里夫，你最好祈祷我们生个男孩，因为这是你唯一一次生继承人的机会。我再也不想重新经历一次——”

“把嘴张开，”他说着，又喂了她一口冰沙。

通常，韦斯特克里夫的家居生活状态总会让黛西无限感动……很少有人能看到莉莲如此柔弱，或看到马库斯如此温柔贴心；但这一回黛西被自己的事搅得心烦意乱，压根没注意到他们之间含情脉脉的交流。她突然脱口而出道：“爸爸向我下了最后通牒，今晚他——”

“等等，”韦斯特克里夫轻声说，他调整了一下抱莉莲的姿势，松开了搂着她的手臂，她更紧紧地靠在他身上，一只柔嫩白皙的手放在肚子隆起的曲线上。他凑近她乌黑凌乱的头发不知说了些什么，只见她点着头叹了口气。

任何一个亲眼目睹韦斯特克里夫对他年轻妻子悉心照料的人都会立刻注意到这位伯爵外在的变化，大家都知道他本是个生性冷漠的人；此时他却变得亲切多了——脸上多了微笑，还常常开怀大笑——并且，他也不再那么苛刻要求自己举止得体了，对于一个拥有莉莲这样的妻子和黛西这样的小姨子的人来说，这是件好事。

韦斯特克里夫微微眯起黑褐色的眼睛注视着黛西。虽然他一个字都没说，黛西依然能从他的眼神中看出他的意思——他要保护莉莲，避免任何人或任何事搅扰她的平静。

顿时，黛西为自己鲁莽地冲到这里来倾诉父亲对她的不公而感到愧疚，她本可以独自承担这些问题，然而她却像个爱打小报告的孩子似的跑到姐姐跟前。不一会儿，莉莲睁开褐色的眼睛望着她，眼神温暖而亲切，顷刻间无数孩童时的记忆犹如飞舞的萤火虫一般在她们之间跃动，她们的姊妹亲情坚不可摧，哪怕是最具保护欲的丈夫都无法将它割裂。

“告诉我，”莉莲依偎在韦斯特克里夫的肩头说，“老魔头说了些什么？”

“他说如果我不能在五月底前找到跟我结婚的人，就由他来帮我决定丈夫的人选。你猜是谁？猜猜看！”

“我猜不出来，”莉莲说，“爸爸似乎看谁都不顺眼。”

“啊，有他看的顺眼的人，”黛西愤懑地说，“在这个世界上有一个人爸爸百分百地满意。”

这个时候，韦斯特克里夫也提起了兴趣。“我认识吗？”

“你很快就会认识了，”黛西说，“爸爸已经邀请他过来，下周他就会到汉普夏郡庄园参加狩猎活动。”

韦斯特克里夫迅速在脑子里搜寻托马斯·鲍曼列出的春季打猎活动邀请名单的宾客名字。“美国人？”他问，“斯威夫特先生？”

“没错，就是他。”

莉莲茫然地看了黛西一眼，然后转过头把脸贴在韦斯特克里夫的肩膀上，尖声地喘起气来。起先黛西很紧张，以为她哭了，但很快发现莉莲是在一个劲地痴笑，笑得有些不能自已。“不……不会是真的吧……太荒唐了……你怎么也不能……”

“如果换成你跟他结婚，你就不会觉得那么有趣了。”黛西瞪着眼生气地说。

韦斯特克里夫的目光在两姐妹间游移，“斯威夫特先生有什么问题？从你们父亲对他的描述来看，他似乎是一个很值得尊敬的人。”

“他浑身都是问题。”莉莲说着，扑哧一笑。

“但你们的父亲很看重他。”韦斯特克里夫说。

“啊，”莉莲嘲笑道，“斯威夫特先生努力仿效爸爸，对爸爸的每句话言听计从，这让爸爸的虚荣心得到了莫大的满足。”

伯爵又舀了些柠檬冰沙送到莉莲嘴边，琢磨着她的话。透凉的液体滑下了莉莲的喉咙，她不由地发出了愉悦的感叹声。

“难道你父亲对斯威夫特先生的才干看走眼了?”韦斯特克里夫问黛西。

“他很聪明，”对此她是肯定的，“但没有人能跟他聊起来——他会问无数的问题，然后把别人的观点都收归囊中，自己却不透露任何想法。”

“也许是因为斯威夫特比较腼腆的缘故吧。”韦斯特克里夫说。

这回黛西忍不住放声大笑起来。“上帝啊，我能很肯定地告诉你，斯威夫特才不会腼腆呢，他是——”她停顿了一下，发觉很难找到一个确切的词来表达她的想法。

除了深到骨子里的冷漠，马修·斯威夫特还摆出一副盛气凌人的样子，简直让人难以忍受。谁也别想指点他——他好像什么都懂似的。黛西成长在一个到处弥漫着不容妥协的家庭氛围中，因此她不需要生命中再多出一个死板又好争辩的人。

斯威夫特和鲍曼家的气场简直融合得太完美了，但黛西不会因此对他产生任何好感。

如果斯威夫特的长相有一点魅力或可圈可点的地方，或许别人还能容忍他，可惜他骨子里就缺乏温和的性情，不具有优雅的体态，没有一丝幽默感，看不出一点善意。不仅如此，他的体型怎么看都不舒服：个子高得不成比例，瘦得四肢看起来如同竹竿一般。她记得他穿着外套时的样子，衣服挂在他的宽肩上，里面空空如也。

“与其列举我不喜欢他的诸多地方，”黛西终于接着说道，“倒不如说根本没有任何我应该喜欢他的原因，这样更容易些。”

“他一点魅力都没有，”莉莲补充道，“就是一堆骨头。”说着她拍拍韦斯特克里夫健壮的胸膛，默默称赞他强壮的体格。

韦斯特克里夫一脸被逗乐的表情。“斯威夫特难道就没有一点可取之处吗？”

姊妹俩想了想。“他牙长得不错，”黛西终于勉强想出一点。

“你怎么知道？”莉莲问，“他从来不笑！”

“你对他的评价太苛刻了，”韦斯特克里夫说，“但你们有段时间没见斯威夫特先生了，或许他已经有所改变了。”

“即使有变化，也变不到我想跟他结婚的地步。”黛西说。

“如果你不愿意，就不必嫁给斯威夫特，”莉莲连忙安慰说，身子在她丈夫的怀里挪动了一下。“你说对吧，韦斯特克里夫？”

“对，亲爱的。”他轻声说，顺手把她脸上的头发捋到后面。

“你不会眼睁睁看着爸爸把黛西从我身边抢走的。”莉莲坚决地说。

“当然不会，事情总是有回旋余地的。”

莉莲靠到他怀里，她对丈夫的能力充满了信心。“好啦，”她对黛西呢喃道，“没什么好担心的……明白了？韦斯特克里夫对一切……”她张大嘴打了个哈欠，“……都尽在掌握中……”

看到姐姐困得眼皮都耷拉下来了，黛西露出了怜爱的微笑。她和韦斯特克里夫的目光在莉莲头顶上交互，她用眼神示意自己打算告辞，他很有礼貌地点头回应，注意力马上又回到莉莲昏昏欲睡的脸上。黛西不由得心想她会不会也能遇到一个这样关注自己的男人，把她视作至宝。

黛西相信韦斯特克里夫会尽全力帮助她，为了莉莲，他一定会的；但想到父亲的顽固不化，她对伯爵影响力的信心就大打折扣了。虽然黛西能用尽所有可能的办法违抗他的安排，但她有一种不好的预感。

走到屋子门口，她停住脚步回过头，愁容不展地看着坐在沙发上的这对夫妻。莉莲已经睡着了，头枕在韦斯特克里夫的胸口。看到黛西忧郁的眼神，伯爵扬起一根眉毛表示询问。

“我爸爸……”黛西咬了咬嘴唇。韦斯特克里夫是她父亲生意上的合作伙伴，找他抱怨并不合适，但他颇有耐心的表情促使她继续说下去。“他说我是寄生虫，”她压低了声音，以免吵醒莉莲，“他要我告诉他我的存在给世界带来了什么益处，质问我为别人做过些什么。”

“你怎么回答的？”韦斯特克里夫问。

“我……我想不出该怎么回答。”

韦斯特克里夫咖啡色的眼睛显得高深莫测，他示意她回到沙发这儿来，她遵照他的意思走了过去。让她吃惊的是，他握住了她的手，温暖地紧紧地握住，做事向来慎重的伯爵从来没有做出过这样的举动。

“黛西，”韦斯特克里夫轻声说，“大部分人的杰出并不因为他们的丰功伟绩,无数点滴小事才是衡量他们的标准,每当你向别人表达善意,哪怕仅仅带给别人一个微笑,你的生命都会被注入意义。不要怀疑你的价值,小朋友,这世界要是没有黛西·鲍曼,将会变得惨淡不堪。”

石字庄园是英格兰最美的地方之一,这是大家公认的事实。这个位于汉普夏郡的地域保留了各种各样的地貌,真是应有尽有:茂密的森林,鲜花盛开的湿地,沼泽地,还有用蜜色石料砌成的大宅,雄踞于悬崖峭壁之上,远远遥望着伊钦河。

到处生机勃勃,橡树和雪松的树根周围盖着厚厚的落叶,嫩绿的新芽从腐烂的枯叶下冒出来,一丛丛风铃草在树荫里熠熠闪光。酱红的蚱蜢在长满了野樱草和酢浆草的草丛中快活地蹦来跳去,透亮的蓝色灯芯蜻蜓在睡菜花精致的白色花瓣上盘旋。空气中弥漫着春天的气息,飘散着绿篱和新草的清香。

经过整整二十小时的马车车程——莉莲称之为穿越地狱之旅,韦斯特克里夫一家、鲍曼一家以及各路宾客满心欢喜地终于抵达了石字庄园。

汉普夏郡天空的颜色是独一无二的,那种蓝显得更为柔和,充满了祥和宁静的感觉。这儿没有车轮和马蹄的喧嚣声,没有小贩的叫卖声,没有乞丐的乞讨声,没有工厂的汽笛声,也没有任何一种城市中充斥于耳边的噪音;这儿只有知更鸟在灌木篱笆间的啁啾声,啄木鸟在树上辛勤工作的咔嗒声,偶尔还有翠鸟从水边栖息的芦苇丛中飞出来的声音。

曾经认为乡村生活无聊透顶的莉莲这次来到庄园却备感愉

悦，石字庄园的氛围滋润着她，在庄园住了一晚后，无论是在别人看来还是她自己的感觉都比前几个星期好得多。如今莉莲的身孕已日渐明显，很难再用高腰长袍掩饰住，她快进入分娩期了，这意味着她不能出席公共场合；但在她自己的庄园，莉莲拥有了相对多的自由，尽管如此，她也只会见一小部分宾客。

让黛西高兴的是她被安排住在庄园中她最喜欢的那间卧室。这间漂亮雅致的房间原本是韦斯特克里夫伯爵妹妹艾琳小姐的房间——现在她已随丈夫和儿子移居美国。卧室最吸引人的地方是从法国运来后再重新装配的精巧小隔间，它来自一个十七世纪的城堡，里面还量身定制了一把躺椅，很适合小憩或看书。

黛西手里卷握着一本书在靠躺椅上，感觉自己似乎超脱尘世了。唉，要是她能和姐姐永远留在石字庄园生活该多好！但念头刚闪过，她又觉得那样的生活不能为她带来彻底的快乐，她想拥有自己的生活……想拥有自己的丈夫，并且拥有自己的孩子。

在黛西的记忆中，这是她和母亲第一次站在同一条战线上，为了制止与令人厌恶的马修·斯威夫特的婚事，她们结成了同盟。

“那个卑鄙的年轻人，”梅西迪斯愤愤地说，“我敢肯定你爸这个馊主意是他指使的……我一直怀疑他……”

“怀疑什么？”黛西问，但她母亲却紧闭双唇，紧得如同一根痛苦的连接符。

梅西迪斯一边仔细查阅宾客名单，一边告诉黛西留在庄园的人中有不少合意的人选。“虽然不是每个人都有爵位，但至少他们都来自贵族家庭，”梅西迪斯说，“再说，谁也说不准将来……万一灾难降临，比如不治之症或者重大事故，一个家庭一下子就少了几个人，那样你丈夫就能自动获得爵位头衔了！”想到可能有灾难降临到黛西未来的婆家，梅西迪斯心中就充满了希望，她更仔细地又看了一遍名单。

黛西急不可耐地等着下半周伊薇和圣文森特的出现。她想伊薇想得要死，特别是自从安娜贝尔把所有精力放到孩子身上，莉莲也行动不便，没人陪她去散步放松心情了。

黛西抵达汉普夏郡后第三天下午就独自出去闲逛，她穿了一条淡蓝色平纹细布印花连衣裙，脚踩一双结实的行军靴，手里晃着草帽的丝带，选了一条曾经走过许多次的破旧小径。她顺着低洼地大步走过缀满鲜黄白屈菜和红色茅膏菜的湿地，一路琢磨着一个问题：为什么她要找个老公就这么困难？

她并不拒绝恋爱，事实上，她很愿意接受一段姻缘，因而至今没有找到伴侣似乎对她过于不公了，她已经很努力了！但总会出现这样或那样的问题——遇到年龄合适的男子，心性却是冷漠自负的；遇到体贴有趣的男子，可年纪却老得可以当她爷爷了；还有就是有些令人厌恶的毛病，诸如身上臭烘烘的，或者一开口说话就朝她唾沫飞溅。

黛西知道自己不是天仙般的美女，她身材过于娇小，虽然她白皙的皮肤、乌黑的眼睛和一头棕黑的秀发令人羡慕，她还是听到别人无数次用“小鬼”和“小淘气”这样的词形容她。在吸引异性方面，淘气的女孩远比不上体态丰盈的美人或袖珍版维纳斯。

有人说黛西把太多时间花在看书上了，此事不假，只要情况允许，她每天的大部分时间都会用来看书和做美梦。任何理性的贵族都能一眼看出，从料理家庭和关注生活细节方面来评判，她绝对不会是个称职的妻子，他们对她的认识一点都不偏颇。

黛西最不关心的就是食柜里还有多少东西，或是要订购多少块洗衣皂；小说、诗歌、历史才是她的兴趣所在，她会盯着一扇窗户，呆呆地不知看着什么，陶醉在她幻想的世界中——她幻想经历异域的冒险，乘着魔毯穿越异国的海洋，在热带岛屿上搜寻珍宝。

黛西的梦中还有令人心动的绅士，他们的形象来自振奋人心的英雄史诗和追求卓越的励志故事，这些虚构的男子远比现实生活中的普通人有趣、令人激动——他们说话如诗般优美，精于剑术和决斗，还会向他们爱慕的女子献上让人神魂颠倒的强吻。当然，黛西还没天真到认为能在现实生活中找到这样的男人，但她不得不承认，由于脑子里装了这些浪漫的人物，相形之下，现实中的男人简直单调无趣透了。

柔和的阳光穿过芸芸如华盖的大树，一条条光影直射下来，黛西仰头哼唱一首旋律轻快的民谣，歌名叫做《阁楼里的老姑娘》：

来吧，富人；来吧，穷人；
来吧，蠢人；来吧，聪明人；
来吧，所有的人都来吧！
你不会是出于怜悯而结婚吧？

很快她就到了她心中的目的地——一口春泉井，她和其他几个在舞会上找不到舞伴的女孩曾来过这里几次。这是一口许愿井，井里住着一个神灵，根据当地传统，只要你投一枚针到井里，它就会帮你实现愿望。唯一的危险是，如果你站得离井太近，神灵会把你拖入井中，一辈子做他的夫人。

以前黛西来这儿都是帮她朋友许愿，那些愿望都实现了。现在她需要给自己一些魔力。黛西把帽子轻轻放到地上，走到水波盈动的井口，探头望见井里颜色浑浊的水。她伸手到外套口袋里取出一板针。

"井神，"她对着井说，"我始终运气不好，没能找到心仪的丈夫，所以这事就交给你了。我没什么要求，没有任何条件，我只希望……这个人适合我。在此我真诚地祈愿。"

她从纸板上三三两两地把针取下，投向井中，一根根金属在空中划过一道道耀眼的弧线，落到盈动的水面，沉入阴暗的水中。

"每一枚针都为一个愿望所投。"说完，她闭上眼睛凝神站了一会儿。水波声淹没在橄榄棕柳莺从半空中俯冲而下捕捉昆虫的嗖嗖声和蜻蜓的嗡嗡声中。

黛西身后突然传来咔嚓一声，仿佛脚踩到树枝的声音。她一转身，眼前出现一个男人身形的黑影，这个黑影正向她走来，离她只有几英尺的距离。她原以为这里只有她一个人，咫尺之外突然出现了另一个人，这让她大吃了一惊，心跳不由得加快。

他身材高大魁梧，就像她朋友安娜贝尔的丈夫那样，不过他显得年轻些，似乎还不到三十岁。"抱歉，"发觉她受惊的神情，他轻声说，“我不是有意要吓你。”

“啊，你没有吓着我，”她开心地撒着谎，依旧控制不住飞腾的心跳，“我只是有点……吃惊。”

他手插在口袋里，迈着轻松的步子走到她身边。“我两个小时前刚到庄园，”他解释道，“他们说你到这儿来散步了。”

他看起来和黛西很熟，看着黛西的眼睛中充满期待，他期待她能认出他来。每当她忘了见过的人，她心头总会涌起一阵歉意，这次也一样。

“你是韦斯特克里夫伯爵的客人？”她问，努力在脑子里搜寻着。

他向她投去好奇的目光，微微一笑，答道：“是的，鲍曼小姐。”

他居然知道她的名字，这使黛西越发搞不明白，她怎么可能忘记这么有魅力的男人。他特点鲜明，让人过目不忘，形象过于阳刚，虽然称不上美，但格外引人注目。他有一双漂亮的天蓝色眼睛，蓝如晨光一般透彻，在他亚麻肤色的映衬下愈加显得炯炯有神。他有一种特别的气质，透着一股难以被束缚的活力，气场强大得几乎把她逼得往后退了一步。

低头看她时，他亮泽的深褐色头发在阳光中反射出一道红褐色的光，浓密的头发修剪得很短，紧贴着他的头形，这不是欧洲人的风格，而在美国流行——想到这里，她又注意到他刚才说话带着美国口音。此外，她闻到了一股清新的气味……如果她没猜错的话，那是鲍曼香皂的香味？

黛西一下子明白了，当意识到他是谁时，她只觉得脚下发软。

“是你！”她吃惊地睁大眼睛望着马修·斯威夫特。

第二章

她一定是没站稳，身子晃了一下，因为他走上前伸手轻轻把她抓住，双手环绕着她的上臂。

“斯威夫特先生，”她有些喘不过气来，身子本能地往后撤。

“你快掉到井里了，跟我来。”

他轻轻地拉着她，但一直没有松开，带她走到距冒泡的井水几米开外的地方。黛西觉得自己就像一只与鹅群走散的无助的鹅一样被他牵着走，于是恼火地要从他手中挣脱。她心中暗自说：“有些东西依旧没变。”马修·斯威夫特还是一如既往地专横。

但她还是忍不住盯着他看。天哪，她有生以来从未见过那么大的转变，从前被莉莲形容为“一堆骨头”的他居然丰实健壮了，而且气度不凡，贵气十足，浑身散发着健康和活力。他身着一套做工考究的西服，比过去紧身的裁剪风格稍微宽松一些，即便如此，强健的肌肉也没有被宽松的款式所掩盖。

他的变化不仅在于外表，他变得成熟，显现出张扬的自信，神情中流露出对自己能力的足够把握。黛西依然能回忆起他刚来帮父亲工作时的样子——瘦骨嶙峋，眼神冷漠，穿着昂贵却不合身的衣服，脚上却踩着一双与衣着一点不般配的破破烂烂的鞋子：一个十足的投机分子。

当斯威夫特那双破鞋子在家里引起大家议论的时候，她父亲袒护地说："那就是老波士顿人的美德，他们一辈子只穿一双鞋子、一套衣服，不管家庭多么富裕，节俭永远是他们的信条。"

黛西从斯威夫特的手中挣脱，说道："你变了。"她努力让自己冷静下来。

"你没变，"他应道，语气很微妙，说不清这算是褒扬还是批评。"你刚才在井边干什么？"

"我……我想……"黛西绞尽脑汁也想不出一个合情合理的解释，"那是口许愿井。"

他表情凝重，但透亮的蓝眼睛中闪过一丝半信半疑的神色，似乎在暗自感到好笑。"你相信吗？"

"当地村民都会到这儿来许愿，"黛西烦躁地说，"那是一口传说中神奇的许愿井。"

他用黛西一直以来都讨厌的眼神盯着她，似乎要把一切收入眼帘，不放过任何一丝细节。在他的审视下，黛西觉得面颊发烧。"你许了什么愿？"他问。

"那是我的秘密。"

"凭我对你的了解，"他说，"什么都可能。"

"你根本不了解我，"黛西立刻反驳道。想到她父亲打算把她托付给一个与她在任何方面都没有共同点的男人，简直让她发疯。和他结婚就如同生意场上的钱权交易，等待她的唯有失望和相互鄙视；此外她非常肯定，他不会像她被他吸引那样被她所吸引，要不是为了得到她父亲的公司，他是绝不会和她这样的女孩结婚的。

“也许你说得对，”他顺着她的意思，但这话听起来很假；内心深处，他觉得自己对黛西知根知底。他们的目光聚到了一起，彼此打量着，眼神都显得咄咄逼人。

“既然那口井那么神奇，”斯威夫特说，“我不想错过这么好的机会。”他把手伸进口袋摸索了一会儿，掏出一个大银币，黛西已经很久没有见过美元了。

“你应该投一枚针，”她说。

“我没有针。”

“这是枚五元的银币，”黛西难以置信地说，“你不会把它扔了吧？”

“我当然不会把它扔掉，这叫投资。你最好把许愿的正确程序告诉我——毕竟这不算小钱。”

“你在嘲笑我。”

“我是认真的，我从来没尝试过，当然希望你能指点我。”他等她回答，意识到不会等到任何答复时，他嘴角一侧隐现出一丝幽默的意味。“不管怎样，我都要投下这枚硬币。”

黛西暗暗骂自己不争气，尽管他明摆着是在嘲讽她，她却无力反击。愿望不能浪费，更何况是一个五美元的愿望。真该死！

她走到井边没好气地说：“首先，把硬币握在掌心，给它一点温度。”

斯威夫特走到她身旁，“然后呢？”

“闭上眼睛，把全部注意力集中到你最渴求的东西上。”她用嘲讽的声调继续说：“你只能许关于自己的愿望，不能许关于公司合并或银行信托之类的愿。”

“我的愿望和生意一点关系都没有。”

黛西向他投去了怀疑的目光，他嘴角浮现的一丝微笑让她备感吃惊。

她以前见过他微笑吗？也许有一两回吧，她隐约记得那时候他脸瘦削得只见白色的牙齿嵌在一张扭曲的脸上，谁也不会觉得那是开心的笑容。但这次他却笑容可掬，撩人心怀……这微笑带给她一丝温暖，她被搞糊涂了，不明白在这严肃的外表里装着怎么样的一个男人。

当他收起微笑，恢复到没有表情的样子时，黛西松了一大口气。“闭上眼睛，”她提示道，“心中除了你的愿望，别无杂念。”

他浓密的睫毛依然合着，这给了她仔细打量他的机会，也不会因为遇到他的目光而感到尴尬。这并不是一张让人看着舒服的脸——他的五官过于骨感，鼻子太长，下巴显得僵硬。不过，斯威夫特的变化终究还是有很大的——浓密的黑睫毛柔和了脸上突兀的棱角，大大的嘴巴暗示了他感性的一面。

“现在呢？”他低声问，眼睛依然闭着。

注视他的时候，黛西震惊地发觉心头涌上一股冲动——她想靠近他，用手指触摸他亚麻肤色的面颊。“你心中有了强烈的意念后，”她冷静了一下继续说，“睁开眼睛，把硬币投到井里。”

他缓缓张开睫毛，明亮的眼睛如同玻璃瓶中的蓝色的火焰一般。

他没有看井，一下子就把硬币投入了井的正中央。

黛西的心开始怦怦地跳个不停，这和她读《佩内洛普的困境》时看到情节跌宕起伏时的感觉一模一样。在那个故事里，一位少女被一个狠毒的恶棍抓来锁在塔室里，她唯有献出贞洁才能获得自由。刚开始看这个小说的时候黛西就知道故事很无聊，但这丝毫没有影响到她对故事本身的兴趣。看到佩内洛普大难临头时被冷面金发英雄雷吉纳德所救时，她一反常理地失望，因为她觉得这个英雄几乎和恶棍一样没趣。当然，佩内洛普被锁在连一本书都没有的塔室内的情形对黛西来说没有丝毫的吸引力，但恶棍描述佩内洛普美貌时扣人心弦的独白、他对她的渴望以及试图奸污她的情节却非常引人入胜。

马修·斯威夫特恰巧看起来像黛西想象中的英俊的恶棍形象，这只能说明黛西的运气不好。

“你许了什么愿？”她问。

他嘴角俏皮地一挑，“这是我的秘密。”

黛西听到他把她刚才的话还了回来，脸一下子绷了起来。她想起自己丢在不远处地上的帽子，赶紧过去拾起来，她得和这个让她不安的男人保持一点距离。“我先回庄园了，”她回过头说，“再见，斯威夫特先生，祝您散步愉快。”

出乎她意料的是，他几个箭步就跟了上来。“我陪你。”

她没有看他。“你别跟着我。”

“为什么？我们同路。”

“我喜欢静静地散步。”

“我不会打扰你。”他依旧紧跟着。

既然他已经下定决心，再拒绝也是徒劳，于是黛西紧闭双唇，不理会他。所有的景致——草地、森林——还是一如既往的美丽，但她已兴致全无。

对于斯威夫特的坚持，黛西并不觉得奇怪。毫无疑问，他已经把他们的婚姻规划好了，她需要什么，或她有什么要求都无关紧要，他会将她的意愿搁在一边，按他自己的方式办事。

他一定是觉得她像个顺从的小孩，再说他生性傲慢，或许还认为他同意娶她会让她心存感激。她甚至不清楚他会不会花功夫求婚，也许他只会丢一个戒指给她，吩咐她带上，就此了事。

这样的散步让人浑身不自在，黛西努力压住步子慢慢走。斯威夫特的腿比她的长许多，她走两步，他一步就跟上了。黛西心中升起阵阵怨恨，以至于让她感到喉咙打结。这样的散步预示着她的未来——步履艰难，她知道不管她走得多远，走得多快，都无法赶超他。

终于她再也无法忍受这种气氛紧张的沉默。“是你帮我爸出的主意吧？”她突然大声质问。

“什么主意？”

“呵，别装蒜了，”她没好气地说，“你应该明白我在说什么。”

“你说得我一头雾水。”

看来他是要和她周旋下去了。“你和我爸的交易，”她说，“你想和我结婚，这样你就能接手公司。”

斯威夫特骇然停住脚步，仿佛撞上了一堵看不见的墙似的，要是在其他情况下，他的样子肯定把她逗乐了。黛西也收住步子，手臂合抱在胸前，转身面向他站着。

他一脸茫然，“我……”他嗓音沙哑，清了清喉咙才继续说，“我不明白你到底在说什么。”

“你不明白？”黛西依然不相信他。

难道她的猜测是错的？父亲还没把他的计划告诉斯威夫特？

如果羞辱可以致死，那黛西当场就一命呜呼了。现在她已准备好遭受最难堪的责难，最糟糕的情况莫过于斯威夫特说他无论如何都不会同意和一个壁花结婚的。

树叶沙沙作响，棕柳莺啁啾鸣唱，他们之间的沉默把树林的声响无限放大了。虽然黛西猜不透斯威夫特的心思，但她察觉到他正在迅速搜索一切的可能和答案。

“我爸的语气很肯定，”她说，“我以为他最近去纽约的时候你找他谈过这件事。”

“他从来没跟我提起过类似的事。我压根没想过要跟你结婚，我也没有接手公司的野心。”

“你唯一有的就是野心。”

“没错，”他目不转睛地注视着她，“但我没必要通过和你结婚来保证我的未来。”

“我爸似乎觉得你求之不得想成为他的女婿，他觉得你和他很有默契。”

“我从他那儿学了不少东西。”这个谨慎的回答是黛西预料之中的。

“我相信你收获不少。”黛西嘲讽地说，“他教了你很多东西，让你能在商界如鱼得水，但那些东西不会让你在生活这项事业中受用。”

“你不认同你父亲经营的事业。”斯威夫特没有用疑问的语气，而是在陈述一个事实。

“是的，因为他把全身心都投入在他的事业中，根本不顾爱他的人。”

“他的事业给了你享受的资本，”他为她父亲辩解道，“包括为你创造嫁一个英国贵族的机会。”

“我要的不是享受！我要的只是一种平静的生活。”

“独自坐在图书室看书？”斯威夫特用调侃的语气问道，“在花园里散步？享受朋友的陪伴？”

“对！”

“书很贵，有花园的大房子同样很贵。难道你没想过，有人必须为你平静的生活买单吗？”

这番质问简直和她父亲指责她是寄生虫如出一辙，让黛西感到很纠结。

斯威夫特注意到她的反应，表情缓和下来，他试图转移话题，但是话刚到嘴边就被黛西厉声打断了：“我怎么生活，谁为我买单，不需要你来操心。我对你的想法不感兴趣，你也没有权利把你的想法强加给我。”

“如果我和你的将来联系在一起，我就不得不操心了。”

“没联系！”

“我说的是如果。”

唉，黛西痛恨那些争论时喜欢在话里设陷阱的人。“我们的婚姻只可能是如果，”她说，“我爸要求我在五月底前找到结婚的对象——我会的。”

斯威夫特颇有兴趣地看着她。“让我猜猜你要寻找的是什么类型的男人：金发，贵族，敏感，性格爽朗，有大量闲暇时间享受绅士的娱乐消遣——”

“没错，”黛西打断了他，心想他怎么能想出这么荒唐的描述。

“这就对了。”他自命不凡的语气惹得她快要发作。“能有你这般容貌的女孩等了三季都没等到一份婚约的原因只有一个，那就是你的要求太高，你想要一个彻底完美的人，这也是你父亲要插手催你的原因。”

“能有你这般容貌的女孩”这几个字让她觉得自己是个大美女，飘飘然有点陶醉；但转念一想，这话从他口中说出，除了挖苦，不会有其他意思。一想到这儿，她顿时火冒三丈，“我不期望嫁给完美的男人，”她咬着牙说，不像姐姐那样骂人的时候也能伶牙俐齿，她一生气就语塞。“在这个世界上，这种人不存在。”

“那为什么连你姐姐都能找到丈夫，而你却不能？”

“‘连我姐姐’，你什么意思？”

“‘娶了莉莲，你就是富翁。’”这是曼哈顿维尔的上流社会圈子里广为流传的笑话。“你觉得为什么你姐姐有那么丰厚的嫁妆，纽约却没有一个人向她求婚？她是所有男人心中最可怕的噩梦。”

事实也确实是这样的。

“我姐姐是一颗宝石，韦斯特克里夫有足够的品位鉴赏她。

他可以娶任何人，但她是他唯一的爱。我谅你也不敢把刚才说她的话讲给伯爵听！”黛西旋过身子，三步并作两步迅速往前走。

斯威夫特轻而易举跟上了她，双手塞在口袋里。“五月底……”他若有所思地说，虽然步伐很快，但他丝毫不喘气。“还剩不到两个月，这么短的时间，你打算怎么找到结婚对象？”

“如果有必要，我会挂着广告牌在街上找的。”

“我衷心地祝你成功，鲍曼小姐。不过，我可不希望因为没有对手而自动胜出。”

“你休想！放心吧，斯威夫特先生，我绝不会答应做你妻子的。我真为最终会成为你妻子的可怜女人感到难过——我实在想象不出有什么女人能配你这种冷漠、自以为是的家伙——”

“等等。”他的语气温和了，也许是开始妥协的信号。“黛西……”

“别喊我名字！”

“你说得对，这样不合适，请原谅。鲍曼小姐，我想说的是，我们没必要敌视对方。我们正共同面临着一个对我们俩都会产生重大影响的事，因此，我希望我们能和平相处，直到找到彼此都满意的解决方案。”

“解决方案只有一个，”黛西冷冷地说，“那就是，你去告诉我爸，无论如何，你都坚决拒绝和我结婚。只要你能做出这个承诺，我就会尽可能与你和平相处。”

斯威夫特又停住了脚步，这让黛西也不得不停下了。她转身期待地扬起眉头望着他。鉴于他先前的态度，这并不是一个困难的承诺，但他久久地凝视着她，眼神难以琢磨，双手依然插在口袋里，身子僵直，看他的样子像是在倾听什么。

他的目光审视地打量着她，他眼睛里闪现的怪异光芒让她害怕，寒颤从骨头里蔓延到全身。他目不转睛地盯着她，仿佛一头埋伏在暗处的老虎的眼神。她也在审视他，拼命想弄清他心里打着什么算盘，扒开他伪装的外衣，揭开他心底的渴求。可是他到底渴求什么呢？显然不会是她。

“不，”他轻声说，仿佛在自言自语。

黛西不知所措地摇着头，她的嘴唇干涩，于是用舌尖舔了舔嘴唇。他的目光和他的一句简短的回答让她感到慌乱不安。“这个‘不’是指……‘不，我不会和你结婚’吗？”她问。

“这个‘不’是指，”他答道，“不，我不会承诺不和你结婚。”

话音刚落，斯威夫特从她身边走过，独自继续往庄园走，把她远远甩在身后。

“他想折磨你，”莉莲厌恶地说。那天晚些时候黛西把整件事情告诉了莉莲，她们坐在乡村庄园楼上的私人会客室里，和她们一起的还有两个密友——安娜贝尔·亨特和伊薇·圣文森特女士。她们是两年前相遇的壁花四人组，当时她们因为不同的原因都没能找到合意的绅士。

上流社会普遍认为，女人天性善变，缺乏思想，因此无法拥有像男人之间友情。只有男人会对朋友忠诚，只有男人能拥有真诚高尚的人际关系。

黛西觉得这纯属无稽之谈，她和其他几位壁花——嗯，更准确地说是过去的壁花——建立了深厚的感情和信任。她们相互帮助，相互鼓励，在她们之间从来没有心计和妒忌。黛西和安娜贝尔与伊薇的感情不亚于她和莉莲的姐妹亲情，她能想象出她们晚年聚在一起的图景——一边吃着茶点，一边闲聊孙子辈的事，或组成依旧伶牙俐齿的老妪银发团一同旅游。

“无论如何我都不相信斯威夫特先生对此事一无所知，”莉莲继续说，“他是个骗子，一心向着爸爸，当然，他的目的是继承公司生意。”

莉莲和伊薇坐在窗边的织锦软垫椅上，黛西和安娜贝尔懒洋洋地坐在地上，彩色的裙摆将她们团团围住。一个一头浓密卷发的胖嘟嘟的女婴在她们之间爬来爬去，偶尔停一下，半皱着眉头全神贯注地用迷你的手指在地毯上不知道拨弄着什么。

这个女孩名叫伊莎贝尔，是安娜贝尔和西蒙·亨特大约十个月前生下的女儿。没有一个孩子比她受到更多宠爱，整个家都围着她转，包括她爸爸。

出乎所有人的预料，雄姿英发的亨特先生对第一个孩子是女孩并不感到失望。他非常爱这个孩子，带她出席公众场合也没有任何顾忌，以父亲很少有的方式逗她乐。亨特甚至要求安娜贝尔今后再生些女儿，还调皮地说被一群女人爱是他一直以来的梦想。

小女孩长得美艳动人——凭安娜贝尔的长相，要她生一个不太漂亮的孩子反倒是比较困难的事。

黛西抱起伊莎贝尔扭动着的她结实的身子，亲亲她嫩嫩的脖子，再把她放回地毯上。“你对他应该有所耳闻，”黛西说。“简直傲慢得不可理喻！斯威夫特认为我还没结婚是我自己的问题，他说我肯定是要求太高了，他还跟我说教，说我的书是一笔不小的开支，还说我昂贵的生活方式需要有人来买单。”

“他竟敢这么说！”莉莲惊叹道，她已气得满脸通红了。

见姐姐的情绪如此激动，黛西很是内疚，悔不该把这事告诉她。家庭医生提醒过，莉莲已经进入预产期，要防止她情绪波动。她去年也怀过孕，但流产了，这对莉莲是个不小的打击，对她身体的伤害更是不用说了。

尽管医生反复说流产的原因不在于她，莉莲还是闷闷不乐了好几个星期，不过在韦斯特克里夫的一再安慰和朋友的关爱和支持下，她渐渐从阴影中走出来，恢复了开心活泼的状态。

现在莉莲又怀上了孩子，这次她相当小心谨慎，唯恐再流产。不幸的是，不像其他女人进入产期后气色转好，她面色很糟，常犯恶心，还常常闹情绪，并因为行动受到限制而感到焦躁。

“我可忍受不了，”莉莲很激动，“你不能和马修·斯威夫特结婚。另外，如果爸爸想带你离开英格兰，我就和他拼命。”

黛西依然席地而坐，她抬起手放在姐姐膝头，以示安慰。她看着莉莲忧心如焚的表情，强作微笑，希望她放心。

“会没事的，”她说，“我们会想出办法，我们必须想出办法。”她们一直都形影不离，缺乏父母关爱的莉莲和黛西是彼此的支柱，就她们记忆所及，她们一直是最亲密的伙伴。

她们四个中最不健谈的伊薇每当紧张、感动或情绪激动时，说话总会有点结结巴巴。她们两年前见面时，伊薇结巴很严重，和她聊天让人备感受挫。但自从她离开了家训过严的家庭，嫁给圣文森特子爵后，伊薇显得自信多了。

“斯威夫特先生真、真的愿意接受他不喜欢的人做新娘吗?”伊薇把一撮散到额前的红色卷发往后捋。“如果他说的是真的——他的经济状况已经很、很稳定了——那他没有理由和黛西结婚。”

“不仅仅为了钱,”莉莲应道,身子在椅子上挪动了一下,换了个舒服一些的姿势,两只手放在肚子丰满的弧度上。“由于我们的几个兄弟都没能像爸爸希望的那样,他已经决定让斯威夫特做继承人了。”

“像他希望的那样?”安娜贝尔不解地问,她侧下身子亲吻宝贝爬动着的小脚趾,引得小可爱咯咯地笑。

“全身心投入公司,”莉莲解释道,“高效地工作,冷漠无情,不择手段,总之,他要一个视生意高于一切的人。在这方面,爸爸和斯威夫特先生真是志同道合。我们的哥哥兰塞姆想在公司谋个职位,但爸爸总是要求他和斯威夫特先生竞争。”

“赢的总是斯威夫特先生,”黛西说,“可怜的兰塞姆。”

“我们另外两个哥哥连试都懒得试。”莉莲补充道。

“但斯威夫特的亲生父亲怎、怎么想呢?”伊薇问。“难道他愿意把自己的儿子白白送给别人吗?”

“嗯,那是最怪的事,”黛西答道,“斯威夫特先生来自新英格兰一个颇具声望的家庭,住在普利茅斯,家里的一些人在十八世纪时移居波士顿。斯威夫特家族因杰出的家世显赫一时,但家里没几个人能守住家产。正如爸爸所言,富不过三代,祖父挖坑受累,父亲坐享其成,儿子落魄当乞丐。当然,对于老波士顿人,这个周期要花上十年,而不是三年——他们做什么都慢好几拍——”

“你扯远了，亲爱的，”莉莲打断了黛西的话，“回到刚才的话题。”

“真抱歉。”黛西咧嘴一笑，继续说，“嗯，我们怀疑斯威夫特先生和他的亲人关系不和，因为他几乎不提他们的事，也很少去马萨诸塞州拜访家人；所以即便斯威夫特的父亲确实反对他投奔别人家，我们也不会知道。”

四个女人沉默了片刻，把思绪整理了一下。

“我们会帮黛西找到合适的人，”伊薇说，“既然没有贵族头衔的也能考虑，事情就简单多了。出身于贵族家庭但尚、尚未封上头衔的绅士有很多，都是不错的选择。”

“亨特先生有许多未婚的朋友，”安娜贝尔说，“他都可以一一介绍给你。”

“非常感谢，”黛西说，“但我可不想嫁给一个职业人士，和一个没有灵魂的企业家一起生活不会得到快乐。”她停顿了一下，表示歉意地说：“我没有冒犯亨特先生的意思。”

安娜贝尔笑了起来，“我不认为所有的职业人士都是没有灵魂的企业家，亨特先生就有特别多愁善感和情绪化的时候。”

其他几人带着怀疑的眼神看着她，谁也想象不出安娜贝尔的大个子丈夫多愁善感的样子。亨特先生聪明又有魅力，但情感于他就如同蚊子叮大象一样没有感觉。

“我们就指望你了，”莉莲说，“回到目前的问题——伊薇，你能否向圣文森特子爵打听一下，看看他那儿有没有适合黛西的人选？既然我们把‘合适’的概念扩大了，他应该能物色到体面的人选，他可是掌握了英格兰每个富人的信息啊！”

“我会问他的，”伊薇承诺道，“我相信一定能找出几个像样的候选人。”

圣文森特子爵是伊薇的父亲很久以前创办的“詹纳”高级赌博俱乐部的老板，在他的经营下，生意正在迅速取得前所未有的成功。圣文森特对俱乐部的管理非常严格，并对俱乐部每位会员的私生活和财务状况做了详细的档案记录。

“谢谢你，”黛西真诚地说，脑子里还在想俱乐部的事。“我想知道……你认为圣文森特子爵能再打探到一些关于罗恩先生的离奇往事吗？说不定他是个与亲人失散多年的爱尔兰贵族。”

整个房间突然被一阵静默所笼罩，黛西注意到了她姐姐和两个朋友间意味深长的眼神交流。她顿时感到恼火，不仅因为她们的眼神，更因为自己提起了那个协助经营赌博俱乐部的男人。

罗恩是个有一半吉卜赛血统的年轻人，有一头深色头发和一双明亮的淡褐色眼睛。他们只有一面之缘，而也正是这一面，罗恩偷走了黛西的初吻，更确切地说，是三个吻。这是她有生以来最情色的经历，也是唯一情色的经历。罗恩吻她，视她如成熟的女子，而非涉世不深的小女孩，他的吻带有挑逗的淫欲，暗示着吻会带入的所有禁区行为。黛西本该当场扇他一耳光，可她却感到无限回味，事后在脑海中对这个吻重温了不下千百次。

“我觉得不是，亲爱的，”伊薇温柔地说，黛西对此开怀一笑，仿佛她只是开玩笑而已。

“啊，他当然不会是贵族！你们知道我的想象力是多么的……不羁，只要有一点神秘的东西就能激起我的想象。”

“黛西，我们要把注意力集中在重要的事情上，”莉莲一本正经地说。“不要满脑子的幻想和故事了，也不许再想罗恩，他只会让你分心。”

每当莉莲摆出家长的样子时，黛西通常会以激烈的方式回应，但是这次她克制住了，当她望见姐姐那双和她几乎一模一样的棕色眼睛，以及眼中闪烁着的惶恐不安让她不由生出对姐姐的保护欲。

“你说得对，”她强作笑颜，说道，“你不必担心，无论付出什么代价，我都会留在你身边，哪怕要我嫁给一个我不爱的男人都行。”

又是一阵沉默后，伊薇说：“黛西，我们会找到一个你爱的人，并希望你们会很快培养出对彼此的爱。”她丰满的唇上扬起一丝尴尬的笑容，“有时候感情就是这样培养起来的。”

第三章

“你和我父亲的交易……”

和黛西分别后，她的话音依然挥之不去，久久地在马修的耳边回荡，他打算一有机会就要单独找托马斯·鲍曼问个究竟，但宾客络绎不绝，看来要等到晚上才有机会了。

马修想知道老鲍曼是否果真决定把他和黛西配成一对。天哪，这些年来，马修有过许多与黛西·鲍曼有关的幻想，但从来都与婚姻无关，因为他一直觉得这是根本不可能的事。因此，马修从来没有吻过她，从来没有和她跳过舞，甚至都没和她并肩一起走过，他很清楚一旦做了结果会不堪设想。

关于他过去的秘密始终纠缠着他，并且威胁着他的未来。他无时无刻不意识到他为自己编造的身份随时可能被揭穿，只要仔细推理一下就能认清真正的他。黛西应该找一个诚实并真实的丈夫，而不是一个把生命建立在谎言上的人。

但这并没有阻止马修对她的欲望。他一直想得到黛西，欲望强烈得都快从他皮肤的毛孔中迸射出来了。她甜美，善良，别有趣味，理性到极点却又浪漫到荒唐的地步，明亮的眼眸里装满了梦想。她偶尔会因为沉浸在思考中无暇顾及所做的事而显得呆滞，她经常因为痴迷地看书而晚餐迟到，她常常找不到顶针、拖鞋和铅笔头之类的东西，还有，她喜欢遥望星空痴痴做美梦。记得一天晚上黛西若有所思地倚靠着阳台的围栏，侧着脸仰望夜空，在夜空映衬下黛西的精致轮廓使马修欲火焚烧，他恨不得一步迈上前去疯狂地吻她，这一幕始终让他难以忘怀。

马修不知多少次幻想过他与黛西上床的情景。如果这能变成现实，他会非常温柔，他会对她顶礼膜拜，他会尽其所能取悦她。他渴望她的头发落在他手中，渴望搂着她的柔臀，渴望亲吻她柔滑的肩膀，渴望手臂上承载着她躺着的重量。他渴望那一切，甚至更多！

让马修吃惊的是居然没人看出他对黛西的渴求。黛西每次看他时本应该能察觉，所幸的是，她从来都未觉察到，在她心目中，他只是父亲公司这台机器中的一个齿轮而已，因此不屑于关注他，马修也因此感到庆幸。

但现在情况有了些变化，他想到先前黛西看他的眼神，还有她那诧异的震撼的表情。他的形象有那么大的变化吗？

马修把手深深地插在口袋里，心不在焉地漫步在石字庄园的宅子里。除了经常理发，保持面部整洁之外，他从来没更多地在意过自己的外表。严谨的新英格兰家庭环境扑灭了任何一点虚荣的火花，老波士顿人厌恶浮华花哨的事物，他们尽一切可能避开新潮和时髦。

但在过去的几年中，托马斯·鲍曼一再坚持让马修去公园大街找他的裁缝做衣服，让他去找个发型师代替理发师，并且让他经常修剪指甲，这样才能和他这样的绅士地位相符。此外，在鲍曼的一再坚持下，马修还雇了一个厨子和一个管家，这让他近来伙食改善了不少。所有这一切，再加上他蜕去了最后一点成年早期的痕迹，让他换上了成熟的新颜。他不知道这样会不会吸引黛西，但随即又为自己的自作多情感到懊恼。

但今天她看他时的神情……仿佛她第一次见到他，第一次真正注意到他……

从前他去第五大街拜访她家时，黛西从来没有用那样的眼神注视过他。他的思绪追溯到他第一次遇见黛西时的情景，当时他正参加她家的私人晚餐。

水晶吊灯散落的灯光把气派的餐厅装点得金碧辉煌，墙壁全用厚实的饰金墙纸和漆金饰条装饰，四面巨大的镜子在一面墙上一字排开，他从没见过那么大的镜子。

鲍曼的两个儿子已经在餐厅，这两个结实的年轻人体重都不会少于马修的两倍。梅西迪斯和托马斯分别坐在餐桌的两头，他们的两个女儿——莉莲和黛西——坐在一侧，偷偷把盘子和椅子往对方的方向凑近。

托马斯·鲍曼和他两个女儿的关系不太融洽，他疏于对她们的关心，却没少训斥，大女儿莉莲总会用大胆无礼的方式回应鲍曼。但十五岁的黛西看待父亲的角度是好奇的、颇为有趣的，这似乎让他恼火到忍无可忍的地步。她让马修觉得好笑，她亮泽的肌肤、含情脉脉的深色眼眸、变化不定的表情让黛西·鲍曼看起来宛若来自魔幻森林的神秘精灵。

马修很快发现，只要有黛西参与的谈话都会变得出人意料和引人入胜。当托马斯·鲍曼当着每个人的面指责黛西的捣蛋时，马修暗自觉得有趣。例如有一次鲍曼家老鼠泛滥成灾，似乎他们设的所有捕鼠陷阱都功亏一篑。一个佣人报告说黛西夜里偷偷在房里弄坏了所有捕鼠器，以免老鼠被杀。

“女儿，这是真的吗？”托马斯·鲍曼大吼一声，盯着黛西的眼睛里燃烧着熊熊的怒火。

“算是吧，”她承认道，“但是，我有我的理由。”

“什么理由？”鲍曼愠怒地问。

黛西的语气变得愉悦起来，“我觉得我们是在款待纽约最聪明的老鼠们！”

从那一刻开始，马修从没拒绝过到鲍曼家的邀请，不仅仅为了取悦老人家，还因为有机会见到黛西。他一有机会就偷偷看她一眼，因为这是他从她那儿唯一能得到的。有她相伴的时光，即使她多么冷淡拘礼，都是他生命中唯一能感受到幸福的时刻。

马修收起不安的思绪，继续往庄园里走。虽然他此前从没出过国，但眼前的英格兰和他想象中的完全一致——这儿有精心修剪的花园，有绿色的群山延绵于远处，还有在宏伟庄园之外的乡村气息浓厚的村庄。

这栋庄园和它的装潢已有相当的年代，历经时代的洗礼愈显舒适，在庄园的各个角落马修看到了记载于艺术史书中的价值不菲的花瓶、雕塑和绘画的原作。在冬天，也许这里的屋子有些透风，但因为配备了充足的壁炉、厚地毯和天鹅绒窗帘，谁也不会觉得住在这里是件难熬的事。

托马斯·鲍曼——更确切地说是他的秘书——写信要马修负责管理肥皂公司在英格兰的一个分支机构，马修想过拒绝，其实他是喜欢这样的挑战和责任的，但是想到要与黛西·鲍曼离得这么近——即便只是在同一个国家而已——都让马修觉得承受不住。她的存在仿佛一支又一支向他射来的箭，让他的未来充满无尽的难以满足的欲望。

在信中，秘书写下的最后几行关于鲍曼家事的文字抓住了马修的注意力。

“大家私下猜测，”秘书写道，“鲍曼家二小姐找不到合适的对象结婚，因此鲍曼先生决定如果春季结束前她依然没有订婚，就把她带回纽约……”

这让马修觉得进退两难。如果黛西回纽约，马修去英格兰简直再好不过了。他会给自己留出一条后路，一方面接受布里斯托尔的职务，一方面等着看黛西能否找到一个丈夫。如果她找到了，马修会找人顶替他的职务，然后回纽约。

只要两人之间隔着一个海洋，就万事大吉了。

马修穿过庄园正门时，遇到了韦斯特克里夫伯爵，在他身边的是一个身材高大的黑发男人，虽然衣着高雅，还是显出一点海盗的气质。马修猜测他就是西蒙·亨特——韦斯特克里夫的生意伙伴，据说也是他最好的朋友。亨特在经济上的成功有目共睹，但他是屠夫的儿子，没有一点贵族的血脉。

“斯威夫特先生，”当他们在宽敞的楼梯口遇见时，韦斯特克里夫从容地向他打招呼。“你去散步那么早就回来了，景色令你满意吗？”

“景色很美，伯爵，”马修答道，“真希望能经常在庄园周围散步。我在路上碰巧遇到了鲍曼小姐，于是就提早回来了。”

“哦。”韦斯特克里夫不动声色，“我敢肯定，鲍曼小姐一定觉得很意外。”

他的语气中似乎隐含着言外之意。马修目不转睛地注视着伯爵的眼神，他最擅长的本事就是从一个人的表情和姿势的细微变化中解读出他们心里隐藏的想法；但韦斯特克里夫有非凡的自控能力，马修对此很钦佩。

“我觉得更准确地说，这只是最近让鲍曼小姐感到意外的事情之一，”马修回应道，他故意这么说，想试探一下韦斯特克里夫知不知道这门为黛西安排的婚事。

伯爵只微扬了一下眉毛，仿佛他觉得这话挺有意思，但没有回应的必要。“该死的。”马修心想，对他愈发佩服了。

韦斯特克里夫转向身边的黑发男人说：“亨特，请允许我向你介绍马修·斯威夫特先生——美国人，我跟你提起过。斯威夫特，这位是西蒙·亨特先生。”

他们互相有力地握手问好。亨特比马修年长五到十岁，看他那样子打架一定非常凶猛。据说这个豪放自信的男人酷爱将上流社会的自命不凡和矫饰做作拿来当笑料。

“我听说了你在混装机车工程中的功绩，”马修对亨特说，“你把英国技术与美国生产方式融为一体，这引起了纽约很多人的兴趣。”

亨特自嘲地笑着说：“我真想一个人霸占所有的功劳，但恕我谦虚一下，韦斯特克里夫也参与了一部分工作，他和他妹夫是我的生意搭档。”

“显然这个组合非常成功，”马修答道。

亨特转向韦斯特克里夫。“他很有奉承人的天赋，”他说，“我们能雇他吗？”

韦斯特克里夫忍俊不禁地动了动嘴唇。“恐怕我的岳父不会同意。斯威夫特先生的天赋要用来建工厂并在布里斯托尔开公司办事处的。”

马修决定换个话题，“最近我看到国会准备将英国铁路工业国有化的计划，”他对韦斯特克里夫说，“伯爵，我想听听你对此事的看法。”

“上帝啊，别跟他谈起这事儿，”亨特说。

听到这个问题，韦斯特克里夫双眉紧锁，“公众最不需要的就是由政府来控制工业，希望上帝保佑我们摆脱更多的政治干预。政府如果经营铁路，他们将会像做其他任何事一样没有效率。另外，垄断将会扼杀工业的竞争力，导致更高的税收，更不用说——”

“更不用说，”亨特立刻打断他，“我和韦斯特克里夫不希望政府分走我们将来的利润。”

韦斯特克里夫严肃地看了他一眼。“我考虑的始终是公众的最大利益。”

“很幸运的是，”亨特评论说，“在这件事上，对公众最有利的也恰巧是对你最有利的。”

马修强忍住不笑。

韦斯特克里夫转了转眼珠，对马修说：“你看到了，亨特先生不会错过任何一个嘲笑我的机会。”

“任何人都会成为我嘲笑的对象，”亨特说，“现在你正好撞在我枪口上了。”

韦斯特克里夫转向马修说：“我和亨特到后屋露台去抽雪茄，你想和我们一起吗？”

马修摇摇头，“我不抽烟。”

“我现在也不抽，”韦斯特克里夫遗憾地说，“吸雪茄一直以来都是我的习惯，但不巧怀有身孕的伯爵夫人不喜欢烟草的味道。”

马修回忆了一会儿才想起这个“伯爵夫人”就是莉莲·鲍曼。风趣、个性强、脾气大的莉莲如今已成了韦斯特克里夫夫人，这对夫妻组合真是太别扭了。

“让亨特一个人抽烟，我们俩可以聊聊，”韦斯特克里夫提议，“跟我们一起过去吧。”

这番“邀请”似乎没有拒绝的余地，不过马修还是努力推辞。“谢谢你，伯爵先生，但我还有事要和别人谈，我——”

“我没猜错的话，这人一定是鲍曼先生了。”

“见鬼，”马修心想，“他知道这件事。”尽管韦斯特克里夫对此只字未提，马修能从他的眼神中判断出来。韦斯特克里夫知道鲍曼打算让他和黛西结婚的事……并且不出所料，韦斯特克里夫对此事有他的看法。

“我先和你谈谈这事吧，”伯爵继续说。

马修警惕地瞅了眼西蒙·亨特，亨特也毫无表情地看了马修一眼。“我相信，”马修说，“亨特先生一定不喜欢谈论别人的私事——”

“不会啊，”亨特欢快地说，“我喜欢探听别人的事，特别是私事。”

他们三人一同往后屋露台走去。从露台向外望去，可以看到成片由鹅卵石铺成的小路、由精心修剪的树篱分隔成的精致花园；远处，一个老梨树果园被包裹在一片茂密的绿色中。从花园飘来的微风中夹杂着浓郁的花香，附近小溪的湍流声和风穿过树丛的沙沙声遥相呼应。

他们在户外一张桌子旁坐下，马修靠在椅子里，迫使自己放松。他和韦斯特克里夫看着西蒙·亨特用小刀切去雪茄烟头，马修保持沉默，耐心地等着韦斯特克里夫先开口。

韦斯特克里夫突然问：“关于鲍曼安排你和黛西婚事的计划，你知道多久了？”

马修毫不犹豫地答道：“大约一个小时十五分钟。”

“这么说，这不是你的想法？”

“当然不是。”马修肯定地说。

伯爵靠回座椅上，手指交叉放在平坦的腹部，眯起眼睛审视他。“这样的安排可以让你从中获益匪浅。”

“伯爵先生，”马修语气平和地说，“如果我这一生还算有天赋的话，那就是赚钱，我不需要通过婚姻来积攒财富。”

“听你这么说，我感到很高兴，”伯爵答道。“我还有一个疑问——不过首先我要表明我的态度，我很关心我的妻妹，我觉得我有责任保护她——你和鲍曼一家那么熟，应该很清楚伯爵夫人和她妹妹有多么亲密无间，只要黛西不开心，我妻子就会跟着难过……我不允许这样的事情发生。”

“明白,”马修简洁地说。这真是个莫大的讽刺,在他已经下定决心要避免与黛西的婚事时,又有人冒出来警告他不要打她的主意。他真想对韦斯特克里夫大喊一声“去见鬼吧”,但他控制住了情绪,双唇紧闭,表现得镇定从容。

“黛西有一种特别的气质,”韦斯特克里夫说,“她天性热情浪漫,如果她被迫接受一段没有爱的婚姻,她会崩溃的。她应该有一个爱她的丈夫,爱她的一切,并且能够保护她不受残酷的现实世界的伤害,一个允许她做梦的丈夫。”

韦斯特克里夫说出如此感性的话真让人吃惊,要知道,他的务实冷静是广为人知的。“伯爵先生,你的问题是?”马修问。

“你是否能承诺不与我的妻妹结婚?”

马修感觉到伯爵冰冷阴沉的目光,冒犯韦斯特克里夫这样一位向来受人阿谀奉承的人是不太明智的,但马修年复一年地忍受着托马斯·鲍曼的大吼大叫,别人害怕他的脾气纷纷离去,而他却不离不弃。或许鲍曼确实像个冷酷刻薄的暴徒,但他最敬重那些敢于向他挑战的人,于是,在公司里向鲍曼传达所有坏消息、向他提出逆耳忠言很快成了马修的使命,这些都是别人不敢做的事。马修就是这样身经百炼,因此,韦斯特克里夫试图控制他的企图对他毫无作用。

“恐怕不行,伯爵先生。”马修彬彬有礼地说。

西蒙·亨特手里的雪茄掉了下来。

“你不能向我承诺?”韦斯特克里夫难以置信地问。

“不能。”马修迅速弯下身子捡起掉在地上的雪茄还给亨特,亨特警觉地盯着马修,仿佛担心他会跳下悬崖似的。

"为什么不能?"韦斯特克里夫追问,"是因为你不想失去在鲍曼公司的职务?"

"当然不是,现在是他少不了我。"马修得意地微微一笑。"我比鲍曼公司其他任何人都更了解生产、管理以及市场运作……我已经得到了老先生的充分信任,因此即使拒绝和他女儿的婚事,我也不会丢掉工作。"

"如果是这样,要你拒绝这个安排并非难事,"伯爵说,"我需要你的承诺,斯威夫特,马上!"

意志不太坚定的人也许已经被韦斯特克里夫强硬的命令口吻震慑了。"如果你能提供一些不错的交换条件,"马修沉着地回应道,"我可以考虑。比如,你同意聘请我担任你公司整个区域部门的主管,并保证职务的聘期不少于……三年。"

韦斯特克里夫吃惊地看了他一眼。

西蒙·亨特的一声大笑打破了沉默的紧张气氛。"上帝啊,他真有种,"他感叹道。"记住我的话,韦斯特克里夫,我打算雇他来参与混装机车工程的事。"

"雇我可不便宜,"马修说。这话逗得亨特笑得前俯后仰,手中的雪茄差点又掉到地上。

韦斯特克里夫也笑了,尽管笑得很勉强。"该死的,"他低声说。"我可不会轻易聘请你——其中牵涉到太多的利益关系,目前我还不确定你是否能胜任这个职务。"

"那么,看来我们是陷入僵局了。"马修友好地说,"目前看来只能这样了。"

两个年长些的男人交换了一下眼神，心照不宣地同意以后再议此事，这勾起了马修强烈的好奇心，但他暗自耸了耸肩，他知道自己所能掌控的也就是这些了，至少他表明自己不是好欺负的，并且他为自己的选择留了余地。

再说……在鲍曼还没有向他提起此事前，他不能对此做出任何承诺。

第四章

“显然，黛西是个毫不起眼的小家伙。”那天晚上晚些时候，托马斯·鲍曼在他房间旁的私人会客区踱来踱去。他和马修约好晚餐后见面，那个时候其他宾客都在楼下聚集。“她个子矮小，也不够成熟稳重。她出生的时候，我对我太太说：‘给她取个实在点的名字，’就像‘简’、‘康斯坦斯’之类的，可她偏偏选了‘玛格丽特’……请注意，这是法语名字！……是根据她娘家的一个表姐的名字取的。后来四岁的莉莲不知从哪里学到‘玛格丽特’这个词，它在法语里是指一种该死的不值一提的花①，于是‘玛格丽特’这个名字渐渐淡化了，莉莲改用‘黛西’叫她了，这一叫就叫到了现在……”

鲍曼继续闲谈着，马修心想这是多么完美的名字，玲珑的白色花瓣，这花显得那么娇弱，却又异常耐寒。在这个充满强烈个性的家庭中，黛西始终顽强地守护着自己的天性，这正是这种花

① Marguerite 对应英语的 daisy，雏菊。

的寓意。

“……看来，我必须让她的结婚对象尝到甜头，”托马斯·鲍曼说，“凭我对你的了解，我敢肯定你想找一个和她完全不同的女人，一个比黛西这种充满奇思异想的小屁孩更有实际价值的女人。因此——”

“没有必要给什么甜头，”马修打断鲍曼的话平静地说，“黛西……鲍曼小姐她，完全是——”*美丽的，销魂的，迷人的。*“可以接受的。和像鲍曼小姐这样的女人结婚本身就是一种奖赏。”

“很好，”鲍曼嘴上咕哝着，心里却是一百个不相信。“你能这么说，很显绅士气度。但不管怎么样，为了公平，我会为你准备一份丰厚的嫁妆作为补偿，包括公司里更多的股份，我敢保证你会很满意的。至于婚礼的安排——”

“我还没说同意。”马修又打断他的话说。

鲍曼停住步子，向他投去疑惑的眼神。

“首先，”马修慎重地说，“鲍曼小姐也许会在接下来的两个月内找到理想的结婚对象。”

“她不会找到像你这么能干的结婚对象的。”鲍曼不无得意地说。

尽管暗自喜悦，马修还是严肃地说：“谢谢你的好意，但我觉得鲍曼小姐不会认同您的高见。”

老头做了一个不屑一顾的动作。“嗨！女人的心思和英国的天气一样多变，你有足够的能力说服她，让她喜欢你。送她一束花，多赞美她几句……更好的办法是从她那些该死的诗集里引用几句。斯威夫特，引诱一个女人是件轻而易举的事，你所要做的就是——”

“鲍曼先生，”马修像是突发警报似的又打断了他。上帝啊，他希望老板传授的是求婚的技巧。“我想在这方面我无需任何建议，我可以把握好，因此这不是问题所在。”

“那还有什么问题呢……哦，”老于世故的鲍曼露出了狡猾的笑容，“我明白了。”

“你明白什么了?”马修不安地问。

“毫无疑问，你是担心如果将来你觉得我女儿不能满足你的需要，我会做何反应。其实，只要你做得谨慎，我不会说一个字。”

马修叹了口气，揉了揉眼睛，突然觉得厌烦了。他乘船来到布里斯托尔后在那么短的时间内就要面对这样的情形真有些难以应付。“你是说，如果我出轨，你会视而不见，”他把问话直接用陈述的语气说了出来。

“我们男人始终面对着诱惑，有时候我们就会出轨，这个世道就是这样。”

“这不是我的生活方式，”马修断然回应道，“我做事向来信守诺言，在生意场上如此，在个人生活上也如此。如果我承诺要对女人忠诚，我将言出必行，不管发生任何事。”

鲍曼浓密的胡子有趣地抽动了一下，“你还年轻，还有资本犹豫。”

“年纪大的人就没有资本了吗?”马修话里充满了嘲讽的意味。

“有时候迟疑会成为巨大的代价，总有一天你会明白的。”

“上帝啊，我希望不会。”马修在一张椅子上坐下，头埋到手掌里，手指深深插在头发中。

过了好一会儿，鲍曼试探地问道："娶黛西做妻子有那么可怕吗？你总有一天要结婚，和她结婚可以给你带来好处，比如说，公司。我死后你将获得公司的掌控权。"

"你会比我们都长寿的。"马修低声说。

鲍曼开心地笑了。"我想让你接手公司，"他坚持道，这是他第一次直截了当地谈及此事。"你比我的几个儿子更像我，公司在你手里会发展得更好。你有一种天赋……一种介入一个空间就能取得控制权的能力……你不惧怕任何人，这是大家都知道的，他们也因此敬重你。和我女儿结婚吧，斯威夫特，顺便帮我建工厂。等你回家的时候，我会把纽约的公司全权交给你。"

"你能加上罗德岛吗？这不算很大。"

鲍曼对这个尖锐的要求满不在乎，"我对你的兴趣比对公司的兴趣大。我与有权有势的人联系密切，他们一直在注意你。我会帮你实现任何你能构想的计划……而你只需付出很微小的代价——和黛西结婚，再为我生几个外孙，我的要求就这些。"

"就这些。"马修漠然重复道。

十年前马修刚开始为鲍曼效力时，他从来没期望过他会成为自己的岳父。鲍曼像个火药桶，身材粗短，脾气急躁，只要看到他的秃顶变得火红，你就能预见他要恶狠狠地发表激烈言辞了；但鲍曼精于数字，为人处事也精于谋略，他对合他心意的人甚为慷慨，同时他也是个信守承诺、有责任担当的人。

马修从托马斯·鲍曼那儿学了很多，例如如何抓住对手的弱点，将其转换成自己的优势，再例如何时进攻，何时收手……

此外,他还学到,只要不越人完全无礼的界限,咄咄逼人的姿态在商界是完全合理的。如果你没有一点争强好斗的精神,纽约的商人——真正的商人,而不是上流社会对生意一知半解的人——是不会尊重你的。

此外,马修明白了在争论中取胜并不一定意味着胜利,因而他学会了有策略的收敛。他天性审慎,魅力于他不是与生俱来的,但他煞费苦心地修炼成了,因为这是他做好工作的必要因素。

托马斯·鲍曼一直支持着马修的每一步工作,并引导他攻下了几笔难做的生意。马修对他的指导感激不尽,尽管鲍曼有缺点,他还是情不自禁地喜欢这位脾气暴躁的老板——因为正如鲍曼所说,他们太像了。鲍曼这样的人能生出像黛西这样的女儿真是人世间的稀奇事。

"给我一点时间考虑。"马修说。

"有什么好考虑的?"鲍曼催促道。"我已经说了——"但看到马修的表情,他又打住了。"好好好,我想也没有必要让你马上答复我,我们以后再谈。"

"你和斯威夫特先生谈过吗?"见马库斯走进卧室,莉莲连忙追问。她坐在床上等他回来,刚才打了会儿瞌睡。

"嗯,我和他谈过了,"马库斯平淡地说,他耸耸肩脱下外套,把裁剪考究的大衣挂在路易十四的座椅扶手上。

"我说的没错吧?他令人讨厌,可恶极了。快告诉我他说了什么?"

马库斯看着怀孕的太太，她长发散开，睡眼惺忪，是那么撩人心弦，不禁让他心跳加快。“等一会儿，”他半倚半坐在床头轻声说道，“我想先看你一会儿。”

莉莲微笑着用手抚顺浓密的长发，“我现在样子很难看。”

“不。”他凑近些，压低了声音。“你的每一个地方都那么妩媚可人。”他的手温柔地抚摸着她丰满的曲线，抚慰的意味更甚于情欲。“我能为你做什么？”他柔情细语地问。

她依旧微笑着，“从你看我的眼神就知道你已经做得够多了，伯爵先生。”她用纤细的手臂搂住他，让他把头枕在自己胸前。“韦斯特克里夫，”她贴着他的头发说，“我只愿为你生儿育女。”

“这真让我安心。”

“我感觉完全失去了自我……并且非常不舒服。我是不是不应该说我不喜欢怀孕的感觉？”

“当然不会，”马库斯答道，话音蒙在她的乳沟里。“我也不喜欢你怀孕。”

这话把莉莲逗乐了，她松开搂他的手，靠到枕头上。“我想听关于斯威夫特先生的事，告诉我你和那个可恶的活稻草人说了些什么。”

“准确地说，我觉得用稻草人形容他不太妥当。看来从你上次见他到现在他变了不少。”

“哼！”对于这个出乎意料的回答，莉莲显然感到很不高兴。“反正，他就是很难看。”

“我很少考虑男人魅力的问题，”马库斯干巴巴地说，“因此在这方面，我没什么发言权。不过，我觉得不太会有人认为斯威夫特先生长得难看。”

“你的意思是他有魅力？”

“是的，我相信很多人会这么说。”

莉莲把一只手伸到他眼前。“这是几？”

“三，”马库斯答道，觉得很好笑。“亲爱的，你在干嘛？”

“测测你的眼力，我觉得你的视力在退化。看这里，眼睛跟着我手指动——”

“为什么不是你跟着我手指动呢？”他说着，把手伸到了她的胸部。

她抓住他的手，盯着他闪亮的眼睛，“马库斯，正经些，黛西的未来事关重大！”

马库斯迁就地向后靠去，“好吧。”

“告诉我你们说了些什么。”她催促道。

“我非常严肃地告诉斯威夫特先生，我不允许任何人惹黛西不开心。我还要求他发誓不娶她。”

“啊，感谢上帝！”莉莲终于松了一口气。

“他拒绝了。”

“他什么？”她吃惊地张着嘴巴，“可是没有人会拒绝你。”

“很显然斯威夫特先生不知道这一点。”他说。

“马库斯，你会想办法的，对吗？你会阻止黛西和斯威夫特结婚，不会让她遭受欺辱和骚扰——”

“嘘，亲爱的。我保证，不会让黛西接受任何违背她意愿的婚姻。但是……”马库斯犹豫了一会儿，思量着他应该承认多少事实。“我对马修·斯威夫特的看法和你不太一样。”

她眉头一沉，“我的看法更准确，我认识他更久。”

“你对他的了解是很多年前了，”马库斯心平气和地说，“人是会改变的，莉莲。另外，我觉得你父亲对斯威夫特的评价很大程度上是真实的。”

“还有你，马库斯?”

看着莉莲颇具戏剧性的鬼脸，他忍不住咧嘴笑了起来，手伸进毯子，摸出她的一只光脚，放到他的膝盖上，用拇指帮她来回按摩酸痛的足弓。莉莲叹了口气，放松地躺到枕头上。

马库斯想了想他目前对斯威夫特的了解，他是个聪明的年轻人，思维敏捷，文质彬彬，是那种三思而后行的人。马库斯和这样的人交往总是觉得很舒服。

从表面上看，马修·斯威夫特和黛西·鲍曼的组合是多么不相称，但对于莉莲的看法——即认为黛西应该嫁给一个和她一样有着浪漫敏感天性的男人，马库斯并不完全赞同，因为这样的结合找不到平衡点。毕竟，每一艘乘风破浪的船都需要一个锚。

“我们必须尽快把黛西送到伦敦，”莉莲心急如焚地说，“现在是社交的旺季，而她却躲在汉普夏郡，不去参加舞会和社交晚会——”

“来这儿是她自己的选择，”马库斯提醒她，伸手去拉她的另一只脚。“如果她错过小宝宝的诞生，她永远都不会原谅自己的。”

“唉，真麻烦！我宁愿黛西错过宝宝的出生，找一个合适的男人，而不是陪我在这儿等着，等到时间期限到了，她就不得不和马修·斯威夫特结婚，跟他一起搬去纽约，那样我就再也见不到她了——”

“我已经替你想过了，”马库斯说，“所以我才答应邀请众多合适的人到石字庄园参加这次狩猎活动。”

“真的吗？”莉莲的头从枕头上抬起来。

“我和圣文森特列了一张名单，详细讨论了每位候选人的优点，最后我们选定了十二人，他们每一个都配得上你妹妹。”

“啊，马库斯，你是最聪明、最棒的——”

他笑着摇摇头，摆摆手让莉莲不要再肉麻了，他想起了当时找人选时的有趣争论，“我跟你说，圣文森特真是该死的挑剔。如果他是女的，那就找不到一个他认为足够理想的男人。”

“从来都没有完美的男人，”莉莲脱口而出说，“这就是为什么女人中盛行着一句俗话……‘眼光放高，再做定度。’”

他哼了一声说，“你就是这么做的？”

她的嘴角挂起了一丝微笑。“不是，伯爵先生。我放高了眼光，获得了比我期望多得多的收获。”说着，她咯咯笑了起来。他挪到她倾斜的身子旁，尽情地吻她。

清晨，太阳还没升起，一群爱好钓鳟鱼的宾客就已在后屋露台匆匆吃完早餐，穿着粗呢、粗斜纹和蜡光亚麻布衣服出发了。睡眼惺忪的仆人拿着渔竿、鱼篮和装着鱼饵和钓鱼工具的木盒子，跟随绅士们来到鳟鱼生活的溪流。在小姐和夫人们还在睡梦中的时候，他们会花上一个早晨在外钓鱼。

黛西是一个例外。她酷爱钓鱼，但是她知道，在这个全是男人的队伍中，她是不会受欢迎的。过去她经常和莉莲一起去垂钓，但她姐姐现在怀有身孕，不能陪她了。

黛西想尽力说服伊薇和安娜贝尔陪她一起去人工湖，韦斯特克里夫在那儿养了很多鳟鱼，但她们俩似乎都对此不感兴趣。

"你们会玩得很开心的，"黛西诱哄她们说，"我会教你们怎么钓鱼——很简单的，真的。不要告诉我你们打算在这么美丽的春天的清晨窝在屋里！"

结果，安娜贝尔觉得睡个懒觉更惬意，而伊薇因为丈夫圣文森特决定不去钓鱼，也就宁可继续和他一起继续睡觉。

"你们和我去钓鱼会有更多乐趣。"黛西继续怂恿她们。

"不行，"伊薇坚决地说，"我不去。"

黛西既恼火又觉得有点孤独，她独自吃完早餐出发去河边，带着她最喜欢的枪木渔竿，竿顶镶嵌着鲸鱼骨，手柄上装着钩丝线轴。

早晨阳光明媚，空气清新柔和，越冬鼠尾草在黑刺李灌木树篱旁冒出鲜蓝鲜紫的尖芽。黛西穿过一片割得很平整的油绿草地，往前面的平地走，那儿铺满了毛茛、欧蓍草和开着艳丽的粉色花瓣的仙翁花。

黛西绕过一棵桑树时，发觉水边有一丝骚动……那儿站着两个小男孩，有个东西在他们中间，像是什么动物，是鸟？……还是鹅？这个活物正用愤怒的鸣叫表示抗议，在咯咯笑着的男孩手里使劲拍打翅膀。

"嗨，"黛西向他们喊道，"这是什么？你们在干嘛？"

男孩看到有人来了，尖叫着迅速四散跑开，脚上沾满了河边的淤泥。

黛西加快步伐向那只被惹怒的鹅走去。那是一只家养的大灰雁，灰色的羽毛、强健的脖颈和橘色的尖喙是这种雁的特点。

“可怜的家伙，”黛西看到它脚上绑着个东西，怜悯地说。当她再走近一些时，鹅充满敌意地冲上前，仿佛要过来攻击她似的。突然，它的脚被一个东西绊住了。黛西稍微停顿了一下后，放下手里的渔具，“我是来帮助你的，”她对气急败坏的鹅说，“但你的态度可不太友好，如果你能控制好情绪……”黛西一步步往鹅靠近，想弄明白到底发生了什么事。“啊，亲爱的，”她说，“那些顽皮的小家伙……他们在让你帮他们捕鱼，是吗？”

鹅尖叫着表示肯定。

鹅的腿上绑着长长一段鱼线，线的另一头系着一把锡勺，勺子上有个洞，洞上接着一个鱼钩。要不是同情这只鹅受人欺负，黛西早就笑出来了。

这招太妙了。当鹅被抛到水中央，它必须游回岸边，这时，锡勺就会像小鱼似的晃悠，只要鳟鱼受到引诱就会上钩，接着由鹅把鳟鱼牵引上岸。但是鱼线缠在水边的黑莓灌木上，把鹅死死困住了。

黛西朝黑莓灌木一步步靠近，始终保持温柔的话音和舒缓的动作。这鹅睁着明亮的黑眸子呆呆地一动不动地看着她。

“好家伙，”黛西用安慰的语气说，伸手拉住鱼线。“上帝，你可真够大的。如果你再稍微有点耐心，我会——嗷！”鹅突然冲上来用喙猛地在黛西的前臂上啄了一下。

黛西马上撤退了几步，她低头看到皮肤上陷下了一个小坑，不一会儿就开始青肿了。她板着脸瞪着好斗的鹅，“你这个不知好歹的家伙！就因为这个我就应该不管你，随你去。”

黛西揉了揉手臂，肿块很疼，心想也许能用她的渔竿把挂在灌木上的渔线解开……但这并不解决问题，还要把勺子从鹅的腿上取下，她需要回庄园找人帮忙才行。

正当她弯下腰去取渔具时，她听到了一阵出乎意料的声响，有人正在吹口哨，曲调非常耳熟。黛西专注地倾听，终于记起了这个旋律，那是一首在她离开纽约时正流行的歌曲，歌名叫《结束了，美好的一天》。

有人正向河边的方向朝她走来，这男人的衣服都浸湿了，手里提着鱼篮，头戴古拙风格的低沿帽。他穿着休闲花呢外套和粗布裤子，湿答答的衣服一层层粘在他身上，把身体轮廓完全显现出来了。认出他时，黛西的所有感官都跃动起来，心跳也不由得加快了。

这人看到她，口哨吹到一半就停下了。他的眼睛比天更蓝比水更澈，在亚麻肤色的脸上显得格外引人注目。当他很有礼貌地摘下帽子时，浓密的黑发在阳光下显出鲜亮的红褐色光芒。

“完了，”黛西心想，不只是因为他是此刻她最不想见到的人，还因为她不得不承认马修·斯威夫特实在太英俊了。她不想看到他如此的魅力，不想对他产生好奇，不想窥探他的隐私，也不想挖掘他的秘密、快乐亦或忧愁。她过去为什么从来没有对他产生过兴趣？也许她当时还太不成熟，也许改变的不是他，而是她。

斯威夫特谨慎地慢慢向她靠近。“鲍曼小姐。”

“早上好，斯威夫特先生。你为什么不和其他人一起钓鱼?”

“我的鱼篮已经满了，我钓的鱼远远超过了他们，如果我继续钓，会让他们很难堪的。”

“你真谦虚啊，”黛西挖苦说，“你的鱼竿呢?”

“韦斯特克里夫借走了。”

“为什么?”

斯威夫特放下鱼篮，重新把帽子戴上。“渔竿是我从美国带来的，胡桃木分节钓竿，尖端是柔韧的梣木，配有肯塔基加长线轮和一个平稳的手摇柄。”

“加长线轮没用。”黛西说。

“英国的加长线轮确实不行，”斯威夫特解释说。“在美国，我们做了一些改进。韦斯特克里夫一知道我的渔线能抛得又远又好，他几乎是从我手中把渔竿抢走的，后来他拿着我的渔竿一边钓鱼一边和我聊天。”

黛西知道姐夫对新技术有浓厚的兴趣，理解地微笑了一下。她感觉到斯威夫特正凝视着她，而她不想与他的目光相遇，可是却发现自己还是不由自主地盯着他看。

她记忆中所认识的令人讨厌的年轻人和此时这个健壮男性的外表形成了强烈的反差，他如同一枚新打造的铜硬币，闪闪发光，毫无瑕疵。晨光照抚着他的脸，突显出他莹亮的长睫毛和眼角微小的扇形轮廓。她想摸摸他的脸，想让他微笑，想用手指触摸他嘴唇的弧线。

沉默继续延续，气氛变得局促尴尬，直到鹅的一声尖叫打破了沉默。

斯威夫特看着那只身体硕大的鹅，“原来你有伴。”听到黛西解释两个男孩对鹅做的事，斯威夫特哈哈大笑，“聪明的孩子。”

黛西没从他的话里听出同情的意思。“我想帮它，”她说，“但我靠近它的时候，它啄了我一下。我原以为家养的动物不会害怕我靠近的。”

“灰雁可不是性情温和的动物，”斯威夫特告诉她说，“特别是雄灰雁，或许它想让你知道谁才是真正的老大。”

“它证明了这一点，”黛西揉着手臂说。

斯威夫特看到她手臂上的淤青，皱起眉头，“这就是被它啄的？让我看看。”

“不用了，没关系——”没等她说完，他已经走上前来，纤长的手指抓住她手腕，另一只手的拇指温柔地划过深紫色的青肿。

“你很容易出瘀伤。”他弯下脖子看着她的手臂轻声说。

黛西只觉得自己的心跳如惊雷密鼓，撞击不绝。他散发出自然清新的气味——阳光、流水和芳草的香甜，还融合了温暖、诱人的男子气息。她极力克制一连串的本能反应——投入他的怀中，紧贴着他的身体……把他的手拉到她胸口。她不禁被自己心中涌起的欲望震惊了。

她抬头瞥见他垂下的脸，正好遇见了他正在凝视她的湛蓝的眼眸。“我……”她紧张地从他手里抽身出来。“我们接下来做什么？”

“对付这只鹅？”他耸起宽阔的肩膀，“我们可以拧住它的喉咙带回去做菜。”

这个建议使黛西和灰雁一起愤怒地盯着他。

“这个玩笑可一点都不好笑，斯威夫特先生。”

“我没有开玩笑。”

黛西站在斯威夫特和鹅的正中央，“我自己会处理，你现在可以走了。”

“我可不建议你把它当宠物养，如果你在石字庄园住得久一些，最终你还是会在餐桌上见到它。”

“别人或许觉得我这么做很伪善，可我不在乎，”她说，“至少我不想吃一只我认识的鹅。”

虽然斯威夫特没有露出笑容，但黛西知道他觉得她的话很好笑。

“暂且不谈原则性的问题，”他说，“现在实际的问题是你打算怎么松开它腿上的线，你会被它啄得青一块紫一块的。”

“如果你抓住它不动，我就能拿到勺子，然后——”

“不行，”斯威夫特坚决地说，“即使是把全中国的茶给我都不行。”①

“那个表达对我而言从来都是毫无意义的，”她对他说，“要说茶的世界总产量，印度远远超过中国。”

斯威夫特嘴唇抽动着想了想说，“既然中国的大麻产量在国际上首屈一指，”他说，“那这句话可以改成‘即使把全中国的大麻给我也不行’……但是感觉不太一样。不管你想怎么说，我都

---

① 原文 for all the tea in China 为习语，表示“不管怎样、无论如何”，此处与下文有关，按字面意思直译。

不会帮这个忙的。”他弯腰提起鱼篮。

“求你了。”黛西说。

斯威夫特无奈地看了她一眼。

“求你了。”她再次哀求。

没有一位绅士会拒绝连续哀求两次的女士。

斯威夫特嘴里不知嘀咕着些什么，把鱼篮又放回地上。

黛西嘴角挂起了满足的微笑。“谢谢你！”

但当他提醒说“你欠我一个人情”时，她收起了笑容。

“当然，”黛西答道，“我从没期望你无偿做事。”

“那么，我提任何要求，你都不会拒绝？”

“只限于合情合理的要求，不过我不会因为你为一只可怜的鹅解围而同意和你结婚的。”

“请相信我，”斯威夫特黯然地说，“和结婚无关。”他开始脱外套，潮湿的橄榄绿粗花呢贴着身体，从他的宽肩膀上扒下来很费劲。

“你——你在干嘛？”黛西睁大了眼睛。

他恼怒地歪着嘴说：“我不能让这讨厌的鹅毁了我的衣服。”

“没必要为衣服上粘上几根羽毛大惊小怪吧。”

“我担心的不是羽毛。”他没好气地说。

“哦。”黛西努力忍住不笑出声来。

她看着他脱下外套和马甲，褶皱的白衬衫紧贴着宽阔的胸膛，靠近腹部的地方浸得更湿，裹着线条清晰的肌肉，几乎是透明的，再往下衬衫束在湿透的裤腰里；一对白色的背带越过肩膀上，在他强健的后背交叉。他把脱下的外套小心翼翼地放在鱼篮上，以免沾上淤泥。一阵微风在他层次分明的短发间撩拨逗弄，吹拂起前额的一缕发丝。

这番情景真是奇妙……一边是恶狠狠的鹅，另一边是浑身湿透的穿着薄薄单衣的马修·斯威夫特……从黛西的唇间冒出一串咯咯的笑声，她急忙用手捂住嘴巴，但已经藏不住了。

他摇摇头，脸上露出一丝无奈的微笑。黛西注意到他的笑容总是稍纵即逝，就像一些罕见的自然现象，如流星一般，短暂而震撼人心。

“你这个小淘气，如果你把这件事说出去……你要付出代价的。”他语气中有点威胁的意味，但隐约间还有点……情欲的绵柔……让她觉得背脊窜上一阵忽冷忽热的刺激。

“我不会告诉任何人，”黛西屏息说道，“说出去对我也同样没什么好处。”

斯威夫特伸进脱下的外衣口袋，取出一把小刀递给她。他的手指在她掌心多停留了一会儿，这是真的还是她的幻觉？

“这是干嘛用的？”她的声音有点急促。

“用它割断鹅腿上的线。要小心——刀口很锋利，我可不希望你一不小心割到血管。”

“不用担心，我不会伤到它的。”

“我说的不是鹅，是我自己。”他审视地瞥了一眼浮躁的大鹅，“如果你不配合，”他对鹅说，“我们就只能晚餐桌上见了。”

大灰雁展开翅膀，让自己显得尽可能庞大，做出一副威慑的架势。

斯威夫特小心翼翼地一步步往前挪，一脚踩住缠着鹅腿的线绳，缩短了鹅的移动范围。这家伙扑楞着翅膀，嘶叫着，然后歇了一小会儿，突然猛地冲向前。斯威夫特把鹅逮个正着，一边躲避凶猛的鸟喙一边咒骂着，一团羽毛在他们周围扬起。

“别掐得它喘不过气来，”黛西见斯威夫特勒住了鹅的脖子，急忙大声喊道。

所幸斯威夫特的回答淹没在鹅突然爆发的一阵反抗和嘶叫声中。他不知用什么法子又把它制服了，直到它在他手臂上扭作一团，喷吐不止。散落的羽毛粘得他浑身都是，狼狈不堪，他瞪着黛西喊道：“快过来把线割断。”

她急忙过去，跪到这对搏斗着的家伙旁，小心翼翼地伸手去抓覆满泥巴的鹅蹼，它粗声嘶叫着猛地把腿抽开。

“看在上帝的份上，别这么胆小，”她听到斯威夫特不耐烦地说，“一把抓住它，赶快把问题解决了。”

要是没有这只三十磅重的狂怒的鹅挡在他俩中间，黛西已经用燃烧着怒火的眼睛狠狠地瞪着斯威夫特了。她一把牢牢抓住鹅被拴住的脚，小心翼翼地用刀尖划过线的下方。斯威夫特说的没错——刀口锋利得可怕，轻轻一割，线就断成了两半。

“好了，”她得意地说着，把刀合起来，“你可以把我们的鹅朋友放了，斯威夫特先生。”

“谢谢你。”传来他嘲讽的回答。

斯威夫特刚松开手臂，准备放了这只大鸟，它的反应却出乎他的意料。一心想着复仇的鹅把遭受的所有折磨一并怪罪到抓住它的这个人身上，脖子一扭对准他的脸猛地戳了过去。

“嗷！”斯威夫特猛地向后一退，半坐在地上，用一只手捂住眼睛，鹅倒是发出胜利的欢呼声迅速逃跑了。

“斯威夫特先生！”黛西关切地爬到他身边，跨坐在他的大腿上，把他的手拉开，“让我看看。”

“我没事。”他揉着眼睛说。

“让我看看。”她坚持说，双手捧住了他的头。

“晚餐我一定要点一道鹅肉吃。”他咕哝着，任她把他的脸转到一侧。

“你不会做这种事的。”黛西仔细地查看深黑睫毛边的一道小伤口，用她的袖子拭去上面的一小滴血。“吃你救过的动物很不厚道。”她的话音中掠过一阵笑声，“幸亏鹅没瞄准目标，我觉得你眼睛不会瞎。”

“看到你开心，我很高兴。”他咕哝道，“看看你，你浑身上下都是羽毛。”

“你也一样。”他亮泽的棕色头发上粘着一团团的灰白小绒毛，她又忍不住噗哧笑出声来，如同一个个气泡冒到池塘水面。她伸手帮他把头发里的羽毛摘走，浓密的发丝轻轻在她指间挠动。

斯威夫特直起身子，伸手帮她理头发。她的头发已经快从发夹上松脱出来了，他把羽毛从一缕缕闪亮的黑发中摘走，手指的动作非常轻柔。

他们静静地互相整理了一两分钟，黛西太专注了，起先压根没注意到她坐的位置不太妥当。她第一次那么近地观察到他眼睛斑斓的蓝色，眼珠最外圈裹了一圈深蓝色；还有他的肤质如绸缎般光滑，有着阳光的色泽，下巴上有一块剃得很干净的胡茬印。

她意识到斯威夫特这么专心地拣她头上每一片残留的羽毛为的是避开她凝视的目光，顿时她发觉了他们身体间的强烈交流，她感受到身体下面有他坚实力量的撑托，她的脸颊上有他炙热的呼吸，他肌肤的热量透过潮湿的衣服燃烧着每一处与她接触的地方。

他们同时愣住了，静止在一种半拥抱的姿势，黛西肌肤上的每一个细胞都仿佛被灌入了液体燃料。她迷醉地不能自已，任凭自己沉湎其中，感到每一次脉搏的悸动都冲到了极限。他头上的羽毛已经清理干净，但黛西发现自己的手指仍旧在轻轻地插入他的发间。

对他来说，此时要把她翻转到自己身下，用他的身体把她压在潮湿的地上是多么轻而易举的事。他们的膝盖隔着几层布牢牢地贴在一起，勾起她原始的本能，想将自己向他敞开，让他为所欲为。

她听到斯威夫特屏住了呼吸，他双手托住她的上臂，毫不客气地把她从他的大腿上移开。

黛西被重重地放到他身边的草地上，她努力让自己镇定，默默找到掉在地上的小刀，还到他手中。

把刀放回口袋后，马修一阵动作把羽毛和脏东西从腿上掸去。

黛西一边心想着他为什么会以这么别扭难受的姿势坐着，一边挣扎着站起来。“嗯，”她犹豫不决地说，“我想我必须从仆人的入口溜回庄园。要是被妈妈看到，她会大发雷霆的。”

“我回河边，”斯威夫特说，嗓音显得嘶哑。“去看看韦斯特克里夫鱼竿用得怎么样，可能我会再多钓几条鱼。”

黛西感觉他是故意想避开她，不禁皱起眉头。

“我觉得你今天在冷水里泡得够久了。”她说。

“不算很久。”斯威夫特咕哝道，身子背对着她，伸手去取马甲和外套。

第五章

黛西迈开步子离开了人工湖，心里又气又迷茫。

她不会把刚才发生的事告诉任何人，不过她会把与鹅相遇的故事讲给莉莲听，逗她开心，但她不想告诉莉莲她看到了马修·斯威夫特的另一面，以及她刚才放任自己与他调情，被他所吸引。事实上，刚才的事如过眼云烟，说明不了什么。

虽然黛西依然很单纯，但她对性爱之事知之甚多，她知道即使没有爱情，女人的身体也能对男人产生反应，正如她曾对堪姆·罗恩有过感觉一样。她惊惶不安地意识到她同样被马修·斯威夫特触动了。如此不同的两个男人，一个浪漫，另一个内敛；一个是撩拨过她情欲的想象空间的英俊年轻的吉卜赛人……另一个是眼神冷峻、雄心勃勃、严谨务实的商人。

住在第五大道上的日子里，黛西见过太多谋求权势的人。他们寻求完美，对妻子也是如此，他们希望她能成为家中最能干的女主人，能做出最棒的晚餐，会筹办最炫目的宴会，穿的是最好的礼服，能生出最优秀乖巧的孩子，当他们的父亲在楼下书房谈生意的时候，他们会安安静静地自己跑到楼上的儿童房玩。

干劲十足的马修·斯威夫特——这个她父亲钦点的聪明能干的家伙——可想而知一定会是个最最挑剔的丈夫。他会要求妻子的生活完全为他的目标服务，如果她不能取悦于他，便会受到他极为苛刻的评判，和这样的男人生活根本看不到未来。

不过至少有一件事让黛西对马修·斯威夫产生了一丝好感：他帮她救了鹅。

黛西偷偷溜回庄园，洗完澡，换上一套干净的礼服。她的朋友和姐姐已经在起居室喝早茶了，她们围坐在窗边的一张圆桌边，见黛西走进房间都抬起头来。

安娜贝尔抱着靠在她肩膀上的伊莎贝尔，用手在她的小背上轻轻画圆按摩。另外有几张桌子也被人占了，大都是女性，还有五六个男人，其中包括圣文森特子爵。

“早上好，”黛西愉快地打着招呼，走到姐姐身旁。“亲爱的，睡的好吗？”

“好极了。”莉莲看起来气色很好，眼睛透澈，乌黑的头发梳到后面，在脖颈处用一个粉红色丝网扎住。“我睡觉的时候开着窗子，湖边的清风徐徐吹来，让人神清气爽。今天早晨你去钓鱼了吗？”

“没去。”黛西装作很随意的样子，“我就散了会儿步。”

伊薇侧到安娜贝尔一边去抱小宝宝，“让我抱着她。”她说。宝宝正在痴迷地啃小拳头，口水淌得到处都是。伊薇抱起动个不停的小家伙对黛西解释说：“她正在长牙，可怜的小东西。”

“她已经发了一上午的脾气了，”安娜贝尔说，黛西发觉这个年轻妈妈明亮的蓝眸子显得有些疲倦，这一丝倦意为安娜贝尔增添了几分风韵，使她女神般完美的容貌变得柔和了。

“宝宝现在就长牙岂不是太早？”

“她是亨特的后代，”安娜贝尔干巴巴地说，“亨特家族的生命力可不是一般的强。就拿我丈夫来说，他家的每个人出生的时候都已经长着牙了。”她关爱地看着孩子，“我想我应该带她离开这里。”

许多不满地目光向她们投去，把小孩——尤其是婴儿——带到成人的社交场所是不合礼仪的，除非是为了特意展示他们，为小孩穿上有荷叶边和缎带的白色小礼服，简短地炫耀一番赢取众人的赞扬，然后迅速把婴儿送回儿童房。

“不行，”莉莲提着嗓子马上阻止道，“伊莎贝尔不怎么哭闹，即使偶尔有，也不会持续很久，她只是有点不舒服，我觉得每个人对此都能容忍。”

“让我们再来试试勺子，”安娜贝尔小声说，她优雅的嗓音中掺杂着一丝焦虑。她从一个装着碎冰的小碗里取出一把冰冷的银勺子，对黛西说，“我妈妈建议我把这个给她玩——她说她当时就是这么对付我的弟弟杰里米的。”

黛西坐在伊薇旁，看着宝宝咬住勺子。伊莎贝尔的小圆脸涨得通红，眼睛里流出几滴眼泪。她抽泣的时候露出了娇嫩红肿的牙龈，黛西怜惜地摇头感叹。

“她应该睡一会儿，”安娜贝尔说，“但她疼得睡不着。”

“小可怜。”

伊薇哄小孩的时候,房间的另一头传来一阵细微的骚动,大家对刚进房间的人颇为关注。坐在椅子上的黛西转过身,马修·斯威夫特高挑绰约的身姿立刻跃入了她的眼帘。

看来他没有回河边,他一定是等黛西走远后,再独自回庄园的,这样就不必陪她一起走了。斯威夫特一定和她父亲一样认为她身上没有任何能引起兴趣的东西,黛西告诉自己大可不必介意,但这还是刺痛了她的心。

他已经换上了精心熨烫过的深灰色西服,里面搭配一件浅灰色马甲,黑色领带系得干练笔挺。虽然男人蓄落腮胡子、头发烫成蓬松的波浪在欧洲是时尚之选,但这股潮流似乎还没有席卷到美国。马修·斯威夫特的胡子刮得很干净,亮泽的头发紧贴着头两侧和脖子,让他散发出男孩子气的魅力。

黛西偷偷看着屋子那头热闹的互相介绍,她看到那些年长的绅士和他说话时脸上纷纷露出愉悦的神情,年轻绅士脸上则写满妒嫉,女人们则对他垂涎三尺。

“上帝啊,”安娜贝尔小声说,“那是谁?”

莉莲愤愤地答道:“斯威夫特先生。”

安娜贝尔和伊薇都吃惊地瞪大了眼睛。

“就是那个被你说成一堆骨、骨头的斯威夫特先生?”伊薇问。

“你不是说那人简直就像一盘蔫了的菠菜吗?”安娜贝尔追问道。

莉莲紧锁的眉头凝结成了愤怒,她把视线从斯威夫特身上收回来,在茶里加了一块糖。“他或许没我说的那么可怕,”她退了一步说，“但别被他的外表所欺骗，一旦你了解了他的为人，你就会改变对他的印象的。”

“我、我觉得有不少女士对他的各方面都很感兴趣，”伊薇观察着眼前的情形说，逗得安娜贝尔躲在茶杯后面窃笑。

黛西转过头匆匆瞥了一眼，发现情况确实如此。女士们都跃跃欲试，痴笑着，殷勤地伸出一只只白嫩的手与他相握。

“大家对他有那么大的兴趣只是因为他是美国人，大家觉得新鲜，”莉莲咕哝道，“要是我弟弟在这里，不管是哪一个，那些女士早就把斯威夫特先生抛在脑后了。”

虽然黛西很想赞同她的话，但她很清楚她们的任何一个兄弟都不会像斯威夫特这样引起轰动。尽管他们是一大笔财富的继承人，鲍曼兄弟不具有斯威夫特那样娴熟的社交能力。

“他在往这边看，”安娜贝尔说，焦虑使她的姿势显得有些紧张。“他皱眉头了，其他人也是，宝宝吵得太厉害，我把她带出去——”

“别把她带走，”莉莲坚持道，“这是我家，你是我朋友，任何不喜欢听到孩子吵闹声的人可以立即离开这儿。”

“他在往我们这边走，”伊薇小声说，“嘘！”

黛西的眼睛一动不动地盯着茶杯，紧张蔓延到了她全身。

斯威夫特走到她们桌前，彬彬有礼地鞠了个躬。“夫人，”他对莉莲说，“很高兴又见面了。请允许我再次恭喜你与韦斯特克里夫伯爵喜结连理……”他想了一下，虽然莉莲怀孕已经很明显，谈论她现在的状况显得不太礼貌，“……你看起来很棒！”他把后半句话补上了。

“我现在胖得像个谷仓，”莉莲冷冷地说，想戳穿他的场面话。

斯威夫特紧紧抿着嘴唇，仿佛他想忍住笑容。“没这么严重的，”他温和地说，然后看了一眼安娜贝尔和伊薇，她们都在等着莉莲介绍。

莉莲很不情愿地随了她们的意思。“这位是斯威夫特先生，”她一边咕哝一边朝他的方向摆了摆手。“西蒙·亨特夫人和圣文森特夫人。”

斯威夫特从容地弯腰与安娜贝尔握手，他本也要向伊薇行礼的，但她手里抱着小宝宝。如果再不做些什么，伊莎贝尔的小声啜泣即将爆发成嚎啕大哭了。

“这是我女儿伊莎贝尔，”安娜贝尔表示歉意，“她正在长牙。”

这样就能很快把他赶走，黛西心想，男人最害怕哭闹的孩子。

“哦。”斯威夫特伸进外衣口袋，在口袋里的一堆东西里摸索着。他口袋里到底有些什么东西？她看着他取出他的小刀、一小段鱼线和一块干净的白色手帕。

“斯威夫特先生，你要做什么？”伊薇疑惑不解地笑着问道。

“现场做个东西。”他舀了些碎冰块放到手帕中央，把手帕四周提起，用鱼线扎住。他把刀放回口袋后，很自然地伸手去抱孩子。

伊薇睁大了眼睛把手里的婴儿交给他。四个女人惊异地看着斯威夫特稳稳地把伊莎贝尔抱起来，他把装满冰的手帕给小宝宝,她一边哭一边使劲地啃起手帕来。

斯威夫特似乎并不在意房间里众人投来的目光,他抱着孩子走到窗边,温柔小声地和她说话,似乎是在讲故事给她听。过了一两分钟,小宝宝终于安静下来。

斯威夫特回到桌前时,伊莎贝尔已经昏昏欲睡了,她的嘴巴还牢牢地咬着临时做的冰袋。

“啊,斯威夫特先生,”安娜贝尔感激地说着,把孩子接到自己怀里,“你真有办法! 谢谢!”

“你刚才和她说了些什么?”莉莲追问道。

他看了她一眼,平静地说:“在冰块还没麻醉她的牙龈之前,我想分散她的注意力,因此我对她详细解释了1792年的梧桐树协议。”

黛西终于和他说话了,“那是什么?”

斯威夫特看了看她,他的表情平和友善,有那么一会儿,黛西觉得早晨发生的那一幕只是梦境,但她的肌肤和神经依然遗留着他的感觉,有他身体留下的深深的印记。

“梧桐树协定促使了纽约股票交易所的成立,”斯威夫特说,“我觉得我说得很详细生动,但是从我刚开始讲自由构建和解协议时,伊莎贝尔小姐就没兴趣听了。”

“我明白了,”黛西说,“你说了些无趣的东西让小可怜犯困。”

“你应该听听我对市场力量失衡导致1837年经济崩溃的论述,”斯威夫特说,“别人告诉我,这比鸦片酊更管用。”

黛西看着他的一双闪亮的蓝色眼睛,无奈地轻声一笑,他回之以一个短暂灿烂的笑容。她的脸不由地感到暖暖的。

斯威夫特的眼睛在她身上停留得太久了，仿佛被她眼神中的什么东西所吸引。他突然把视线从她身上移开，又向这桌的女士鞠了一躬。“我不打搅你们品茶了。女士们，祝你们愉快。”他看了眼安娜贝尔，又认真地补充道：“夫人，你有个可爱的女儿，我不会介意她对我的商业讲座不感兴趣的。”

“先生，你真是太好了。”安娜贝尔说，眼睛里跃动着感激。

斯威夫特回到房间的另一头，那边的年轻女子们正各自忙着，在茶杯里多余地加了几勺糖不停搅拌，或把她们的手绢放在大腿上抚平。

伊薇第一个开口说话。“你说的没错，”她对莉莲说：“他太可怕了。”

“是的，”安娜贝尔强烈表示赞同，“当你看到他时，脑子里冒出的第一个词就是‘蔫了的菠菜’。”

“闭嘴，你们两个都闭嘴，”莉莲制止了她们的挖苦，一口咬下一片吐司。

下午，莉莲坚持要拉着黛西一起去东边的草坪，大多数年轻人都在那儿玩草地保龄球。黛西当然不介意陪她去，只是她刚好读到一本小说情节跌宕的部分：一位名叫霍诺丽亚的女家庭教师在阁楼遇见了幽灵。“你是谁？”霍诺丽亚声音打着颤，目瞪口呆地盯着和她旧爱长得一模一样的幽灵——克莱沃思伯爵。在幽灵正要回话的时候，莉莲从黛西手中一把把书抢走，拉着她离开了图书室。

“讨厌，”黛西抱怨道，“讨厌，讨厌……莉莲，我刚看到最精彩的部分！”

“正如我们所期待的，有五六个适合你的男士正在外面打草地保龄球，”她姐姐直截了当地说，“和他们一起玩比你一个人读书有收获得多。”

“我不会打草地保龄球。”

“这样最好，让他们教你。如果说有一件每个男人都喜欢做的事，那就是教导女人。”

她们来到打保龄球的草坪，那儿有为观众准备的桌椅。一群玩家忙着在草地上打球，当一个玩家的木球掉进草坪边上挖的沟道中时，众人就爆发出笑声。

“唔，”莉莲观察着人群说到，“我们有竞争对手了。”黛西注意到她姐姐所指的三位女士：卡桑德拉·莱顿小姐、米兰达·道登女士和埃尔斯佩斯·希金森。“我真不希望请任何未婚女性到汉普夏郡来，”莉莲说，“但韦斯特克里夫说如果那样意图就太明显了，幸好你比她们都漂亮，虽然你矮了些。”

“我不矮。”黛西表示抗议。

“是小巧，行了吧。”

“那个词我也不喜欢，让我显得很渺小。”

“至少比矮小这个词好，”莉莲说，“这是我唯一能想到的适合描述你个子的另一个词。”她看看皱紧眉头的黛西咧嘴笑了。“亲爱的，别做鬼脸，我这就带你去见一群单身汉，你尽管随意挑选——啊，该死！”

“什么？怎么了？”

“他在打球。”

丝毫没有必要询问他是谁……莉莲生气的语气已经让他的身份显露无遗了。

黛西把人群扫视了一遍，看到马修·斯威夫特和几个年轻人站在球道的一头，正看着球与球间距的测量工作。和其他人一样，他穿着浅色的裤子、白衬衫和一件马甲。他稳稳地站着，身体的重心侧向一边，放松的姿势呈现出他对自己体格的充分自信。

他的视线能抓住每一个细节。对于这场游戏他显得很认真，马修·斯威夫特是个做任何事都会倾其所能的人，即便只是一场休闲的草地游戏。黛西非常肯定他每天的生活都处于一种竞争的状态，但这和她所了解的出生于波士顿和纽约的特权阶层的年轻人不太一致，那些娇生惯养的贵族子弟总是觉得只要他们不想工作，就不必为之。她想知道斯威夫特是否曾纯粹为了享受过程而做一些事。

“他们正在判定谁打得最准，”莉莲解释道，“也就是说，看谁把球抛到最靠近那边白球的位置。”

“你对这个游戏怎么知道那么多？”

莉莲莞尔一笑，“韦斯特克里夫教我的，他打得太好了，经常不上场比赛，因为他一打，没有人能赢他。”

她们来到观看席，在座的有韦斯特克里夫和伊薇、圣文森特子爵，以及退役的陆军少将克雷杜克斯夫妇。黛西朝一张空着的座位走去，但被莉莲推到了草地保龄球场上。

“快去，”莉莲命令道，语气如同别人命令一条狗去取拐杖。

黛西叹着气留恋地回味了一番还没读完的小说，很不情愿地拖着步子往前走。事实上，情况还不错，这些绅士中至少有三位她已经见过。霍林贝里先生，三十多岁，长相招人喜爱，圆脸，略显矮胖，却不失魅力。马德林先生，有着运动员的体格，一头浓密的金色卷发，长着一双碧绿的眼睛。

有两位男士是她在石字庄园从未谋面的。阿伦·里基特先生，架着一副眼镜，穿着有些褶皱的衣服，显出一股学究气……还有兰德林顿子爵，一位黑发、中等个子的英俊绅士。

兰德林顿立刻来到黛西身边，主动向她解释游戏的规则。黛西努力让自己的视线不要越过他的肩头看被一群女人团团围住的斯威夫特先生。那群女人们对着他痴笑，卖弄风情，询问他正确的握球姿势，请教他应该迈几步再把球抛上草坪。

斯威夫特似乎没有注意到黛西，但当她侧身从地上的一堆球里捡起一个木球时，她感觉颈背上一阵麻刺，她感觉到他在看她。

黛西很后悔找他帮忙一起救鹅，那个插曲引发了一些她无法控制的东西，一种恼人的挥之不去的感觉。“别犯傻了，”黛西对自己说，“开始专心打球。”她强迫自己专注地听兰德林顿子爵讲述草地保龄球的策略技巧。

韦斯特克里夫观察着草坪上的一举一动，轻声说：“看样子，她和兰德林顿很谈得来。他是胜算最大的候选人之一，年龄适合，受过良好的教育，性格开朗。”

莉莲远远地审视着兰德林顿，他连身高也正合适，和黛西站在一起不显太高，黛西不喜欢别人高高在上的感觉。“他的名字很奇怪,"莉莲把心里的疑惑说了出来,"他从哪儿来?"

"瑟索①,"坐在伊薇对面的圣文森特子爵答道。

由于过去的诸多摩擦,莉莲和圣文森特一直处于一种尴尬的冷战状态。虽然莉莲对他没有一丝好感,她还是决定容忍他,毕竟他是韦斯特克里夫多年的朋友。

莉莲明白,如果她要求她的丈夫与此人绝交,他一定会为她这么做的,但她太爱他了,不忍心提出这样的要求。再说,圣文森特对马库斯有利,有了他的头脑和洞察力,他为马库斯的负担过重的生活带来了一点平衡。作为英格兰最有权势的人物之一,马库斯非常需要一些不把他太当回事的朋友。

圣文森特还有一点值得称道的是他是伊薇的好丈夫,实际上,他视她如崇拜的对象。谁也不会把他们俩想到一起——伊薇这朵害羞的壁花和圣文森特这个没心没肺的浪子——然而他们却成了彼此的唯一。

圣文森特充满自信,阅历丰富,拥有耀眼得时常令人透不过气来的男性魅力,但只要伊薇一句话,他愿意为她做任何事。虽然他们的关系比较低调,远不及亨特夫妇和韦斯特克里夫夫妇那么张扬,但是一种神秘的充满激情的强烈情感在他们之间燃烧不尽。

只要伊薇开心,莉莲愿意与圣文森特友好相处。

"瑟索,"莉莲半信半疑地重复说,视线从圣文森特移到了她丈夫身上。"听起来不像英国的地名。"

---

① Thurso,苏格兰高地,世界冲浪胜地。

两个男人对视了一下，马库斯不紧不慢地说："其实在苏格兰。"

莉莲眯起眼睛，"兰德林顿是苏格兰人？但他没有苏格兰口音。"

"他大部分青少年时光都是在英国寄宿学校度过的，后来去了牛津。"圣文森特解释说。

"唔。"莉莲对苏格兰地理情况知之甚少，更没听说过瑟索。"瑟索具体在什么方位？是不是就在过了英格兰的边界？"

韦斯特克里夫没有看她。"再往北一些，靠近克尼群岛。"

"在大陆的最北端？"莉莲简直不敢相信自己的耳朵，她费了好大的劲才抑制住怒气压低了声音说，"那我们为什么不直接把黛西放逐到西伯利亚去？也许那儿还暖和些呢！我的上帝，你们俩怎么会把兰德林顿列入候选名单的？"

"我必须把他算上，"圣文森特反驳道，"他拥有三个庄园，贵族的家谱可以列上长长的一串。并且，他每次来俱乐部，我一晚的利润至少增加五千英镑。"

"也就是说，他是个挥金如土的人，"莉莲郁闷地说。

"这使他更适合黛西，"圣文森特说，"总有一天，他会依赖于你家的钱财。"

"我不在乎他多适合，我的目的是把我妹妹留在这里。如果黛西去了该死的苏格兰，我要多久才能见她一次呢？"

"毕竟还是比北美洲近。"韦斯特克里夫用一种肯定的口气指出。

莉莲转向伊薇，希望她能成为自己的同盟。"伊薇，你说句话啊!”

“兰德林顿子爵从哪里来不重要,”伊薇伸手轻轻解开缠在莉莲耳环上的一缕头发。“黛西是不会和他结婚的。”

“你怎么知道?”莉莲追问。

伊薇微笑着看着她说:“嗯……我的感觉。”

为了早点结束游戏,回去继续看小说,黛西很快就掌握了草地保龄球的诀窍。第一个玩家把白色的目标球抛至球道末端但不能过界,游戏的目标是把三个木球滚到尽可能靠近目标球的位置。

游戏唯一有难度的因素是木球的一侧故意被设计成不太圆整的形状,因此球的运动轨迹不会是笔直的直线。黛西很快就掌握了解决球不对称产生的问题,抛球的时候根据需要稍微偏左或偏右一些。草坪修得很短,土压得很严实,所以球速很快,这是黛西求之不得的,因为她想赶快结束比赛,回到霍诺丽亚和幽灵的故事里。

因为男女人数相当,参加游戏的人男女搭配,两人一组,黛西和很擅长这个游戏的兰德林顿分在一组。

“你打得很好,鲍曼小姐,”兰德林顿子爵赞叹道,“你确定你从没玩过这个游戏吗?”

“当然,”黛西愉快地答道。她捡起一个木球,把平的一面侧向右边。“是你指导有方,子爵先生。”她向前跨了两步站在起抛线后面,手臂先往后一提,把球送出,只见球轻松地往前滚,漂亮地把对手的球撞开,停在离目标球正正好好两英寸的地方。他们赢了这一局。

“打得好，”里基特说着，停下来擦起了眼镜，重新戴上眼镜后，他对黛西笑着补充道，“你打球的姿势真优美，鲍曼小姐，很高兴能欣赏到你的球技。”

“谈不上球技，”黛西谦虚地说，“初学者的运气，瞎蒙的。”

身材修长、皮肤白皙的金发女子米兰达小姐正焦虑地查看着她的纤纤玉手。“我把指甲弄断了。”她对众人宣布说。

“让我扶你到旁边坐一下。”里基特马上关切地说，仿佛她断的是手臂，而不是指甲，于是两人离开了保龄球场。

黛西觉得很懊恼，心想刚才应该故意输掉比赛，就不用再玩一局了，但这么做对队友不公平，再说兰德林顿子爵似乎对他们的胜利颇为高兴。

“现在，”兰德林顿说，“让我们看看最后一轮的对手是谁。”

他们在一旁观看剩下的两队比赛，斯威夫特先生和莱顿小姐一组，对战马德林先生与希金森小姐。马德林的打球水平不太稳定，忽而打得很好，忽而打出几个很臭的球，相对而言，希金森小姐的发挥平稳得多。卡桑德拉·莱顿球技差到让人绝望，对此她自己也觉得好笑，咯咯地傻笑了一整场比赛，持续的笑声非常烦人，但似乎并没有影响到马修·斯威夫特。

斯威夫特是个很具有攻击性、讲究战术的玩家，他打每个球都考虑得很仔细，抛球的时候动作干脆。黛西注意到他根本不在乎把对手的球撞出球场区或者把目标球撞到不利于对手的位置。

“强劲的对手，”兰德林顿子爵轻声评论道，对黛西眨眨眼问,“你觉得我们能赢他吗?”

顿时,黛西把在庄园里等她的小说忘得一干二净,迎战马修·斯威夫特的机会让她充满了期待。“说不准。不过我们可以试试,不是吗?”

兰德林顿赞同地笑了,“当然。”

斯威夫特和莱顿小姐赢了他们那局,另一队友好地感叹着离开了球场。

剩下的四位玩家捡起草坪上的保龄球和白球,回到起抛线。每个队共有四个球,每人抛两个球。

黛西转身面向马修·斯威夫特的时候,他正看着她,这是她来到球场后他第一次正眼看她。他的目光直逼过来,充满挑战的意味,这让黛西的心跳加快,血液在血管中汹涌沸腾。微乱的头发飘到他的前额,细小的汗珠在他那被太阳晒得暖暖的脸上闪闪发光。

“我们投硬币决定谁先来。”兰德林顿子爵提议。

斯威夫特点头同意,视线离开了黛西。

卡桑德拉·莱顿和斯威夫特在猜硬币中胜出,莱顿兴奋地尖叫欢呼。斯威夫特巧妙地把白球抛到场地边界的一个最佳位置。

莱顿小姐拿起一个球,抱在胸前,黛西觉得她在故意要小心眼,让别人注意到她丰腴的“禀赋”。“你得给我些建议,斯威夫特先生,”她说,卷曲的睫毛下流露出无助的眼神。“我应该把平的一面放在右边还是左边呢?”

斯威夫特走近几步,把她手里的球调整了一下位置。他的回应让莱顿小姐面露出灿烂的喜悦。他低声给了一些建议，指出球的最佳路线，莱顿小姐和他靠得很近，近得他们的头几乎都要碰到了。黛西心中涌起一阵阵厌恶，如同开塞钻一样勒紧了她的喉咙。

终于，斯威夫特退到后面。莱顿小姐迈着优雅的步子走上前，把球送了出去，但动力不足，保龄球摇摇晃晃地滚到球道的正中间就停下了，这球挡在球道中央使后面的比赛更加艰难，除非有人愿意浪费一个球把这个球撞开。

“真见鬼。”黛西轻声抱怨。

莱顿又是一阵大笑，笑得她差点回不过神来。“哎呀，我彻底搞砸了，是不是？”

“没关系，”斯威夫特若无其事地说，“没有挑战就没有乐趣了。”

满心烦躁的黛西不明白他为什么对莱顿小姐那么好，她不相信他是这种会被蠢女人吸引的男人。

“该你了。”兰德林顿子爵递了个球给黛西。

她接过这个表面斑驳的木球，拿在手里来回摆弄了一阵，直到手感对了。注视着远处目标球的白色轮廓，她设想她想让球运行的轨迹，向前三步，手臂向后一摆，随后迅速向前一推，木球顺着球场边缘往前滚，正好避开了莱顿小姐的球，然后曲线继续前进，在最后一秒不偏不倚地停在白球前。

“太棒了！”兰德林顿兴奋地惊呼，观众们为这个好球欢呼鼓掌。

黛西迅速偷偷瞅了一眼马修·斯威夫特，他面带淡淡的微笑正注视着她，她正在被审视，那目光像要穿透她的骨头，时间仿佛被钻石扣针固定住了似的在那一刻停止，很少有男人用这种眼神注视黛西。

“你是算计好这么打的？”斯威夫特平静地问，“还是运气好呢？”

“算计好这么打的。”黛西答道。

“我对此表示怀疑。”

黛西一下子被激怒了，“你凭什么这么说？”

“因为没有一个新手能想到并打出这样的球。”

“你是在质疑我的诚信吗，斯威夫特先生？”没等他回答，黛西转而对坐在一群观众中观看他们比赛的姐姐喊道：“莉莲，以你对我的了解，我以前玩过草地保龄球吗？”

“当然没有。”传来莉莲斩钉截铁的回答。

黛西回过身，用挑衅的目光愤怒地盯着斯威夫特。

“要打出你刚才那个球，”斯威夫特说，“你必须估算球场的球速、弥补球运行线路偏差所需的角度以及球在运行路径上的减速点，此外，还需考虑球往回滚的可能性。你必须有这些经验才能把这个球打好。”

“你是这么玩的吗？”黛西不屑地问，“我只是考虑一下我希望球运行的路线，然后就抛球了。”

“运气和直觉？”他孤傲地看了她一眼，“你不能靠这个赢下比赛。”

黛西没有回应，她退到后面，手臂交叉在胸前，“该你了。”她说。

斯威夫特俯身拿起一个保龄球，他一边调整手指的位置，一边走到起抛线，凝视着球场。黛西尽管一肚子火，看着他，她的心弦还是被拨动了几下。反观这种感觉，她惊讶于是什么让他对她的身体有如此大的影响，他的样子、他的动作让她心中充满了尴尬的兴奋。

斯威夫特一个助推把球送了出去，球听话地在草地上往前滚，完美再现了黛西打出的漂亮球路，更胜一筹的是这个球恰到好处的冲力，在干净利落地把黛西的保龄球撞出球场后，不偏不倚地停在白球的正前方。

“他把我的球撞到沟里去了，”黛西不服气地说，“这符合规则吗？”

“啊，是的，”兰德林顿说，“有点残忍，但完全符合规则。现在这个情况被称为‘死球’。”

“我的球‘死’了？”黛西愤怒地问。

斯威夫特瞥了一眼黛西紧绷的脸，毫无歉意地说：“永远都不要只是轻伤你的敌人。”

“只有你会在打草地保龄球的时候引用马基亚维利①，”黛西咬着牙说。

“恕我打扰，”兰德林顿子爵客气地说，“我想该轮到我了吧。”见他们俩都没有理会他的意思，他自感没趣地耸耸肩走向起抛线。他的保龄球走出一根斜线，最后停在目标球后面。

① Niccolò Machiavelli 尼可罗·马基亚维利，意大利文艺复兴时期知名的政治思想家、军事家、浪漫喜剧作家。

“通常，我玩的目的就是为了赢比赛。”斯威夫特对黛西说。

“天哪，”黛西恼怒地说，“你这话说得简直和我父亲一模一样。你难道没想过有些人可能纯粹为了乐趣而玩？将它视作打发时间的娱乐活动？你是不是觉得不管做任何事都必须激化为生死决战？”

“如果你的目的不是赢比赛，那游戏就毫无意义了。”

卡桑德拉·莱顿觉得自己被斯威夫特冷落在一旁，于是设法介入，“现在轮到我了，斯威夫特先生。能否麻烦你帮我取一个球过来？”

斯威夫特伸手捡起一个球，但他的注意力依然完全集中在黛西娇小紧绷的脸上。“给你。”他面无表情地将保龄球塞进莱顿小姐的手里，看都没看她一眼。

“或许你能建议我……”莱顿小姐的声音很快被斯威夫特和黛西的又一阵斗嘴淹没了。

“好吧，斯威夫特先生，”黛西淡定地说，“如果你不能单纯享受游戏带来的乐趣，非要把它变成一场战争，那你就准备迎战吧。接下来我们记分打比赛。”她不太确定是她走近他，还是他走过来的，总之突然他们站得很近，他低头看着她。

“你赢不了我的，”斯威夫特低声说，“你是新手，并且是女子。除非我是残疾，不然就不公平。”

“你的队友是莱顿小姐，”她毫不客气地轻声说，“在我看来，这就够残疾的了。你是在暗示女人打不过男人吗？”

“不，我没有暗示，是直说。”

黛西心头涌起一阵怒火，恨不得把他打趴下。“开战，”她说着扬起头退回到她那一边的场地。

即使在多年以后，这都将是石字庄园上演过的最杀气腾腾的草地保龄球赛。比分紧追到三十分，然后是五十分，后来黛西也算不清了。他们为每一英寸、每一条游戏规则争论不休，他们打每一个球都深思熟虑，仿佛这关系到国家的命运，尤其是，他们竭尽全力要把对方的球撞入沟里。

“死球！”黛西高声欢呼，她完成了完美的一击，把斯威夫特的球打下球场。

“也许我应该提醒你，鲍曼小姐，”斯威夫特说，“比赛的目的不是把我的球打下球场，你应该把你的保龄球打到离目标球足够近的位置。”

“该死的，这似乎不太可能，你也在不停地在把对方的球撞出球场！”黛西听到莱顿小姐气呼呼地说。这可不像她——她从不说粗话——只是当时的情形让人没法保持冷静。

“如果你不再撞我的球，”斯威夫特提议，“那我也不撞你的。”

黛西对他的提议几乎没怎么考虑，要知道，把他的保龄球撞入沟里太有乐趣了。“做不到，即便把中国所有的大麻给我都不行，斯威夫特先生。”

“很好。”斯威夫特捡起一个已经打得残破不堪的保龄球，用力将它滚出去。这球和她的保龄球猛烈地撞击，刺耳的碎裂声直冲云霄。

看着她的保龄球碎成两半摇摇晃晃掉入沟中，黛西吃惊地张大了嘴巴。“你把它撞碎了!”她攥着拳头围着他绕圈。“还有,你违反顺序了! 接下来应该是莱顿小姐的球,你这个冷酷无情的恶魔!”

“哦,不,”莱顿小姐不安地说,“我非常乐意让斯威夫特先生代我打球……他的球技非常精湛,比……”意识到没人在听她说话,她的声音消退了。

“该你了,”斯威夫特对被越来越浓的火药味震惊的兰德林顿说。

“啊,不!”黛西从兰德林顿手里把球抢过来。“他太绅士了,撞不了你的球,但我不是。”

“对,”斯威夫特赞同地说,“你的的确确不是绅士。”

黛西大步迈向起抛线,手臂一抬,然后用尽全力把球抛出。球迅速滚入球场,把斯威夫特的球撞到球场边缘,他的球晃晃悠悠挣扎了一会儿,还是掉进沟里了。她用充满报复的目光瞥了一眼斯威夫特,他嘲讽地点头向她表示祝贺。

“我想说,”兰德林顿稍加评论道,“鲍曼小姐,你的保龄球技术太出色了,我从没见过一个初玩者能打得这么好。你是怎么把每个球打得如此完美的?”

“只要有强烈的意志,就没有攻克不了的困难。”她说完,看到斯威夫特突然咧嘴笑了,他听出她也引用了马基亚维利的话。

比赛继续进行,一直继续着。午后的阳光已步入黄昏,黛西渐渐注意到兰德林顿子爵、莱顿小姐和大部分观众已经散去。很明显韦斯特克里夫伯爵也想回屋里去,但黛西和斯威夫特一再要求他做裁判,因为他的评判是唯一能让他俩都信任的。

过了一个小时，又一个小时，球手比得太投入，根本感觉不到饥饿、口渴或疲惫。不知从什么时候起，黛西也搞不清楚是什么时候，他们之间的敌对竞争变成了对彼此球技的赞赏。当斯威夫特因她打出一个特别棒的球称赞她时，或者当她欣赏着他眯起眼睛、头微微侧向一边默默考虑球路方向的样子时……她心醉神迷。黛西一直觉得现实生活中几乎没有什么时候比她的梦幻世界有趣，但此时此刻是令人愉悦的。

“孩子们。”韦斯特克里夫调侃地话音引来他俩恍惚的目光，他从椅子里站起来，伸展了一下僵硬的肌肉。“恐怕我在这儿呆得够久了，你们可以继续玩，但请允许我先离开了。”

“那谁来做裁判呢？”黛西表示抗议。

“既然至少半个小时前就没人记分了，”伯爵干巴巴地说，“没有必要再让我做裁判了。”

“我们知道比分，”黛西坚持说，然后转身问斯威夫特，“比分是多少？”

“我不知道。”

当他们的目光相遇时，这突然的尴尬让黛西忍不住窃笑。

斯威夫特的眼睛里闪烁着快乐，“我觉得是你赢了。”他说。

“啊，不要施惠于我，”黛西说，“你的比分靠前，我认输。比赛就是这样。”

“我不是在施惠，我们的比分紧扣了至少……”他在马甲口袋里摸索了一阵，掏出一块手表，“……两个小时。”

“这意味着十有八九你保持了最初的领先比分。”

“但第三局过后，比分就被你打破了——”

“哎呀，真见鬼！”球场外传来莉莲的声音，听起来她很生气。她回庄园小睡了一觉，出来发现他们居然还在保龄球场。“你们像一对雪貂似的已经吵了一下午了，现在又在为谁赢争论不休。看来如果没人来制止你们俩，你们要在这儿争到半夜了。黛西，你浑身是灰，头发都成鸟窝了，快到里面去整理一下。马上！”

“没必要说那么大声，”黛西轻声说着，随她姐姐一起离开球场。她回头看了眼马修·斯威夫特……比她过去看他的眼神友好，然后转身加快了步伐。

斯威夫特俯身整理散落在草地上的木球。

“放着吧，”韦斯特克里夫说，“佣人会来整理的。你还是去准备一下，再过一小时左右，晚宴就要开始了。”

于是，马修丢下保龄球，跟韦斯特克里夫回屋去了。他注视着黛西小巧窈窕的身影远去，直到在视线中消失。

韦斯特克里夫注意到马修痴迷的眼神。“你追求女孩的方式很特别，”他评论说，“我不会想到在草地保龄球赛上打败黛西会打动她的芳心，不过这似乎挺有效。”

马修低头盯着脚尖，调整了一下语气平静地说：“我并没有在追求鲍曼小姐。”

“那就是我理解错了，看来是你对保龄球有特别的热情了。”

马修警惕地看了他一眼。“我承认，我觉得她很有趣，但这并不意味着我想和她结婚。”

“鲍曼家的姐妹在那方面可是相当危险的。一旦她们勾起了你的兴趣，最初你觉得她是你见过的最烦人的家伙，但接着你却发现自己变得和她一样疯狂，迫不及待地希望再次与她相见。

这如同不治之症在身体蔓延，从一个器官蔓延到另一个器官。渴望的烈火就此被点燃，在你眼中，其他任何女人与她相比都显得暗淡无色。你渴求她，渴求到你觉得快要发疯，你无法不去想……”

“我不知道你在说什么，”马修打断了他，脸色沉了下来。他不会向不治之症屈服，每个人在生命中都有他自己的选择。不管韦斯特克里夫怎么想，这只不过是一种生理冲动——一种强大的、不圣洁的、痛苦的、催人发狂的生理冲动……它完全能被意志力克服。

“随你怎么说吧。”韦斯特克里夫应声道，语气中带着怀疑。

第六章

马修站在樱木衣柜的镜子前，仔细地把浆过的白色晚礼服领结打好，动作很熟练。他饿了，但想到要到楼下餐厅参加冗长的晚宴就让他觉得不自在。他感觉自己仿佛走在悬于高空的狭窄木板上，只要一步失足他就会坠入死亡的深渊。

他不该接受黛西的挑战，不该在球场上和她打那场该死的比赛足足几小时。但黛西太可爱了，此外，他们打球的时候，她的全部注意力都在他身上，这样的诱惑实在难以抵挡。她是他见过的最恼人同时也是最有趣的女人，暴风雨和彩虹被装进了同一个便携的袖珍包裹里。该死的，他是多么想和她上床。马修惊讶于兰德林顿和其他在场的男士在她面前居然还能保持理性。

该控制一下情况的发展了，他打算无论如何要撮合她和兰德林顿，相比在场的其他单身男士，这位苏格兰子爵是众人中的上选。兰德林顿和黛西将会过着平静有序的生活，尽管和大多数生活闲暇的男人一样，兰德林顿或许会偶尔寻花问柳，黛西将因忙于料理家庭和看书而无暇顾及。或者即使知道了，她也将学会对他的不检点睁一只眼闭一只眼，在她的梦幻中找到慰藉。

然而兰德林顿永远都不会意识到生命中拥有黛西是一份超乎想象的馈赠。

心情不畅的马修走下楼，加入了聚在一起等待晚宴的仪态优雅的人群。女人们穿着色彩斑斓、绣着刺绣、钉着珠花、镶着花边的礼服，男人们身穿端庄的黑色和明亮的白色礼服，他们着装平淡无奇，为了充当绿叶衬托女性。

"斯威夫特，"传来托马斯·鲍曼热情的欢迎。"到这边来——我想请你来向这几位朋友介绍一下最近的生产估值。"在鲍曼看来，没有什么时候是不适合谈生意的，马修顺从地加入到站在屋子一角的六个男人中，详述了他老板想要的数字。

马修比较拿手的技能之一就是在脑子里存储一长串数字。他喜欢数字，喜欢数字的各种组合模式，喜欢探索数字中的秘密，喜欢将复杂转换成简单的过程。和生活不同，数学题总有一个解法，总有一个确切的答案。

但在马修跟他们谈话的时候，他瞥见黛西同她朋友站在莉莲身边，他的半个脑袋顿时停止了运转。

黛西穿着紧束纤腰的奶黄色礼服，闪亮的褶边缎纹低领胸衣将小小的漂亮的胸部抬高，黄色绸缎丝带编成了漂亮的绳子固定胸衣。她乌黑的头发挽到头顶，只留了几缕螺旋的发卷垂于脖颈和肩头。她显得精致完美，如同甜点盘上漂亮的糖霜装饰，让人不忍去吃。

马修想一把拉下她的胸衣，让她的双臂被绸带绳子缠住，他想吻遍她柔嫩白皙的肌肤，寻觅到她的乳尖，让她扭动翻腾——

“但你真的觉得，”传来马德林先生的声音，“市场有扩展的空间？毕竟，我们在讨论下层阶级，众所周知，不管他们来自哪个国家，他们都不喜欢经常洗澡。”

马修把注意力拉回到面前这位身材高挑、衣着整洁的绅士身上，他的金发在大吊灯的灯光下闪闪发亮。在他作答之前，他告诉自己也许这个问题背后并没有恶意。那些特权阶级一旦费心考虑穷人的问题，他们的想法往往是完全错误的。

“事实上，”马修沉稳地说，“现有数据表明，香皂一旦以普及型的价格进入大规模生产，这个市场将迎来大约百分之十的年增长率。马德林先生，任何阶级的人都想要干净，问题是高品质的香皂一直以来都是奢侈品，因此很多人消费不起。”

“大规模生产，”马德林琢磨着大声说，他考虑这个问题时，消瘦的脸上起了皱纹。“这个词有些争议……这似乎让下层阶级有了效仿贵族的能力。”

马修把这几个人环顾了一圈，发现鲍曼的头顶变红了——这从来都不是一个好的迹象——韦斯特克里夫默不作声，黑色的眼眸深不可测。

“确实如此，马德林先生，”马修郑重其事地说，“像服装和香皂这类产品的大规模生产将让穷人有机会能过上像我们一样健康的、体面的生活。”

“那怎么分清谁是谁呢？”马德林提出了异议。

马修向他投去疑问的眼神。“恐怕我没明白你的意思。”

兰德林顿加入了讨论。“我觉得马德林想问的是，”他说，

“如果一个女店员和一个家庭富裕的女性都打理得干干净净，穿着也很相似，那么如何来区分她们呢？如果一位绅士无法从外表上来区分她们，他又如何知道怎样对待她们呢？”

马修对如此势利的问题大感吃惊，他在回答前仔细地想了一下。“我一直认为无论属于哪个阶级，所有女性都应受到尊重。”

兰德林顿也正想张口争论时，韦斯特克里夫语气生硬地说：“说得好。”

没人愿意和伯爵唱反调，但马德林追问道：“韦斯特克里夫，鼓励穷人摆脱他们的处境，允许他们装作和我们没有区别，你觉得这没有一点害处吗？”

“我能看到的唯一的害处，”韦斯特克里夫淡定地说，“是因为害怕失去我们的优越感而去限制人们改善生活的意愿。”

这句话让马修比之前更欣赏这位伯爵了。

兰德林顿依旧沉浸在女店员的假设问题中，他对马德林先生说：“马德林，不必担心——不管一个女人穿着怎样，绅士总能发现反映她真实社会地位的蛛丝马迹。淑女的嗓音通常都是柔美的，而女店员说话嗓门大、语气粗俗。”

“没错，”马德林释怀地说，他打了个寒颤，又说：“女店员穿着华丽光鲜，却操着一口伦敦腔……这如同指甲划石板的声音一样不和谐。”

“是啊，”兰德林顿哈哈大笑说，“还像一朵貌不惊人的雏菊夹杂在一束玫瑰中。”

这话显然没经过大脑思考，兰德林顿突然沉默了，他意识到刚才不经意间中伤了鲍曼的女儿，甚至直接用了他女儿的名字。

“雏菊，一种用途广泛的花，”马修打破了沉默，“因其清新纯朴而令人觉得可爱。我一直觉得这种花用在各种场合的布置都很合适。”

这群人马上一起应和——“确实”，“正是如此。”

韦斯特克里夫伯爵会心地看了一眼马修。

过了一小会儿，不知是预先的安排还是在最后一秒重排了座位，马修发现自己被安排在主桌，座位在韦斯特克里夫左边。当看到一个尊贵的座位给了一个名不见经传的年轻人，许多客人脸上露出吃惊的表情。

马修掩饰住自己的惊讶，见托马斯·鲍曼眉开眼笑地看着他，脸上带着父亲般的自豪……莉莲向她丈夫投去审慎的恼怒的目光，那种眼神会使差劲一点的男人心生恐惧。

一顿平淡的晚餐后，客人们分散到不同的小团体中。有些男人想到后露台上品波尔图葡萄酒，抽雪茄，有些女人想喝茶，其他人到会客室玩游戏和聊天。

马修正往露台走时，肩膀被人拍了一下。他低头看到了卡桑德拉·莱顿调皮的眼睛，她活泼兴奋，最大的本事就是抓住别人的注意力。

“斯威夫特先生，”她说，“我强烈要求你到会客室加入我们的活动，我不允许你拒绝。米兰达小姐和我已经安排了一些游戏，我想你一定会玩得很开心的。”她诡秘地眨了一下眼睛。“要知道，我们一直都在密谋。”

“一直在密谋。”马修谨慎地重复道。

“哈哈，对啊。”她咯咯地笑了起来，“我们决定今晚小小地邪恶一把。”

马修从来都不喜欢室内游戏，因为他从来都不能调动起自己对这种游戏所需的无聊劲。再说，在英国社会纵容的气氛中，这些游戏的惩罚经常是一些恶作剧和可能引起流言蜚语的行为，马修对丑闻有一种与生俱来的强烈反感。如果他会被卷入一个丑闻，那一定是有相当的理由的，而不会是因为参与了无聊愚蠢的室内游戏。

但在马修做出答复之前，某些东西进入了他的视线——一抹黄色从他眼前闪过。是黛西，她的手轻轻搭在兰德林顿子爵手臂上，他们正走在通往会客室的廊道上。

马修大脑理性的那部分告诉他，如果黛西要纵容自己和兰德林顿搞出一些流言蜚语，那是她自己的事。但他大脑更深处、更本能的那部分充斥着占有欲，他的双腿不由自主地迈出了步子。

“啊，太棒了，”卡桑德拉·莱顿激动得声音发颤，马上挽住他的手臂，“我们会玩得很开心的。”

本能的欲望突然掌控了马修的身体，这真是个令人讨厌的新发现。他皱着眉头走在莱顿小姐旁边，她一路嘴巴都没闲着，说了一通废话。

一群年轻男女已经聚在会客室，有说有笑，空气中弥漫着对游戏的期待，此外还掺杂着一种恶作剧的感觉，仿佛有的参与者已经被告知他们将参与一些恶搞的游戏。

马修站在门口，迅速把视线锁定到黛茜身上，她同兰德林顿一起坐在壁炉边，半倚在椅子的扶手上。

“第一个游戏，”米兰达小姐笑着说，“叫做‘动物’。”她等阵阵痴笑声渐渐平息后继续说：“不熟悉规则也不要紧，其实很简单。每位女士为自己选一位男伴，每位绅士将被指定模仿一种动物，例如狗、猪、驴等等。女士们先到房间外把眼睛蒙起来，然后回到房间寻找男伴。绅士们将通过模仿动物的叫声协助女伴做出正确的选择。最后一个找到男伴的女士将接受惩罚。”

马修心中暗暗叹息，他厌恶那些毫无目的、纯粹为了让参与者难堪的游戏，不管是自愿还是被迫，他都不喜欢陷入尴尬的状况，现在这样的情形是他无论如何都会避开的。

他观察着黛西，发现她不像其他女人那样痴痴傻笑，而是显得很坚毅，这是她尝试融入众人的努力，是她试图表现得像她周围没脑子的女人一样的尝试。真是该死的！如果这些就是人们所期望看到的适合结婚的年轻女子的特征，那毫无疑问黛西只能一直沦落为一朵壁花了。

“你做我的男伴，斯威夫特先生。”莱顿小姐拉高了嗓子说。

“很荣幸。”马修彬彬有礼地答道，只见她咯咯地笑了起来，仿佛他说了一些特别有趣的事。马修从未见过一个如此傻笑到不能自已的女人，他甚至有点担心她如果不停下，都快突发脑溢血了。

装满纸条的帽子在众人中传递，马修抽出一张打开看。

“奶牛。”他面无表情的告诉莱顿小姐，她随即又是一阵神经质的笑。

莱顿小姐和所有其他女士暂时离开了房间，马修站在一边，觉得自己就像个傻子。

男士们纷纷找好自己的战略位置，笑着期待被各位蒙着眼的女人撞到和触摸带来的乐趣。

会客室里萦绕着大家模仿动物的叫声——

“嘎嘎嘎！”

“喵喵！”

“呱呱！”

笑声此起彼伏。蒙好眼睛的女士们排成队列进来，房间里立刻爆发出动物的喊叫声，如同住满狂躁动物的动物园。女士们纷纷开始寻找她们的男伴，不时地扑撞到或嘶叫或啁啾或哼哼喘粗气的男人。

马修希望上帝保佑不要让韦斯特克里夫、亨特——更不要让鲍曼——碰巧在这个时候走进房间看到他现在这个样子，不然他以后永远也抹不去这份记忆。

当他听到卡桑德拉·莱顿的呼喊——“奶牛先生在哪儿？”时，他的尊严受到了致命的一击。

马修无奈地长叹一口气。“哞。”他冷冷地喊了一声。莱顿小姐的笑声传了过来，她渐渐走近，一路摸索着她靠近的男人，当她使劲从人群中挤出来时引来了几声尖叫。

“啊，奶——牛先生，”莱顿小姐叫道，“我需要你再协助一下！”

马修绷着脸叫道：“哞。”

“再叫一声。”她兴奋地声音发颤。

所幸卡桑德拉·莱顿蒙着眼睛，她看不到马修愤怒凶狠的眼神。“哞。”

咯咯咯，咯咯咯……笑声一直没停。莱顿小姐过来了，伸开手臂，手指一张一合地在空中抓摸。她碰到他了，手在他的腰间摸索，继而往下滑，马修抓住她的手腕，猛地向上一拽。

“我找到奶牛先生了吗？”她装作不知道，身子往他那儿靠。

他毫不含糊地用肘一抵，把她挡了回去。“是的。”

“胜利万岁！”她取下遮眼布，开心地欢呼。

随着其他小组也都纷纷找到各自的搭档，动物的吼叫渐渐平息，最后只剩下一个声音……笨拙地模仿一种昆虫鸣叫的声音。是纺织娘？还是蟋蟀？

马修探头想看看是谁在发出这样的声音，那个倒霉的搭档又是谁。在一阵惊叹和友善的嬉笑声中，人群分散开来，只见黛西·鲍曼摘掉眼罩，兰德林顿子爵耸了耸肩对她表示歉意。“那根本不是蟋蟀的叫声，”黛西涨红了脸笑着表示抗议。“你的声音像是在清嗓子！”

“我已经尽力了。”兰德林顿无奈地说。

噢，上帝啊。马修合了一下眼睛，他应该想到会是黛西。

卡桑德拉·莱顿显得特别开心。“太差劲了。”她说。

“不要吵，”米兰达小姐提高嗓音说，她站到黛西和兰德林顿中间，“亲爱的，你要接受惩罚！”

黛西似笑非笑地问：“什么惩罚？”

“惩罚的内容是‘当壁花’，”米兰达小姐解释说，“你必须靠墙站好，从帽子里抽出一位绅士的名字。如果他拒绝吻你，你就得继续靠墙站着，继续从帽子里抽名字，直到有人同意向你献吻。”

黛西的笑容凝滞了，虽然她的脸变得煞白，但两颊上仍旧留着两抹红晕。

“该死的。”马修心中恶狠狠地咒骂着。

这是个令人难堪的窘境。这件事会引发谣言，继而很容易产生恶意诽谤。他不允许这样的事发生，为了她的家庭，也为了她，还为了他的……但那是他心中不想去触碰的部分。

他不由自主地跨出了步子，但莱顿小姐一把抓住他的手臂，她的长指甲掐进了他的外衣袖子。“不准插手，”她警告说。“每个参加游戏的人必须心甘情愿接受惩罚！”她面带微笑，但眼神中流露出令马修讨厌的冷酷。她想看黛西丢脸，享受这个过程的每一秒钟。

女人是危险的动物。

环顾房间，马修察觉到绅士们脸上期待的神色，在场没有一个男人会拒绝亲吻黛西·鲍曼的机会。马修真想把他们的头砸到一起，拉黛西离开房间，可现在他只能眼睁睁看着帽子被送到她面前，再眼睁睁看着她颤抖的手指伸进帽子。

黛西抽出一张纸条，默念纸上的名字，她的眉毛皱到了一起。整个房间突然一片沉寂，还有一些期冀的喘气声……过了一会儿，黛西低着头把名字念了出来。

“斯威夫特先生。”她没有给别人核实的机会，迅速把纸条塞回帽子里。

马修感到心脏在胸口猛烈地跳动。他不确定情况算是峰回路转了呢，还是变得愈发糟糕了。

“这不可能，”莱顿小姐发出了嘘声。“不可能是你。”

马修不在意地低头瞥了她一眼。“为什么不可能？”

“因为我没有把你的名字放到帽子里！”

他做出了令人看不懂的表情，“显然有人把我名字放进去了。”他说完，猛地把手臂从她的手里抽了出来。

当马修朝黛西走去时，整个房间突然变得鸦雀无声，接着人群中一片哗然，大家纷纷窃笑。黛西努力保持镇定的神情，但她的脸上还是显露了纵情激动的颜色，她纤巧的身体像弓弦一样绷得很紧。她强装毫不在乎，在嘴角挂起一丝微笑。马修能看到她脖颈处脉搏的强烈跳动，他想亲吻她的搏动，用舌头感受它，抚摸它。

他走到她面前，与她相对而视，想看出她的心思。

现在这个状况到底谁占了上风？

表面上来看是他……但叫他过来的是黛西。

她选择了他。为什么呢？

“游戏的时候我听到了你的声音，”黛西说，声音轻得只有他们俩能听到。“你听起来像一头消化不良的奶牛。”

“从游戏结果来看，我这头奶牛比兰德林顿那只蟋蟀强多了。”马修强调道。

“他的叫声根本不像蟋蟀，倒像是在清喉咙里的痰。”

马修欲笑又止。她生气的样子很是可爱，他所能做的就是努力克制自己的欲望不把她拉进怀里。他说：“我们把这事了结了，好吗？”

他希望黛西脸上的红晕不要红得那么炙烈，她白皙的皮肤把那两抹红衬托得愈加显眼，双颊仿佛鲜红的罂粟花。

马修继续往前靠近，他们俩的身体几乎贴在了一起，这时房间里的人一起倒吸了一口气。黛西仰起头，闭着眼睛，嘴唇微微撅起。马修拉起她的手，在她的指背上印下轻轻一吻。

黛西猛然睁开眼睛，神情惊愕。

人群中传出更多笑声，还有几声半开玩笑的指责。

与几个绅士互相善意地嘲讽了几句后，马修转向黛西，用愉快但坚决地语气说："鲍曼小姐，你先前提到过，你想在这个时候去看看你姐姐。我能陪你去吗？"

"但你不能走！"卡桑德拉·莱顿的惊叫声从房间后面传来。"我们的游戏才刚开始！"

"不用了，谢谢你，"黛西对马修说。"我相信姐姐不介意再等一会儿，我可以继续在这儿玩。"

马修给了她一个坚决而犀利的眼神。她突然变化的神情告诉他，她已经明白他的意思了。

他正想办法帮她脱身。

马上跟我离开这里，他用眼神指示她，不许争辩。

他看出黛西非常想拒绝他，但出于面子，她不会那样做。输了就得甘愿受罚。

黛西用力咽了一口口水。"不过……"她几乎哽咽了，"……我确实答应过姐姐要陪她喝茶的。"

马修向她勾起手臂，"非常愿意为您效劳，鲍曼小姐。"

房里传出一些抗议声，但当他们的脚跨出门口时，其他人已经在忙着组织另一个游戏了。天知道会客室里正在酝酿怎样无关紧要的流言蜚语。只要他和黛西不涉及其中，马修根本就不会在乎。

一来到廊道，黛西就把手从他的手臂中抽了出来，他们继续往前走了一段，到了图书室敞开着的门口。见里面没人，黛西一言不发地独自冲进了房间。

马修跟在她身后也进了图书室，随手把门带上，以免别人看到。这并不合适，但总比在廊道上吵架好。

“你为什么那么做？”黛西在他身边绕着圈，咄咄逼人地质问道。

“你是问为什么带你离开游戏吗？”一时被问得莫名其妙的马修用指责的语气答道，“你不该在那里，你心里应该很清楚。”

黛西恼怒得眼睛里都快冒火星了。“那依你看，斯威夫特先生，我应该在哪里？一个人在书房里看书？”

“那里是个制造谣言的地方。”

“无稽之谈。我呆在我该在的地方，做着每个人都在做的事情，一切都尽如人意，是你把这一切毁了！”

“我？”马修不敢相信自己的耳朵。“我毁了你的夜晚？”

“没错。”

“我怎么毁的？”

她愤怒地盯着他，“你没有吻我。”

“我……”马修被她说得有些摸不着头脑，他疑惑不解地看着她，“我吻你了。”

“吻在手上，”黛西轻蔑地说，“这和不吻没什么差别。”

马修不确定他的态度是如何突然从自认为正义的优越感转变成对污蔑的抗议。“你应该心存感激才对。”

“感激什么?”

“难道不是明摆着吗? 我挽救了你的名誉。”

“如果你吻了我,”黛西反驳道,“我的声誉就能提高。可你却当众拒绝我,这样一来,兰德林顿、马德林以及其他所有人都会认为我有问题。”

“我没有拒绝你。”

“在旁人看来就是拒绝,你这个无赖!”

“我不是什么无赖。如果我当众吻了你,那我才是无赖。”马修停顿了一会儿,抑制住怒火继续说,“再说,你也没有什么损失。你为什么非得那么说呢?”

“我是壁花,没人想吻我。”

这太不可思议了。黛西·鲍曼如此大发脾气是因为他没有做他那么多年来一直渴望着、梦想着要做的事。刚才他努力克制欲望,让自己举止得体,但该死的,她非但不领情,还对此生起气来。

“……我就那么不讨人喜欢?”黛西愤怒地质问。“吻我就那么令人生厌?”

他渴求了她如此之久,他也无数次用各种理由提醒自己永远都不可能得到她。如果她憎恶他,不给他一点愿景的余地,他会觉得好过得多,但她的想法也许已经发生了变化,也许她也渴望得到他,这个念头他让感到一阵昏乱的紧张。

再这样下去,哪怕只多一分钟,他都要精神错乱了。

“……不知道女人要吸引男人该怎么做，”黛西愤怒地说。“当我最终有机会获得一些经验的时候，你——”她的视线转到他的脸上时，她突然停住。“你为什么这种表情？”

“什么表情？”

“仿佛你在痛苦中挣扎。”

痛苦。是的。当一个男人多年来一直渴求一个女人，然后发现自己和这个女人独处一室，他满脑子想的就是扯开她的衣衫就地占有她，却又不得不忍受她抱怨他没有吻她，这时，他就会感到这种痛苦。

她想要经验？马修早已准备好给她一生中的任何经验。他的身体已经勃起到不堪忍受的坚硬，以至于裤子布料的微微轻拂都足以让他不堪承受。他努力控制自己，把注意力集中于呼吸。呼吸。可是却唤起了更多的骚动，直到一片红雾聚集到他的视线周围。

在他还没有意识到的时候，他的手突然已经在她身上，抱住她手臂下方的身体，她的体温从黄绸缎裙子里渗透到他手上。她轻盈、柔软，如同一只猫咪……对他来说，要举起她，把她抵在墙上是那么的轻而易举……

黛西黑色的眸子震惊地睁得很大。“你要做什么？”

“我想要一个问题的答案，”马修努力把话说了出来。“你在那儿为什么叫我的名字？”

她的脸上迅速闪过各种的情绪……惊讶、负罪、尴尬。每一寸暴露在衣服外的肌肤都变成了粉红。“我不明白你的意思。你的名字在纸上，我别无选择，只能——”

“你在撒谎，”马修一针见血地说。发现她拒绝回答时，他的心脏几乎要停止跳动了。她不打算否认。她脸上的红晕变成了绯红。“我的名字不在那张纸上，”他继续努力说，“但你还是叫了我的名字。为什么？”

他们彼此都知道理由只有一个。马修闭了一下眼睛，他的脉搏是如此的炙热而激烈，以至于那猛烈的势头刺痛了他的血管。

他听到黛西迟疑的声音。“我只是想知道你会……你怎么……我只是想……”

这是最残忍的诱惑。马修试图让自己放开她，但他的手不听使唤，还是牢牢抓住黄色绸缎裙裹绕的柔美曲线，抱着她感觉太好了。他凝视着她的动人的嘴唇，她的下唇中间有一条淡淡的美妙的凹陷。“就吻一下，”他极力告诉自己，当然这是他至少能拥有的，可是一旦开始……他不敢肯定自己是否能停下。

“黛西……”他想找些话来缓和紧张的气氛，但他说话有些语无伦次。“我打算一有机会就……告诉你父亲……我无论如何都不能跟你结婚。”

她还是不愿意正视他。“你为什么不直接告诉他？”

因为他想抓住她的注意力。

因为他想装作他连做梦都不敢想的事变得触手可得，哪怕就一小会儿都行。

“我想惹你生气。”他说。

“呵，你的目的达到了！”

“但我从未认真地考虑过这件事。我觉得永远也不会和你结婚。”

“因为我是壁花。”她闷闷不乐地说。

“不，不是——”

“我不讨人喜欢。”

“黛西，你能不能不要——”

“连一个吻都不值得给。”

“好吧，”马修大喊一声，他理智的最后一根弦被拨断了。“该死的，你赢了。我吻你。”

“为什么？”

“因为如果我不这么做，你会没完没了地抱怨下去。”

“现在太晚了！你应该在会客室的时候吻我，但是你没有，现在我不会将就接受你这种半吊子的安慰奖。”

“半吊子？”

黛西说错了话。马修能看出黛西刚说出口就意识到了用词不妥。

她的话注定了她的命运。

“我——我的意思是虚情假意，”她说话间有些喘不过气，使劲扭动身子想从他手里挣脱出来。“显然你不想吻我，因此——”

“你刚才说的是半吊子。”他猛地把她拉回来，贴着自己。“也就是说，我现在要证明一件事。”

“不，你不用，”她立刻答道。“真的，你不用——”他一只手拖住她的脖子时，她发出了几声轻微的惊呼，接着，所有的声音都在他把她的头拉向他时消匿了。

第七章

两唇相触的一刹那，马修就知道，事情麻烦了。黛西在怀的感觉太过美妙，世间再也没有任何事物能与之比肩。为了生活，他早已走向毁灭，但上帝保佑，他不在乎了。

她的嘴唇柔软而炽热，一如阳光，又像心材木燃起的白色火光，令人眩晕。他用舌尖轻触她的下唇，惹来一阵喘息。慢慢地，她的手攀上了他的肩膀，继而手指游移到他的脑后，插入发间，不准他离开。那样见鬼的事才不会发生，现在什么都别想让他停下来。

他单手托着她轮廓精致的下巴，颤抖着轻轻抬起了她的脸，她嘴里那若隐若现的芬芳，令他渴望得几乎失了控……他探寻着她双唇间丝滑的质感，一次比一次用力，一次比一次深入，直到她不得不加深了呼吸，身躯也紧紧地攀附着他。

他用一只满是肌肉的手臂紧紧揽着她的背，又分开修长有力的双腿，将她置身其间，好让她知道现在的他到底是多么强壮和结实。她那被缀有蕾丝的带衬胸衣紧紧包裹住的上身，使得他脑海里只剩下用力扯落胸衣，一探底下娇嫩肉体的原始欲望。

但结果他只是用手指插入她高挽的发中，将她的脑袋后仰，直到她头部的全部重量都落到他的手上，露出白皙的喉咙。他寻到之前留意到的脉搏涌动之处，嘴唇沿着肌肤下暗藏着的经脉轻柔游走。当他的吻落到某个敏感的地方，她发出一阵压抑的呻吟，他的唇亦跟着感受到因之而起的微弱震颤。

这大抵就是跟她做爱的感觉吧，他迷迷糊糊中想着……当他进入她的身体时，她也将像现在一样美妙地颤抖着，呼吸紊乱，断断续续，喉咙里发出一阵又一阵无助的呻吟。她的肌肤温热而细腻，散发着茶香和爽身粉的味道，间或夹杂着一丝若有还无的嗅盐味。他再度覆上她的嘴，长驱直入灼热的湿滑之地，那甜蜜的芬芳让他几欲疯狂。

照理她应该挣扎才对，但事实上她不但屈服了，身体还愈发柔软起来，叫他变得更加肆无忌惮。他开始用缠绵深长的吻在她嘴里攻城掠地，使她紧贴着他的身体也跟着有节奏地颤动起来。他发觉她在裙子底下分开了腿，于是果断地抬腿挤了进去。她在人类最原始欲望的折磨下不安地扭动着，脸色潮红得一如夏末盛开的罂粟。如果她知道他真正想对她做些什么事，恐怕她的脸庞会变得更加鲜红欲滴罢，或许干脆当场昏过去也说不准。

好不容易才放过她的嘴，马修用下巴抵着她的颊侧。“我想，”他声音粗重，“这足以证明我认为你是否具有吸引力了。”

黛西在他的箍制中奋力扭动着转过身来，目无焦点地瞪着面前一排排的皮面书，纤巧的双手撑着红木架子，试着平复自己狂乱的呼吸。

马修站在她的身后，倾身用自己的手掌盖住她的。当他俯身吻上她敏感的耳廓的时候她贴着他胸膛的纤细肩膀一下子僵硬了起来。

“别这样，”她气息浓重，试图挣脱。

但是马修停不下来。随着她脑袋的移动，他转而磨蹭起她线条优美的脖子。他松开一只手，抚上她紧身胸衣上方裸露的肌肤，而底下，就是隆起的乳房。黛西抬起得空的那只手，压着他的手指紧紧按向胸前，好像必须得集合他们两个人的力量，才得以舒缓她狂跳不止的心脏。

马修绷紧全身肌肉，才能制止自己想要一把将她抱上旁边沙发的冲动。他想要跟她做爱，想要将自己深深埋入她的体内，直到她的甜美将那些苦涩的记忆消融殆尽，但是那样的机会，早在他们相识之前就已经不复存在了。

他什么都给不了她。他的生活，他的名字，他的身份……一切都是假的。他并不是她所以为的那个人，而早晚有一天，她会发现这一切。

然而让他懊恼的是他早已在不知不觉中探手伸向她的裙裾，随时准备将之撩起。那些绸缎在指尖流淌成一股股闪着波光的细流，他能想象在这礼服和蕾丝层层包裹下的身躯是如何曼妙，而将她剥个精光又会是怎样一种带着罪恶的快感。更别提用他的嘴巴和指尖亲自丈量她身体的每一寸，熟悉每一道曲线和起伏，以及所有最私密的地方了。

看着那仿佛不属于自己的手，马修一根接一根地抻直了手指，任凭那些黄色的缎子从指尖滑落。他将她转过身来面对他，凝视着那对深邃的棕色眸子。

“马修，”她声音混浊。

这是她第一次直呼他的名字。他努力隐藏着自己强烈的反应，“怎么了？”

“关于你的措词……你刚刚说的是在任何情况下都不能跟我结婚……而不是不愿。为什么？”

“既然不可能发生，”他回答她，“也就没必要知道理由了。”

黛西闻言皱起了眉头，嘴巴也随之撅了起来，引得他直想一亲芳泽。

他退到一边，示意她离开。

接收到他无声的信号，黛西起身擦过他身旁。

但是当她的手臂蹭过他的，马修突然用手指一把扣住她的手腕，将她重新扯进了自己的怀里。他情不自禁地吻上她的嘴，似乎她就是属于他的，似乎他们正结为一体。

这就是我对你的感情，他激烈的吻这样告诉她，这就是我想要的。他感觉到她四肢的紧绷，享受着她的回应，紧接着意识到他当下就能让她达到高潮，只要他把手伸进裙子，然后——

不，他狠狠地告诉自己，现在这样已经逾矩了。意识到自己已经濒临失控边缘，马修低吟着猛地抽离了自己的嘴巴，一把推开了黛西。

她飞快地逃离了图书室，身后黄色礼服的下摆绕过门框，像日落时的最后一道余晖一样，最终跟着消失不见了。

然后马修开始懊恼，从今往后，他还怎么能装作若无其事地与她相敬如宾?

在乡间,由庄园女主人作为代表向佃户和乡民布施是一项历史悠久的传统。这就意味着除了提供建议与帮助,还要负责向家境最为困窘的人家分发食品和衣物之类的生活必需品。莉莲一直自觉地履行着这一职责,但她现在的情况却不允许她再这么做了。

想要烦请梅西迪斯前来代劳的念头最好有都不要有——对于这样一份差事,她只会粗鲁待人,毫无耐心。她不喜欢身边围着的净是些老弱病残。老人家会被她弄得浑身不自在,而她说话时的某些腔调又总会把小孩吓得啼哭不止。

于是黛西就成了不二人选,事实上,她对出访一点都不反感。她喜欢独自驾着小马驹拉着车子分发那些包裹和坛子,读书给视力不好的人听,然后从乡民们口中搜集各种各样的信息。更妙的是,这份差事可以让她不必硬套上所谓的时髦衣服,也用不着理会那些繁琐的礼节。

黛西乐意往乡间跑还有另外一个理由……这样她至少有事可做,而且能远离庄园,集中精力想想除了马修·斯威夫特之外的事情。

那个可怕的室内游戏及其后果——也就是说,被马修吻得神魂颠倒已经过去三天了,现在的他对她又开始变得跟过去一样,客气而冷淡。

要不是每次只要一靠近斯威夫特,她的血管里就开始嘶嘶冒起火花,腹部也像只醉了酒的麻雀一样不住地上下翻腾,黛西几乎就要以为，这一切不过是一场梦。

她想找个人来商量商量这到底是怎么回事，但一说起来未免又要怄气，这简直就像是种背叛，但至于背叛了谁，她也说不出个所以然来。她只知道一切都不对劲了，觉也睡不好，白日里也跟着变得神思恍惚，笨手笨脚起来。

黛西想自己可能是病了，于是跑去向管家描述了自己的症状，结果被逼着吞了一勺令人作呕的蓖麻油，还一点效果都没有。更糟的是，她连书都看不进去了。她来来回回地读着同一页上的内容，却始终吸引不了她。

黛西不知道要怎样才能让自己恢复正常，但至少不再纠结于自己的那点小破事，为别人做些什么也不失为好事一桩。

上午，她驾着一辆宽敞的敞篷马车出了门，拉车的是一匹名叫休伯特的棕色矮种马，结实得很。马车里摆满了装着食物的瓷罐子，一匹匹的法兰绒和一饼饼的乳酪，还有一个个包着芜菁羊肉、培根和茶叶的包裹和一瓶又一瓶的波特酒。

这次的走访总的来说还是挺顺利的，乡民们对于黛西的到来似乎也很高兴。其中一些人还绘声绘色地把早些年老伯爵夫人来访时的情况讲给她听，逗得黛西哈哈大笑。

老夫人总是心不甘情不愿地分发着带来的礼物，却希望人们摆出一副感恩戴德的样子。如果妇女们行的屈膝礼不够到位，她还会不阴不阳地询问她们膝盖是否抱恙。她还认为人们给孩子起名字的时候应该先来问问她的意见，甚至对他们的宗教信仰和卫生习惯也爱指手画脚。更倒人胃口的是，老夫人喜欢把食物混作一团，肉啊蔬菜啊糖果啊，统统都挤在一个罐子里。

“天哪，”黛西叫起来，一面把坛子和布匹放到桌子上，“她可真是个坏心眼的老巫婆！简直就像故事里说的……”然后她用夸张的语调给孩子们讲起了“汉斯与格雷特”的故事，逗得他们咯咯直笑或尖叫着钻进桌子底下，一边又乐呵呵地偷眼瞧着她。

那天结束的时候，黛西的小本子上已经写满了事情……能不能请个专家来瞧瞧赫尔思利老先生的弱视，或者替布朗特家向管家再要罐药水，治治布朗特先生的消化不良？

承诺会将所有问题直接转交给伯爵夫妇，黛西爬上已经空无一物的马车，向石字庄园驶去。

时近黄昏，橡树和栗树在未曾铺砌的乡间土路上投下长长的影子。英格兰这一地区的森林还没有被大肆砍伐，好用来满足大城市里不断涌现的车船和其他工业的需求。这里的林地还是一派原始风光，不染人间烟火，只有几条狭窄的马车道穿行其间，掩映在繁茂的枝叶底下。四合的暮色中，那些树木看起来影影绰绰的，有种别样的神秘，仿佛在守护着另一个世界，那里住着德鲁伊教的教徒、魔术师和独角兽。一只棕色的猫头鹰从小路上空掠过，在逐渐暗下来的天色里看起来就像只蛾子。

小路上寂静无声，只有车轮碾动时发出的咯吱声和休伯特的马蹄敲打地面的声音。黛西在马儿突然加快步伐的时候紧紧抓住了缰绳，休伯特看起来很紧张，脑袋也不安地晃动着。

“放松，小子。”黛西安抚着他，一边试图在车轴被崎岖的路面硌得咯吱作响的时候迫使它慢下来。“你不喜欢森林，对不对？别担心——我们很快就能到开阔的地带了。”

马儿依然坐立难安,直到树木逐渐疏朗,头顶也不再有枝叶遮盖才渐渐缓和下来。他们走的是一条干燥低陷的小路,一边是树林,另一边是草地。"看那儿,你这娇滴滴的小紧张,"黛西语调轻快,"没什么好担心的,看到没?"

结果表明,她高兴得太早了。

她听到林子里传来一阵枝条被重重踩断的声音。休伯特害怕地嘶叫了起来,向声音传来的方向晃动着脑袋,然后一阵响亮的动物哼哼声使得黛西颈后的寒毛竖了起来。

乖乖,那到底是什么东西啊?

突然,一个巨大的黑影钻出林子,向马车冲了过来。

一切都发生得太快了,黛西根本来不及反应。休伯特慌不择路地一个劲往前冲,嘴里还嘶嘶冒着气,她只能死死地拉住绳子,马车咯吱咯吱叫着一路颠簸,活像是小孩子的玩具车。

黛西徒劳地想坐稳在马车上,但马车突然撞上了一道深深的车辙,将她从车子里抛了出来,然后被一阵大力甩到了硬邦邦的路面上,而休伯特还在撒蹄狂奔,沿着小路跑开了。

她被摔得一口提不上气来,只觉得胸口憋闷,呼吸急促。她发现有个庞然大物向她冲了过来,但紧接着一阵枪响划破空气,震得她的耳朵嗡嗡作响。

随后响起一声瘆人的动物惨叫声……再然后,一切又恢复了平静。

黛西想要试着坐起来,但很快就因为肺里的一阵痉挛颓然地趴了回去。她只觉得有一把钳子紧紧地夹着她的胸膛,她几乎就要将肚子里的小脆饼吐个干净,但一想到呕吐起来有多么痛苦，她勉强地压下了喉咙。

刹那间蹄声雷动——数骑绝尘而来——震颤着黛西颊下的地面。总算能够稍稍提上口气，黛西用肘部撑着支起了上身，抬起头来。

三个人——不，是四个——正向她飞驰而来，小路上尘土飞扬。其中一个男人在马还没有停稳之前就翻身下了马，急急向她冲了过来。

他屈膝跪了下来，同时一把将她揽进怀里，黛西惊讶地眨了眨眼睛。她倚着他的手臂仰起头，然后在一片模糊中对上了马修·斯威夫特黝黑的脸。

“黛西。”他的语调急切而慌张，她还从来没听他用这样的语气说过话。他用一只胳膊揽着她，空出来的另一只手则迅速地在她身上检查着伤处，“伤到没有？”

黛西试着解释她只是喘不过气来，而他似乎听懂了她语无伦次的乱哼。“没关系，”他对她说，“先别说话，慢慢地呼吸。”发觉她在他怀中扭动，他调整了下她在他臂弯的姿势。“靠着我休息会儿。”他抚上她的头发，将它们从她脸上轻轻拂开，她的四肢跟着窜过一阵轻微的颤动，他见状将她搂得更紧了些。“慢慢来，甜心。放松。你已经安全了。”

黛西闭上了眼睛，来掩饰她的惊讶。马修·斯威夫特正用他结实有力的臂膀抱着她，一边还对她喃喃低诉着爱语，这让她的骨头酥得都快化掉了。

与她那帮兄弟姐妹长年累月的厮混使得黛西跌倒了很快就能爬起来。要是换作其他时候，这会儿她早就已经跳起来开始拍身上的灰尘了，但此时此刻，她身上的每一个细胞都浸满了愉悦，她只希望拖得越久越好。

马修温柔的手指轻轻抚摸着她的颊侧。“看着我，甜心，告诉我伤到哪儿了。”

她抬起睫毛，直直地对上他的脸。她望进他那异常湛蓝的眼睛，感觉自己快溺死在那层层叠叠的颜色里了。“你有一口好牙，”她气息不稳，“但是你知道吗，你的眼睛更好看……”

斯威夫特皱起了眉头，拇指指腹轻抚过她的颧骨，她的皮肤立刻染上了一层粉色。“能告诉我你的名字吗？”

她眨了眨眼，“你不记得了？”

“不，我想看看你自己记不记得。”

“我怎么可能傻得连自己的名字都会忘，”她抗议道。“我叫黛西·鲍曼。”

“你的生日？”

她突然调皮地笑了起来，“就算我告诉你的是错的，你也不知道啊。”

“你的生日。”他坚持着。

“三月五日。”

他无奈地抿了抿嘴，“不许调皮，小淘气。”

“好吧，是九月十二日。你怎么会知道的？”

斯威夫特没有回答，只是抬起头对此刻正围着他们的同伴说话，“瞳孔正常，”他说道，“思路清晰，也没有骨折。”

“谢天谢地。”是韦斯特克里夫的声音。

越过马修·斯威夫特宽阔的肩膀，黛西看到她的姐夫正站在他们身边。还有马德林先生和兰德林顿子爵，都一脸同情的样子。

韦斯特克里夫手里拎着步枪，在她身边蹲了下来。“我们刚结束下午的狩猎准备打道回府，”伯爵说道，“没想到正好遇上你被袭。”

“我发誓那是头野猪。”黛西不无惊奇地嚷嚷。

“但那是不可能的，”兰德林顿子爵轻笑着开了口，一副居高临下的样子。“你的想象力还真是丰富得可爱，鲍曼小姐。英格兰的野猪已经绝迹好几百年了。”

“但是我明明看到了——”黛西不肯松口。

“别急，”斯威夫特低声安慰道，一边将她搂得更紧了些，“我也看到了。”

韦斯特克里夫则是一脸懊恼，“鲍曼小姐说的不算全错，”他告诉兰德林顿。“我们这里曾经有家猪偷跑出来在野外繁衍了一两代，一直是个问题，上个月就有一名女骑手被其中之一袭击了。”

“你是说我刚刚是被一头愤怒的猪袭击了？”黛西问道，一边挣扎着想要坐起来。斯威夫特用一只手臂撑着她的背，让她靠在自己温暖的身侧。

日落时的最后一抹余晖也没入了地平线，一时间她有些看不分明。黛西别开了脸，然后感觉到斯威夫特正用下巴摩挲着她的头发。

“不是愤怒，”韦斯特克里夫说到那头猪，“只是野惯了，所以变得有些危险。家猪被放养了之后很容易就变得富有攻击性，体型也会跟着变大。我估计我们刚刚看到的那头足有二十石重。”看到斯威夫特一脸困惑，伯爵又解释道，“也就是近三百磅。”

斯威夫特用自己结实的身体托着黛西，帮她站起来。“慢慢来，”他声音轻柔。“头晕不晕？会不会恶心？”

黛西已经完全没事了，但这么靠着他站着的感觉太过美妙，所以她有气无力地答道，“好像有一点。”

他伸手揽过她的脑袋，将之轻轻靠在自己的肩膀上。感觉到他的拥抱中不言而喻的保护意味和他结实的身体的美妙触感，她的体温悄悄攀升着。这所有的一切都出自马修·斯威夫特，那个曾经被她认为最不浪漫的人。

这次的出访还真是惊喜连连。

“我带你回去，”斯威夫特在她耳边说道，她的身体因愉悦窜起一阵战栗。“坐我前面有问题吗？”

一切都乱了，黛西暗自想道，对于接下去要发生的一幕自己竟然丝毫不觉得羞耻，只剩了满心的期待。在他抱她上马的时候她又可以倚进他的臂弯，还能偷偷做上一两个白日梦，幻想自己是被风度翩翩的无赖诱拐的不安分少女——

“恐怕那样不合适吧，”兰德林顿子爵笑着插话，“考虑到你们之间……”

黛西脸色一下子白了。起初她以为他指的发生在图书室里的惹火场面，但兰德林顿不可能知道这件事，她没有告诉过任何人，而斯威夫特对自己的私生活更是守口如瓶。不，兰德林顿指的应该是他们之前在草地保龄球比赛中的互不相让。

“我看还是由我护送鲍曼小姐回家吧，”兰德林顿说道，“以免发生任何冲突。”

黛西朝子爵笑盈盈的脸狠狠横了一眼，巴不得他赶紧闭上他的嘴。她正想开口反对，不料斯威夫特已经出了声。

“或许您说得对，大人。”

哦，可恶。当斯威夫特将她轻轻推出自己温暖怀抱的时候，黛西只觉得又冷又恨。

韦斯特克里夫神情严肃地打量着地面，“我得找到那大家伙，干掉它。”

“请不要为了我这么做。”黛西急忙接口。

“地上有血，”伯爵解释给她听，“那家伙受伤了，与其让它痛苦，不如早点一了百了。”

马德林先生也取了自己的枪来，急切地表示：“大人，我跟您去。”

与此同时，兰德林顿子爵已经上了马，“扶她上来，”他对斯威夫特说道，“我会安全地把她送回庄园。”

斯威夫特抬高黛西的脸，然后从自己的口袋里掏出一块白色的手帕。“如果我们到家的时候你还觉得头晕，”他对着她说，一边小心地擦拭着她脸上的污渍，“我就去请大夫，明白了吗？”

尽管他的口气依然傲慢，但注视着她的眼神中却柔情闪动，使得黛西忍不住就想钻进他的外套紧贴住他的心跳。“你和我们一块回去吗？”她问他，“还是留下来陪着伯爵？”

“我就在你们后面，”将手帕收回口袋，斯威夫特弯下身，轻易地就将她抱了起来，“抓紧我。”

黛西的胳膊绕上他的脖子，手腕触及他颈后的滚烫皮肤和如丝般凉滑的头发，阵阵酥麻。他抱着她，好像轻如无物。他的胸膛坚硬如岩石，呼吸轻柔地蹭过她的脸颊，他的皮肤带着好闻的阳光和户外气息，她几乎控制不住想要埋进他的颈侧。

困惑于他对自己产生的巨大吸引力，黛西一语不发，任凭斯威夫特将自己抱给坐在枣红色高头马上的兰德林顿子爵。子爵将她安置在自己的前方，马鞍的边缘生生地硌着她的大腿。

兰德林顿是个英俊的男人，举止优雅，头发黑亮，五官精致，但是他的胳膊环着她的感觉，他那单薄的胸膛，他身上的味道……不知怎么的就是不对劲。他扣住她腰间的手也同样让她觉得生疏而碍眼。

一想到为什么她想要的人不能是他，却偏偏是那个跟她最没可能的男人，黛西就沮丧得差点落下泪来。

"怎么回事?"黛西一踏进马士顿厅莉莲就盘问了起来。她斜倚在长沙发上，手里拿着一本杂志，"你看起来就像被马车碾过一样。"

"事实上我遇到了一头态度恶劣的猪。"

莉莲笑起来，顺手将杂志放到一边，"是谁?"

"我可不是在打比方，真的是头猪。"黛西在旁边的椅子上坐了下来，一边绘声绘色地把她的不幸遭遇说给她听。

"你真的没事么?"莉莲关切地问。

"真的没事，"黛西再次向她保证。"休伯特也没事。兰德林顿子爵送我回来的时候它也正好回到了马厩。"

“那可够走运的。”

“没错,休伯特还真是聪明,能自己找到回家的路——”

“不,我说的不是那匹胆子小得要死的马,我指的是你和兰德林顿子爵一起回来的事。虽然我并不鼓励你主动去勾引他,但另一方面——”

“他并不是我想要共乘回家的那个人。”黛西低头盯着自己布满污点的衣服,全神贯注地从里面挑出一根马鬃。

“那也不能怪你,”莉莲安慰她。“兰德林顿虽然不错,却着实有些乏味,我敢肯定你更愿意让马德林先生载你回来。”

“不,”黛西回答。“我很庆幸不是他带我回来的。我真正想要的是——”

“别,”莉莲捂住了自己的耳朵。“不许说,我不想听!”

黛西神情凝重地盯着她,“你是说真的吗?”

莉莲皱着脸,“真他妈见鬼,”她低咒着,“该死,可恶,狗娘养——”

“宝宝出生以后,”黛西带着隐约的笑意开了口,“你可真的不能这么脏话连篇了。”

“所以儿子出生之前我得说个够。”

“你确定是男孩?”

“他最好给我是。韦斯特克里夫需要一个继承人,我可不想再受一次罪。”莉莲用掌根揉了揉疲乏的眼睛,“剩下的就只有马修·斯威夫特了,”她气鼓鼓地说,“那么他就该是你想要共乘一骑的人了吧。”

“没错,因为……我被他吸引住了。”大声说出来以后轻松多了。黛西终于能够松开紧绷的喉咙，缓缓地深吸了一口气。

“你是指身材?”

“还有其他方面。”

莉莲将手掌握成拳，支住脸。“那是因为爸爸的关系吗?”她问她，“你也突然想得到他的认可了?”

“哦，才不是。恰恰相反，爸爸的认可只会对斯威夫特先生不利。我一点都没有想要取悦爸爸的念头——我再清楚不过了，那根本就不可能。”

“那我就不明白了，你怎么就会看上一个与你根本不对盘的男人。你从来不是轻率的人，黛西。没错，虽然容易冲动，还满脑子幻想，但以你的聪慧和清醒，应该很清楚跟他搅在一起会有什么后果。我觉得问题就出在你太焦虑了，你是我们当中最晚出嫁的人，接着爸爸又给出了这么白痴的最后通牒，于是……”

“我才不焦虑。”

“如果你在考虑嫁给马修·斯威夫特，我敢说那简直就是自暴自弃。”

从没有人觉得黛西也会发脾气——那基本上是莉莲的专利。但此刻的她满腔怒火，像只突突冒着气的压力锅，她得拼命控制才不会让自己炸锅。

然而瞥见她姐姐鼓起的肚子，她慢慢消了气。莉莲正承受着诸多不适与不安，现在又多了一个黛西。

“我可没说要嫁给他，”黛西答道，“我只是想多了解他一点，知道他到底是怎样一个男人，这总没什么问题吧。”

“但是你不会如愿的，”莉莲斩钉截铁地下了论断。“那才是问题的关键。他才不会乖乖向你展示他的真面目，只会欺骗你。他最大的本事就是找出人们需要的东西然后将之制造出来满足他们的需要，自己从中谋利。看看他是怎么将自己塑造成老爸最想要的儿子的样子就知道了。而眼下，他正努力成为你想要的那种男人。”

“他不可能知道——”黛西正想辩驳，莉莲粗暴地打断了她，怒火中烧的她早已无法心平气和地进行谈话。

“他对你并没有兴趣，不会在乎你的感情和思想，也不在乎你是什么样的人……他只想要公司的股票，而你就是最好的敲门砖。当然他得先想办法让你喜欢上他……他会将你迷得团团转，但结了婚的第二天你就会发现一切都不过是表面功夫。他就和爸爸一样，黛西！你会因此而崩溃，或者就索性变得跟妈妈一样。那就是你要的生活？”

“当然不是。”

黛西意识到，这是有生以来的第一次，她没办法跟她姐姐讨论一件重要的事情。

可她还有很多事想说……马修·斯威夫特的所作所为不可能都是算计好的。他明明可以坚持让自己载她回庄园，却乖乖地把她交给了兰德林顿。她甚至想要老实交代斯威夫特吻了她的事，而那种让人目眩的感觉又多么让她困扰。

但是跟发怒中的莉莲没什么好争的，说来说去还是那个样子。

一阵沉默。

“那么，”莉莲开了口，“你接下去打算怎么办？”

黛西站起来，擦了擦胳膊上的污渍，“首先，我觉得最好去洗个澡。”

“你知道我说的是什么！”

“你想让我怎么办？”黛西故作礼貌的回答惹来莉莲一记怒瞪。

“告诉马修·斯威夫特那只癞蛤蟆，想让你嫁给他，门都没有！”

第八章

“……然后她就那样走了，”莉莲情绪激动，“没有告诉我打算怎么办，也没说她到底在想些什么，真他妈见鬼，我敢肯定她有事情瞒着我——”

“亲爱的，”安娜贝尔轻声打断了她，“你确定你给她说出一切的机会了吗？”

“你什么意思？我就坐在她面前，神智清楚，两只耳朵都在，那还不够？”

焦躁不安的莉莲根本睡不着觉，然后她发现安娜贝尔因为要照顾宝宝所以也还醒着，她们从各自房间的阳台上望见对方，于是就打手势示意在楼下见。大半夜的，在安娜贝尔的建议下，她们决定去马士顿画廊里走走，那是一间长方形的屋子，两边长长的墙上挂满了面无表情的家族画像和价值连城的艺术作品。她们披着长袍，手挽手地在画廊里漫步，因为莉莲迟缓的动作，所以走得很慢。

莉莲发现，自打怀孕以来，她和安娜贝尔走近了不少。她能明白她目前的感受，她自己不久前才刚经历过，而且她那波澜不惊的样子也总是能让她镇定下来。

“我的意思就是说，”安娜贝尔回答她，“你是不是只顾着告诉黛西你是怎么想的，忘了顾及她自己的感受？”

莉莲有些气急败坏，“可是她——可是我——”她停下来仔细想了想，“你说对了，”她粗声粗气地承认，“我忘了。一想到黛西被马修·斯威夫特吸引，我就什么都顾不上了。我根本不想跟她讨论这件事，只想告诉她应该怎么去做好早点脱身。”

她们在画廊的一头转了个弯继续走，旁边是一大排风景画。“你觉得他们之间有过亲密接触吗？”安娜贝尔问道，看见莉莲一下子紧张起来，她赶紧澄清，“比如亲吻……或者拥抱……”

“哦，天哪。”莉莲摇摇头，“我不知道。黛西这么单纯，那个阴险的家伙要引诱她简直易如反掌。”

“不过要我说，他是真的被她迷住了。换了哪个男人不会呢？她那么招人喜欢，而且又机灵可爱——”

“还很有钱。”莉莲在一旁阴沉沉地开了口。

安娜贝尔笑起来。“有钱并不是坏事，”她接过话头，“但就这件事来看，我觉得这并不是最主要的因素。”

“你怎么能那么肯定？”

“亲爱的，这显而易见啊。你也看到了他们俩对上眼的时候是怎样的，简直藏都藏不住。”

莉莲皱了皱眉，“我们休息会儿吧？我背疼。”

画廊当中摆着带垫子的长凳，安娜贝尔闻言赶紧扶她坐了下来。“我猜距离宝宝出世要不了那么久，”安娜贝尔嘀咕着，

“可能比预产期还要早。”

“谢天谢地。我只想快点回到没有身孕的日子，我还从来没有那么渴望过一件事。”莉莲一边说着一边试图越过自己高隆的肚子看向鞋尖，然而她的心思很快又回到黛西的事情上来。“我得开诚布公地跟她谈谈我是怎么想的，”她突然开了口，“马修·斯威夫特是个什么样的人我可看得清清楚楚，她自己却难说。”

“我想她已经了解你的看法了，”安娜贝尔快快地回答，“但最终决定权还是在她手上。我敢说当初你要确定对韦斯特克里夫的感情的时候，黛西可不会通过这样那样的方式来干涉。”

“这根本不能相提并论，”莉莲反驳，“马修·斯威夫特是个卑鄙小人！再说了，如果黛西真的嫁给了他，他早晚会把她带回美国，那我就几乎再也别想见到她了。”

“所以你希望她一辈子都呆在你的羽翼之下。”安娜贝尔暗自嘀咕。

莉莲回头狠狠瞪了她一眼。“你是在暗示我会自私到为了把她留在身边而阻挠她追求自己的生活？”

无视她的怒气，安娜贝尔带着同情笑了起来。“这就是你们一贯的相处方式，不是吗？彼此做伴，互相关爱。但一切都在改变，亲爱的。你已经有了自己的家庭和丈夫，很快又会多个孩子——你也该为黛西想想。”

莉莲的鼻子一阵发酸。她转过头，眼眶却不受控制地灼热起来，继而模糊了视线。“我保证，下次无论她看上谁，我都欣然接受，只要不是斯威夫特先生就行。”

“你不会喜欢任何一个她看上的男人的。”安娜贝尔环住她的肩膀，语气亲昵，“亲爱的，有时候你的占有欲太强了。”

“你还真是烦人，”莉莲埋怨着，将头枕上了安娜贝尔柔软的肩膀。当安娜贝尔令人宽慰的怀抱紧紧抱着她的时候，莉莲抽起了鼻子，她母亲从来没有这样抱过她。哭出来了会好受些，但也有些难为情。“我讨厌自己像个喷壶。”她嘟哝着。

“那是因为你怀孕了，”安娜贝尔安慰她，“这很自然，生完宝宝之后就会正常了。”

“应该是个男孩，”莉莲用手指擦了擦眼睛，告诉她。“然后我们就可以给我们的宝宝订个娃娃亲，到时候伊莎贝拉就是子爵夫人了。”

“我还以为你不信包办婚姻这一套。”

“现在信了。到底该跟谁结婚这种大事，我们的孩子们可没什么经验。”

“说得没错。我们得先替他们打点好了。”

她们一起吃吃笑了起来，莉莲觉得她的心情也变得轻松了一些。

“我有个主意，”安娜贝尔说道，“我们去厨房瞧瞧，我敢打赌肯定还有些用作饭后甜点的醋栗蛋糕剩下来，草莓酱就更不用说了。”

莉莲抬起头，在袖子上蹭了蹭湿漉漉的鼻子。“你真的觉得吃点甜食能让我好过点？”

安娜贝尔笑起来。“至少没什么坏处，不是吗？”

莉莲想了想，“那就走吧。”她说着，一边伸手让她的朋友拉她起来。

当女佣们用力拉开主厅走廊上的窗帘，并将它们用坠着流苏的缎绳绑起来之后，清晨的阳光顿时透过窗户倾泻而入。黛西往早餐室走去，她知道，这会儿几乎没什么客人醒来。她已经尽量多睡一会儿了，但充沛的精力在她体内横冲直撞，急切地想找个出口，所以她索性跳起来自己穿好了衣服。

仆人们正忙着擦拭铜器和木器，有些在清扫地毯，有些则忙着搬运水桶和一篮篮的亚麻布。再远些，隐约可以听见厨房里准备早餐时锅盘叮当的交响乐。

韦斯特克里夫伯爵书房的门开着，黛西路过的时候往镶着木板的屋里瞥了一眼。那房间很漂亮，简洁大方，阳光透过一整排彩色玻璃在铺了地毯的地板上投下七彩的光芒。看到有人坐在宽大的桌子前，黛西停下脚步露出微笑。那漆黑的头发和宽阔的肩膀告诉她，那是亨特先生没错了，他在石字庄园的时候常常会借用韦斯特克里夫的书房。

“早安……”她开了口，但在他回过身的时候却猛地住了口。

意识到那人并不是亨特先生，而是马修·斯威夫特，她浑身窜过一阵兴奋。

眼见着他从椅子里站起身来，黛西忙羞怯道：“不，不用，很抱歉我打扰了……”

她的声音慢慢小了下去，因为她发现他似乎有哪儿不对劲，原来他戴了一副薄薄的金属框架眼镜。

那张棱角分明的脸上架着眼镜……头发散乱着，似乎刚用手随意扒过，还有那发达的肌肉和阳刚的男人味，这一切竟然让人觉得出奇地……秀色可餐。

“你什么时候开始戴的?”黛西定了定神,开口问。

“大概一年前。”他笑笑,一手摘下了眼镜。“我看东西的时候得戴着它们,老是熬夜看合同和报告的后果。”

“它……它很适合你。”

“是吗?”斯威夫特摇了摇头,但笑意不减,似乎对于自己的外表并不在意。他把眼镜收起来放回马甲口袋里。“你感觉怎么样了?”他柔声问她。过了好一阵黛西才反应过来他指的是她从马车上摔下来的事情。

“哦,我很好,谢谢你。”他又在用他一贯以来的那种眼神看她了,全神贯注,目不转睛,以前黛西总会觉得浑身不自在,但此时此刻,他的眼神里找不到丝毫评判的意味,相反地,他的凝视让她觉得她是这世上唯一值得青睐的东西。她被看得手足无措,不安地摆弄起自己的粉红印花布裙。

“你起得真早。”斯威夫特开了口。

“我一向如此。真难以想象为什么有些人能在床上呆到那么晚,要睡的话早就睡够了吧。”话一说完,黛西就意识到有些人在床上做的可不仅仅只是睡觉而已,于是瞬间红了脸。

幸好斯威夫特并没有因此取笑她,虽然她瞥见他的嘴角隐约浮着一丝笑意。不再讨论睡觉习惯的敏感话题,他比了比身后的那堆文件,“我正在为即将到来的布里斯托尔之行做准备。在确定选址之前还有些事得处理。”

“伯爵大人已经同意由你来执行这个项目了?”

“没错,不过我还得先跟顾问委员会进行一番周旋。”

“可能是我姐夫的控制欲太强了,”黛西坦承道,“不过一旦他认为你值得信赖，我敢肯定他就会放手让你去干了。”

他向她投去了一个古怪的眼神。“那听着倒像是种夸奖，鲍曼小姐。”

她故作轻松地耸了耸肩。“不管你有没有其他缺点，但你的可靠众人皆知。我爸爸经常说，你准时得就像是移动钟表。”

他的声音里带上了一丝自嘲，“可靠，听起来还真是让人激动。”

要是在以前，黛西也会认为这是一种嘲讽。当人们评价一个男人“可靠”或者“和善”的时候，里头或多或少都带了一丝贬义。但是在过去的三个社交季里，黛西所见的那些所谓“绅士”不是纵情声色、心不在焉，就是毫无责任感可言。可靠是好男人的一个重要指标，她很疑惑以前她怎么就没想到这一点呢。

“斯威夫特先生……”黛西试着让自己语调轻快，但成效甚微。“我一直在想……”

“嗯？”他在黛西靠近他的时候不动声色地向后退了半步，似乎保持他们之间的必要距离事关重大。

黛西直直地看着他，“既然你跟我……没有可能……那么，我很想知道，你打算什么时候结婚？”

他起初有些困惑，继而面无表情。“我并不认为我适合结婚。”

“永远？”

“永远。”

“为什么不？”她继续追问，“是你太看重自己的自由？还是说你喜欢流连花丛？”

斯威夫特笑出声来，那声音如此温暖，黛西只觉得有一根羽毛轻轻刷过她的脊梁。“不。我一直觉得，能得一良人相伴便足矣，再去追逐其他的莺莺燕燕纯粹是在浪费时间。”

“怎样才能算作良人呢?”

“你是在问我想和什么样的女人结婚吗?”他似乎加深了笑意，黛西颈后的汗毛一下子竖了起来。“我想我遇上她的时候就会知道了。”

黛西假装漫不经心地踱到了彩色玻璃窗前。她举起一只手，看着阳光穿过那些拼接图案在她白皙的手上落下五彩的光影。“我想我大概知道她长什么样，”她依然背对着斯威夫特，“至少，个子比我高。”

“大多数女人都符合这一点。”他指出。

“贤淑能干又善于交际，”黛西继续说下去，“她会把心思放在实际的事情上，而不是成天光顾着做梦。她会将仆人们安排得井井有条，也不可能上鱼贩们的当买回已经变质的鳕鱼。”

“就算我曾经动过结婚的念头，”斯威夫特说道，“被你这么一说，我可是一点兴趣都没有了。”

“你要找到她一点都不难，”黛西还在往下说，声音却比自己想象中的还要闷闷不乐。“曼哈顿大街上比比皆是，没有成千也有上百。”

“你为什么肯定我会想要娶一个传统型的妻子?”

感受到背后他的靠近，她的神经一阵刺痛。

“因为你跟我爸爸很像。”她回答他。

“但我并不是他。”

“如果你娶的不是我所说的那种女人，早晚你会觉得对方是……寄生虫。”

斯威夫特的手轻轻搭上了她的肩膀，将她转过身来面对着他。他看向她的蓝眼睛里暖意融融，几乎让她怀疑他读懂了她心里真正的想法。“我想最好，”他慢慢说道，“我永远不会那么残忍，也不会那么蠢。”视线落到她胸前裸露着的肌肤上，他带着十二分的温柔，用拇指轻轻描画着她锁骨的形状，引得她蓬蓬袖下面的胳膊起了一阵鸡皮疙瘩。“我对一个妻子的全部要求，”他喃喃道，“就是她能心里有我，看到一天结束后回到家的我，会心情愉悦。”

随着他手指的触碰，她的呼吸急促了起来。“你要的并不多。”

“是吗？”

他的指尖触到她的喉咙底，那儿因为她用力的吞咽正在上下起伏。他眨了眨眼，迅速移开了双手，但似乎一下子又不知道该放在哪儿，最后只好插进了外套口袋。

但是他并没有离开。黛西疑惑是不是他也像自己一样感觉到了那种无法抗拒的吸引力，似乎只有进一步的亲近才能平息那种难以名状的渴望。

黛西象征性地清了清喉咙，然后挺直了她那五（以及带争议的零点一）英尺的小身板。

“斯威夫特先生？”

“怎么了，鲍曼小姐？”

“我想请您帮个忙。”

他下意识地眯起了眼睛。“什么忙?”

“一旦你告诉爸爸你不会跟我结婚,他肯定会……很失望。你最了解他了。”

“是的,我了解,”斯威夫特声音低沉。任何一个认识托马斯·鲍曼的人大概都会明白这一点,失望不过是短暂前奏,继而就会是勃然大怒了。

“恐怕我会因此没好果子吃。我迟迟没有抓获什么人,已经让爸爸不高兴了,如果让他知道我故意扰乱他的计划,呃,就是关于你和我……那么,我的处境就会变得非常……困难。”

“我明白。”比起黛西,斯威夫特恐怕他要更了解她的父亲。“我不会对他说什么的,”他静静说道,“而且我会尽我所能让你的处境好过一点。两天后我就要出发去布里斯托尔了,最多三天。兰德林顿和其他的男士……他们都不是傻瓜,而且很清楚被邀请来此的目的,如果毫无兴趣,他们根本就不会过来。所以相信不久之后,他们中就会有人向你求婚了。”

对于他如此热切地帮忙将她推向别人的怀抱,黛西觉得自己似乎有必要向他表示感谢。但事实上,她已经被他表现出来的急切气得酸意翻腾,急火攻心。

要是一个人像黄蜂一样肚子里装满了气,那么最好的办法就是去叮人。

“那就太好了,”她开口,“真是谢谢您,斯威夫特先生,您帮了我很多忙,尤其是给了我一些必要的经验。下次我跟男人接吻的时候——兰德林顿子爵,打个比方——我想我就会知道应该怎么去做了。”

看到他因此抿紧了嘴，黛西心底窜过一丝报复般的快感。

“不客气。”他的声音隐隐带着咆哮。

眼看他的手半举了起来，似乎想要狠狠掐住她的脖子或者用力摇晃她，黛西对他露出一个最灿烂的笑容，翩然逃离了他的控制范围。

随着时间慢慢过去，天空中的乌云越积越厚，最后变成一床青灰色的毯子，挡住了清晨的阳光。雨密密地落了下来，那些未被砌过的道路很快变得泥泞不堪，草地和沼泽也积起水来，逼得行人和动物只好快快回家。

这就是汉普夏郡的春天，阴晴不定，反复无常，时不时地来场恶作剧，让人防不胜防。如果在湿漉漉的早上带着伞出门，汉普夏郡的天转眼就变得阳光普照，要是不带伞呢，猝不及防的倾盆大雨又会把人淋得像只落汤鸡。

客人们三三两两地聚在一起……有些在音乐室，有些在桌球房，有些就索性聚在客厅里玩玩游戏喝喝茶，或排上那么几出戏。男士们呆在图书室阅读聊天，喝喝小酒，女士们则忙着刺绣和编织。所有的对话大抵都逃不开一个话题，那就是这暴雨何时才是个尽头。

黛西一直都很喜欢下雨天，她想象中最惬意的事就是手捧着书卷蜷缩在壁炉前。但是此刻的她却依然心浮气躁，就连那些印刷字母也丧失了它们的魔力。她从这个房间游荡到那个房间，偷偷看看客人们都在干些什么。

站在桌球房门口，她越过门框往里张望，那些先生们正手握酒杯和球杆，在桌子边懒洋洋地绕来绕去。象牙制成的小球相互撞击，在一屋子男人嗡嗡的说话声中，时不时地发出一两声轻响。她的注意力很快被挽着袖子的马修·斯威夫特给吸引了过去，他正俯身准备打出一杆漂亮的擦边球。

他的手熟练地握着球杆，蓝色的眼睛眯了起来，仔细地研究着桌子上那些小球的分布。一小绺不肯听话的头发落下来挡在额前，惹得黛西忍不住想要伸手将它们拨回去。斯威夫特将球漂亮地击进侧袋，引起一阵掌声，中间还夹杂着低低的笑声以及钱币易手发出的碰撞声。斯威夫特直起身，带着某种不怀好意的笑容向他的对手——韦斯特克里夫伯爵说了什么。

韦斯特克里夫闻言笑了起来，绕过桌子，嘴里衔着一支未点燃的雪茄盘算他的下一击。房间里一派男人间轻松惬意的氛围。

韦斯特克里夫绕过桌子的时候瞥见了站在门旁偷看的黛西。他向她眨了眨眼睛，于是她顿时像只缩头乌龟一样落荒而逃。她在庄园里一副鬼鬼祟祟的样子，只为了偷偷看上马修·斯威夫特一眼，这实在是太可笑了。

暗地里责骂了自己几句，黛西大步离开了桌球房，向大厅和主楼梯走去。她快步跃上楼梯，一路跑到马士顿厅才停下脚步。

莉莲半缩在沙发上，安娜贝尔和伊薇陪在她旁边。她脸色苍白而紧绷，皱起的额头上甚至现出几道浅浅的纹路，纤细的胳膊正捧着肚子。

“这回是二十分钟，”伊薇说道，眼睛盯着壁炉架上的挂钟。

“还不够规律，”安娜贝尔说道。她轻轻梳着莉莲的头发，将之编成整齐的辫子,纤细的手指在她浓密的发间穿梭。

"什么还不规律?"黛西打起精神跨进房间,"还有你为什么老盯着——"突然她一下子反应过来,脸色变得苍白。"哦,天哪,莉莲,你开始阵痛了?"

她姐姐摇了摇头,一脸迷茫。"也不能说是痛,就是肚子一阵阵发紧。午饭后开始的,第二次是一小时后,再接着是半小时,这会儿是二十分钟。"

"韦斯特克里夫知道了吗?"黛西屏住呼吸,"要我去告诉他吗?"

"别。"屋子里的三个女人异口同声。

"现在还没必要让他担心,"莉莲声音虚弱,"让韦斯特克里夫和他的朋友们一起好好享受午后时光吧,一旦他知道了,他就会在这儿走来走去指手画脚的,到时候谁都不得安宁,尤其是我。"

"那妈妈呢?要我去叫她来吗?"即便早就知悉了答案,黛西还是得问上一问。梅西迪斯并不是个能起到抚慰作用的人,虽然她已经生过五个孩子了,但提起各种人体官能还是会让她反胃。

"我已经够疼了,"莉莲冷冷地说道。"别,什么都别跟妈妈说。为了尽到义务她会就那么坐在这儿装装样子,那只会让我像惊弓之鸟一样浑身不舒服。现在我只要你们三个就够了。"

一边说着讽刺话,一边她已经伸出手去与黛西紧紧相握。生孩子是件让人恐惧的事,尤其是第一遭,即便是莉莲也不例外。"安娜贝尔说会这样子反反复复好几天,"她告诉黛西,一边搞笑地翻了个白眼。“那意味着我可能不会再像平常那样性情温顺了。”

“没关系，亲爱的。别憋着。”黛西抓着她的手，坐在了她脚边的地毯上。

屋子里一时静了下来，只听见挂钟滴答滴答的走动声和梳子轻轻刷过莉莲头皮的声音。她们的脉搏在合握的手掌中浑然一体，以固有的节奏沉稳地跳动着。黛西已经分不清楚，她们两个，到底是谁在安慰谁。眼见莉莲分娩在即，黛西一想到姐姐接下去要面临的疼痛和可能遇上的麻烦就一肚子担心，而前面，还有截然不同的生活在等着她。

她看了看伊薇，后者迅速地回了她一个微笑，她又看向安娜贝尔，只见她一脸气定神闲。她们会这样相互搀扶着，一起面对生活中的挑战、欢乐和恐惧，黛西这么想着，心中顷刻间盈满了对她们的深沉爱意。“我永远不会离开你们，”她说道，“我们四个要一直在一起，我无法忍受失去你们中的任何人。”

她察觉到安娜贝尔用鞋尖亲昵地蹭了蹭她的腿。“黛西……你永远都不用担心会失去一个真正的朋友。”

第九章

时间慢慢从午后过渡到了傍晚，暴风雨也跟着升了级，不再似往常春日里的小打小闹，转而变得气势汹汹。狂风挟着雨点撞击着窗户，在摇摇欲坠的篱笆墙和树木间恣意穿行，刺目的闪电一次次将天空划得四分五裂。她们四人呆在马士顿厅，一起测量着莉莲的子宫收缩期，直到时间最后确定为规律的每十分钟一次。尽管莉莲试图隐藏，但还是看得出来她对此心有戚戚。黛西猜，要她姐姐说服自己向这种控制着她身体的不可抗力乖乖投降恐怕没那么容易。

“坐在沙发上可不会舒服，”安娜贝尔终于发令了，一边扶着莉莲坐了起来，“来吧，亲爱的，该上床躺着了。”

“我是不是应该——”黛西开了口，琢磨着是不是已经到了最终要通知韦斯特克里夫的时候。

“没错，是时候了。”安娜贝尔回答她。

终于有事做了，不用再呆坐在一旁什么忙都帮不上，黛西松了一口气，紧接着她又问道：“接下来怎么办？要准备床单吗？

毛巾呢?"

"要,都要,"安娜贝尔用一只胳膊紧紧揽着莉莲的背,一边扭头吩咐她,"还有剪刀和热水瓶。再让管家去弄点缬草油来,还有用晒干的益母草和荠菜泡的茶。"

黛西急匆匆下楼去了,其他人则扶着莉莲去主卧室。她跑到桌球房,却发现那里空无一人,然后她又跌跌撞撞地去了图书室和一个主要的会客厅,但依然不见韦斯特克里夫的人影,似乎上哪儿都找不到他。压下心里的不耐烦,黛西强迫自己在走廊里快步超过那些客人的时候尽量步履从容,然后径直向韦斯特克里夫的书房奔去。谢天谢地,他就在那儿,跟她父亲、亨特先生和马修·斯威夫特在一起。他们正讨论得热火朝天,时不时蹦出些诸如"销售渠道欠缺"和"产品的单位利润"等字眼。

察觉到她立在门口的身影,他们抬起了头。韦斯特克里夫半坐在桌子上,此时直起了身。"大人,"黛西对着他,"我能跟您说句话吗?"

尽管她的语调还算平顺,但脸上的某些表情使他一下子警觉起来。他旋即走上前来,"怎么了,黛西?"

"是我姐姐,"她压低了声音,"她好像快要分娩了。"

伯爵一脸不敢置信,黛西还从没见过他这个样子。

"这也太早了吧。"

"显然宝宝不这么想。"

"但是……时间不对啊。"对于他的孩子出门前都不看看日子说来就来的行为,伯爵似乎颇为不解。

"那倒不一定,"黛西据理力争。"也有可能是医生估错了预产期，毕竟那只是种猜测。”

韦斯特克里夫满脸不悦，“就不能再精确点！这比预期的早了整整一个月……”突然他像是想到了什么，一下子面如死灰：“会不会是早产？”

虽然黛西自己私下里也有些担心，但她还是赶紧摇了摇头。“有些人怀孕以后特征会比较明显，有些则不然，大概是我姐姐本来就比较苗条，我敢保证宝宝不会有事的。”她对他安慰地笑笑。“四五个小时前莉莲开始阵痛，现在已经稳定到了每十分钟一次，所以安娜贝尔说——”

“她几个小时之前就开始阵痛却没人来通知我？”韦斯特克里夫怒吼出声。

“是这样的，在时间间隔变得规律之前那还不能算是严格意义上的阵痛，而且她交待了不许来烦你，除非到了——”

韦斯特克里夫爆出一句粗口，把黛西吓了一跳。他转身用隐隐发抖的手指对着西蒙·亨特颐指气使，“医生，”他咆哮一声，然后一阵风似的跑了出去。

西蒙·亨特对他的野蛮行径似乎一点也不感到意外。“可怜的家伙，”他语带笑意，探手把钢笔插进笔帽。

“他干嘛叫你‘大夫’？”托马斯·鲍曼问道，一边还在回味下午享用过的白兰地。

“我想他应该是指让我派人去‘叫大夫’，”亨特答道，“我现在就去。”

但结果去请村子里那位德高望重的大夫时却遇上了麻烦，派去的仆人只带回了坏消息，说就在陪他回庄园的路上，老先生自己摔伤了。

“怎么回事?”匆匆从卧室出来的韦斯特克里夫在听完仆人的汇报后厉声问道,另一边,黛西、伊薇、圣文森特、亨特先生和斯威夫特先生一小拨人都在走廊里候着,安娜贝尔则在房间里陪着莉莲。

“报告老爷,”那个仆人一脸懊恼,“大夫在一块湿嗒嗒的路石上滑了脚,我还来不及扶住他,他就摔倒在地,伤了腿。他说倒不至于骨折,但替伯爵夫人接生恐怕就力不从心了。”

伯爵漆黑的眼睛里迸出一道慑人的光芒。“你干嘛不搀着他?你给我帮帮忙,他那把老骨头,下雨路滑,你怎么能放心让他自己走!”

“如果真有那么不中用,”西蒙·亨特质疑道,“那老家伙就算来了又能帮得上伯爵夫人什么忙?”

伯爵瞪了他一眼。“从这儿到朴茨茅斯,方圆之内再也没有人比他对接生更有经验了。马士顿家族好几代人都是经他之手降生的。”

“这么看来,”圣文森特子爵接过话头,“这次的这位马士顿新成员得自力更生了。”他转而对着仆人问:“大夫没说有谁能代替他吗?”

“他说了,爵爷,”仆人不安地答道,“他说村里还有个接生婆。”

“那就赶紧去把她给我带过来。”韦斯特克里夫咆哮着。

“我已经试过了,老爷。但是……她有点醉醺醺的。”

“总之你把她带来就是了。都这个时候了,我可没功夫因为一两杯酒跟她计较。"韦斯特克里夫眉头紧锁。

"呃，老爷……其实，她醉得不是普通的厉害。"

伯爵狐疑地盯着他。"该死的，她到底醉成了什么德性?"

"她以为她自己是女王，还冲着我大吼说我未经允许踏上了她的专列。"

一阵短暂的沉默，大家都在努力消化这个场景。

"我真想宰人，"伯爵胡乱吼着，这时候，卧室里传来莉莲的惨叫，他一下子脸色转白。

"马库斯!"

"我来了，"韦斯特克里夫大声应着，一边转身恶狠狠地瞪着仆人。"去找人，"他咬牙切齿地吩咐着，"大夫、接生婆，哪怕是杂耍算命的，只要……现在……能找到。"

韦斯特克里夫旋即像道闪电一样冲进了卧室，留下一路哆哆嗦嗦的空气在嘶嘶冒着火星。屋子外面，雷声咆哮着从空中滚滚而下，枝形吊灯嘎吱作响，地板也兀自颤个不停。

那个仆人都快哭出来了。"我侍候老爷十年了，没想到今天却得卷铺盖走人——"

"回去找那个大夫，"西蒙·亨特对他说，"看看他的腿有没有好一点。如果没有，问他有没有能代替他的徒弟或学生——技术得过硬。我呢，就骑马去旁边的村庄看看能不能找到什么人。"

一直保持着沉默的马修·斯威夫特在一旁静静地开了口："你走哪条路?"

"往东那条，"亨特答道。

“那我往西。”

黛西凝目看他，半是惊讶半是感激。外面正风雨交加，这时候出门显然有些危险，更别提路上的诸多不适了。尽管莉莲毫不掩饰对他的厌恶，但他此刻却心甘情愿地揽下这份苦差事，黛西对他的好感不禁又增加了几分。

圣文森特子爵也冷冷地开口了，“看来留给我的就是南面了，毕竟她就要在《圣经》描述的倾盆大雨中分娩了。”

“还是你更愿意呆在这儿陪着韦斯特克里夫？”西蒙·亨特调侃他。

圣文森特横了他一眼，忍俊不禁。“我去拿帽子。”

距他们出发已经过了两个小时，莉莲的阵痛一阵紧似一阵，这种疼痛来得如此尖锐，让她几乎透不过气来。她死死攥着丈夫的手，几乎能听到骨头嘎吱作响的声音，韦斯特克里夫对此却似乎毫无知觉。他耐心地安抚着她，用一块打湿的冷毛巾仔细擦拭她的脸庞，把益母草汁水小口小口地喂进她嘴里，还按摩着她的腹背和双腿帮她放松下来。

安娜贝尔表现得极为称职，黛西甚至觉得接生婆能做的也不过如此。她用装满热水的瓶子熨帖莉莲的背部和肚子，在阵痛来临的时候对着她说话，告诉她，既然她安娜贝尔能熬过这一关，那么她莉莲也肯定行。

子宫每剧烈地收缩一次，莉莲就跟着颤抖一次。

安娜贝尔紧紧地握着她的手，“不用忍着，亲爱的。想叫就叫吧，骂人也没关系。”

莉莲虚弱地摇摇头："我哪还有力气叫，忍着还省力些。"

"我当时也一样。不过还是要提醒你，如果硬要咬牙忍着，可赚不了太多同情票。"

"我才不要人同情，"莉莲喘着气，在另一波疼痛即将到来的时候闭上了眼睛。"我只想……快点完事。"

看着韦斯特克里夫那绷得紧紧的脸，黛西暗自想到，不管莉莲要不要同情，她丈夫给的就已经够多了。

"你不应该在这儿，"阵痛过去后莉莲对韦斯特克里夫说道。她抱紧他的手，仿佛那是她最后的支柱。"你这会儿应该在楼下喝着酒散着步。"

"你倒好，女人，"他嘟哝着，用干毛巾吸去她脸上的汗水，"你这个样子还不都是因为我，我又怎么能让你单独面对这一切。"

闻言，莉莲干燥的唇间浮起一丝微弱的笑容。

门上响起一阵急促的敲门声，黛西跑过去开了门。把门拉开几英寸，她看到外面站着浑身泥泞的马修·斯威夫特，正一个劲地往下滴着水，气喘吁吁。她顿时松了一口气，"谢天谢地，"她大叫一声，"其他人都还没有回来。你找到人了?"

"算是吧。"

以往的经验告诉黛西，如果有人用"算是吧"作回答复，那就意味着结果并不近人意。"什么意思?"她小心翼翼地问道。

"他很快就会上楼来——现在正在清洗。道路变得泥泞不堪——到处都是坑坑洼洼——雷声也紧得很，马儿没有受惊跌断腿也算是个奇迹了。"斯威夫特摘下帽子，用袖子抹了抹额头，在脸上留下一道污渍。

“但是你确实找到大夫了不是吗?”黛西追问着,一边从旁边的篮子里抓了一块干净的毛巾递给他。

“没有。邻居们说大夫去了布莱顿,两星期后才回来。”

“那接生婆呢——”

“正忙”,斯威夫特回答简洁。“此刻她正在村子里给其他两名产妇接生。她说碰上特大暴风雨时就会偶尔出现这种情况——空气中的有些东西会起催化作用。”

黛西盯着他,一脸困惑,“那你带来的又是谁?”

这时候,一个有着温柔棕眸的秃顶男人出现在了斯威夫特身边。他也湿透了,但看起来还算干净——至少比斯威夫特要干净点——而且一副值得信赖的样子。“晚上好,小姐。”他局促地跟她打了招呼。

“他叫梅里特,”斯威夫特告诉黛西,“是个兽医。”

“是个什么?”

尽管门几乎是关着的,但里面的人还是听到了对话。床上传来莉莲拔高的声音:“你给我带了个给动物看病的医生?”

“他的声誉很不错。”斯威夫特答道。

莉莲身上堆着层层叠叠的被子,于是黛西把门又打开了些,好让她看一眼这个男人。

“有没有经验?”莉莲问梅里特。

“昨天刚替一只斗牛犬生下一窝小狗,再之前是——”

“那就够了,”感觉到莉莲因为即将到来的阵痛又抓紧了他的手,韦斯特克里夫连忙说道,“进来吧。”

黛西让那个男人进了屋，自己则拿着另一块干净的毛巾出去了。

“我本来还要去另一个村庄的，”斯威夫特沙哑的声音里透着歉意，“我不知道梅里特到底能不能帮上忙。但那些沼泽和小河都涨满了水，道路也因此阻塞了。我不能什么人都不带就这么回来。”看着他闭上眼睛，神情疲惫，她意识到在暴风雨中骑行是件多么消耗体力的事情。

可靠，黛西又一次想到了这个词。她用手指卷起干净毛巾的一角，揩去他脸上的泥巴和挂在今日新长出的胡须上的雨水。他下巴上的浓密胡茬深深吸引住了她，让她很想用自己的手指去摸一摸。

斯威夫特没有动，只是微微颔首，方便她够到他。“希望其他人能比我幸运，带个正宗的大夫回来。”

“但恐怕他们已经赶不及了，”黛西答道，“就在刚刚的一小时里，事情已经有了很大进展。”

他突然抬高了头，似乎她温柔的擦拭让他很是困扰。“你不进去吗？”

黛西摇摇头。“要按他们说，我在那儿就是个累赘。莉莲不喜欢被围观，而安娜贝尔也比我有用得多。但我得在附近候着，万一……万一她需要我。”

从她手上拿过毛巾，斯威夫特自己擦了擦后脑勺，那头浓密的头发被雨水打了个透湿，此时看起来有如海豹皮一样乌亮顺滑。“我马上回来，”他扔下话，“我得去清理一下，顺便换身干净衣服。”

“我父母和圣文森特夫人都在马士顿厅候着，”黛西对他说道，“你可以跟他们呆在一块——那儿比这里舒服多了。”

但结果斯威夫特并没有去客厅，他选择回来和黛西呆在一起。

当时她正背靠墙壁，盘腿坐在走廊里兀自出神，直到他走到她身边才猛然注意到他。他已经换上了一身清爽的衣服，但头发还湿着，他站在那里，低头看她。

“可以吗？”

黛西并不清楚他问的是什么，但她不由自主地点了点头。斯威夫特低下身子，像她一样盘腿坐在了地上。她还从来没有和一位绅士这样坐在一起过，更不用说是和马修·斯威夫特了。他友好地递给她一个小杯子，里面装着气味醇厚的紫红色液体。

带着几丝惊讶，黛西接过杯子，然后好奇地凑到鼻子底下闻了闻。

“马德拉，”她微笑着轻声喊了出来。“谢谢你，不过宝宝还没有生下来，现在庆祝有点为时过早了。”

“这不是为了庆祝，只是用来让你放松。”

“你怎么知道我最爱这种酒？”

他耸了耸肩，“随便猜的。”

但不知怎地，她就能肯定事情不会是这么“随便”而已。

然后他们就几乎没怎么说话，两人之间弥漫着一种古怪而和谐的沉默。“什么时候了？”黛西时不时地就会问上一句，而斯威夫特就默默递上他的怀表。

被他掏东西时口袋里传来的撞击声勾起好奇，黛西强烈要求一探究竟。

“恐怕你会失望的。”说着他从口袋里掏出东西，一股脑地堆到黛西的膝盖上，任凭她在里面挑挑拣拣。

“你比鼬鼠还爱藏东西。”她咯咯笑着说道。那堆东西里有一把折叠小刀，一小截钓鱼线，一些零钱，一个笔尖，一副眼镜，一小罐肥皂——毋庸置疑，是“鲍曼”出品——以及一小掇用蜡纸包着的柳树皮粉。用拇指和食指捏起那个纸包，黛西问他，“斯威夫特先生，你有头痛病吗？”

“没有，但是你父亲一听到坏消息时就会有，那时候它就派上用场了。”

黛西笑起来，然后从那堆东西中捡起一个小巧的银质火柴盒。“为什么有火柴？我印象中你不抽烟。”

“谁知道什么时候就得生个火呢。”

黛西举起一小板别针，疑惑地扬了扬眉。

“用来装订文件的，”他向她解释，“偶尔也能派上其他用场。”

“还有什么突发状况是你没有预料到的吗，斯威夫特先生？”她跟他开玩笑。

“鲍曼小姐，如果我有足够多的口袋，我就能拯救整个世界。”

他甚至为了逗她在说话的时候摆出一副不可一世的样子，一下子卸去了黛西所有防备。她笑出声来，心里也跟着升起一股暖意，即便她意识到喜欢上他并不会对改善自己的处境有所帮助。然后她低下头，研究起一捆用线绑着的小卡片。

“别人跟我说，来英格兰的时候要同时带着名片和名帖，”斯威夫特说道，“虽然我并不清楚这两者有什么分别。”

“拜访英国人的时候可不能给他名片，”黛西告诉他，“这是种冒犯——说明你一心想着从他身上赚钱。”

“一般来说，我就是这么想的。”

黛西笑了笑，这时候她发现了另一样吸引人的小玩意，并把它举了起来想看个究竟。

那是枚纽扣。

看到纽扣正面刻着的风车图案，黛西的眉头皱了起来。翻过来，背面是块薄薄的玻璃板，用铜包了边，里面藏着一小缕黑发。

斯威夫特的脸色一下子白了，伸手就想拿回纽扣，但是黛西极快地缩回了手，手指攥得紧紧的。

她的脉搏越跳越快。“我见过这个纽扣，”她说道，“一共是一套。妈妈给爸爸做过一件马甲，上面有五个扣子，分别刻着风车、树和桥……她从每个孩子的头上剪了一缕头发塞在里面。我还记得当时她是从我后面剪了一缕头发，这样就不会让别人看出来。”

斯威夫特还是没有看她，只是拿过那些摊成一堆的东西，有条不紊地又放回了口袋。

依然一片沉默，而黛西固执地等着一个解释。最后，她忍不住伸手拉住了他的袖子。他的胳膊僵在那里，眼睛盯着外套上她的手指。

“你是怎么得到的？”她轻声问。

很长时间他都没有出声，黛西还以为他不会回答了。

然而最终他还是开了口，只是声音里隐隐透着不耐烦，揪痛了黛西的心。“那天你父亲穿着马甲在公司到处走，引来一片赞叹。但后来他在发火打算丢一只墨水瓶的时候，不慎泼了一些在自己身上，把衣服给毁了。他不想就这么回去面对你母亲，所以把马甲一古脑儿地塞给了我，让我去处理。”

“但是你留了一个扣子。”黛西不敢出气，胸口因此阵阵发紧，心跳也跟着不断加快。“这个风车，代表的是我。难道这些年，你……你一直都随身带着我的头发？”

又是一段长时间的沉默。但黛西却无从得知他到底会不会回答，如果回答了，又会说些什么，因为这时候走廊里传来了安娜贝尔的大喊：“黛——西——！”

黛西手里紧紧攥着那个扣子，挣扎着想要站起来。斯威夫特快速起了身，先是帮她站稳，然后一把握住她的手腕，另一只手也跟着凑到她的掌下，眼神变幻莫测。

他想要回那个纽扣，黛西突然意识到。想到这点，她不敢置信地笑了起来。

“这是我的。”她向他抗议。事实上，她并不是多么想要那个烦人的扣子，只是想到他居然偷偷藏着她的一小部分，还随身带了那么多年，这感觉怪怪的。她甚至有些害怕去追想这样的举动到底意味着什么。

斯威夫特没有说话，但也不曾移动半分，摆明了打算跟她耗到底，于是黛西只好松开手指，让扣子落入他的掌中。他像只护雏的喜鹊一样把那小玩意收入囊中，然后放开了她。

带着疑惑，黛西匆匆跑向了她姐姐的房间。一阵婴儿的啼哭让她激动地屏住了呼吸，房门就在几步开外，但此刻对她来说却似乎遥不可及。

安娜贝尔在门口等她，神色紧张而疲惫，脸上却笑意满满。她用胳膊搂着一个裹着干净毛巾的亚麻布包。黛西捂住嘴轻轻摇头，喜极而泣。“哦，天，”她叫起来，一个劲地盯着婴儿那红扑扑的脸蛋，还有那明亮的棕色眼眸和一头浓密的黑发。

“快跟你的小外甥女打个招呼，”安娜贝尔提醒她，一边小心地把婴儿递给她。

黛西小心翼翼地接过了宝宝，惊讶地发现她竟然那么轻。“我姐姐——”

“莉莲很好，”安娜贝尔连忙答道，“她打了场漂亮仗。”

低声逗着宝宝，黛西走进了房间，莉莲正倚着一堆枕头，闭眼休息。她的身子在偌大的床上看起来分外娇小，头发编成了两条辫子，看起来就像个小女孩。韦斯特克里夫在她身边，看上去仿佛刚刚单枪匹马地经历了场滑铁卢。

兽医正在洗漱台旁用肥皂洗手，他抛来一个友好的微笑，黛西回以粲然一笑。“恭喜你，梅里特先生，”她对他说，“看来你又多了新的经验。”

莉莲听到她的声音惊醒了过来，“黛西？”

黛西抱着宝宝凑过身去。“哦，莉莲，她是我见过的最可爱的小东西。”

她姐姐咧嘴笑了，睡眼惺忪：“我也这么觉得。你能不能——”她停下来打了个呵欠。“抱她去给爸爸妈妈看看？”

“当然。她叫什么名字?”

“梅里特。”

“你用兽医的名字为她命名?”

“他帮了我们的大忙,”莉莲答道,“而且韦斯特克里夫也说没问题。”

伯爵把她身子周围的被子又塞紧了些,然后吻了吻她的额头。

“结果还是没有继承人,”莉莲轻声对他说,笑意不减。“我想我们还得再生一个。”

“不,不生了。”韦斯特克里夫用嘶哑的嗓子说道,“我可不想再来一次。”

被他们逗乐的黛西低头看了看小梅里特,小家伙在她怀里睡着了。“我抱她去给别人看看。”她柔声道。

踏上走廊的时候,黛西却惊愕地发现那里空无一人。

马修·斯威夫特已经走了。

第二天早上黛西起床后得知,亨特先生和圣文森特子爵都安全回到了石字庄园。圣文森特发现往南的路根本过不去,亨特先生比他稍微幸运一点,他在邻村找到了一位大夫,但后者却扭捏着不愿在这么糟糕的暴风雨中骑马出诊。显然亨特先生是费了好一番功夫才劝动他,威逼利诱大概一样都没少用。他们一回到石字庄园,大夫就给莉莲和小梅里特做了检查,结果显示她们的状况都非常稳定。按他的话说,小梅里特虽然个子小了点,但身体素质却相当不错,尤其长了一对好肺。

客人们在得知这一消息之后对于婴儿的性别颇有些议论。但看到韦斯特克里夫抱着他刚出生的小女儿时脸上的表情，以及他低声对她许诺要给她买小马和城堡，甚至愿意送她整个王国的时候，黛西知道，如果梅里特是个男孩，他也不见得会比现在更高兴。

和伊薇在起居室一起用早点的时候，黛西被一阵混乱的情绪弄得心烦意乱。除了小外甥女降生和姐姐平安带来的欣喜，还有些……紧张，眩晕，渴望。

这一切都是拜马修·斯威夫特所赐。

黛西很庆幸自己今天还没有见过他，昨天晚上发现的那些事情让她真不知道现在该怎么应付他才好。"伊薇，"她偷偷求她，"我有些事想跟你说，你愿意跟我一起去花园里走走吗?"此刻暴风雨已经结束了，阳光正从阴沉的天空中丝丝缕缕地透出来，有气无力。

"当然好啊，但现在外面却泥泞得很……"

"我们就沿着石子路走，只要在外面就行。这件事太私密了，不适合在这儿谈。"

伊薇瞪大了眼睛，然后一口喝干了茶水。喝得那么快，只怕是烫到舌头了。

被暴风雨肆虐过的花园一片凌乱，到处都是树叶和未成熟的花苞，往日干净的小径上也横七竖八地躺满了枝枝桠桠，但空气中却浸润着雨后泥土和花瓣带着湿意的芬芳。她们沿着碎石铺成的小路慢慢走着，一边深深呼吸着沁人心脾的新鲜空气。轻风徐来，却像不耐烦的孩子一样迫不及待地推着她们往前走，她们紧了紧身上的披肩。

黛西从不知道，对伊薇吐露一切之后竟会让她感觉如此轻松。她把发生在自己和马修·斯威夫特之间的所有事情都告诉了伊薇，包括那个吻，然后一路讲到发现他随身带着那个纽扣。伊薇是黛西见过的最好的倾听者，或许她的口吃也是一大原因。

“我真不知道该想些什么才好，”黛西苦恼不已。“我不知道到底应该如何看待这一切，不知道为什么现在的斯威夫特先生看起来与之前的大不相同，而我又为什么会被他深深吸引。我应该恨他的，那样还简单一点，但昨晚当我看到那个该死的纽扣的时候……”

“那个时候你突然意识到可能他也对你有意。”伊薇在一边嘟囔。

“没错。”

“黛西……他的行为会不会都是事先算计好的？他其实是在骗你，那个纽扣只是某种道、道具？”

“不可能，如果你看见他当时的神情，就不会这么想了。他显然拼了命地想要阻止我知道那到底是什么。哦，伊薇……”黛西郁闷地踢着一粒石子。“最让我觉得恐怖的是，马修·斯威夫特可能是能满足我对一个男人所有幻想的最佳人选。”

“但如果你嫁给他，就得跟着他回纽约了。”

“没错，那只是早晚的事，所以不可以。我不想跟姐姐还有你们分开。而且我爱英格兰——在这里比在纽约更能做回我自己。”

伊薇在仔细思考这个问题。“那如果斯威夫特先生愿意考虑在这儿定——定居呢？”

“他不会的。纽约的机会要多得多——而且在这里，他永远都会因为不是贵族而低人一等。”

“但如果他愿意试试……”伊薇追问道。

“我也无法成为他想要的那种妻子。”

“你们两个有必要好好谈一谈，”伊薇斩钉截铁道。“斯威夫特先生是个聪明的成熟男人——他肯定也不愿意看到你不再是你。”

“总之，现在说什么都没有意义，”黛西一脸沮丧。“他明确表示过了，任何情况下都不会跟我结婚。这可是他亲口说的。”

“他拒绝的是你呢，还是结婚这件事？”

“我不知道。我只知道他随身带着我的头发肯定意味着些什么。”想起他手指攥紧扣子的样子，黛西觉得脊椎里快速窜过一阵莫名的兴奋。“伊薇，”她问道，“你是怎么知道有没有爱上某个人的呢？”

就在伊薇思考着这个问题的时候她们绕过一个低矮的圆形篱笆，上面爬满了各种颜色的报春花。“我肯定这会儿我该、该说些有用的聪明话了，”她说着自嘲地耸了耸肩，“但是我的情况和你不一样。圣文森特和我从没想过会坠入爱河，不知不觉就那样了。”

“那你是怎么知道的？”

“就在我意识到他愿意为我而死的那瞬间。我想没有人，甚至包括圣文森特自己，相信他会为了我牺牲自己。那件事告诉我，你或许会以为自己已经看透了一个人——但那个人却还是有可能会出乎你的意、意料。然后就在那么一瞬间，一切似乎都变得不一样了——突然他就成了这个世界上对我而言最重要的人。不，不是重要……是必要。哦，真希望我能表达得清楚一点——”

“我懂的，”黛西喃喃道，但与其说是得到启发，倒不如说是让她觉得更加伤感了。她怀疑自己能否对一个男人爱到那个地步。或许她的大部分深情都已经分给了姐姐和朋友们……而留给别人的已经不多了。

她们继续走着，前面一丛高大的杜松木篱挡了道，再往前，道路也变成了石板路，那意味已经到了庄园的边界了。正当她们打算穿过树篱的时候，突然听到有两个男人在说话。那声音不算大，事实上，刻意压低的声音表明他们正在谈论什么秘密的事情——于是反而让人更想一探究竟。黛西在篱笆后停了下来，然后用手势示意伊薇停住别出声。

“……似乎不大适合我的家族……”其中一个声音在说。

随后是一顿低沉而愤怒的反驳。“你的意思是胆小？见鬼了，那女人胆子大得敢带着小刀和一卷麻绳就去攀登勃朗峰，她的孩子想必也不会是省油的灯。”

黛西和伊薇目瞪口呆地看着对方。这两个声音并不难认，一个是兰德林顿子爵，而另一个，则是马修·斯威夫特。

“是吗？”兰德林顿似乎颇为怀疑。“我印象中她似乎一心只知道看书，更像是个做学问的。”

“她爱看书没错，但她恰好也爱冒险。她拥有异常丰富的想象力，而且热爱生活，体格健美。无论是大西洋的这一边还是我们那一边，都没有哪个姑娘比得上她。”

“我对你们那边的姑娘可没什么兴趣，”兰德林顿冷淡地回应。“英国女孩拥有作为我的妻子应该具备的所有特征。”

他们说的是她，黛西突然意识到，下巴都快掉下来了。一方面她为马修·斯威夫特对她的描述感到高兴，另一方面又为他把她像从街头小贩那里得来的秘方一样推销给兰德林顿而恼怒不已。

“我的妻子要矜持，”兰德林顿还在继续，“要听我的话，安分守己……”

“安分守己？那纯真和聪慧呢？难道跟那些只知道死守‘三从四德’的女人相比一个敢做敢为的自信女孩不是更有魅力吗？”

“我有个问题。”兰德林顿说。

“什么？”

“如果她真像你说的那样好，为什么你自己不跟她结婚？”

黛西屏住呼吸，全神贯注地等着听斯威夫特的回答。然而他的声音经过篱笆层层的阻隔之后却听不真切，让黛西大为受挫。“可恶。”她低声咒骂着想要跟上前去。

伊薇一把将她拉回篱笆后面，“别，”她低声尖叫。“不要冒险，黛西。我们没被发现已经够走运了。”

“但是我想知道接下去他们说了什么！”

“我也是。”她们就这么大眼瞪小眼地僵持着。“黛西……”伊薇突然一脸惊奇，“……我想马修·斯威夫特爱上你了。”

第十章

黛西不知道，为什么单单提到马修·斯威夫特爱上她这种可能似乎就能颠覆她的整个世界。但事实确实如此。

“如果是那样的话，”她不确定地问伊薇，“那他为什么铁了心地要把我推给兰德林顿子爵？按照爸爸的计划他不过是顺水推舟，而且还能得到丰厚的回报。就算他愿意在这桩交易中顾及我的感受，他自己又为什么要退缩呢？”

“或许他是想知道你是不是也爱着他？”

“不，斯威夫特先生的脑子可不是那么转的，他甚至比我父亲还更胜一筹。他们是商人，是肉食动物。如果斯威夫特想要我，他绝对不会先停下来征求我的许可，就好像狮子不会特意停下来询问羚羊是否介意成为他的午餐一样。”

“我想你们两个真的需要好好谈一谈。”伊薇强调。

“哦，斯威夫特先生只会一味回避和搪塞，就像目前为止他一直干的那样。除非……”

“除非？”

“……我能设法让他放下防备,然后逼他老实回答对我到底有没有感觉。”

“你打算怎么做?”

“我不知道。先不管了,伊薇,对于男人你比我了解得多。你结了婚,在俱乐部里也成天被男人包围着。就你目前的经验来看,能让他们失去理智,从实招来的最快方法是什么?”

似乎很满意自己被想象成一个见多识广的女人,伊薇开始认真考虑这个问题。“让他嫉妒,我想。我曾见过那些有教养的绅士为了赢得某位女士的青、青睐,在俱乐部后面的巷子里像野狗一样大打出手。”

“呃,我怀疑斯威夫特先生到底能不能被激到嫉妒。”

“我想应该没问题,”伊薇答道,“毕竟,他也是个男人。”

下午,就在兰德林顿子爵走进图书室,把一本书放回走廊边底层架子的时候,黛西堵住了他。

“午安,大人。”黛西假装没有看到他眼神中的那抹慌张,轻快地跟他打招呼。她强抑笑意,心想经过与马修·斯威夫特的那场短兵相接,可怜的兰德林顿现在看到她估计恨不得夺路而逃了吧。

兰德林顿很快回过神来,换上一个得体的微笑。“午安,鲍曼小姐。不知令姐母女可都安好?”

“她们都很好,谢谢您。”黛西靠得更近了些,趁机瞄了眼他手中的书。“《军事制图史》,嗯,听起来似乎很,呃……吸引人。”

“哦,确实如此,”兰德里顿向她保证。“而且非常受用,尽管经过翻译似乎缺失了某些内容。想要真正了解这部著作的深刻涵义还是得读读德文原作。”

“您读过小说吗,大人?”

他似乎被这个问题吓着了。“哦,我从不读小说。从小我就被告知应该只读那些能发人深省和提升品性的书。”

他那居高临下的腔调惹恼了黛西。“真可惜。”她叹了口气。

“嗯?”

“真不错,”黛西连忙改口,假装仔细研究着书籍烫金的皮革封面。她对他露出一个自认为矜持的笑容。“您读书会上瘾吗,大人?”

“我会控制自己不对任何事上瘾,‘凡事要有节制’是我最推崇的座右铭之一。”

“我可没有任何座右铭,就算有的话,恐怕下一秒就已经背道而驰了。”

兰德林顿低声笑了起来。“你是在说自己反复无常吗?”

“我更愿意认为那是思想开放,”黛西答道,“我能从各种不同的思想中找出真正的智慧。”

“哈。”

黛西几乎能猜到他在想些什么,她所谓的“思想开放”想必已将她置入一个更不讨喜的境地。“我还想听您讲讲其他的座右铭,大人,要不我们去花园里走走?”

“我……呃……”显然一个女孩子家开口邀请男士出去是件违反常理且唐突的事情,但是兰德林顿的天生的好修养却让他无法开口拒绝。“当然,鲍曼小姐,或许明天……”

“现在就很不错啊。”她一脸灿烂。

“现在，”他有气无力地应道，“好吧，是不错。”

等不及他伸出手，黛西就已经一把挽住了他的胳膊，拖着他往门外走去。“我们走吧。”

毫无选择的兰德林顿只能由着这位兴致高昂说一不二的小姐把他拖来拖去，很快，他发现自己正沿着后露台下面的那道石梯一路往下。“大人，”黛西开口说道，“我得向您坦白一件事，我正在策划一个小小的阴谋，还希望能得到您的帮助。”

“小阴谋，”他激动起来，“还要我的帮助，等等，那个，呃——”

“当然，不会伤害到什么人，”黛西接着说。“我的目标只是为了吸引某位男士的注意，面对爱情他似乎有点犹豫不决。”

“犹豫不决？”兰德林顿的声音一下子尖了起来。

黛西开始对他的智商深表怀疑，因为他似乎只会鹦鹉学舌似的一个劲重复她的话。“是的，犹豫不决。但照我看来，在他不情愿的表象之下却可能潜伏着别样的感情。”

向来风度翩翩的兰德林顿，突然被脚下的一堆碎石绊了一下。“你、你怎么会这么看，鲍曼小姐？”

“女人的直觉。”

“鲍曼小姐，”他终于忍不住了，“如果有什么我说过的话或者做过的事给了你这种错觉，那我……我……”

“我说的可不是你。”黛西直言不讳。

“不是我？那是谁——”

“我说的是斯威夫特先生。”

他的如释重负实在是太明显不过了。“斯威夫特先生。哦，对对。鲍曼小姐，他对你可是赞不绝口，没几个小时根本说不完——当然，能聆听他细述你的迷人之处真是荣幸至极。"

黛西笑了起来。"我想如果不用些法子刺激他的话，斯威夫特先生还是会继续止步不前。但是如果你不介意帮我制造假象、装出对我有意的样子——比如说一起出游，散步，跳上一两支舞什么的——或许会让他鼓起勇气表明心意。"

"乐意效劳，"兰德林顿答道，显然跟结婚对象相比，同谋的角色对他来说更具吸引力。"我保证，鲍曼小姐，我一定会对您大献殷勤的。"

"我希望你能把行程延后一周。"

马修正在用大头针把五页纸装订起来，闻言一不小心扎到了手指。收起别针，他顾不上理会那一小滴血，只是不解地盯着韦斯特克里夫。整整一天一夜，这个男人都和他妻子以及刚出生的小女儿腻在一起，大门不出，却偏偏在他即将动身前往布里斯托尔的前一天晚上出现了，还提出了一个没有任何意义的要求。

马修努力让自己的声音听起来正常，"我能请教一下理由吗，大人?"

"因为我打算和你一起去。明天出发的话我来不及安排行程。"

马修知道，其实现在这位伯爵大人的所有行程不过就是围着他的妻子和女儿转而已。"没必要劳烦您跟我一起去，"他说道，对于他似乎不放心把事情全权交给他有点不悦。"没有人会比我更清楚这桩买卖涉及的各个细节和需要的……”

“但毕竟，你是个外国人，”韦斯特克里夫一脸高深莫测。“而我的名头就是最好的敲门砖，能敲开那些令你一筹莫展的大门。”

“如果你是在质疑我的谈判技巧——”

“那不是问题。对于你的技巧我深信不疑，或许在美国那里已经绰绰有余，但是在这里想要干一番大事业，就必须有大人物撑腰，比如说，我。”

“现在已经不是中世纪了，大人。如果我谈生意的时候还得带位贵族一起隆重出场，恐怕会惹人非议的。”

“作为隆重出场的主角之一，”韦斯特克里夫语带嘲讽，“我其实也不喜欢那个排场。更何况我的孩子刚出生，而妻子连月子都没坐完。”

“我等不了一个星期了，”马修冲口而出。“我都已经和人约好了。从码头负责人到地方自来水厂的老板们都在等着跟我见面——”

“那么就重新安排这些会面的时间。”

“如果你觉得他们对此会毫无怨言的话——”

“下周我将随你一同出行的消息足以平息多半抱怨。”

这句话换了任何其他人来说，都难免有自大之嫌，但从韦斯特克里夫嘴里说出来，那就不过是轻描淡写地陈述了事实而已。

“鲍曼先生知道吗？”马修问他。

“知道，而且听过我对整件事情的意见之后，他也同意了。”

“那我这个星期要干些什么？”

伯爵闻言扬起一道浓眉，他的好客从来都是不容置疑的。无论老少、国籍、社会阶层，人们对于石字庄园的邀请只有求之不得的份，而马修大概是英格兰举国上下唯一一个不愿呆在这儿的异类。

他对此却并不在意，他已经太长时间没有干过正事了——他早已厌倦了那些无所事事的享乐，那些毫无意义的闲谈，甚至是那怡人的景色，新鲜的乡间空气和此间的平和宁静。他需要的是有事可做，管它是什么呢，还有那夹杂着煤烟味的城市空气和挤满了车辆的喧嚣街道。

但最要紧的，是他得远离黛西·鲍曼。她明明近在咫尺，却可望不可及，对他来说简直就是种无休止的折磨。当他脑子里尽是些诸如怎么用力拥抱、诱惑、用嘴膜拜她身上最为娇美之处此类的狂乱画面，他还怎么可能冷静地对她以礼相待？然而那些想象只是开始，马修想要的是单独与她呆在一起，几小时，几天，甚至几个星期……他想要占有她的一切，她的思想，她的笑容，甚至她所有的秘密。他想要将自己的灵魂，毫无保留地袒露在她面前。

但是这一切，都不可能发生。

“庄园和周边地区有不少乐子可寻，”韦斯特克里夫这样回答他的问题。“如果还想来点特别节目，我建议你去村里的小酒馆。”

马修也听过庄园里的某些男客吹嘘与一对丰满高挑的酒馆女郎欢度春宵的事情，要是他也这么容易能得到满足就好了。至少一个村妓看得见摸得着，不像心头那抹倩影，只会一味撩人情思，却偏偏占满脑海心田，挥之不去。

爱情应该是种欢愉的、令人飘飘然的感情，经过羽毛、颜料和蕾丝的精心装点，一如情人节卡片上的那些俗气诗行。至少不会这样痛苦不堪，夹杂着狂热和无助……像是种永远都戒不了的瘾。

这样的感情需要不顾一切，而他却从来不是一个不顾一切的人。

但是马修知道，如果他继续留在这个庄园，他早晚会做出些不可挽回的事情来。

“我还是得去布里斯托尔，”马修气急，“我会重新安排会面时间，未经你的许可我不会有任何动作，但至少我能先搜集些信息——比如去当地的运输公司看看他们的马匹——”

“斯威夫特，”伯爵打断他，平静的语调里似乎别有深意，隐约透着一丝好心，抑或是同情？马修下意识地绷紧了弦。“我明白你为什么这么急着离开——”

“不，你不明白。”

“我比你想象中要明白得多。根据我的经验，逃避是没有用的，你永远逃得不够快，也逃不出多远。”

马修一下子愣在那里，盯着韦斯特克里夫。伯爵的这番话，指的可能是黛西，也可能是他那不甚光彩的过去，但无论是哪一个，他似乎都说对了。

同样，两者都不可能因为这个而改变。

“但有时候，逃跑是唯一的办法，”马修答道，声音沙哑，然后头也不回地出了房间。

结果马修还是没去成布里斯托尔。他知道他会为此后悔……但是没料到会这么后悔。

接下来的那几天，马修毕生难忘，那是整整一星期的非人折磨。

很久以前，他也曾去地狱兜过一圈，经历过切肤之痛，朝不保夕，饥肠辘辘和彻骨的恐惧。但所有这些都比不上眼睁睁看着兰德林顿子爵对黛西·鲍曼大献殷勤，而他只能袖手旁观，备受煎熬。

似乎他在兰德林顿脑子里撒下的关于黛西种种迷人之处的种子成功发了芽，兰德林顿开始频繁出没于黛西身边，与她聊天，对她调情，并以一种过分亲昵的眼神在她身上扫来扫去。黛西似乎也沉醉其中，留意着他说的每一句话，他一出现就立刻放下本来正在做的事情。

星期一他们单独出去野餐了。

星期二他们坐着马车出游了。

星期三他们相约去采风铃草了。

星期四他们一起去湖边钓鱼，双双带回来一身湿衣和满脸阳光，说着别人不知道的笑话开怀大笑。

星期五他们在临时起意组织的音乐晚会上相拥而舞，俨然天造地设的一对儿，一位客人还说光看着就让人心旷神怡。

星期六，马修带着想要杀人的冲动醒了过来。

他的情绪甚至在早餐后托马斯·鲍曼说他消化不良时都未见好转。

“他就快得逞了，”鲍曼把马修拉进书房私下里谈话。“那个苏格兰杂种兰德林顿成天到晚缠着黛西，对他乱放电，还一个劲地说些女人们最爱听的屁话。现在就算你想要和我女儿结婚，也没什么机会了。你老是避着她，话也不说，成天冷冰冰的，而且整整一个礼拜都板着个会吓着小孩和动物的臭脸。你吸引女人的方式让我这下子对有关波士顿人的传闻算是真信了。”

“或许兰德林顿才是最适合她的人，”马修一脸木然。“而且他们似乎两情相悦。”

“这跟悦不悦没什么关系，这是婚姻！”鲍曼的头顶开始转红。“你明白其中牵扯到的利益吗？”

“除去经济利益呢？”

“那还能有什么？”

马修眼带讽刺。“你女儿的心，她未来的幸福，她——”

“呸！人又不是为了幸福才结婚。就算有人当初抱着那种念头，过不了多久他们就会发现那统统都是狗屁。”

尽管情绪依然低沉，马修还是微微笑了。“如果你想逼我结婚，”他说道，“这样可不管用。”

“那这个怎么说？”鲍曼伸手从马甲口袋里掏出一枚闪着银光的一美元硬币，用拇指轻弹抛向空中。硬币划出一道明亮的银色弧线，向马修飞去。他下意识地一把接住，握进掌中。“跟黛西结婚，”鲍曼说道，“你会得到更多，一辈子享用不尽。”

这时候门口传来另一个声音，引得他们同时侧目而视。

“有意思。”

来人是身披粉红家居服和披肩的莉莲。她用一种近似厌恶的眼神瞪着她父亲，漆黑的眼睛仿佛火山熔岩。“你的生命里还有比棋子更重要的人吗，父亲大人？”她出语尖刻。

“这是男人间的对话，”鲍曼大声反驳，一张脸涨得通红，不知是出于愧疚还是愤怒，或者两者兼而有之。“不关你的事。”

“黛西的事就是我的事，”她的声音轻柔，却让人不寒而栗。“在你们让她不开心前，我会先杀了你们。”她父亲还没来得及回嘴，她已经转身向客厅走去。

另一边，鲍曼也骂骂咧咧地离开房间往相反方向走去。

书房里只剩下马修，他猛地将那枚硬币掼到了桌子上。

“一切都是为了那个根本就不会在乎的男人。”黛西想到可恶的马修·斯威夫特，低语着。

兰德林顿坐在几步开外的花园喷泉边，老老实实地坐着让她给他画像。她并不擅长素描，但跟他在一起好歹得找些事做，她实在已经黔驴技穷了。

“你说什么？”那位苏格兰子爵大声喊道。

“我说你有一头好头发！”

作为同伴，兰德林顿相当不错，他随和、平凡而又循规蹈矩。然而让黛西郁闷的是她不得不承认，在马修·斯威夫特还没被嫉妒逼疯之前，她自己已经快被无聊逼疯了。

黛西停下来用手背覆着嘴唇，掩住一个呵欠，一边努力装作自己正在思索画作。

这大概是她有生以来最糟糕的一个星期了。日复一日的单调冗长，一边还得装作对身边这个男人的陪同乐在其中，而这世上恐怕再也找不出第二个让她觉得更乏味的男人了。这倒不是兰德林顿的错——他已经尽其所能来取悦她了——但显然在黛西看来，他们没有任何的共通点，而且永远也不会有。

然而让黛西如此困扰的问题对于兰德林顿来说似乎并不存在。他可以言无一物地夸夸其谈上几个小时。他列举的社会名流八卦足以排满整整一份报纸，而那些人黛西闻所未闻。他可以就他瑟索庄园里猎舍的颜色搭配发表长篇累牍的心得，甚至还不厌其烦地从学校里学的那些东西中抽丝剥茧。然而所有的这些所谓"故事"，都乏味得要死。

兰德林顿对黛西偶尔说起的事情似乎也提不起什么兴趣。对于她小时候和莉莲一起搞的恶作剧，他并不觉得好笑，而当她说"快看那片云——真像只公鸡"的时候他会瞪着她，大概觉得她疯了。

他同样不喜欢他们关于穷人法案的讨论，因为黛西指出他对于"值得帮助的穷人"和"不值得帮助的穷人"定义模糊。"照你这么说，大人，"她说道，"这个法案就是用来处罚那些最需要帮助的人的。"

"有些人之所以贫穷是因为他们自甘堕落，所以人们没必要帮助他们。"

"比如那些风尘女子，是吧？要不是这些女人没有其他……"

"我们不该讨论那些堕落的女人。"他这么说，看上去一脸吓坏了的表情。

与他的谈话最多也就能到这个地步了，尤其是在兰德林顿发现他很难跟上黛西的跳跃性思维之后。往往她结束一个话题之后过了很久，他还在纠结着那个问题不放。“我们不是在说你阿姨家的卷毛狗吗？”那天早上他一脸困惑地问道，换来黛西不耐烦的回答：“不，那个我五分钟前已经说完了——现在我跟你说的是去听歌剧的事情。”

“但我们是怎么从卷毛小狗说到歌剧上来的？”

黛西对于自己选了兰德林顿来帮忙深感后悔，尤其还收效甚微。马修·斯威夫特没有丝毫嫉妒的迹象——他还是端着他那张万年不变的扑克脸，这些天来甚至都懒得往她的方向扫上一眼。

“你为什么在皱眉呢，小甜甜？”兰德林顿问她，一边仔细地看着她的脸。

小甜甜？之前他从未用亲昵的称谓叫过她。黛西透过速写本的边缘瞄了一眼，他正在用一种让她浑身发毛的眼神盯着她。“请保持安静，”她一本正经地答道，“我正在画你的下巴。”

仔细打量着她的画作，黛西觉得其实也没那么糟糕，但是……他的脑袋真的那么像鸡蛋吗？他的眼睛真凑得那么近吗？本来挺有魅力的一个人，把五官逐一分开来看怎么所有的魅力就消失了呢。她由此确定给人画像绝对不是她的特长，她还是专攻植物和水果好了。

“这个星期对我产生了一种奇妙的影响，”兰德林顿大声说出了心里的想法，“我觉得有些——异样。”

“你病了？”黛西合上速写本，担忧地问道。“不好意思，我让你在阳光下晒得太久了。”

“不，不是那种异样。我想说的是我觉得很……美妙。”兰德林顿又开始用那种让她不自在的眼神盯着她。“一种从未有过的美妙。”

“我想,那是乡间空气的作用。”黛西站起身,整好裙子向他走去。“真是让人神清气爽。”

“让我神清气爽的并不是这乡间的空气,”兰德林顿转而用一种低沉的声音说道,“而是你,鲍曼小姐。”

黛西惊讶地张大了嘴。“我?”

“你。”他站起来,双手握住她的肩膀。

受了惊的黛西结巴起来。“我——我——大人——”

“这些天你的陪伴给了我更深层次的思索。”

黛西转身打量四周,只看到排列整齐的篱笆上粉色的玫瑰开得正艳。“斯威夫特先生在附近?”她轻声问。“所以你才这么说?”

“不,是我自己想要这么说。”兰德林顿迫不及待地一把拉近了她,差点挤坏了横在他们当中的速写本。“你开阔了我的视野,鲍曼小姐。你让我以一种全新的视角看待一切,我开始试着发现云朵的形状,做些富有诗意的事情。我开始想要阅读小说,我甚至想让生命变成一场华丽的冒险——”

“那多好啊,”黛西说道,一边扭动着想要摆脱他牢固的钳制。

“——与你共探。”

哦,千万别。

“你在开玩笑吧。”她无力道。

“我已经无力自拔。”他对她招供。

“我心里并没有你。”

“但我的心意是不会变的。”

“我很……意外。”

“你这亲爱的小东西,”他大声说道。“你跟他形容的一模一样。充满魔力。就像经过彩虹装点的暴风雨。聪明、可爱、值得拥有——”

“等等,”黛西惊讶地盯着他,“马——斯威夫特先生是这么说的?”

“对对对,”突然兰德林顿低下头吻了她,黛西甚至来不及移开身子,说点什么或是吸上一口气。

速写本从黛西手中滑了下去。她僵在他的怀抱中,疑惑着她是不是能感觉到些什么。

客观地来说,他的吻并没有哪里不对头。不算太干也不算太湿,不算太强硬但也不算太无力,只是有点……

乏味。

可恶。黛西皱着眉头往后退了一大步。她对于没办法从这个吻中得到该有的享受有些许愧疚,而兰德林顿的乐在其中似乎让她感觉更糟。

“我亲爱的鲍曼小姐,”兰德林顿以一种挑逗的语调呢喃着,“你并没有告诉过我你尝起来这么甜。”

他又向她凑了过来,黛西则低叫一声向后躲开了。“大人,请自重!”

“我控制不了了。”他沿着喷泉慢慢追逐着她,看起来就像一对正在打转嬉戏的猫。突然他一个箭步冲了过来,抓住了她衣服的袖子。黛西用力推了他一把，转身跑开了，肩上柔软的白色亚麻布料也因此在缝线处绽开了一个一两寸的口子。

随后只听到一声巨响，水花飞溅。

黛西站住脚，刚才兰德林顿所在的地方现在已经空无一人，她眨了眨眼睛，甚至还用手捂住了眼睛，仿佛那样就能改写一切。

“大人？”她小心翼翼地问道。“你该不会……不会掉进喷泉里了吧？”

“不”，随后传来他别扭的声音。“是你把我推进来的。”

“我不是故意的，我向你保证。”黛西逼自己看向他。

兰德林顿挣扎着站了起来，头发和衣服上不断地往下淌着水，把外套口袋撑得满满的。而喷泉中的这一泡似乎鬼使神差地让他的激情冷却了下来。

他抿紧了嘴对她怒目而视，一脸被冒犯的样子。突然他瞪大了眼睛，把手伸进了他蓄满水的外套口袋。一只小青蛙从口袋里跳了出来，“扑通”一声又跳回了池子里。

起初黛西还极力抑制着自己的笑意，但孰料她越是想控制其来势却越是凶猛，最后她终于忍不住爆笑了起来。“对不起，”她大口喘着气，用手掌轻拍着自己的嘴巴，一边却又忍不住吐出另一串咯咯声。“我真的——哦天哪——”她索性弯腰大笑，甚至连眼泪都笑了出来。

然后兰德林顿也不情愿地笑了起来，打破了他们之间的僵局。他从池子里爬了出来，全身上下无处不在滴着水。“我相信如果你吻一吻那只蛤蟆，”他的声音里透着干涩，“他也会变成一个王子，但可惜的是对我来说却不起作用。”

黛西心中涌起一阵同情和仁慈，尽管此刻鼻音里还带着笑意。她小心地靠近他，用小手捧住他湿漉漉的脸庞，然后在他的唇上蜻蜓点水般地落下一个友好的吻。

他为她此举瞪大了眼睛。

“你也是某个人的英俊王子，”黛西对他露出一个充满歉意的笑容。“可惜不是我的。你的那个她总有一天会找到你……那时候她将是多么幸运啊。”

随后她弯腰捡起速写本，向主宅走去。

或许命运里就是充满了这样的峰回路转：黛西挑上了挨着单身汉别院的那条小路。那栋房子建在主屋之外，旁边就是临河的悬崖，从那里极目远望可将这一片水域的美妙景色尽收眼底。一些不希望受打扰的男宾常会选择住在那里，但随着昨天狩猎大会的结束，大部分客人也跟着离开了，此刻几乎没什么人。

当然，马修·斯威夫特是个例外。

黛西沿着砌在悬崖边上的铁矿石墙内侧的小径一步一步吃力地走着，满怀心事。她父亲一门心思地想让她嫁给马修·斯威夫特……而莉莲则宣称除了斯威夫特谁都可以……而对她母亲来说，只要对方是个贵族就行……这么几下里想想，真是又好气又好笑。要是梅西迪斯知道她已经断然拒绝了兰德林顿，不知又要气成什么样。

回想过去的一个星期，黛西意识到，想要抓住马修的注意力对她来说已经不仅仅是个游戏了，而是事关重大。从小到大，她还从未像现在这样渴望过，只希望能有机会带着真诚与坦诚跟他好好谈谈，彼此之间毫无保留。然而她还没来得及看清他的感情，倒把自己的先供了出来。

和他在一起，总会让她隐隐觉得有些事情即将发生，那种美妙和兴奋将远胜于她曾经读到过或梦想过的。

一些真实的事情。

这一切真是令人难以置信，一个她曾经以为冷漠无情的男人竟会变得如此风度翩翩、性感撩人而温柔体贴，甚至偷偷在口袋里藏了一缕她的头发。

察觉到有人靠近，黛西抬起头，然而一瞥之下她全身都颤抖起来。

马修正打主宅回来，一脸的阴沉狂躁，步子重得一脚能跺出一个坑来。

行色匆匆，却不知该去往何方。

他看到她的时候一下子刹住了步子，继而收拾起表情，一脸漠然。

一片寂静中，他们静静地凝视着对方。

黛西的眉毛耷拉下来，几乎恨不得马上冲进他的怀里大哭一场。这种渴望如此深切，她自己也被吓着了。

"斯威夫特先生。"她颤声叫他。

"鲍曼小姐。"然而他的神色告诉她，相比跟她一起呆在这儿，他更愿意去别的地方。

当他探手想要拿过她手中的速写本时，她的神经兴奋得几欲崩溃。

想都没想，她就松了手。

打开本子看到她画的兰德林顿，他的眼睛眯了起来。“为什么给他画上胡子？”他问。

“那不是胡子，”黛西迅速答道，“是阴影。”

“他看起来像是三个月没刮胡子。”

“我又没问你对我画作的意见，”她大声喊了起来，一把抓住速写本，但他却不肯松手。“放手。”她命令他，一边使出吃奶的力气跟他抗衡，“否则我就要……”

“你就要怎样？也给我画上一张？”他突然松了手，让她踉跄着往后退了好几步。他防备性地叉起手：“抱歉，恕难从命。”

黛西冲向他，用本子拼命拍打着他的胸膛。她恨自己只要跟他在一起就那么快活，恨自己就像干渴的大地渴望雨露一样渴望着他，她恨死他英俊的脸庞和雄浑的气概，恨死他那比任何男人都更诱人的嘴唇。

视线滑过她的身体停留在肩膀上那个开了线的口子，马修的笑容消失了。“你的衣服怎么了？”

“没什么，只是和兰德林顿子爵进行了一番……呃，扭打，或许你们会这么说。”

这是黛西所能想到描述当时情景最直白的措词了，当然，也是最无害的。她所说的“扭打”显然没有包含任何不堪的语义。

然而显然斯威夫特对于这个词语的理解比她想象的要丰富得多，他的表情突然间变得阴沉可怖，蓝眼睛迸出慑人的火光。

“我要去杀了他，”他的声音仿佛是从喉咙深处冒出来的。

“他竟然敢——他在哪里?”

“不,不要,”黛西赶紧说道,“你误会了——事情不是你想的那样——”她丢下速写本,用自己的双臂环住他,在他往花园走去的时候用尽力气坠住了他,她差点以为自己拖住的是一头发怒的公牛。开始的时候她甚至整个人被他拖着走了好几步。“等等,你凭什么管我的事?”

呼吸粗重的马修停住脚步低头瞪着她涨得通红的脸蛋。“他碰你了?他是不是逼你——”

“你还真是自私霸道,”黛西大发雷霆,吼了起来。“你自己不想要我——又为什么管别人怎么对我?离我远点,回去接着办你那个该死的大工厂,赚大把大把的钱去吧!我祝你成为世界上最富有的人。我祝你得到你想要的一切,然后有一天你扭头四顾,就会发现根本没有人爱你,而你自己又是如此的不,呃——”

她剩下的那些话消失在他突如其来的吻里,没了声音,这个吻来势汹汹,带着惩罚的意味。一阵狂野的战栗传遍全身,她喘着气背过脸去。“——快乐,”她好不容易说完了话,但随后又被他捧住头,吻了起来。

这一次的吻要温柔得多,他饱含情欲的唇辗转着想要找到与她最契合的位置。黛西感觉到自己的心脏正怦怦跳着把一股狂喜的热血注入那些贲张的血脉。她摸索着抓住了他肌肉纠结的手腕,手指下他的脉搏一如她的狂乱。

每当她觉得马修要结束这个吻的时候他反而更进一层。她也狂热地回应着他,膝盖虚弱无力,一度让她担心自己会像一个破旧的洋娃娃一样瘫软在地。

狠狠心扯开唇，她对他低语："马修……带我去别的地方。"声音里透着苦苦的压抑。

"不行。"

"不，我需要……我需要单独和你在一起。"

狂乱地喘着气，马修用胳膊环住她，让她紧紧贴着自己坚硬的胸膛。她能感觉到他的唇狠狠地印在了她的头顶。

"我可不敢信任那时候的自己。"他终于开了口。

"只要说说话就好。求你了。我们不能就这么呆在外面。而且你要是现在离开我，我会死的。"

即便苏醒的情欲正在翻腾，马修听到这一太过戏剧化的句子还是憋不住笑出了声。"你不会死的。"

"只要说说话就好，"黛西攀住他的身子重复着。"我不会……我不会勾引你的。"

"甜心。"他深深地呼了一口气。"你只要和我呆在同一间屋子里，对我而言就是种勾引。"

她的喉咙灼热得像是一口吞进了阳光。考虑到进一步的引诱可能会适得其反，黛西安静下来。她紧紧地贴住他，试图通过身体间的无声交流瓦解他的意志力。

伴着喉间的一阵低吟，马修抓起她的手拖着她往单身汉别院走去。"被人看到就只有上帝才帮得了我们了。"

黛西很想跟他开玩笑说那样他就不得不娶她了，但结果她只是闭紧了嘴巴快步跟上他的步伐。

第十一章

别院里暗沉沉凉飕飕的，镶着光亮可人的蔷薇木板的屋子里摆满了厚重的家具。窗子上垂着带有宝石色泽的天鹅绒，底下还缀着丝质流苏。紧紧握着黛西的手，马修带她穿过院子往后面的一个房间走去。

跨进门槛的一刹那，黛西意识到，这是他的卧室。她那被紧身胸衣束缚着的身体顿时因为兴奋而微微刺痛起来。房间里很干净，隐约透着蜂蜡和木料抛光剂的味道，窗户上只薄薄覆着一层奶油色的蕾丝窗帘，透进大片日光。

柜子上整齐地摆着几样东西：一把梳子，一把牙刷，装着牙粉和肥皂的小罐子，旁边的洗漱台上只有一把剃刀和磨刀带，没有润发油和发蜡，香水或面霜，也没有领结扣或戒指。那些花花公子该有的东西他一样都没有。

马修关上门，转身对着她。在这个逼仄的房间里他显然格外高大，那魁梧的身形使得周围的摆设顿时都矮了三分。黛西盯着他，只觉得口干舌燥，她真想就这么靠过去……与他肌肤相亲。

“你和兰德林顿到底怎么回事?”他质问道。

“没什么,朋友而已,至少对我来说只是那样。”

“那么对他来说呢?”

“我猜——好吧,他似乎在暗示他抗拒不了——你懂的。”

“是,我懂,”他粗声粗气地答道。“尽管我看不惯那个王八蛋,但也不能怪他会想要了你。尤其是经过你整整一个星期的挑逗勾引之后。”

“如果你是在暗示我表现得像个荡妇——”

“别想否认,我是亲眼看着你怎么和他调情的。说话的时候一个劲地挨着他……动不动就对着他笑,还有那些暴露的着装……”

“暴露的着装?”黛西一脸茫然。

“就像你身上那件。”

黛西低头看着自己保守的白色礼服,这件衣服盖住了她的整个胸膛和大部分手臂,即便是修女都不能从上面挑出什么刺来,她讽刺地看了他一眼。“整个星期我都在试着让你嫉妒,你要是早点承认我也就不用白费那么多心思了。”

“你是故意要让我嫉妒?”他爆发了。“究竟是什么让你认定你能成功?还是将我耍得团团转成了你新迷上的消遣?”

她的脸瞬间涨得通红。“我以为你对我有些感觉……我只想让你承认这一点。”

马修张了张嘴,然后又合上了,似乎并不知道该说些什么。黛西不安地揣测着现在他心里到底在想些什么。过了一会儿,只见他摇了摇头靠在了柜子上，似乎急需外力的支撑。

“你生气了?”她忧心忡忡。

他的声音里透着一种陌生的粗嘎。“十分之一是。”

“那剩下的十分之九呢?”

“剩下的就是恨不得将你一把扔上那张床然后——”马修突然住了口，用力吞咽。“黛西，你该死的真是太天真了，你知不知道你现在到底有多危险。仅仅让我管住双手不去触碰你就已经耗尽了我所有的自制力。不要和我玩游戏，甜心。你要折磨我简直太容易了，而现在的我已经到了极限。好吧，我嫉妒你方圆十寸以内的每一个的男人，嫉妒紧贴你肌肤的衣服和你呼吸着的空气，嫉妒所有你在我视线之外度过的时光——如果这样能让你的那些念头消停点的话。”

黛西目瞪口呆地嗫嚅着，“可是——可是你从来没有表现出来过。”

“这些年来我收集了成千上万关于你的记忆，你的每一次回眸，你对我说过的每一个字。每一次去你们家拜访，每一次晚餐和假期——我都迫不及待地想要见到你，穿过前门的那一小段路对我来说都是如此漫长。”他的嘴角染上了回忆带给他的欢愉。“你，混在那些又傲慢又固执的家伙中间的你……我喜欢看着你偷偷对付你的家人。你满足我对一个女人的全部幻想。自从第一次遇见你，我生命中的每分每秒无一不在渴求着你。”

黛西被懊悔压得喘不过气来。“可是我从来没给过你好脸色看。”她的声音满是悔恨。

“那正是我庆幸的。要不然，恐怕我会当场失控。”看到她向他靠近，马修用手势制止了她。“别，别过来。就像我之前告诉过你的一样，任何情况下我都不会和你结婚。那是无论如何不会改变的。但是这却并不妨碍我是多么渴望着你。”目光扫过她纤细的身体，他的眼睛亮得如同熔化的蓝宝石。“天哪，我多么想要了你。”他喃喃自语。

黛西被自己想要一头扎进他怀抱的渴望折磨得全身发疼。“我也想要你，想得发疯，所以如果你不告诉我到底是什么原因，我绝对不会放过你。”

“如果我能说的话，相信我，我绝对不会对你隐瞒。”

黛西逼着自己问出了一直最担心的问题：“你是不是已经结婚了？”

马修瞪着她。“天，当然没有。”

她顿时松了一口气。“那其他事情就不成问题了，只要你告诉我——”

“如果你再多懂点世故，”马修沉下脸，“就不会再说‘不成问题’这样的话了。”然后他移到了柜子的另一面，让出通往门口的路来。

他沉默了很久，似乎在思考什么重要的事情。

黛西也呆在原地保持着沉默，长久地与他对视着。她能给他的只有耐心。她一语不发地等待着，甚至连眼睛都不敢眨一下。

马修移开了他的目光，表情疏离，眼睛像抛了光的钻石一样闪着冷冽的光。“很早以前，”他终于开了口，“我跟一个权贵树了敌，虽然那并不是我的错。因为他的关系，我被迫离开了波士顿。我深信这个对我怀恨在心的男人终有一天会回来找我。我已经胆战心惊地过了很多年,时刻担心着头顶上的那把剑会掉下来,而我不希望有一天它真的掉下来的时候你就在我的身边。"

"但是至少我们能做些什么,"黛西急切地说道,打算用她知道的一切办法来与这个未知的敌人抗衡。"如果你说得更详细点,告诉我他的名字和——"

"不行。"他的声音很轻,却带着不容反驳的意味,而她只得无趣地闭了嘴。"我已经尽我可能地对你坦白了,黛西。希望你不要辜负我的信任。"他指了指门。"现在你该离开了。"

"就这样?"她一脸茫然。"就在你刚刚对我说了那些话以后,你还是要让我离开?"

"没错。注意别让其他人瞧见了。"

"这不公平,你说完了你的份,却不给我机会——"

"生活本来就是不公平的,"他说道,"鲍曼家的人也不能例外。"

盯着他刚毅的侧脸,黛西飞快地转着脑子。他已经不仅仅是固执了,简直就是抱定了这样的念头。他不曾给她探讨的机会,也没有任何转圜的余地。

"那么我现在是不是该去找兰德林顿?"她试着激怒他。

"没错。"

黛西狠狠地瞪着他。"我真希望你表现得一致些,几分钟之前你还恨不得把他大卸八块。"

"如果是你想要他,那我没有资格反对。"

“但如果是你想要我，你就有权利乱说一通！”黛西大步朝门口走去。“为什么人们总说女人不进道理，明明男人们要无理得多？开始的时候他们想要，接着又不要了，然后就把责任推给那些所谓的难言之隐，而人们却根本不会去责备他，因为这世界男人说了算！”

当她伸手去拉门把的时候，看到了锁上插着的钥匙，于是，她的手就这么僵在了半空中。

她偷偷瞥了眼马修，后者正紧紧地立在柜子的另一边，拼命和她保持着安全距离。

尽管黛西是鲍曼一家中性情最温顺的一个，但那并不意味着她就是个胆小鬼。她可不接受不战而败。

“是你逼我孤注一掷的。”她开口。

他柔声回答：“你什么都做不了。”

他没有留给她任何机会。

黛西转动钥匙，然后小心地拔了出来。

一声清脆的“咔塔”声在一片寂静的室内显得格外响亮。

黛西不紧不慢地扯开自己的上衣领口，把钥匙举到那道狭窄的开口上方。

意识到她想做什么之后，马修一下子瞪大了眼睛。“你不会的。”

就在他沿着柜子转过身来的时候，黛西一把将钥匙扔进她的上衣，并确保它滑进了她的紧身胸衣。她收了收腹，于是那冰凉的金属一路滑到了她的肚脐处。

“该死的！”马修一个箭步冲了过来。他向她伸出手去，然后又像碰到火一样猛地缩了回去。"拿出来,"他命令道,阴沉的面孔上写满愤怒。

"不行。"

"我是认真的,黛西!"

"它滑得太下面了,我只能把衣服脱掉。"

显然他恨不得掐死她。但与此同时,她也能感觉到他的渴望。他的肺鼓得像只风箱,扑哧扑哧的,身体上散出来的温度也热得烫人。

他带着隐隐的咆哮低吼。"别这么对我。"

黛西耐心地等待着。

先动起来的是他。

他朝她背过身去,外套的接口处被紧实的肌肉绷得变了形。他紧紧握着拳,似乎在努力控制自己。他颤抖着深深吸了一口气,然后又一口,当他再度开口的时候声音浓浊得似乎刚从熟睡中醒来。

"脱掉你的外衣。"

尽量不再触怒他,黛西以带有歉意的口吻答道:"我自己干不来,衣服的扣子在背上。"

马修低声说了什么,听着像是脏话。在一段长得不能再长的沉默之后,他终于转过身来对着她,下巴如铸铁般绷得紧紧的。"我不会那么容易就落败。我抵抗得住的,黛西。我都已经忍了那么多年了,转过身去。"

黛西照办了。就在她往前低下头去的时候,她感觉到他的目光正在那一长排似乎永无尽头的珍珠纽扣上徘徊。

“你平常都是怎么脱衣服的？”他嘀咕着。“我还从来没见过一件衣服上有这么多该死的扣子。”

“这是时髦。”

“简直可笑。”

“你可以写封信去向戈迪的《淑女指南》表示抗议。”她建议道。

轻蔑地哼了一声，马修开始动手解最上面的扣子，并努力不让自己碰到她的身体。

“如果你把手指伸进去撑着开口效果会比较好。”黛西告诉他。“然后你就可以直接听到扣子绷裂——”

“闭嘴。”他大吼一声。

她乖乖闭上了嘴巴。

马修和那些扣子又战斗了整整一分钟。一阵怒不可遏的咕哝之后他听从了她的建议，在衣服和她的肌肤之间探入两根手指，她感觉到他的指关节轻轻刷过脊椎上端，背上顿时窜起一阵愉悦的战栗。

他的工程进行得极为缓慢。黛西可以感觉到他在笨拙地一次又一次解着同一个扣子。

“请问我可以坐下来吗？”她柔声问道。“我站累了。”

“这里没地方给你坐。”

“不，那里有。”黛西挣开他，跑到了有着四根帷柱的床边，试着往上爬。然而不幸的是那是张古老的谢拉顿床，为了避开冬季的寒风床板设计得很高，床脚还带着滚轮。被面几乎与她的胸口齐平，她撑着床沿跳了起来，试图一屁股坐上床。

但该死的地心引力让她功亏一篑。

“一般来说，”她双腿悬空地挣扎着，“这么高的床——”两手紧紧抓着床单，“——怎么也得有个梯子吧。”她用一条腿的膝盖使劲够着床垫，“我的神啊……如果谁半夜从这张床上掉下来……那可死定了。”

然后她发现马修用手托住了她的腰。“这床并没有那么高，”他说道，一边把她像个孩子一样举了起来，放到床上。“是你太矮了。”

“我才不矮。我只是……海拔不够。”

“好吧，坐好了。”他也坐了上来，沉重的分量压得她身后的床面塌了一大块，然后他的手又爬上了她的背。

感受到她肌肤上的手指传来的轻微战栗，黛西壮了壮胆：“以前我从没喜欢过高个子男人，但你让我觉得——”

“如果你没办法保持安静，”他毫不客气地打断她，“我就直接掐死你。”

于是黛西不做声了，只是用心听着他的呼吸变得越来越沉重，越来越不受控制。而相对的，他的手指似乎渐渐明确了自己的任务，一气解开了整排扣子，然后她的衣服豁然大开，袖子也从肩膀上滑落下来。

“在哪里？”

“你说钥匙？”

“是的，黛西。钥匙。”他咬牙切齿。

“它掉进我的胸衣里了。也就是说……我得把那个也脱掉。”

身后并无反应，没有声音也没有动作，黛西扭头瞥了眼马修。

他看起来一脸恍惚，衬着脸上的潮红，眼珠蓝得有些不自然。她意识到此刻他正在进行激烈的天人交战，努力扼制自己想要触碰她的念头。

局促不安中，黛西只觉得浑身发热，还伴着一种隐约的刺痛感。于是她把手臂从袖子里整个抽了出来，又把裙子褪到臀部，扭动着身子从层层叠叠的白色布料中钻了出来，然后揉成一团丢到了地上。

马修瞪着地板上的那堆衣服，仿佛那是种他从未见过的奇异生物。慢慢地他把视线移了回来，看到黛西正在解她的胸衣，他的喉咙里逸出一声破碎的抵抗。

就这么当着他的面脱衣服，黛西又羞又窘，甚至觉得自己有些不知廉耻，然而马修对着她渐次裸露的白皙肌肤完全移不开视线的模样却又让她备受鼓舞。松开最后一个挂钩，她一把将那件裹着蕾丝的紧身胸衣扔下了床。现在她的胸前就只剩了一件皱巴巴的宽松内衣。

钥匙落在了她的腿上。悄悄用手指覆住那个金属物件，她小心翼翼地瞥了瞥马修。

他闭着眼睛，太过用力的额头上青筋绽现。“不会那样的。”他喃喃道，与其说是对她说的倒不如说是在安慰自己。

黛西倾身向前，把钥匙塞进了他的外套口袋，然后抓着内衣的下摆把它从头上剥了下来，裸露在外的上身顿时一阵刺激。她紧张得牙关都在打颤，“我刚刚把我的内衣脱掉了，”她开口，

"你不想看一看吗?"

"不想。"

但他的眼睛却睁开了,视线落到她顶着粉红乳尖的小巧乳房,紧咬的齿间顿时响起嘶嘶的吸气声。他坐着一动不动,只一味盯着她,任凭她松开他的领结,解开马甲和衬衫。她羞得全身通红,手上的动作却不停,然后直起膝盖把外套从他的肩膀上剥了下来。

他慢慢地把胳膊从外套袖子和马甲中抽出来,动作迟缓得像在梦游。

黛西笨拙而坚定地扯开了他的衬衫,将他的胸膛和身躯一览无余。他的肌肤像是厚实的缎子,被底下大块结实的肌肉绷得紧紧的,泛着隐隐的光泽。她伸手触碰他有力的肋骨突起,指尖跟着下滑到他正在上下起伏的紧绷着的小腹。

马修突然抓住了她的手,但似乎不知道究竟是应该一把推开呢还是将它贴得更紧。

她用手指反握住他,直视他瞪得大大的蓝色眼睛。"马修,"她低语,"我就在这里,我是你的。想要跟你做你想象中对我做的每一件事。"

他屏住了呼吸,意志聚了又散。突然之间什么都不重要了,余下的只有他被压抑了太久的渴望。伴随着一声投降的粗吼,他把她抱上了自己的大腿,隔着层层衣物感受彼此身上灼热的温度,黛西的柔软也跟着抵上了一个陌生的坚硬之物,她顿时倒抽一口凉气。

马修用自己的嘴堵住了她的,手掌亦沿着她的身体不住探索。他用手指托住她结实的乳房下缘，使得她全身气血乱涌，身体的渴望也变得愈发尖锐而急切。她在他的衬衫上一顿乱摸，想要伸进手去好一把扯掉它。

小心地把她放倒在床上，马修停下来脱掉自己的衬衣，露出他伟岸的胸膛和肩膀。他向她俯下身去，彼此裸露的肌肤一相触，引出她一阵愉悦的呻吟。身边满满的全是他熟悉的味道，一种干净的男性肌肤散发出来的好闻味道。他用饱含情欲的吻与她唇舌交缠，双手温柔地抚过她半裸的身躯。他的拇指在她乳尖上慢慢地划着圈，使它变得越来越硬，色泽也愈见深浓，直到她无助地拱起了身子。

接收到她无言的请求，他低头衔住她的乳尖，轻轻拉扯，随着舌头的动作在她的肌肤上挑起一簇簇滚烫的火苗。黛西在他怀中呜咽着颤抖，身体在他移向另一边乳尖并将之吮得红肿艳丽之时变得狂乱不已。

“你知道我想对你做什么吗?”她听到他在问，声音沙哑。“你明白如果我们现在不停下来会有怎样的后果吗?”

“我知道。”

马修抬起头，给了她一个怀疑的眼神。

“我没你想的那么天真，”黛西认真答道，“我的‘阅历’可不浅。”

她看到他转过脸去，似乎在努力忍住笑意。然后他回头用一种溺死人的温柔眼神望住她。“黛西·鲍曼，”他气息不稳，“我愿来生永坠地狱，只为换这与你共度的一个小时。”

“要那么久吗？一个小时?”

他苦笑:“甜心,现在的我能坚持一分钟就算是奇迹了。”

她用手臂搂住了他的脖子。“你得跟我做爱,”她告诉他,“如果你不这么做,我就抱怨个不停。”

马修抱着她贴近自己,吻了吻她的额头,沉默了好长时间,让黛西一度以为他要拒绝她了。但随后他温热的手掌就顺着她的身子往下抚去,让她的心跳一下子狂乱了起来。他用手指卷住她衬裤的带子,轻轻扯动。

她吃力地呼吸着,腹部随之起起落落,当他的大手探进那片绵薄布料里的时候,羞意夹杂着困窘呼啸而来,将她淹没。他触摸到她私处柔软的毛发,它们蜷曲着熨贴在敏感的隆起处。他卷起一小绺绒毛,轻拢慢捻,无名指尖扫过一处极为敏感的地方,引起她一阵痉挛。盯着她涨红的脸庞,马修温柔地分开了她的闭合之处。

“黛西,我的爱,”他喃喃着,“你这么柔软……这么娇弱……我碰你哪里好呢,这里?还是这里……”

“那里,”黛西在他的手指滑过某个位置的时候低泣起来,“对……哦,就是那里……”

他用火热的唇吻住她的喉咙,一路吻到她的胸前,同时手指也在她的腿间探得更深。在他亲昵的揉弄下,黛西觉得自己的那个地方涌起一阵陌生的湿意。这是她没有预料到的,也让她开始怀疑自己是否真像想象中那般“阅历”丰富。

惊慌之下,黛西想要说点什么来掩饰,但在他手指一个突然的推进中一下子没了声音。那也是她没有料到的。

马修从她的胸前抬起头来,眼神迷醉灼人,看着她随着他手指在她体内的动作是如何欢愉。她向上拱起身子，喉咙里发出难耐的呻吟，一边狂乱急切地回应着他的吻。

“喜欢吗？”他轻声问她。

“喜欢，我……”她在无助的喘息声中艰难开口，“我以为……我很疼。”

“还没到时候。”他的唇边浮起一抹微笑。“但过会儿你可能就有得抱怨了。”他感觉到她身体里因他手指而起的颤动，脸上密密地渗出汗来。“我不知道那时候我还能不能这么温柔，”他粗声说道。“我想要你已经太久了。”

“我相信你。”她低语着。

马修摇摇头，把手从她身上拿开。“你真是错得离谱。你正和这世上你最不应该相信的男人躺在一起，而且接下来要发生的事也许会让你后悔一辈子。”

“这就是你诱惑人的办法吗？”

“我想我已经警告过你了。这下你逃不掉了。”

“哦，正好。”黛西动了动身子好让他脱掉她的衬裤和袜子。

她在他开始解裤子的时候瞪大了眼睛。好奇，但又有些害羞，她低下身子想要帮他。感觉到她冰凉的小手伸进他的裤腰，他颤抖着发出一声呢喃。她小心地摸索着，感受着他的硕大与坚硬，爱死了他因此颤抖不止的身躯。“我应该怎么碰你呢？”她低声问道。

马修气息不稳地笑着摇了摇头。“黛西……你现在最好不要这么做。”

“我做错了吗？”她有些担心。

“不不——”他搂住她，亲吻着她的脸颊、耳朵、头发。“是你做得太好了。”

他把她按靠在枕头上，一边用双手轻抚过她的全身。他脱掉衣服，向着她俯下身去，而她则为他身体的美妙触感全身发颤，那茂盛的胸毛，光滑的肌肤，还有烫人的体温。一下子发生了太多的事——快得她都来不及感觉这一切——他那灼热湿润的嘴巴，那修长的逗弄着她的手指，还有他在她胸腹间摩挲着的毛发……

他那丝绸一般润滑的舌头在她的肚脐上打转，在她的血管中一路燃起熊熊烈火。迷迷糊糊中意识到他的嘴巴落在何处，她在他的身下颤抖起来。

马修似乎没有意识到他正在吻着她的哪里，继续往下移动着，直到黛西轻声尖叫着推开他那不安分的脑袋。

“怎么了？”他支起身。

黛西羞得全身泛起绯色，几乎说不出话来。“你离我的……太近了，呃，你刚刚不小心……”

她的声音渐渐低不可闻，马修的眼里出现一抹了然的神色。他赶紧低下头掩饰自己的表情，肩膀一阵颤动。他还是没有看她，只是郑重答道：“不是不小心，我是故意的。”

黛西惊呆了。“但是你就要吻到我的……”然而她在撞上他目光的时候闭上了嘴，他的蓝眼睛里满满的都是笑意。

他一点都没感到不好意思——似乎还乐不可支。

“你并没有被吓着，对不对？”他揶揄道，“毕竟你的‘阅历’可不浅。”

“可是，哪有人会在书里这么写。”

他耸耸肩，目光熠熠。“你还是够权威的。”

“你取笑我。”她嚷道。

“有那么一点。”他低语着又吻上了她的腹部。她的双腿在他的掌控下抽搐着。

感觉到他的嘴移向她的臀部，黛西开始紧张地顾左右而言他。“在我读过的有、有些小说里，确实有那么些段落……”他的牙齿在轻咬着她的大腿内部，她倒吸一口气。“……但是……因为写得太委婉了，所以我并不很、很了解……哦，拜托，请别那样——”

“那这样呢？”

“反正别那样就对了。”她扭动着想要逃脱。

但是他的手牢牢地握着她的膝盖，在他的舌头做着那些羞耻的事的时候不忘把她的双腿打得更开。他吻之前碰触过的敏感之处，惹得她忍不住颤抖起来，他的唇柔软灼人，带着满满的欲望吮吸着，直到狂喜从那个地方涌遍全身。她请求他停下来，他却更进一步地戏弄着她，舔吮挖掘得越来越深，突然一阵极乐席卷而来，她在一片令人眩晕的释放中哭叫出来。

过了很长一段时间，马修起身抱住她，她的四肢急切地缠了上来。他挤进她大张的双腿间，因为克制而浑身发颤。她的下身被他一个猛的侵入分开，马修抵着她的喉咙喃喃诉说着爱语安慰她，一边将自己推进得更深，狠狠地占有她，抱紧她。

当他们紧密结合在一起的时候他停了下来静止不动，不想带给她更多的疼痛。在她身体里的那部分如此坚硬，黛西努力适应着这种被占有的陌生感觉，同时亦感到深深的无助……就在这一刻，他是完全属于她的。她知道就像现在他将她的身体填得满满的同时，她也正满满地占据着他的脑海和心田。想要给他与他带给她一样的愉悦，她试着抬起臀部。

“黛西……不，等等……”

然而她再次抬起了臀，接着又是一次，将自己送得离他更近。他呻吟起来，然后以一种缓慢的节奏律动了起来。用力覆住她的唇，他战栗着到了高潮。

之后的几分钟，他们都静静地没有说话，然后马修抱紧她，把她的头揽上自己的肩膀。他小心地从她体内退出来，然后用嘴堵住了她的抗议声。

“让我来替你收拾。”

黛西不知道他在说些什么，但是现在她全身无力，只能在他离开后闭着眼睛躺在床上。很快他拿着一块湿布回来了，小心地擦拭着她汗津津的身体和刺痛的大腿内侧。

当他再度在身边躺下，她很快靠了过去，在他拉上被子的时候发出一声愉悦的叹息。她不断地移动着，直到耳朵贴住他那坚实有力的心跳。

黛西觉得她似乎应该对此感到羞愧，把自己锁在他的卧室里不说，还主动要求被占有。然而她所感受到的却是满满的得意，还有一种说不上来的不安，似乎不知该如何拿捏另一种已经超越肉体的亲昵关系。

她想要知道关于他的一切——她从未对任何人有过如此强烈的好奇心。但或许她更应该多点耐心，好让他们彼此适应他们新的关系。

被子下他们的体温浑然一体，黛西变得昏昏欲睡。她从不知道安静地躺在一个男人的臂弯里可以这么美好，鼻间呼吸着的是他的气息，身旁围绕着的是他结实的身体。

“别睡着了，”她听到他出声提醒，“我得把你从这儿弄出去。”

“我不会睡着的。我就想……”她打了个大大的呵欠，“……闭闭眼。”

“就一分钟。”他的大手抚过她的秀发，一路绵延至后背，更是将她拖进了甜美深沉的梦乡。

黛西是被雨点拍打着屋顶的声音吵醒的，开着的窗户里涌进一阵凉润的空气。汉普夏郡的天似乎打算冲个清爽的澡，让午后变得凉快点，这种雨，一般半个小时就收住了，然后地面就会变得软软的，散发出泥土的清香。

眨着眼睛，黛西打量起周围陌生的环境，这充满男性味道的卧室……身后不容忽视的赤裸男性躯体，还有某人喷在她头发上的呼吸。她因为惊讶一下子绷紧了身子，却依然静静地躺着，想着马修是不是醒着。他的呼吸并没有变，但慢慢的，他的手臂滑过她的身体，握住她的前面。

他温柔地拉近她，与她一起静静看着窗外的雨。黛西试着回想，她的生命中可曾有那么一瞬间，能像现在这般觉得安心而满足。最后她得出了结论，没有。此刻独一无二，无与伦比。

感觉到臂弯中的她在笑，马修喃喃道：“你喜欢下雨天。”

“是的。”她用脚趾探索着他毛茸茸的腿，然后惊奇地发现原来它们那么长。“下雨时总会有好事发生。可以读书，可以好好睡上一觉，还有，像这样。”

“跟我一起躺在床上？”他忍俊不禁。

黛西点点头。“这让我觉得此时此刻，这世上只有我们两人存在。”

他用手指描画着她的锁骨，然后一路来到颈侧。“我弄痛你了吗，黛西？”他轻声问。

“刚开始的时候确实有点不舒服，那时候你——”她停了下来，满脸通红。“好在我是有备而来。而且我的朋友们也告诉我了，第一次后就会好很多。”

他的指尖在她的耳廓处徘徊，然后是她红通通热乎乎的脸蛋。他开口的时候声音里有止不住的笑意。“我会尽量证明给你看。”

“你后悔吗？”她紧张地等待着他的回答，手指攥得紧紧的。

“老天，当然不。”他把她的小拳头拉到嘴边，亲吻着使之松开，然后举起她的手掌贴住自己的颊侧。“我生命中最渴望的事情莫过于此，而我一直以为这是不可能的。所以只能说我有些惊讶，甚至，震惊。但绝不是后悔。”

黛西转过身，依偎着贴紧他，用自己的双腿夹住他的一条大腿。

雨点轻快地敲打着屋侧，有些透过窗子飘了进来。一想到要离开被窝，黛西就忍不住抖了一下，然后她察觉到马修拉高了被子，盖住她裸露在外的双肩。

“黛西，”他不动声色地问她，“那个该死的钥匙在哪里？”

“我把它放进你外套的口袋里了，”她似乎很好心地提醒他，“你没看到吗？真的没有？……好吧，我想那时候你正忙着其他事。”她伸手抚上他的胸膛，掌心掠过他的乳头。“那时候你大概正忙着为我把我们锁在屋子里而生气。”

“暴跳如雷。”他表示同意。“不过我坚持认为我们结婚后你最好每个晚上都这么做。”

“我们会结婚吗？”黛西抬起头，低声问他。

他的眼睛里暖意融融，但声音却一片严肃。“是的，我们会结婚。哪怕有一天你会因此而恨我。”

“我为什么会……哦。”黛西想起来他说的那个阴魂不散的过去。“我永远不会恨你，”她答道。“而且我也不怕你所谓的秘密，马修。无论你遇上什么事，我都会陪着你。不过你还是得知道，当初你闭口不提拒绝解释的样子真是把我气坏了。”

他的胸膛里突然迸出一阵笑声。“那只是我惹恼你的众多原因之一。”

“没错。”黛西爬到他身上，像只不安分的小猫一样蹭着他的胸膛。“不过比起那些好脾气的男人，我更喜欢恼人的。”

他的浓眉间现出两道褶皱。“比如兰德林顿？”

“没错。他的脾气可比你好多了。”黛西试着用嘴覆住他的乳头，伸出舌尖轻轻触碰。“你的感觉跟我的是一样的吗？”

“不，尽管努力可嘉。”他抬起她的脸。“兰德林顿吻过你吗？”

她在他的掌中慢慢地点了点头。“不过就一次。”

他的声音里满是嫉妒，“你喜欢？”

“我也想啊，我甚至努力试着想去喜欢。”她闭上眼睛，把脸偎向他的手掌。“但那跟你的吻完全不一样。”

“黛西，”他喃喃着再次把她压在身下。“我也不想这样的。”他的手指描绘着她脸庞的精致弧线，还有那带着笑意的嘴唇。“但现在回想起当初我能忍那么久真是不可思议。”

她那一度餍足的神经在他指尖的爱抚下又绷了起来。“马修……接下来要怎么做？你会告诉爸爸吗？”

“现在还早。至少为了装装样子，我会等到从布里斯托尔回来后再跟他说。那个时候大多数客人已经离开了，大家可以好好处理这些私人的事情。”

“我爸爸大概得乐翻了。但是妈妈估计会变得歇斯底里。至于莉莲……”

“暴跳如雷。”

黛西叹了口气。“我的哥哥们也不大喜欢你。”

“是吗？”他故意装出一副很惊讶的样子。

黛西担忧地望进他背光的脸。“你会不会改变对我的心意？会不会回来之后就告诉我我们之间这样是不对的，你不会跟我结婚，而且——”

“不会的，”马修抚摸着她凌乱的黑发告诉她。“我不会反悔的。我夺了你的清白，自然就不会推卸责任。”

黛西皱起了眉，对他的用词表示不满。

“怎么了？”

“你刚刚说的……你的责任……似乎你是在弥补犯下的大

错。这可不怎么浪漫，尤其是在当前的情境下。”

“哦。”马修突然咧嘴笑了起来。“我可不是个浪漫的人，甜心。你应该早就知道了。”他弯下身子亲吻着她的颈侧，轻轻咬住她的耳朵。“但是从现在开始我会对你负责。”他一路吻上她的肩膀。“你的安全……你的生活……你的快乐……我全权负责。”

他吻着她的胸膛，将她绷紧的乳峰纳入他灼人的口中。他用手分开她的大腿，在其间温柔地嬉戏。

她的喉间传来一阵愉悦的低吟，他笑了起来。“你的声音真甜，”他喃喃道，“当我这样碰你的时候……还有这样……还有你迎合我时发出的低泣……”

她的脸颊烧了起来。她努力不让自己发出声音，但很快，她又被诱惑着发出另一阵无助的呻吟。

“马修……？”她感觉到他正在下移，舌头舔上了她的肚脐，她的脚趾蜷了起来。

他的声音隐在被子里模糊不清。“怎么了，我的小话匣？”

“你是不是又要——”她在他分开她双膝的时候停了下来，大口喘着气。“像刚刚那样——？”

“看起来错不了。”

“但是我们已经——”但很快，他为什么要连着跟她做上两次爱就变得一点都不重要了。她感觉到他正在她敏感的腿间探索，然后是大腿内侧，她变得全身无力。温柔的，充满技巧的啃咬……他那慢慢划着圈的舌尖……玩弄着她那还隐隐作痛的私处……不断地顶进直到他找到能让她低泣着呻吟的那个地方，对，那儿，就是那儿……

他用令人疯狂的方式戏弄着她，缓慢地后退，然后是滚烫快速的冲击……她在腿间寻到他的头，紧紧夹住，因愉悦而拱起身子全身颤抖。

这一次，他带她直冲云霄，到达了一个前所未有的狂喜之巅……她的意识再度回归的时候，她正躺在他的怀里，窗外春雨轻柔的声音安抚着她急遽的心跳。

第十二章

鉴于大多数客人都将于次日离开，那天的晚餐成了一场冗长而隆重的盛宴。两张长长的桌子上摆满了水晶餐具和塞夫勒瓷器，在枝形吊灯和烛台的烛光掩映下熠熠生辉。男仆们身着蓝色、芥末绿或黑色的制服，衣服上垂着金色的丝带，在客人间灵活穿梭，不停地往他们的杯子里添水斟酒，一举一动安静而精确。

这是一顿丰盛的晚餐，但不幸的是黛西却丝毫提不起食欲。她不能尽情享用真是可惜，主菜有苏格兰鲑鱼，拌着香肠和杂碎一起烤得热腾腾的鹿腰腿肉，还有丰盛的布满了奶酪、黄油和松露的蔬菜拼盘。甜点是一大盘一大盘的可口水果：覆盆子、油桃、樱桃、水蜜桃、凤梨，还有数不尽的蛋糕、馅饼和乳酒冻。

黛西强迫自己往嘴里送着东西，面带微笑，还尽可能若无其事地与人交谈，但这并不容易。马修就坐在桌子对面离她不远的地方，而每回视线相交，都差点让黛西被自己噎着。

她身边密密的全是谈话声，她有时也会心不在焉地应上几声，但脑袋里满满装着的却是几个小时之前发生的事情。她的姐姐和朋友们，那些对她再熟悉不过的人，似乎已经意识到她的不对劲。即便是韦斯特克里夫也狐疑地瞥了她几眼。

黛西在这个灯火明亮空气沉闷的房间里只觉得热气上涌，脸颊也很快变得通红。她的身体变得敏感无比，内衣在不断摩蹭她的身子，紧身胸衣让她透不过气来，吊袜带将大腿勒得生疼。腿间隐隐作痛，还有那些不经意间拉扯出的刺痛与痉挛，每一个动作都在提醒下午她与马修之间干的好事。然而直到现在她的身体还在渴望更多……马修的大手，他不安分的嘴巴，他在她体内的坚硬……更多……

感觉脸颊又一次烧了起来，黛西努力往面包上涂着黄油。她偷偷瞥了眼马修，他正在和他左边的一位女士说话。

感觉到黛西鬼鬼祟祟的目光，马修朝她的方向看了过来。那一汪深邃的蓝色灼热得都快烧起来了，胸膛亦因为深吸一口气而躁动不已。他强迫自己收回目光，将注意力放到他的身边的那位女士身上，装作很有兴趣的样子，让后者飘飘然地一个劲傻笑着。

黛西端起一杯水酒凑到唇边，集中精神听着右侧的谈话……他们在讨论去湖区和苏格兰高地观光的事情。但是很快，她又陷入了自己的世界当中。

她并不为自己的决定后悔……但她也没那么幼稚，认为事情此后就会一帆风顺，恐怕恰恰相反。他们以后要住在哪里，马修又打算什么时候带她回纽约，离开了姐姐和朋友们的自己到底会不会开心，这些都是问题。另一方面，对于马修所处的那个圈子她一直不得其门而入，现在要做他的妻子，她也不知道自己究竟能不能合格。而至于马修深藏着的到底又是怎样的秘密，那也绝对容不得忽视。

但是黛西记得他用柔软的声音颤抖着说出来的那句话，“你满足我对一个女人的全部幻想。”

只有马修想要的是真正的她。（考虑到兰德林顿那突然高涨起来但很快就会偃旗息鼓的热情，他可不算）

就这一点而言，黛西思索道，她与马修的婚姻或许就像莉莲跟韦斯特克里夫的一样。作为两个感知迥异但个性同样好强的人，莉莲和韦斯特克里夫总是动不动就吵架，但很快就又和好了……然而这似乎一点都没有影响到他们的婚姻。恰恰相反，事实上——他们的感情似乎更加坚不可摧。

她又细想了想朋友们的婚姻……安娜贝尔和亨特先生性情相似，所以相处融洽……伊薇和圣文森特子爵性情截然相反，然而却像白昼与夜晚一样彼此依赖。实在很难说到底是哪一对更胜一筹。

或许这世界上根本就不存在什么完美婚姻的模式。或许每个婚姻都是独一无二的存在。

这想法真是令人宽慰。

也让她充满了希望。

经过一个没完没了的晚餐之后，黛西再也无法忍受接下来的用茶和八卦时间，所以谎称自己头疼。这倒不全是假的，事实上——灯光混着嘈杂和自己紧绷的神经交织在一起，让她的太阳穴隐隐作痛。扬起一个痛苦的微笑，她稍作解释就往主楼梯走去。

然而她刚走进大厅，就听到了姐姐的声音。

“黛西？我想和你谈谈。”

黛西太了解她的姐姐了，光听她的语调就知道她在想些什么。她大姐的声音里有怀疑，有担心，而且似乎想把所有问题都摊开来讲个清楚。

但是她太累了。“现在不行，拜托，”她给了姐姐一个安抚性的微笑，“能稍后再谈吗？”

“不行。”

“我头疼。”

“我也是。但我们还是得谈一谈。”

黛西努力压下一阵恼怒。一直以来她对莉莲都是百般忍耐，而且总是毫不犹豫地给她支持与忠诚，现在要她放她一马也不算过分。

“我想睡觉了，”黛西答道，坚定的眼神直直盯着急欲开口的姐姐。“我什么都不想解释，尤其是在你并不打算听的前提下。晚安。”看到莉莲脸上受伤的表情，她放软了语气：“我爱你。”踮起脚尖亲了亲姐姐的脸颊，她转身上了楼。

莉莲正在挣扎要不要尾随黛西上楼，突然意识到身边有人，她转身发现那是安娜贝尔和伊薇，两人都一脸同情。

“她不想跟我说话。”她对她们说道，神情麻木。

伊薇上前挽住了她的胳膊，一般她都不怎么敢碰她。“我、我们去橘屋吧。”她建议道。

橘屋是宅子里莉莲最喜欢的房间，四面墙上嵌着大扇的玻璃窗，热气透过地板上别致的铁丝格子从底下的炉子里不断往上冒。整个房间飘满橘树和柠檬树散发出来的清新香味，旁边架子上摆满的热带植物又往这香味的基调上添了一抹异域风情。火把的光芒从窗外照进来，在屋子里投下交错的阴影。

她们三个找到几把椅子，然后围在一起坐了下来。莉莲耷拉着肩膀闷闷不乐地开了口："我想他们做过了。"

"谁？做了什么？"伊薇问道。

"黛西和斯威夫特先生，"安娜贝尔嘀咕着，声音里透着一丝促狭。"我们怀疑他们已经，呃……对彼此的身体有了更进一步的了解。"

伊薇依然一脸困惑。"我们为什么要这么想呢？"

"好吧，你坐在另一桌，亲爱的，所以你没有看见，晚餐时他们之间可真是……"安娜贝尔意味深长地挑了挑眉毛，"……暗潮汹涌。"

"哦。"伊薇耸了耸肩。"那么我是不是坐在你们那桌也就无所谓了。我可不擅长发现什么暗潮。"

"那简直就是明潮，"莉莲脸色阴郁地说道。"只差没让斯威夫特先生跳上桌子公开发表声明了。"

"斯威夫特先生才不会这么庸俗呢，"伊薇斩钉截铁地说。"即便他是个美国人。"

莉莲因为暴怒一脸扭曲。"什么'对着一个没有灵魂的工厂主我永远开心不起来'？什么'我希望我们四个永远在一起'？去他妈的，我真不敢相信黛西竟然做出这种事情来！她明明和兰德林顿进展顺利，到底是什么让她昏了头去跟马修·斯威夫特睡上一觉？”

“我怀疑这不是第一次了，”安娜贝尔答道，眼睛亮闪闪的。

莉莲剜人的目光立马射了过去。“安娜贝尔，如果你爱拿这事寻开心的话——”

“黛西从没对兰德林顿子爵上过心，”伊薇连忙开口，以免她们两个真的吵起来。“她只不过是拿他来刺激斯威夫特先生。”

“你怎么知道的？”另外两个异口同声地问她。

“呃，我、我……”伊薇无助地绞着手。“上星期我无、无意中建议她可以试试让他嫉妒。看来起作用了。”

莉莲顺了好一阵喉咙才说出话来：“你这个傻瓜，猪脑子，蠢驴——”

“为什么，伊薇？”安娜贝尔的语气就温和多了。

“黛西和我偷听到斯威夫特先生和兰德林顿子爵的谈、谈话。他想要说服兰德林顿去追求黛西，但是显然，真正想要她的人是斯威夫特先生。”

“我敢打赌他是有预谋的，”莉莲叫起来。“他肯定是知道了你们在偷听。这一招真够阴险狡诈的，而你们竟然就这么上钩了！”

“我觉得不是，”伊薇回道。看着莉莲涨红的脸，她不安地问她，“你会吼我吗？”

莉莲摇摇头，低头将脸埋进手心。“我恨不得像个女鬼那样厉声尖叫，”她的声音从指缝透出来，“如果那对事情有所帮助的话。但是毫无疑问黛西已经和那个卑鄙小人发生亲密关系了，现在谁也没办法救得了她。”

“或许她自己根本不想被救。”伊薇指出来。

“那是因为她脑子坏了。”指间传来莉莲一阵模糊的咆哮。

安娜贝尔点点头。“这是明摆着的。黛西跟一个英俊年轻又聪明多金的男人上了床，而且那男人还一心爱着她。看在上帝的份上，她能想些什么啊？”她听着莉莲一连串的咒骂一脸同情地笑了起来，一只手温柔地抚上她的肩膀。“亲爱的，”她低声说道，“你应该知道，曾有一度我根本不在乎我嫁的男人到底爱不爱我……只要他能把我们一家从困境中解救出来就行。但是想到作为我的丈夫，我要和他同床而眠……要和他共度余生……我就知道西蒙是我唯一的选择。”她停了下来，眼眶里突然蓄满了泪水，美丽冷静的安娜贝尔，此刻差点哭了出来。“我生病的时候，”她继续说了下去，声音干涩，“我害怕的时候，我想要什么东西的时候，我知道他会想方设法为我打点好一切，哪怕上碧落下黄泉。我全身心地信赖着他。当我看着我们的宝宝，想到那是我们永远的结晶……天啊，我多么庆幸自己是嫁给了西蒙。我们都有权利选择自己的丈夫，莉莲。那么黛西也该享有同样的自由。”

莉莲暴躁地甩开了她的手。“他的人品跟我们的丈夫可没法比。他甚至不如圣文森特，虽然曾经只知道留恋花丛，但至少他还有颗心。”她停下来嘟囔着，“伊薇，我无意冒犯。”

“没关系。”伊薇颤着嘴唇回答道，似乎是在努力压下笑意。

“问题是，”莉莲无比烦躁，“只要她不往错里选，我自然不会干涉她。”

“亲爱的——”安娜贝尔小心翼翼地想要纠正她逻辑中的错误之处，但是伊薇柔声打断了她。

“我觉一觉得，黛西同样拥有犯错的权利，我们能做的就是在她需要的时候提供帮助。”

“如果她远在见鬼的纽约，我们根本帮不到她！”莉莲反驳。

伊薇和安娜贝尔不再与她争论，沉默地表示有些问题不是靠三言两语就能解决的，而有些担忧也是抚不平的。一切都不奏效的情况下，她们只是切实地履行起朋友的职责……静静地陪她坐在一起……让她知道她们也很在意。

冲了个热水澡后，黛西的身体舒缓下来，疲惫不堪的神经也慢慢放松下来。她泡在蒸汽腾腾的热水里，直到全身变得酥软发热，头痛也不见了。感觉到神清气爽，她套上一件有褶边的白色睡袍开始梳起了头发，两个女仆进来抬走了洗澡水。

刷子在发间穿梭，直到将那一头及腰的长发梳成一道闪闪发光的乌黑瀑布。她的目光越过通往阳台的门口，凝视这潮湿的春日夜晚。没有星星的天空一片深紫，像是熟透了的李子。

心不在焉地微笑着，黛西听到身后的卧室门传来一阵轻响。以为是某个女仆又进来拿走毛巾或是皂盒，她继续盯着外面。

突然她肩上被人轻轻拍了一下，然后一只温暖的大手一路下滑到了她的胸前。她吓得一下子跳了起来，但随后被慢慢拉进了一个坚实的男性胸膛。

马修低沉的嗓音搔弄着她的耳朵，“在想什么？”

“当然是你了。”黛西靠着他，手指抚摸着他高挽的袖口里露出来的毛茸茸的胳膊。她的视线又回到了室外。“这个房间曾经属于伯爵的一个妹妹,”她说道,“我听说她的恋人——是个马倌——曾经爬上阳台跟她幽会,就像罗密欧一样。”

“想必回报丰厚,值得冒险。”

“你也会为了我这么做吗?”

“除非那是你我相见的唯一途径。但是既然好好的有门可走,为什么还要大费周章地去爬两层楼高的阳台?”

“从门里进来可没那么浪漫。”

“但也不会扭断脖子。”

“真务实,”黛西笑着在他怀里转过身。马修的衣服上沾染着室外空气的味道以及辛辣的烟草味,他肯定是在晚饭后和其他男士一起去了后露台。往他的怀里缩得更紧了些,她闻到他衬衫上浆粉的味道,还有他肌肤散发出来的熟悉的清爽味道。“我喜欢你的味道,”她说,“我能蒙着眼睛在房间里的一百个男人中很快找到你。”

“又是一个室内游戏。”他回答道,然后他们一起吃吃笑了起来。

抓住他的手,黛西拖着他往床边走去。“过来跟我一块躺着。”

马修摇头抵抗。“我就呆几分钟。韦斯特克里夫和我天亮就动身。”他的眼神饥渴地滑过她保守的褶边睡袍。“而且只要我们一靠近那张床,我就会忍不住想要和你做爱。”

“我不介意。”黛西害羞地答道。

他把她拉进怀里,小心地抱紧她。“你才刚经历过第一次,需要休息。”

“那你为什么来这里?”

黛西感觉到他用脸颊摩挲着她的头顶。即便该做的事都做了,她也没想到马修·斯威夫特会有这么温柔的举动。“我只想来跟你道声晚安,”他喃喃道,“然后告诉你……”

黛西疑惑着抬起头,于是他趁机偷了个香,似乎情难自禁。“……你根本用不着担心我会改变想要娶你的心意,”他说道,“事实上,你现在休想再摆脱我。”

“我知道,”黛西对他露出笑颜,“我知道你最可靠了。”

强迫自己放开她,马修不情愿地退到门边。他小心地把门拉开一条缝,确定走廊上没有人。

“马修,”她低声叫他。

他扭过头看着她,“怎么了?”

“早点回到我身边。”

不知在她脸上看到了什么,他的眼睛暗下来,火光隐现。他冲她快速地点了点头,在尚能控制住自己的时候离开了。

第十三章

马修很快发现，与伯爵大人同赴布里斯托尔跟单凭自己在这个港口城市摸索是大不一样的。他原本打算在布里斯托尔市中心的一家小旅馆落脚，但是因为身边多了个韦斯特克里夫，他们受邀住进了当地一个富有的轮船制造商家里。马修估计此类邀约不在少数，对方都是地方上的富室，一个个急切地想要以最周到的方式来招待伯爵大人。

在这里，似乎除了韦斯特克里夫的朋友，就是想要成为他朋友的人，这就是古老的贵族姓氏的力量。不过说句公道话，韦斯特克里夫能得到如此礼遇并不仅仅是因为他的头衔或者族姓……他同时还是位政治革新派，更不用说还是名成功的商人，其中任何一个身份都足以让人在布里斯托尔吃香。

这个贸易量仅次于伦敦的城市正处于急速膨胀的发展期。随着商业区域的扩张，旧城墙被相继拆毁，狭窄的小路被不断拓宽，崭新的大道接二连三地出现，构成人们生活的基础。最值得注意的是，一条连接坦普密车站和码头的沿海铁路线刚刚建成，使这儿成了整个欧洲最适合制造业发展的地方。

马修不情愿地向韦斯特克里夫承认，他的出场使各种谈判和会面变得容易得多。韦斯特克里夫的名字敲开的不仅仅是人家的大门，别人甚至恨不得把整幢房子双手奉上。而马修私下里也意识到，伯爵身上还有很多值得他学习的东西，无论是商业还是制造业，他都很在行。

比如他们提及机车制造的时候，伯爵不仅对其设计与机械原理了如指掌，甚至能准确说出最新式的加宽车头上用到的十几种不同螺栓的名字。

不谦虚地说，马修还从未遇到过在技术方面能与他棋逢对手的人，韦斯特克里夫是史无前例的第一个。他们总是相谈甚欢，至少对他们两个来说是如此，而参与讨论的其他人往往要不了五分钟就乏味得开始在一旁打起盹来。

对于马库斯来说，他插手布里斯托尔的事务是出于双重考虑，于公，是为了谈成那几笔生意……但是于私，却是为了坚定对马修·斯威夫特的立场。

让马库斯离开莉莲身侧可不大容易。他发现看着别人生儿育女似乎稀松平常，但一旦这事落到自己妻子和孩子身上就立刻变得事关重大了。女儿的一切都让他着迷：她睡觉和躺卧的样子，她洗的第一个澡，她勾着小脚趾的模样，她在莉莲胸前吃奶的场面。

虽然上层妇女中也不乏有人亲自哺育，但更一般的做法是直接找个奶妈。然而莉莲在梅里特出生之后突然改了主意，“她要的是我。”她这么告诉马库斯。而他也没敢明说，那么小的小毛头哪有本事挑三拣四的，只要有奶喝还不都是一样。

马库斯一直担心莉莲产后会不会落下什么毛病，直到看着她一天天好起来，回复原来健康苗条精力充沛的样子，他才慢慢放下心来，如释重负。他之前从未这么爱过一个人，也没有料到莉莲这么快就成了他生活幸福的必要条件。为了莉莲他什么事都愿意去做，只要他做得到。看到妻子对她妹妹如此担心，马库斯决定把马修·斯威夫特摸个清楚。

在他们与大西部铁路公司的代表、码头负责人以及形形色色的议员和地方官的会面中，斯威夫特的表现让马库斯印象深刻。在此之前，他只见过他与石字庄园那些富客们之间的应酬，但很快他就发现他对各个阶层的人——无论是年长尊贵的望族还是年轻体壮的码头工人——都能应付自如。遇到需要讨价还价的时候，他会变得咄咄逼人，但又不至于表现得缺乏教养。他冷静、稳重而且明智，有时候为了活跃气氛还能冷冷地幽上一默。

而在个性坚韧与立场坚定这方面，马库斯可以看到托马斯·鲍曼对他的影响。但是和鲍曼不同，斯威夫特的风度与自信浑然天成，容易让人不知不觉就信服。斯威夫特在布里斯托尔将大有作为，马库斯暗忖。这里是像他这样有抱负的年轻人一展身手的好地方，能得到的机遇就算不能胜伦敦一筹，至少也是不相上下。

至于马修·斯威夫特与黛西是否合适……好吧，这可就难说了。马库斯不敢妄下定论，他已经有过前车之鉴，当初对安娜贝尔和西蒙·亨特婚姻的大力反对就是最好的例子。但是他必须做出判断,黛西应该拥有一个能对她好的丈夫。

见过铁路公司的代表们,马库斯和斯威夫特沿着科恩大道穿过一个挤满水果与蔬菜摊的市场。人行道的路面也在最近被垫高了,好把行人与泥水跟街头垃圾隔绝开来。两旁道上商铺林立,兜售着图书、化妆品以及用当地砂岩制成的玻璃制品。

他们两个在一家小酒馆门口停了下来,打算进去随便吃点东西。小酒馆里挤满了形形色色的人,有富裕的商人,也有一般的船肆工人。

在这种随意的氛围中放松下来,马库斯将一大杯布里斯托尔黑啤举到唇边。冰凉苦涩的液体一股脑地滑下喉咙,初时辛辣的口感慢慢变成醇厚的回味。

马库斯正绞尽脑汁想着怎么提到黛西,斯威夫特径直开了口:“大人,有件事我想请教您。”

马库斯做出洗耳恭听的表情。“乐意至极。”

“鲍曼小姐和我最终达成了某种……协议。考虑到双方的利益,我做出了一个明智而务实的决定,那就是我们应该——”

“你爱上她多久了?”马库斯打断他,暗自发笑。

斯威夫特长叹一声。“很多年,”他承认道,一边用手扒了扒他浓密的短发,抓得乱糟糟的。“但是直到最近才明白过来。”

“我家小姨子可有回应?”

“我想——”斯威夫特顿了顿,狠狠吞下一口啤酒,看起来像个毛头小伙一样青涩而不知所措:“我不知道。我希望她早晚会……哦,见鬼。”

“要我说，你想赢得黛西的爱慕并不难，”马库斯以一种自己都没有料到的亲切口吻说道。“就我看来，这对你们双方来说都是好事一桩。”

斯威夫特自嘲地微笑着抬起头来：“你不觉得她更适合一个满怀诗意的乡绅吗？”

“那绝对是场灾难。黛西不需要再多一个像她那样不切实际的丈夫。”伸手拿过他们中间盛着食物的木盘，马库斯切了一片乳白色的温斯利代干酪，夹进两块厚厚的面包间。他若有所思地观察着斯威夫特，疑惑为什么这个小伙子看起来似乎并不高兴。大部分男人只要一想到即将跟自己喜欢的女人结婚，那喜悦早已经溢于言表。

“鲍曼会因此而开心。”马库斯说道，一边密切留意着斯威夫特的反应。

“他开不开心根本不重要，一切都只跟鲍曼小姐有关，任何其他的猜想都是对她的辱没。”

“你不用急着维护她，”马库斯答道。“黛西是个迷人的小淘气，更不用说有多可爱了。她如果再多点自信，少点感性，那对她来说想要吸引异性简直易如反掌。但是值得赞赏的是，她从不把爱情当儿戏。可是几乎没有男人懂得欣赏女人的真诚。”

“我懂。”斯威夫特一针见血。

“那就得看了。”察觉到这个年轻人的进退两难，马库斯心里涌起一阵同情。而对于斯威夫特来说，作为一个极度厌恶肥皂剧的理智男人，突然发现自己被丘比特之箭给小小地拉了道口子，可不是一般的窘。“虽然你没开口要我支持你，”马库斯继续说道，“不过你可以放心。”

“即便伯爵夫人反对？”

提到莉莲，马库斯心里牵起一缕思念，隐隐作痛，他比自己想象中更想她。“伯爵夫人，”他声音干涩，“会慢慢意识到这世上有很多事并不是按照她的意愿进行的，如果你能用时间证明你会是黛西的好丈夫，我的妻子也会改观的，她可是个公正的女人。”

但是斯威夫特还是一脸困惑。“大人——”他死死盯着自己紧握杯把的手。

看着这个年轻人脸上掠过阴影，马库斯停止了咀嚼，直觉告诉他，有些事不对头。该死的，他想到，鲍曼家的事就不能让人省点心吗？

“如果一个男人的生活全是构筑在谎言之上，你会如何看他……尤其那样的生活是他本来根本无法拥有的？”

马库斯又嚼了起来，一个用力吞咽，然后开始享用他的啤酒，一顿酣饮之后他终于开了口：“一切都是假的？”

“没错。”

“这个人剥夺了别人的既有权益吗？还是对他人造成了身体或感情上的伤害？”

“都不是，”斯威夫特直视着他回答道，“只是有些法律上的纠纷。”

那让马库斯稍微松了口气。以他的经验看来，即便最正直的人也会被不小心卷入这样那样的官司中去。或许斯威夫特曾经被卷入有问题的交易中去，或许是年少气盛的时候干过什么事，现在回头再看未免尴尬。

当然，马库斯并非不看重名誉，而且他也不希望这未来的连襟有什么官司缠身。另一方面，斯威夫特的风度与性格都属上佳，马库斯已经找到很多喜欢上他的理由。

“恐怕我得收回对这桩婚事的认可，”马库斯慎重地说道，“直到我搞清楚整件事情。你还能多告诉我一些吗？”

斯威夫特摇摇头。“抱歉，天呐，我真希望我可以。”

“如果我答应替你保密呢？”

“不行，”斯威夫特低声道。“真是抱歉。”

马库斯重重地叹了一口气，往后靠坐在椅子上。“遗憾的是，当我不知道那个该死的问题到底是什么的时候根本无法去着手解决或试图缓解。另一方面，我相信人都应有改过自新的机会，而相比一个人的过去，我更看重他的现在。这么说吧……我得向你讨个承诺。”

斯威夫特抬起头，蓝色的眼睛闪着谨慎。“你说什么，大人？”

“你得在结婚前把一切告诉黛西，把事情摊开来讲个清楚，至于要不要走下一步，就让黛西来决定。你不能让她不明不白地成为你的妻子。”

斯威夫特连眼睛都没眨：“我可以给你这个承诺。”

“那就好。”马库斯挥手招来酒馆侍女。

现在他需要点比啤酒更刺激的东西。

第十四章

自打韦斯特克里夫和马修·斯威夫特去了布里斯托尔，庄园里就似乎显得异常安静，不过让莉莲和黛西松了口气的是，他们的父母被韦斯特克里夫安排和邻居一家去参观埃文河畔的斯特拉特福镇了。他们会在那儿呆上整整一个星期，参加纪念莎士比亚诞辰二百八十周年的庆典活动，包括宴会、戏剧表演、演讲和音乐会。而韦斯特克里夫究竟是如何说动鲍曼夫妇的，黛西百思不得其解。

“爸爸妈妈对莎翁可是一点都不感兴趣，”载着她们父母的马车夫一动身，黛西就惊奇地对莉莲嚷道，“而我更无法想象爸爸会放弃布里斯托尔转而去参加什么庆典。”

“韦斯特克里夫没打算让他跟着他们一块去，”莉莲无奈地笑笑。

“怎么会？毕竟这是爸爸的生意。”

“没错，但是对英国人来说，爸爸在谈判时未免显得有些粗鲁——有他在只会让大家都不好办，难以达成一致。韦斯特克里夫对这次斯特拉特福之旅部署周密，爸爸根本来不及反对。何况韦斯特克里夫还‘无意中’向妈妈提起庆典上与她擦身而过的将满是贵族，这么一来爸爸就更没机会了。”

“我想韦斯特克里夫和斯威夫特在布里斯托尔的进展应该很顺利。”黛西说道。

莉莲的表情一下子收了起来。“那是自然。”

黛西注意到少了朋友们在一旁起缓冲作用，她和莉莲之间的谈话显得格外生分。她不喜欢这样。她们一直都是亲密无间无话不谈的，但突然间却有了需要回避的话题，就好像试图对眼前的一头大象视而不见，不，应该是一群。

莉莲并没有问黛西她到底有没有跟马修上床，事实上，莉莲似乎根本就不想提起马修。她没有问黛西和兰德林顿前景看好的关系怎么突然间就不复存在了，也没有问她为什么不去伦敦抓紧最后的社交季。

同样的，黛西也不想讨论这些话题。尽管马修离开前曾对她再三保证，她内心却依然忐忑不安，而现在她最不愿意做的就是跟她姐姐发生争吵。

于是她们把注意力移到了小梅里特身上，轮番抱她，替她穿衣洗浴，仿佛她就是个玩具娃娃。尽管有两个保姆专门负责照顾小宝宝，莉莲却不愿放手把她交给她们。理由很简单，她喜欢和宝宝呆在一起。

梅西迪斯出发前曾发出警告，说这样老是被人抱着会让她产生依赖。“你会宠坏她的，”她对莉莲说，“然后谁也没办法再把她放下来了。”

当时莉莲反驳说石字庄园里最不缺的就是人手，梅里特想要被抱多久就可以抱多久。

“我不想让她的童年和我们的一样，”事后莉莲推着婴儿车逛花园的时候这么告诉黛西。“我印象中关于父母的仅有回忆，不是看着妈妈为了晚上外出梳妆打扮，就是看她跑进爸爸的书房告发我们的那些小破事，然后就等着被罚吧。”

“你还记得吗，”黛西笑着问道，“看到我们在人行道上轮滑，把行人撞得东倒西歪的时候妈妈是怎么放声大叫的？”

莉莲咯咯笑了起来。“除非我们撞到的是阿斯特家的人，那对她来说或许就是美事一桩了。”

“还有那对双胞胎搞的小园子，我们在土豆成熟之前把它们全都拔了出来。”

“跑到长岛去摸蟹钓鱼……”

“大玩软球粗棒球……”

于是那个下午就在姐妹俩“想当初”的回忆中过去了，两姐妹讨论得不亦乐乎。“谁想得到呢，”黛西笑言，“你最后竟然会嫁给一个英国贵族，而我会成为……”她犹豫了一下，“……老姑娘。”

“别傻了，”莉莲静静说道。“显然你不可能是个老姑娘的。”

那是蹭着黛西与马修的关系滑过的擦边球。看到莉莲反常的克制，黛西意识到她姐姐并不想把她们之间的关系搞僵，而那同时也意味着，如果马修·斯威夫特真的成为他们家的一员，那么莉莲也会尽力接受他。知道要她姐姐控制自己的想法有多困难，黛西很想过去抱抱她，然而，她只是上前接过了推车的把手。

“换我推了。”她说道。

她们继续往前走。

黛西接着回忆往事。“还记得那回在池塘里弄翻小船吗?”

“那个女教师还在上面呢,”莉莲补充道,然后她们彼此咧嘴笑了起来。

鲍曼夫妇是最先回来的,星期六就到了。就像预料中的一样,莎士比亚的庆典对托马斯十足是场折磨。

“斯威夫特在哪?”他一进宅子就开始嚷嚷。“韦斯特克里夫呢?我要谈判的报告。”

“他们还没回来呢,”在门厅迎接他的莉莲告诉他。她给了她老爹一个略带讽刺的眼神,“爸爸,难道你就不打算问问我好不好?也不想知道宝宝怎么样?”

“我自己的眼睛能看,你好得不能再好了,”鲍曼回道,“而且我敢肯定小东西也坏不到哪里去,要不你老早就派人通知我了。斯威夫特和韦斯特克里夫大概什么时候能回来?”

莉莲翻了个白眼。“马上。”

但显然他们在路上被耽搁了,春日出行总会有这样那样的困难,上哪儿都不好走。天气阴晴难测,乡间的小路更时时需要修整,马车不小心就坏了,马匹也容易伤到蹄子患上囊肿。

眼瞅着就快晚上了,韦斯特克里夫和马修还是不见踪影,莉莲吩咐先开饭,要不然厨子们要等得不耐烦了。

这是一场小型的宴会,除了鲍曼一家还有当地的两户人家,包括教区牧师和他的妻子。吃到一半的时候,管家进来对莉莲低声说了些什么。她闻言微笑，脸色绯红，眼睛也亮闪闪的，她告诉大家韦斯特克里夫已经回来了，很快就会过来一起用餐。

黛西坐在位置上，表情依然沉静，似乎那是贴在她脸上的一张面具。然而在那表相之下，一阵期待在她的血管中突突跳动。察觉到餐具正在她手中抖得厉害，她把它们放了下来，然后把手放到腿上。她心不在焉地听着他们的谈话，另一半心思早飞到门口了。

洗过澡换完衣服之后，长途跋涉的两个男人终于踏进了饭厅，黛西的心一个劲地狂跳，几乎喘不过气来。

马修扫过众人，然后跟韦斯特克里夫一起弯身行了礼。他们两个都神清气爽一派从容，让人以为他们不过只离开了七分钟而已，而不是漫长的七天。

在桌子的主位落座之前，韦斯特克里夫先走向了莉莲。由于伯爵从未公开示爱，所以当他捧住莉莲的脸给了她深情一吻的时候，所有人都吓了一大跳，包括莉莲自己。她的脸一下子涨得通红，低声指出牧师还在那儿呢，忍来伯爵一阵大笑。

就在这个时候，马修走到黛西身边的空位子上坐了下来。“鲍曼小姐。”他柔声唤她。

黛西说不出话来。她抬起目光撞进他带笑的眼睛，各种情绪带着温度像喷泉一样爆发出来。她在自己将做出什么蠢事来之前赶紧移开了目光。但意识到他的身体正挨着她，她的神经依然绷得紧紧的。

韦斯特克里夫和马修绘声绘色地告诉众人他们的马车是怎样陷入泥潭寸步难行的。还好一个拉着牛车的农民路过帮他们把车子弄了出来，但所有人都被泥浆溅了一身，而显然这一事故惹得那头牛相当不快。他们讲完之后，饭桌上的所有人都在笑个不停。

然后话题转移到了莎士比亚庆典上，托马斯·鲍曼开始描述此次埃文河-斯特拉特福镇之旅。马修象征性地问了一两个问题，显得对这个话题很感兴趣。

突然黛西感觉到他的手在桌子底下抚上了她的腿，继而轻握住了她的手，让她大吃一惊。而与此同时，他还在继续与大家谈笑风生。黛西用空着的那只手拿起酒杯，小口小口地抿着，当马修开始在桌底下抚弄她的手指时差点被呛着。抑制了一个星期的感官在瞬间被挑了起来。

马修依然没有看她，但轻轻地往她无名指上套了什么东西，那东西滑过指关节，妥帖地圈住指尾。仆人过来替他们斟酒的时候他把她的手搁回了腿上。

黛西低头看了看自己的手，难以置信地看着在烛光下金光闪烁的蓝宝石，外面镶了一圈碎钻，看起来像是洁白的花朵。她拢紧手指转过头去，不想让脸上的潮红出卖她此刻的兴奋。

“喜欢吗?”马修低声问。

“嗯，喜欢。”

那就是他们在晚餐时的全部对话。这样就够了。其实他们还有很多话要说，但那都是两人间的悄悄话。黛西硬撑着用完了餐后例行的茶点，但让她高兴的是似乎所有人，包括她父亲，都想早点休息。年长的牧师和他妻子准备回家之后，所有人都在短时间内散了个干净。

和黛西一起从饭厅走回来的路上，马修低声道："今晚我是得爬阳台呢，还是你替我留着门?"

"门。"黛西的回答简洁明了。

"感谢上帝。"

大约一个小时候后，马修试着拉了拉黛西卧室门上的把手，闪身进了屋。小小的房间里只亮着床头灯，火光正随着阳台上吹来的微风摇曳。

黛西坐在床上看书，头发编成一束整齐的辫子垂在肩膀上。她穿了一件娴静的白色睡袍，胸口缀着层层叠叠的褶饰，她看起来是如此天真无邪，让马修觉得此时满心欲望的自己有些罪恶。然而当她从书本上抬起头来，那深邃的眸子却引着他情不自禁地靠了过去。

她把书放到一旁，烛火趁机点亮了她的侧脸。那洁白莹润的肌肤就像打磨过的象牙一样闪着冷光，让他很想用双手将之捂热。

似乎猜到他心中所想，黛西扬起了唇角。随着她掀开被子的动作，蓝宝石戒指在她指间闪闪烁烁。此情此景之下，马修对于自己的反应有一刹那怔忡，那是一种原始的占有欲。顺着她的意思，他慢慢靠近床边。

他坐在床沿，神经随着黛西撩起他睡袍的下摆而嘶嘶冒着火花。她像只猫一样优雅地爬上他的膝头，于是他的鼻间充满了女性甜美的体香，腿上承受的是她全部的重量。她伸出胳膊勾住他的脖子，声音低沉，"我好想你。"

他的手掌在她身体上游走：柔软的曲线，纤细的腰肢，结实的心形臀部，但即便黛西的躯体之美让他沉醉，那也远远比不上她善解人意的灵动智慧对他的吸引。

“我也想你。”

黛西的手指在他发间嬉戏，然而那样轻轻的触碰却带给他异样的快感，从天灵盖一路窜到腹股沟。她的声音带着挑逗的意味：“你在布里斯托尔是不是认识了很多女人？韦斯特克里夫提到还有人专门为你办晚宴和晚会——”

“我没留意任何女人。”马修发现在翻滚的欲望下他根本无法思考。“你是我唯一想要的那一个。”

她用自己的鼻尖抵住他的轻轻厮磨。“你可不是一直单身的。”

“没错，”马修承认，感觉到肌肤上她的呼吸时闭上了眼睛。“当你幻想怀里抱着的女人其实是另一个人的时候，那种感觉很寂寞。就在我快要离开伦敦的时候，我突然意识到，过去七年中，我身边的女人多多少少都带有你的影子。有的是眼睛像你，有的是长着跟你一样的双手，要不就是头发跟你相似……我以为我的余生都会在搜集你的零碎拼图中度过，我以为——”

她用唇瓣堵住了他的嘴，以及这苦涩的告白。她张开了嘴，于是他毫不迟疑地吻住她，他的舌头长驱直入，直到将她的嘴占得满满的。呼吸之间，她柔软的乳房一次次擦过他的胸膛。

他抱着她躺下，扯住她睡衣的下摆将之拉高。她配合着他，扭了扭身子想把衣服从头上褪去。她的动作让他血脉贲张，差点着起火来。她一丝不挂地躺在他面前，在烛光的掩映下一片潮红，四肢羞怯地紧缩在身体的周围。他一边饱览着眼前的大片春光，一边扯去了自己的衣服。

马修在她身边躺下，试着哄走她的羞怯。他爱抚着她的肩膀、喉咙以及敏感的锁骨。她冰凉的躯体渐渐染上他的体温，身体在他耐心的抚摸下亦被点燃。她喘息着用自己的上半身缠住他，他吻住她的嘴，一边低声警告她窗户还开着，所以她得保持安静。

他灼热的嘴唇不慌不忙地落到她的胸前，将峰顶一口吞入使之在自己的嘴中变得愈发坚挺。听到她努力压抑着自己发出的声音，他微笑着用舌头在她的乳尖轻轻划着圈。他不停地逗弄她，直到她用手捂住了自己的嘴，大口喘息。

最终黛西挣扎着转过身，将自己埋入被子发出一声闷吼。“不行，”她颤抖着低叫，“我没法保持安静。”

马修轻声笑了起来，吻上她的脊椎。“但是我不会停的，”他低声说着把她翻了过来，“想想如果我们被捉奸在床会有什么后果。”

“马修，拜托——”

“嘘。”他的嘴无所顾忌地在她的身体上游移，亲吻着，温柔地啃噬着，直到她焦躁地扭动着身体。有几次她逃开去，纤细的指头像猫爪一样深深陷入垫子，而每次他都用甜言蜜语和郑重承诺把她哄得再度转过身来，然后用嘴亲自给她“消音”，他不规矩的手指探进她肿胀的私处温柔抚慰。等她四肢紧绷，皮肤上沁出密密的汗珠，他终于挤进了她犹在颤抖的腿间。

感觉到他坚硬的分身正亲昵在她体内抽动，黛西绷紧了身子……在他找准节奏之后黛西呻吟起来，全身通红。发现她勾起腿自发夹紧了他的臀部，马修知道自己找对了。

“对，夹紧我……”马修呢喃着，在她的内壁开始猛烈收缩的时候一遍遍用力冲撞着。狠狠刺入她不可思议的紧窒，在她因他的重量无助地仰起身子的时候将自己埋得更深，马修感到从未有过的狂喜。他时刻注意着她的动作，给予一切她想要的，一心将之送上高潮。

黛西再次用手捂住了嘴，瞪大了眼睛。马修抓着她的手腕拉开了她的手，改用自己的嘴堵住了她的，继而用舌头掠夺着她的口腔深处。她的猛然战栗也引发了他的高潮，随着一阵剧烈的、似乎深入灵魂深处的颤动，他的胸膛里爆发出一阵呻吟。

当最后一丝涟漪平静下来，马修感到一阵前所未有的虚脱。但思及他这样可能压坏黛西，他挣扎着滚到了一边。她发出一声不满，向他伸出手来，搜寻着他温热的身体。他主动凑了过去，用臂弯环住她的头部，一边将凌乱不堪的被子胡乱拉起来盖在两人身上。

睡意浓烈，但是马修却不敢放任自己这么做。他不敢确保明天早上自己会在女仆们进来点燃炉子之前醒过来。他才刚刚欢愉一场，而且黛西小小的身子就蜷在自己的身侧，这种诱惑真是让人难以抗拒。

“我得走了。”他抵着她的头发。

“不，留下来。”她转过脸，嘴唇轻轻磨蹭着他裸露的胸膛。“整夜陪着我。永远陪着我。”

他笑起来，吻了吻她的太阳穴。“我会的，但不管怎样，你的家人会觉得在婚前这么做会败坏你的名声。”

“我不觉得。”

“但是我会。”马修答道。

黛西笑起来，“然后我就只能嫁给你了。”她的小手在他的身体上游移，满是诱惑。“真讽刺，”她这么评论道，“这是我第一次做了能让爸爸高兴的事。”

嘴里喃喃地说着表示同情的话，马修又把黛西搂得紧了一些。他比任何人都要了解她的父亲，他的大男子主义、自以为是以及那些不可理喻的条条框框。但他明白这也是为什么鲍曼能白手起家创造这么庞大的一个商业王国的原因，所谓有得必有失，鲍曼为了达成自己的目标可以舍弃一切，包括与他妻子跟孩子们的亲近。

马修第一次意识到鲍曼需要有个人作为他与家人之间的调和，改善彼此的关系，而如果他力所能及，他必然会找到办法。

“你，”他在黛西的发间低语，“是他创造的最好的东西。有一天他自己也会意识到的。”

他感觉到紧贴着他肌肤的她笑了起来。“我很怀疑。但还是谢谢你能这么说，要知道这并不关你的事。对于爸爸，我早就认清现实了。”

马修又一次不由自主地被她深深吸引，想要给她全部的幸福。

“无论你需要什么，”他低语道，“想要什么，我都会为你办到，告诉我就好了。”

黛西舒服地伸展了下身子，四肢窜过一阵愉悦的颤栗。她的手指抚上他的唇，触摸着那片柔软。“我想知道你用那五美元许了什么愿。”

“就这样?”他在她探索的指尖下笑了起来。“我许的是希望你能找到像我一样渴望拥有你的人。但是我知道,这不会实现的。”

黛西抬头看他,烛光映照在她精致的五官上。“为什么?”

“因为我知道,永远不会有人像我那样渴望着你。”

黛西直起身子,头发在彼此间垂成一道深色的帘子。

“你的愿望呢?”马修用手指梳理着那道闪着微光的发帘。

“能找到我的真命天子。”她的温柔笑靥让他的心跳几乎停止了跳动,“然后你就出现了。”

第十五章

睡了一个出人意料的好觉，马修小心翼翼地下了楼。仆人们正忙着清扫长达数里缀满碎石、铺着地毯或木板的地面，其他人则在摆弄灯盏，换上新的烛台，把铜器擦得锃亮。

马修走进晨居室，一位女仆建议如果他急于用餐，她可以替他把早餐送去后露台。看着天气似乎很不错的样子，马修欣然接受了这一提议。

他在屋外的一张桌子边坐了下来，看着一只棕色的小兔子在精心护理的草地上蹦蹦跳跳。

这时候，法式落地窗被打了开来，声音打断了他安静的凝视。马修期待地抬起头，来人却不是端早餐过来的仆人，而是他不怎么愿意撞上的莉莲·鲍曼。他在心底呻吟一声，知道韦斯特克里夫已经把他与黛西私订终身的事情告诉她了。

然而伯爵似乎已经对他的妻子事先进行了“冷处理”，虽然她看起来并不怎么高兴——那是自然的了——但马修觉得这是个好兆头，好歹她没有拿着把斧头杀过来。

至少到目前为止是这样。

她走过来，用手势示意他坐着就好，但不管怎样，马修还是站了起来。

莉莲绷着脸，说话的声音明显透着克制。“你没必要将我视作埃及肆虐的瘟疫。我有时候也是会讲道理的。我能和你谈谈吗？”

马修还没来得及替她拉开椅子，她已经径直坐了下来。

马修重新落了座，一边不动声色地观察着她，等她开口。尽管气氛紧张，但马修还是差点笑出来，因为他发现莉莲此时的神色他在托马斯·鲍曼的脸上可没少见。莉莲喜欢一意孤行，尽管她自己也知道，大吼大叫虽然过瘾，其实并没什么用。

“你也应该知道，”莉莲强装镇静，“即便我无法阻止这桩该死的婚姻，但我同样能弄得大家不开心，尤其是你。”

“是的，我很清楚。”马修答道，不带丝毫讽刺。不管其他方面他怎么看莉莲，但她对黛西的爱是毋庸置疑的。

“那么我就不再遮遮掩掩的了，”莉莲说道，“让我们来场男人间的对话。”

马修努力憋住笑意。“这样最好，”他一副公事公办的样子，“我赞成。”他想他开始有点喜欢莉莲了。一般情况下，她总是让人一目了然。

“我愿意容忍你当我妹夫的唯一理由，”莉莲接着说道，“是因为我丈夫对你的评价似乎很不错，所以我愿意试着采纳他的意见，虽然他说的不一定就是对的。”

“这大概是我第一次听人如此评论伯爵。”

"没错,那……"莉莲突然展露的笑容让马修吃了一惊。"那就是韦斯特克里夫跟我结婚的原因。在所有人都只知道对他一味奉承的时候,我能把他当成普通人来看待,这对他来说是一种安慰。"她深邃的眼睛以一种探寻的目光盯着他,与黛西相比,她的眼珠更圆一点,没那么重的异域色彩。"韦斯特克里夫让我公正地做出尝试,但想到另一边垂着的是我妹妹未来的幸福,这并不容易。"

"夫人,"马修开了口,语气真诚,"如果有什么承诺能让你安心——"

"不,等等。先听听我对你的看法。"

马修礼貌地闭上了嘴。

"我父亲的缺点你全都有,"莉莲说道,"冷酷无情,野心勃勃,以自我为中心。而你更为恶劣,因为与他相比,你更善于伪装。除却英俊的外表和善辩的口才,我父亲年轻时也跟你一般德性。我想在战胜你的同时黛西多多少少也会觉得她赢了父亲。"她继续说下去,眉头紧皱。"我妹妹总是喜欢上那些并不讨喜的家伙……不是离群索居就是误入歧途,而一旦她爱上某个人,背叛也好,失望也罢,不管上演多少次,她依然会张开双臂迎接他们。但是你和父亲一样,对这并不领情。你会设法得到你想要的,却懒得顾及她的感受。如果到时候你伤害了她,我会第一个冲上来宰了你,甚至不会给其他人补上一刀的机会。"

"这还真是够公平的,"马修评论道。他着实佩服她这种近乎粗鲁的直率,尽管那让他很受伤。"我是不是也应该像你一样坦白?"

“最好是。”

“夫人，你并不够了解我，所以不能断言我到底像不像你父亲。有野心没有错，尤其是当你得白手起家的时候。而我也算不上冷酷，作为波士顿人，我只是不善于当众表达感情而已。至于以自我为中心，你根本无从得知我有没有替别人做过事。如果为了博得你的赞赏而去一一列举我做过的所谓‘好事’，那才真叫该死。”他冷冷地盯着她，“不管你怎么想，这桩婚事都不会改变，因为这是黛西和我共同的决定。所以我没必要对你撒谎。可以这么说，就算没有黛西，我也能得到我想要的，但事实上，我爱她，这样已经很久了。”

“你们偷偷相爱好几年了？”莉莲难以置信，“还真是近水楼台。”

“我说的并不是‘相爱’。我只知道我对她有一种难以舍弃的热烈——偏爱。”

“偏爱？”莉莲闻言一脸不快，但很快又大笑起来，让马修很是惊讶。“我的天哪，你还真是从波士顿来的。”

“信不信由你，”马修咕哝了一声，“我无法控制自己对黛西的好感。喜欢上其他人还省点心呢。鬼知道成为鲍曼家的一员需要多大的勇气。”

“讲得好！”莉莲继续微笑着，用手撑着脸盯着他看，声音里忽而带上了探询的意味，让他颈后寒毛直竖。“我很诧异波士顿斯威夫特家的人竟会说自己‘白手起家’……难道一直以来我都搞错了，觉得你出身富贵？”

该死的，她真是聪明。意识到自己出了漏子，马修圆滑地答道："斯威夫特家的主脉当然富有，但我充其量不过是名门的穷亲戚而已，这也就是我必须出来工作的原因。"

她眉梢微扬。"你的意思是说，斯威夫特家的富人们就听任他们的穷亲戚这么潦倒？"

"当然我这么说是有些夸张了，"马修答道。"但恐怕再细究下去就得偏题了。"

"我懂你的意思了，斯威夫特先生。"莉莲从椅子里起身，于是他也不得不跟着站了起来。"还有一件事。你觉得如果你带着黛西回纽约，她会开心吗？"

"不会，"马修轻轻答道，看到她眼中闪过一丝诧异。"显然她的幸福离不开你——和她的朋友们。"

"那么你……你是愿意在这儿定居吗？即便我的父亲反对？"

"没错，如果那是黛西想要的。"马修试着压下突然涌上心头的一阵恼怒，但似乎收效甚微。"我不怕你们父亲发火，夫人，我更不是受人操控的木偶。我替他工作并不意味着我就没有自己的脑子和自由的意志，无论我是不是在鲍曼公司工作，我都能在英国找到一份好差事。"

"斯威夫特先生，"莉莲郑重地开了口，"你大概不会知道我是多么想相信你。"

"你的意思是……"

"这意味着我今后会对你好一点。"

"今后是何时？"他紧追不舍。

她轻扬起一边唇角，"下个星期，也许。"

“我翘首以盼。”马修低声道，在她离去之后重新落了座。

不出所料，梅西迪斯·鲍曼在得知黛西打算嫁给马修·斯威夫特的消息后仪态尽失。大女儿的婚姻光鲜亮丽，她本想着在老二身上再风光一把。随着欧美两地生意开展起来，马修·斯威夫特无疑将拥有大好“钱途”，但这对梅西迪斯来说根本无足轻重，而至于终于有个男人懂得并愿意欣赏黛西的那些古怪念头就更不在考虑范围之内了。

“谁在乎他有多能赚钱?”梅西迪斯在马士顿厅里对她的两个女儿抱怨。“曼哈顿挤满了家室雄厚的企业家，要不是为了找个高人一等的绅士，我们干嘛千里迢迢跑到这儿来？我真希望，黛西，你能吸引举止优雅、血统纯正的男人。”

正给孩子喂奶的莉莲闻言讽刺道：“妈妈，即便黛西嫁的是卢森堡公国的王子，也改变不了鲍曼一家的平民出身和我们的祖母——愿上帝保佑她——是个码头边洗衣妇的事实。太执着于攀上贵族可不好，你说是不是？什么都别说了，试着为黛西感到高兴吧。”

梅西迪斯气急，狭窄的脸鼓得像膨胀的壁炉风箱。“你对斯威夫特先生的厌恶恐怕不见得比我少吧。”她反驳。

“没错，”莉莲直言不讳。“但不得不承认，在这个问题上我们成了异类。斯威夫特在北半球所向披靡，人人都喜欢他，包括韦斯特克里夫和他的朋友，我的那些朋友们、仆人、邻里——”

“你也太夸张了——”

“——孩子、动物，甚至是高等植物，”莉莲讽刺地停了下来。

"如果块茎类蔬菜能说话，估计它们也会承认自己喜欢他。"

坐在窗前看书的黛西突然笑着抬起了头。"家禽对他的魅力并不买账，"她说，"他和鹅之间有些小过节。"她的微笑里带上了一丝疑惑，"多谢通融，莉莲。我还以为你会对这桩婚事大惊小怪呢。"

她的姐姐懊恼地叹口气。"我只能跟事实妥协，让我用鼻子把一粒豌豆拱到伦敦可能都比阻拦这段婚姻要轻松得多。再说了，在布里斯托尔总比跟着兰德林顿去瑟索好。"

提到兰德林顿的名字让梅西迪斯欲哭无泪。"他说过瑟索是个散步的好去处。"她满腔哀怨，"还有悠久的海盗史，我真想多知道些维京人的事情。"

莉莲用鼻子哼了一声，"你什么时候开始对戴着蠢帽子的好战异教徒感兴趣了?"

黛西从她的书中再次抬起了头。"我们又在说祖母了吗?"

梅西迪斯向她们两人横了一眼。"看来我别无选择，只能大度接受这门亲事了。但我会试着从中找些安慰，至少这次有机会让我来筹办一场出色的婚礼了。"莉莲和马库斯私奔到格雷特纳格林举行婚礼，没有给她机会实现长久以来想要操持盛大婚礼的幻想，她至今仍耿耿于怀。

莉莲得意地朝黛西笑笑，"亲爱的，我不会吃醋的。"

"那可不是件好事，"那天晚些时候黛西警告马修说，彼时他们正坐在村庄西郊的磨坊池畔，周围芳草萋萋。"这么一来，婚礼就会被弄得一心想要让鲍曼家人尽皆知。"

“只是鲍曼一家?”他问道,“婚礼的主角不应该是我吗?”

“哦,新郎是婚礼中最无足轻重的角色。”她欢快地说道。

她本想逗逗他,马修笑了笑,笑意却未达眼底。他的视线越过池塘落到另一边,表情淡漠。

因为人们纷纷选择了靠近石字庄园中心地区的另一家多产磨坊,这个磨坊里的石磨和它那直径十二英尺的轮子已经被弃置了很久。和着它那迷人的阶梯形人字屋顶和涂了灰泥的木架墙面,这个磨坊别有一番乡村的粗犷特色。

马修手腕轻抖,动作娴熟地将上了饵的鱼钩抛入池中,黛西光着脚在水里晃荡。脚趾的扭动带起一阵阵涟漪,引得胆大些的鱼儿争先涌来。

马修似乎在想着什么烦心事,黛西在一边观察着他。他的侧脸硬朗出众,鼻子又直又挺,唇线明晰,下巴坚毅。此时凌乱的模样让她心醉不已,衬衫湿透了,一小块一小块地粘在一起,裤子上沾满了干枯的叶子,浓密的头发纷乱地悬在前额。

马修有一种迷人的双面性,这是黛西从未在其他男人身上见过的。有时候他是个咄咄逼人、目光敏锐的精明商人,对于实况和数据总能信手拈来。但在另一时刻,他又是个温柔而善解人意的好情人,就像他也会把愤世嫉俗像件旧衣服一样一把脱掉,津津有味地跟她探讨哪个古文明的神话最为上乘,或者托马斯·杰斐逊最爱吃什么蔬菜。(尽管黛西对嫩豌豆深信不疑,马修却一口咬定是西红柿)

他们探讨起历史和进步政论之类的话题有说不完的话,而出身保守世家的他意外地对诸般革新有着清晰的认识。生意人一步步爬到社会顶层的时候，常常会转眼将那些还被困在底层的人抛诸脑后，黛西认为这恰恰体现了马修的高尚之处，他对于那些不如他的人总会有一种发自内心的关切。

他们的讨论中同样包括了对未来的美好设想……他们得在布里斯托尔找座大房子，这样才能款待亲朋好友。马修坚持房子得靠海，然后要用一整个房间来装黛西的那些书，而且——他一脸严肃地补充道——还得在屋子外砌一道高墙，这样他就可以肆无忌惮地与她在花园里欢好，不用担心被别人看到。

拥有自己的屋子，而她是女主人……黛西从来没有设想过这番场景。但一想到她能自由地摆放物品，按自己的喜好打造出一个家，听起来真是诱人极了。

然而他们的谈话常留下些欲说还休的东西。比起那些马修愿意与黛西分享的念头，他似乎藏了更多。有时候跟他谈话就像漫步于蜿蜒小道，沿途风景各异，但又都引人入胜，直到一头撞上南墙。

当马修被黛西逼着问及他的过去，他只是含糊地提到马萨诸塞州，说他是在查尔斯河附近长大的，但对于他的家庭却只字不提。直到目前为止，他都不愿提及斯威夫特家族中的哪些人会出席婚礼，但显然，男方是不能没有代表的。

似乎二十岁替他父亲干活之前的那个马修，根本就不存在。黛西很想冲破阻碍对这些秘密一探究竟，想到将永远被隔离于某些隐秘之外，她不免有些狂躁。他们的关系似乎成了黑格尔理论的最好体现：事物是不断变化发展的，永无止境。

拉回思绪，黛西决定再度引起马修的注意。“当然，”她貌似无心地说道，“我们其实根本不需要什么婚礼，大可以像传统的买卖婚姻一样，你给我父亲一头牛，然后事情就定了。或者我们也可以订个盟誓。再不然，也可以像古希腊人那样剃掉我所有的头发献祭于阿耳忒弥斯，然后在圣泉里行洗礼——”

突然，黛西发现自己仰面躺在了地上，面前是马修背对天空的剪影。他丢掉渔竿猛扑过来的时候她发出一阵短促的笑声。他的蓝眼睛里闪着调皮，“我可以考虑用牛来交换或起誓，”他说道，“但是坚决与光头新娘划清界限。”

黛西任凭他用体重将自己压在柔软的草地上，泥土和植物的清香满满地萦绕在他们周围。“那洗礼呢？”她问道。

“那个可以做。事实上……”他修长的手指伸向她胸前的纽扣。“……我想你得事先练习一下，我来帮你。”

黛西在他扯开她外衣的时候扭动着尖叫起来，“这儿可不是圣泉，只不过是个脏兮兮的旧池子。”

但马修却不肯罢休，轻笑着看她徒劳地躲避，一边将她的衣衫褪至腰部。因为天生对于礼教的反感和室外反常的温热，黛西出来的时候并没有穿胸衣。她用力推搡着马修硬如磐石的胸膛，而他搂着她就势打了个滚。天旋地转中，蓝天白云一片混乱。然后黛西发现她正四肢大开地趴在他的胸上，内衣被无情地扯过头部。

“马修——”她抗拒着，声音裹在亚麻布料里含混不清。

马修脱下她的内衣丢到一旁，伸手将她举了起来，直到她像只小猫一样无助地蹬着腿。视线落到她顶端艳红的洁白乳房，他的呼吸急促了起来。

“放我下来，”在他热切的注视中，裸着身子的黛西羞红了脸，不停地叫喊着。尽管已经与他二度云雨，但单纯的她对于公然在室外做爱还是有些顾忌。

马修照办，但又开始将她往上拉，直到他抬头含住她紧绷的乳尖。

“不，”她好不容易说出话来，“那不是我想……哦……”

他轮番吸吮着她的乳房，牙齿舌头齐齐上阵，不停地逗弄、爱抚。然后他停下来脱去她全部的衣物，随即又深深吻住了她。她紧紧扯住他的衬衣，手指的动作因为激动而笨拙。

马修往下移了移，配合她脱掉自己的衬衫，然后托着她赤裸的乳房压向自己。与他肌肤相亲的温热摩擦让她的思维顿时溃不成军，不知飞去了哪里。用手臂环住他的脖子，黛西用力吻住了他，迫不及待且满怀激情。

感觉到唇瓣间的他哑然失笑，黛西惊讶地瞪大了眼睛。

“耐心点，甜心，”他喃喃道，“我在试着慢慢来。”

“为什么？”黛西问他，嘴里炽热而敏感。她试着用舌尖舔了舔自己下唇的唇心，这个小动作惹得他垂下了眼。

他声音粗嘎，“因为这样能带给你更多的快乐。”

“我不要更多快乐，”黛西答道。“我能承受的就那么多。”

他无声地笑了，用自己强有力的手掌捧住她的脸，引诱她靠得更近些。他的舌尖在她敏感的下唇游移，寻见那处不易察觉的凹陷轻柔徘徊，撒下星星之火，惹得她气息不稳地连连吸气。他用绵密的吻封住她的唇，舌头在里面探寻着横冲直撞。

他慢慢将她放倒，躺到他脱下来的衬衫上。薄薄的布料还残留着他肌肤的好闻味道，黛西被这片熟悉的男人香熏得飘飘然。她闭上眼睛躲避刺目的阳光，马修趁机将她压到了身下。他解开了裤子，布料擦过她的双腿引起一片酥麻。赤裸的身体贴上他半褪的衣衫，黛西感到一阵刺激，在他挤上前来的时候自动分开了自己的双腿。

“我想要成为你的一部分，”他低语着，“永远与你融为一体。”

“好的，好的……”她试着用四肢缠住他，用自己的柔软将他紧紧包围。

他慢慢地进入，她那曾经因为渴望疼得发紧的地方现在全是因他充斥体内带来的愉悦。他抗拒着她要他加快速度的催促，有条不紊地逐步深入。黛西扭动着容纳他，因为兴奋和用力大口喘气，在他捧住她的臀瓣逼她静止的时候不住呻吟。

“放松……”，他的声音温柔里透着促狭，“耐心点。”

她想要全部的他，现在就要。她的身体不断抽搐着，神经里情欲满溢。“拜托……”她的嘴巴被他压得生疼，几乎说不出话来。“我不、不能在你……的时候就这么躺着。”

“不，你可以的。”

他折磨人似的停在她体内不动，双手却在她身子上熟练地四处游走。黛西在他身下不安分地扭来扭去，每一次爱抚都让她的欲望更进一步，呻吟也被他令人着魔的双唇尽数吞没。他的坚挺在她体内的每一个动作都让她愈发灼热而愉悦，她紧紧地贴向她，拱起身子迎合他的重量。

马修发出一声低笑，找准节奏深深撞击。他挟着极乐一次次横冲直撞，用自己的身体将她点燃。“不要急，黛西。”他的声音浓重沙哑。“用不着……对，就像那样……亲爱的，对……”他的头垂在她的肩膀上，呼吸喷上她的肌肤。他的手指撑着她两边的地面，手臂上的肌肉随之拱起，似乎要把他们两个牢牢禁锢在大地上。

黛西觉得自己就像是野生动物，被他股间的原始律动钉牢在草地上。她拱起紧绷的身子，每一寸地方都在不住寻求着他，她全部的感官集中于彼此结合的地方，那震撼人心的快感窜过四肢百骸，到达神经末梢。

马修也攀上了顶峰，身体在她环着他的纤细臂间一阵颤动。他的头枕上她的前胸，急促的呼吸大片拂过她的乳房，快感源源不断地从她依然包裹着他的地方传过来。

黛西知道他爱她……她能从他紧贴着她的心跳中感觉到。他已经向韦斯特克里夫招认了，对莉莲也是，但是不知出于何种理由，却始终未曾向她本人表白。

对于黛西来说，爱情这种东西是没办法分出步骤慢慢来的。她想要全身心地投入其中，带着绝对的信任和忠诚……但显然马修还没有这样的准备。

但总有一天，她对自己发誓，他们之间将再无任何隔阂。总有一天……

第十六章

石字庄园的五月节是用来庆祝冬去春来万物复苏的一个异教节日，已经沿袭了好几个世纪。庆典活动会持续整整三天，包括各种游戏、宴饮、舞会以及一切可以想象到的狂欢。

无论是地方乡绅、农民还是居民，在节日期间都统统挤作一堆，牧师和一些保守派人士抗议说五月节不过就是纵情声色酩酊大醉的一个借口罢了，但人们对此却不加理会。莉莲偷偷告诉黛西，事实上反对的呼声愈高，人们参与五月节的热情反而愈见高涨。

村里椭圆形的草地被火把照得通亮，更远处一堆巨大的篝火将大量烟雾送上被云朵覆盖的天空。天整日阴着，空气中透着潮湿的味道，预示着一场风暴即将到来。不过值得庆幸的是在异教神明的庇护下风暴似乎也有所收敛，使得庆典能够如期举行。

黛西在马修的陪同下随意观赏着大街两旁的小摊，上面摆满了各种布匹、玩具、帽子、银器珠宝和玻璃器皿。她想要在短时间内尽可能多地体验一把，因为韦斯特克里夫再三交待一定要在半夜前赶回家去。

“时间越晚，狂欢就愈发不加节制，”伯爵意有所指地对他们说。“在酒精的作用下——又有面具挡着——人们会干些白日里想都不敢想的事情。”

“哦，也就是说可能会有那种生殖崇拜的仪式？”黛西当时不无雀跃地嘀咕，“我可没那么单纯——”

“我们会早点回来的。”马修抢着回复伯爵。

直到现在他们处身于村里熙攘的人群，黛西才明白伯爵的意思。天色尚早，人们已经开始纵酒狂欢。人与人之间相互拥抱，使劲争吵，大声欢笑着拼命嬉戏。有些人正往最古老的那棵橡树底下摆花环，有人用酒浇灌它的根部，还有人……

“上帝啊，”黛西对远处那番场景迷惑不解，“他们要对那棵可怜的树做什么？”

马修捧住她的头，把她的脸转向另一个方向。“别看。”

“那是某种树神崇拜还是——”

“我们去看走钢丝吧。”他突然表现得很热情，将她带往草地的另一边。

他们慢慢走着，沿途经过吞火人、魔术师和杂技演员，中间还停下来买了一囊刚酿好的酒。黛西小心地从囊嘴里啜着酒，但还是从嘴角渗了一些出来。马修笑着正想从袋里掏出手帕，想了想又作罢，转而倾下身，轻轻吻去了酒液。

“你应该主动维护我的名誉，”她说着弯起了唇，“可实际上却老是引我堕落。”

他用指背轻轻抚摸她的颊侧。“我喜欢看你堕落，”他低声道，“事实上，我更想径直把你引入林中然后……”望着她温柔深邃的眼眸，他似乎已经无法思考，“黛西·鲍曼，”他声音低沉，“我希望——”

但是她根本无法得知他希望的到底是什么，因为她突然被经过的汹涌人潮一把推进了他的怀里。人们专注地看着两个杂技演员用棒子和铁环在空中互相抛接。推搡中，酒囊从黛西的手中掉了下来被人踩在脚下。马修伸手护住她。

“我的酒掉了。”黛西懊恼地说。

“幸好。”他的嘴凑上她的耳畔，嘴唇轻轻扫过那精致的外缘。“要是我一不小心喝醉了，你就能随便吃我豆腐了。”

黛西笑起来，依偎着他强健的体魄，感官因为他令人安心的温暖怀抱而备感愉悦。“我的意图就那么明显吗？”她的声音埋在他的怀里含糊不清。

他轻轻蹭着她柔软的耳垂。“恐怕错不了。”

将她揽在身侧，马修带她穿过人潮到了摊位边上的开阔地带。他给她买了一纸杯烤坚果……一个兔子软糖……替小梅里特买了一个嘎吱作响的银制玩具，还给安娜贝尔的女儿买了一个画着衣服的洋娃娃。就在他们沿着大道走向马车的时候，一个衣着俗艳的女人拦下了黛西，她披了一条金线丝巾，衣服上满是用金箔制成的珠宝。

她的脸庞让黛西想起小时候与莉莲一起做过的苹果娃娃。她们在削去果皮的那面果肉上刻出人脸，随着水分的蒸发慢慢变成棕色，展现出迷人的皱纹，然后用黑色的小珠子作眼睛，精心梳理过的羊毛做头发……没错，简直和这个女人一模一样。

"给这位小姐看个相吗，先生？"女人问马修。

马修看看黛西，带着戏虐的神情扬了扬眉。

她不禁莞尔，清楚地知道他对于所谓的神秘主义、迷信或任何其他超自然现象一向没什么耐心。他太过实际，根本不会相信无法用事实证实的事情。

"就算你不相信魔法，"黛西开他玩笑，"那也不能证明它们就不存在。你不想要偷窥一下未来吗？"

"我更喜欢顺其自然。"他神情凝重地答道。

"只要一先令，先生。"算命人紧追不舍。

马修叹口气，换手提东西，腾出手来掏口袋。"这一先令，"他对黛西说，"倒不如用来在那边摊位上买条绑发缎带或熏鲑鱼。"

"它的主人还曾经把五美元投入许愿井呢——"

"那可不是为了许愿，"他说道，"我不过是想引起你的注意。"

黛西大笑。"你成功了。但是——"她意味深长地看着他，"——你的愿望也实现了，不是吗？"拿过那一先令，她把它递给算命人。"你用的是什么方法？"她调皮地问那个女人，"是用水晶球吗？还是用塔罗牌，或者直接看手相？"

女人从腰间取出一面涂了银的镜子递给黛西作为回答。"静观汝相。"她的声音玄乎起来，"此乃通灵之门。盯紧了——别乱动。"

马修叹口气，抬头望天。

黛西依言盯着镜子里满脸期待的自己，火把的光芒在她五官间闪烁。“你要一起看吗？”她问那个女人。

“不用，”女人回答她，“我就看你的眼睛。”

然后——一片沉默。街道的远处，人们打着鼓唱起了五月之歌。在她自己的眼睛里，黛西看到有星星点点的金芒闪现，就像是篝火上飘浮着的火星。如果盯得够久够仔细，可能她真的会以为这面银镜就是通往某个神秘世界的大门。或许这仅仅是她的错觉，但她确确实实感觉到算命人高度集中的精神力。

那个女人突然一把夺过镜子，吓了黛西一跳。“怪事，”她没有多说。“我什么都没看到。我会把那一先令还给你。”

“没必要。”黛西快快答道。“那不是你的错，可能是我的灵魂不好读。”

马修的声音干得能点着火柴。“你随便编点什么哄我们高兴不就好了。”他对那个女人说。

“她不能胡编乱造的，”黛西反驳道，“那是对她天赋的一种亵渎。”

仔细研究着算命人满是皱纹的脸，黛西猜测着对方心里的不悦。她肯定是看到或意识到了什么麻烦事，让她觉得不如不说的好。但如果不问个清楚，黛西会被自己的好奇心活活折磨死。

“我们不要那一先令，”她开口说道，“拜托，你必须得跟我说些什么。如果是坏事，我更需要提先得知，对不对？”

“那可说不准。”女人的回答模棱两可。

黛西靠得更近了些，隐约闻到一丝无花果的甜香，其中还混合着其他的草木清香……是月桂叶？抑或罗勒？“但我想知道。”她不依不饶。

算命人深深看了她一眼，若有所思，最后终于不情愿地开了口。“芳心暗许夜里甜，转眼白天苦相随。海誓山盟四月结……心碎一场五月间。”

心碎一场？黛西可不怎么喜欢她听到的。

她感觉马修站到了她的身后，一只手圈着她的腰。尽管看不见他的表情，但她知道那准是满脸的嘲讽。“如果给你两先令，能不能说点好听的？”他问道。

算命人无视他，兀自将镜柄插回腰间，对黛西说道：“把丁香缝进布料作符，务必让他随身携带，能护身消灾。”

“什么灾？”黛西紧张地问。

那个女人已经大步走开了，前往街角的人群招揽下一桩生意，色彩纷繁的裙子在移动间像河边的芦苇一样随风起舞。

转身对着马修，黛西抬头看他神情平静的脸。“有什么是你需要提防的？”

“天气。”他手心向上示意道，黛西这才感觉到冰凉的雨点正大滴大滴落在她的脑袋和肩膀上。

“你是对的。”想起那个不祥的预言，她说道，“我还不如买条熏鲑鱼吃呢。”

“黛西……”他空着的那只手抚过她裸露的后颈。“你不会相信那些胡话的，对不对？那个老女人可能背了好些这样的诗行，给她一先令就随便给你背上两句。她之所以会说那是个坏兆头不过是因为我不信她那一套。”

“没错，可是……她看起来似乎也很难过。”

“她和她的那些话都没什么可信度。”马修把她拉紧了些，也不管会不会被人看到。黛西抬头看他，一滴雨点正好砸上她的脸颊，还有一滴落在了嘴角。“那些都不能当真。”马修柔声道，眼睛幽蓝得一如午夜的天空。他迫不及待地用力吻住她，就在这熙攘街头，和着彼此唇间雨水的味道。“但这是真的。”

黛西贴得更紧了些，踮起脚尖攀上他坚实的胸膛。手上的东西已经摇摇欲坠，马修只能一边吻着黛西一边费力抓紧它们。黛西突然笑了起来，打断了这个吻。一声雷鸣震得他们脚下的大地一阵乱晃。

她用眼角瞄到人们正纷纷跑去商店和摊位的檐下避雨。“我们来比赛，看谁先跑到马车里。”说罢她提起裙摆，一头扎进了雨中。

第十七章

车子驶到碎石道尽头的时候，外面已经雨幕重重，狂风一个劲地猛拍着车厢壁。想起村子里的那些狂欢醉客，马修不怀好意地猜想，这一场突如其来的倾盆大雨使多少风流事成了泡影。

马车停了下来，车顶在雨点密集的拍打下轰隆作响。通常这时候会有仆人打伞候在车前，但在这么大的暴雨中只怕他们连伞都拿不住。

马修脱下自己的外套裹住黛西，拉高衣服护住她的脑袋和肩膀。这样的防护不算严密，但好歹让她下车进门的时候能有个东西挡一挡。

“你会被淋湿的。”瞧见马修只穿着衬衣和马甲，黛西抗议。

他笑起来，“我可不是糖做的。”

“我也不是。”

“不，你是。”他的低语让她瞬间红了脸。看她透过外套间隙朝外张望，活像只藏匿林间的小猫头鹰，马修不禁莞尔。“裹好衣服，”他对她说道，“离门没几步路。”

这时响起一阵急促的敲门声。打开车门，只见一个仆人正奋力与一把伞较劲，一阵狂风过后，它翻了个底朝天。马修跳出马车，倾盆而下的大雨立刻将他浇了个透湿。他拍拍仆人的肩膀，"进去吧，"在暴雨中他只能大声吼道，"我来带鲍曼小姐进去。"

仆人点点头，匆匆跑回宅子。

马修转过身，伸手从车里拉过黛西，小心地扶她落了地。他领着她避过地面上的坑坑洼洼，快步走上台阶，直到跨过门槛才停下来。

一进入门廊，暖意和亮光就将他们团团包围。湿透的衬衫紧紧贴在马修肩上，一想到能坐在壁炉前取个暖，他忍不住愉悦地打了个寒战。

"哦，亲爱的，"黛西笑着凑过去替他拨开额前一小缕滴着水的头发，"你都湿透了。"

一个女佣抱着一捧干毛巾匆匆走了过来。马修向她点点头表示感谢，然后拿过毛巾胡乱擦了擦头发，吸去脸上的雨水，低头好让黛西用手指轻轻梳理他的头发。

感觉到有人靠近，马修回头瞥了一眼，来人是韦斯特克里夫。他表情严峻，眼里却透着一丝不易察觉的关切，马修浑身上下涌起一阵不安的寒意。

"斯威夫特，"伯爵低声开了口，"今晚来了几位不速之客。他们未经通报就进了庄园，也不肯透露来意——只说与你有关。"

寒意更甚，马修觉得自己的肌肉连同骨骼一并冻了起来。

“他们是什么人?”

“一位波士顿来的温德尔·沃伦先生……还有两名伦敦弓街警察。”

马修没有任何举动或反应,只是沉默着接受了这个信息,绝望挟着窒息,当头而下。

天晓得,他暗忖道,沃伦怎么会知道他在英格兰?他是怎么……哦,老天,这不再重要,一切都结束了。这么多年来他一直都在跟命运捉迷藏……这回轮到它来找他算账了。他的心脏急剧跳动着,伴随着疯狂的逃跑念头。但他又能逃到哪里去——何况,他早已厌倦了这种惶惶不可终日的生活。

察觉到黛西的小手窜进他掌中,他却没有跟着握住她。他盯着韦斯特克里夫的脸,眼里的神色让伯爵重重叹了口气。

“该死的,”韦斯特克里夫嘟囔着,“不是什么好事情,对不对?”

马修只能下意识地点点头。他从黛西手中抽出手掌。她不再试着碰他,显然有些手足无措。

沉思片刻,韦斯特克里夫挺了挺肩膀,“那么,”他果断地开了口,“就让我们去做个了结,不管发生什么事,我作为朋友都会支持你。”

马修发出一声不以为然的轻笑,“你甚至都不知道那是怎么回事。”

“我从不轻易许诺。来吧,他们在大厅。”

马修点点头,即便嘴里一片干涩,神情却依然坚毅。他诧异于自己的镇定,就好像什么都不曾发生,而他的世界也不会随之四分五裂，他甚至觉得自己像个置身事外的旁观者。这样的恐惧前所未有，也许是因为今时不同往日，他会失去的已经不止那么多。

他看到黛西走在他前面，仰脸听着韦斯特克里夫的耳语。她极快地朝伯爵点了下头，似乎他的话让她定了心。

马修低头看向地板。看着她让他的喉间一阵刺痛，宛如一把锋利的短剑穿喉而过。他更希望自己能像刚才一样麻木不仁，上天保佑，他如愿了。

他们走进大厅时托马斯、梅西迪斯和莉莲都在，马修觉得今天真是该死得像极了末世审判。就在他用视线扫过房间的时候，一个男人大吼一声，“就是他！”

头部瞬间传来一阵剧痛，他的双腿也像散沙一样跟着软了下去。眼前一阵金星乱冒之后是紧随而至的黑暗，但他的潜意识却在挣扎着不愿失去知觉。

迷迷糊糊中，马修意识到自己正趴在地上——脸颊压着地毯的绒毛，刺痒难耐。嘴里湿湿的，吞咽中，他尝到一股咸腥的味道。溢出一声低吟，他慢慢找寻着痛意的来源，最后发现是在脑后。看来他是被某种硬物击中砸晕的。

眼前亮光一阵晃动，他感觉自己被提了起来，手臂被扯向前方。有人在大声叫喊……男人们的咆哮、女人尖声的哭喊……马修眨眨眼，想要看清楚些，但是眼睛却在尖锐痛意的刺激下不断涌出泪来。手腕上紧紧扣着一个沉重的铁环，是手铐，他突然意识到，那家伙熟悉而可怖的沉重质感让他莫名地慌乱起来。

一直嗡嗡作响的耳朵慢慢分辨出那些声音，韦斯特克里夫在大发雷霆——

“……竟敢私闯我的住所，还袭击我的客人……你们知不知道我是谁？赶紧把那东西给我拿开，否则让你们全都老死在新兴门监狱里！”

然后是一个新的声音——

“不可能，等了这么多年，我绝不会再让他有机会逃跑。”

说话的是温德尔·沃伦先生，新英格兰一个富室的家长。他是这世上马修最看不起的第二个人，第一个是他的儿子，哈里。

无论马修多想忘记这一切，但诡异的是随便一种声音或味道就能让他轻易地想起那不堪回首的过去。

“你觉得，”韦斯特克里夫不悦地反问，“他还能逃到哪里去？”

“我得到过许可，能采取任何我喜欢的方式来阻止犯人逃跑。你无权反对。”

韦斯特克里夫显然不习惯被人告知他无权做某事，何况还是在自己家里。但更显然的是，此时的他已经勃然大怒。

屋子里雷霆阵阵，激烈的争吵比外头的风暴似乎还要来得更猛烈些，但随着脸上传来的轻柔触感，这些都被马修抛到了脑后。他下意识地往后一缩，却听见黛西压低的声音。

“不，别动。”

她用一块干布替他擦着脸，拭干净他的眼睛和嘴巴，一边把他潮湿的头发往后拢。他就这么坐着，戴着手铐的手搁在腿上，挣扎着压下看着她时想要迸出来的苦涩咆哮。

黛西脸色发白，却出奇地镇定。颊上因为痛苦泛起大片红晕，衬着她苍白的肤色，愈发显眼。她低身在他椅子边的地毯上跪下来，仔细研究起那副手铐。只见他的腕上紧扣着一个锁住的铁圈，一端连着一个大一些的环，方便警察牵引。

抬起头，马修注意到了在场的两个大个子警员，他们穿着统一的制服，白色夏令裤配黑色立领燕尾服，还有笔挺的大盖帽。他们面无表情地站在一边，任凭温德尔·沃伦、韦斯特克里夫和托马斯·鲍曼吵得不可开交。

黛西笨拙地摸索着手铐的锁孔。看到她试图用发针撬开锁扣，马修心里一阵揪痛。鲍曼姐妹那一手开锁的绝活不是什么光彩的事，不过这也得归功于她们父母长年对于规矩的不懈尝试。但黛西的手抖得厉害，根本打不开这种不熟悉的锁——事实上，想要替他解开这种禁锢根本没有任何意义。主啊，如果他能让她远离这种不堪，远离他残破的过去……甚至远离他自己，那该有多好。"别，"马修柔声开了口，"这不值得，黛西，请——"

"现在，马上。"其中一个警察看到黛西的动作时叫了出来，"远离犯人，小姐。"见她无动于衷，那个警察抬步走过来，举起手，"小姐，我让你——"

"不许你碰她，"莉莲大吼一声，凶悍的声音让屋子里突然静了下来。就连韦斯特克里夫和沃伦也讶异地中断了争论。

狠狠盯着那名目瞪口呆的警察，莉莲走过去把黛西轻轻推到一边。她对着那两个警察，语气尖刻而不屑："迈步之前，我建议你们最好先掂量掂量，一旦被人得知你们在韦斯特克里夫伯爵夫人家里对她不敬，会对你们自己的前途产生什么影响。"说罢她从自己头上拔下一枚发针，顶替黛西的位置，在马修面前跪了下来。没过几秒，只听咔嚓一声脆响，锁开了，手铐也从他的手腕上掉了下来。

马修还来不及谢她，莉莲已经站起身来继续教训那两个警察。“你们俩还真有意思，居然受一个没教养的美国佬唆使，跑到在这种暴风雨中替你们提供庇护的人家耀武扬威。你们也够蠢的，也不想想我丈夫在经济和政治上给了新警察厅多少支持。他只要动动手指，就能在几天之内把内政大臣到弓街长官换个遍。如果我是你们——”

“非常抱歉，但我们别无选择，夫人，”那两个结实警员中的一个开了口，“我们得奉命把费仑先生带回弓街。”

“谁是他妈见鬼的费仑先生？”莉莲大声质问。

“那边的那个。”似乎对伯爵夫人意外流畅的粗口颇为敬畏，那名警察如是答道，说罢指了指马修。

意识到所有眼睛都在看着他，马修努力不动声色。

黛西是房间里最先动起来的人。她从马修腿上拿过叮当作响的手铐，偷偷带到门边，那里站着一小丛好奇的仆人。她低声交待了几句，然后回来坐在了马修旁边的椅子上。

“要我说，今天晚上家里会沉闷得很。”莉莲干巴巴地说道，搬了把椅子坐到马修的另一边，似乎打算一起护着他。

黛西语气轻柔，“那就是你真正的名字吗，马修·费仑？”

他根本没办法回答，身上每一寸肌肉都绷得紧紧的，连一丝声音都挤不出来。

“没错。”温德尔·沃伦尖声叫了起来。有些男人很不幸，明明身材高大，声音却极不协调地尖细刺耳，沃伦正是其中之一。除此之外，他的仪态和外表也同样独特，华发垂肩，鬓角经过精心的打理，胡子虽已花白却依旧浓密，身上穿的粗呢外套用的是老式剪裁，虽然有些旧了，却看得出来价值不菲，俨然一派老波士顿人的作风，还透着一股盛产哈佛高材生的世家特有的清高味。而他的眼睛则像未经雕琢的石英，坚硬冷冽，不带任何色泽。

沃伦大步走向韦斯特克里夫，甩给他一沓文书。"我的授权证明，"他恶声恶气道，"你手上拿着的是美国国务卿开具的临时逮捕外交申请副本和英国内政大臣詹姆士·格雷厄姆爵士向弓街长官出具的逮捕令副本，授权逮捕马修·费仑，又名马修·斯威夫特。还有经过宣誓的证词副本——"

"沃伦先生，"韦斯特克里夫轻声打断他，声音里的威胁意味却不言而明。"或许你能用自古腾堡圣经开始的各种逮捕文书将我掩埋，但那并不意味着我就会把这个男人交给你。"

"你别无选择！他是个证据确凿的罪犯，即将引渡美国，任何人反对都没有用。"

"别无选择？"韦斯特克里夫瞪圆了他的深色眼睛，面色赤红。"上帝为证，我的耐心极少受过如此挑战！你们现在站着的地方，五百年来都在我们家族的统辖之下，而在这块土地上，这座房子里，我说了算。现在，拿出你最大的敬意，告诉我，你和这个男人到底有什么过节。"

盛怒中的马库斯·韦斯特克里夫伯爵着实让人印象深刻。马修怀疑即便是与诸多长官和要人交好的温德尔·沃伦，也不曾遇到过像他这般威仪天生的人。那对警察夹在这两个男人之间，不甚自在。

沃伦回答时并没有看马修，似乎对他已经憎恶到了不愿多看一眼的地步。“你们眼前这个名叫马修·斯威夫特的男人，欺骗并背叛了他遇上的每一个人。除掉他这种害群之马，世界只会更加美好，等到那一天——”

“抱歉，先生，”黛西故作礼貌地打断了他，话里带刺，“但是我想大家更愿意听听未经修饰的版本，至于您个人对斯威夫特先生为人的看法，我没什么兴趣。”

“他姓费仑，不是斯威夫特。”沃伦大声反驳。“他是一个爱尔兰酒鬼的儿子，在他妈难产死后就被丢进了查尔斯河孤儿院。他十一岁那年，我买下他作为我儿子哈里的仆从，从此以后，我的不幸就开始了。”

“你买下他？”黛西重复着他的话，语气不善。“我还真不知道孤儿能被用来买卖。”

“或者叫雇用，”沃伦说着将目光转向她，“你是谁，无礼的姑娘？竟敢打断长辈说话。”

托马斯·鲍曼突然插了进来，胡子因为愤怒一阵乱颤，“她是我女儿，”他大吼一声，“她想怎么说就怎么说！”

对于父亲的出言捍卫颇为惊讶，黛西朝他微微一笑，很快又把注意力转向了沃伦，“费仑先生在你那儿干了多久？”她紧接着问道。

“整整七年。他服侍我儿子上寄宿学校，负责照料他的日常起居，看管财物，节假日则一起回家。”他猛地盯住马修，眼神却突然在长久的控诉中变得呆滞无光。

既然猎物已经到手，沃伦的一部分愤怒就转而化成了对严厉裁决的渴盼。他背着这个沉重的包袱已经太久了。“谁都没想到我们竟养了一条毒蛇。有一次哈里放假回家后，保险柜里少了一笔现金和几样珠宝，其中还有一条沃伦家传了几世纪的钻石项链，那是我曾祖父从奥地利公主那里得来的。窃贼只可能是这个家里的人，或者是能拿到钥匙的可信仆人。所有苗头都指向一个人，马修·费仑。”

马修安静地坐着，面上波澜不惊，心底却尽是惊涛骇浪。他拼命压抑着自己的感情，不让它流露出来，因为他知道那于事无补。

“你怎么知道锁不是被撬开的?”他听到莉莲冷冷质问。

“保险柜装的是感应锁，只有原配钥匙和调节配钥才能打开，除此之外一旦有外物触及制动栓，就会自动闭锁。而费仑知道钥匙在哪里，他时常会被派去从保险柜里提取现金或私人财物。”

“他才不是贼!”马修听到黛西愤怒地大声捍卫他，他甚至还来不及自护。“他不会偷任何人的任何东西。”

“十二人陪审团可不那么认为，”沃伦叫起来，怒火重燃。“费仑被判犯有重大盗窃罪，按判决该在州立监狱里蹲上十五年。但是他在押解途中逃跑了，从此销声匿迹。”

马修本以为黛西听完这番话后会对他敬而远之，但没想到她竟走过来站到了他的椅子边上。她的手轻轻落在他肩膀上，他表面上不动声色，感官却在饥渴地吸纳她指间的分量。

“你是怎么找到我的?”马修逼迫自己看着沃伦,沙哑地开了口。时光也在这个男人身上烙下了不着痕迹的印记。他脸上的皱纹更深了些,骨架也愈见分明。

“我派人找了很多年,”沃伦语气里的嘲讽戏剧味十足,不似平常波士顿人的风格。“我相信你不可能永远躲下去。查尔斯河孤儿院收到一大笔匿名捐款——我就猜到那人是你,但却无法通过律师和虚假的商务名头得到确认。然后我突然想到你肯定会不顾一切寻找当年丢弃你的父亲。我们跟踪了他,请他喝过几次酒后就得知了我们想要知道的一切——你现在的名字,你在纽约的住址。”沃伦的不屑像乌压压的苍蝇一般在空气中散了开来,“你被五基尔威士忌就给卖了。”

马修屏住了呼吸。没错,他找到了他的父亲,并且决定无理由地相信他。希望有人能与自己相连,这样的念头实在太难以抗拒。他父亲已经无可救药了——除了替他找到一个安身之所给他些钱之外,马修实在想不出还能为他做些什么。

无论什么时候马修偷偷去看他,总能见到一地乱七八糟的酒瓶。“如果你什么时候需要我,”他把一张小纸条塞进他手里,告诉他,“来这个地方找我。不要让任何人知道,明白了吗?”他父亲在他面前简直就像个小孩,他说好的,他明白。

如果你什么时候需要我……马修是如此迫切地渴望被人需要。

那就是自我放纵需要付出的代价。

“斯威夫特,”托马斯·鲍曼问他,“沃伦说的是真的吗?”那熟悉的咆哮声中此时却隐含着一丝期盼。

“不完全是。”马修小心地打量着屋子里的人。指责，害怕，愤怒——这些他原以为会在他们脸上看到的表情并没有出现。就连没什么同情心的梅西迪斯·鲍曼，此时也正以一种他敢打赌说是友善的眼神看着他。

突然间他意识到，今非昔比，他现在的处境与几年前已经截然不同了。那时候的他双手空空，孑然一身，有的只是真相，但那根本不堪一击。但现在他也变得有钱有势了，更不用说还有强大的后援。最重要的是黛西还站在他身边，输给他力量与安慰。

马修的眼睛撞上温德尔·沃伦责难的眼神时挑衅地眯了起来。不管他想不想听，沃伦今天都必须面对真相。

第十八章

“我那时候是哈里·沃伦的侍从，”马修沉声开了口，“而且非常称职，即便我知道他从不把我当人看。对他来说，仆人跟狗没什么两样，我存在的全部意义不过是能为他提供方便。我得替他背黑锅，代他受罚，修好他打破的，拿来他想要的。哈里从小就是个自大的纨绔子弟，认为只要不杀人，凭他的族姓可以为所欲为。”

“不许你诋毁他！”沃伦失声大吼。

“你已经说完了，”托马斯·鲍曼吼回去，“现在我只想听斯威夫特怎么说。”

“他不姓——”

“让他说，”韦斯特克里夫冷冷地开了口，及时压下新一轮争吵的势头。

马修向伯爵轻点了下头表示感谢，注意力随后转到了重新落座的黛西身上。她一寸寸地挪近椅子，直到自己的裙裾覆上他的右腿。

“我跟着哈里去了波士顿拉丁中学，”马修继续说下去，“然后是哈佛。我睡在地下室的佣人间，通过他朋友的课堂笔记学习哈里逃掉的课程，并且替他完成作业——”

“你骗人!”沃伦叫起来。“你不过在孤儿院受过几个老修女的教育——竟然以为别人会相信你，我看你是疯了。”

马修自嘲地笑了笑。“我从那些老修女身上学到的也比哈里从一大群家庭教师那里学到的多得多。他声称自己有钱有背景，根本不需要什么教育。但我什么都没有，所以唯一的出路就是拼命学习，希望有一天能往上爬。”

“爬到哪去?”沃伦满脸不屑，“你只是个佣人——而且还是个爱尔兰佣人——根本不可能成为上等人。”

黛西似笑非笑，“但他在纽约恰恰做到了，沃伦先生。无论是在商场还是社交场上，马修都替自己赢得了一席之地——显然他已经是个上等人了。”

“但他的身份是假的，”沃伦还击，“他是个骗子，你看不出来吗?”

“不，”黛西回答他，直视马修的眼睛明亮深邃，“我只看到一个绅士。”

马修想要亲吻她的脚尖，但结果只是困难地转开了视线继续往下说。“为了能让哈里留在哈佛我费尽了心思，但他却似乎摆明了想被开除，酗酒、赌博，还有……”

考虑到有女士在场，马修犹豫了一下，“……其他事情，”他接着往下说，“而且愈发堕落。每月开支大大超出了他的零用钱，赌债越积越多，那庞大的数目甚至让哈里也开始发愁。他很害怕他父亲发现他干的好事以及由此带来的后果。既然是哈里，那么他用的必定是最简单的办法。这就是那次放假回家后保险柜被盗的原因，我当时就意识到那是哈里干的。”

“你这是在恶意中伤。”沃伦嚷嚷。

“哈里选择将手指指向了我，”马修继续说，“而并非承认是他为了偿还债务偷了保险柜，他决定牺牲我来脱身。而比起我来，他的家人自然更相信他们儿子的话。”

“你的罪行是经过法院证实的。”沃伦厉声吼道。

“根本没有什么是经过证实的。”马修愤怒起来，深深呼吸着想要控制自己。察觉到黛西探过来的手，他握住了她。他握得太紧，却没办法控制自己的力道。

“所谓的审判不过是场闹剧，”马修说道。“为了不让报纸的报道逼近真相，审判草草就结束了。法庭指给我的律师大部分时间都在睡觉。根本没有什么证据能证明我就是那个贼，哈里一个同学的仆人曾主动告诉我他偷听到哈里和他的两个朋友密谋嫁祸于我，但是他很害怕，不敢出庭作证。”

看到黛西被他捏得泛白的手指，马修逼自己松了手，拇指轻轻抚过她的指关节。“也算我运气好，”他稍稍平静了些，“《每日广告》的一个记者撰文曝光了哈里曾欠下高额赌债的事，同时揭露就在案发后不久，所有债务都偿清了。这篇文章引起公众对审判不实的强烈抗议，反对呼声日渐高涨。”

“那还判你有罪？”莉莲愤慨。

马修苦笑。“公平也许瞎了眼，”他说道，“但它听得见钱币碰撞的声音。沃伦家有的是钱，而我不过是一个身无分文的下人。”

“你是怎么逃脱的?”黛西问他。

他的笑容依旧苦涩。“我自己对此也深感意外。那天我被关进囚车送往州立监狱——太阳尚未升起就动身了。车子在无人的地方停了下来,突然门开了,我被六七个男人拽出了车子。我还以为要被私下解决了,但他们告诉我他们是明辨是非的老百姓,决定还我一个公道。他们把我放了——监狱守卫没做任何抵抗——我甚至还得到了一匹马。我骑着它去了纽约,卖掉马,开始新的生活。”

“为什么要改姓斯威夫特?”黛西问。

“那时我已经意识到一个有分量的姓氏是多么重要。斯威夫特是个大族,分支众多,这样更方便我混过去。”

托马斯·鲍曼在这时开了口,因为自尊受挫隐隐作痛。“那为什么到我手下来工作,是觉得我很好骗吗?”

马修直视他,回忆他对托马斯·鲍曼的第一印象……一个愿意给他机会的强悍男人,心思全在生意上,不过问任何多余的问题。精明,固执,会犯错,死脑筋……一个对马修一生影响最大的男人。

“不,”马修坦诚相告。“我佩服你取得的成绩,想要向你学习。而且我……”他嗓子一阵发紧,“……我带着敬意和感激而来,以及最高的仰慕。”

鲍曼红着脸松了口气,他轻轻点着头,眼里满是得意。

沃伦一脸死灰,镇定像劣质玻璃一样摔得粉碎。他盯着马修的眼里恨意浓重,“你想用谎言玷污我儿子留下的回忆,”他说道，“我决不允许。你不要以为到了国外就不会有人——”

“留下的回忆?”马修猛地抬起了头，一脸震惊。“哈里死了?”

“都是因为你！审判过后流言四起，谎言和怀疑从未停歇，哈里的朋友也都避着他。这件事抹黑了他的名声——甚至摧毁了他的人生。如果当初你乖乖认罪——好好蹲在牢里——哈里就应该还在我身边。随着时间的推移，人们的猜疑越来越重，也越来越不堪，哈里在那样的压力下不堪重负，终日借酒浇愁，生活也没了样子。”

“种种迹象表明，”莉莲讽刺道，“你儿子早在审判之前就已经是那副德性了。”

莉莲最能落井下石，沃伦照样逃不过。

“他是个被判了刑的罪犯!”沃伦向她冲了过来，“而你竟敢信他不信我!”

韦斯特克里夫三步窜了过来，而马修早已移身护在莉莲面前，替她挡下狂怒的沃伦。

“沃伦先生，”一片混乱中黛西开了口，“请控制好自己。显然你也清楚这么做没什么好处。”她的镇静与清醒似乎压下了沃伦的怒火。

沃伦用一种恳求般的怪异眼神瞪着她。“我儿子死了，费仑难辞其咎。”

“那并不能让他活过来，”她静静答道。“也不会改变他留下的回忆。”

“但至少能让我安心。”沃伦大喊。

黛西一脸凝重，目光里满是同情。“你真的确定吗？”

他们都知道其实这根本无济于事，他已经失去理性了。

“我等这一刻已经等了很多年，甚至不远千里。”沃伦说道，“我不会妥协的。你看过那些文件了，韦斯特克里夫，即便是你也不能无视法律。警官们受命在必要的情况下可以使用武力。你最好今晚就将他交给我。”

“我可不这么认为。”韦斯特克里夫的眼神如同岩石一般强硬。“在这样的晚上出行简直就是疯了。汉普夏郡春天的暴风雨来势凶猛，行踪不定。你们先在石字庄园过夜，让我想想接下去怎么办。”

那两个警察听了这番话暗地里松了一口气，有点脑子的人都不会愿意跟这种鬼天气过不去。

“然后好让费仑有机会再次逃跑？”沃伦语带轻蔑。“不行，你必须将他交由我来看管。”

“你向你保证，他不会跑的，”韦斯特克里夫欣然应道。

“你的保证对我可没用，”沃伦反驳。“显然你是站在他那边的。”

一个英国绅士的承诺意味着一切，对此不信任是对本人最大的冒犯。马修很诧异，韦斯特克里夫竟然没有当场发作，只有紧绷颤动的脸颊泄露了他的怒火。

“这下你死定了。”莉莲小声嘀咕。即便她和丈夫吵得最凶的时候，她也不敢挑战他的尊严。

“要带走这个男人，”韦斯特克里夫告诉沃伦，语气骇人，“除非从我的尸体上踏过去。”

就在那一刻，马修意识到事情不再那么简单。他看到沃伦将手伸进了外套口袋，那儿的布料被某种重物坠得变了形，然后他看见了手枪的枪托。当然，警察无能为力的时候，手枪是最好的保障。

“等等，”马修开了口，他得说些什么或者做些什么阻止他把手枪掏出来。一旦他那么做了，双方的对峙就会陷入险境，到时候谁都无法控制。“我跟你走。”他盯住沃伦，希望他有所松懈。“事到如今，上帝也知道我躲不过。”

“不要，”黛西叫起来，用胳膊紧紧搂住他的脖子。“你和他在一起不安全。”

“我们现在就走，”马修告诉沃伦，一边小心松开黛西，把她藏在身后。

“我不允许——”韦斯特克里夫说话了。

马修坚定地打断了他，“这是最好的办法，”他只想让已经陷入半疯狂状态的沃伦和那两个警察赶紧离开石字庄园。“我跟他们走，在伦敦一切都会得到解决。这里不是解决争端的地方，时机也不对。”

伯爵低声诅咒。作为一个有头脑的人，韦斯特克里夫明白此时他并不占有任何优势。这不是单靠蛮力就可以取胜的战斗，更需要动用金钱、法律和政治手段进行幕后操纵。

“我跟你一起去伦敦。”韦斯特克里夫突然开口。

“不可能，”沃伦答道，“马车只有四个位子，只能容下我、警官和犯人。”

“我坐自己的车跟着你们。”

“我跟你一起去。”托马斯·鲍曼也果断做了决定。

韦斯特克里夫把马修拉到一边，像兄弟一样勾着他的肩膀悄声说道：“我和弓街长官很熟，到伦敦之后我会亲眼看着你被带到他面前——在我的要求下他会立刻放了你。美国大使的正式引渡令到来之前我们可以先住在我的私人行馆，同时我会召集律师团并调动我的一切关系。”

马修已经说不出话来。“多谢。”他只能挤出这两个字。

“大人，”黛西在一旁轻声问，“他们能成功引渡马修吗？”

韦斯特克里夫的五官因自信而愈显坚毅，“当然不能。”

黛西带着笑意松了一口气，“那好，”她说道，“我相信您的承诺，大人，尽管沃伦先生不信……”

“到时候我会跟他算算这笔账的……”韦斯特克里夫嘟囔了一声，随后摇摇头，“抱歉，我得让仆人去准备马车了。”

伯爵大步走开了，黛西抬起头凝视马修的脸。“现在我总算明白了，”她说，“为什么你不愿意告诉我。”

“没错，我——”他声音嘶哑。“我知道这样不对，但我以为知道一切之后你就会离我而去。”

“你不相信我能理解你吗？”黛西问他，表情凝重。

“你不知道我是怎么过来的。没有一个人愿意相信我，真相根本就不起作用。从那以后，我再也不抱希望会有人相信我是清白的。”

“马修，”她直言，“只要是你告诉我的事情，我都信。”

“为什么？”他轻声问。

“因为我爱你。”

马修在这句话面前败下阵来。“你用不着这么说，你用不着——”

“我爱你，”黛西坚持，双手抓紧他的马甲。“我早就想说了——但我一直在等，等到你能完全信任我，不再对我隐瞒你的过去。但现在我已经知道了最糟的——”她顿了一下，露出一个苦笑。“这是最糟糕的事情对不对？你还有其他事需要坦白吗？”

马修恍惚地点点头。“对。没有。只有这件事。”

她突然羞涩起来。“你不打算对我说你也爱我吗？”

“我没有资格，”他答道，“事情还没有解决，而我的名字——”

“告诉我。”黛西扯紧他的外套。

“我爱你。”马修低喃。天，能亲口对她说出这句话的感觉太棒了。

她又扯紧他，这次满含占有的意味。马修也不甘示弱，他握住她的手肘，透过潮湿的布料感觉到她肌肤的热度。尽管此时此刻不合时宜，但他的身体还是涌起了欲望。黛西，我真不想离开你……

“我也要去伦敦。”他听到她低声说。

“不，你和你姐姐留在这儿。我不想这件事把你卷进来。”

“现在说是不是太晚了？作为你的未婚妻，我对这件事的关心并非一时兴起。”

马修低下头，轻轻吻上她的头发。“你在那儿会让我的处境更艰难，”他压低了声音，“呆在汉普夏郡，让我知道你是安全的。”握住她抓着他外套的手递到唇边，马修忘情地吻住她的手指。“明天替我去一趟许愿井那儿，”他低声说，“我想再许一个五美元的愿望。”

她用手指握紧他，“我觉得最好许个十美元的。”

意识到背后有人靠近，马修转过身。是那两个警察，看来不怎么高兴。“按规定犯人在被押送至弓街的途中必须戴上手铐，”其中一个开了口，责备地瞥了黛西一眼。“抱歉，小姐，但是你把费仑先生手上的手铐怎么了？”

黛西一脸无辜地看着他，“我把它们交给了一个女佣，不过她非常健忘，恐怕已经不记得到底放在哪儿了。”

“我们应该从哪里开始找？”警官不耐烦地叹了口气。

她依然是那副表情，“我想最好先把宅子里的夜壶搜个遍。”

第十九章

因为事出仓促，马库斯和鲍曼只匆匆打包了几件换洗衣物和最基本的洗漱用品，几乎没带其他什么东西。他们在私家马车里相对而坐，交谈寥寥。车外风雨交加，不断拍打着车身，马库斯不禁开始担心车夫和马匹。

在这种鬼天气出行简直是逞强，但马库斯却该死的不能放任马修·斯威夫特……费仑……在没有任何保障的情况下被人从石字庄园带走，尤其是温德尔·沃伦在仇恨的蒙蔽下早已失去了理智。

黛西对沃伦说的话一针见血，让别人为哈里犯下的错买单，既不能换来哈里生还，也无益于他留下的回忆。但是在沃伦心里，这是他能为他儿子做的唯一一件事了，或许他还在一厢情愿地认为，只要把马修投进监狱，就能还哈里一个清白。

哈里·沃伦曾经想通过牺牲马修来保全自己，他当初没有做到的事情，马库斯也不会让他父亲有机会做到。

“你怀疑他吗?”托马斯没头没脑地问了一句，马库斯从未见过他如此忧心忡忡。显然这件事让鲍曼伤透脑筋，他一直把马修·斯威夫特当成自己的孩子看待，甚至胜于他的亲生儿子。这两个男人已经建立起强有力的羁绊——斯威夫特风华正茂，从小缺失父爱，而鲍曼正好缺个乐意受他指引的人。

“你问我是否怀疑斯威夫特？一点都没有。比起沃伦，他的说词显然更加可信。”

“我也这么看。我了解斯威夫特的为人，我敢向你保证，从我和他的交往来看，他做事一向很有原则，诚实得简直过分。”

马库斯低笑，“诚实还能过分？”

鲍曼耸耸肩，胡子因讪笑而颤动。“那个……有时候过分诚实在商场上可不是件好事。”

突然一道令人不安的亮光逼近，马库斯颈后的汗毛下意识立了起来。“真是疯了，”他小声抱怨道，“即便他们能快马加鞭越过汉普夏郡边界，很快也得先找个小旅馆落脚。当地有些溪流比大河还汹涌，源头水量一足，根本无路可走。”

“老天，我巴不得如此，”托马斯·鲍曼激动地吼道，“再也没有能比沃伦和那两个狐假虎威的傻瓜带着斯威夫特灰溜溜地回到石字庄园更令我开心的事了。”

马车渐渐放慢了速度，然后一个刹车停了下来，雨点像拳头一样砸上车子涂了漆的外壁。

“怎么了？”鲍曼挑起帘子往外看，但除了一片漆黑和玻璃上络绎不绝的雨水之外，什么都看不到。

“该死。”马库斯咒骂出声。

一阵急促的敲门声后门被猛地拉了开来，外面是车夫惨白的脸，他黑色的帽子和斗篷没人夜色，只露了个头在外面，看起来像孤魂野鬼。“大人，”他大口喘着气，“前面出了车祸——您赶紧去看看——”

马库斯猛地跳出马车，冰凉的雨水当头而下。他一把扯下车灯，跟着车夫往前方的一条小溪走去。

“主啊。”马库斯忍不住低呼。

那辆载着沃伦和马修的马车此时正停在一座简陋的独木桥上，桥的一端脱离了河岸，斜斜地浸入溪中。在湍急水流的冲击下，桥塌了一部分，马车的半个后轮已经没入水中，那几匹马再怎么使劲也无济于事。木桥像小孩的玩具一样随着水流来回晃动，另一端也摇摇欲坠。

他们根本无法接近受困的马车，连着这一边的桥已经断了，而想要在这样的急流中涉水而过无异于自寻短见。

“上帝啊，不要。”他听到托马斯·鲍曼恐惧地大喊。

他们只能无助地看着马车车夫慌忙解开系着车轴的皮带，试图自救。

这时候，马车最上面的门突然被推了开来，有人挣扎着往外爬。

“是斯威夫特吗?”鲍曼急切地问道，一边尽可能地往岸边靠。“斯威夫特!”他大声叫喊，但暴雨的轰鸣，河水的怒吼，以及木桥解体时刺耳的嘎吱声很快吞没了他的吼声。

然后，一切似乎是在一瞬间发生的。马儿蹬踢着安全上了岸，一个，或者是两个人影摸索着上了桥，沉重的马车以一种几乎悲壮的骇人速度慢慢没入水中。起先是沉了一半，挣扎着维持了一会儿……但很快，车灯也跟着熄灭了，马车倾斜着被奔腾的水流带往下游。

黛西这晚老是胡思乱想，根本睡不安稳，夜里还醒过来好几回，担心马修会发生什么意外。她挂念他的安危，只有思及韦斯特克里夫跟他在一起——至少在他左右——才稍稍放下点心。

她一遍遍回想起马修在大厅里坦露自己过去的场景。他看起来那么脆弱而孤独，这些年来他承受着的是怎样一副重担啊……而他的脱胎换骨又需要多大的勇气和创造力。

黛西知道自己不会乖乖地在汉普夏郡等太久。她不顾一切地想要见到马修，安慰他，保护他，甚至愿意为了他与整个世界抗衡。

这晚早些时候梅西迪斯曾经问她，马修身世的暴露是否会影响她想要嫁给他的决定。

“会，”当时她这么回答，“这让我更加坚定。”

莉莲也加入了谈话，坦言知道马修的身世后对他反而更有好感。“尽管，”她又补了一句，“最好先搞清楚你嫁过去之后到底得跟着姓什么。”

“哦，名字有什么重要？”黛西引用道，从案上拿过一张纸摆弄起来。

“你在干什么？”莉莲问她，“可别告诉我你现在就打算写信？”

“我不知道做什么好，”黛西招认，“我想我得转告安娜贝尔和伊薇一声。”

“她们很快就会从韦斯特克里夫那里得知的，”莉莲答道，“而且一点都不会惊讶。”

“为什么？”

“你向来偏好情节曲折的故事和身世神秘的人物，你的恋爱又怎么可能平平淡淡。”

“或许如此，”黛西苦涩地回应，“但现在看来，平平淡淡的恋爱似乎更吸引人。”

一夜难眠，所以早上一有人走进房间黛西就醒了过来。起初她以为是来点燃炉火的佣人，但现在显然为时过早。天还没亮，雨势渐微，化作绵绵细雨。

来的是她姐姐。

“早安，”黛西鼻音浓重，坐起来伸了个懒腰。“怎么起得这么早，宝宝不乖吗？”

“不，她还在睡。”莉莲哑着嗓子。她穿了一件厚实的天鹅绒袍子，松松绑了个辫子。她捧着一杯热茶走到床边，“给你，喝了它。”

黛西皱了皱眉，但还是听话地接了过来，一边看着莉莲弯身坐上床沿。一切都不太对劲。

有事情发生了。

“怎么了？”她问道，一阵不好的预感窜过脊背。

莉莲朝茶杯点点头，“等你清醒过来再说。”

时间太紧，不可能是伦敦来的消息，黛西暗忖，应该跟马修无关。或许是妈妈生病了，又或许是村子里发生了什么可怕的事情。

喝下几口茶，黛西把杯子放到旁边的桌子上，注意力又转向她姐姐。“我已经彻底清醒了，”她说，“现在可以告诉我了。”

用力清了清嗓子，莉莲沉重地开了口。“韦斯特克里夫和爸爸回来了。”

“什么？”黛西迷惑地盯着她，“他们怎么不跟马修一起呆在伦敦？”

“他也不在伦敦。”

“也就是说他们都回来了？”

莉莲僵硬地摇了摇头，“不是。对不起。我说不清楚。我……我还是直说吧。韦斯特克里夫和爸爸从石字庄园出发没多久，他们的马车就停了下来，因为前面的桥上出了事。你还记得走大路必须经过的那座嘎吱作响的老木桥吗？”

“就是跨过小溪的那座？”

“没错。但是现在已经不能叫小溪了，因为暴雨，它成了一条汹涌的大河。那座桥在急流的冲击下显然不堪重负，沃伦先生的马车过河的时候，它塌了。”

黛西僵着身子一片混乱。桥塌了。她一遍遍重复着这句话，但此刻它突然变得像失传已久的古语一样费解。她努力地集中神思，“所有人都获救了吗？”她听见自己在问。

“除了马修。”莉莲的声音发着颤，“马车被冲往下游的时候他还在里面。”

“他不会有事的，”黛西机械地应道，心跳如困兽般不安躁动。“他会游泳，或许已经在下游的某个地方上了岸——等着别人去找他——”

“他们正四处去找，”莉莲告诉她，“韦斯特克里夫正全力组织搜救。几乎整个晚上他都在外面寻找，刚刚才回来。马车在被冲往下游的过程中撞得粉碎，马修却不见踪影。但是黛西，其中一个警察向韦斯特克里夫承认……”她停了下来，棕色的眸子里蓄满愤怒的泪水，“……承认……”她费力地说下去，“……马修的手被绑起来了。”

黛西在被子里蜷起腿，曲起的膝盖紧紧并在一起。她将自己紧紧缩成一团，似乎这样就可以远离真相。

“但是为什么呢?”她喃喃自语，“根本就没这个必要。”

莉莲颤动着坚毅的下巴，想要控制自己的感情。“他们说马修有前科，这样做是为了防止他逃跑。但依我看，是沃伦为了泄恨坚持这么做。”

黛西被自己如雷的心跳震得头晕。她很害怕，与此同时却又觉得一部分的自己超然在外。她似乎可以看到马修在黑黢黢的河水中挣扎，被捆绑的双手不安地扭动……

“不，”她叫起来，用手掌捂住自己疯狂跳动的太阳穴。似乎有钉子穿过脑壳，她几乎无法呼吸。“他不会有机会的，对不对?”

莉莲摇摇头，转开了视线。泪水从她脸上滚滚而下，砸向床单。

真是奇怪，黛西想道，她竟然没有跟着哭。她的眼里热意涌动，压得头骨都在发疼，但是泪水却似乎在等着某个念头或某句话来开闸。

黛西依然按着她跳个不停的太阳穴，视线因为脑袋里的剧痛一片模糊。“你在为马修哭吗?”

“是。”莉莲从袖子里抽出一块手帕,粗鲁地抹了把鼻子。“但主要还是为了你。”她靠过来用双手裹住黛西,似乎想要替她挡下所有伤害。“我爱你,黛西。”

“我也爱你。”黛西哽咽着回应。她内心揪痛,两眼干涩,需要大口喘气才能呼吸。

接下去的一天一夜,搜救并未停止,但吃饭也好,睡觉也罢,生活突然成了一种虚无的形式。只有一件事让黛西已然麻木的知觉又有了丝丝痛感,那就是韦斯特克里夫拒绝让她同行。

“你什么忙都帮不上,”韦斯特克里夫这么告诉她,他身心俱疲,早已顾不上什么委婉。“那儿水深危险,困难重重。拖后腿还算好的,你要是再受伤无异于雪上加霜。”

黛西知道他是对的,但怒火却不可控制地冒了起来。那种感情如此猛烈,让她几乎失态,她赶紧定了定神。

马修的遗体可能再也找不回来了,命运如此安排未免太过残忍,但她却只能接受。失踪或许比死亡更糟——什么能用来哀悼的东西都没留下,就像他从未存在过一样。她以前一直不明白为什么有些人执意要见到爱人的尸体,但现在她知道了。这是结束噩梦的唯一办法,或许也只有这样,眼泪和心痛才能找到出口。

“我一直在想,如果他真的死了,我一定会有感应,”坐在壁炉前的地板上,黛西对莉莲说。身上披着的旧围巾在岁月的抚摸下愈发柔软,带给她稍许安慰。尽管火炉就在旁边,身上也穿得层层叠叠，手里还捧着一大杯热腾腾的茶水，但黛西却丝毫感觉不到暖意。“我应该有感应的，但我却什么都感觉不到，此刻的我就像行尸走肉一样。我只想找个地方躲起来，我受不了了，我才不要坚强。”

“你没必要硬撑。”莉莲静静答道。

“不，我必须这么做，要不然，我会碎成千万片。”

“我会把你再拼回去，不落下任何一片。”

看到她姐姐满脸担心，黛西嘴角浮起一抹单薄的微笑。“莉莲，”她低语，“没有你我如何是好?”

“你永远都不用担心这个问题。”

在她母亲和姐姐的督促下，黛西勉强吃了点东西。她喝了满满一杯酒，希望那能帮她暂时摆脱脑子里乱七八糟的一切。

“韦斯特克里夫和爸爸应该很快就会回来了，”莉莲的声音里透着紧张，“他们根本没休息过，可能连饭都没吃。”

“我们去客厅等吧，”梅西迪斯建议道，“可以打打牌分散注意力，或者你可以抽本黛西最爱的书大声念给她听。”

黛西抱歉地瞥了她一眼，“对不起，我做不到。如果你们不介意，我想一个人上楼呆着。”

洗漱完毕换上睡衣，黛西向床上瞥了一眼。尽管她神思疲乏略有醉意，心里却一点都不想睡。

她走进马士顿厅，四下里一片寂静，阴影伏在地毯上如同黑色的藤蔓，缠上她的裸足。房间里只燃着一盏灯，黄色光芒穿过灯罩边缘的水晶坠饰，在爬满花朵的墙纸上洒下点点白光。沙发上丢着乱七八糟的期刊和小说，还有一本薄薄的幽默诗选，那时候她曾大声读给马修听，看他露出一脸忍俊不禁的表情。

一切怎么说变就变了？命运怎能如此不负责任，一抬手就将人丢入了万劫不复的困境？

黛西在旁边的地毯上坐下来，动手慢慢整理那堆书报……一叠是要还给图书室的，另一叠则要在走访日带给乡亲。但似乎不应该在喝了那么多酒之后干这种事，所有的东西并没有按预想的一样被分成整齐的两叠，只是横七竖八地在她周围散了一地，一如那些被弃置的梦想。

黛西倚着沙发盘起腿，将头枕上软垫的边缘。手指胡乱摸到一本书的布面，她眯着眼睛瞅了一眼。过去她总以为，打开一本书就相当于打开了另一个世界……一个比现实更妙趣横生的世界。但最后她却发现，生活有时候远比幻想更加美妙。

因为爱情，这个真实的世界有了魔力。

马修就是她梦寐以求的一切，但她却只能拥有这么久。

壁炉上的钟不紧不慢地走着，发出嘀嗒嘀嗒的轻响，时间在此刻似乎过得特别漫长。黛西靠着沙发，半梦半醒间听到门上传来动静，她后知后觉地循声望了过去。

一个男人走了进来。

他一进门就停下了脚步，凝望着坐在一地杂乱中的她。

黛西猛地抬眼对上他的脸，刹那间，渴望和恐惧挟着疯狂的思念席卷而来，让她根本无法动弹。

那是马修啊，他穿着她没见过的劣质衣服，但那活生生的样子却似乎触手可及。

生怕眼前这一切突然就消失了，黛西一动都不敢动。隐隐刺痛的眼睛里泪水汹涌，但她却拼命睁着眼睛，不愿他消失。

他小心翼翼地向她走了过来，蹲下身，用一种无限温柔的忧郁眼神注视着她，继而大手一挥，扫开横在他们当中的几本书，直到再无隔阂。“是我，亲爱的，”他柔声道，“没事了。”

黛西干涩的嘴唇费力低喃：“如果你是鬼……请永远缠着我。”

马修坐到地上，拉过她冰凉的小手。“鬼用得着从门里进来吗？”他轻声反问，一边握着她的手指抚上自己伤痕累累的脸。

掌心触及他的肌肤，她心里一阵刺痛。慢慢松懈下来的黛西终于发现自己不再麻木，各种情绪喷涌而出，让她忍不住想要捂住双眼。她的胸膛里亦迸出阵阵啜泣，声音生涩，难以扼制。

马修拉开她的手，将她紧紧揽入怀中，轻声低喃。黛西还在哭，于是他将她抱得更紧了些，似乎明白此刻她需要的正是自己用力到近乎疼痛的拥抱。

“拜托这是真的，”黛西抽噎着，“不是在做梦。”

“我是真实的，”马修声音粗重。“不要哭得这么伤心，不用——哦，黛西，亲爱的——”马修在她奋力想要贴得更紧的时候捧住了她的脑袋，贴着她的唇柔声安慰。他将她压向地板，试着用自己身体的重量说服她。

他的手紧紧扣住她的，十指交缠。黛西喘着气，转过头凝视他露出来的手腕，上面红痕斑驳。“你的手被绑起来了，”那沙哑的声音听起来一点都不像是她的，“是怎么解开的？”

马修低头吻上她泪湿的脸颊。“折叠刀，”他轻描淡写地答道。

黛西盯着他的手腕睁大了眼睛。“你被快沉、沉没的马车带往下游时候从兜里掏出小刀割断了绳子？”

“那可比跟鹅扭打容易多了，实话告诉你吧。”

她逸出一声轻笑，但转眼又哽咽起来。马修用嘴堵住了她的啜泣，嘴唇轻柔地爱抚着她。

“刚陷入险境的时候我就动手了，”他接着说了下去，“割断绳子后过了几分钟，车子翻进了水里。”

“其他人为什么不帮你？”黛西气冲冲地问道，用袖子抹了抹满是泪痕的脸庞。

“他们自顾不暇。尽管，”马修声音里透着惆怅，“我本以为自己至少会比那几匹马重要点。但好在马车落入水中的时候，我的手已经解开了。那些礁石将车身撞得粉碎，我跳进水里成功游到了岸边，但在过程中受了不少罪。我被一个外出寻狗的老人发现了——他带我回了他的小屋，和他的妻子一起照顾我。我昏迷了整整一天半才醒过来，那时他们听说韦斯特克里夫正在四处寻找，就跑去将我的下落告诉了他。”

“我还以为你死了，”黛西泣不成声，“我以为再也见不到你了。”

“不会的，不会的……”马修抚摸着她的头发，一一吻过她的脸颊、眼睛和颤抖的双唇。“无论如何我都会回到你身边，我很可靠，记得吗？”

“没错，除了——”发觉他的嘴唇游移到了喉咙处，黛西不得不大大地喘了口气。“——之前的那二十年，我敢说你的可靠几乎从不——”他的舌头舔上了她脖子上凹陷的脉动之处，“——出人意料。”

“你或许对我捏造出来的身份和盗窃罪名颇有些微词。”他吻着她下巴优美的弧线，吮掉纷乱的泪珠。

“哦，不，”黛西屏住气息，“我甚至在得知一切之前就已经原、原谅你了。”

“亲爱的甜心，”马修低喃着挨近她的颊侧，唇手并用地爱抚她。她一个劲地往他身上贴，却怎么都嫌不够。随后他直起头试探地看着她，“既然现在事情已经水落石出了，我就不得不为自己洗脱罪名，你愿意等我吗，黛西？”

“不愿意。”

黛西仍在抽噎，一边却开始专心解起马修借来的衣服上那些木制扣子。

“不愿意？”马修好笑地低头看她，“你已经嫌弃我太麻烦了吗？”

“我只是嫌人生苦短——”黛西用力扯着他粗劣的衣服嘀咕，“——一天都浪费不起。这些该死的扣子——”

他覆住她的手，制止那狂热的拉扯。“我并不认为你的家人会赞成你嫁给一个逃犯。”

“你做什么爸爸都会原谅你，而且你不可能永远都是逃犯。一旦公布真相，你就可以翻案了。”黛西挣开手，紧紧抓住他。“带我去格雷特纳格林，”她恳求，“就在今天晚上。我姐姐就是这样成婚的，伊薇也是。私奔几乎成了壁花们的惯例。带我走——”

“嘘……”马修用胳膊环住她，将她揽进自己结实的怀抱。

“我不想再跑了，”他低声道，“总有一天我得面对我的过去。尽管那个该死的哈里活着的话我的问题要好办得多。”

“还是有人清楚这到底是怎么回事的，”黛西连忙说，“他的朋友，你提到过的那个仆人，还有——”

“是的，我知道。不说那些了，要知道我们以后有的是时间。”

“我想嫁给你，”黛西不依不饶，“不是以后，就是现在。经过这一回……以为你永远地离开我了……其他什么都不再重要。”说到最后，她又开始哽咽。

马修摸摸她的头发，拇指划过一道泪痕，“好吧好吧，我这就去跟你爸爸谈，不要再哭了，黛西，不要哭。”

但是她却怎么都止不住因为松懈下来而从眼角不断涌出的泪珠。一阵寒战深入骨髓，她越是想要克制，情况就越糟。

“甜心，怎么了？”他用手摸上她颤抖的四肢。

“我好害怕。”

他发出一声无意识的低吼，将她抱得更紧了些，双唇用力吻上她的脸颊。“怎么了，我的最爱？”

“我好害怕这只是一场梦。我好怕我醒来——”她又抽噎了一下。“——发现自己还是孤单的一个人，而你从来就没有出现过——”

“不，我就在这儿，不会离开。”他的唇下滑到她的喉咙，一边缓缓拉开她的睡衣。“让我来安慰你，亲爱的，让我……”他的手轻轻抚摸她的身体，安慰着分散她的注意力。手掌滑过她的四肢，烙下一路炽热，她的唇间跟着逸出一阵低吟。

听见那个声音，马修深深吸了一口气，想要找回一丝自制，但根本就找不到。他只找到满腔的需求。迫不及待地想用愉悦填满她，他直接在地板上脱了她的衣服，手掌轻抚她冰凉的肌肤，直到苍白的肤色突然泛起红潮。

他向她倾下身来，有条不紊地沿路印下一个又一个吻……她的双腿，她光裸的腹部，她轻晃的乳房。黛西狂乱地颤抖着，看烛光在他低俯的脑后闪烁不定。

他吻过的每一处地方，温暖就取代了原先瑟缩的寒意。她叹息着，随着他唇手安抚的节奏慢慢放松下来。当她摸索着扯开他衬衫的时候，他抬起手来配合她。随着粗布衣服的滑落，露出底下光滑的男性肌肤。不知怎地，看到他身上残留的淤痕，黛西反而放下心来，那证明了自己不是在做梦。她张嘴覆上某个青块，伸出舌头轻轻触碰。

马修小心地将她拉向自己，大手带着情欲沿着她腰股间的曲线游移，在她的大腿上激起一层鸡皮疙瘩。黛西带着愉悦和不适扭动起来，地毯上的绒毛蹭着她敏感的肌肤，裸臀一阵刺痒。

意识到这个问题，马修无声地笑了起来，拉她坐上自己的大腿。黛西口干舌燥，身上已经细细地出了层汗，她将胸膛压向他，“不要停。”她轻声低喃。

他用手捧住她发麻的臀部，“在地上你会被擦伤的。”

“我不在乎，我只要……只要……”

“这样？”他让她跨坐在腿上，裤子的布料在她腿下绷得紧紧的。

黛西半是羞窘半是兴奋，在他抚上私处的时候情不自禁地闭上了眼睛，灼热的身体泛起阵阵湿意和激狂。

黛西搂住他的脖子，一只手的手指紧紧抓着另一手的手腕，胳膊酸软无力。要不是他有力的手臂在背后撑着她，她甚至无法直起身子。她所有的意识都汇聚到了他触碰着的地方，他的指节在那柔滑湿润的小核周围轻轻打着转……“不要停。”她听到自己低喃。

当马修将两指探入她体内的时候，她猛地睁开了眼睛，紧接着他又探入了第三根手指，在她体内翻搅起炽热的欲望。

“还在担心这只是个梦吗?”马修轻声问她。

她困难地吞了下喉咙，摇摇头，“我……我从没做过这样子的梦。”

他的眼角泛起笑纹，然后撤回了手指，任凭她因为空虚而颤抖不止。她啜泣着将头枕上他直挺的肩头，让他将她紧紧拥入自己赤裸的胸膛。

黛西攀附在他身上，视线里一片模糊，黄色的烛光和黑色的阴影彼此交错。她意识到自己被举起来翻了个身，跪在地毯上面朝沙发。她将侧脸埋进光滑的沙发套里，分开双唇急促地呼吸。他伟岸强健的体魄倾身覆上她，将她从后面紧紧包围，随后他慢慢进入她的体内，他们顺畅而紧密地结合在一起，美妙无双。

黛西惊讶地僵住了身子，但他的手抚摸着她的臀部，让她放心地把自己交给他。于是她不再扭动，闭上眼睛享受他每一次缓慢的冲刺带来的愉悦。他的一只手往下覆住了她的前方，指尖寻到她的敏感之处轻轻爱抚，将她带往令人眩晕的顶峰，在突如其来的高潮中颤抖不止。

过了很久，马修帮黛西穿好睡衣，抱着她穿过漆黑的走廊来到她的卧室。当他把她放到床上的时候，她低声求他留下来陪她。

“不，亲爱的，”黑暗中他向她俯卧的身子弯下腰。“尽管我也很想，但我们不能太逾矩。”

“没有你我根本睡不着。”黛西凝视上方隐没在阴影里的脸庞，“更不想醒过来。”

“总有一天，”他俯身用力吻住她，“总有一天，无论白天黑夜我都能随时来找你，抱着你想呆多久就呆多久。”他的声音低了下去，带着某种深沉的情感，“你大可放心。”

楼下，筋疲力尽的伯爵正躺在一张沙发上，头枕着妻子的大腿。两天两夜不懈的搜寻下来几乎没怎么闭过眼，马库斯累得骨头都快散了架。然而值得庆幸的是悲剧并没有上演，黛西的未婚夫最终还是安全回来了。

但他妻子对他的担忧还是让马库斯有点惊讶。他一回到庄园，莉莲就不断地递给他三明治和热白兰地，用湿毛巾擦拭他脸上的污渍，忙着替他的伤口上药，给割伤的手指绑上绷带，甚至还亲自动手帮他脱掉泥泞的靴子。

“你看起来比斯威夫特先生更狼狈，”当他再三强调他没事的时候莉莲反驳道。“至少过去的那两天，他还能在小屋里躺着，而你却一直冒雨在泥泞的林间搜寻。”

"那并非他的本意,"马库斯忍不住指出,"他受了伤。"

"但那也改变不了你为了找到他不眠不休甚至滴水未进的事实。"

马库斯最终还是败下阵来,私底下却很享受看她为他忙得团团转。看他吃饱喝足,伤口也包扎得差不多了,她才满意地揽过他的头放到自己腿上。马库斯满足地叹了口气,看着火苗在壁炉里上蹿下跳。

莉莲漫不经心地用修长的手指梳理他的头发,"斯威夫特先生去找黛西已经有一阵了,这也太安静了点。你要不要上楼去看看?"

"给我整个中国的大麻也不干,"马库斯用黛西最近的口头禅答道,"天知道我会打断什么好事。"

"天哪,"莉莲一脸惊骇,"你该不会认为他们是在……"

"我可一点都不吃惊。"马库斯顿了一下,"想想当初的我们。"

果然,莉莲立刻转移了注意力。

"我们现在也是。"莉莲抗议。

"自从宝宝快出生起我们就再也没有亲热过了。"马库斯坐了起来,凝视在火光照耀下他发色深浓的妻子。她曾经,也将一直是最能吸引他的那个女人。长久积压下的激情让他的声音满是粗重,"我还要等多久?"

将手肘撑在沙发背上支着脑袋,莉莲歉意地笑笑,"医生说最少还得两个星期,真是抱歉。"看着他的表情她忍不住笑出声来,"万分抱歉。来,我们上楼吧。"

“既然不能同床，那有什么意思。”马库斯不满地咕哝。

“我可以帮你洗澡，甚至可以替你擦背。”

他蠢蠢欲动，“只是擦背吗？”

“这可以再议，”她挑逗道，“你知道的，我一向好说话。”

马库斯伸手将她搂进怀里，叹了口气。“这回我可得捞够本。”

“小可怜，”莉莲笑着转过脸吻了吻他。“不过记住……有些事情值得等待。”

后 记

结果，马修和黛西直到深秋才结了婚。整个汉普夏郡披上了鲜红和亮橙的华服，猎犬们一周四天都得一大早出门打猎，果树上硕果累累，最后的篮子都被装得满满的。干草已经收割完毕，田野里不见了吵闹的谷鸡，取而代之的是啼声婉转的歌鸠和叽叽喳喳的黄鸦。

整个夏天和大半个秋天，黛西多次忍受着与马修的离别之苦，其中包括他频繁地去伦敦打官司。在韦斯特克里夫的帮助下，美方的引渡申请被坚定否决了，马修得以继续呆在英格兰。他找了两个经验丰富的律师，将整件案子的来龙去脉告诉了他们，然后委托他们前往波士顿替他提起诉讼。

同时马修也在马不停蹄地为工作四处奔波，监督布里斯托尔制造厂的建造情况，雇用工人，动手布下联动全国的销售渠道。在黛西看来，马修的身世曝光之后，他悄悄有了变化——他似乎不再顾虑，变得更加自信，也更有魅力。

见识到马修用不完的精力和不断取得的成就，西蒙·亨特特意告诉他，如果有一天他厌倦了鲍曼公司的工作，“混装机车工程”随时准备向他敞开大门。托马斯·鲍曼闻言立刻采取行动，增加了马修持有的肥皂厂股份。

“三十岁我就会成为百万富翁了，”马修告诉黛西，“只要我能逃过牢狱之灾。”

当初他们家所有人，甚至连她妈妈都能团结起来捍卫马修，着实让黛西又惊讶又感动，虽然她不知道她这么做到底是为了她还是为了爸爸。而托马斯·鲍曼，这个向来苛刻的人，却当场原谅了马修的欺骗。事实上，鲍曼似乎比以前更把他当自己的儿子了。

“有人猜，”莉莲告诉黛西，“就算马修·斯威夫特被证实是个冷血的杀人犯，爸爸当时也会这么说，‘这个，他这么做肯定是情非得已。’”

发现忙碌中时间过得更快，黛西开始专注于在布里斯托尔安家。她定下了一所带山形墙的海边房子，那曾经归一个造船厂厂长和他的家人所有。在她妈妈和姐姐的陪同下（她们两个远比她更爱逛街），黛西买了宽大舒适的家具组合、色彩鲜艳的窗帘和布料。当然，她没忘了在尽可能多的房间里安置书桌和书架。

好在只要马修能够脱出身来，他都会飞速赶来与黛西相见。现在他们之间再也没有任何顾虑、秘密与恐惧。他们漫步于静谧的夏日倾心交谈，在彼此的陪伴中得到无尽乐趣。每当夜晚来临，马修就会趁着夜色来与黛西幽会，一番云雨，让她身心愉悦。

"我得拼命克制才能让自己远离你。"一天晚上他拥着黛西在她耳边低语,月光照在起伏的被子上,投下斑驳的阴影。

"为什么?"黛西也低声问他,爬到他的身上贴紧那满是肌肉的胸膛。

他拨弄着她如瀑的黑发。"我不该在婚前就这样来找你。万一——"

黛西用嘴堵住了他余下的话,直到他的呼吸慢慢急促起来,身体也变得滚烫。她抬起头,笑望着他闪亮的双眸,"要么不曾拥有,一旦拥有就是全部,"她低喃道,"那就是我对你的渴望。"

马修的律师带来了最终的结果,三名波士顿法官成立了一个专门小组检阅了当年的庭审记录,替马修翻了案,撤了诉。而且他们裁定此案不得再次上诉,断绝了沃伦一家对此提出异议的任何希望。

马修得知这消息的时候表现得波澜不惊,在接受大家祝贺的同时对鲍曼一家和韦斯特克里夫等人的帮助表示了衷心的感谢。等到私下和黛西呆在一起的时候他的冷静终于露出了破绽,如释重负的心情太过澎湃,他一时间有些受不住。她尽她所能地安慰着他,这种交流如此自然而亲昵,将成为他们永久的独家记忆。

然后就到了他们结婚的那一天。

婚礼是在石字庄园的小教堂里举行的,观礼的群众大多来自伦敦,有些则是来自纽约,尽是些有财有势的人,牧师执意要给他们留下一个深刻的印象,于是行礼便冗长得几乎有些不近人情。其中包括没完没了的布道，一连串听都没听过的颂歌，以及整整三大段让人坐到发麻的经文。

黛西穿着她沉重的香槟色缎子礼服耐心等待着，脚掌因为长时间踩着串珠的鞋跟而刺痛。在缀满珍珠的精美瓦朗谢讷蕾丝头盖笼罩之下，她几乎什么都看不到。婚礼最后变成了一场对耐力的考验，她尽量使自己看起来庄重一些，但还是忍不住偷偷看了眼马修，他穿着线条分明的黑色礼服，配着浆得笔挺的白色领结，看起来高大而英俊……这突如其来的幸福感让她忍不住心跳加速。

尽管梅西迪斯之前再三告诫新郎不能在宣誓完毕后亲吻新娘，因为上流社会的人不会这么做……但是马修一把抓过黛西，众目睽睽之下狠狠吻住了她。一两声抽气声随之而起，紧接着，人群中爆发出一阵善意的大笑。

黛西抬头瞥见她丈夫炯炯有神的眼睛，"你真不像话，斯威夫特先生。"她轻斥。

"这算什么，"马修压低了声音，面上净是温柔爱意，"最不像话的都留在今天晚上呢。"

客人们陆续涌入宅子，接待过的人数似乎已经不下数千，黛西两颊已经笑得僵硬，她忍不住长长叹了一口气。紧接着是足以供半个英格兰享用的早宴，再接下来是数小时的干杯祝酒和拖沓的告别，而她只想和她的丈夫呆在一起。

"哦，别抱怨了，"她听到她姐姐顽皮的声音，"我们中至少有一个得有个像样的婚礼，你比较合适。"

黛西转过身，看到莉莲、安娜贝尔和伊薇就站在她的身后。

“我可没抱怨，”她说，“我只是在想私奔去格雷特纳格林省事多了。”

“那可没什么创意，亲爱的，要知道，伊薇和我都是这么干的。”

“真是一个美好的婚礼。”安娜贝尔由衷赞叹。

“而且够漫长，”黛西懊恼地回答她，“我感觉我都已经站着说了好几个小时了。”

“事实确实如此，”伊薇告诉她。“跟我们走——我们得开个壁花大会。”

“现在？”黛西看着她的朋友们热情高涨的样子，一脸困惑。“现在不行，他们还等着我们吃早餐呢。”

“哦，那就让他们等着吧，”莉莲兴致盎然。她挽起黛西的胳膊，把她拉出了门廊。

四个年轻姑娘在通往晨间起居室的走廊里迎面碰上了正在散步的圣文森特爵士。穿着正装的他优雅迷人，停下来朝伊薇露出一个暧昧笑容。

“你们似乎想要开溜，”他一针见血。

“没错。”伊薇对丈夫如实相告。

圣文森特亲昵地搂住伊薇的腰，神神秘秘地压低了声音。“上哪去？”

伊薇略作思索，“找地方给黛西的鼻子上粉。”

子爵狐疑地瞥了瞥黛西，“这用得着四个人吗？就那么小一个鼻子。”

“就几分钟，我的老爷，”伊薇央求道，“你能替我们挡一下吗?”

圣文森特轻声笑了起来,“但凭吩咐,吾爱。”他向她保证。但在放过他的小妻子之前,他将她转过身来在额头上印下一吻,优雅的手同时轻轻抚上她的腹部,动作细微到几乎无人察觉。

但是黛西看到了,她很快明白过来那意味着什么。伊薇的秘密,她笑着想道。

她们把黛西带到了橘园,秋日暖阳透进窗户熠熠生辉,空气中飘满柑橘与月桂厚重的芳香。莉莲拿下黛西沉重的柑橘花环和面纱,把它们搁在一边的椅子上。

旁边的桌子上放了一个银色的托盘,里面是一瓶冰过的香槟和四个水晶高脚玻璃杯。

“这是特意为你安排的,亲爱的,”莉莲开口说道,安娜贝尔则动手将冒着泡沫的液体倒进杯子拿给大家。“祝贺你结局圆满。既然你是我们中等得最久的一个,理应把这一整瓶都干了。”她露齿一笑,“但不管怎样,我们会替你分担的。”

黛西用手指圈住杯脚。“为我们所有人干杯,”她说道,“毕竟,三年前的我们婚事一片渺茫,甚至得不到邀舞。看看现在一切多么圆满。”

“虽然经、经历过曲折和绯闻。”伊薇笑意盈盈。

“也经历了友谊。”安娜贝尔补充道。

“敬友谊。”莉莲叫道,声音突然变得沙哑。

四杯轻碰,瞬间完美。

夏夜的秘密

[美] 丽莎·克莱帕丝　著
张一涵　译

Secrets of a Summer Night

人民文学出版社

著作权合同登记:图字 01-2011-5755 号

Lisa Kleypas
SECRETS OF A SUMMER NIGHT

图书在版编目(CIP)数据

夏夜的秘密/(美)克莱帕丝著;张一涵译.—北京:人民文学出版社,2011
(壁花系列)
ISBN 978-7-02-008768-6

Ⅰ.①夏… Ⅱ.①克… ②张… Ⅲ.①长篇小说-美国-现代 Ⅳ.①I712.45

中国版本图书馆 CIP 数据核字(2011)第 209852 号

特约策划:吴文娟 邱小群
责任编辑:刘 乔
封面设计:汪佳诗

出版发行 人民文学出版社
社　　址 北京市朝内大街 166 号
邮政编码 100705
网　　址 http://www.rw-cn.com
印　　制 山东新华印刷厂德州厂
经　　销 全国新华书店等
字　　数 207 千字
开　　本 890×1240 毫米 1/32
印　　张 10.25
印　　数 1—10000
版　　次 2006 年 5 月北京第 1 版
印　　次 2012 年 7 月第 1 次印刷
书　　号 978-7-02-008768-6
定　　价 28.00 元

献给朱莉·墨菲

用爱与耐心，还有技巧

照顾格里劳和林塞

为我的事业奉献你的诸多才华

你是我们家珍贵的一员

最重要的是，你是你。

永远爱你的 L. K.

译者序

丽莎·克莱帕丝(Lisa Kleypas)是美国著名的畅销言情小说作家,以人物刻画和情爱描写见长。她也是名副其实的美女作家,曾经当选为一九八五年度马萨诸塞州小姐,还进入过美国小姐决赛。二十一岁时她出版了第一本小说,现已著有十九本历史言情小说,被译成十四国文字在世界各地热销。

丽莎·克莱帕丝毕业于卫斯理学院应用科学系,热衷于阅读与写作的她把高中和大学的每个暑假都用于在地下室里埋头写小说,而每个新学期都是伴随着出版社的退稿信开始的,她却仍乐此不疲。大学毕业前夕,她父亲劝告她放弃写作,另谋职业,丽莎则说服父亲同意她写完手头的书,如若仍被退稿她就出去找工作。这一次,她成功了,小说终于付梓出版。从此她专事写作,出版了一系列历史言情小说,几乎每一本都打入《纽约时报》、《今日美国》、《出版者周刊》与华顿连锁书店的排行榜,很受读者追捧。

作为通俗小说家,丽莎坦言自己的作品并不“文学”。她认为爱情小说的力量在于给人以逃离现实的空间、希望和安慰。她回忆说，一次洪水过后，她与母亲去超市购买生活必需品，结账时她发现两人的购物篮里都有一本言情小说。对她和母亲来说，这也是必需品。从此她不再怀疑自己选择的职业及其价值。她觉得，如果她的小说能给读者带来愉悦，她就得偿所愿了。

《夏夜的秘密》是“壁花①系列”之一，是一个关于“结婚狂”的故事，不过场景为十九世纪的伦敦。四名同病相怜的大龄未婚女子绞尽脑汁要把自己体面地嫁出去。她们或美艳动人，或聪颖爽朗，或可爱伶俐，或善良羞涩，却屡屡在社交舞会上坐冷板凳，究其原因，只怪在她们想驻足的上流社会，婚姻规则明白地写着“势利”二字。

女主角安娜贝尔自父亲过世后便家道中落，母亲为了维持生计，无奈接受丈夫生前的朋友霍奇汉姆的龌龊交易；霍奇汉姆得寸进尺，又打起了美貌的安娜贝尔的主意。忧心忡忡的安娜贝尔深知解救自己和家人的惟一办法就是嫁个好人家。可是贵族们对没有嫁妆的她敬而远之，清高的安娜贝尔又不乐意下嫁平民或做别人的情妇。英俊多金、桀骜不驯的单身汉西蒙对安娜贝尔一见钟情，安娜贝尔亦被西蒙的男性魅力深深吸引。可因为他的平民身份和粗鲁举止，安娜贝尔一直对他冷若

---

① 壁花，wallflower，本义为“桂竹香”，是一种香味馥郁、形容雅致的花。这种草本植物生命力很强，可以在旧墙面、岩石或矿井上生长。壁花一词常用来指在舞会上靠墙根坐冷板凳被人冷落的女孩子。

冰霜。韶华易逝，四年的社交季节眼看就要结束，石字庄园的舞会将是她最后的机会。四位壁花一起为她策划了一个看似完美的猎夫方案，然而等待着她的却是重重障碍：她的头号目标——温文尔雅的肯达尔勋爵正被一大群恨嫁的女子围追堵截；她和壁花们偷偷去草地打球却衣衫不整地被男主人和西蒙撞见，安娜贝尔还被蝰蛇咬伤了下不了床；吝啬下流的霍奇汉姆不断对她威逼利诱，更妄图乘她病弱时对她下手；而西蒙更是位狩猎老手，一直耐心地守候着她……

《出版者周刊》评论说丽莎·克莱帕丝的这本浪漫爱情小说不仅表现了男女主人公之间的情感冲突，同时也反映了维多利亚时代的一些矛盾冲突，并称此书为一位真正有才华的作家的一流作品。我诚恳地希望中国的读者也会喜欢丽莎·克莱帕丝和这本《夏夜的秘密》。

张一涵

序幕

伦敦,1841

尽管安娜贝尔·佩顿已被警告过无数次,绝不要问陌生人借钱,一天她还是破了例……并且很快发现她本该听从母亲的这个忠告。

那是她弟弟杰里米难得从学校放假的日子。跟以往的习惯一样,他和安娜贝尔跑去莱斯特广场看最新的全景演出。他们好不容易才攒够买票的钱,那要省吃俭用两个礼拜。安娜贝尔和弟弟是佩顿家仅存的后代,尽管相差整整十岁,姐弟俩却格外亲密。在安娜贝尔后面出生的两个婴儿都因病夭折了,谁也没能活满一周岁。

“安娜贝尔,”杰里米从售票处回来问道,“你还有钱吗?”

她摇摇头,疑惑地瞥了他一眼,“恐怕没有,怎么了?”

杰里米叹了口气,把额前散下的一缕蜜色的头发往后捋了捋,“演出的票价翻了个跟头——显然比平时的剧目贵太多了。”

“报纸上的广告可没提涨价的事,”安娜贝尔气呼呼地说道。她拉开钱包的束带,希望能找到一枚漏掉的硬币,一边小声嘀咕着:“该死!”

十二岁的杰里米沮丧地看了看全景剧场门柱上拉着的巨大横幅,“罗马帝国的衰亡:最具诱惑力的透视画效果演出”。自两周前演出开幕时起,参观者就络绎不绝,迫不及待地想体验一下罗马帝国的壮景以及它悲剧性的灭亡——“就好像回到过去一样”——人们看完后备加称赞。普通的全景演出通常是在一间圆形的屋子四周挂上画布,使观众置身于描摹细致的场景中,有时会用音乐和特殊灯光增强效果,同时,会有讲解员绕场一圈讲述那些遥远的地方或著名的战役。

然而据《泰晤士报》称,这次新的演出呈现的是“透视画”场景:画布采用透明的油布,并在前后都打上滤色镜滤过的灯光。屋子中央,三百五十名观众站在由两人操纵的旋转台上,演出时所有的观众都能缓缓转动。灯光、镀银的玻璃、滤色镜,以及扮演受围攻的罗马人的临时演员,一切都营造出一种所谓“动画演出”的效果。安娜贝尔还读到,最后模拟火山爆发的高潮部分太过逼真,以至于一些女观众尖叫起来并晕了过去。

杰里米从安娜贝尔忙碌的手里拿过钱包,拉上束带,又放回她手里。“我们的钱够买一张票了,”他平静地说,“你进去吧。反正我不太想看这个演出。”

安娜贝尔知道他在为了她撒谎,摇摇头说:“绝对不行。你进去吧。我随便什么时候都能看全景演出——而你老得呆在学校。反正演出只有一刻钟，我正好去边上的商店逛逛。”

“没钱逛什么商店？”杰里米问道，他那蓝色的眼睛显然透着怀疑，“噢，听起来真有趣。”

“逛街的乐趣在于看，而不是买。”

杰里米哼了一声，“那是穷人们走在邦德大街上时用来安慰自己的蠢话。何况我才不会让你独自蹓跶——街上所有的男人都会向你扑过来的。”

“别傻了。”安娜贝尔咕哝道。

她弟弟突然咧嘴笑了。他端详着她那线条优美的脸颊、蓝色的双眼、简洁的帽檐下束起的鬈发闪耀着的金褐色光泽。“别故做谦虚。你很明白你对男人的魅力，而且，据我所知，你也很乐意利用你的魅力。”

面对弟弟的嘲弄，安娜贝尔假装蹙起眉头，回道：“据你所知？哈！你大部分时间都在学校，对我和男人之间能知道什么呀？”

杰里米的表情变得认真起来。“很快就会有所改变了，”他说，“这次我不回学校了——我可以找份工作，这样总能哪怕稍微多帮你和妈妈一些。”

她睁大了双眼，“杰里米，你不能这么做。这会让妈妈伤心的，如果爸爸还在的话——”

“安娜贝尔，”他低声打断了她，“我们没有钱。我们甚至凑不出五先令来多买一张全景演出的票——”

“那么你能找到什么好工作？”安娜贝尔讽刺地说，“没有教育背景，没有社会关系。除非你想扫大街，或给人跑腿，否则最好呆在学校直到能找到体面的工作。而我呢，要找个有钱的绅士结婚，然后一切都会好起来的。”

“没有嫁妆，你能找到好丈夫？”杰里米反驳道。

他俩皱着眉头互相盯着，直到大门打开，一群人涌了过来，经过他们，走向圆形大厅。杰里米伸出手臂护着安娜贝尔，带她离开了人群。“忘了全景演出吧，”他无精打采地说，“我们可以做其他的事——好玩又不必花钱的事。”

“比如？”

思索了好一会儿，姐弟俩发现谁也想不出哪怕一个主意来，于是大笑了起来。

“杰里米少爷。”后面传来一个低沉的声音。

杰里米一边笑着，一边向那个陌生人转过身去。

“亨特先生，”他高兴地说道，伸出了手，“没想到你还记得我。”

“我也是——你比我上次看到时又高出一个头了。”男人跟他握着手，“学校放假，是吗？”

“是的，先生。”

杰里米见安娜贝尔面带疑问，便在她耳边低语，这位高个的陌生人则挥手让他朋友自己进去。“亨特先生——屠夫的儿子，”杰里米悄悄说道，“妈妈让我取货的时候我在肉店里见过他一两次。对他好点儿——他可是个有钱人。”

安娜贝尔觉得好笑，忍不住想，对一个屠夫的儿子来说，亨特先生未免穿得太好了。他身着一件考究的黑外套，宽松裁剪的新款长裤掩藏不住他瘦而结实的体形。和其他进了剧院的男人一样，他已经脱下帽子，露出一头深色的稍稍卷曲的头发。他个子很高，肩膀颇宽，看起来有三十岁了，五官分明，长鼻、阔嘴，眼睛是黑色的，黑得让人分不清哪是虹膜哪是瞳仁。这是一张非常男性的脸，嘴角眉梢隐隐流露着嘲讽的神情，却绝不轻浮。再没眼力的人也能看出这个男人绝非游手好闲之辈，他的身体和性情都显露着努力工作的痕迹和勃勃雄心。

“我姐姐，安娜贝尔·佩顿小姐。”杰里米说道，“这位是西蒙·亨特先生。”

“很高兴。”亨特轻声说着，弯了弯腰。

他的举止彬彬有礼，但他的眼里有一种光芒，让安娜贝尔的心奇特地一颤。不知何故，她一边朝他点头，一边缩回到弟弟臂膀的保护下。令她不安的是，她凝视着他，似乎无法转移自己的视线，他们彼此仿佛有似曾相识的微妙感觉……并不是说好像在哪碰过面……而是他们似乎曾有几度非常靠近，直到现在命运终于缺乏耐心而让他们的道路出现交集。真是奇怪的念头，但却挥之不去。她有些心慌意乱，在他如炬的目光下，她仿佛无助的猎物，双颊发烫，泛起令她发窘的红色。

亨特的眼睛仍然盯着安娜贝尔，对杰里米说：“我可以陪你们进大厅吗?”

一段尴尬的沉默后，杰里米故做无所谓地回答说：“谢谢，不过我们已经决定不看了。”

亨特挑起了一边眉毛，“你肯定吗？演出应该会很精彩。”他那本能地注视着安娜贝尔的眼光移到了杰里米脸上，注意到上面写着不安的信号。接着对杰里米说话时，他声音柔和了许多：

“毫无疑问，我们永远不该在女士面前讨论这种问题。但是，我还是忍不住问一句，杰里米小伙子，是不是因为事先不知道票子涨了价？如果是这样的话，我很乐意借给你那额外的几个硬币——”

“不用，谢谢。”安娜贝尔赶紧说道，她使劲地用肘部顶顶她弟弟。

杰里米疼得咧了咧嘴，抬头研究着这个男人捉摸不透的脸，“我很感激您的提议，亨特先生，可是我姐姐不想——”

“我不想看这个演出，”安娜贝尔淡淡地插嘴说道，“我听说演出的有些部分对女人来说太激烈，太令人难过了。我情愿去公园安静地散散步。”

亨特的视线又回到她身上，他深陷的眼睛里有一丝嘲讽。“你这么胆小吗，佩顿小姐？”

安娜贝尔被这微妙的激将法惹恼了，不容反对地拉起杰里米的胳膊往外拖，“该走了，杰里米。我们别再耽搁亨特先生了，我肯定他很想看这个演出——”

“恐怕我会觉得很糟糕，”亨特认真地对他们说，“如果你们不一起看的话。”他鼓励地看了看杰里米，“我可不愿意让区区几个先令剥夺你和你姐姐下午的娱乐。”

安娜贝尔感觉到弟弟犹豫起来，她急促地在他耳边悄声说道：“你敢让他帮我们付票子的钱，杰里米！”

杰里米没理她，老实地回答亨利说：“先生，如果我接受你借钱给我们，不知道什么时候才能还给你。”

安娜贝尔闭上眼睛，发出一声微弱、难堪的呻吟。她是这么拼命地向任何人隐瞒他们经济上的窘迫……而让眼前这个人知道对他们来说每一枚先令都如此宝贵更是让她难以忍受。

“不用急，”她听到亨特轻松地说，“下次从学校回来时顺便到我父亲店里来，把钱留给他就行了。”

“那好吧，”杰里米满意地说，两人为借钱成交握起了手，“非常感谢，亨特先生。”

“杰里米——”安娜贝尔轻声开口，语气几乎能杀得死人。

“在这等着。”亨特回头说道，他已经大步走向售票处了。

“杰里米，你知道向他借钱大错特错！”安娜贝尔怒气冲冲地瞪着他弟弟毫无悔意的脸，“噢，你怎么可以这样？这是不合适的——单是想想欠这种人的钱就叫人难以忍受！”

“哪种人？”杰里米无辜地反驳，“我跟你说过了，他是个有钱的……噢，我猜你的意思是他是下等人。”他的嘴唇遗憾地往上翘翘，微笑着，“不过很难这么说他，尤其是对一个这么有钱的人。何况你我也并不真是什么贵族成员。我们只不过是挂在一棵树比较靠下面的树枝上而已，也就是说——”

“一个屠夫的儿子怎么可能那么富有？”安娜贝尔问道，“除非伦敦人消费的牛肉和咸肉要比我现在所知的多得多，一个屠夫能赚的钱是非常有限的。”

“我可没说过他在他父亲店里干活。”杰里米用一种很了不起的口气告诉她，“我只说过我在那里碰到他。他是个企业家。”

“你是说金融投机商？”安娜贝尔皱起眉头。在一个把谈论甚至只是想想与商业有关之事都视为粗俗之举的社会里，没什么比通过投资而立业更显得缺乏教养了。

“比那更好一些，”她弟弟说，“不过我想他做什么、赚多少钱都不重要了，因为他只不过是农户出身。”

听出她弟弟口气里有批评之意，安娜贝尔眯起眼瞥了瞥他。“听起来你非常民主啊，杰里米。”她冷冷地说道，“你用不着说下去显得我有多势利似的——就算是一位公爵想借给我们买票的钱，我也会拒绝的，和拒绝一名职业人士一样。”

“不过不会拒绝得那么厉害。”杰里米接着说，看到她的表情大笑了起来。

西蒙·亨特回来了，一切争吵到此为止。他用他那深褐色的眼睛机警地观察着他们，微微笑着，“一切都办妥了。我们现在进去吧？”

安娜贝尔被弟弟悄悄戳了一下，站立不稳地向前跨了一步。“请不必费心陪伴我们了，亨特先生。”她知道这么说显得很不懂感恩，但是这个男人身上有什么东西令她神经紧张。她觉得他不是一个值得信赖的人……事实上，尽管他衣着优雅，仪表堂堂，他看起来却不太有教养。他是那种有教养的女人绝不愿与之单独共处的男人。而且她对他的这些看法与他的社会地位无关——这是一种本能的感觉，她感到他强壮的体格和男子气概对她来说太陌生了。“我肯定，”她不安地接着说道，“你想回去陪跟你一起来的朋友。”

听了她的话，他只是懒懒地耸了耸肩，“人这么多，我肯定找不到他们了。”

安娜贝尔本可以争辩说他是这里个子最高的一个，可以毫不费劲地找到他的朋友。然而，很显然跟他争论是没有意义的。

她得和西蒙·亨特一起看这场全景演出——她别无选择。不过见杰里米这么兴奋,她因警惕而生的怨忿便减退了一些,与亨特说话时口气也柔和了许多。

“请原谅。其实我无意这么刻薄。我只是不太喜欢欠陌生人的情。”

亨特理解地看了她一眼,只是非常短暂的一眼,却明察秋毫。“这种感觉我很能理解,”他说道,一边引她穿过人群,“不过,这件事没有什么欠不欠的。而且我们也不全是陌生人——你的家人多年来一直惠顾我家的生意。”

他们走进宽敞的圆形剧院,踏上一个围着铸铁栏杆和铁门的巨大旋转台。四周是刻画细致入微的古罗马帝国的景象。旋转台和画布之间相隔十二码远,装满了各种复杂的机械,引得人们激动地议论纷纷。观众站满旋转看台后,屋子突然暗了下来,能听到激动和期盼的喘息声。随着机器一声转动,画布的后面亮起了蓝光,画面的立体感和真实感让安娜贝尔惊讶不已。她几乎要让自己相信他们是站在正午的罗马。这时几个穿着托加袍和浅帮鞋的演员出场了,旁白开始讲述古罗马的历史。

透视画演出要比安娜贝尔想像的更让人着迷,但她却无法完全投入到眼前展现的景观中去——她强烈地感觉到身边这个男人的存在。他不时低头在她耳边发表着不当的评论,嘲弄地责备她竟会对绅士们穿着枕套如此感兴趣。不管她怎么努力克制,她还是忍不住咯咯笑出声来,惹得周围的人不满地瞪了她几眼。接着,亨特自然要责备她居然在如此重要的演说中发笑,这反而令她更想发笑。杰里米没有注意到亨特的夸张动作,看得很投入，他急切地伸长脖子，想分辨是机器的哪些部件制造出这么神奇的效果。

亨特突然安静了下来，旋转台在转动中发生了意外故障，使得看台轻轻摇晃起来。有几个人被颠得失去平衡，但很快被边上的人扶稳了。安娜贝尔被这突如其来的晃动吓了一跳，站立不稳，轻轻地倒在亨特安全的怀抱里。他一等她重新站稳就放开了她，低头柔声问她有没有事。

"哦，我没事，"安娜贝尔气喘吁吁地说，"对不起，我完全没……"

她话没说完，声音就已渐渐低到听不见了，她突然反应过来，她这辈子还从来没有对一个男人做出过这种举动。在这种紧急状况下到底该怎么做，这已远远超出了她有限的知识范围。她只知道，她刚才很想继续靠着他，靠在他瘦削结实似乎坚不可摧的身体上，在脚下的地板晃动时那里是一个安全的港湾。他的气味：干净的男人肌肤的气息，上过光的皮革味，还有浆过的亚麻清香，都给她的感官一种愉悦的期待。他完全不同于她过去半年里一直设法捕获的那些喷着科隆香水抹着头油的贵族男人们。

安娜贝尔感到深深的迷惑，直愣愣地盯着画布，却什么也没看到，也没注意到灯光和色彩的变化营造出夜晚的降临……罗马帝国的黄昏。亨特看起来也一样对演出无动于衷，他的头朝她斜着，眼光一直没离开她的脸庞。尽管他的呼吸仍保持着平和，她感觉那节奏却已经发生了细微的变化。

安娜贝尔舔了舔干干的嘴唇，"你……你不能这样盯着我看。”

尽管说得很轻，他还是听见了，“有你在这里，别的什么也不值一看了。”

她一动不动，没有说话，假装没有听到他温柔的魔鬼般的耳语，她的心却开始不规则地颤动，脚趾也在鞋子里蜷曲起来。这怎么可能发生在一个满座的剧院呢，还有她弟弟就在身旁？她感到一阵眩晕，闭了闭眼睛，这眩晕显然与看台的旋转无关。

“看！”杰里米急切地推着她说，“他们要演火山那幕了。”

剧院突然陷入一片黑暗，看台下传来一阵不祥的隆隆声。有一两声吃惊的尖叫、笑声，还有紧张等待的喘气声。安娜贝尔的脊背突然绷紧了，有一只手拂过她的背。是他的手，缓缓地滑过她的脊梁……他的气息，那么清新迷人……他的嘴唇，还没等她发出任何声音，就温柔地吻住了她，温暖而使人沉醉。她吃惊得无法动弹，手像蝴蝶一样停顿在空中，摇摆的身体被他轻轻地在腰部稳稳扶着，他的另一只手托住了她的后颈。

安娜贝尔以前也曾被人吻过，在花园里，或是在不会被别人看到的客厅角落，鲁莽的年轻人与她散步时会偷偷飞快地拥吻她一下。但这个吻完全不同于以往那些短暂的调情……它那么长久，使人眩晕、狂喜。她的感官沸腾着，强烈得无法自持，她在他臂弯里无助地颤抖着。出于本能，她盲目地回应着他温柔无休止的吻。在她情不自禁的回应下，他吻得更重更深了，带她进入一场享受的探险，令她仿佛着了火一般。

就在她几乎神志不清的时候，他的嘴唇十分突然地离开了她，令她不知所措。他有力的手仍扶着她长着绒毛的后颈，低头在她耳边抱歉地说："对不起，我实在克制不住自己。"他松开了手，就在红色滤色镜打出的灯光终于弥漫整个剧院时，他消失了。

"你看那边！"杰里米兴高采烈地指着他们面前的一座模拟火山，闪亮的岩浆似乎正沿着山坡流淌。"真不可思议！"他发现亨特不在边上了，疑惑地皱皱眉，"亨特先生去哪了？我猜他一定找到他的朋友了。"他耸耸肩，重又激动地观看着火山，与其他充满惊奇的观众一起惊叹着。

安娜贝尔的眼睛睁得大大的，完全说不出话来，疑心刚才的一切是不是真的发生过。当然她不会在剧院中央被一个陌生人亲吻。而且是那样的一个吻……

好吧，这就是让一位素不相识的男士替你付钱的后果——你给了他们占你便宜的通行证。不过至于她自己的行为……安娜贝尔感到很难为情，意乱情迷。她很想搞明白为什么她会允许亨特先生吻她。她本该提出抗议，把他推开。可她的反应却恰恰相反，她站在那儿不知所措，任他——噢，想到这里她畏缩起来。其实西蒙·亨特究竟是怎么能够或为什么能够摧毁她所有坚强的防备已不重要了。事实是，他已经做到了……所以，无论如何必须全力避免和这个男人接触。

第一章

伦敦，1843

季 末

一名恨嫁的女子几乎可以克服任何障碍，除了缺少嫁妆。

安娜贝尔不耐烦地在她轻薄宽大的裙摆下晃着腿，脸上还得保持着平静的表情。在过去三个失败的社交季节里，她已经习惯了当壁花的滋味。习惯，但还是无法忍受。她不止一次地想，自己怎么也不至于沦落到坐在屋子一角的单薄椅子上的地步，盼啊，盼啊，盼着一个永远不会到来的邀请，还得假装她一点也不在乎——假装她非常乐意看着别人跳舞求欢。

安娜贝尔长长地叹了口气，摆弄着手腕上用丝带系着的小巧的银质邀舞卡。它可以像把扇子一样打开，内页是用近乎透明的象牙做的。姑娘们可以把自己舞伴的名字写在那些精致的象牙内页上。在安娜贝尔眼里，这把内页空白的扇子如同一排牙齿一般，龇牙咧嘴地嘲笑着她。她啪地合上了银扇，斜眼瞧瞧坐在她边上的三个姑娘，个个都毫无二致地努力让自己显得对自己的遭遇毫不在乎。

她十分清楚她们为什么也坐在这里。伊万杰琳·詹纳小姐家的财富是靠赌博得来的，她的出身很普通。而且詹纳小姐非常害羞，还有点口吃，她和别人交谈对双方都不啻是一种折磨。

另外两个女孩，莉莲·鲍曼小姐和她妹妹黛西对英国还不太适应——看起来这会需要很长时间。听说鲍曼姐妹的母亲把她们从纽约带来是因为她们在那边找不到任何合适的对象。她们被戏谑地称为肥皂泡继承人，或是美元公主。尽管她们颧骨的线条很优雅，深色的眼睛微微上扬，她们在这里的运气也好不到哪里去，除非她们能找到一位贵族保证人为她们担保，并教会她们怎样适应英国的社交圈。

安娜贝尔发现过去这难熬的几个月里，她们四个——她自己、詹纳小姐和鲍曼姐妹——经常在舞会或是社交晚会上一起坐着，通常是在角落或墙边。不过她们互相几乎没说过话，总是陷入沉默冗长的等待。这时，她的眼神碰到了莉莲·鲍曼丝绒般的眼睛，里面有一丝令人意外的幽默光彩。

“至少他们可以把椅子做得更舒服些，”莉莲咕哝着，“很显然我们整个晚上都要与它们为伴。”

“应该把我们的名字刻在上面。”安娜贝尔闷闷不乐地说，“我在上面都坐了那么久了，现在我是这把椅子的主人。”

伊万杰琳·詹纳忍不住咯咯笑了一声，她用戴着手套的手指拨了拨额前散落的红色鬈发。笑容使她圆溜溜的蓝眼睛明亮起来，长着金色小雀斑的脸颊也变得粉粉的。似乎突然有一种好姐妹的感觉让她暂时忘记了羞怯。“你做壁花是最——最没道理的，”她对安娜贝尔说，“你是这里最漂亮的姑娘——男人们应该抢——抢着和你跳舞才是。”

安娜贝尔优雅地抬了抬肩，“没人愿意娶一个没有嫁妆的姑娘。”只有在小说的梦幻世界里，公爵们才会娶穷姑娘。而现实是，公爵子爵们肩负着沉重的经济负担，要维持庞大的家业，供养一大家子人，还要帮助佃户。一位富有的贵族和一个贫穷的贵族一样需要靠结婚挣钱。

“也没人愿意娶一个美国暴发户家的姑娘。”莉莲鲍曼吐露心事，“我们在这里立足的惟一希望是嫁给一个有可靠头衔的英国贵族。”

“但是我们没有担保人。”她妹妹黛西补充道。她简直是莉莲的迷你版，一样的白皙肤色、一样浓密的深色头发和褐色眼睛。她露出了一个顽皮的笑容，“如果你碰巧认识哪位好心的公爵夫人愿意把我们收到她羽翼下的话，我们会非常感激的。”

“我根本不想找丈夫。”伊万杰琳·詹纳老实说道，“我这个季节只是在遭——遭罪，因为没有其他事情可以做。我年纪太大，不能继续呆在学校了，我的父亲……”她突然打住了，发出一声叹息，“唉，我只需要再忍受一年就满二十三岁啦，那时我就是名副其实的老姑娘了。我真盼望那么一天！”

“现在二十三岁就是老姑娘了吗？”安娜贝尔半做惊讶地问道。她眼珠朝上转着，“老天，没想到我最好的年纪已经过了那么久。”

“你多大了?”莉莲·鲍曼好奇地问。

安娜贝尔左右看看,确定没人能听到才说:“下个月就二十五了。”

这个真相赢来三个同情的眼神,莉莲安慰道:“你看上去顶多二十一岁。”

安娜贝尔紧紧抓住手里的邀舞卡,把它完全藏在戴着手套的手心里。时间飞快地滑过,她想着,这是她第四个季节,马上也要结束了。没有人会继续第五个季节,那太可笑了。她必须抓到一个丈夫,而且要尽快。不然,她们再也不能供杰里米继续上学了……还会被迫搬出不大的寓所,找个提供膳食的租屋寄宿。一旦开始走下坡路,那就再也爬不上去了。

自从安娜贝尔的父亲六年前因心脏病过世后,家里就日渐捉襟见肘。他们设法对日渐窘迫的状况遮遮掩掩,假装家里还有半打仆人,而不是只有一名劳累过度的厨女和一个年老的男仆……他们把褪色的长袍反过来穿,好让织物的颜色看着不那么旧……他们把首饰上的宝石卖掉,换成人造的。安娜贝尔实在对这种徒劳的掩人耳目的做法厌倦透了,其实所有的人似乎都已经知道他们大难临头了。最近甚至有些已婚男人暗示安娜贝尔,别有意图地告诉她只要她提出请求,就会很快得到帮助。这种“帮助”需要怎样的补偿自然不必描述了。安娜贝尔很清楚她的条件够做一个一流的情妇。

“佩顿小姐,”莉莲鲍曼问道,“你的理想丈夫是哪种男人?”

“噢,”安娜贝尔用不敬的口吻轻松地说道,“只要是贵族就行。”

“随便什么贵族?”莉莲怀疑地问道,“那么英俊的相貌呢?”

安娜贝尔耸耸肩,“很欢迎,但不是必要的。”

“那么激情?”黛西发问。

“绝对不欢迎。”

“智力呢?”伊万杰琳提议说。

安娜贝尔又耸耸肩,“可以商量。”

“魅力?”莉莲又问。

“也可以商量。”

“你的要求倒不高,”莉莲冷冷地评道,“至于我,我可要多加两个条件。我的那位贵族必须有深色的头发,相貌英俊,舞艺高超……还有,在吻我之前从不先征得同意。”

“我想嫁给一个读过莎士比亚全集的男人。”黛西说道,“他安静、浪漫——如果戴眼镜更好——还要喜欢诗歌和自然,我也不希望他是个情场老手。”

她的姐姐眼睛往上翻翻,“我们不会抢同一个男人,很显然。”

安娜贝尔看着伊万杰琳·詹纳。“什么样的丈夫适合你呢,詹纳小姐?”

“叫我伊薇好了,”她小声说道,脸上的红晕更深了,像她火红的头发一样红。她斟酌着该怎样回答,极度的害羞与倾诉秘密的强烈本能交战着。“我想……我希望他是一个善良而且……”她停住了,摇摇头,微笑着否定自己。“我不知道。一个爱——爱我的人。要真的爱我。”

这话打动了安娜贝尔,也使她陷入忧郁之中。爱情是她从不允许自己奢望的奢侈品——在连她的生存都很成问题的时候，爱情显然是一桩肤浅的事情。不过，她伸手拍拍詹纳的手，真诚地说："希望你能找到他。也许你不用等太久。"

"我希望你先找到你的那位。"伊薇腼腆地微笑着说："希望我能帮上你什么忙。"

"看来我们都需要帮助，不管是什么形式的。"莉莲发表评论说。她善意地打量着安娜贝尔，"嗯……我倒不介意为你牵线搭桥。"

"什么？"安娜贝尔挑起了眉，不知道自己该感到好笑还是气恼。

莉莲开始解释："这个季节只剩几个礼拜了，我想这是你的最后一个季节。说得实际点，你想嫁个门当户对的男人的愿望这个六月底就要破灭了。"

安娜贝尔谨慎地点点头。

"所以我建议——"莉莲说到一半突然不出声了。

顺着她的眼光，安娜贝尔看见一个深色的身影走了过来，心里呻吟了一声。

这位闯入者是西蒙·亨特先生——她们谁也不愿与之有任何瓜葛的男人——即使有不错的理由。

"顺便插一句，"安娜贝尔低声说，"我的理想丈夫是和亨特先生完全相反的类型。"

"真令人惊讶。"莉莲嘲讽地嘀咕着，因为她们也都有同样的想法。

如果一个男人拥有足够的绅士风度，他作为一名汲汲钻营的野心家尚可原谅。然而，西蒙·亨特不是。他不管自己的观点有多不讨好或令人讨厌，永远有什么说什么，和这样的人是不可能进行礼貌的交谈的。

亨特先生也许称得上英俊。安娜贝尔猜有些女人会为他强壮的男子气概着迷——就连她自己也不得不承认他穿着一身挺括隆重的黑白礼服的样子很引人注目。不过，西蒙·亨特尚有争议的魅力完全被他粗鲁无礼的脾气破坏了。他的性格绝无感性的一面，也没有理想主义或者对优雅的欣赏……他毫无情趣，自私而又工于心计。其他男人若像他这样，会为自己的缺乏优雅而尴尬——但亨特显然决定以此为荣。他热衷于嘲讽贵族礼节的诸多规矩和做作，他冷漠的黑眼睛总是闪着笑意——好像在嘲笑他们所有的人。

令安娜贝尔欣慰的是，亨特从未提起或暗示过他还记得很久以前的那场全景演出，他在黑暗中偷了她的吻。随着时间流逝，她甚至已经在怀疑那大概全是自己的想像。回想起来，一切是这么不真实，尤其是她自己对一个大胆的陌生人的热烈回应。

无疑，许多人和安娜贝尔一样不喜欢西蒙·亨特，但令伦敦上流社会苦恼的是，他就赖在那儿。过去几年里他通过投资农用设备、船舶和机车引擎的制造公司积累了不可比拟的财富。他尽管粗俗，却仍然被邀请参加上流社会的宴会，因为他实在太有钱了，不容小觑。亨特形象地代表了工业性企业对英国贵族数百年来在农耕业的稳固地位的威胁。因此，贵族们在不情愿地允许他进入他们神圣的社交圈时，对他仍难掩心中的敌意。更糟糕的是，亨特从不假装谦卑，相反，他很享受地硬挤进他不受欢迎的地方。

自全景演出后，他们偶尔碰面的时候，安娜贝尔总是对西蒙·亨特冷冰冰的，对他交谈或共舞的邀请统统予以拒绝。他似乎对她的轻蔑感到好笑，总是盯着她看，说上几句大胆的恭维话，令她后颈的汗毛直竖。她真希望哪一天他能完全放弃对她的兴趣，然而眼下他还是执著得令人心烦。

当亨特忽略其他几位壁花，专注地朝向安娜贝尔时，她感到她们都松了口气。"佩顿小姐，"他叫她，黑曜石般乌黑的双眼注视着她，什么也没漏掉：她的长袍袖子是精心补过的，她用一串粉色玫瑰花苞来遮住紧身胸衣磨旧的边，她耳环上的珍珠是假的。安娜贝尔带着冷冷的抗拒的表情面对着他。两人之间的空气剑拔弩张，充满了原始的冲撞。面对他的靠近，安娜贝尔感到自己的神经发出令人不快的嘈杂声。

"晚上好，亨特先生。"

"能赏脸和我跳个舞吗？"他开门见山地问她。

"不，谢谢。"

"为什么不？"

"我的脚很累。"

他一边眉毛耸了起来，"怎么会累？你整个晚上一直都坐在这里。"

安娜贝尔眼睛一眨不眨地和他对视着，"我没有义务向你解释，亨特先生。"

"一支华尔兹舞不会太为难你的。"

安娜贝尔努力保持平静，但还是感到自己脸部表情开始不悦。“亨特先生，”她讥笑道，“难道没人告诉过你，硬让一位女士做她显然不想做的事情是很不礼貌的吗？”

他微微一笑，“佩顿小姐，如果我总为礼貌操心的话，我永远也得不到我想要的。我只是在想，你壁花做了那么久，可能会希望稍事休息。如果这个舞会按你的规则进行的话，这恐怕会是你能得到的惟一的邀请。”

“这样的魅力，”安娜贝尔带着惊奇的口气讽刺地说，“这样巧妙的恭维，叫我怎么能拒绝呢？”

他眼神警觉起来，“那么你会和我跳舞吗？”

“不，”她尖锐地小声说道：“请你走开，马上。”

她的断然拒绝没能让亨特尴尬地溜走，相反，他咧嘴笑了，洁白的牙齿在他晒黑的脸上闪着光。这笑容让他看起来像个海盗。“跳支舞能有什么害处？我是一个很出色的舞伴——你可能会很享受。”

“亨特先生，”她低声说道，感到越来越恼怒，“不管出于什么目的、以什么形式和你相伴，都令我反感，我都毫无兴趣。”

亨特凑近身来，压低声音不让别人听到：“好吧。不过我会给你时间考虑的，佩顿小姐。可能有一天，拒绝像我这样恭敬的邀请，或甚至是不尊敬的邀请，对你都会变成一种无法再拥有的奢侈。”

安娜贝尔睁大了眼睛，怒不可遏，从脖子往上全都涨得通红。这实在是太过分了——已经在墙边坐了一晚，现在还要被一个她鄙视的男人羞辱，“亨特先生，你说起话来像极了低劣的戏里的恶棍。”

这又让他笑了起来，在大步离开前他假装有礼地鞠了一躬。

被这次冲突搞得神经紧张的安娜贝尔眯着眼盯着他的背影。

另外几位壁花看他离去后集体松了一口气。

莉莲·鲍曼最先开口，"'不'字对他好像不起什么作用，是不是?"

"他最后说了什么，安娜贝尔?"黛西好奇地问道，"说得你满脸通红。"

安娜贝尔低头盯着邀舞卡的银封套，用拇指抚摸着边角上一小块失去光泽的地方，"亨特先生暗示，我将来的处境可能会无望到要考虑做他的情妇。"

要不是她这么忧虑，看到她们脸上猫头鹰般震惊的如出一辙的表情，安娜贝尔肯定会发笑的。莉莲没有愤怒地惊叫，也没有老练地对此避而不谈，她问了一个安娜贝尔意料不到的问题："他说得对吗?"

"关于我无望的处境他说得没错。"安娜贝尔承认。"但是我不会成为他的——或任何人的——情妇。我情愿嫁给一个种甜菜的农夫也不会沦落到这一步。"

莉莲冲她笑笑，对安娜贝尔口气的坚决很认同。"我喜欢你。"她宣布，往椅背上一靠，跷起了二郎腿，这种小节的疏忽对一名初入社交圈的女子来说是很不恰当的。

"我也喜欢你。"安娜贝尔出于礼貌不假思索地回答道——不过话刚离嘴，她就惊讶地发现她说的是真话。

莉莲用评判的眼光打量着她，接着说："我可不愿看到你最后落得在甜菜地里跟在骡子和犁后面累死累活——你应该过更好的生活。”

“我同意,”安娜贝尔平静地说,“可我们能做些什么呢?”

安娜贝尔只是开个玩笑随口问问,可莉莲却很当真,“我正要说这个呢。刚才我们被打断前,我就有个提议:我们应该订一个协定帮助彼此找到丈夫。如果合适的如意郎君不来找我们,那么我们就去找他们。如果我们齐心协力,会比我们孤军奋战有效得多。我们先从最大的开始——看来是你,安娜贝尔——最小的排在最后。”

“那样我最吃亏了。”黛西提出抗议。

“那样只有公平,”莉莲告诉她,“你比我们几个有更多的时间。”

“你说的‘帮助’到底指什么呢?”安娜贝尔问道。

“需要的任何帮助。”莉莲开始在她的邀舞卡上飞快地写了起来,“我们要互相取长补短,在需要时提供建议和帮助。”她抬眼看看,兴高采烈地笑着说,“我们要像跑柱式棒球队一样。”

安娜贝尔疑惑地看着她:“你是指男士们玩的那种运动吗?轮流用平板球拍用力击打皮球?”

“不单是男士,”莉莲答道:“在纽约,女士们也可以从事这种运动,只要别激动得忘乎所以就行。”

黛西害羞地笑了。“比如说有次莉莲被一个坏球气坏了,把地上的柱子都拔了起来。”

“它本来就已经松动了,”莉莲抗议,“一根松动的柱子对奔跑的人会造成危险的。”

“尤其是当你用它向她们挥舞的时候，”黛西冲她姐姐皱起的眉头乐呵呵地傻笑着说。

安娜贝尔忍住笑意，目光移向伊薇，伊薇一脸纳闷的表情。她能读懂伊薇的心思——这对美国姐妹需要很多训练才能吸引那些合适的贵族的注意。再看看鲍曼姐妹充满期待的脸，她忍不住微笑起来。一点也不难想像这对姐妹把裙子卷到膝盖满场奔跑、挥舞着球棍打球的样子。她不知道是不是所有的美国姑娘都有这么大的劲……毫无疑问，鲍曼姐妹会把任何敢接近她们的正派英国绅士吓退。

“我倒是从没想过猎夫可以是一项团队运动。”她说道。

“哎，就应该是这样！”莉莲强调，“想想我们一起会增加多少效率。惟一可能的困难就是我们中间有两个人喜欢同一个男人……不过这不太可能，我们各人的口味不同。”

“那么我们得同意永远不抢同一位男士。”安娜贝尔说道。

“还——还有，”伊薇出人意料地插嘴说，“我们决不伤害彼此。”

“非常希波克拉底①。”莉莲表示赞同。

“我倒觉得她是对的，莉莲，”黛西误解了，抗议道：“不要吓着这可怜的姑娘，看在上帝分上。”

莉莲突然生气地沉下了脸。“我说的是希波克拉底，不是

① hippocratic，希波克拉底（约公元前460—前377），现代医学之父，其首创的希波克拉底誓言是西方的医学道德准则，被医务人员视为行为指南。其拼写为 hippocratic，与虚伪（hypocritical）一词发音相近，故后文说黛西误解了。

'虚伪',你这个笨蛋。"

眼看两人就要吵起来了,安娜贝尔急忙插嘴说:"那么我们必须都同意行动计划——相互误解对我们谁都没好处。"

"我们之间不能有秘密。"黛西高兴地说。

"哪怕是亲——亲密的细节?"伊薇胆怯地问。

"噢,尤其是这些!"

莉莲淡淡一笑,扫了安娜贝尔的长袍一眼。"你的衣服太糟糕了,"她直截了当地说,"我要拿几条我的裙子给你穿。我有几箱子衣服从没穿过,也想不起来穿。我母亲永远不会注意到的。"

安娜贝尔连忙摇头,既感激她的好意,又为自己明显的经济窘境感到难为情,"不,不行,我不能接受这样的礼物,我知道你很大方——"

"淡蓝色的那件,有淡紫色滚边的。"莉莲对黛西低语,"你记得那件吗?"

"噢,穿在她身上会漂亮极了,"黛西激动地说,"她穿会比你穿合适得多。"

"谢谢。"莉莲回敬道,滑稽地做怒目而视状。

"不,真的——"安娜贝尔反对着。

"还有那件绿色平纹细棉布裙,前面饰有白色蕾丝边的。"莉莲继续说。

"我不能要你的裙子,莉莲。"安娜贝尔低声坚持着。

她从笔记里抬起头:"为什么?"

"第一,我还不起。而且这也没有用。美丽的羽毛并不会让别人忘记我缺少嫁妆。”

“哦，钱啊，”莉莲轻描淡写地说，这种口吻只有拥有很多钱的人才会有，“你会用比金钱宝贵无数倍的东西偿还我的。你得教教黛西和我怎么变得……呃，更像你。教会我们恰当的言行举止——那些我们每天、每分钟似乎都在破坏的不成文的规矩。那样我们才能走进所有现在对我们紧闭的大门。至于你的嫁妆……你只要让男人上钩，我们来负责帮你收线。”

安娜贝尔惊奇地看着她：“你对这件事真的很认真。”

“当然了，”黛西回答说。“有事可干对我们会是个解脱，再也不用像白痴一样坐在墙边了！我和莉莲都快被这无聊的一季逼疯了。”

“我——我也是。”伊薇加上一句。

“那么……”安娜贝尔看着一张张期待的脸，忍不住咧嘴笑了，“如果你们三个都愿意，我也愿意。不过如果我们立约，是不是要以血为盟什么的？”

“天哪，不要，”莉莲说，“我想我们不必割开血管也可以达成一致。”她拿着手里的邀舞卡比画着，“现在，我想我们应该列一列这一季最有希望的候选人。现在他们已经被挑得只剩可怜的一小撮了。我是不是该按头衔把他们列出来？从公爵开始？”

安娜贝尔摇摇头。“我们不用列公爵了，我想不出还有哪个单身的公爵是七十岁以下，牙齿没落光的。”

“那么说智力和魅力是可有可无的，但牙齿不是？”莉莲狡黠地说道，把安娜贝尔惹笑了。

“牙齿也是可有可无的，”安娜贝尔回答说，“但有牙齿的优

填写《读者反馈表》好书免费送！（5选1）

填写完毕并邮寄给我们，就可免费获得明信片正面5本好书中的任意一本。

☐ 我已经是99读书人俱乐部会员

姓名　　　　会员号

☐ 我愿意参加读者反馈活动，并加入99读书人俱乐部

姓名　　　　☐男　☐女　　　出生年月　　年　　月　　日

通信地址

（我们将定期向此地址邮寄99读书人俱乐部会员目录）　　　邮编

家庭电话　　－　　　　手机号码

E－mail

☐ 我选择的免费好书是：　　　（请填写正面图书编号：A、B、C、D、E）

《读者反馈表》

1、您本次购买的图书是：________________

2、您平时在哪里买书？☐大型书店　☐购书网站　☐电话邮购　☐淘宝网　☐小书店

3、您每年平均购书的金额是？☐ 小于100元　☐ 100－200元　☐ 200元以上

如何获得免费好书？

我们在收到您的明信片后，将把您选择的免费好书加入您在99读书人俱乐部的会员账户中，并随您的购物订单一同发送。（新会员填写完整明信片中的个人信息即可获得会员账户）请在明信片寄出后（老会员为10日，新会员为7日）致电400－6699－699与客服人员确认。

本活动每人限得1本，上海九久读书人文化实业有效公司保留活动解释权。

MX110201

勿忘付邮资

上海市南邮政

032－99信箱

邮政编码：200032

中国本土最专业的网上书店
在线销售300,000种的图书、音像、礼品、服装
订购／入会：400-6699-699
送
A.《玩火的女孩》
[瑞典] 斯蒂格·拉森 著
人民文学出版社 2010年8月出版
B.《文学少女1》
[日] 野村美月 著
人民文学出版社 2010年9月出版
C.《瘦身我最大》
[台] 英特发股份有限公司 编
中信出版社 2010年12月出版
D.《可不可以不要铁饭碗》
E.《弯家有娘初长成》
[台] 弯弯 著
人民文学出版社 2011年1月出版
www.99read.com
网上书城
Read club

先考虑，非常优先。”

“那好吧，”莉莲说。“跳过又老又蔫的公爵们，接着到侯爵。我知道一个，韦斯特克里夫勋爵——”

“不，他可不行。”安娜贝尔边说边皱眉头，“他冷若冰霜——而且他对我也没兴趣。我四年前刚进社交圈时拼命讨好他，而他看我的样子就好像我是粘在他鞋底的什么东西似的。”

“那么忘了韦斯特克里夫吧。”莉莲挑眉问道，“圣·文森特爵士如何？年轻、合乎条件、英俊得——”

“没用的。”安娜贝尔说，“不管情况有多紧迫，圣·文森特也决不会开口求婚。他已经连累、诱骗、毁了至少一打姑娘——他根本不在乎名誉这回事。”

“还有艾灵顿伯爵。”伊薇犹豫着说，“不过他身材有——有点肥，而且至少已经五十岁了——”

“把他列上吧。”安娜贝尔坚持道，“我可不能再挑剔了。”

“还有罗兹贝里侯爵，”莉莲皱着眉说，“尽管他人很古怪，而且很……嗯，蔫了吧唧的。”

“只要他的钱包鼓一点就行了，别的地方瘪一点没关系。”安娜贝尔的话逗得其他几个姑娘暗自发笑，“把他也列上吧。”

四名女子完全没注意到耳边的音乐和眼前一对对旋转的舞伴们，埋头列着单子，时而哈哈大笑，引来旁人好奇的眼光。

“安静!”安娜贝尔努力显得严肃地说道，“我们可不能让别人怀疑我们的计划……而且壁花是不应该大笑的。”

她们都竭力保持严肃的表情，但这让她们更加忍俊不禁。“噢，看，”莉莲喘了口气，打量着她们不断壮大的结婚对象的队伍,“我们的邀舞卡总算填满了一次。”她掂量着这份单身汉花名册,撅着嘴,“这些男士中有几个好像会参加韦斯特克里夫在汉普夏郡举行的季末宴会。我和黛西都被邀请参加了。你呢,安娜贝尔?”

“我认识他的一个妹妹,”安娜贝尔说,“我想我可以让她邀请我去。我会求她的,如果必要的话。”

“我也会替你求情的,”莉莲自信地说。她朝伊薇笑笑,“我也会让她邀请你去的。”

“太好玩了!”黛西叫道,“那么计划就这么定了。两个礼拜后,我们就要向汉普夏郡进发,替安娜贝尔找到丈夫。”她们伸手互相击掌,感觉有点傻、有点飘飘然,受到莫大鼓舞。也许我的坏运气就要转变了。安娜贝尔想着,闭上眼祈祷了一下。

第二章

西蒙·亨特从小就懂得,既然命运没有赋予他贵族的血统、财富,或不寻常的天赋,他就得向这个通常不太仁慈的世界夺取自己的财富。

他的自负和野心是普通人的十倍。人们常常发现,顺他的意要比挡他的道容易得多。尽管西蒙专横,甚至可能冷酷无情,他晚上睡觉时从不会受到良心的谴责。适者生存是自然规律,弱者最好乖乖滚蛋。

他父亲是个屠夫,轻松地负担着六口之家,等西蒙一到年纪就让他做助手,挥起沉重的剁肉刀。在父亲的肉铺里工作经年,西蒙的胳膊变得粗壮,长了副屠夫的强壮肩膀。他一直被期望最终子承父业,但是他二十一岁时离开了肉铺另谋生计,令他父亲失望不已。他用自己小小的积蓄投资,很快就发现了自己这辈子最大的才能——赚钱。

西蒙热爱经济学的语言:冒险的因子,贸易、工业、政治的相互作用……他很快意识到,英国日益扩大的铁路网络即将成为银行高效处理业务的主要途径。现金和债券的汇取、迅速增长的投资机会将很大程度上依赖于铁路的服务。循着本能，西蒙把所有的钱一分不剩地投进了铁路的投机生意，获取了丰厚的利润回报。接着他又把这笔钱分别押到各个不同的行业。现在，三十三岁的他已经拥有三家制造公司、一家占地九英亩的铸造厂和一家造船厂的多数股份。他成了贵族舞会的贵宾——尽管是不太受欢迎的一个，而且在六家公司的董事会与贵族们并肩而坐。

多年孜孜不倦的工作让他几乎得到了向往的一切。然而，如果有人问他是不是一个幸福的男人，西蒙会对这个问题嗤之以鼻。幸福，难以捉摸、成功的产物，无疑是自满的象征。西蒙的天性绝不会自满，或满足；他也不想这样。

然而……在他一直忽视的心灵最深处最隐秘的角落，西蒙有一个似乎无法熄灭的愿望。

他的眼神悄悄扫过舞厅，又一次体验到安娜贝尔·佩顿每每带给他的奇特尖锐的痛苦。有许多女人可供他选择——不只是寥寥几个而已——但没人能这样强烈彻底地攫取他的关注。安娜贝尔的魅力超越了简单的美貌，虽然上帝知道她被赋予的美多得不公平。如果西蒙的灵魂里哪怕有一盎司的诗意，他肯定会用洋洋洒洒热情四溢的诗句来描绘她的迷人魅力。可西蒙骨子里是个平民，也想不出什么语言能准确地描述他的迷恋。他所知道的是，安娜贝尔在枝形吊灯闪耀灯光下的模样几乎令人腿软。

西蒙从没忘记在全景剧场外第一次见到她的情景：她在钱

包里找着什么，额前垂下一缕头发，阳光照在她淡褐色的发丝上，变幻着金色和香槟色的光。她的皮肤在阳光下熠熠生辉。她身上有什么东西那么诱人……那么触手可及……丝绒般的肌肤、闪亮的蓝色双眸，还有那令他渴望抚平的微微蹙起的眉头。

他本来很肯定地以为安娜贝尔那时已经嫁出去了。佩顿家眼下艰难的处境对西蒙来说不算什么，他以为任何有脑子的贵族都会发现她的价值而急着将她据为己有。可是两年过去了，安娜贝尔依然待字闺中，西蒙心中不禁又长起了希望的藤蔓。她嫁人的志向坚定不移，她穿着愈发破旧的长裙却淡定从容……她缺少嫁妆却从不看低自己，这些都让他感动。她寻找丈夫时的计谋多端像极了一个身经百战眼看要赌输了的赌徒，努力打出手中最后几张牌。安娜贝尔聪明、谨慎、坚定，尽管最近穷困的威胁让她的眉眼有些严厉，她还是非常美丽。出于自私，西蒙并不同情她在经济上的难处，——这样他才能得到本来得不到的机会。

问题在于西蒙还没想出法子让安娜贝尔接受他，她明摆着讨厌他的一切。西蒙自知性格缺乏优雅的一面，不讨人喜欢，更何况他无意变成一名绅士，就像老虎不会愿意做一只家猫一样。他只是一个有一大堆钱的男人，而且沮丧地意识到这不能替他买到他最想要的。

迄今为止，西蒙的策略是耐心等待，他知道绝望最终会驱使安娜贝尔去做她本来绝不会考虑的事。贫困能让事情的面貌大不相同。很快安娜贝尔的游戏就要结束了。她会面临嫁做穷人妇或者做有钱人的情妇这两个选择。如果她选择后者，那么他的床将是她的最终归宿。

“她真是块美味的小点心，不是吗?”边上有人评论道。西蒙转身看看亨利·伯迪克：他父亲是侯爵，已经奄奄一息了。只等父亲一命归西就能继承爵位和家产，伯迪克把大部分时间都花在赌博和寻花问柳上。他顺着西蒙的目光看过去，看到安娜贝尔正和身边几个壁花热烈交谈着。

“我不知道。”西蒙回答道，对伯迪克和他的同类心生厌恶。他们一出生就享有银盘上的一切特权，而且对命运轻率的慷慨不会做任何努力来回报。

伯迪克笑了，他的脸因纵酒贪食而红润无比。“我打算尽快找到答案。”他说。

和伯迪克想法一致的不在少数。不少男人都已把目光瞄准了安娜贝尔，犹如群狼尾随受伤的猎物，伺机下手。等到她最脆弱、会做最少抵抗的时候，他们中的一个就会发出致命的一击。不过，正如在自然界一样，最后胜出的总是最有优势的雄性。

西蒙强硬的嘴角浮起一丝笑意。“您真令我吃惊，”他低声说，“我本以为一位女士的窘境会激起您这样的绅士的骑士风度——没想到，您脑子里转的是我这种人才会有的龌龊念头。”

伯迪克低低地笑了一声，没注意到西蒙眼中的寒意，“不管她是不是淑女，穷途末路时总得从我们中间挑选一个。”

“你们难道没有人愿意娶她吗?”西蒙漫不经心地问道。

“上帝，为什么要娶她?”伯迪克舔了舔嘴唇，心里充满期待，“这个丫头很快就能以合适的价钱得到了，犯不着娶她。”

“也许她爱惜名声，不愿意那么做。”

“我很怀疑，”这位年轻的贵族眉飞色舞地说，“穷苦的美人可负担不起好名声。而且，有谣传说她已经和霍奇汉姆勋爵有一腿了。”

“霍奇汉姆？”西蒙暗暗吃了一惊，脸上毫无表情地说，“怎么会有这样的谣传？”

“哦，有人看到霍奇汉姆的马车深更半夜停在佩顿家的马厩后面……而且据她家的债主说，他经常替她们支付账单。”伯迪克顿了顿，哈哈大笑，“和那样的美腿销魂一夜，付杂货店的账也值了，你说呢？”

西蒙的第一反应是杀人的冲动，真想把伯迪克的脑袋拧下来。他不知道自己的愤怒有多少是因为安娜贝尔·佩顿与猪一样的霍奇汉姆爵士在床上的画面，又有多少是因为伯迪克对传播一个很可能不实的流言的卑鄙嗜好。

“要我说，如果你想诽谤一位淑女，”西蒙用愉快得有些吓人的口气说，“你最好有确凿的证据。”

“喔唷，流言可不需要证据。”年轻人眨眨眼，答道，“而且时间很快就会揭开这位淑女的真面目。霍奇汉姆可没法留住那样的美人——很快她就会要得比他能给的多。我估计这个年底她就会掉转方向，投向钱包最鼓的一个。”

“那个人会是我。”西蒙温和地说。

伯迪克吃惊地眨眨眼，不知道自己是不是听错了，笑容慢慢消失了。“什么——”

“我一直在观察，你和你身边那群白痴在她身后嗅了两年。”西蒙说道，眯起了双眼，“现在，你们已经没有机会了。”

“我没有……你这话什么意思?”伯迪克怒气冲冲地问。

“我的意思是,哪个男人胆敢第一个踏入我的领地,我就会用最残忍的方式对付他:精神上、肉体上、经济上都不放过。如果让我听到还有人继续用流言蜚语中伤佩顿小姐,我会直接打穿他的喉咙——用我的拳头。”西蒙盯着伯迪克惊呆的脸,笑容里有老虎般的威慑力。“告诉任何有兴趣听到的人吧。”他扔下一句忠告,大步离开了这个自命不凡、目瞪口呆的小人。

第三章

安娜贝尔的表姐偶尔会充当她的年长女伴，把她送回家。她踏进石板铺地、空荡荡的大厅，一眼就看到那张荷叶饰边的半月形墙边桌上搁着一顶帽子。是一顶高高的绅士帽，饰着一圈深紫红色的缎带。相较大多数绅士们戴的普通黑帽，这顶帽子很特别。安娜贝尔已经无数次见到这顶帽子像蜷曲的蛇一样盘在这张桌子上。

一柄时髦的把手镶钻的手杖靠在桌边。安娜贝尔有股强烈的冲动——用手杖把帽冠敲瘪——最好是在主人戴着它的时候。然而，她只能心情沉重地爬上楼梯，眉头紧锁。

快走到二楼，也就是起居室的楼层时，一个粗壮的男人出现在楼梯转角。他看着她，控制不住脸上得意的傻笑，那张脸由于刚刚的劳累泛着潮红，一缕头发斜斜地从他梳得油光滑亮的头上耷拉下来，犹如公鸡的羽冠。

“霍奇汉姆勋爵，”安娜贝尔生硬地叫道，硬生生把喉咙间哽着的羞辱与愤怒咽了下去。霍奇汉姆是这个世界上少数几个她实实在在感到厌恶的人之一。她已故父亲的一个所谓的朋友，来拜访过好几次，却没有一次是在正常的拜访时间。他总是夜里来，而且完全不顾礼数，与她的母亲菲莉帕孤男寡女独处一室。每次他来过以后，安娜贝尔总会发现她们最紧急的账单被神秘地付掉了，那些坏脾气的债主也消了气。而菲莉帕却会变得异常易怒、难以相处，而且不愿交谈。

安娜贝尔无法相信她从不逾矩的母亲会允许任何人用金钱换取她的身体。然而这是惟一合理的解释，这使安娜贝尔充满羞愧与愤怒。她的愤怒不只是冲她母亲——她恨她们的处境，恨自己还没把自己嫁出去。安娜贝尔花了很长时间才意识到，不管她长得多美丽动人，不管一位绅士对她流露出多大兴趣，谁也不会向她求婚。至少不会有体面的人开口。

自初次进入社交界，安娜贝尔就已渐渐被迫接受这样一个事实：一切有关英俊高雅的追求者与她共浴爱河、解决她所有烦恼的梦想只是天真的幻想。在第三个漫长的充满失望的社交季节里，这种幻灭深深地扎了根。现在，是她的第四个社交季节，看来农夫的妻子安娜贝尔这个形象很快就要成为现实了。

安娜贝尔面无表情，想不声不响地从霍奇汉姆身边走过去。他制止了她，一只肉手搭上了她的胳膊。安娜贝尔无比厌恶地往后退，动作太大几乎失去平衡。“别碰我。”她恼怒地瞪着他红润的脸说道。

霍奇汉姆的眼睛在红润脸色的映衬下显得格外蓝。他咧嘴笑了，手往楼梯扶手上一搭，不让安娜贝尔上去。“真不好客。”他嘀咕着，嗓音是很多高个子男人特有的不协调的男高音：“我帮了你们家这么多——”

“你什么也没帮我们。”安娜贝尔简短地说道。

“要不是我的慷慨,你们早已经被扔到大街上去了。”

“你是觉得我应该对你感恩戴德?”安娜贝尔问道,口气充满厌恶,“你是头肮脏的食腐肉的动物。”

“我可没有强迫别人给我什么。”霍奇汉姆伸手碰碰她的脸颊,汗津津的手指令安娜贝尔作呕,“事实上,这消遣沉闷无奇。你母亲太温顺了,不合我的口味。”他凑近身,直到他的体味——汗臭混合着香水味——充斥着安娜贝尔的鼻孔。“也许下一次我该试试你。”他低声说道。

毫无疑问他以为安娜贝尔会叫喊、脸红或向他恳求。然而,她只是冷冷地看着他。“你这个自大愚蠢的老东西,”她平静地说,“就算我要做别人的情妇,你不觉得我可以找到比你更好的么?”

霍奇汉姆最终还是翘起嘴露出了笑容,不过安娜贝尔很高兴看到这费了他一番工夫。“与我为敌是不明智的。我只要几句话就可以让你们家声名扫地,万劫不复。”他盯着她连衣裙那磨旧的布料,鄙夷地笑了,“如果我是你,就不会穿着破布戴着假珠宝站在那里丢人。”

安娜贝尔的脸涨得通红,愤怒地打掉他向她胸部伸过来的手。霍奇汉姆暗自笑着走下了楼梯,安娜贝尔沉默地等待着。一听到大门打开又关上的声音,她就急忙奔下楼把门上了锁。焦虑与残留的愤怒令她呼吸沉重,她摊开双手靠在沉重的橡木门上,额头抵着门板。

"够了。"她喃喃自语，愤怒地颤栗着。不再有霍奇汉姆，不再有欠付的账单……他们的苦已经受够了。她一定得马上找人结婚——她要在汉普夏郡的宴会上找到最好的候选人，然后解决一切。如果做不到的话……

她的手在门板上滑动着，在木头上留下一道道掌印。如果找不到人娶她，她可以做别人的情妇。尽管没人愿意娶她做妻子，想把她当情人养的男人却不计其数。只要她够聪明，可以挣一大笔钱。但是想到再也不能出入良好的社交圈……遭人轻蔑、排斥，只有床上功夫可让人重视，她不由得退缩起来。另一个选择是一贫如洗地生活，接一些缝纫或洗衣的活，或者做家庭教师，这其实更加危险——一个年轻姑娘如果处于这样的境地，得受所有人摆布。而且挣的钱还不够供养母亲或杰里米，他到时也得去干仆人的活。看来他们三个谁也负担不起安娜贝尔的道德。他们住在纸做的屋子里……最轻微的震动就会使它倾覆。

第二天早晨，安娜贝尔坐在早餐桌前，冰冷的手指紧紧握着瓷杯。她已经喝完茶了，不过瓷杯还留有余温。釉上有个小小的缺口，她用拇指反复在上面摩挲着。她听到母亲菲莉帕走进来，并没有抬起头。

"茶？"她小心翼翼地问，听见菲莉帕低声同意，便从面前的壶里又倒了一杯，安娜贝尔往里加了一小块糖，又倒了许多牛奶减轻涩味。

"我喝茶已经不加糖了。"菲莉帕说，"我现在喜欢不加糖的味道。”

如果哪天她母亲不再喜欢糖，除非是地狱里开始有冰水供应。“给你的茶里加点糖我们还负担得起。”安娜贝尔说道，用勺子在杯里快速搅了几下。她抬起头，把杯子和茶托推到菲莉帕手边。如她所料，菲莉帕显得阴郁憔悴，苦涩的脸庞因羞愧而扭曲。她曾一度觉得不可思议，她那神采奕奕的母亲——总是比别人更漂亮的母亲——脸上居然会出现这样的表情。她凝视着菲莉帕肌肉紧张的脸，意识到自己的脸几乎也是这般的厌世，她自己的嘴角也有一样的消沉况味。

“舞会怎样？”菲莉帕问道，把脸凑近茶杯，让蒸气弥漫她的脸。

“像往常一样糟糕。”安娜贝尔老实说道，故意轻快地笑笑让气氛轻松，“惟一一位邀我跳舞的男士是亨特先生。”

“老天，”菲莉帕嘀咕着，灌了一大口热茶，“你接受了吗？”

“当然没有。这毫无意义。他看我的样子再明显不过了，他脑子里绝对没有结婚的念头。”

“就算是亨特先生这样的男人总有一天也要结婚的。”菲莉帕反驳道，从茶杯里抬起头。“你对他来说会是位理想的太太……你可以软化他，帮他进入体面的社交圈——”

“天哪，妈妈——听起来你是在鼓励我接受他的意图。”

“不……”菲莉帕拿起勺子，漫不经心地搅着茶，“如果你真那么反感亨特先生就算了。不过，如果你能够把他变得令人满意的话，我们都会好过许多……”

“他不是结婚的类型，妈妈。大家都知道。不管我怎么做，我永远也没法让他向我开口求婚的。”安娜贝尔用一把小小的已经失去光泽的银糖夹在糖罐里拨拉着，想找块最小的糖。她夹出一小块红糖，扔进杯子，又倒入新鲜的热茶。

菲莉帕喝了口茶，眼神小心地移开，转到一个新的话题。安娜贝尔觉得这个话题与刚才那个有着令人不快的联系，“下学期我们没钱供杰里米上学了。佣人的钱我已经有两个月没付了。还有账单——”

“是的，我都知道。”安娜贝尔说，因为恼火而稍稍有些脸红，“我会找到丈夫的，妈妈。很快。”她终于在脸上挤出一个浅笑，“你想去汉普夏郡玩玩吗？社交季节快结束了，很多人都要离开伦敦找新的乐子——确切地说，韦斯特克里夫勋爵要在郊区的庄园办一次狩猎活动。”

菲莉帕瞧瞧她，有一丝警觉，“我不记得我们收到过伯爵的邀请。”

“现在还没有，”安娜贝尔答道，“不过我们会的……而且我有种感觉，好事正在汉普夏郡等着我们呢，妈妈。”

第四章

安娜贝尔与母亲动身前往汉普夏郡前两天，有成堆的包裹送来。男仆来回走了三趟才把它们全部从门厅搬到楼上安娜贝尔的房间，在床边堆成一座小山。安娜贝尔小心翼翼地拆开所有盒子，发现至少有半打没穿过的裙子……色彩缤纷的塔夫绸和平纹细棉布，配套的夹克衫衬有奶油般柔软的麂皮里子，一件用象牙色丝绸做的舞会长裙，胸部和袖口缀着精致的比利时蕾丝边。还有手套、披肩、围巾、帽子，都是如此精美，几乎让安娜贝尔泫然欲泣。这些衣服和饰品肯定要花一大笔钱——对鲍曼姐妹来说这当然不算什么，但对安娜贝尔来说，这礼物是令她震动的。

她拿起随包裹送来的信封，打开蜡印，读着上面潦草而有力的字句。

来自你的仙女教母，也就是莉莲和黛西。预祝汉普夏郡狩猎成功。

附：你到时不会胆怯吧，会不会？

她回复道：

亲爱的仙女教母：

胆怯是我惟一不会带去的东西。无比感谢你们的裙子。我终于又能穿上漂亮衣服了，真是欣喜若狂。这是我性格上的诸多缺点之一：对美丽的事物极度热爱。

你们忠实的安娜贝尔

附：不过我把鞋退回来了，实在太小了。我一直听说美国姑娘都长着大脚丫！

亲爱的安娜贝尔：

喜爱美丽的东西是性格缺陷吗？那一定是英国人的观点，因为我们肯定在曼哈顿没人这么想。说到脚，我们打算在汉普夏郡和你一起打跑柱式棒球。你会爱上用球棒击球的。没有什么比这更让人满意的了。

亲爱的莉莲和黛西：

我同意打跑柱式棒球，前提是你们说服伊薇加入，这点我可很怀疑。尽管没试过不会知道，但我能想到许多比挥舞球棒击球更令人满意的事情。比如找到一个丈夫……

顺便问一句，打跑柱式棒球该穿什么呢？散步穿的服装吗？

亲爱的安娜贝尔：

我们当然是穿 knickers① 打球了。穿着裙子可没法跑步。

亲爱的莉莲和黛西：

“knickers”这个词我不太熟悉。你们指的是内衣吗？你们不会想让我们在户外穿着 drawers② 像野孩子一样玩耍吧……？

亲爱的安娜贝尔：

这个词是由 knickerbockers③ 衍生出来的——在纽约，我们是被排斥在这个阶层之外的。在美国，drawers 是一件家具里面的一部分。还有，伊薇同意了。

亲爱的伊薇：

鲍曼姐妹写信告诉我你同意穿着内裤和她们一起打跑柱式棒球时，我简直不敢相信。你真的同意吗？我本来希望你拒绝的呢，因为我跟她们说你同意我才同意。

亲爱的安娜贝尔：

我相信与鲍曼姐妹相处能帮助我克服我的腼腆。穿着

① knickers，灯笼裤。
② drawers，内裤，亦指抽屉。
③ knickerbockers，纽约早期荷兰移民的后裔

内裤打跑柱式棒球看来是个不错的开始。我令你震惊了吗？我以前从没让任何人吃惊过，包括我自己！我非常希望我的积极参与能给你留下深刻印象。

亲爱的伊薇：

我对鲍曼姐妹会让我们陷入怎样的尴尬处境印象深刻，感到好笑又害怕。请告诉我，我们去哪里找到一个可以不被人注意的打跑柱式棒球的地方呢？是的，我感到彻底的震惊，你这个不知羞耻的野姑娘。

亲爱的安娜贝尔：

我逐渐相信，世界上有两种人……一种选择主宰自己的命运，一种在别人跳舞的时候坐在椅子里等待。我情愿成为前者而不是后者。至于跑柱式棒球该在什么地点什么时间打，我很乐意把这些细节问题留给鲍曼姐妹处理。

喜爱你的，

野姑娘伊薇

在这些有趣的便条频繁来往之间，安娜贝尔开始体会到已经遗忘很久的东西……拥有朋友的喜悦。随着她过去的朋友们嫁为人妇，她被拉在了后面。她的壁花身份、更不用说金钱的匮乏，给她制造了一条鸿沟，这不是友情可以轻易跨越的。过去几年里，她变得越来越孤立，甚至有意避免与过去曾愉快交谈分享秘密的姑娘们做伴。

然而，她现在却一下子结识了三位朋友，尽管她们背景迥异，她们彼此却很有共鸣。她们四个都怀着希望、梦想和恐惧……每个人对绅士们锃亮的黑色皮鞋经过她们的椅子寻找更有希望的猎物的场景都再熟悉不过了。壁花们互相帮助有百利而无一弊。

“安娜贝尔，”门口传来母亲的声音，此刻她正小心翼翼地把手套放进皮制小旅行包，“我有个问题，你必须如实回答。”

“我对你一直很坦诚啊，妈妈。”安娜贝尔从手里的活计中抬起头，答道。看到菲莉帕可爱的担忧的脸，她感到一阵内疚。上帝，她已经厌倦了菲莉帕的内疚，和她自己的。她对母亲与霍奇汉姆勋爵上床所做出的牺牲感到怜悯和绝望。然而，在脑海深处，安娜贝尔有个很不得体的念头：既然菲莉帕选择这么做，干嘛不干脆理直气壮地将自己视作一个真正的情妇，而不是勉勉强强地接受霍奇汉姆勋爵给她的少得可怜的几沓钞票？

“这些衣服是哪来的？”菲莉帕问道，脸色苍白，专注地直视着安娜贝尔的眼睛。

安娜贝尔皱了皱眉头，“我已经告诉你了，妈妈——是莉莲和黛西送来的。干嘛这么盯着我看？”

“这些衣服不是男人送来的？可能是亨特先生？”

安娜贝尔张大了嘴，“你其实是在问我有没有……和他？老天，妈妈！就算我有这个想法，我也丝毫没有机会。真不明白你怎么会有这种念头的？”

她母亲眼睛一眨不眨地盯着她，“你这个季节经常提起亨特先生。比提起其他绅士的次数多得多。而且这些衣服显然很昂贵……"

"不是他送的。"安娜贝尔坚决地说。

菲莉帕显得松了口气,但眼中仍有疑问。安娜贝尔不习惯别人用怀疑的眼光看她,挑了顶帽子在头上戴好。"不是的。"她重复道。

西蒙·亨特的情妇……安娜贝尔转向镜子,看见自己的脸上奇怪的呆呆的表情。她想母亲是对的——她最近确实经常提起亨特。他身上有什么东西使他逗留在安娜贝尔的心里,尽管他们已经很久没见面了。她认识的人里面没人拥有他的号召力、略带邪气的魅力,也从没有人像他这样公开地流露对她的兴趣。现在,这个失败季节的过去几周里,她发现自己在思考一名得体的年轻女子绝不该考虑的事。她知道自己不用太费劲就能成为亨特的情妇,这样她所有的烦恼就可以解决了。他非常富有——他会给她想要的一切,还清她家的债,替她买漂亮衣服、珠宝、她自己的马车、她自己的房子……所有的一切,来回报她与他上床。

这念头使她的小腹为之轻轻一颤。她开始想像与西蒙·亨特躺在床上,他会要求她做些什么,他的手放在她身上,他的嘴——

她的脸红透了,努力甩开这些画面,手指玩弄着帽子缎带上装饰的丝绸玫瑰花。如果她成为西蒙·亨特的情妇,他就会完全拥有她,不管是在床上还是床下。想到要完全受他控制,她不禁觉得可怕。脑子里似乎有个嘲讽的声音在问她:"你的名声对你有那么重要吗?比家人的幸福更重要?或者甚至比你自己的生存更重要?”

“是的,”安娜贝尔想着,凝视着自己苍白、坚定的脸,“现在是这样。”至于将来,她无法回答。但她将一直保持自己的自尊,直到耗尽所有的希望……她会为之竭尽全力。

第五章

很容易理解，为什么汉普夏郡的名字是由古老的英语单词hamm衍生出来的，hamm的意思是水草地。这个郡县到处都是这样的湿地，更不用说一度是皇室指定的狩猎场地的荒野和茂密树林了。悬崖峭壁与绿色深谷对峙，河里鳟鱼成群，汉普夏郡能满足热衷运动人士的各种爱好。韦斯特克里夫伯爵的产业石字庄园沿着广阔的森林蔓延，犹如镶嵌在富饶河谷里的一颗宝石。石字庄园总是宾客盈门，因为韦斯特克里夫不仅是狩猎好手，也是个出色的主人。

表面看来，韦斯特克里夫品德高尚、恪守原则的声望并非徒有虚名。他不可能卷入任何丑闻，因为他似乎无法容忍伦敦社交圈的阴谋诡计与道德沦丧。相反，他总是呆在乡下，肩负重任，照顾佃户。偶尔他会去伦敦扩展业务，或参与某些需要他关注的政治事务。

安娜贝尔就是在这种情况下遇见伯爵的，他们在一个社交宴会上被介绍认识。尽管他长相并非传统意义上的英俊，韦斯特克里夫还是颇有吸引力的。他个子不高，却拥有运动健将的体魄和不容置疑的刚毅气质，加上巨大的私人财富与历史最悠久的世袭爵位，他成了英格兰最炙手可热的钻石王老五。自然，安娜贝尔与他初次见面就开始不遗余力地讨他欢心。然而韦斯特克里夫已经习惯了来自急切的年轻姑娘们的关注，他很快把她归入结婚狂一类——这让她很受伤，但却是事实。

自从安娜贝尔被韦斯特克里夫轻蔑地回绝后，她一直避免与他接触。她很喜欢他妹妹奥莉维亚小姐，她是个软心肠的姑娘，与安娜贝尔年纪相仿，因过去的丑闻而蒙羞。多亏奥莉维亚小姐的善心，安娜贝尔和伊薇才得以受邀参加宴会。接下来的三个星期里，四条腿的或者两条腿的猎物都会在石字庄园受到围捕。

"小姐，"安娜贝尔见奥莉维亚小姐出来迎接她们，叫道，"您邀请我们真是太好了！伦敦实在叫人窒息——汉普夏郡的清新环境正是我们需要的。"

奥莉维亚小姐微笑着。尽管她矮小谦逊、相貌平平，在这个场合还是显得异常动人，她脸上洋溢着喜悦。据莉莲和黛西说，奥莉维亚小姐与一个美国的百万富翁订婚了。"是自由恋爱吗?"安娜贝尔在上一封信里问她们，莉莲回复说，据说是的。"然而，"莉莲又狡黠地加上一句，"我父亲说这两家的联姻肯定是有利于韦斯特克里夫的财政状况的，所以他才会点头同意。"对伯爵来说，浪漫爱情远没有实际考虑来得重要。

奥莉维亚拉着安娜贝尔的手表示欢迎，安娜贝尔的思绪回到现实，微笑着。"而你们正是我们需要的。"奥莉维亚笑着说道，“这里到处都是热衷运动的男人——我告诉伯爵我们必须邀请一些女士好让空气变得文明一些。来，让我陪你们去房间。”

安娜贝尔提起莉莲送她的崭新的橙红色平纹细棉布裙，随奥莉维亚小姐走上台阶，进了大厅。“韦斯特克里夫勋爵好吗？”安娜贝尔在她们走上巨大的双层楼梯时问道，“我希望他身体还好吧？”

“我哥哥身体很好，谢谢。不过我担心我的结婚计划会让他分心。他坚持过问所有的细节。”

“这是因为他非常喜欢你，我肯定。”菲莉帕说道。

奥莉维亚调皮地笑了，“这更是因为他非常需要控制一切。要找一个意志足够坚强的新娘来管住他恐怕很难。”

看见母亲别有意味地朝她侧眼一瞥，安娜贝尔微微摇头。鼓励母亲抱有这方面的希望可没有好处。不过……“我碰巧认识一个有主见又迷人的年轻姑娘，还没有结婚。”她说道，“事实上，她是一个美国人。”

“你是指鲍曼姐妹里的一个吗？”奥莉维亚小姐问道，“我还没跟她们结识，不过她们的父亲曾来石字庄园住过。”

“两位姐妹从各方面来说都很讨人喜欢。”

“太好了，”奥莉维亚叫起来，“我们可以给我哥哥找到伴了。”

走到二楼，她们停了停，望望下面大厅里转悠的人们。“我恐怕这里的未婚男士不够多。”奥莉维亚评论道，“不过有那么几个……我想到了肯达尔勋爵。如果你喜欢，我可以在恰当的时候把你介绍给他。”

“谢谢，我非常乐意。”

“不过我恐怕他有些沉默寡言。”奥莉维亚补充说，“他可能不太吸引你这么活泼的姑娘，安娜贝尔。”

“恰恰相反，”安娜贝尔赶紧说，“我觉得沉默对男人来说是最吸引人的性格。高贵而内敛的男人比那些总是洋洋得意聒噪自夸的男人要好得多。”就像西蒙·亨特，她愤愤地想着，他的自以为是再明显不过了。

奥莉维亚小姐刚想回答，却看到远处有位高个金发男子站在楼下的大厅里凝视着她。他肩靠着柱子，双手插在外衣口袋，懒懒地优雅地站着。安娜贝尔马上看出来他是个美国人。他满不在乎的笑容、蓝色的眼睛，和他穿着优雅的衣服却随随便便的样子说明了一切。况且，奥莉维亚小姐因为他这样看她而脸红了，呼吸有点急促。“请原谅，”她心不在焉地说，“我……我的未婚夫……他好像有事找我……”然后她口齿不清地告诉她们房间在五楼右手边，就飘然而去了。很快一个女仆过来带她们到了房间，安娜贝尔呼了口气。

“对肯达尔勋爵的竞争会非常激烈。”她发愁地说，“希望他还没被抢走。”

“他不会是这里惟一的未婚男人。”菲莉帕满怀希望地说：“可不能忘了韦斯特克里夫本人。”

“这你千万别抱任何希望。”安娜贝尔揶揄道，“我们见过面，伯爵显然对我毫无兴趣。”

“那是他自己严重判断失误。”母亲气愤地答道。

安娜贝尔笑了，伸手抓住菲莉帕戴着手套的双手，“谢谢，妈妈。不过我最好把眼光集中在比较容易得到的目标上。”

客人陆续到来,有的直接进房间午睡养精神,期待着即将到来的晚宴和欢迎舞会。爱流长飞短的女人们聚集在起居室和棋牌室里,而男士们则在桌球房里消磨时光,或是在图书室里抽烟。女仆把她们的衣服从包里取出后,菲莉帕决定在房间里小睡。卧室很小,但很可爱,墙上贴着印有花卉图案的法国壁纸,窗户掩映在淡蓝色的丝绸窗帘后面。

安娜贝尔激动得无法入睡,想着伊薇和鲍曼姐妹大概已经到了。不过她们长途旅行后可能需要时间休整。安娜贝尔不想好几个小时无所事事,决定去庄园外的土地探探险。天气暖和,阳光明媚,在马车里长途跋涉后她迫切渴望运动。她换上一条蓝色带箱形褶裥的平纹细棉裙,离开了房间。

她悄悄地从边门出去,经过几个仆人,沐浴在和煦的阳光下。石字庄园的气氛很神奇。很容易让人想像这是位于某块遥远土地上的某个充满魔力的地方。四周的森林浓密厚重,仿佛来自远古时代。而庄园后面十二英亩的花园则完美得不像真的。里面有小树林、空地、池塘和喷泉。这座花园有不同的表情,时而平静,时而喧哗。花园管理有素,每片草叶都被精确地修剪过,箱形树篱的每个角落都被修葺得如刀锋般干净利落。

没戴帽子、也没戴手套,安娜贝尔沉浸在突如其来的乐观情绪中,深深地吸了口乡间的空气。她顺着庄园后阶梯状的花园边缘,沿着罂粟和天竺葵花床中间的石子路漫步。没多久,空气中弥漫起馥郁的花香,沿路出现了一道蔓延着粉红色和淡黄色玫瑰的石墙。

安娜贝尔放慢了脚步，穿过一片古老的梨树林，树木被岁月雕刻成奇特的形状。更远处，一片银色的山毛榉树伸向林地，似乎与远处的森林融为一色。石子路的尽头是一个小圆圈，中间有张石桌。再走近些，安娜贝尔看到石桌上立着两截燃烧过的蜡烛头。她有些伤感地笑了，这块隐秘的空地肯定为某些浪漫插曲提供了最佳场景。

五只肥肥的白鸭子对周围的梦幻氛围习以为常，列成一队摇摇摆摆地穿过石头圈，朝着花园另一头的池塘行去。看来这些鸭子对石字庄园的大批访客早就司空见惯了，它们经过安娜贝尔时完全无视她的存在。它们期待着即将到达的人工池塘而嘎嘎大叫，走路的样子滑稽无比，安娜贝尔忍不住哈哈大笑。

她的笑声还没消退，就听见石路上传来沉重的脚步声。是个男人，显然刚从森林里散步回来。他抬起头着迷地盯着她，与她对视着。

安娜贝尔惊呆了。

西蒙·亨特，她想，在石字庄园的这个角落遇到他让她惊讶得说不出话来。她一直把他和城市生活联系在一起——她总是在室内看见他，晚上，四周总是墙壁、窗户和浆过的领结。然而，在白天的自然环境下，他看起来完全不一样。他那本来与裁剪修身的晚礼服格格不入的肩膀和魁梧的体形穿着粗犷的猎装却非常合适，他的衬衣领口敞着，没有系男用围巾。他显得比往常更黝黑，皮肤因为长时间的户外活动变成琥珀色。阳光洒在他剪得短短的头发上，浓密的发丝闪着光，不大像黑色，而是浓重的褐色。他的五官在阳光下线条清晰、硬朗、突出、引人注目。

他脸上也有柔和的几笔……翘起的浓密睫毛，饱满的下唇，不太协调却更具诱惑力。

亨特与安娜贝尔就这么无言而困惑地对视着，就好像有人提出了个问题，他俩谁也答不出来。

沉默令人不安地延长着，直到西蒙·亨特最终开口说话。“声音很好听，那个。”他柔声说道。

安娜贝尔费力地张口问道：“什么？”

“你的笑声。”

安娜贝尔感到横膈膜有阵小小的尖锐的疼，既不是痛苦，也不是高兴。这种令她无助的刺痛感觉是她从未体验过的。她下意识地把手指放在肋骨下的那一点。亨特的眼神飞快地转移到她的手上，又慢慢回到她脸上。他向石桌走过来，缩短了他俩之间的距离。

“没想到会在这里遇见你。”他的眼神令人尴尬地将她扫视了一遍，“不过当然，对你的处境来说，这完全合乎逻辑。”

安娜贝尔眯起了眼，“我的处境？”

“设法捕获一个丈夫。”他明确地说。

她还给他一个高傲的眼神。“我没打算‘捕获’任何人，亨特先生。”

“撒下诱惑的网，”他继续说道，“设好钩，再收线将毫不察觉的猎物钓起，直到他躺在甲板上喘气。”

她把嘴唇紧紧抿成一条线。“你大可以放轻松，亨特先生，因为我对夺走你宝贵的自由毫无兴趣。你是单子上的最后一位。”

“什么单子?”亨特研究着她随后紧张的沉默，自己琢磨明白了。“啊，你已经列了一张潜在丈夫的名单了吗?”他眼里掩饰不住笑意，“听到我不在前列真让我欣慰，因为我决心不惜代价避免戴上婚姻的枷锁。不过我还是忍不住要问……谁在名单上拔得头筹?”

安娜贝尔拒绝回答。尽管她咒骂着自己坐立不安的举动，但还是忍不住伸手拿起一截蜡烛头，用指甲抠着。

“韦斯特克里夫，很有可能。”他猜测道。

安娜贝尔轻蔑地哼了一声，半坐在桌上。古老的桌面被太阳晒得暖暖的，光滑无比。“当然不是。我才不会嫁给伯爵，哪怕他跪下来求我。”

亨特对如此明显的谎话大笑不已。“一位世袭的勋爵，还有大笔财富？你会不顾一切去得到他的。”他随意地在桌子对面坐下来，安娜贝尔强迫自己不因为他的靠近而往后退。通常，绅士与淑女之间的谈话有约定俗成的默契，有些事是绅士绝不会做的……他不会让她尴尬、羞辱她或以任何形式占她便宜。然而，跟西蒙·亨特在一起可没有这种保障。

“你怎么会在这儿?”她问道。

“我是韦斯特克里夫的朋友。”他轻松地说道。

安娜贝尔无法想像伯爵会把亨特这样的人称做朋友。“他跟你能有什么关系？别自称你和他有什么相同之处——你们俩就像粉笔和奶酪一样毫不相干。”

“很凑巧，伯爵和我有共同的兴趣。我们都喜欢狩猎，我们有许多共同的政治观点。和大多数贵族不一样，韦斯特克里夫不允许贵族生活的种种规范限制自己。”

“老天,”安娜贝尔讽刺道,“你似乎把贵族生活看做是一种囚禁。”

“是的,的确如此。”

“那么我可等不及要把自己监禁起来,并扔掉钥匙。”

亨特笑了起来,“做贵族的妻子你会干得很棒。”

注意到他的口气完全不是恭维,安娜贝尔朝他皱起了眉头,“如果你这么不喜欢贵族,我很奇怪你为什么在他们中间呆那么久。”

他的眼睛闪着恶作剧的光。“他们有他们的用处。而且我也不讨厌他们——只是我不想成为他们的一分子。可能你没注意到,贵族——或者至少他们一直以来所熟知的那种生活方式——正在消亡。”

安娜贝尔睁大了眼睛看着他,真的被他的言论吓住了,“你什么意思?”

“大部分拥有土地的贵族正在流失财产,眼看着土地被越来越多请求帮助的亲戚们分割、缩减……还要面对经济转型的困难。大地主的统治就要到头了。只有韦斯特克里夫这样的男人——他善于接受新事物、新方法——才能经受起变革的考验。”

“在你无价的帮助之下,当然。”安娜贝尔说。

“没错。”亨特说得那么志得意满,她忍不住笑了起来。

“你从没想过至少要装得谦逊一些吗,亨特先生?哪怕只是出于礼貌?”

“我不相信虚伪的谦虚。”

“如果你这样做,别人可能会喜欢你的。”

“你会吗?”

她的指甲掐入软软的彩色蜡烛里面,飞快地瞄了亨特一眼,估量着他眼里嘲讽的程度。令她费解的是,居然一点也没有。他看来很认真,很想知道她的答案。他专心致志地观察着她,她气馁地感到一阵粉红潮汐爬上她的脸庞。这局面让她很不舒服:与西蒙·亨特单独聊天,而他像个好管闲事的海盗似的懒洋洋地坐在她身边。她的目光落在他撑在桌上的大手上面:手指修长、干净、晒成古铜色,指甲剪得很短,半月形的白色几乎一点都没有了。

“说‘喜欢’可能过头了。”安娜贝尔说道,手指松开了蜡烛。她越努力地控制自己不脸红,结果却越糟糕,现在红晕已经蔓延到发线了。“我想如果你举止能像个绅士的话,我会比较容易忍受你的陪伴。”

“比如?”

“头一条,你……你太喜欢纠正别人……”

“诚实难道不是一种美德吗?”

“是的……不过对于愉快的交谈来说却不是!”她不管他低低的笑声,继续说道:“而且你赤裸裸大谈金钱的方式很粗俗,尤其是对于上流圈子来说。举止优雅的人会假装他们不在乎钱,不在乎怎么赚钱、怎么投资,或是你喜欢讨论的任何事情。”

“我一直不理解为什么对财富的热切追求会受到如此的鄙视。”

“也许是因为追求财富伴随着许多罪恶……贪婪、自私、欺骗——”

“我可没有那样。”

安娜贝尔扬起了眉,“哦?”

亨特微笑着慢慢摇了摇头,阳光在他貂皮般的头发上闪着光,“如果我贪婪自私,我就会把生意的大部分利润留给自己了。但是,我的合作伙伴会告诉你,他们的投资得到了丰厚的回报。而且我的雇员报酬可观。至于欺骗——我想再明显不过了,我的问题恰恰相反。我从不说谎——这在文明社会几乎是不可原谅的。”

不知何故,安娜贝尔忍不住冲这个缺乏教养的无赖笑了。她从桌上站起身来,掸了掸裙子,“我不想再浪费时间告诉你怎么有礼貌了,显然你根本不想变得有礼貌。”

“你的时间没有白费。”他说道,一边朝她走过来,“我会多加思考要不要改变我的方式。”

“不必费心了。”她说,嘴角残留着一丝笑意,“你已经无可救药了,我想。现在,请原谅,我要继续在花园散步。下午愉快,亨特先生。”

“我和你一起去吧。”他轻声说,“你可以给我多上几课。我会洗耳恭听的。”

她放肆地朝他皱皱鼻子,“不,你不会的。”她踏上石子路,感觉他的目光一直尾随身后,直到她消失在梨树林。

第六章

聚会头晚的晚宴前,安娜贝尔、莉莲和黛西就在楼下的接待室碰面了,房间很宽敞,摆着许多桌椅,已坐了很多在这里聚首的客人。

“我就知道,这裙子穿在你身上比我穿漂亮一百倍。”莉莲·鲍曼开心地说,给了安娜贝尔一个拥抱,又拉着她的手打量着,“噢,这真是一种折磨,有个这么迷人的朋友。”

安娜贝尔穿的是另一件新衣服。黄色丝绸质地,飘飘的网纱裙摆密密地缀着一朵朵紫罗兰绢花。她的头发在脑后精心梳成一条辫子。“我有很多缺点。”安娜贝尔笑着告诉莉莲。

“真的吗?是什么?”

安娜贝尔咧嘴一笑,“如果你还没发现,我可不打算承认。”

“莉莲逢人就说自己的缺点。”黛西说道,褐色的眼睛闪着光,“她对此可得意了。”

“我的脾气很糟,”莉莲得意地说道,“而且我会像水手一样骂人。”

“谁教你的?”安娜贝尔问道。

“我祖母。她是个洗衣妇。我祖父是做肥皂的,她总问他买。她在码头附近干活,所以客人大都是水手和码头工人,他们教她的话可粗鲁了,你听了准会连发带都会卷起来。”

安娜贝尔心里偷偷笑着。她完全被这两个调皮的姑娘迷住了,她们跟她以往认识的人完全不同。不幸的是,很难想像莉莲或黛西成为贵族的妻子能够幸福。大部分贵族绅士想娶的姑娘是恬静、高贵、自制的……她惟一的目的是以丈夫为中心并仰慕他。然而,尽管安娜贝尔很喜欢与她们为伴,她想到她们必须压抑自己天真莽撞的迷人个性,却不禁觉得可惜。

突然,伊薇闯入了她的视线,她像一只被扔进猫堆里的老鼠一般犹犹豫豫地走进了房间。伊薇看到安娜贝尔和鲍曼姐妹,脸上轻松起来。她对脸色严厉的婶婶低声说了几句,就微笑着朝她们走来。

“伊薇。”黛西高兴地尖叫,抬腿朝她奔过去。安娜贝尔一把抓住她的胳膊,对她耳语了一番。

“等等!如果你让伊薇引起大家的注目,她很可能会尴尬得昏过去的。”

黛西顺从地停住了,毫不难为情地冲她笑笑,“你是对的。我真是个野人。”

“我可不那么看,亲爱的——”莉莲安慰她。

“谢谢。”黛西惊喜地说。

“你只是一个类野人。”她姐姐把话说完了。

忍住笑,安娜贝尔从伊薇身后搂住她的细腰。“你今晚看起来可爱极了。"她说道。伊薇的头发用珍珠发夹盘在头顶,蓬松的红色鬈发富有光泽。鼻梁两侧琥珀色的雀斑更增添了她的魅力,好像上天突然一阵奇思妙想,在她脸上多洒了一把阳光。

伊薇半靠在她怀里,好像在寻求依靠。"弗——弗洛伦斯婶婶说我头发这样盘着活像一把燃——燃烧的火炬。"

黛西对这个评论怒不可遏。"你的弗洛伦斯婶婶自己活像个妖怪,凭什么这么说你。"

"黛西,闭嘴!"莉莲严厉地说。

安娜贝尔的胳膊继续搂着伊薇,想着她刚才所说的话,看来弗洛伦斯婶婶很喜欢把伊薇仅有的一点自信残忍地撕成碎片。伊薇的母亲年纪轻轻就过世了,娘家收留了这个可怜的姑娘——随后,经年累月的批评彻底摧毁了伊薇的自信。

伊薇微笑地看着鲍曼姐妹,觉得好笑。"她不是妖——妖怪。我一直觉得她更——更像是山精。"

安娜贝尔为之一乐,笑了起来。"告诉我,"她说,"你们有谁见过肯达尔勋爵了吗?我听说他是这里为数不多的未婚男士之一——而且是韦斯特克里夫之外惟一有头衔的单身汉。"

"肯达尔争夺战将会异常激烈。"莉莲评论道,"幸好我和黛西已经有了计划,怎样将一位不知情的男士骗到手成婚。"她勾勾手指示意她们靠过来。

"我不太敢问,"安娜贝尔说,"不过,怎么做呢?"

"你先引诱他和你幽会,这时我们三个就假装碰巧经过,将你们逮个正着。然后这位绅士出于名誉就会向你求婚。"

"很棒吧,不是吗?"黛西问她们。

伊薇怀疑地看着安娜贝尔。“好像有点诡——诡诈了，不是吗？”

“不只是‘有点’。”安娜贝尔回答说，“不过我怕我想不出更好的办法，你能吗？”

伊薇摇摇头。“不能。”她承认道，“问题是，我们真的这么急着嫁人，千方百计，甚至不择手段？”

“我是的。”安娜贝尔毫不犹豫地答道。

“我们也是。”黛西兴高采烈地说。

伊薇犹疑地看着她们三个，“我可做不到无所顾忌。也就是说，我不想诱骗一位男士做他——”

“伊薇，”莉莲不耐烦地打断了她，“在这方面，男人希望被骗。那样他们再高兴不过了。如果你和他们扮正经，结婚就太没有指望了，他们没人会主动求婚的。”

安娜贝尔假装吃惊地看着这位美国姑娘。“你真无情。”她说。

莉莲甜甜地笑了。“这是家族遗传。鲍曼家天性残忍。如果需要，我们甚至可以穷凶极恶。”

安娜贝尔笑了起来，转向伊薇，她正困惑地皱着眉头。“伊薇，”她轻轻说道，“到目前为止，我一直努力按正经方法行事。但没什么效果——现在，我乐意尝试新的方法……你不愿意吗？”

尽管还是没有完全信服的样子，伊薇却点点头屈服了。

“这就对了。”安娜贝尔鼓励地说道。

就在她们谈话的时候，韦斯特克里夫的出现引起人们一阵小小的骚动。他对安排事务显得得心应手，熟练地将男男女女配好对，准备进入餐厅。尽管韦斯特克里夫不是屋子里最高的一个，他却有种令人无法忽视的磁力。安娜贝尔纳闷，为什么有人拥有这种力量——一种无名的力量，使得他的每个手势、每句话都显得意义非凡。她看看莉莲，发现美国姑娘也注意到了这点。

"那儿有个自命不凡的男人。"莉莲冷冷地说，"我想不会有什么事——任何事——能让他裹足不前。"

"无法想像。"安娜贝尔答道，"不过如果有的话，希望我能在场。"

伊薇靠过来，肘部轻轻碰碰她的胳膊。"肯——肯达尔勋爵在那儿，角落里。"

"你怎么知道那是肯达尔？"

"因为足有一打未婚姑娘像鲨——鲨鱼一样围着他。"

"有道理。"安娜贝尔说道，注视着这个年轻人和他身边簇拥着的追随者。威廉·肯达尔勋爵，看来他已经被自己受到的女性异乎寻常的青睐搞晕了。他是个浅色头发、个子瘦小的小伙子，瘦削的脸上架着一副打磨极其精美的眼镜。他疑惑地从一张脸看向另一张脸时，镜片闪着光。对于肯达尔这样个性腼腆的男人表现出来的热烈兴趣证明，没有什么春药比季末的单身汉更有效了。尽管在去年的一月，肯达尔还激不起这帮姑娘的半点兴趣，但到了六月，他已经拥有不可抵挡的诱惑力。

"他看起来像个好人。"安娜贝尔若有所思地说道。

"他看起来很容易被吓倒。"莉莲评论说，"如果我是你，遇见他时我会尽可能表现得害羞、无助。”

安娜贝尔嘲弄地瞥了她一眼。“‘无助’可从不是我的强项。我会试试害羞，不过我可不敢保证。”

“我觉得你把肯达尔的兴趣从那些姑娘身上转移过来毫无问题。”莉莲很有信心地答道，“晚饭后，先生女士们会回到这里来用茶聊天，我们会找个法子介绍你。”

“我怎么——”安娜贝尔刚开口又停住了，感到后颈微微刺痛，就好像谁用蕨叶扫过了她的皮肤一样。她觉得奇怪，伸手去摸脖子后面，突然，她与西蒙·亨特四目相撞。

亨特就站在房间对面，一只肩膀漫不经心地靠在壁柱上，他身边三位男士正在交谈着。他看上去很放松，眼神却很专注，好似一只猫正在考虑要不要一跃而起。显然他已经注意到了她对肯达尔的兴趣。

见鬼，她恼怒地想，故意转身背对着他。她可不想亨特替她制造麻烦。“你们注意到亨特先生在这里吗？”安娜贝尔低声问她的朋友们，发现她们都瞪大了眼睛。

“你的亨特先生？”莉莲快语如珠，黛西连忙转头去看他。

“他不是我的！”安娜贝尔抗议道，做了个鬼脸，“不过没错，他就站在房间的另一边。事实上，我今天白天见过他了。他自称是伯爵的好朋友。”她皱着眉，悲观地预测着：“亨特先生会竭尽所能地破坏我们的计划的。”

“他真的那么自——自私到阻止你结婚？”伊薇不可思议地问，“只是为了让你做他的……他的……”

“情妇，”安娜贝尔帮她说了出来，“这不是不可能的。亨特先生为了得到所要的会不惜一切,这是出了名的。”

“话是没错,”莉莲说道,嘴紧紧抿着,“不过他不会得到你——我可以向你保证。”

晚餐非常丰盛,三张长餐桌上不停地上着菜,盛菜的银质碗盏硕大。安娜贝尔不敢相信每天晚上都要这样用餐,可她左边的男士——牧区牧师——肯定地告诉她,这在韦斯特克里夫的餐桌上是家常便饭。“伯爵一家的舞会和晚宴一向为人称道。”他说,“韦斯特克里夫是所有贵族里面最棒的主人。”

安娜贝尔不想和他争论。她已经很久没享用过如此精美的食物了。伦敦社交宴会上的那些半冷不热的东西完全无法与这里的盛宴相提并论。佩顿家的餐桌上几个月来只端得出面包、咸肉和汤,偶尔能上一道炸鳎目鱼或炖羊肉。她为边上坐的不是唾沫四溅的健谈者而高兴了一阵,这样她就能长时间不必开口说话,可以专心大快朵颐了。仆人不断奉上新菜供宾客品尝,似乎没人注意到她极不淑女的惊人胃口。

饥饿的她消灭了一碗香槟和卡门培尔奶酪做的汤、可口的小牛肉淋药草酱、香嫩的奶油西葫芦……还有用精巧的小纸盒装着的烤鱼,打开时冒出热气腾腾的香味……涂了黄油的小土豆铺在水田芥上……还有,最惹人喜爱的是,水果调味品是装在掏空的桔子里上桌的。

安娜贝尔沉溺在美食中,过了好几分钟才注意到西蒙·亨特的座位被安排在韦斯特克里夫那桌的上座。端起一杯稀释过的酒,她不引人注意地瞧着他。他跟往常一样穿着优雅:正式的黑色外套和白镴色背心,丝绸散发着沉静的光泽。晒黑的皮肤与浆过的白色亚麻领反差鲜明，男用围巾的领结打得像刀锋一样精确。浓密的黑发需要用点头油……他额前已经有缕刘海垂下来了。不知为什么，那缕不规矩的刘海让安娜贝尔心烦。她想把它从他脸上拨开。

坐在西蒙·亨特两边的女子争相赢取他的注意，这没逃过她的眼睛。安娜贝尔在其他场合也注意到，女人们似乎觉得亨特很吸引人。她完全知道原因——他身上糅合了邪恶的魅力、冷静的智慧和十足的老练。亨特看来已经光顾过许多女人的床，而且完全知道在上面应该怎么做。这一点本该减少他的吸引力，而不是增加。但安娜贝尔发现，有时候知道什么对你是好的和什么是你真正想要的是有天壤之别的。尽管她不愿承认，西蒙·亨特却是惟一如此吸引她肉体的男人。

虽然安娜贝尔算是在温室里长大的，她对男女之事却也略知一二。她为数不多的知识都是从道听途说中得来的，然后加以揣测意会。过去四年里安娜贝尔曾被几个对她有短暂兴趣的男人吻过，但不管场景多浪漫、小伙子多英俊，却没有一个吻能激起她对西蒙·亨特那样的回应。

安娜贝尔怎么努力也忘不了很久以前在全景剧院的那个时刻……他温柔、煽情的嘴唇印在她唇上，他的吻带来了无尽欢愉。她希望自己知道为什么和亨特的吻会如此不同，却无人可问。和菲莉帕说是万万不可的，因为安娜贝尔还不打算老实交代自己曾经向一个陌生人拿过买票的钱。而她也不太想跟其他几位壁花提起此事，关于男人和吻她们显然还没她自己知道得多。

亨特的眼神突然与她的纠缠在一起，安娜贝尔不安地意识到自己刚才一直在盯着他看，凝视着，并且浮想联翩。尽管他们的座位相隔甚远，她感到两人之间似乎被一道迅猛的电流联系着……他脸上一副着迷的表情，她不知道他看到了什么这么神魂颠倒。她的脸红得厉害，她赶忙移开视线，开动刀叉品味起覆盖着白块菌刨花的韭菜蘑菇砂锅。

晚餐后，女士们退到客厅用咖啡和茶，男士们留在餐桌上喝波尔图葡萄酒。依照传统，大家最后会在画室里重聚。客厅里，一群群女人谈笑风生，安娜贝尔与伊薇、莉莲和黛西坐在一起。"关于肯达尔勋爵你们有什么发现吗?"她问道，希望她们有谁在餐桌上能搜到什么小道消息，"他有没有对某个人产生特别好感?"

"暂时还没有。"莉莲回答说。

"我问过母亲她对肯达尔的了解。"黛西提供了情报，"她说他财富可观，而且没有债务负担。"

"她怎么会知道?"安娜贝尔问。

"在母亲的要求下，"黛西解释说，"我们的父亲请人将英格兰每位合格贵族的资料写了份书面报告。她全都背出来了。她说我们俩最理想的追求者应该是个一贫如洗的公爵，他的头衔能保证鲍曼家的社会地位，而我们的钱能保证他在婚姻上的合作态度。"黛西的笑容变得讽刺起来，她伸手拍拍她姐姐的手，接着说:"在纽约，他们给莉莲编了个顺口溜……'娶得莉莲，就会有钱。'这顺口溜风传开来，这也是我们到伦敦来的一个原因。我们家人被说得像是一帮笨拙、野心勃勃的白痴。"

“我们不是吗?”莉莲揶揄地问道。

黛西做了个斗鸡眼,“我运气好,没等他们给我编顺口溜我们就离开了。”

“我编了。”莉莲说,“娶得黛西,懒福享起。”

黛西询问地看看她,她姐姐笑了。“别担心,”莉莲接着说,“我们最终会成功渗入伦敦社交圈的,然后我们就可以嫁给债多多勋爵和穷光光勋爵,最后成为贵妇。”

安娜贝尔同情地笑笑,摇摇头,伊薇嘀咕着走开了,也许是去解决个人需要。安娜贝尔几乎要为鲍曼姐妹感到惋惜,因为显然她们恋爱结婚的机会并不比她更多。

“你们父母两人都希望你们嫁给有爵位的人吗?”安娜贝尔问。“你们父亲怎么想的?”

莉莲冷冷地耸耸肩。“自我记事起,父亲对他的子女就从没有过任何想法。他需要的只是一个人呆着,好赚更多的钱。无论何时我们写信给他,他从不关心信的内容,除非我们要求从银行取更多的钱。然后他会回上一句——‘允许支取。’”

黛西似乎和她姐姐一样有愤世嫉俗的幽默,“我觉得父亲很满意母亲对我们的婚姻安排,因为这样她就有得忙了,免得去烦他。”

“天哪,”安娜贝尔轻声说,“他对你们多要钱从不抱怨吗?”

“噢,从不。”莉莲说道,对安娜贝尔写在脸上的羡慕笑起来,“我们极其富有,安娜贝尔——我有三个哥哥,全都未婚。你有没有可能考虑他们?如果你喜欢,我会用船运一个越过大西洋来给你考察。”

“很诱人，不过不行。”安娜贝尔回道，“我不想住在纽约。我情愿做贵族的妻子。”

“嫁给贵族真的有这么好吗？”黛西悲哀地问，“住在这些漏风的老宅里，管道是坏的，还要学习那些没完没了的做每件事都要讲究的规矩……”

“如果你不嫁给贵族，你就什么都不是。”安娜贝尔肯定地说，“在英格兰，贵族地位就是一切。它决定着别人会怎么对待你，你的子女上什么学校，你会被邀请去怎样的地方……你生活的方方面面。”

“我不知道……”黛西开口说，不过被伊薇急匆匆的返回打断了。

尽管伊薇没有明显的匆匆忙忙的迹象，她的蓝眼睛却流露着焦急，她的脸颊因激动而变了颜色。在刚才坐过的椅子上坐下半边，她凑向安娜贝尔结结巴巴地低语，“我不——不得不中途回来告诉你……他现在一个人！”

“谁？”安娜贝尔回问，“谁一个人？”

“肯达尔勋爵！我看见他在后——后——后面的露台。独自坐在一张桌旁。”

莉莲皱皱眉，“也许他在等着见谁。如果这样的话，安娜贝尔像犀牛发情一样冲过去可没什么好处。”

“你能想个动听点的比喻吗，亲爱的？”安娜贝尔温和地问，莉莲咧嘴笑了。

“抱歉。行动要当心，安娜贝尔。”

“收到。”安娜贝尔回了个微笑，站起身灵巧地拉拉裙子。

“我要去探察一下情况。干得好，伊薇。”

“祝你好运。”伊薇答道，她们看着她离开房间，都祈求她能成功。

安娜贝尔走过房间，心跳加速。她很清楚她正游走于社交规则的迷宫。一位女士决不能故意寻求男士的陪伴，除非他们碰巧路过碰到，或碰巧坐在同一张长沙发或椅子上，才可以寒暄几句。他们决不能单独呆在一起，除非是骑马或同乘敞篷马车。如果一个姑娘出去欣赏花园的时候碰巧遇到一位男士，她一定要设法让局面显得不带一丝暧昧好不累及自己的名誉。

当然，除非她希望被累及。

走近面向西翼露台的长排落地门，安娜贝尔看见了她的猎物。正如伊薇描述的，肯达尔勋爵正独自坐在一张圆桌旁，靠在椅背上，一条腿随意地往前伸着。他看来很享受远离屋内喧嚣的片刻轻松。

安娜贝尔静静走到最近的门边，悄悄穿了过去。空气里有石楠和香桃木的香味，花园外河水流淌的声音使人平静。安娜贝尔低着头，用手指揉着太阳穴，似乎正受头痛之苦。离肯达尔的桌子十英尺远时，安娜贝尔抬起头，佯装跳了一下，似乎很吃惊看到他在那里。

“噢，”她说。要显得气喘吁吁一点也不难。她非常紧张，知道要给他留下好印象有多重要，“我不知道外面有人……”

肯达尔站了起来，眼镜在露台火把的照耀下闪着光。他很苗条，苗条得有些瘦弱，外套在他穿着垫肩的肩膀上耷拉着。尽管他比安娜贝尔高出三英寸左右，她如果知道他俩差不多重也不会觉得吃惊。他的姿势马上不同了,紧张得奇怪,好像一头鹿随时准备跃起撤退。她看着他,不得不承认肯达尔不是吸引她的那种类型。另一方面,她也不喜欢咸鱼。但如果她正在挨饿,有人递给她一罐咸鱼的话,她当然不会瞧不上眼。

"你好,"肯达尔说,声音文雅轻柔,尽管稍微有点尖,"不必紧张,真的,我不会伤害你的。"

"对此我要保留意见再作判断。"安娜贝尔说道,微笑了一下,然后好像觉得痛苦一般咧着嘴,"请原谅我打扰了你的私人空间,先生。我想呼吸一点新鲜空气。"她深吸了口气,让胸部正好压到胸衣的边,"屋子里的气氛太压抑了,不是吗?"

肯达尔半举起手走过来,仿佛担心她会在露台上晕倒,"要我给您拿些什么吗?一杯水?"

"不,谢谢。在外面呆一会就会没事的。"安娜贝尔优雅地在最近的椅子里坐了下来。"不过……"她顿了顿,尽力显得害羞,"别人看见我俩单独在这里不大好。尤其是我们还没有被介绍认识过。"

他微微鞠了鞠躬,"肯达尔勋爵,愿意为您效劳。"

"安娜贝尔·佩顿小姐。"她瞥了瞥附近的空椅子,"您请坐。我保证,我头不晕了马上就走开。"

肯达尔小心地坐了下来。"不必,"他说,"您想呆多久都可以。"

安娜贝尔受到了鼓励。想起莉莲的忠告,她对接下来要说的话深思熟虑了一番。既然肯达尔已经被一群姑娘追得筋疲力尽,她就要假装她是惟一对他不感兴趣的一个,好与众不同。

“我能猜到您为什么独自走出来。”她微笑着说，“你肯定是想摆脱热情姑娘们的包围。”

肯达尔惊讶地看了她一眼。“事实上，正是如此。我得说，我从来没有参加过来客如此友好的宴会，好得过火。”

“等到月底再下结论。”她建议道，“那时她们会友好得需要鞭子和椅子才能制止她们。”

“你好像在说我是结婚的靶子。”他好笑地评论道，说出了再明显不过的事实。

“不想成为靶子的惟一办法是在你的外衣背后画一个白圆圈。”安娜贝尔说道，他呵呵笑了起来，“我能请问您逃到露台上来的其他原因吗，勋爵？”

肯达尔继续微笑着，看起来比开始自在多了。“我怕我酒有点多了。出于社交原因，我才愿意喝那么一点波尔图酒。”

安娜贝尔从没遇到过一个男人愿意承认这种事。大部分男人把拥有能喝醉一头大象的酒量当做是男子气概。“那，您觉得不舒服吗？”她同情地问。

“像狗一样难受。我听说多喝了酒量会见长——可我觉得这个目标毫无意义。我能想出更好的消遣方式。”

“比如说……”

肯达尔慎重地考虑着这个问题。“在乡间散步。读一本增长见识的书。”他的眼里突然闪着友好的光，“和一位新朋友交谈。”

“这些我也喜欢。”

“是吗？”肯达尔犹豫着，河水流动和树木摇摆的声音听起来如同空中的呢喃,"也许您愿意明天早上与我一起散步。我知道石字庄园边上有几个很不错的地方。"

安娜贝尔几乎无法抑制自己突然的迫切之情。"我很乐意,"她答道,"不过冒昧地问一句——您的那些追随者怎么办呢?"

肯达尔笑了,露出一排细小整洁的牙齿,"如果我们早点动身,我想没人会打扰我们的。"

"我碰巧爱早起。"她撒了个谎,"而且我也喜欢散步。"

"那么,六点?"

"六点。"她重复道,从椅子里站起来,"我必须得进去了——很快就要有人谈论我的离场了。不过我感觉好多了。谢谢您的邀请,勋爵。"她允许自己给了他一个媚笑,"还有让我共享露台。"

她走进屋时,微微闭了闭眼,舒了口气。这是个良好的开始——而且博得肯达尔的好感比她想像的容易得多。再加上些好运气——和朋友的帮助——她可能就会捕获到一个贵族,然后,一切都会好起来的。

第七章

餐后的会面结束后，大部分客人开始准备回房休息。安娜贝尔穿过客厅的一道拱门，看见另外几位正在等她。她对她们充满期待的脸微笑着，随她们走到一个凹处，方便说些私密话。

"那么?"莉莲发问。

"我和妈妈明天早上要和肯达尔勋爵散步。"安娜贝尔说。

"单独?"

"单独。"安娜贝尔确认，"事实上，我们破晓就要碰面，好避开那群猎夫的姑娘。"

要是在更隐秘的地方，她们肯定会一起高兴地尖叫起来。然而，她们只是互相交换了胜利的笑容，黛西则跺脚跳起了欢快的胜利之舞。

"他是怎——怎样的人?"伊薇问。

"害羞，不过很好相处。"安娜贝尔答说，"而且还有些幽默感，这我本来可没敢指望。"

"什么都具备了，包括牙齿。"莉莲声称。

“你说得没错，他容易被吓倒。”安娜贝尔说，“我确定肯达尔不会喜欢太有主见的女人。他很谨慎，口气柔和。我尽量显得端庄——尽管我对自己的伪装有点内疚。”

“所有的女人求爱时都那样——男人也一样。”莉莲淡淡地说，“我们尽力掩盖自己的缺点，说我们认为对方想听的话。我们假装我们总是很可爱、脾气温顺，不会介意别人讨厌的小毛病。而结婚后，我们就收帆了。”

“不过，我觉得男人不必像女人伪装得那么厉害。”安娜贝尔回答说，“如果一个男人大腹便便，或是牙齿发黑，或有点迟钝，他还是很抢手，只要他是位绅士并且有点钱。可对女人的标准就苛刻得多。”

“所以我们才会成为壁——壁花。”伊薇说。

“不会很久了。”安娜贝尔笑着保证。

伊薇的弗洛伦斯婶婶从舞厅走过来，身上的黑裙不衬她发黄的脸色，让她看起来活像个巫婆。她和伊薇不像一家人，伊薇圆脸、红发，长着小雀斑；而她坏脾气的婶婶则瘦小干瘪。“伊万杰琳，”她尖声叫道，挥手时不赞成地瞥了她们一眼，“我已经警告过你不要这样失踪——我到处找你，至少有十分钟了，我不记得你征求过我的同意和朋友见面，或是和这些女孩交往……”弗洛伦斯婶婶生气地唠叨着，朝大楼梯走去，伊薇叹了口气，跟在她后面。她们注视着她，见伊薇把手放在背后，摇摆着手指表示再见。

“伊薇说她家非常有钱，”黛西说，“不过她说他们每一个人都不开心。我在想为什么。”

“还是钱。”莉莲说，“父亲说，没什么比一辈子的富有更能让人知道自己缺少什么了。”她挽起黛西的胳膊，“走吧，亲爱的，趁母亲还没发现我们不见了。你和我们一起走吗，安娜贝尔？”

“不了，谢谢。我母亲很快就会在楼梯下等我。”

“那么晚安。”莉莲眼睛发亮地接着说，“明天早上我们醒来的时候，你已经在和肯达尔散步了。我期待着早餐时能听到详细汇报。”

安娜贝尔玩笑地鞠了一躬，目送她们离开。她缓缓漫步到大楼梯，停在弯曲的楼梯的阴影下。看来菲莉帕又跟往常一样，在客厅里花上没完没了的时间才能结束谈话。不过安娜贝尔不介意等待。她有很多事要考虑，包括明天散步时该说什么话取悦肯达尔，在接下来的几个礼拜里，那么多姑娘追求他的情况下，该怎样吸引他。

如果她够聪明而让肯达尔勋爵喜欢上她，如果壁花们设陷成功，成为这个男人的妻子会是什么感觉？她的本能告诉她，她决不会爱上肯达尔这样的人——但她发誓她会竭尽全力做他的好太太。当然总有一天她会喜欢上他。嫁给肯达尔会是很开心的事。生活舒适无忧，她再也不用担心桌上的东西够不够吃了。最重要的是，杰里米的将来也有了保障，她母亲也再不用忍受霍奇汉姆勋爵的肮脏行径了。

楼梯上传来沉重的脚步声，有人下楼来了。安娜贝尔站在栏杆边，微微笑着往上看，她顿时惊呆了。真是难以置信，她眼前出现了一张肥胖的脸，顶着一头铁灰色的头发。霍奇汉姆？这怎么可能！

他走到最下一级楼梯站住,象征性地朝她鞠了鞠躬,洋洋得意的样子叫人难以忍受。安娜贝尔注视着霍奇汉姆冷酷的蓝眼睛,感到刚才的食物开始在胃里难受地搅作一团。

他怎么会在这里?白天的时候怎么没看到他?她想到母亲马上就要到这里来与她碰头,怒气迅速翻滚起来。这个极端无礼的男人,用发臭的铜板叫她母亲忍受他令人作呕的行为,还以恩人自居。现在他又在最糟糕的时机来纠缠她们。再不会有比在这个宴会上碰到霍奇汉姆更折磨菲莉帕的了。他随时可能抖出他和她的关系——他能轻易地毁了她们,而她们却无法让他保持沉默。

"真没想到,佩顿小姐,"霍奇汉姆低声说道,圆圆的脸因恶毒的幸灾乐祸而变成粉红色,"您是我在石字庄园碰到的第一位客人,真是令人愉快的巧合。"

安娜贝尔强迫自己接受他的注视,感到一阵作呕的颤栗。她努力不在脸上流露任何表情,可是霍奇汉姆可恶地笑着,仿佛看出了包围着她的敌意与恐惧。"从伦敦一路颠簸来到这里,"他继续说道,"我选择在房间里用餐。真可惜没早点遇见你。不过,接下来的几个礼拜,我们会有大把机会碰面的。我想,你迷人的母亲也和你一起来了吧?"

安娜贝尔希望自己能回答说"不",为此她愿意付出一切代价。她的心跳得如此沉重,几乎喘不过气来……她挣扎着压住狂乱的心跳开口说话。"别靠近她。"她说,对自己声音的平稳感到惊奇,"不要和她说话。"

"啊,佩顿小姐,您伤害了我……我,在艰难时刻是你们家惟一的朋友,其他人都离你们而去了。”

她眼睛一眨不眨地盯着他,好像面对的是一条随时准备攻击的毒蛇。

“令人愉快的巧合,难道不是吗,我们发现自己参加的是同一个聚会?”霍奇汉姆问道。他不出声地笑着,笑得油光滑亮的头发都滑到了额前,“命运对我真是不薄,让我和我如此尊敬的女士离得那么近。”

“你和我母亲不会再有任何接触了。”安娜贝尔说,紧紧握住拳头,克制着不挥向他幸灾乐祸的脸,“我警告你,勋爵,如果你以任何方式骚扰她——”

“亲爱的姑娘,您以为我说的是菲莉帕吗? 您太谦虚了。我指的是您,安娜贝尔。我对您倾慕已久。事实上,我久已渴望向您吐露心意。现在看来命运已经给我们制造了绝佳的机会互相熟悉。”

“我情愿在蛇窝里睡觉。”安娜贝尔冷冷地说道,不过她的声音里暗藏软弱,他对此微笑了起来。

“一开始你会抗议,当然。像你这样的姑娘总是这样。不过接着你就会变得明理的……做出明智的选择……你会发现和我做朋友的好处。我会是个有价值的朋友,亲爱的。如果你让我高兴,我会慷慨地回报你的。”

安娜贝尔绞尽脑汁想找个法子让他死了让她做情妇的心。看来惟一能让他躲开的是让他担心踩入其他男人的领地。安娜贝尔努力挤出一个轻蔑的微笑,“我看来如此需要你所谓的友谊吗?”她问道,手指摆弄着精美的新衣服的褶,“你搞错了。我已经有人保护了——他可比你大方得多。所以你最好离我远点——包括我母亲——别再来烦我们。不然你想想怎么应付他吧。"

她看着霍奇汉姆脸上的表情从不相信变成愤怒，随后又转为怀疑，"他是谁？"

"我为什么要告诉你？"安娜贝尔冷冷地微笑着说，"我情愿让你去猜。"

"你撒谎，你这个刁钻的婊子！"

"信不信随你。"她小声咕哝着。

霍奇汉姆的肉手弯曲起来，好像要抓住她逼她坦白。不过，他只是忿忿地看着她，"我跟你还没完。"他低声说着，唾沫溅到了肥肥的嘴唇上，"远远没有。"他极其突然地从她身边走开，愤怒得连象征性的礼节都省略了。

安娜贝尔站着没动。她的怒意慢慢消退，留下的是刺骨的焦虑。她刚才对霍奇汉姆说的话能让他不再纠缠吗？不——这只是权宜之计。接下来他会密切观察她，注视她的一言一行，看她是否在撒谎。还会对她威胁、挖苦让她精神崩溃。不过不管怎样，她不能允许他泄露他与母亲的交易。这会杀了菲莉帕的，显然也会毁掉安娜贝尔的好姻缘。

她的脑子里思绪翻腾，肌肉紧绷一动不动地站着，直到一个声音传来，吓得她差点把鞋都掉了。

"真有趣。你和霍奇汉姆勋爵在争论什么？"

安娜贝尔脸色煞白，转身看见西蒙·亨特像猫一样安静地来到她身边。他的肩膀挡住了客厅里闪烁的灯光。他的泰然自若使他显得比霍奇汉姆更具威胁性。

“你听到了什么?”安娜贝尔脱口而出,听到自己声音里的警惕防备她不禁暗暗咒骂自己。

“没什么。”他平静地说,“我只是看见你们说话时你的脸。显然,你在为什么事不安。”

“我没有不安。你误会了我的表情,亨特先生。”

他摇摇头,伸出一个手指碰碰她没有手套遮着的上臂,令她目瞪口呆。“你生气的时候身上会有斑点。”安娜贝尔低头一看,只见一片淡粉色,她的皮肤总是在她不快的时候泛出不均衡的颜色。

她因他指尖的轻触浑身一颤,往后退了一步。

“你有麻烦吗,安娜贝尔?”他轻声问道。

他没有权利用这么温柔、几乎是关切的语气发问……好像他是她可以求助的对象……好像她可以允许自己这么做似的。

“你喜欢那样,不是吗?”她反驳道,“我有任何麻烦都会让你高兴无比——这样你就可以介入提供帮助,然后利用这个局面。”

他拧起眉,眼神专注,“你需要怎样的帮助?”

“不需要你的帮助。”她粗鲁地说,“也别对我直呼其名。如果你以后能正确地称呼我,我将感激不尽——或者,别和我说话更好。”她再也不能忍受他研究的目光,飞快地走开了,“现在请原谅……我得去找我母亲了。”

菲莉帕在梳妆台旁的椅子上坐下,脸色灰白地看着安娜贝尔。安娜贝尔等到她们回到安全私密的房间后才把这灾难性的消息告诉菲莉帕。她母亲足足花了一分钟才听明白,她最憎恨最害怕的那个男人也是石字庄园的客人。安娜贝尔本以为母亲会痛哭流涕,可她惊讶地发现菲莉帕只是侧过头,盯着房间的阴暗角落,脸上露出古怪疲倦的微笑。安娜贝尔从没见她脸上有过这等笑容,这是一种苦涩的幽默,仿佛在说,再努力改善处境也毫无用处,因为命运自有它的安排。

“我们要离开石字庄园吗?”安娜贝尔低声说,“我们可以马上回伦敦。”

这个问题在空中萦绕着,足有好几分钟。菲莉帕回答的时候显得茫然而若有所思,“如果那样的话,你结婚就再也没有指望了。不……我们惟一的选择是静观其变。我们明天早上还要和肯达尔勋爵散步——我不会允许霍奇汉姆破坏你的机会。”

“他会不断制造麻烦。”安娜贝尔安静地说,“如果我们不回去,这里会变成一场噩梦。”

菲莉帕转向她,还是令人不安地笑着。“亲爱的,如果你找不到人结婚,那么我们回到伦敦时,真正的噩梦就会开始。”

第八章

为烦恼所困,安娜贝尔总共只睡了两三个小时。她早上醒来时,眼圈黑黑的,脸色苍白疲倦。“见鬼,”她咕哝着,把一块布浸在冷水里,敷在脸上,“这可不行,今天早上我看起来有一百岁那么老。”

“你说什么,亲爱的?”她母亲带着睡意问道。菲莉帕站在她身后,穿着旧旧的晨袍和露出线头的拖鞋。

“没什么,妈妈。我在自言自语。”安娜贝尔狠狠地揉搓着脸,给脸颊制造一些血色。“我昨晚没睡好。”

菲莉帕站到她身边,仔细地瞅着她,“你看起来确实有点累。我去叫人送茶上来。”

“要一大壶。”安娜贝尔说。她凑在镜子前仔细地看着自己眼里的红血丝,加了一句,“要两壶。”

菲莉帕同情地笑着,“我们该穿什么与肯达尔勋爵散步呢?”

安娜贝尔把布头拧干,晾在盥洗台上,“旧衣服,我想,因为林子里有些路可能很泥泞。不过我们可以在外面披上莉莲和黛西送的新丝巾。”

灌下一杯热腾腾的茶，匆匆咬了几口女仆从楼下拿来的冷吐司，安娜贝尔穿戴整齐，挑剔地审视着镜子里的自己。蓝色丝巾在胸前打了个结，遮住了淡褐色长裙穿旧的上衣部分。她的新太阳帽也是鲍曼姐妹送的礼物，蔓长春花的衬里衬出她眼睛的蓝色，显得她美丽动人。

安娜贝尔打了个大大的呵欠，和菲莉帕来到了大宅的后阳台。时间尚早，石字庄园的大部分客人还在睡梦中。只有几位一心钓鳟鱼的男士特意起了早。他们几个在外面的桌边吃着早餐，仆人们拿着鱼竿和鱼篓候在一旁。突然，这宁静的画面被一阵讨厌的喧闹打破了，在这个时间实属意外。

“天哪！”她听见母亲叫道。顺着她吃惊的目光，安娜贝尔朝露台另一端望去：那里被一群唧唧喳喳的姑娘占领了，她们拼命地说着话，尖叫着、欢笑着、卖力地搔首弄姿。她们围着什么东西，将它包得严严实实。“她们都在这儿干嘛？”菲莉帕纳闷地问道。

安娜贝尔叹了口气，气馁地说：“一大清早的围猎，我猜。”

菲莉帕盯着这吵吵嚷嚷的一群，下巴都要掉下来了。“你不会是指……你觉得她们围着的是可怜的肯达尔勋爵？”

安娜贝尔点点头，“而且看这情形，等她们结束时他已经不会剩下什么了。”

“可是……可是他约好了和你一起散步的。”菲莉帕抗议，“只有你，还有我作为年长女伴。”

几个女孩注意到安娜贝尔站在露台的那一边，把目标挤得更紧了，好像要遮住他不让她们看见似的。安娜贝尔轻轻摇摇头。要么是肯达尔愚蠢地将他们的计划告诉了别人，要么是结婚狂们已经疯狂到不管在什么时间，只要肯达尔一迈出房门就会紧随其后。

"那么，别只是站在这里。"菲莉帕催促道，"去加入她们，设法吸引他的注意。"

安娜贝尔怀疑地看看她，"有些女孩看起来很凶猛。我可不想被咬上一口。"

附近传来一声闷笑，安娜贝尔分神看了过去。她应该料到的，是西蒙·亨特靠在阳台上，悠闲地喝着咖啡，大手几乎整个把瓷杯包住了。他的装束和另外几个钓鱼者差不多，穿着结实的粗花呢和哔叽衣服，旧的亚麻衬衣领口敞着。他眼里的嘲讽将他对此场景的兴趣显露无遗。

还没完全意识清楚，安娜贝尔发现自己已经朝他走了过去。离他几英尺远时她站住，双肘靠在阳台上，往外凝视着雾气缭绕的清晨。亨特的背靠着阳台，脸朝着大宅的墙。

安娜贝尔感到有必要讽刺一下他那烦人的自信，低声说道："肯达尔勋爵和韦斯特克里夫勋爵并不是石字庄园仅有的单身汉，亨特先生。人们不禁要奇怪为什么你不像他俩那么受欢迎。"

"那很明显，"他愉快地说，端起杯子喝了一口，"我不是贵族，而且我会是个糟糕的丈夫。"他谨慎地斜眼看看她，"至于你……尽管我很同情你的事业，我还是建议你不必为肯达尔费心了。"

“我的事业？”安娜贝尔重复道，立刻被这个词激怒了，“您是如何定义我的事业的，亨特先生？”

“噢，你自己，当然。”他轻声说，“你想要给安娜贝尔·佩顿最好的。不过肯达尔不属于那个类别。你和他结婚会是一场灾难。”

她转过头眯眼看着他，“为什么？”

“因为对你来说，他人太好了。”亨特对她的表情咧嘴笑了，“那可不是侮辱你。如果你是个好女人的话，我不会有现在一半那么喜欢你。同样的，你对肯达尔没好处——他对你也没什么用处，说到底是这样。你会无情地踩在他头上，直到他的绅士灵魂在你脚下碎成一片。”

安娜贝尔很想敲碎他脸上的假笑——她，从没想过要伤害别人身体的她。她简直怒不可遏，尽管她知道他是对的。她很清楚对肯达尔这样温文尔雅的男士来说，她实在太活泼了。不过这可不关西蒙·亨特的事……而且亨特或是其他男人并没打算给她更好的选择！

“亨特先生，”她甜甜地说道，眼神能毒死人：“你为什么不去——”

“佩顿小姐！”几码开外传来一声微弱的叫声，安娜贝尔看到肯达尔勋爵的瘦小身影在女人堆里显现出来。他看上去散了架一般，费力地朝她走过来，不时受到一些骚扰，“早上好，佩顿小姐。”他停下来拉正围巾的结，扶了扶歪掉的眼镜。“看来今天早上不是只有我俩想到要散步。”他局促不安地看了她一眼，问：“我们还是去吧？”

安娜贝尔犹豫着，心里叫苦不迭。被至少两打姑娘陪伴着和肯达尔散步显然不会有什么进展。那无异于试图在一堆喧哗的饶舌者中间安静地交谈。另一方面，她不太好拒绝肯达尔的邀请……哪怕一个微不足道的拒绝都会令他尴尬，结果是以后他再也不会邀请她。

她给了他一个灿烂的微笑，“我很高兴，勋爵。”

“太好了。我想带你看一些让人着迷的植物和动物种类。我是业余的园艺家，对汉普夏郡当地的植被做了详细的研究……”

后面的话被淹没在一群热情的姑娘的包围中。

“我太喜爱植物了。”其中一个滔滔不绝地说，“没有一种植物不让我为之深深着迷。”

“室外要是没有植物，就太单调了。”另一个女孩兴致勃勃地说。

“噢，肯达尔勋爵，”再另外一个恳求道，“你一定要给我们讲讲动物和植物的区别……”

肯达尔被这群姑娘搞得没了方向，好像被一阵无法抵挡的浪头卷进大海一般。菲莉帕顽强地紧随其后，决心帮助安娜贝尔。“我女儿可能太谦虚了，没告诉您她对自然有多热爱……”她对肯达尔说道。

肯达尔无助地回头看看，又被推向露台的台阶，“佩顿小姐？”

“我来了。”安娜贝尔回道，双手在嘴边做喇叭状好让自己被听到。

他的回答，如果他回答了的话，根本不可能听得见。

西蒙·亨特懒懒地把空杯搁在最近的桌上，对拿着他的渔具的仆人低低说了几句。仆人点点头，退下了。亨特来到安娜贝尔身边。她发现他正和她并肩行走，僵硬起来。

“你在干什么？”

亨特把手往粗花呢渔夫外套口袋里一插。“我和你一起去。鳟鱼河里不管发生什么都不会比观看你如何争夺肯达尔的好感来得有趣。而且，我的园艺知识少得可怜。我可以学习一下。”

安娜贝尔克制着没有尖刻地回答他，坚定地跟着肯达尔和他的追随者。他们都走下了露台台阶，踏上通往森林的路，森林里，山毛榉和橡树高耸在厚厚的青苔、蕨类和地衣上。一开始安娜贝尔无视亨特的存在，面无表情地奋力走在肯达尔的大群爱慕者后面。肯达尔被累得半死，不得不帮助一个又一个姑娘越过看起来微不足道的障碍。一棵倒下的树，还没安娜贝尔的胳膊粗，却变得如此难以跨越，她们全都要求肯达尔帮助她们跨过去。姑娘们一个比一个娇弱，到最后，可怜的家伙几乎是抱着最后那个过去的，她假装惊愕地尖叫着，胳膊紧紧搂着他的脖子。

安娜贝尔远远地走在后头，拒绝了西蒙·亨特伸出的手，自己跨过树干。他看看她木然的侧面，微微笑着。“我本以为你现在应该已经冲到最前面去了。”他说。

她不以为然地哼了一声。“我才不会浪费精力和那帮没脑子的斗呢。我会等待更好的时机让肯达尔注意我的。”

“他已经注意到你了。除非他瞎了眼才没有。问题在于你为什么觉得你会有运气让肯达尔向你求婚？我认识你的这两年里你可从没成功过。”

"因为我有个计划。"她干脆地说。

"那是?"

她嘲弄地看看他,"好像我会告诉你似的。"

"我认为你得搞些阴谋诡计。"亨特严肃地说,"你用淑女的方法看来不太成功。"

"那只是因为我没有嫁妆。"安娜贝尔反驳,"如果我有钱的话,几年前就嫁出去了。"

"我有钱,"他热心地说,"你需要多少?"

安娜贝尔讽刺地看看他。"我很清楚你会要求什么做回报,亨特先生。我可以明确地说我一个先令也不想要你的。"

"听到你对交友如此谨慎真是太好了。"亨特伸手替她拨开一根树枝,"我听到过相反的传闻,我很高兴这不是真的。"

"传闻?"安娜贝尔在路中央停了下来,转身面对着他,"关于我?别人能说我什么闲话?"

亨特一言不发,观察着她不安的脸,她自己找到了答案。

"谨慎……"她咕哝着,"我交的朋友?……那是暗示我有什么不当的……"她突然停住了,脑海里跳出了霍奇汉姆令人厌恶的嘴脸。亨特没法不注意到她脸色的突然改变,以及眉目间传出的明白过来的微妙神色。安娜贝尔冷冷地看看他,转身走开了,她的脚步缓慢而沉重地落在铺满树叶的路上。

亨特与她并肩行走,而肯达尔遥远的声音向他们飘来,他在就经过的植物给热切的听众们上课:稀有的兰花……白屈菜……各种真菌。他的演讲每隔几秒钟就被他陶醉的听众惊奇的叫声打断。"……这些较低的植物,"肯达尔说着,稍稍停顿了一下，指着一棵倒霉的橡树上覆盖着的一层青苔和地衣，“被归为苔藓植物，需要潮湿的条件才能茂密生长。如果没有森林的笼罩，它们暴露在阳光下肯定会死掉的……”

“我没做错过什么。”安娜贝尔简短地说，奇怪为什么她会在乎亨特的看法。她更烦心的是不知道他从哪听来的传闻——尤其是，怎样的传闻。有没有可能有人看到霍奇汉姆夜里造访她家？那太糟糕了。碰到像这样毁人名誉的传言是不可能为自己辩护的，“而且我没什么可后悔的。”

“真遗憾，”亨特轻松地说，“后悔是你的生活曾经发生过有趣事情的惟一标志。”

“那么，你后悔过什么吗？”

“噢，我也没有什么可懊悔的。”他深色的眼睛里闪现一丝狡黠，“当然，不是没有试过。我一直在做不可告人的事，希望以后会后悔。可是到现在为止……还没有。”

尽管安娜贝尔思绪复杂，还是忍不住笑了起来。一条长树枝挡住了去路，她伸手想把它拨开。

“请让我来，”亨特说着，过去帮她拉住树枝。

“谢谢。”她从他身边挤过去，一边看着远处的肯达尔和其他人，突然感到脚底一阵刺痛。“嗷！”她停了下来，撩起裙子看是什么东西刺的。

“怎么了？”亨特马上来到她身边，一只大手抓住她肘部帮她站稳。

“我鞋子里有什么东西很扎人。”

“我来帮你。”他说着，蹲下来握住她的脚踝。这是头一次有男人碰她的腿，安娜贝尔满脸通红。

“别碰那里。”她激烈地小声抗议，往后一退差点摔倒。亨特没松手。为了不倒下去，安娜贝尔只好抓住他的肩，“亨特先生——”

“我找到问题所在了。”他喃喃道。她感到他在拨弄她的棉袜表面，“你踩到带刺的蕨类了。”他举起一样东西给她看——一根浅色的干草一样的鳞叶钻进了她的鞋面，扎到棉袜里。

安娜贝尔脸颊发烫地抓住他的肩保持平衡。他的肩膀坚硬得惊人，外套里面没有衬垫保护充满弹性的肌肉。她的脑子一片混乱，难以接受自己正站在树林中间被西蒙·亨特握着脚踝这个事实。

见她难堪的样子，亨特突然笑了，“你袜子里还有很多干草。要我弄掉吗？”

“快一点。”她委屈地说，“别让肯达尔回头看到你的手在我裙子上。”

亨特闷笑了一声，埋头干了起来，熟练地把最后的几根刺挑走。他拔刺的时候，安娜贝尔凝视着他的后颈：几缕黑色的头发在结实、晒黑的皮肤上卷曲着。

亨特伸手拿起掉下的拖鞋，手势夸张地穿回她脚上。“我朴素的辛德蕊拉，”他说着，站了起来。看到她两颊艳若桃李的粉红色，他眼里流露出善意的嘲弄。“你干嘛穿这么荒谬的鞋子来树林散步？我以为你会够聪明穿双高帮靴。”

“我没有高帮靴子。”安娜贝尔说，有些生气他暗示她缺乏脑子，连挑双合适的鞋散步都不懂，“我的旧靴子破了，新的买不起。”

令她惊讶的是，亨特没有利用这个机会继续嘲讽她。他不动声色地研究了她一会儿。“我们去赶上其他人吧。”他最后说道，“他们可能已经发现很多我们没见过的苔藓了。或者上帝帮助我们，一个蘑菇。”

她胸口的紧张缓了过来，“我呢，则希望找到一些地衣。”

这让他淡淡一笑，伸手折断一根挡道的嫩枝。安娜贝尔紧跟着他，提起裙摆，尽力不去想坐在露台上享用茶和饼干该有多美妙。他们来到一个缓坡的坡顶，迎面的景色令人惊叹：森林的地面上长满了风铃草。橡树、山毛榉和白蜡树间弥漫着天蓝色的薄雾，他们仿佛跌入了梦境。到处都是风铃草的气味，她感觉吸入的空气芬芳浓郁。

安娜贝尔在一棵纤细的树边停下，手臂轻搂着树干，惊喜地凝视着脚下的风铃草。“真可爱。”她喃喃道，脸庞在古老交错的树冠投下的阴影下熠熠生辉。

“是的。”不过亨特在看着她，而不是风铃草，她看见他的表情，感觉脉搏加速。她以前见过男人爱慕的表情，有些甚至是欲望，但从没有过像这样令人困惑的亲密……仿佛他想要的远非她的身体，而是更为复杂的东西。

她不安地从树边走开，朝肯达尔走去。肯达尔正在和她母亲交谈，那群姑娘已四处散开采摘满怀的风铃草。花枝被践踏、折断，而这群女掠夺者的财宝积了一大堆。

肯达尔看到安娜贝尔走来似乎很欣慰，看见她脸上甜美的笑容更是高兴。看来他本来以为她会生气，因为世间不管哪个女子如果受邀散步，结果却因其他有更多要求的同伴而被忽略，多会忿懑。他的眼神落在西蒙·亨特身上，表情变得有些不确定。两位男士互相点点头，亨特显得自信满满，而肯达尔则面带戒备。"看来我们又引来了一位同伴。"肯达尔低声说。

安娜贝尔展现给肯达尔一个最灿烂的笑容。"当然如此，"她说："您是花衣魔笛手①，勋爵。不管您到哪里，人们都会跟随着您。"

他脸红了，被这胡话逗得开心，轻声说："我希望您还喜欢这次散步，佩顿小姐。"

"噢，是的。"她向他保证说，"尽管我无意中踩到了一片带刺的蕨类。"

菲莉帕担心地轻声叫起来："我的老天……你没受伤吧，亲爱的？"

"不，不，不值一提。"安娜赶忙说，"只稍微刮了一两下。全是我自己不好——我想我穿错了鞋。"她伸出一只脚给肯达尔看她的拖鞋，确定自己展现出了几英寸优美的脚踝。

肯达尔惊讶地嗒了下舌头，"佩顿小姐，要穿越森林，您得穿比这种拖鞋结实得多的鞋。"

"当然，您是对的。"安娜贝尔耸耸肩，继续微笑着，"我太蠢了，没想到这里的路这么崎岖。回去的时候我会多加小心的。不过这片风铃草太美了，为了它们我愿意穿过整片带刺的

---

① 中世纪传说中解除普鲁士哈默尔恩鼠疫的魔笛手，吹着魔笛把当地的孩子全部拐走。

蕨地。”

肯达尔把手伸向一簇风铃草，摘下一枝插在她太阳帽的缎带边。“它们不及您的眼睛一半蓝。”他说，他的目光落在她已经被裙摆遮住的脚踝上，“我们回去的时候您一定要挽着我的胳膊，免得发生更多意外。”

“谢谢，勋爵。”安娜贝尔仰慕地抬头望着他，“我怕我错过了您刚才关于蕨类的见解，勋爵。您好像提到了有关……铁角蕨，是吗？……我非常入迷……”

肯达尔兴致勃勃地讲起了关于蕨类的详尽知识，超过一个人想了解的全部……后来，当安娜贝尔无意间朝西蒙·亨特的方向看过去时，发现他已经不见了。

第九章

“我们真要这么做吗?”安娜贝尔有些发愁地问道,几位壁花正提着大篮子走在森林小径上,“我还以为我们关于跑柱式棒球的讨论只是有趣的玩笑呢。”

“鲍曼家从不会拿跑柱式棒球开玩笑。”黛西告诉她,“那会是一种亵渎。”

“你喜欢游戏,安娜贝尔。”莉莲兴高采烈地说,“而跑柱式棒球是最棒的游戏。”

“我喜欢的是桌上玩的那种,”安娜贝尔反驳道,“而且衣着得体。”

“你实在太看重衣服啦。”黛西满不在乎的声音飘来。

安娜贝尔懂得拥有朋友的代价是有时候不得不服从团体的意见,哪怕这有违自己的本意。尽管如此,安娜贝尔今天早晨还是试图偷偷把伊薇拉到自己这边,没想到这姑娘居然真的想在光天化日之下脱得只剩内衣裤。不过伊薇轻率地赞同鲍曼姐妹的想法是因为她把这看做是自我激励的计划的一部分。“我想——想变得像她们那样，”她曾向安娜贝尔吐露心声，“她们那么自由勇敢。她们什么也不怕。”

看着她热切的脸庞，安娜贝尔重重地叹了口气，放弃了劝说，“噢，好吧。只要没人看见我们，我想可以。尽管我实在想不出这有什么意思。”

“也许会很好——好玩？”伊薇提出。安娜贝尔表情丰富地看看她，把她逗笑了。

自然，天气也很配合鲍曼姐妹的计划，晴空万里，微风拂面。沿着低洼处的道路，四个姑娘提着篮子穿过湿湿的草地，遍野都是红色的茅膏菜花和鲜艳的紫罗兰。

“注意看有没有一口许愿井。”莉莲欢快地说，“到了那儿我们要穿过另外一边的草地，穿过树林。山顶有片干草地。一个仆人告诉我从没有人到那里去。”

“自然应该是在上山的路上。”安娜贝尔没火气地说道，“莉莲，那井是什么样子的？是不是那种粉刷过的，带滑轮和桶的？”

“不，只是地上一个大土洞。”

“在那儿，”黛西叫道，急忙奔向一个褐色的泛着水花的洞。洞口筑着一道堤，“快点，大家都过来，我们每个人都要许个愿。我还有针可以抛进去呢。”

“你怎么会想到要带针？”莉莲问。

黛西淘气地笑了，“嗯，昨天下午我陪妈妈还有其他年长的贵妇做女红时，做了一个棒球。”她从篮子里掏出一个皮球，得意地举在手里，“为了做它，我牺牲了一副新的小山羊皮手套——而且还很难做，我告诉你们。那些贵妇都看着我往里面塞小团的羊毛，最后，其中一个终于忍不住了，跳出来问我到底在做什么东西。我当然不能告诉她们这是个棒球。我肯定妈妈猜到了，不过她尴尬地一言不发。于是我告诉那位贵妇，我在做一个针垫。”

大家都窃窃笑着。“她肯定觉得这是世界上最难看的针垫。”莉莲说。

“噢，毫无疑问。”黛西回答说，“我想她肯定很为我难过，她还给了我几枚针，悄悄嘀咕着可怜的美国姑娘笨手笨脚，什么也干不好之类的话。”她用指甲尖从棒球里拔出针，分给她们。

安娜贝尔放下自己的篮子，用食指和拇指捏住针，闭上眼睛。只要有机会，她都会许同一个愿望……嫁一个贵族。奇怪的是，这次，当她把针扔进井里的时候，一个新的念头冒了出来。

我希望我能恋爱。

安娜贝尔对这个任性不听话的念头惊讶不已，她奇怪自己怎么会把愿望浪费在这么不明智的念头上。

安娜贝尔睁开双眼，见另外几位正表情严肃地盯着井。“我许错愿了。”她不安地说，“我能再许一个吗？”

“不。”莉莲理所当然地说，“一旦你把针扔进去，就结束了。”

“可是我想许的不是那个愿望。”安娜贝尔抗议道，“只是脑子里突然跳出个念头，完全不是我计划的那样。”

“别争了，安娜贝尔。”伊薇建议道，“你可别惹恼了井里的精灵。”

“什么？”

伊薇冲她迷惑的表情笑笑。“井里住着的精灵。你就是向他许的愿。但如果你惹恼了他,他可能会决定为实现你的愿望索取可怕的代价。也有可能会把你拖到井底去,永远呆在里面做他的夫——夫人。"

安娜贝尔凝视着褐色的水。她手拢着嘴对下面喊道:"你不用实现我的破愿望。"她大声地对看不见的精灵说,"我收回我的愿望!"

"别惹他生气,安娜贝尔。"黛西嚷道,"看在上帝分上,赶快从井边走开!"

"你迷信吗?"安娜贝尔咧嘴一笑。

黛西朝她怒目而视。"你知道,迷信是有道理的。从前有人像你一样站在井边,结果发生了糟糕的事。"她闭上眼睛,集中精神,把自己的针抛进了水里,"好了。我为你许了个愿——你不用再抱怨浪费了一个了。"

"你怎么知道我想要什么?"

"我许的愿是对你有好处的。"黛西告诉她。

安娜贝尔戏剧性地呻吟了一声。"我讨厌为我好的事。"

接下来是一阵善意的吵嚷,每个姑娘都告诉对方什么对她最好,直到最后莉莲命令她们住嘴,因为她们让她没法集中注意力。她们只安静了一会儿让莉莲和伊薇许完愿,接着就穿过草地和树林。很快,她们来到一片可爱的干爽草地,草很茂盛,被太阳晒干了,一边的橡树林投下阴影。空气温暖而稀薄,异常清新,安娜贝尔幸福地叹了口气。"空气里什么都没有。"她假装抱怨地说,"没有煤烟,也没有街上的灰尘味。对一个伦敦人来说实在太稀薄了,我的肺几乎都感觉不到它的存在。"

“可没那么稀薄。”莉莲答道，“风儿会不时带来浓浓的羊香水味。”

“真的？”安娜贝尔试着吸吸鼻子，“我什么也没闻到。”

“那是因为你没长鼻子。”莉莲答道。

“你再说一遍？”安娜贝尔嘲弄地笑着问。

“噢，你长的是普通的鼻子。”莉莲解释说，“可我的鼻子不一般。我对气味非常敏感。给我一种香水，我马上能分辨它所有的成分。就好像听一个和弦，能听出各个音符一样。我们离开纽约前，我还为我父亲的工厂研制了一种香皂的配方。”

“那么你觉得你能创造一种香水吗？”安娜贝尔入迷地问。

“我敢说我能创造出一种很棒的香水。”莉莲自信地说道，“不过，这一行里所有的人都会嗤之以鼻的，因为‘美国香水’这个词被认为是个逆喻——何况我是个女人，这就使我鼻子的才能大受质疑了。”

“你是说男人的嗅觉比女人灵敏？”

“他们当然这么认为。”莉莲悲观地说，一边从她的篮子里潇洒地抖出一块野餐毯子。“关于男人我们讨论得够多了，现在让我们在太阳下坐一会儿吧？”

“我们会变成棕色的。”黛西预言，一屁股坐在毯子一角，愉快地叹了口气，“那样妈妈又要歇斯底里地发作了。”

“歇斯底里？”安娜贝尔问，觉得这个美国词语很有意思。她把自己扔在黛西身边，“她发作的时候一定要来叫我——我很好奇那是什么样的。”

“妈妈老是发作。”黛西很有信心地告诉她，“不用担心，不等我们离开汉普夏郡，你肯定已经对歇斯底里非常熟悉了。”

“我们打球前不能吃东西。”莉莲见安娜贝尔掀起野餐篮的盖子，说道。

“我饿了。”安娜贝尔愁眉苦脸地说，一边瞄瞄篮子里面，里面装满了水果、奶酪、肉酱、厚厚的面包片，还有各种各样的沙拉。

“你总是叫饿。”黛西好笑地看着她，“对你这么小的个儿来说，你的胃口可真是惊人。”

“我？小个儿？”安娜贝尔反对说，“如果你能比五英尺高出十分之一英寸，我就把野餐篮子给吃了。”

“那么，你最好现在就开吃吧。”黛西说，“我正好是五英尺零一英寸，谢谢。”

“安娜贝尔，如果我是你，才不会去啃那柳条把手。”莉莲慢慢露出笑容，出面调停，“黛西每次量身高都踮起脚尖。可怜的裁缝不得不改短了几乎一打裙子，都是因为我妹妹不可理喻地否认自己个子矮。”

“我才不矮。”黛西嘀咕着，“矮个子女人从不神秘、高雅，或被英俊的男人追求。她们总是被当做孩子。我拒绝做矮女人。”

“你不神秘也不高雅，”伊薇承认，“可是你很漂——漂亮。”

“你是个小可爱，”黛西回道，抬起身把手伸向野餐篮，“来，我们喂可怜的安娜贝尔——我都能听到她肚子咕咕叫了。”

她们津津有味地把食物翻了个遍，然后懒洋洋地躺在毯子上看着云朵，有一句没一句地闲扯着。谈话声渐渐安静，这时一只红色的小松鼠冒险从橡树林里走了出来，用一只乌溜溜的眼睛观察着她们。

“一位入侵者。”安娜贝尔看着它，姿态优美地打了个呵欠。

伊薇翻过身，朝松鼠扔了块面包皮。它一动不动地盯着这诱人的食物，胆小得不敢上前。伊薇侧着头，头发在阳光下闪闪发光，像是罩着一张红宝石的网一般。“可怜的小东西。”她柔声说，又朝胆小的松鼠扔了块面包皮。这一块扔得靠它近了几英寸，它的尾巴热烈地摆动了一下。“勇敢一点，”伊薇哄他，“过来拿呀。”她宽容地笑着，又扔了块面包，离它斜斜的几英寸远。“噢，松鼠先生，”伊薇责备道，“你真是个可怕的胆小鬼。你难道看不出来这里没人会伤害你吗？”

松鼠突然采取行动，抓住这小块食物摇着尾巴蹦蹦跳跳地走了。伊薇抬起头，露出成功的微笑，发现其他几个都一言不发，惊讶地盯着她看。“怎——怎么了？”她疑惑地问。

安娜贝尔最先开口。“刚才你跟松鼠说话的时候，一点也不口吃。”

“噢，”伊薇突然有点难为情，垂下眼帘做了个怪相，“我跟动物和小孩子说话从不口吃，我也不知道为什么。”

这话让她们思索了一阵。“我注意到你跟我说话也很少口吃。”黛西说。

莉莲似乎不打算放过这句话。“你属于哪一类，亲爱的？孩子，还是动物？”

黛西朝她做了个手势，安娜贝尔完全看不懂。

安娜贝尔本打算问伊薇有没有找医生治过口吃，可这位红发姑娘突然改变了话题。“棒——棒球在哪里，黛西？我们再不玩的话我都快睡着了。”

安娜贝尔发现伊薇不愿意再讨论她口吃的问题，于是响应这个请求，“如果真要玩的话，现在最好不过了。”

黛西在篮子里找球的时候，莉莲从自己篮里拿出一样东西。“看看我带了什么。”她得意地说。

黛西抬头一看，高兴地笑了起来。“真的球拍！”她喊着，爱慕地看着这个扁平的东西，“我本以为只能用旧棍子打球了。你从哪里搞来的，莉莲？”

“我问一个小马倌借的。他们一有空就偷偷去打球——他们很热衷于此。”

“谁不会呢？”黛西夸张地问道，开始解开胸衣，“太好了，天气很暖和——脱掉层层衣服会很舒服。”

鲍曼姐妹无所谓地解下衣服，看来很习惯在露天宽衣解带。安娜贝尔和伊薇互相看看，犹豫不决。

“我谅你不敢。”伊薇低声说。

“噢，天哪。”安娜贝尔愤愤地说道，开始解衣服的钮扣。她发现一股意外的羞怯让她脸红，不过，连胆怯的伊薇·詹纳都愿意加入叛逆的队伍，她可不打算做胆小鬼。她把胳膊从裙子的袖子里挣脱出来，她站着，任沉重的外衣掉在脚下，皱成一堆。身上只剩下直筒式的宽松内衣、灯笼裤和紧身胸衣，脚上只穿着袜子和轻便的拖鞋，她感到一阵微风拂过胳膊下汗津津的地方，快乐地颤抖了一下。

另外几个姑娘也卸下了裙子，衣服堆在地上，犹如硕大的异域花朵。

“接着!”黛西说道,把球扔给安娜贝尔,她下意识地接住球。她们都走到草地中央,来回投着球。伊薇的传击球最有问题,不过显然这是由于缺乏经验而不是笨拙。而安娜贝尔的弟弟经常找她做玩伴,所以她对传击球的技巧很熟练。

这真是最奇怪、最轻快的感觉,腿不被厚重的裙子遮挡地站在外面。“我猜这就是男人的感觉。”安娜贝尔说出她的想法,“能穿着长裤走来走去。我几乎要妒忌他们的自由。”

“几乎?”莉莲笑着问,“毫无疑问,我确确实实妒忌他们。要是女人也能穿长裤该多好?”

“我可——可一点也不喜欢。”伊薇说,“我会难为情死的,如果被一个男人看到我腿的形状和我的……”她犹豫着,显然想找个词形容女性身体难以启齿的部分,“……其他的东西。”她蹩脚地说完了话。

“你的宽松内衣很破,安娜贝尔。”莉莲突然鲁莽地说,“我没想到给你新的内衣,尽管我意识到……”

安娜贝尔不假思索地耸耸肩,“没关系,因为只有在打球的时候才可能有人看到。”

黛西看看她姐姐,“莉莲,我们目光短浅得可恶。我想可怜的安娜贝尔向神仙教母暗示过了。”

“我可没抱怨过。”安娜贝尔说着笑了起来,“在我看来,我们四个都半斤八两。”

练习了几分钟,简单讨论过跑柱式棒球的规则后,她们把空的野餐篮当做柱子,开始了运动。安娜贝尔稳稳地站在一个被定为“三柱门”的点上。

"我把球喂给她，"黛西对她姐姐说，"然后你接球。"

"可我的胳膊比你强壮。"莉莲发着牢骚，不过还是站到了安娜贝尔身后的位置。

安娜贝尔把球拍举在肩上，挥向黛西扔来的球。没打到，球呼啸着在空中转了个漂亮的弧度。在她身后，莉莲不出意料地接住了球。"挥得好，"黛西鼓励道，"球朝你过来时要注意观察。"

"我可不习惯站着不动让东西向我砸过来。"安娜贝尔说着，又挥舞起了球拍，"我有几次机会？"

"在跑柱式棒球里，击球手可以无数次击球。"莉莲的声音从背后传来，"再来一次，安娜贝尔……这一次，试着把球想像成亨特先生的鼻子。"

安娜贝尔很感兴趣地接受了这个建议。"我更愿意把它当做一个更低的隆起物来瞄准。"她说道，在黛西把球喂过来时又挥手一击。这一次，球拍的拍面结结实实地碰到了球，发出一记响亮的声音。黛西高兴地大叫一声，开始跑动追球，大声笑着的莉莲喊道："跑呀，安娜贝尔！"

她跑了起来，一边欢欣地咯咯笑着，绕着篮子奔向三柱门。

黛西抄起球，扔给莉莲，莉莲在空中接住了它。

"呆在第三柱，安娜贝尔。"莉莲喊道，"我们看看伊薇能不能把你带回三柱门。"

伊薇显得紧张但很有决心，拿着球拍站在击球者的位置。

"假装球是你的弗洛伦斯婶婶。"安娜贝尔建议道，伊薇的脸上露出了笑容。

黛西投了一个容易的慢速球，伊薇将球拍一阵乱摇。球没击中，响亮地落入莉莲手中。莉莲把球扔回给黛西，让伊薇重新站好。“腿分开点，膝盖微弯。”她小声地说，“对了。现在，球过来时看着球，你就不会打空了。”

不幸的是，伊薇打空了，一次又一次，直到她垂头丧气，脸红红的。“这太——太难了。”她说道，眉头紧锁。“也许我该停手了，让别人玩。”

“再试几次。”安娜贝尔焦急地说道，决心让伊薇至少击中一次，“我们不着急。”

“别灰心。”黛西也插嘴说，“你只是太紧张了，伊薇。放松——击球的时候别闭着眼睛。”

“你可以的。”莉莲说着，拨开额头上垂下的一缕黑发，活动了一下纤细有力的胳膊。“刚才那个球差点就击中了。继续……看着……球。”

伊薇顺从地叹了口气，拖着球拍回到三柱门，又一次举起了拍子。她盯着黛西，蓝眼睛眯了起来，绷紧神经准备下一个球，“准备好了。”

黛西果断地扔出了球，伊薇全力以赴挥动球拍。安娜贝尔一阵激动，心满意足得看到球拍狠狠击中了球。球飞到空中，远远地飞到了橡树林里。她们都为这精彩的一击欢天喜地地大叫起来。伊薇惊讶无比，跳了起来，尖叫着：“我成功啦！我成功啦！”

“绕着篮子跑！”安娜贝尔喊道，跑回了三柱门。兴奋的伊薇绕着临时的棒球场跑了一圈，白衣服糊成一片。她回到三柱门时，大家都没有来由地继续跳着叫着，仅仅只是因为她们年轻、健康，并且感到高兴。

突然，安娜贝尔注意到有个深色的身影迅速爬上山坡。她突然沉默了下来，看清有一个——不，是两个人——策马奔向干草地。“有人过来了！”她说道，“两个骑马的。快，去拿你们的衣服！”她的低声警告掐断了姑娘们的欢笑。她们睁大眼睛互相看看，急忙慌乱地行动起来。黛西和伊薇死命朝野餐地点奔去，她们的衣服留在那里了。

安娜贝尔也跟了上去，这时，马儿惊雷般地停在了她身后，她停住脚步，突然转过身，警惕地面对着他们，想弄清楚会有什么危险。仰起头，犹如晴天霹雳，她错愕地认出了他们。

是韦斯特克里夫勋爵……更糟的是……还有西蒙·亨特。

第十章

安娜贝尔一碰到亨特震惊的眼神，就似乎再也无法移开目光。如同那些噩梦，最后总能醒来大松一口气，知道这么可怕的事情不会真的发生。要不是情况对她这么不利，她可能会很高兴看到西蒙·亨特哑口无言的样子。一开始他一脸茫然，好像怎么也不明白她怎么会只穿着宽松内衣、紧身胸衣和灯笼内裤站在他面前。他的眼光在她身上游移，最后缓缓落在她通红的脸上。

又一阵令人窒息的沉默过后，亨特艰难地吞了吞口水，用生疏的声音说道："我可能不该问，可是你们究竟在干嘛?"

这话让安娜贝尔从瘫痪中恢复过来。她当然不能这样只穿着内衣站着和他说话。可是她的尊严——如果还剩下几丝的话——不允许她像伊薇和黛西那样傻傻地尖叫着冲向衣服。她采取了折中的办法，快步走到她的衣服边上紧紧攥着衣服挡住前面，一边转身面对西蒙·亨特。"我们在打跑柱式棒球。"她说道，声音比平时尖了许多。

亨特看看四周，又看回她身上。“你们为什么——”

“穿着裙子可跑不开。”安娜贝尔打断了他，“我想这很显然。”

他明白过来，迅速别过了脸，可安娜贝尔还是看到了他脸上的笑。“我从没试过，所以只好相信你的话。”

安娜贝尔听见身后黛西责备地对莉莲说：“我以为你说过没人会来这块草地！”

“别人是那么告诉我的。”莉莲边回答边站进自己的裙子里，弯腰把它往上拉，声音模糊不清。

一直不做声的伯爵努力把目光定格在远处的景色上，开口说道：“您的信息没错，鲍曼小姐。”他平静地说，“这里很少有人来。”

“哦，那么，你们怎么会在这里？”莉莲责怪道，好像她，而不是韦斯特克里夫，才是这庄园的主人。

这问题让伯爵的头回了过来。他难以置信地看看这位美国姑娘，又把目光移开。“我们来这里纯属意外。”他冷冷地说，“我今天想看看我的庄园的西北角。”他说“我的”这个词时，不易察觉而又明显地加重了语气，“我和亨特先生一路过来时，听到你们的尖叫声。我们想最好来察看一下，必要的话可给予帮助。没想到你们会把这里当做……当做……”

“内衣式跑柱式棒球场。”莉莲替他说道，把胳膊伸进袖子。

伯爵似乎没法重复这怪诞的词语。他掉转马头，回头简短地说：“我决定五分钟内让自己失忆，在此之前，我建议你们以后再也不要进行裸露的户外运动。因为下一个过路人如果发现你们，可能不会像我和亨特先生那样无动于衷。”

尽管安娜贝尔正在难堪之中，还是忍不住要对伯爵声称的亨特先生的无动于衷表示疑问，暂且还不要说他自己的。亨特显然把她看了个够。而韦斯特克里夫的观察尽管比较隐蔽，他掉转马头之前还是偷偷飞快看了莉莲一下，看得很仔细，这可逃不过她的眼睛。不过，鉴于自己衣衫不整的情况，现在打击韦斯特克里夫居高临下的气焰可不是时候。

“谢谢，勋爵。”安娜贝尔用平静得让自己高兴的语气说，“现在，既然您赐予我们这么好的忠告，我请求您给我们一点私人空间恢复一下。”

“很乐意。”韦斯特克里夫低沉威严地说。

西蒙·亨特离开前，忍不住回头望着安娜贝尔，她仍然抓着衣服挡在胸前站着。尽管他表面上很镇定，她觉得他的脸色有些不一样……而他黑亮的眼睛无疑正在燃烧。安娜贝尔真希望自己能镇定自若满不在乎地看着他，可是完全相反，她感到自己满脸通红、样貌不整、站立不稳。他好像有什么话就在嘴边要告诉她，却又纠正了自己，自嘲地微笑着喃喃自语。他的马不耐烦地重重踏着脚步，喷着鼻息。亨特示意它飞奔跟上已经穿越田野大半的韦斯特克里夫时，它迫不及待地掉过了头。

安娜贝尔深感羞辱地转向莉莲，她也红着脸，但显得颇为镇静。“所有的男人里面偏偏会是他们两个，”安娜贝尔厌恶地说，“发现我们这副样子。”

“你几乎要仰慕如此的傲慢。”莉莲淡淡地说，“肯定花了好多年才能培养成这样。”

“你说的是哪个男人？……亨特先生还是韦斯特克里夫勋爵？”

“都是。尽管伯爵的傲慢要稍胜亨特先生的——这可称得上是令人注目的伟绩。”

她俩互相看着，都对离去的两位来者感到厌恶。突然安娜贝尔忍不住笑了起来，“他们很吃惊，不是吗？”

“可不会比我们更吃惊。”莉莲反驳道，“问题是，我们以后怎么再面对他们呢？”

“他们怎么再面对我们？”安娜贝尔回敬道，“我们在做我们自己的事情——是他们闯了进来！”

“你真是太对了——”莉莲说了一半又停了下了，注意到野餐地点传来剧烈的喘气声。伊薇在毯子上扭曲着身体，而黛西叉腰站在一边。

安娜贝尔赶到她俩身边，惊慌地问道：“怎么了？”

“她难堪得受不了了，”黛西说，“这让她发狂。”

伊薇在毯子上翻滚着，用餐巾捂住脸，露出来的一只耳朵已经变成腌甜菜的颜色。她越想忍住不笑，就越发笑得厉害，直到她间歇着拼命地喘着气。终于她能够尖声说出几句话了，“真是绝——绝——绝妙的草坪运动入门课！”接着她又控制不住地笑开了，任其他三个人站在一边。

黛西意味深长地看了安娜贝尔一眼。“这，”她告诉她，“就是歇斯底里发作。”

西蒙和韦斯特克里夫疾驰着离开了草地，进入树林后放缓了步子，沿着一条蜿蜒的小径穿过林地。足有两分钟两人都不愿，或者确切地说是不能开口说话。西蒙的脑子里盘桓着安娜贝尔·佩顿的倩影，那洗了足有一千次的老式内衣下结实丰满的曲线。还好他俩不是单独处于这种局面，因为如果是那样的话西蒙难保自己不会做出野蛮的举动。

西蒙这辈子从未体验过刚才在草地上见到安娜贝尔衣衫不整时那么强烈的渴望。他浑身抑制不住立刻下马的冲动，想一把抱住安娜贝尔，把她带到最近的草地上。他想像不出还有比她丰满的身体、绸缎一样的奶油色肌肤和阳光下金褐色的头发更强烈的诱惑了。她的羞怯那么迷人，到处泛着红晕。他想用牙齿和手指扯掉她破旧的内衣，他想从头到脚亲吻她，品尝她的甜蜜——

“不。”西蒙喃喃道，感到血液在沸腾，几乎要把自己灼伤。他不能让自己这样想下去，不然他强烈的欲望会使接下来的骑行无比不适。西蒙克制住自己的欲望，瞥了韦斯特克里夫一眼，他正在沉思。这对韦斯特克里夫来说很不寻常，他可不属于沉思的类型。

两个男人已经做了约有五年的朋友，他俩相识于一次晚宴，主人是他俩都认识的一位改革派政客。当时，韦斯特克里夫的贵族父亲刚刚去世，把家里的生意都留给新伯爵马库斯打理。他发现家庭的经济状况表面无恙，内里却有痼疾，像是一个患有绝症而表面健康的病人。韦斯特克里夫这位新伯爵对账簿上显示的持续亏损感到警觉，意识到必须进行大刀阔斧的改变。他决心避免其他贵族一辈子任家业不断萎缩的命运。现代贵族并不是小说里描写的那样在赌桌上失去财富，他们实际上只是不太在行的财务经理，通常不会如此莽撞。保守的投资、过时的观点、注定倒霉的财务安排慢慢吞噬了贵族们的财富，让新兴的职业人士阶层占领了上流社会。无论谁选择无视科学和工业进步对经济的影响，都注定要被遗弃在它滚滚的车轮下……而韦斯特克里夫不想被归入这一类。

西蒙和韦斯特克里夫建立友谊后，无疑双方都利用对方得到了自己所需的。韦斯特克里夫需要西蒙的经济天赋带来的好处，而西蒙需要晋身特权阶层的敲门砖。而他俩互相熟悉之后，发现彼此有许多相似之处。两人都喜欢骑马、狩猎，都需要经常用大量的体育运动来宣泄过剩的精力。两人都有毫不让步的诚实，尽管韦斯特克里夫的态度足够文雅，使他的坦率更易被人接受。两人都不会一次坐上几个小时谈论诗歌或情感问题。他们情愿处理实实在在的事务或问题，而且，当然，他们总是无比热忱地探讨着当下和将来的生意。

随着西蒙频繁地出现在石字庄园和韦斯特克里夫在伦敦的寓所，伯爵的朋友马斯登·特雷斯渐渐把他接纳入他们的圈子。西蒙不无惊喜地发现，自己并不是被韦斯特克里夫当做密友的惟一平民。伯爵似乎很乐意与贵族圈外不同观念的人们做伴。事实上，韦斯特克里夫偶尔声称，如果可能的话，他情愿放弃自己的爵位，因为他并不支持贵族世袭的观念。西蒙并不怀疑韦斯特克里夫话里的真诚——不过韦斯特克里夫似乎从未意识到，贵族的特权、它的力量和伴随的责任，都是他与生俱来的一部分。作为英格兰最古老最受尊敬的爵位的拥有者，马库斯·

韦斯特克里夫勋爵，他生来就要为这种责任和传统效劳。他的生活总是井井有条，而他也是西蒙认识的人里面最有自制力的一个。

眼下，这位一向头脑冷静的伯爵似乎烦恼得有点过了头。

"见鬼。"韦斯特克里夫最后叫道，"我和她们的父亲有过生意往来。我以后怎么面对托马斯·鲍曼呢？我见过他女儿穿着内衣的样子！"

"女儿们。"西蒙纠正他，"两个都在。"

"我只注意到高个的那个。"

"莉莲？"

"对，那个。"怒意爬上韦斯特克里夫的脸庞，"老天，怪不得她们都没结婚！哪怕用美国的标准看，她们都太不端庄了。还有那个女人跟我说话的样子，好像我应该为打断她们的异教狂欢而难为情——"

"韦斯特克里夫，你听起来有点像卫道士。"西蒙打断他，对伯爵的强烈反应感到好笑，"几个天真女孩在草地上到处乱跑可不是文明的终结。如果她们是村姑的话，你会毫不在乎的。天，你本来可以和她们一起玩。我见过你在宴会和舞会上和你的情人们干的事——"

"可她们不是村姑，不是吗？她们是淑女——或者至少她们应该是。以上帝的名义，一群壁花为什么要这样做？"

西蒙对他朋友发愁的语气咧嘴一笑。"我的感觉是她们结成了单身联盟。过去一年里她们坐着彼此几乎不说话，可最近她们似乎交上了朋友。"

“出于什么目的?”伯爵很怀疑地问道。

“也许她们只是自得其乐?”西蒙说,韦斯特克里夫对姑娘们生气的程度令他颇有兴趣。尤其是莉莲·鲍曼,似乎深深困扰着他。这对伯爵来说可是非同寻常,他素来对女人的态度轻松随意。据西蒙所知,尽管他被大把女人追逐,他却一直对她们若即若离,直到现在。

“那她们也该做做针线活,或者随便什么正经女人会做的事来自得其乐。”伯爵低声怒吼,“至少她们该找个不用赤身裸体地在乡下乱跑的乐子。”

“她们没有赤身裸体。”西蒙指出,“这真让我遗憾。”

“你让我不得不说些话,”韦斯特克里夫说道,“你知道,我不是那种别人没要求就随便给建议的人——”

西蒙大笑着打断了他。“韦斯特克里夫,我怀疑你有没有一天是不就某事给某人忠告的。”

“我只有在需要的时候才会提供建议。”伯爵面带怒容地说。

西蒙嘲讽地看看他,“那就请开尊口吧,看来不管我想不想,都得听着。”

“是关于佩顿小姐。如果你够明智,就该摆脱有关她的一切念头。她是个浅薄的人,是我见过最自我中心的人。她外表很美丽,我同意……可据我判断,她的内在不值一提。无疑你在考虑如果她不能赢得肯达尔,就找她当情妇。我的建议是,不。多的是可以提供给你更多东西的女人。”

西蒙沉默了一会儿。他对安娜贝尔·佩顿的情感复杂得令他不安。他爱慕安娜贝尔,喜欢她,上帝知道他没有权利因为她做了别人的情妇而对她加以苛责。不过，她让霍奇汉姆上了她的床的极大可能性让他妒火中烧，这样的反应让他自己惊讶不已。

自从听到伯迪克勋爵散布的谣言，说安娜贝尔已成为霍奇汉姆的秘密情妇以后，西蒙没按捺住调查真相的诱惑。他问过把账记得一清二楚的父亲，有没有人替佩顿家的肉单付过账。父亲明确地告诉他，霍奇汉姆勋爵时不时地替佩顿家买单。尽管这不能证明什么，但至少加重了安娜贝尔是霍奇汉姆的情妇的可能性。而昨天早晨他俩谈话时安娜贝尔的吞吞吐吐自然并不能攻破谣言。

显然佩顿家已经山穷水尽了……但是安娜贝尔为什么要向霍奇汉姆这么个又肥又老、夸夸其谈的家伙求助还是个谜。从另一方面来说，人生中的许多决定，是好是坏，都是时机的产物。也许霍奇汉姆碰巧在安娜贝尔防备最虚弱的时候介入，于是她允许自己被说服满足这个老混蛋，来得到急需的金钱。

她没有靴子。上帝。霍奇汉姆可真够吝啬的，只给她买了新裙子，却没有体面的鞋，内衣更是像块烂布。就算安娜贝尔要做别人的情妇，她也该做西蒙的，或者至少也该为此得到恰当的回报。显然现在向她提出这个问题实在太早了。眼下安娜贝尔正设法让肯达尔向她求婚，西蒙得耐心等待。他不想破坏她的机会。但如果她与肯达尔的好事告吹，西蒙打算用比她现在与霍奇汉姆偷偷摸摸的关系好得多的条件去找她。

想到安娜贝尔身无一物躺在他床上的样子，西蒙的欲火重新点燃了，他竭力找回谈话的线索。“是什么让你觉得我会对佩顿小姐有兴趣?"他用未置可否的语气问道。

"你看到她穿着内衣的样子差点从马背上掉下来。"

西蒙勉强地笑了笑。"那样的美貌之下,我对她的内在已经不用在乎了。"

"应该在乎。"伯爵强调说,"佩顿小姐是我见过最自私的货色。"

"韦斯特克里夫,"西蒙随意地问道,"你有没有想过你有时候可能会出错? 不管是什么事情?"

伯爵被问得有点莫名其妙,"事实上,没有。"

西蒙摇摇脑袋,懊悔地笑笑,策马加速前进。

第十一章

姑娘们回到石字庄园时，安娜贝尔察觉到脚踝一阵不适的刺痛。肯定是在打棒球时崴了脚，尽管她不记得到底是什么时候。她重重地叹了口气，提好篮子，加大步伐赶上莉莲，莉莲显得心事重重。伊薇和黛西走在她们身后约几码远，认真地谈论着什么。

"你在担心什么？"安娜贝尔小声问莉莲。

"伯爵和亨特先生……你觉得他们会把下午看到我们的事告诉别人吗？这会让我们的名誉大受影响的。"

"我想韦斯特克里夫不会。"安娜贝尔思索了一下说，"他说到失忆症时我比较相信这点。而且他看来也不像是散布流言的人。"

"那亨特先生呢？"

安娜贝尔皱起了眉。"我不知道。我知道他没有承诺会保持沉默。我猜如果有利可图的话，他会关紧嘴巴的。"

"那么只有你去求他了。今晚舞会上你一见到亨特就得过去让他保证不把我们打跑柱式棒球的事告诉任何人。”

想到晚上庄园要举行的舞会，安娜贝尔呻吟着。她比较——不，是完全——肯定经过下午的事，她无法再面对亨特。但另一方面，莉莲说得对，亨特保不准会说出去。安娜贝尔必须与他交涉，尽管她很怕这样。“为什么是我？”她问道，其实心里已经知道了答案。

“因为亨特喜欢你。大家都知道。他比较可能会答应你请求的事。”

“他不会白白同意的。”安娜贝尔嘀咕着，脚踝痛得更厉害了，“如果他提出无礼的要求怎么办？”

一阵久久的、充满歉意的停顿，之后莉莲说道：“你可以扔块骨头给他。”

“什么样的骨头？”安娜贝尔疑惑地问。

“噢，就让他吻你一下，如果那样才能让他闭嘴的话。”

安娜贝尔为莉莲这么无所谓地说出这样的话感到震惊，她急促地吸了口气，“老天，莉莲！我可不能这么做！”

“为什么不？你以前吻过男人吧，是吧？”

“是的，可是——”

“嘴唇跟嘴唇没什么两样。只要确定不被别人看到，尽快完事就行了。这样亨特先生就会被摆平，我们的秘密也就安全了。”

安娜贝尔忍住笑摇摇头，心脏因这个念头而剧烈跳动起来。她不禁想起全景剧院里那个久远的吻，那地动山摇般的感受，让她震撼无语。

“你得向他表明，他能从你这儿得到的只是一个吻而已。”莉莲继续说道，“而且以后再也不会有。”

“原谅我对你这个计划的中伤……可它比六点钟的鱼还臭。嘴唇跟嘴唇就是不一样，如果它碰巧长在西蒙·亨特身上的话。而且他才不会满足于一个小小的吻，而我不可能给他更多了。”

“你真觉得亨特先生这么令人讨厌吗？”莉莲闲闲地说，“事实上，他不差。我甚至要说他挺英俊。”

“他实在令人难以忍受，我都没注意他的长相。不过我承认他……”安娜贝尔疑惑地停住，开始重新苦苦思考这个问题。

客观地说——尽管要对西蒙·亨特采取客观态度是不太可能的——他确实长得好看。通常“英俊”这个词会用在五官精致、身材修长优雅的人身上。可西蒙·亨特粗犷刚毅的面孔、放肆的黑眼睛和男性特有的坚挺鼻梁，以及永远带着不恭幽默的阔嘴，重新诠释了这个词的含义。甚至他那不同寻常的身高和魁梧体形也很适合他，仿佛老天也认识到，雕琢他那样的人物可不能偷工减料。

打从第一次见面起，西蒙·亨特就使她不安。尽管他总是穿着得体、彬彬有礼，她却老有一种感觉：亨特顶多只开化了一半。最深处的本能警告她，他善于嘲讽的外表下，是一个具有惊人激情，甚至是野蛮的男人。他不是一个可以掌控的男人。

她试着想像西蒙·亨特的脸俯在她脸上，他嘴唇的热吻、他紧绕着她的双臂……和以前一样，除了她变得主动。他只是个男人，她紧张地提醒自己。而且一个吻稍纵即逝。但在那一刻，她得与他亲密接触。而且从此以后，无论何时碰面，西蒙·亨特都会无声地得意洋洋。这实在叫人太难以忍受了。

她揉揉前额，感觉那儿好像刚被棒球砸了一记一样疼痛，“我们难道不能当做一切没发生过吗？也许他能有礼貌地对此保持缄默?”

“噢，是啊。”莉莲讽刺地说，“亨特先生总是与‘礼貌’连在一起。无论怎样，我们只有碰碰运气等待……如果你的神经能承受悬念折磨的话。”

安娜贝尔揉着太阳穴，发出一声苦闷的声音。“好吧，我今晚去找他。我会……”她迟疑了很长时间，“我会吻他的，如果有必要的话。不过我会认为这完全可以补偿你们给我的所有衣服!”

莉莲满意地咧开了嘴，“我肯定你能和亨特先生达成协定的。”

她们在门口分了手，安娜贝尔回房间午睡，她希望这能让她在舞会前恢复精力。她母亲不在屋里，很可能在楼下的客厅与别的贵妇饮茶。安娜贝尔很庆幸母亲不在，她可以梳洗完毕，而不必回答不想回答的问题。尽管菲莉帕是个宽容疼人的母亲，她如果得知女儿与鲍曼姐妹搞在一起的消息，肯定不会有什么好的反应的。

安娜贝尔换上干净的内衣，钻进熨烫平整的被单下。沮丧的是，她的脚踝痛得要命，让她无法入睡。她又累又烦，让女仆去端来盆冷水，坐着足足泡了半小时脚。脚踝显然肿了起来，她焦躁地认定今天是个倒霉的日子。安娜贝尔边咒骂边在苍白浮肿的脚上套上干净袜子，慢慢穿好衣服。她又按铃叫了女仆帮她收紧紧身胸衣，拉好黄色丝裙的背部。

“小姐？”女仆担心地看看安娜贝尔呆滞的脸，小声说：“您看起来有点憔悴……要我给您拿点什么吗？管家的储藏室里有药水可以治女性的——”

“不用，不是因为这个。”安娜贝尔虚弱地笑笑，说，“我只是扭到了脚踝。”

“那么，来点柳皮茶？”女孩走到安娜贝尔身后替她扣上舞会裙的扣子，建议道：“我马上下去拿，您可以在做头发的时候喝。”

“好的，谢谢。”安娜贝尔一动不动地站着，感觉女仆灵巧的手指扣好了裙子，然后感激地跌坐在梳妆台前的椅子里，凝视着安妮皇后式镜子里自己憔悴的模样，“我想不起来怎么弄伤的了。我可从不笨手笨脚。”

女仆把安娜贝尔袖子上装饰的浅黄色网纱弄蓬松，“我马上就去弄茶，小姐。喝了就会好的。”

女仆刚走开，菲莉帕就进了房间。她站在她身后，微笑地看着女儿穿着浅黄色舞会裙的模样，对镜子里的她说：“你看上去可爱极了，亲爱的。”

“我感觉糟透了。”安娜贝尔做着鬼脸说，“下午我和壁花们散步的时候把脚给崴了。”

“你一定要这样叫自己吗？”菲莉帕表情疑惑地问，“你们完全可以替自己想个好听点的名字——”

“可这很适合我们。”安娜贝尔笑着说，“我其实是正话反说，调侃而已，如果这能让你好受些的话。”

菲莉帕叹了口气。“恐怕我的幽默储备眼下已经用完了。

看着你苦苦努力我可不好受，别的姑娘比你轻松多了。看你穿着借来的裙子，知道你的负担……我想了不止一千遍：要是你父亲还活着，要是我们哪怕稍微有一点钱……”

安娜贝尔耸耸肩，“就像他们说的，妈妈……‘如果萝卜是手表，我也不会缺表戴。’”

菲莉帕轻抚着她的头发，“你今晚干嘛不在房间里休息呢？我会给你读点什么，你可以把脚翘着躺在床上——”

“别诱惑我。”安娜贝尔激动地说，“我可真想那样——可我今晚不能在这呆着。我不能错过吸引肯达尔的机会。”还有与西蒙·亨特的谈判，她想着，感到一阵恐惧的虚空。

喝下一大杯柳皮茶，安娜贝尔总算能不露痕迹地走下楼，尽管脚踝还是隐隐作痛。在客人们被带到餐厅之前，她找时间和莉莲简短地商量了几句。晒过太阳后莉莲的脸颊粉粉的，很有光泽，她褐色的双眼在烛光下如天鹅绒般柔和。“到目前为止，韦斯特克里夫勋爵显然努力对壁花们视而不见。”莉莲笑着说，“你说得对——他那边没什么问题。我们惟一的潜在问题就是亨特先生。”

“他不会成为问题的。”安娜贝尔严肃地说，“我先前答应过，我会去跟他说的。”

莉莲欣慰地笑着回答：“你真好，安娜贝尔。”

她们在餐桌上就座时，安娜贝尔不安地发现自己被安排在肯达尔勋爵身边。换做其他时候，她会感觉如获至宝，可是今晚，她不在最佳状态。她无法在脚踝抽搐脑袋胀痛的同时和他机智地交谈。更让她不舒服的是，西蒙·亨特几乎就坐在她正对面，看起来自若得让人光火。尤为糟糕的是，她觉得反胃，无法享受丰盛的晚宴。她完全没了平时的好胃口，无精打采地拨弄着盘里的食物。她每次抬头，都能感到亨特明察秋毫的眼光注视着她，她做好准备接受他微妙的嘲讽。然而，幸运的是，他跟她说的仅有的几句话都稀松平常，她总算风平浪静地捱过了一餐。

晚餐结束后，舞厅传来音乐声，安娜贝尔庆幸舞会马上就要开始了。这会是她第一次完全乐意地坐在壁花那一排，在其他人翩翩起舞的时候在一边休息。她想自己可能白天太阳晒得太多了，现在头昏脑涨，莉莲和黛西恰恰相反，她们看起来愈发健康，充满活力。不幸的是，可怜的伊薇被她婶婶责骂了一通，一蹶不振。"太阳让她长了很多雀斑，"黛西懊恼地告诉安娜贝尔，"弗洛伦斯婶婶对伊薇说，和我们出去后她像豹子一样满是斑点，她不许她再和我们接触，直到皮肤恢复正常为止。"

安娜贝尔皱起眉头，无比同情她的朋友。"弗洛伦斯婶婶真可恶，"她咕哝着，"显然她活着的惟一目的就是让伊薇痛苦。"

"而且她对此很在行。"黛西同意。突然她朝安娜贝尔身后看去，眼睛睁得比盘子还大，"哎呀，亨特先生朝这里过来了。我渴坏了，我要到餐台边去，让你们俩，呃……"

"莉莲告诉你了。"安娜贝尔严肃地说。

"是的，我们三个都对你将要为我们做出的牺牲非常感激。"

"牺牲，"安娜贝尔重复着，不太喜欢这个词，"那说得太严重了，不是吗？就像莉莲说的，'嘴唇和嘴唇也没什么不同'。"

“她跟你才这么说。”黛西顽皮地说，“可她对我和伊薇说，她死也不会同意去吻亨特先生那样的男人。”

“什么——”安娜贝尔刚张口，黛西已经一溜烟地跑开了。

安娜贝尔开始感觉自己像是个被当做祭品扔进火海的童女，听到西蒙·亨特低沉的声音飘近耳边。他略带嘲讽的男低音似乎顺着她的脊柱一路往下，发出回响，“晚上好，佩顿小姐。我注意到你穿得很整齐……和下午不一样。”

安娜贝尔咬咬牙，转身面对他，“我必须承认，亨特先生，我对你在晚餐时的克制很惊奇。我本来以为你会对我大肆羞辱一番，结果你却做得像位绅士一样，整整一个小时。”

“我确实很克制，”他认真地说，“不过我想，我还是把令人吃惊的举动留给你比较好……”他微妙地停了停，又接着说：“因为你们最近似乎很擅长于此……”

“我和我的朋友可没做错什么！”

“我说过我不赞同你们一丝不挂地打跑柱式棒球吗？”他表情无辜地问道。“恰恰相反——我由衷地表示赞成。事实上，我觉得你们应该天天打。”

“我没有‘一丝不挂’，”安娜贝尔低低地尖声反驳，“我穿着内衣。”

“那是内衣吗？”他懒懒地问。

她脸涨得通红，为他注意到她的内衣有多破而感到难堪。“你告诉过别人在草地上看到我们的事吗？”她紧张地问。

显然，这不是他准备听到的问题。他慢慢露出笑容。“还没有。”

“你打算告诉别人吗?”

亨特玩味着这个问题,掩饰不住他很喜欢这种局面的表情。“不打算,不……”他遗憾地耸耸肩,“不过你知道怎么回事。有时候这种事会在谈话时不胫而走……”

安娜贝尔拧起眉,“你要怎样才能不说出去?”

亨特假装对她的坦率感到震惊。“佩顿小姐,您应该学会更有技巧地处理这些事,您不觉得吗?我本来以为像您这样优雅的女士会得体巧妙地——”

“我没时间考虑技巧。”她生气地打断了他,“很显然你不受点什么贿赂是不可能保持沉默的。”

“‘贿赂’这个词有太多负面含义了,”他沉吟道,“我情愿把它叫做‘诱惑’。”

“随你叫什么,”她急躁地说,“我们谈判一下吧,好吗?”

“好啊。”亨特的面部显得严肃起来,可是笑意荡漾在他咖啡色的眼睛深处,“我想我可以被说服对你们令人震惊的行为保持沉默,佩顿小姐,如果有足够的诱惑的话。”

安娜贝尔沉默不语,垂下了睫毛,思考着该说些什么。话一旦说出口就不能收回了。上帝,为什么偏偏要让她来收买西蒙·亨特,让他对一场她本来就不想参加的愚蠢的跑柱式棒球保持沉默呢?“如果你是一位绅士,”她咕哝着,“就没必要这样了。”

他强忍着笑,声音变得沙哑而发颤,“对,我不是绅士。不过我不得不提醒你,今天下午并不是我半裸着在草地上乱跑。”

“你能小点声吗?”她急促地轻声说,“会被人听见的。”

亨特着迷地看着她，深色的眼睛放肆不羁，“开出最好的条件，佩顿小姐。”

安娜贝尔盯着他身后远处墙上的一块，艰难地闷声开了口，她的耳朵烧得厉害，几乎能把头发烫焦，“如果你保证不把跑柱式棒球的事说出去……我可以让你吻我。”

随之而来的沉默让她极度痛苦。安娜贝尔强迫自己抬头看，发现自己把亨特吓住了。他盯着她，就好像她刚才讲的是外语，而他不太明白其中的意思。

“一个吻。”安娜贝尔说，神经紧张得都要裂开了，“还有，别以为我让你这么做一次，以后就会继续让你这么做。”

亨特异常谨慎、字斟句酌地回答说：“我本以为你会提出和我跳支舞，华尔兹或者方阵舞。”

“我想过。”她说，“可一个吻更有用，更不消说它比一曲华尔兹更快。”

“我的吻可不会那样。”

这句话令她膝盖发软。“别荒唐了。一支普通的华尔兹至少也要三十分钟。你不可能吻一个人那么久。”

亨特回答的时候声音不易察觉地变粗重了。“当然，你最清楚了。很好——我接受你的条件。一个吻，换我保守你的秘密。我来决定时间和地点。”

“时间和地点由双方共同商量决定。”安娜贝尔反对说，“我这么做全都是为了不连累我的名声——我才不会让你选一个不恰当的时间或地点来害我。”

亨特嘲讽地微笑着，“您真是个谈判高手，佩顿小姐。如果您以后有野心进入商界的话，我们可都要人人自危了。”

“不，我惟一的野心是成为肯达尔夫人。”安娜贝尔故做无比甜蜜地回敬了他一句，满意地看到他的笑容消退了。

“那可太遗憾了。”他说，“对你和肯达尔都是如此。”

“见你的鬼，亨特先生。”她低声说道，不顾脚踝剧烈的抽搐，走开了。

她走向后面的露台时，感到踝部的伤加重了，疼痛蔓延到膝部。“见鬼。”她嘀咕着。这种情形下，她很难和肯达尔勋爵取得进展。一个人差不多要痛苦得尖叫的时候，是很难摆出诱人的姿势的。安娜贝尔突然感到筋疲力尽，沮丧不已，决定回房间。既然谈妥了和西蒙·亨特的交易，现在最好让她的脚好好休息，希望明天早上能有所好转。

她每走一步疼痛就加重一分，直到能够感觉到紧身胸衣的硬撑里面冷汗涔涔流下。她以前从未受过这样的伤。不仅腿疼，头也突然开始眩晕，浑身都痛起来。突然，她的胃里一阵翻滚。她需要空气……她必须到外面阴凉的地方去，找个地方坐下，直到不再作呕。通往露台的门显得遥不可及，她一片茫然，不知道怎么才能走到那儿。

幸好鲍曼姐妹见她和西蒙·亨特的谈话一结束就急忙赶了过来。莉莲见到安娜贝尔痛苦失色的眼神，脸上原本充满期待的微笑消失得无影无踪。“你看起来糟透了。”莉莲叫道，“老天，亨特先生对你说了什么？”

“他同意了。”安娜贝尔简短地回答，继续蹒跚着朝露台走去。她的耳朵嗡嗡作响，几乎已经听不到管弦乐声。

“如果这让你这么害怕的话——”莉莲开口说道。

“不是因为这个。”安娜贝尔痛苦又愤怒地说，“我的脚踝。白天扭伤了，现在几乎没法走路。”

“你干嘛不早说?”莉莲立刻担心地问道。她纤细的胳膊有力地搂住安娜贝尔的背，“黛西，去最近的那扇门，扶住门让我们过去。”

姐妹俩帮她走到外面，安娜贝尔用戴着手套的手拭了拭额上的汗。“我想我要吐了。”她呻吟着，嘴里开始流出讨厌的口水，发臭的胆汁冒上喉咙。她的腿疼得像是被马车轮碾过一样，“噢，上帝，我不能。我不能现在吐。”

“没关系。”莉莲说着引她朝露台台阶一侧的花坛走去。“没人会看见的，亲爱的。想怎么吐就怎么吐。有黛西和我在这里照顾你。”

“没关系的。”黛西在她身后应道，“真正的朋友从不介意在你把烤面饼吐出来的时候为你捋起头发。”

安娜贝尔本来会哈哈大笑，要不是她一阵恶心发作的话。幸好她晚饭没吃多少，所以过程不长。她的胃里翻江倒海，她除了放弃别无选择。她喘着粗气吐在花坛里，一边虚弱地呻吟着，“对不起。对不起，莉莲——”

“别傻了，”美国姑娘平静地说道，“你也会为我这么做的，不是吗?”

“我当然会……但你不会像我这么蠢……”

“你不蠢。”莉莲柔声道，“你只是病了。来，拿着我的手帕。”

安娜贝尔仍然弯着腰，满怀感激地接过带蕾丝边的亚麻方帕,可香水味让她一阵反胃。“呃,不行。”她低声说,“这味道。你有没香味的吗?”

“讨厌。”莉莲抱歉地说,“黛西,你的手帕呢?”

“忘带了。”传来简短的回答。

“你只能用这块了。”莉莲对安娜贝尔说,“我们没别的了。”

一个男人的声音加了进来。“用这块吧。”

第十二章

安娜贝尔晕乎乎的，不知道发生了什么事，接过塞到她手里的干净手帕。还好，除了浆过的气息，没有任何味道。安娜贝尔擦擦汗涔涔的脸和嘴巴，直起身子面对新来的人。又是西蒙·亨特，她泛酸的胃缓缓地闹起了痛苦的革命。看来他一直跟着她来到露台，目睹了她不光彩的呕吐。她还不如死了算了。要是她这时候方便地一命呜呼该多好，就永远不用知道西蒙·亨特看到她在花坛里呕吐的窘样。

除了微微皱着的眉，亨特脸上没什么表情。见她有些摇晃，他马上伸手搀扶她。“考虑到我们刚才的协定，”他低声说，“这可实在令人不敢恭维，佩顿小姐。”

“噢，走开。”安娜贝尔呻吟着，却发现又一阵眩晕袭来，自己几乎完全靠在他有力的身体上。她用手帕紧紧捂住嘴，透过鼻子呼吸，还好这一阵恶心过去了。但是她感到前所未有的虚弱，知道要不是他，她刚才已经跌倒在地上了。天哪，她这是怎么了？

亨特很快调整姿势，轻松地扶着她。“你看上去面无血色。”他轻轻地把她湿答答的脸上一缕头发往后捋，问道：“怎么了，宝贝？只是胃不舒服，还是其他地方痛？”

安娜贝尔在痛苦之中还是被他亲昵的称呼吓了一跳，更不用说一位绅士是绝不该、万万不可提及女士的任何内脏的。但是她眼下难受得什么事也干不了，只能紧紧抓着他外套的翻领。想到他提的问题，她感到身体五脏六腑都不对劲。“我浑身上下都痛，”她轻轻说，“我的头、我的胃、我的背……最痛的是脚踝。”

她说话时发现嘴唇有些发麻。她试探地舔了舔，警觉到已经丧失知觉。但她不那么晕头转向的话，她就会注意到亨特正在用从未有过的眼神凝视着她。稍后，黛西会向她详细描述西蒙·亨特把她搂在怀里悉心保护的样子。可当时，安娜贝尔痛苦不堪，除了自己排山倒海的难受，什么也没法注意。

莉莲走上前把安娜贝尔从亨特怀里解救出来，轻快地说：“感谢您的手帕，先生。您现在可以走了，我和我妹妹完全可以照顾佩顿小姐。”

亨特不理这个美国姑娘，继续搂住安娜贝尔，盯着她煞白的脸。“你怎么把脚弄伤的？”他问。

“跑柱式棒球，我想……”

“我看你晚饭时什么也没喝。”亨特把手放在她额前，看看有没有发烧的迹象。动作那么亲密熟悉，令人惊讶，“你前面喝过什么吗？”

“如果你是指烈酒或葡萄酒，没有。”安娜贝尔的身体慢慢瘫软下来，好像她的大脑已经放弃了对四肢的控制，“我在房间里喝了点柳皮茶。”

亨特温暖的手移到她脸上，温柔地契合着她脸颊的弧度。她那么冰冷，在被汗浸湿的裙子下瑟瑟发抖，皮肤起了鸡皮疙瘩。感觉到他身体散发的诱人的热量，她真想像头挖洞的动物一样一头钻进他的外套里。“我冻——冻死了。”她喃喃道，他的臂弯不觉把她抱得更紧了。

“抱住我。”他低声说，一边脱下外套，一边支撑着她发抖的身体。他用衣服裹住她，上面还有他皮肤的余温，她含糊地发出了一声感激的声音。

莉莲见自己的朋友被一个讨厌的对手抱着，被激怒了，她急躁地说：“看这里，亨特先生，我和我妹妹——”

“去找佩顿太太。”亨特打断了他，声音很轻，却很威严，“告诉韦斯特克里夫勋爵，佩顿小姐需要一名医生。他知道该请哪一位。”

“那你做什么？”莉莲问道，显然不习惯被人这样发号施令。

亨特回答时拧起了眉。“我抱佩顿小姐穿过侧面仆人的门。你妹妹和我们一起去，以免显得有失体统。”

“那说明你根本不知道什么叫得体。”

“我不想跟你争论这个。帮上点忙，好吗？去吧。”

莉莲愤怒、僵硬地停了会儿，然后转身大步朝舞厅的门走去。

黛西显然惊呆了，“我想从没有人敢这样和我姐姐说话。您是我见过最大胆的男人，亨特先生。”

亨特小心地弯下腰，胳膊从下面绕过安娜贝尔的膝盖。他轻松地把她举了起来，怀抱着她簌簌发抖的身体和窸窣作响的丝绸裙子。安娜贝尔从没被男人抱着去过任何地方——她没想到会这样。“我想……我可以走一段。”她挣扎着说。

“你连露台的台阶都下不了。”亨特直截了当地说，“你该容许我表现我骑士风度的一面。能把你的胳膊放在我脖子上吗？”

安娜贝尔顺从了，很庆幸自己发烫的脚踝可以不再承受重量。她接受诱惑把头靠在他肩上，左臂搂住他的脖子。他抱着她走下露台的石板台阶时，她能感觉到他衬衫下肌肉的有力运动。

“我不觉得你有骑士风度。”她说道，又一阵发冷，牙齿打着冷战，“我想你是个十足的无赖。”

“我不明白别人为什么这么看我。”他答道，嘲弄地低头看了她一眼，“我总是可悲地遭人误解。”

“我还是认为你是个无赖。”

亨特咧嘴一笑，把她抱得更舒服些，“显然生病没有损害你的判断力。”

“我让你去见鬼你为什么还要来帮我？”她小声说道。

“确保你的健康对我有好处。我希望向你讨债的时候你能处于最佳状态。”

亨特轻快地走下台阶，她感觉他的步子平稳优雅——不像是舞蹈者，而像是夜行的猫。他们的脸离得那么近，安娜贝尔发现他尽管剃过胡须，皮肤下的胡子茬还是清晰可见。为了让他抱得更稳些，安娜贝尔把他的脖子搂得更紧了些，指尖碰到了他后颈上卷曲的头发。*真可惜我现在病了，她想。要不是我现在*

又冷又晕，那么虚弱，我可能会很享受被这么抱着。

走到庄园一侧的路上，亨特停下脚步，让黛西走在前面带路。“仆人的门，”他提醒她，女孩点点头。

“是，我知道是哪扇。”黛西在前面走着，回头看了一眼。她的小脸满是担忧的紧张。“我从没听说扭了脚踝会让人胃里难受。”她说。

“我猜她不单是扭了脚。”亨特回答。

“你觉得会是柳皮茶吗？”黛西问。

“不，柳皮茶不会引起这样的反应。我有点想到问题可能是什么，不过我们到了佩顿小姐的房间后才能确认。”

“你打算怎么‘确认’你的想法？”安娜贝尔警惕地问。

“我只打算看看你的脚踝。”亨特低头朝她微笑，“我当然可以那么做，我得抱你上三层楼呢。”

结果表明，上楼梯对他来说根本毫不费劲。他们走到三楼时，他连气都不喘一下。安娜贝尔猜他再这么走十次也不会流一滴汗。她把想法告诉他后，他淡淡地答说：“我年轻时大部分时间都在父亲的肉铺砍牛肉和猪肉。抱你可享受多了。”

“真动听。”安娜贝尔倒胃口地咕哝着，“每个女人都梦想听到别人说她比一头死牛来得可爱些。”

他闷声笑了，转过身不让她的脚撞到门框。黛西帮他们打开门，焦急地站在一边看着亨特把安娜贝尔放到铺着织锦床罩的床上。

“我们到啦，”他说着把她放下，拿了一个多余的枕头给她半躺地靠着。

“谢谢。”她看着他浓密睫毛下的黑眼睛，小声说道。

“我想看看你的腿。”

他惊人的言辞几乎令她的心停止了跳动。等她恢复心跳时，脉搏虚弱而又快速地跳动着，“我情愿等医生来了再说。”

“我不是征求你的同意。”亨特毫不理会她的抗议，手伸向她的裙子下摆。

“亨特先生，”黛西愤怒地大叫一声，连忙跑过去，“你敢！佩顿小姐病了，如果你不马上把手拿开——”

“稍安勿躁。”亨特讽刺地答道，“我没打算玷污佩顿小姐的贞洁。至少，不是现在。”他的目光转向安娜贝尔苍白的脸。“别动。你的腿无疑很迷人，可它们还不会诱使我——”他撩开裙摆见到她肿胀的脚踝，突然倒吸了一口气，“见鬼，在此之前我一直以为你是位聪明的女子。你这副德行干嘛还要下楼去？”

“噢，安娜贝尔，”黛西小声说，“你的脚踝看起来糟透了！”

“先前还没这么糟糕。”安娜贝尔辩解说，“就是在前面半个小时里才变成这样，而且——”她感觉亨特的手往上伸去，痛苦又警觉地叫了一声，“你在干嘛？黛西，别让他——”

“我在帮你脱袜子。”亨特说，“而且我建议鲍曼小姐别插手。”

黛西朝他皱皱眉头，走到安娜贝尔身边。“我建议你动作谨慎，亨特先生。”她严厉地说，“如果你敢轻薄我的朋友，我可不会坐视不管。”

亨特一边扔给她一个极其嘲讽的眼光，一边找到了安娜贝尔的袜带，灵巧地把它松开。“鲍曼小姐，这里没几分钟就会挤满客人，包括佩顿女士、韦斯特克里夫先生，还有你固执的老姐，很快还有医生要来。即使是我这样老练的流氓，我轻薄一个人这点时间也是不够的。”他看到安娜贝尔被他轻轻一碰就痛苦地喘着气，表情立刻改变了。他熟练地褪下袜子，动作很轻，但她的皮肤那么敏感，哪怕最轻的一碰也会引来难以忍受的刺痛。“别动，宝贝。”他轻轻说道，把丝袜从她退缩的腿上脱了下来。

安娜贝尔咬住嘴唇，看着他的脑袋，他正埋头察看她的脚踝。他小心翼翼地转动着她的脚，尽量避免不必要的触碰。接着，他突然停住了，依旧埋头看着她的腿，“和我想的一样。”

黛西凑上前，看着亨特指着的地方，“那些小点是什么？”

“蝰蛇咬的。”亨特简短地说。他卷起衬衫袖子，露出毛茸茸的肌肉发达的小臂。

两个姑娘震惊地看着他。“我被蛇咬了？”安娜贝尔迷惘地问，“可是怎么会？什么时候？这不可能，我应该会察觉到的……不是吗？”

亨特把手伸进仍旧裹在她身上的外套口袋里找着什么。“有时候人们被咬的时候不会察觉。这个时节，汉普夏郡的树林里到处都是蝰蛇。很可能是下午你们去远足时咬的。”他找到了，掏出一把小折刀，把它弹开。

安娜贝尔警惕地张大了眼睛：“你在做什么？”

亨特拿起她的袜子，干净利落地将它一分为二，“做止血带。”

“你——你总是随身带着这个吗？”她一直觉得他有点像海盗，现在看他卷着袖子拿着刀，这个看法更强烈了。

亨特坐在她伸着的脚边，把裙子卷到她膝盖上，在她的脚踝上方扎上一条丝袜。“几乎总是带着。”他平静地说，聚精会神地干着手里的活，“作为屠夫的儿子，我这辈子对刀总是有浓厚的兴趣。”

“我从没想到——”安娜贝尔打停住话头，丝袜这轻轻一系痛得她倒抽了一口凉气。“对不起，”他说，小心地把另一半丝袜在她伤口下面系住。他把第二条止血带系紧，一边和她说话分散她的注意力，“这就是在户外穿你那不结实的拖鞋的结果。你肯定碰巧踩到了一条正在晒太阳的小蛇……它看到你那漂亮的小脚踝，决定咬上一口。”他顿了顿，轻声咕哝了一句，好像是说：“我可不怪它。”

她的腿又肿又烫，她眼里开始有液体打转。安娜贝尔竭力不让眼泪难为情地落下来，紧紧抓着身下的织锦床罩，“既然是白天咬的，脚踝为什么现在才这么痛呢？”

“伤势可能会几个小时后才发作。”亨特看看黛西，“鲍曼小姐，按铃叫仆人——告诉他们我们要一些沸水浸泡的猪殃殃。马上。”

“猪殃殃是什么？”黛西怀疑地问。

“一种灌木树篱边长的野草。自从去年高级花匠被咬过后，管家的储藏室里一直存着一捆这种干草。”

黛西急忙奔去叫人，暂时把他俩单独留在房间里。

“花匠后来怎么了？”安娜贝尔牙齿发颤地问。她不停地发抖，好像被泡在冰水里一样，“他死了吗？”

亨特的表情没有改变，可她能感觉她的问题吓了他一跳。

“不。”他温柔地说，凑近了一些。“不，亲爱的……”他握住她瑟瑟发抖的手，轻轻握着，温暖着她的手指，“汉普夏郡的蝰蛇放的毒顶多能毒死一只猫，或是一条小狗。”他的眼神似乎在爱抚着她，接着他说：“你会没事的。接下来几天会很难受，不过之后就一切正常了。”

“你不是在安慰我吧，是吗？”她焦虑地问。

亨特低头替她拂开渗满汗珠的额前掉下的几缕头发。尽管他的手很大，动作却很轻柔，“我从不为了安慰别人而说谎。”他微笑着低声说，“这是我的诸多缺点之一。”

黛西吩咐完仆人，急忙回到床边。看到亨特弯腰俯在安娜贝尔身上她扬起了细眉，不过她忍住没说。相反，她问道：“我们不该把伤口划开放毒吗？”

安娜贝尔给她一个警告的眼神，沙哑地叫道：“别给他乱出主意，黛西！”

亨特抬了抬头，回答说：“蝰蛇咬的伤用不着。”他的注意力重新回到安娜贝尔身上，注意到她呼吸浅而急促，不禁拧起了眉，“感到呼吸困难吗？”

安娜贝尔点点头，竭力吸入空气，她的肺好像缩小到了平常的三分之一。她感觉每呼吸一下，胸衣带就箍得更紧一些，直到肋骨仿佛都要裂开似的。

亨特轻轻碰碰她的脸，拇指滑过她干燥的唇。“张开嘴。”他朝她分开的嘴唇里面看看，说：“你的舌头没肿——你会没事的。不过，你的紧身胸衣得脱下来。转过身。”

安娜贝尔还没来得及张口回答，黛西就气愤地抗议：“我会帮安娜贝尔脱胸衣。请你离开房间。”

“我见过女人的胸衣。”他语带讽刺地告诉她。

黛西转了转眼珠子。“别装糊涂，亨特先生。显然我不是在担心你。除非有生命危险，男人在什么情况下都不能为年轻女子脱胸衣——而你刚才已经向我们保证不会有危险。”

亨特表情痛苦地看着她：“见鬼，女人——”

“爱怎么骂怎么骂吧，”黛西不为所动地说，“我姐姐比你会骂得多十倍都不止。”她把身体挺直，不过由于她五英尺多一寸的身高，并没有收到太大效果，“佩顿小姐不会脱胸衣的，除非你离开房间。”

亨特看看安娜贝尔，她急喘着需要空气，由谁来帮她除去胸衣已经无所谓了。“看在上帝分上，”他急躁地说道，大步走到窗前背对着她们，“我不看，快脱。”

黛西意识到这是他惟一打算做的让步，急忙行动起来。她把外套从安娜贝尔僵硬的身体上拿走。“我从背后帮你解开带子，让它从你裙子里面滑下去，”她小声对安娜贝尔说，“这样你仍能得体地穿着衣服。”

安娜贝尔没有足够的力气告诉她，在无法呼吸这个更为紧迫的问题面前，她对面子的任何顾虑已经变得无关紧要了。她呼吸时发出刺耳的声音，侧过身，感到黛西的手指在她滑溜溜的舞会裙背后忙乱着。她的肺一阵抽搐，徒劳地想要吸入宝贵的空气。她急切地呻吟一声，开始拼命喘气。

黛西克制地咒骂了几声。“亨特先生，恐怕我得借你的刀子用——胸衣的带子打了结，我不能——噢！”最后的叫声是因为亨特大步跨到床前，粗鲁地把她一把推开，自己去解胸衣。刀子刷刷几下，紧箍着的衣服终于松开了安娜贝尔的肋骨。

她感到他把带衬的胸衣抽掉，她身上只剩下薄薄的宽松内衣。以安娜贝尔眼下的情形，已经顾不了暴露与否了。可她知道，以后她会尴尬死的。

亨特轻松地让安娜贝尔在床头靠下，好像她是个布娃娃似的，他俯身说："别这么紧张，亲爱的。"他的手平摊在她胸口，专注地看着她惊慌的表情，轻轻揉了一下，"慢点儿，放松。"

安娜贝尔凝视着他发出命令似的深色眼睛，试着按他说的做，可她的喉咙每呼吸一下就发紧一次。她看来要窒息而死了，就在这里。

他目不转睛地注视着她。"你会没事的。轻松地呼气吸气。慢慢地。对，就是这样。"他放在她胸口的手的轻柔的重量似乎也有帮助，好像他有力量让她的肺恢复正常的节奏，"你刚经过了最糟的一阵。"

"哦，太好了。"她试着尖刻地回答，可这把她呛住了，打起了响嗝。

"别说话——呼吸。慢慢地，长长地……再试一次。真乖。"

安娜贝尔渐渐恢复了呼吸，恐慌开始消退。他是对的……她不挣扎的话轻松得多。她间歇的喘气被他话音里催眠般的温柔缓和了。"没错。"他轻声说，"就是那样。"他的手继续在她胸口慢慢地打着圈。他的抚摸完全没有挑逗的成分——事实上，她就像是个他设法安抚的小孩。安娜贝尔感到惊奇。谁能想到西蒙·亨特会这么好？

安娜贝尔充满迷惑和感激，伸手去摸胸口那只温柔的大手。她很虚弱，这个动作用尽了她浑身的力气。亨特以为她要把他推开，手开始往回缩，当他感到她的手指握住他的双手时，便一动也不动了。

"谢谢。"她小声说。

这触摸显然让亨特浑身紧张，好像给他全身通了电一样。他没盯着她的脸，而是盯着她和他交错着的纤纤十指，好像要设法解开一个疑难问题一般。他一动不动地任她握着，垂下睫毛掩饰着自己的表情。

安娜贝尔用舌头润了润干干的唇，发现还是没有知觉。"我的脸麻了。"她沙哑地说道，松开了他的手。

亨特抬起头，脸上挂着刚刚对自己有了意外发现的幽默笑容。"猪殃殃草会有帮助。"他摸摸她的喉咙，拇指沿着她下巴的曲线滑过，手势显然是一个抚摸。"这让我想到——"他回过头，好像刚刚记起黛西也在房间里，"鲍曼小姐，该死的仆人还没把——"

"在这里。"这个深色头发的姑娘说着从门口进来，端着一个刚送上来的托盘。显然他俩都太沉浸在两人世界里，没注意到仆人敲门，"管家派人送来了猪殃殃草茶，很难闻，还有一瓶仆人说是'荨麻酊'的东西。医生已经到了，很快就要上楼来——这意味着你得离开，亨特先生。"

他强硬地抬起下巴，"不是现在。"

"现在，"黛西急迫地说，"至少呆在门外。为安娜贝尔着想。如果被别人看到你在这里，她就毁了。"

亨特满脸怒气，看看安娜贝尔，“你要我走吗?”

其实，她不想。事实上，她有个荒唐的念头想求他留下。噢，事情的转变真令人费解，她居然会这么想要一个她曾经厌恶的男人的陪伴！可就在刚刚几分钟里他俩之间似乎产生了微妙的联系，她感到十分为难，不能说“是”，也不能说“不”。“我能呼吸了，”她最后小声说，“你也许该离开。”

亨特点点头。“我在门外走道里等。”他粗声说道，从床上站起身。他招手示意黛西把托盘拿过来，继续凝视着安娜贝尔，“喝下猪殃殃茶，别管什么味道。不然我会回来把它从你喉咙里灌下去的。”他拿起外套，离开了房间。

黛西松了口气，把托盘放在床边桌上。“感谢上帝。”她说，“我真不知该怎么把他弄走呢，要是他不肯离开的话。来……我帮你坐高些，再垫个枕头。”她熟练地把她扶起，能干得令人惊讶。黛西端起一只热气腾腾的大陶杯，放到她唇边，“喝一点，亲爱的。”

安娜贝尔吞下发苦的褐色液体，直往后缩，“呃——”

“多喝点。”黛西坚持道，又举起杯子。

安娜贝尔又喝了一口。她的脸全麻了，没感觉到药茶从嘴角漏了几滴下来，于是黛西从托盘上拿起餐巾替她拭干下巴。安娜贝尔小心地试着伸出手指摸摸自己僵硬的脸。“感觉真奇怪。”她说，声音含糊不清，“嘴巴也没知觉。黛西……别跟我说刚才亨特先生在这儿的时候我流口水了。”

“当然没有。”黛西连忙说，“如果那样的话我肯定会采取办法的。一个真正的朋友可不会让你在有男人在场的时候流口水。哪怕是一个你不打算吸引的男人。”

安娜贝尔松了口气，又灌下几口茶，那味道活像烧焦的咖啡。也许是心理作用，她开始觉得稍微好了一点点。

“莉莲肯定在到处找你母亲。”黛西说，“我想不出她们为什么要那么久。”她往后退了一点看看安娜贝尔，她褐色的眼睛闪着光。“不过我很高兴。如果她们来得早的话，我就没机会看到亨特先生的转变了，从一头大灰狼变成……嗯……一头稍微可爱些的狼。”

安娜贝尔的嗓门里勉强发出咯咯的笑声，“他是个人物，不是吗？”

“是的，确实如此。很高傲而且很专横。像是那些总是被妈妈从我手里夺走的情爱小说里的人物。还好我在这里，不然他可能已经把你脱得一丝不挂了。”她一边说着，一边帮安娜贝尔喝下更多药茶，又帮她擦干下巴，“你知道，我没想到我会这么说，可是亨特先生没有我原来想的那么糟。”

安娜贝尔感觉有些恢复了知觉，试着用手拧拧嘴唇，感觉到刺痛。“看来，他有他的用处。不过……别指望他的转变会长久。”

第十三章

两分钟不到，西蒙前面预言的那帮人就出现了：医生、韦斯特克里夫勋爵、佩顿夫人、还有莉莲·鲍曼。西蒙肩靠着墙壁，若有所思地打量着他们。他暗自为韦斯特克里夫和鲍曼小姐之间显而易见的互相讨厌感到好笑，两人之间明显的敌意表明他们已经发生过争执。

医生是位受人尊敬的老人，已经为韦斯特克里夫和他的亲戚马斯登一家服务了三十年。他脸上布满皱纹，深凹的眼睛敏锐地看了看西蒙，镇静自若地说："亨特先生，听说你帮助这位年轻姑娘进了房间？"

西蒙向医生粗粗形容了一下安娜贝尔的情况和症状，没说是他而不是黛西发现了安娜贝尔脚踝上的针眼状斑点。佩顿太太脸色发白地听着，非常难过。韦斯特克里夫勋爵皱着眉头俯身向佩顿太太低声说了几句什么，她心不在焉地点点头对他表示感谢。西蒙猜韦斯特克里夫保证会提供最周到的照顾，直到她女儿完全恢复为止。

“当然，在我对这位年轻姑娘做完检查之前，我无法确定亨特先生的观点。”医生说道，“不过，现在最好先把猪殃殃煮起来，如果她的病症真是因蝰蛇咬伤而引起的话——”

“她已经喝过了，”西蒙插嘴说道，“一刻钟前我让人去煮了。”

医生不悦地看看他，是那种对那些没取得过医学学位却贸然下诊断的人的恼怒，“猪殃殃是一剂猛药，亨特先生，如果病人没有被毒蛇咬的话，服了会有伤害。您在处理之前应该等待医生的意见。”

“蝰蛇咬的症状错不了。”西蒙不耐烦地答道，希望这个男人能够停止在走廊里耽搁，马上开始做他该做的工作，“而且我希望能尽快减轻佩顿小姐的痛苦。”

老人卷曲的灰色眉毛向眼睛聚拢。“你对自己的判断很有把握。”他给了句充满火药味的评论。

“是的。”西蒙眼睛一眨不眨地回答。

突然，伯爵闷声笑了起来，手放在医生的肩上。“如果你打算说服我的朋友他有什么地方错了的话，恐怕我们得永无止境地在这里站下去了。‘固执己见’是我们能给亨特先生最柔和的评语了。我向你保证，你的精力最好还是用在照顾佩顿小姐上面。”

“也许如此，”医生恼怒地说，“不过我不禁要怀疑，有了亨特先生的专业诊断，我在这里显得有些多余。”扔下这句嘲讽之后，医生走进了房间，佩顿太太和莉莲·鲍曼尾随其后。

西蒙被留在走廊里和韦斯特克里夫在一起，他转着眼睛：

"这个易怒的老混蛋。"他嘀咕着,"你还能找到比他更老的吗,韦斯特克里夫?我怀疑他是否足够耳聪目明,以使他能够做见鬼的诊断。"

伯爵耸起一条黑色的眉毛,带着优越感好笑地看着西蒙,"他是汉普夏郡最好的医生。下楼去吧,亨特。我们去喝杯白兰地。"

西蒙看看紧闭的门,"晚点再去。"

韦斯特克里夫用轻快而无比愉悦的声音回答:"啊,请原谅。当然你想在门外守候着,像无家可归的狗期待厨房里的残羹冷炙一样。我到书房去了——做个好小伙子,有消息的话下来通知我。"

西蒙愤愤不平地冷冷瞪了他一眼,手撑离墙壁。"好吧,"他咆哮着,"我也去。"

伯爵满意地点点头,回答道:"医生看完佩顿小姐后会给我报告的。"

西蒙随韦斯特克里夫走向大旋梯,若有所思地回想着自己刚才的行为。这是全新的体验,受情感而不是理智的驱使,他不喜欢这样。不过,这似乎不太重要。刚发现安娜贝尔生病的时候,他的胸口感到痛苦的失落,好像他的心脏被禁锢了一样。他确定无疑,自己会不惜一切保证她的安全舒适。安娜贝尔呼吸困难、用痛苦恐惧的眼神凝视着他的时候,他愿意为她做任何事情,所有的事情。

上帝保佑,如果安娜贝尔意识到她对他的威力的话……这种威力严重威胁着他的骄傲与自制。他想要占有她身体和灵魂的每一寸，以所有能想像得到的亲密方式。他对她与日俱增的激情使他震惊。他身边没有人能够理解，尤其是韦斯特克里夫。韦斯特克里夫总是把自己的情感和欲望包裹得严严实实，对那些为了爱情犯傻的人嗤之以鼻。

这可不是爱情……西蒙还没打算走那么远。然而这却远非一般的欲望。它需要毫无保留地占有。

西蒙努力戴上没有表情的面具，随韦斯特克里夫进了书房。

这是个小而简朴的房间，铺着发亮的橡木墙板，仅有的装饰是一排彩色玻璃窗。书房棱角分明，家具沉重，并不让人觉得舒服。然而，这完全是个男性的空间，可以在这里抽烟、喝酒、坦率地交谈。西蒙坐在书桌边的一把硬椅子上，从韦斯特克里夫手中接过一杯白兰地，大口吞了下去。他伸出矮脚酒杯，伯爵重新替他斟满，他点头表示谢意。

在韦斯特克里夫对安娜贝尔发表长篇大论的抨击之前，西蒙设法转移他的注意力，“你看来和鲍曼小姐处得不太好。”他说道。

作为转移注意力的战术，提到莉莲·鲍曼的名字极其有效。韦斯特克里夫暴躁地哼了一声。“这个无礼的黄毛丫头居然敢暗示佩顿小姐的不幸是我的错。”他说着给自己倒了一杯白兰地。

西蒙扬起了眉，“怎么会是你的错？”

“鲍曼小姐似乎觉得，作为庄园的主人，确保我的产业不‘到处爬满毒蛇’是我的责任，她是这么说的。”

“你怎么回答？”

“我向鲍曼小姐指出，客人选择外出时穿好衣服的话通常是不会被蝰蛇咬到的。”

西蒙忍不住笑了，“鲍曼小姐只是担心她的朋友。”

韦斯特克里夫点头表示完全赞同。“她可不能失去其中任何一个，因为她无疑只有区区几个朋友。”

西蒙微笑着注视杯中的白兰地。“你度过了一个多么艰难的夜晚啊。”他听到韦斯特克里夫讽刺地说，“你先是被迫一路抱着佩顿小姐曼妙的身体到她卧室……接着又不得不察看她受伤的腿。真是太麻烦你了。”

西蒙的笑容隐退了，“我没说我察看了她的腿。”

伯爵明察秋毫地看着他，“你不用说。我太了解你了，肯定你是不会错过这样的机会的。”

“我承认我看了她的脚踝。我还割断了她的紧身胸衣带，当时她显然无法呼吸了。”西蒙挑衅地看着伯爵。

“真是个热心的青年。”韦斯特克里夫嘀咕着。

西蒙怒目而视。“你可能很难相信，我看着一个女人痛苦的样子可丝毫没有情欲的快感。”

韦斯特克里夫靠在椅背上，冷静地观察着西蒙，这可激怒了他，“我希望你不至于愚蠢到爱上这样一个人。你知道我对佩顿小姐的看法——”

“对，你已经反复表示过了。”

“更何况，”伯爵继续说道，“我讨厌看到我认识的仅有的几个有头脑的男人变成唠叨的傻瓜，在空气里到处散播多愁善感的情绪——”

“我没有在恋爱。”

“你有些反常。”韦斯特克里夫坚持道，“我认识你这么多年，从没见你像刚才在她房门外那样多愁善感。”

“我只是对一个同类表示简单的同情。”

伯爵哼了一声，“你正渴望钻进这个同类的内衣。”

此言一语中的，西蒙勉强笑了一下。“两年前这只是心头之痒，”他承认，“现在已经全面发作。”

韦斯特克里夫叹息着抱怨了一声，用拇指和食指揉揉鼻梁。“再没有什么比看着一个朋友盲目地陷入灾难更让我痛恨的了。你的弱点，亨特，是你无法抗拒挑战。哪怕这个挑战根本不值得。”

“我喜欢挑战。”西蒙晃动着矮脚杯里的白兰地，“不过这与我对她的兴趣无关。”

“老天，”伯爵低声说，“要么喝了白兰地，要么别再玩它。你这样晃动会碰伤它的。”

西蒙深感好笑地看看他。“究竟怎么会‘碰伤’一杯白兰地呢？不，别告诉我——我乡下人的脑子无法理解这个。”他顺从地把白兰地喝了下去，把杯子放在一边，“现在，我们在讨论什么……？哦，是的，我的弱点。在接着讨论之前，我希望你能承认，你一生中总会有那么一次欲望超过理智。因为如果你从来没有过的话，继续和你讨论这个就已经没有意义了。”

“我当然有过。每个十二岁以上的男人都有过。可是提高智力的目的就是为了防止我们反复犯这样的错误——”

“好吧，我的问题就在这里。”西蒙合乎逻辑地说，“我不想要什么高智力。我用我的低智力已经过得很好了。”

伯爵沉下了脸。“佩顿小姐和她那群食肉的朋友都没嫁出去是有道理的，亨特。她们是麻烦。如果今天的事情还不能让你清楚这点，你就已经无药可救了。”

正如西蒙·亨特预料的那样，安娜贝尔接下来的几天里极其难受。她无比痛苦地熟悉着猪殃殃茶的味道，医生规定第一天每四个小时服一次，接下来每六个小时服一次。尽管她能感到这药有助于减轻蛇毒的症状，她的胃还是不断抗议。她精疲力竭，可是又睡不好觉。尽管她渴望做些什么来打发无聊，但却没法集中注意力一次超过几分钟以上。

她的朋友尽力让她打起精神，逗她开心，安娜贝尔对此深怀感激。伊薇坐在床边为她朗读一本从图书室偷来的惊险小说。黛西和莉莲过来散布最新的小道消息，她们顽皮地模仿各位客人，逗得她哈哈大笑。在她的坚持下，她们负责地汇报谁赢得了肯达尔大战。其中一名高挑、苗条的金发女子，叫做康斯坦司·达洛比小姐，引起了他的兴趣。

“她看上去是那种很冷漠的人，如果你想知道的话。”黛西坦白地说，“她的嘴让人想起钱袋，还有个捂着嘴咯咯笑的坏习惯，真烦人，好像被人看到在公开场合笑很不淑女似的。”

“她肯定牙齿长得不好。”莉莲满怀希望地说。

“我觉得她很无聊。”黛西继续说，“我真想不出她说了什么能让肯达尔这么感兴趣。”

“黛西，我们在讨论一个以观赏植物为极大乐事的男人。他的无聊的门槛显然是无穷低的。”

“今天水宴后野餐时，”黛西对安娜贝尔说，“我还很得意地以为自己抓住了康斯坦司小姐与一个客人幽会呢。她和一个男人一起消失了几分钟，不是肯达尔勋爵。”

“那是谁？”安娜贝尔问。

“本杰明·马科斯洛先生——当地的一个农场主。你知道，是那种优秀青年的类型，拥有好几英亩土地和一群仆人，正想找个老婆替他生上八九个孩子，帮他补补衬衣袖口，杀猪时做血肠——”

“黛西，”莉莲注意到安娜贝尔突然脸色发青，插嘴说：“别说得那么恶心，行不？”她抱歉地朝安娜贝尔笑笑，“对不起，亲爱的。不过你得承认英国人喜欢吃那些能把美国人从餐桌上吓跑的东西。”

“不管怎么说，”黛西继续耐心地说道，“康斯坦司小姐在马科斯洛的陪伴下消失不见了。我自然跑去找他们，希望能发现什么破坏她名声的事，好让肯达尔勋爵对她失去兴趣。你们可以想像，我发现他俩在一棵树背后头靠在一起时有多开心。”

“他们在接吻吗？”安娜贝尔问。

“唉，不是。马科斯洛在帮康斯坦司小姐把一只从巢里掉下来的幼鸟放回去。”

“噢，”安娜贝尔感觉到自己的肩塌了下来，她烦躁地说：“她真好心。”她知道自己的苦闷一部分是蛇毒的副作用，包括那难以下咽的解毒剂。然而，知道了原因也毫无用处。

见她闷闷不乐的样子，莉莲拿起已失去光泽的银背发梳。

“先忘了康斯坦司小姐和肯达尔勋爵吧。”她说,“我帮你梳辫子——头发不遮在脸上,你就会感觉好些了。”

“我的镜子在哪里?”安娜贝尔问,一边往前挪让莉莲坐在她身后。

“找不到了。”莉莲平静地回答。

安娜贝尔注意到了镜子的适时失踪。她知道自己生病后形容憔悴,头发干枯,皮肤也失去了健康的光泽。而且,挥之不去的恶心让她无法进食,她的胳膊无力地搭在床罩上,显得瘦弱无比。

晚上,她躺在病榻上,下面舞厅里的歌舞声从开着的窗户外飘了进来。想像着康斯坦司小姐在肯达尔勋爵的臂弯里共舞华尔兹的情景,安娜贝尔烦躁地辗转反侧,抑郁地断定自己嫁人的机会已经丧失殆尽了。“我讨厌蝰蛇。”她咕哝着,看着母亲整理床边桌上的东西……药勺、瓶子、手帕、梳子和发卡,“我讨厌生病,我讨厌在树林里散步,我最最讨厌跑柱式棒球!”

“你说什么,亲爱的?”正在把几个空杯子放进托盘的菲莉帕停下来问道。

安娜贝尔摇摇头,突然间忧郁得不能自已。“我……噢,没什么,妈妈。我在想——我想一两天内就回伦敦,等身体吃得消的时候。呆在这里已经没有用了。康斯坦司小姐和肯达尔勋爵已经走到一起了。我的状况也再吸引不了别人了,而且——”

“我可还没完全放弃希望。”菲莉帕放下托盘说道。她俯身温柔慈爱地抚抚安娜贝尔的眉,“他们还没宣布订婚——而且肯达尔勋爵也经常问起你。别忘了他送来的一大捧风铃草。他告诉我,是他亲手摘的。”

安娜贝尔疲倦地看看角落的那一大束花,空气里弥漫着浓郁的花香。“妈妈,我一直想问……你能把它拿走吗?它很美,我确实很喜欢它的样子……可是那味道……”

“噢,我可真没想到。”菲莉帕连忙说。她急忙跑到角落拿起花瓶向门口走去,“我会把花放在大厅里,让女仆拿走……”她忙碌着,声音飘远了。

安娜贝尔拿起一枚发卡,摆弄着上面弯弯的铁丝。实际上,肯达尔的花只是送来的众多花束之一。她生病的消息激起了石字庄园宾客的极大同情。连韦斯特克里夫勋爵也代表自己和马斯登家派人送来了一束温室玫瑰。房间摆满了鲜花,看起来像是葬礼。奇怪的是,西蒙·亨特没有送来任何东西……一张便条一枝花都没有。她本以为,在两天前的那个晚上他关切的举止之后,现在他应该有所表示。小小地表明他的关心……可是她又想到,也许亨特已经认定她是个古怪麻烦的女人,不再值得他费心。如果这样的话,她应该感到庆幸,自己再也不用受他骚扰了。

然而,安娜贝尔感到鼻子酸酸的,泪水几乎夺眶而出。她不理解自己。她无从分辨,掩藏在自己无望的情绪下的是怎样的情感。可她内心似乎充满渴望,渴望一件无法描述的东西……要是她知道那是什么就好了。要是——

“咦,真奇怪。”菲莉帕回到房间,听起来很困惑,“我在门后找到的。有人放在那边,没留字条,也没写是给谁的。看起来是新的。你觉得会是你哪个朋友送来的吗?肯定是的。这么古怪的礼物只可能是那两个美国姑娘送的。”

安娜贝尔从枕头上支起身，发现膝上放着一对东西，她茫然而惊讶地看着。是一对低帮短靴，用漂亮的红色蝴蝶结系着。皮质像黄油一样柔软，染成时髦的棕色，上了光，像镜子一样发亮。低帮的皮质叠层鞋跟、结实的鞋底，这双靴子看上去既舒适又时髦。鞋背上还精心绣着几片叶子做点缀。安娜贝尔凝视着靴子，感到自己突然笑出声来。

“肯定是鲍曼姐妹送的，”她说……可她知道不是。

这靴子是西蒙·亨特的礼物，他完全清楚男士不该赠送衣物给女士。她应该把它们退回去，她想，手里却紧紧握着靴子。只有西蒙·亨特才会送她这么实用又这么过于私人性的东西。

带着微笑，她解开蝴蝶结，拿起一只靴子。它轻得惊人，只需一眼就能看出会非常合脚。可亨特怎么知道该要哪个号，他又是从哪里搞来的鞋子？她的手指抚过连接起鞋底和富有光泽的棕色鞋面的细密针脚。

“它们真是太迷人了。”菲莉帕说，“太好看了，都舍不得穿着在泥泞的乡间散步。”

安娜贝尔把鞋举到鼻下，吸入皮革那干净朴实的香味。她用指尖掠过靴子柔韧的皮质鞋面，又把它放远端详着，仿佛是件无价的雕塑品。“我已经在乡间走够了，”她微笑着说，“这双靴子要用来走在花园铺好的石子路上。”

菲莉帕爱怜地看着她，伸手捋捋安娜贝尔的头发。“没想到一双新鞋能让你这么高兴——不过我很高兴。要我叫人送汤和吐司上来吗，亲爱的？服猪殃殃茶之前你该吃点东西。”

安娜贝尔做了个鬼脸，“好吧，喝点汤。”

菲莉帕满意地点点头，伸手去拿靴子，“我先帮你拿开，放到衣橱——”

“再过会儿。”安娜贝尔小声说着，爱不释手地紧抓着一只不放。

菲莉帕微笑着去按铃叫仆人。

安娜贝尔往后靠着，手指抚弄着绸缎般的皮质，感觉胸口舒缓了些。毫无疑问，这说明蛇毒在消退……不过，这无法解释为什么她会突然感到欣慰安宁。

当然，她得去谢谢西蒙·亨特，并告诉他他的礼物很不得体。如果他承认是他送来了靴子，那么安娜贝尔就必须还给他。一本诗集、一罐太妃糖，或是一束鲜花才是得体的礼物。可是，从没有什么礼物像这样打动过她。

安娜贝尔让靴子整夜陪着她，尽管母亲警告说把鞋放在床上会倒霉的。最后她终于昏昏欲睡，同意把靴子放在床边桌上。窗口，仍有管弦乐声依稀飘来。清早醒来时，她看到靴子就微笑了起来。

第十四章

被蝰蛇咬后的第三个早上，安娜贝尔总算恢复得可以起床了。令她欣慰的是，大部分客人都到临近的宅第去参加聚会了，剩下安静空旷的石字庄园。菲莉帕与管家商量了一下，把安娜贝尔安顿在楼上一间对着花园的私密起居室。房间很可爱，四壁贴着蓝色花朵图案的墙纸，挂着小孩和动物的照片，赏心悦目。据管家说，这间房间通常只供马斯登一家用，不过韦斯特克里夫勋爵主动把房间让给安娜贝尔用。

菲莉帕把一块毯子在安娜贝尔膝盖上裹好，在她身边的桌上放好一杯猪殃殃茶。“你一定得喝。”她不理安娜贝尔扮的鬼脸，坚决地说，“这是为你自己好。”

“你不用呆在这里看着我，妈妈。”安娜贝尔说，“我在这里放松一下很开心，你可以去散散步，或者和朋友去聊天。”

“你肯定吗？”菲莉帕问。

“绝对肯定。”安娜贝尔端起茶杯抿了一口，“我会喝药的……看到了吧？去吧，妈妈，不用为我操心。”

“好吧。”菲莉帕勉强说道，“就一小会儿。管家说如果你要叫仆人的话，就摇桌上的铃。记得把茶全部喝掉，一滴不剩。”

“我会的。”安娜贝尔保证，脸上掬起一个夸张的笑容。她直到菲莉帕离开房间才收起笑脸。母亲一消失，安娜贝尔就伏在长沙发椅背上，小心地把茶倒在窗外。

安娜贝尔满意地叹了口气，蜷曲在沙发一角。不时会有一声声响打破这里的宁静：盘子的轻微撞击声、管家低低的说话声，还有扫帚扫过走廊地毯的声音。安娜贝尔把胳膊支在窗台上，探出身子让脸沐浴在明媚的阳光下。她闭起眼睛，听着蜜蜂嗡嗡地在一簇簇深粉色的绣球花丛和爬过篱笆的甜豌豆卷须间穿梭。尽管她仍很虚弱，但像只猫一样懒洋洋地暖暖地坐着，半梦半醒，还是觉得很舒服。

听到门口传来声音，她很慢才反应过来……一记轻轻的叩门声，仿佛来者不愿敲得太重而打扰了她的遐思。眨眨被太阳晒花的眼，安娜贝尔保持着盘腿而坐的姿势。眼前的一块块光斑终于慢慢消失，她发现自己眼前出现的是西蒙·亨特修长的黑色身影。他半倚在门框上，不自觉地摆出一副放浪不羁的姿势。他的头微微侧着凝视着她，表情难以捉摸。

安娜贝尔的脉搏开始疯狂地跳动起来。一如既往，亨特的穿着无可挑剔，但是绅士的装扮无法掩盖仿佛从他身上溢出来的勃发活力。她记起了他抱着她时那坚硬的臂膀和胸膛，他的手触摸她身体的感觉……噢，她再也无法若无其事地看着他了。

“你看上去像是只刚从窗口飞进来的蝴蝶。”他轻声说。

他一定是在嘲笑她，安娜贝尔想，她完全知道自己苍白的病容。她不自在地伸手捋捋凌乱的头发。“你来这里干什么?”她问,“你不是应该在邻居的聚会上吗?”

她并不想说得这么生硬、拒人千里之外。可是她平时的伶牙俐齿都不见了。她看着他就会忍不住想到他用手替她揉胸口的样子。这回忆让她尴尬,浑身燥热。

亨特用微微挖苦的语调说:“我和我的一个经理有事要谈,他从伦敦过来,稍晚就到这里。和你仰慕的那些穿丝袜的贵族不同,我要考虑的可不止是今天的野餐毯该铺在哪里。”亨特离开门框,走进屋子,他的眼神显然在给她评分,“还觉得虚弱?很快就会好的。你的脚踝怎样了?把裙子撩起来——我想我该再看一下。”

安娜贝尔警觉地看了他一秒钟,然后她看到了他眼里的神色,笑了起来。这些放肆的话不知怎的缓解了她的尴尬,让她放松。“你太好了,”她平静地说,“不过不必了。我的脚踝好多了,谢谢。”

亨特微笑着走近她。“我要你知道,我的提议完全是建立在毫不利己的精神上的。我看到你裸露的腿可没有什么不正当的快感。嗯,可能有点小小的刺激,不过我会掩饰得非常好的。”他单手抓住一把椅背,轻松地把它挪到长沙发前,靠近她坐了下来。安娜贝尔对此印象深刻,他举起一件结实的红木家具就像是拿起一片羽毛一样。她飞快地朝空空的门口瞥了一眼。只要门没关,她和亨特坐在起居室里就是可以接受的。她母亲总会过来看她。在此之前,安娜贝尔决定提一下靴子的话题。

“亨特先生,”她小心地问道,“有件事我得问你……”

“嗯?”

他的眼睛显然是他最迷人的地方,安娜贝尔分神想道。它们充满活力,让她奇怪为什么人们总是更喜欢蓝眼睛而不是黑眼睛。没有一种蓝色可以像亨特的黑眼睛一样流露出潜藏在深处的无穷智慧。

安娜贝尔怎么努力也想不出委婉的询问方式。脑子里许多语句翻来覆去,最后她直截了当地问:“是你送的靴子吗?”

他不动声色。“靴子? 恐怕我不太明白你的意思,佩顿小姐。你是在打比喻,还是我们说的是真的鞋子?”

“低帮靴子。”安娜贝尔说,盯住他的眼神分明写着怀疑,“昨天放在我门后的一双新鞋。”

“尽管我很乐意和你讨论你衣橱的任何部分,佩顿小姐,我对靴子恐怕还是一无所知。不过我很高兴你总算得到了一双。当然,除非你希望继续成为汉普夏郡野生动物的一道大餐。”

安娜贝尔久久地看着他。尽管他矢口否认,他不带表情的面孔后面还是隐藏着什么……他眼里有顽皮的火花……“那么你否认送过我靴子?”

“我非常郑重地否认。”

“可是我觉得奇怪……如果有人想为一位女士做一双鞋,而她又不知情的话……他怎么能知道她脚的尺码呢?”

“那还是比较简单的……”他沉思着,“我猜想大胆的男士只需让女仆找到那位女士扔掉的拖鞋,然后就可以把鞋样交给当地的修鞋匠。并且设法让鞋匠觉得值得放下手头的其他活,马上做双新鞋。”

“那样他可要费不少心思。”安娜贝尔轻声说。

亨特的眼神突然变得诙谐。“总比每次在那位女士穿着拖鞋出去散步后就不得不把受伤的她运上三层楼少费点事。”

安娜贝尔意识到他永远也不会承认送过她靴子——这样她就能留着它们，不过这样她也就永远不能感谢他了。而她知道是他送的——她能从他脸上看出来。

“亨特先生，”她真诚地说，“我……我希望……”她停住了，找不到合适的词，无助地望着他。

出于同情，亨特站了起来，走到房间另一边，拿起一张小小的圆形游戏桌。直径大约只有两英尺，结构巧妙，顶部可以翻动，从国际象棋盘变成国际跳棋盘。“你玩吗？”他随意地问道，把小桌放在她面前。

“跳棋？ 噢，有时候——”

“不，不是跳棋。国际象棋。”

安娜贝尔摇摇头，缩回沙发的角落。“不，我从没下过象棋。我不是不愿配合……可是……以我现在的状况，没有兴趣尝试这么难的——”

“那么，现在正是学的时候。”亨特说着，走向壁柜取出一个磨光的带树节的木盒，“有个说法，如果你没和一个人下过国际象棋，就不可能真正了解他。”

安娜贝尔谨慎地看着他，对和他单独相处感到紧张……然而她又被他刻意的温柔彻底迷住了。仿佛他在设法哄她信任他。他举止里有一种温柔，与她所熟知的那个冷嘲热讽的浪荡子形象格格不入。

“你相信吗？”她问。

“当然不信。”他把盒子拿到桌上打开，里面是一套缟玛瑙与象牙做的棋子，个个精雕细琢。他挑衅地看了她一眼，“事实是，除非你借给一个男人钱，否则你永远也不会真正了解他。而你也永远不会了解一个女人，直到你上过她的床。”

他是为了吓她而故意这么说的，当然。他成功了，尽管安娜贝尔竭力掩饰。“亨特先生，”她对他微笑的眼睛皱着眉说，“如果你继续粗言秽语，我不得不请你离开房间。”

“请原谅。”他的迅速忏悔一点也不能糊弄她，“我只是不能抵抗让你脸红的诱惑。我从没见过像你这么容易脸红的姑娘。”

她脖子里的红晕开始窜到脸上。“我从没脸红过。只是在你身边我才——”她停住了，气愤地皱眉瞪着他，惹得他呵呵笑。

“我现在开始会规矩的。”他说，“别让我离开。”

她犹疑地看着他，手颤抖着放到额前。她的娇弱让他的话音更温柔了。“没关系的，”他低声说，“让我留下吧，安娜贝尔。”

她眨眨眼，迟疑地点点头，靠在沙发靠垫上。亨特有条不紊地摆好棋盘。他的手在摆弄棋子时出奇的轻巧敏捷，尽管手那么大。可能是无情的手，她想着……晒黑的男性的手，手背上长着一些黑毛。

亨特弯腰半站着，安娜贝尔感觉到他迷人的气息，粉浆和剃须皂的味道混合着干净的男性肌肤的香味……还有一种若有若无的味道……是他香甜的口气，似乎刚吃过梨子或是一片菠萝。她抬头看他时，意识到他可以毫不费劲地弯腰亲吻她。这念头让她颤抖。她其实很想让他的嘴压在她的嘴唇上，呼吸他嘴里短暂的甜蜜气息。她希望他再次抱住她。

意识到自己在想什么，她睁大了眼睛。她突然的静止很快让亨特察觉到了。他的注意力从棋盘转移到她仰起的脸上，看到她脸上的表情，他屏住了呼吸。两人都一动不动。安娜贝尔只能沉默地等待着，她的指尖紧紧抓住沙发靠垫，不知道他接下来会做什么。

亨特长长地吸了口气，打破了紧张局面，他沙哑着柔声说："不……你身体还没康复。"

她心跳得厉害，几乎听不到他的话。"什——什么？"她软弱无力地问。

亨特似乎无法克制自己，他把她额前一缕卷曲的头发往后捋了捋。指尖的轻抚令她柔软光滑的肌肤发烫，留下强烈的感觉。"我知道你在想什么。相信我，我很受诱惑。不过你还太虚弱了——而我今天又很缺乏自制。"

"如果你在暗示我——"

"我从不把时间浪费在暗示上。"他低声说，重新仔细摆放起棋子，"显然，你希望我吻你。我很乐意从命，等时机恰当的时候。不过不是现在。"

"亨特先生，你是最——"

"是的，我知道。"他笑着说，"你尽可以省点力气朝我砸形容词，我以前全都听过了。"他坐下来，把一枚棋子放到她掌心。玛瑙雕刻的棋子沉甸甸的，握久了，光滑的表面渐渐温暖起来。

"我不想用形容词砸你，"安娜贝尔说，"只要一两件锐利的东西就够了。"

他大笑起来,收回手时拇指拂过她的手心。她感到他拇指上有块粗糙的硬茧,那感觉有点像被猫的舌头微微地舔了一下般刺痛。安娜贝尔对自己对他的反应不知所措,低头看着手里的棋子。

"那是皇后——棋盘上最有威力的一个。她可以朝任何方向移动,想走多远都可以。"

他说话的态度没有什么明显的暗示……可是他轻声说话的时候,就像他现在那样,他的声音里有一种沙哑的低沉,令她拖鞋里的脚趾都弯曲了起来。

"比国王还厉害?"她问。

"对。国王一次只能动一格。不过国王是最重要的棋子。"

"如果他不是最有威力的,为什么他比皇后还重要?"

"因为一旦他被俘了,游戏就结束了。"亨特伸手拿回刚刚给她的棋子,换了一枚小卒。他的手指拂过她的手指时稍稍停留了一瞬,毋庸置疑是个抚摸。尽管安娜贝尔知道她不该允许这样放肆的亲昵举止,却发现自己只是近乎茫然地看着,她把象牙棋子握得太紧,指关节都发白了。亨特继续说话的声音低沉柔软:"这是小卒,一次动一格。不能后退或侧行,除非是吃掉其他棋子。大部分新手刚开始都喜欢动小卒,来控制棋盘的大块。不过好好利用其他棋子才是上策……"

亨特继续解释着每种棋子和各自的作用,每次都放一枚到她手心里。安娜贝尔被他手指的轻抚催眠了,她的感官欢快而充满期待。她坚强的防备像磨坊的谷物一样在水轮下碾成粉末。她或亨特,或是两个人都发生了些什么,使得他俩能以从未有过的轻松相处？她不想邀他靠得更近……那样不会有什么好结果……然而她又忍不住享受着他的靠近。

亨特哄劝她下起了棋，耐心地等待她思索每一步，随时为她提供意见。他的举止那么迷人，让人分心，她几乎都不太在意谁会赢了。几乎。她把棋子移到一个同时进攻他两枚棋子的位置，他赞许地笑着看看她，“这叫做一捉两。我猜得没错，你对国际象棋很有天赋。”

“现在你别无选择，只能撤退了。”安娜贝尔胜利地说。

“还没到时候。”他在棋盘另一边动了一枚棋，马上威胁到她的皇后。

安娜贝尔思索着这个战术，意识到他把她逼入了必须撤退的局面。

“这不公平。”她抗议道，他暗自笑了起来。

安娜贝尔十指交叉托着下巴思考着棋局。一分钟过去了，她想了好几个策略，可都觉得不合适，“我不知道怎么办了。”她承认。她抬起眼看他，发现他正在古怪地盯着她，眼神温柔关切。他的眼神让她明白过来，浓情蜜意涌上心头，她使劲咽了一下口水，感觉喉咙像裹了层蜂蜜一样。

“我让你累着了。”亨特轻声说。

“不，我很好——”

“我们下次再下吧。你休息好以后就能看清楚下一步该走什么了。”

“我不想停下来。”她说，为他的拒绝而恼怒，“况且，我们到时都会记不住棋子是怎么摆的。”

“我会的。”亨特不理她的抗议，起身把棋桌挪到一边，让她够不着，“你需要午睡一下。你是要我帮你回楼上还是——”

“亨特先生，我不回自己房间。”她固执地说，“我在那儿呆够了。事实上，我情愿睡在走廊里——”

“好吧。”亨特低声说，微笑着坐了下来，“平静些。我才不会让你做你不想做的事情。”他交叉着双手往后随意一靠，注视着她，“明天客人的大部队要回来了，”他说，“我猜你很快就能继续追逐肯达尔了？”

“很有可能。”安娜贝尔承认，手捂着嘴打了个呵欠。

“你不需要他。”亨特柔声说。

“噢，我需要。”安娜贝尔心不在焉地停了停，弯起手臂半撑着头，“而且……尽管你对我很好，亨特先生……恐怕我也不能改变我的计划。”

他像看着棋盘那样松弛而又凝神注视着她。“我也不打算改变我的计划，亲爱的。”

要不是她这么累的话，安娜贝尔肯定会反对他这么亲昵地叫她。然而她只是睡意蒙眬地想着他的话。他的计划……“是打算阻止我得到肯达尔勋爵。”她说。

“可远不止这些。”他答道，嘴角隐隐有一丝笑意。

“你什么意思？”

“我可不打算透露我的战略。显然我需要能得到的每个机会。下一步该你走，佩顿小姐。记住我会注视着你。”

安娜贝尔知道这个警告应该让她警觉。可她感到浓浓的倦意袭来，闭了会儿眼睛。眼皮下的湿润缓和了发痒的感觉，那本是急需睡眠的前兆。她极不情愿地撑开沉重的眼皮，亨特的身影很模糊。他们必须互相为敌真是太糟糕了，她困倦地想，没注意到自己把话说了出来，直到他温柔地回答。

“我从来不是你的敌人。”

“那么你是我的朋友？”她怀疑地咕哝着，又一次抵不过诱惑闭上了眼睛。这一次睡意完全揽住了她，快得她都没来得及注意亨特把她的毯子盖在了她肩上。

“不，宝贝，”他低声耳语，“我不是你的朋友……”

她睡得很浅，中间醒了一下确定自己是单独在私人起居室里，接着又在和煦的阳光下昏昏睡去。她的身体渐渐放松，进入酣甜的梦乡。她发现自己在一个色彩鲜艳的梦境里，所有的感觉都那么强烈，身体像是在温暖的海洋里漂浮般轻盈。渐渐地，四周清晰起来……

她在一处陌生的房子里漫步，一栋发光的大宅，阳光从高高的窗户射进来。房间空空如也，到处都不见客人或是仆人。不知从哪里飘来音乐声，伤感的天籁般的旋律让她充满渴望。她独自走着，发现一间宽敞的有大理石柱子的房间，房间没有天花板……敞向天空，头上的流云投下阴影。脚下的镶木地板是巨大的黑白方块，看着像是棋盘，一些空格里立着真人大小的石像。

安娜贝尔好奇地在他们中间走着，慢慢地绕着圈看清楚他们发光的脸。她想找人说说话，牵着温暖的人的手，她在巨大的棋盘里游走，漫无目的地在这些一动不动的石像间寻找……终于她看见一个黑色的身影懒洋洋地靠在洁白的大理石柱上。她的心脏开始狂跳，周身一阵激动令她皮肤发烫，脉搏剧烈地跳动，她放慢了脚步。

是西蒙·亨特，脸上带着浅笑朝她走来。他没等她来得及跑开就抓住了她，俯首在她耳边低语。

“你现在愿意和我跳舞吗？”

“我不能。”她气喘吁吁地说，在他越来越紧的怀抱里挣扎着。

“哦，你可以。”他温柔地催促她，嘴唇滚烫而柔软地吻过她的脸，“抱住我……”

她在他怀里扭动着，他轻轻笑着，吻着她，直到她浑身发软，无助地靠着他，“皇后现在被俘了。”他低声说着，往后仰着看她，眼里闪着邪恶，“你有危险了，安娜贝尔……”

她突然被松开了，她转身从他身边逃开，匆忙间被石像绊倒。他不紧不慢地跟着她，低低的笑声在她耳边回荡。他如影随形，故意延长着追逐，直到她浑身发烫，筋疲力尽，喘不过气来。他终于抓住了她，拉进他怀里，把她按在地板上。他的身体压着她，黑色的头挡住了天空，音乐声被她自己狂乱的心跳湮没。“安娜贝尔，”他轻呼，“安娜贝尔……”

她醒了过来，脸睡得红红的，她突然睁大了眼睛，感到有人在身旁。

“安娜贝尔，”她又听见了……但这声音并不是梦里那沙哑、温柔的男中音。

第十五章

安娜贝尔抬起头，看见霍奇汉姆勋爵站在眼前。她挣扎着坐起来，慢慢往后缩，意识到他不是虚幻的影像，而是确确实实在她面前。她吃惊得说不出话来，见他伸手抚弄她裙子前的蕾丝花边，她忙不迭地往后退。

“我听说你病了。”霍奇汉姆说，眯眼扫视着她半躺的身体，“听说你感染此病我真替你难过。不过看来没有什么长远的害处。你看起来……”他顿了顿，润润肥厚的嘴唇，“……和从前一样标致……尽管有些苍白。”

“你怎么……怎么知道我在这里?”安娜贝尔问，“这是马斯登家的私人起居室。没有人会给你——”

“我让一个仆人告诉我的。”霍奇汉姆得意洋洋地回答。

“出去。”安娜贝尔斩钉截铁地说，“不然我会大叫非礼。”

霍奇汉姆咯咯笑了好一会儿。“你可负担不起丑闻，我亲爱的。你对肯达尔勋爵的兴趣众所周知。你我都知道，只要你的名声沾染上一丝不光彩，你和他的机会就彻底完蛋了。”他对她的沉默咧开了嘴，露出一口歪斜的黄牙，“那样好多了，我可怜漂亮的安娜贝尔……我知道什么能让你苍白的脸颊重新泛起红晕。”他从外套口袋里掏出一大枚金币，在她面前逗弄地挥舞着，“这表示我对你经受的磨难的同情。”

霍奇汉姆凑得非常近，肥肥的手指紧紧攥着硬币，试图把它塞到她裙子的胸衣里去，安娜贝尔愤怒地呼出一口气，猛地把他的手打开。尽管她仍旧虚弱，却也足以把他手里的硬币打飞，一声闷响，硬币掉在铺了地毯的地板上。

“快走开。”她凶狠地说。

“高傲的婊子。你不用装，好像你会比你母亲好似的。”

“你这头猪——”安娜贝尔诅咒着自己的缺少力气，见他弯腰凑上来，她虚弱地拼命打着他，浑身恐惧地颤栗着。“不，”她咬紧牙关说道，用胳膊挡住脸。她的手腕被他抓住，拼命地反抗着，“不——”

门口传来一声撞击声，霍奇汉姆吃惊地站起身。安娜贝尔从头到脚都在发抖，朝门口看去，见她母亲端着午餐盘站在那里。菲莉帕意识到发生了什么，银器从托盘边倒了下来。

菲莉帕摇摇头，仿佛无法相信霍奇汉姆在这里。“你竟敢靠近我女儿……”她嘶哑地开口说道，她愤怒得满脸通红，把托盘放在近边的桌子上，安静地对霍奇汉姆说：“我女儿病了，勋爵。我不会容许她的健康受到危害——请你跟我来，我们换个地方讨论这件事。”

“讨论可不是我想要的。”霍奇汉姆说。

安娜贝尔看到母亲脸上迅速地掠过几种表情：厌恶、怨忿、憎恨、恐惧。而最后……是妥协。“那么，从我女儿身边走开。”她冷冷地说。

“不，”安娜贝尔嗓音粗哑地抗议，意识到菲莉帕打算和他单独去某个地方，“妈妈，和我呆在一起。”

“一切都会好的。”菲莉帕没看她，仍然毫无表情地盯着霍奇汉姆红润的脸，“我替你拿来了午餐。设法吃点——”

“不。”安娜贝尔无法相信，绝望地看着母亲平静地引着霍奇汉姆离开了房间，“妈妈，别和他去！”可菲莉帕好像没听到一样，走了。

安娜贝尔茫然地盯着空空的门口，不知道时间过去了多久。她一点也不想碰午餐盘。空气里飘着蔬菜汤的浓浓味道，令她反胃。安娜贝尔阴郁地想着，不知道这可恶的事情是怎样开始的，是霍奇汉姆强迫母亲还是本来就是双方情愿。不管是怎样开始的，现在已经变得无比荒谬。霍奇汉姆是个恶棍，而菲莉帕却试图与他讲和不让他毁了她们一家。

安娜贝尔感觉疲惫、痛苦，努力不去想眼下母亲和霍奇汉姆正在做什么，她离开了沙发。肌肉酸痛地发出抗议，让她龇牙咧嘴。她头痛，而且很晕，她想回自己房间。她像个老妇人一样蹒跚着去摇了铃，过了许久，都没有人回应。客人都走了，大部分仆人都放了假，女仆很紧缺。

安娜贝尔心烦意乱地把手指插进柔软的头发，考虑着形势。尽管她的腿很虚弱，却还能走路。早上在母亲的帮助下她走过了两条走廊从房间来到楼上马斯登的起居室。然而现在，她很肯定自己可以独自回去。

安娜贝尔眼冒金星，眼前像有萤火虫在飞舞。尽管如此，她还是迈着小心的步子离开了房间。她紧贴着墙走，以防万一她需要扶一把。真是奇怪，她郁闷地想着，这么简单的几步路已经让她气喘吁吁，好像跑了好几英里一样。浑身疲软的她不禁有些懊悔地想，刚才是不是应该喝了那杯猪殃殃茶？她聚精会神地挪动着双腿，沿第一条走廊慢慢前进，直到来到通向楼房东翼的转角处，她的房间就在那边。她听到另一个方向有轻轻的声音传来，停下了脚步。

见鬼。被别人看见她这副模样真够丢人的。安娜贝尔祈祷着那是两个仆人的声音，身体靠在墙上不动，几丝头发粘在湿漉漉的两颊和额前。

两个男人穿过她眼前的走道，他俩正在密切交谈，似乎不会注意到她。安娜贝尔舒了口气，以为自己逃脱了。

可她没那么幸运。两个男人中的一个碰巧向她那边瞥了一眼，他的注意力马上被吸引了过来。他朝她走了过来，安娜贝尔还没看清他的脸，就认出了他迈着大步的男子气概。

看来她注定要在西蒙·亨特面前丢人现眼。安娜贝尔叹了口气，离开墙壁，努力显得平静，尽管腿正在发抖。“下午好，亨特先生——”

“你在干什么？”亨特走到她面前，打断了她。他听上去有些恼火，可安娜贝尔抬头看他时，只见他一脸关切，“你为什么一个人站在走廊里？”

“我正要去我房间。”安娜贝尔小小地吃了一惊，他的胳膊扶住了她，分别搭在她的肩和腰上，“亨特先生，不需要——”

"你弱得像只小猫。"他果断地说,"你该知道你现在这样不能一个人去任何地方。"

"没人来帮我。"安娜贝尔烦躁地回答。她感觉头晕目眩,发现自己靠着他,让他分担部分自己的重量。他的胸膛结实坚硬,外套的织物贴在脸上柔软凉爽。

"你母亲在哪儿?"亨特问道,帮她往后理理头发,"告诉我,我会——"

"不!"安娜贝尔立刻警觉地抬眼看看他。纤细的手指掐住了他的外衣袖子。上帝,她最不愿发生的事就是亨特到处寻找菲莉帕,她此刻正在和霍奇汉姆幽会,"我……我不需要任何人。我能自己走回房间,你能不能放开我。我不想——"

"好吧,"亨特低声说,胳膊仍紧紧搂着她,"安静,我不会去找她的。"他的手继续温柔地反复轻抚着她的头发。

她发软地倚在他身上,努力平复呼吸。"西蒙,"她轻声说,对自己直接叫他的名字感到有些惊讶,即使在脑子里她也从没这样叫过他。她润润嘴唇,重新试了一下。令她震惊的是,她又这么叫他,"西蒙……"

"嗯?"他高大坚硬的身体绷紧了,同时他的手以最轻柔的手势抚过她的头。

"请……带我回我的房间。"

亨特温柔地把她的头侧过来,做出一个突然晕倒的微笑表情,细细看着她,"亲爱的,只要你想,我带你到廷巴克图[1]都

---

① 廷巴克图,撒哈拉沙漠南缘的历史名城。

可以。”

这时，走廊那边的另外那位男士走到了他们身边。见到那是韦斯特克里夫勋爵，安娜贝尔感到很沮丧，尽管并不吃惊。

伯爵带着冷漠的不悦看了她一眼，好像他怀疑是她故意一手安排了这样的巧遇一样。

“佩顿小姐，”他简洁地说，“我可以肯定地告诉你，你不需要在无人陪伴的情况下穿过大厅。如果手头没人可以帮你的话，你只需摇铃叫仆人就行了。”

“我叫了，勋爵。”安娜贝尔辩解道，一边试图推开亨特，亨特不肯松手，“我摇了铃，等了起码一刻钟，可没人过来。”

韦斯特克里夫显然不相信地看着她，“不可能。我的仆人一向随叫随到。”

“哦，可今天似乎是个例外。”安娜贝尔有些气急败坏地说，“也许铃坏了，或者你的仆人——”

“放松点儿，”亨特低声说，把她的头靠在他的胸口上。尽管安娜贝尔看不到他的脸，也能听出他在对韦斯特克里夫说话时语气里安静的提醒，“我们待会再讨论吧。现在我要护送佩顿小姐回房间。”

“我看，这主意可不太明智。”伯爵说道。

“那么，我很高兴没征求你的意见。”亨特愉快地回了他一句。

伯爵无奈地叹了口气，安娜贝尔隐约听到他离去时踩在地毯上的脚步声。

亨特低下头，他说话的时候，呼吸温暖着她的耳尖：“现在……你愿不愿意解释一下发生了什么事情?”

她所有的血管都开始贲张,冰凉的皮肤感到脸红的温暖。亨特的亲近让她充满喜悦与渴望。他抱着她时,她忍不住回想起那个梦,他的身体压住她的情色幻象。这实在是错得太离谱了,她居然在他怀里发着春梦……尽管她很清楚从他身上什么也得不到,短暂的欢愉过后,不光彩的名声会紧紧跟随。她努力摇了摇头作为对他问题的回答,脸颊蹭过他外套的衣领。

“我可不这么想。”他狡黠地说,试着放开她。眯眼看着她摇摇晃晃的样子,弯腰将她抱了起来。安娜贝尔顺从地咕哝了一声,用手臂绕住他脖子。亨特抱着她沿走廊走着,一边静静地说:“我可能帮得上忙,如果你把问题告诉我的话。”

安娜贝尔考虑了一会儿。把她的烦恼向西蒙·亨特倾诉的惟一结果几乎只可能是他请求她做他的情妇。她痛恨被这个念头诱惑的那个自己,“你为什么想要把自己牵涉到我的问题里来呢?”

“我想帮助你就一定是别有用心吗?”

“是的。”她悲观地说,引得他笑了起来。

到了她房门前,他小心地把她放下。“你能自己走到床边吗?还是要我把你抱到床上去?”

尽管他语带调侃,安娜贝尔还是怀疑,只要给一点鼓励,他就真会那么做的。她连忙摇摇头。“不,我很好,请别进来。”她用手挡在他的胸口阻止他进屋。尽管手没什么力气,这样也足以阻止他了。

“好吧。”亨特低头看着她,目光搜索着什么,“我会让女仆上来服侍你。不过我猜韦斯特克里夫已经叫人了。”

“我确实摇铃叫仆人了。”安娜贝尔坚持说道，为她自己声音里的急躁而尴尬，“显然，伯爵不相信我，可是——”

“我相信你。”亨特非常小心地把她的手从他胸口挪开，将她细长的手指在手里稍握了一下才放开，“韦斯特克里夫可不像他看起来那么可怕。你跟他处久了才会发现他的优点。”

“如果你这么说的话，”安娜贝尔怀疑地说道，后退到她那沉闷黑暗的病房，叹了口气，“谢谢，亨特先生。”她焦虑地想着菲莉帕不知道什么时候才回来，瞥了瞥空空的房间，又转身面对亨特。

他的眼神似乎能看透她焦虑的表情下所有的情绪，她感觉到他嘴边似乎有一大堆问题。然而，他只是说了一句：“你需要休息。”

“我什么都没做，一直在休息。我快无聊得发疯了……可只要想到要做点什么我又觉得累得要命。”她低下头，闷闷不乐地盯着他俩双脚之间的几英寸地板，然后谨慎地问：“我想你大概不会有兴趣晚上和我继续下棋？”

短暂的沉默之后，亨特拉长声音拿腔拿调地轻声回答：“没想到，佩顿小姐……我真感到震惊，你怎么会想要我的陪伴。”

安娜贝尔无法直视他，脸上难堪地红了一大片，她喃喃道：“我乐意和魔鬼做伴，只要能有事可做而不用呆在床上。”

他无声地笑了，伸手帮她把一缕头发理到耳后。“看吧，”他低声说，“也许我晚些会过来。”

说完，他迅速地微微鞠了鞠躬，迈着平常那自信的步伐沿走廊走开了。

后来,安娜贝尔才想起来晚上有给客人们安排的自助餐和音乐会。西蒙·亨特当然更乐意和楼下的客人做伴,而不是和一个病快快、仪容不整又脾气古怪的女孩玩她刚刚入门的国际象棋。她懊恼不已,希望自己能收回刚才下意识发出的邀请……噢,她看起来一定无望得可怜!安娜贝尔用手拍了下额头,慢慢走进房间,硬挺挺地瘫倒在没铺过的床上,宛如一棵刚被砍倒的树。

不到五分钟,传来敲门声,两个看来刚被责骂过的女仆进了房间。“我们来整理房间,小姐。”其中一个开口说道,“主人叫我们来——呃,他说你有任何需要我们都要做到。”

“谢谢,”安娜贝尔说,希望韦斯特克里夫没有对她们太严厉。她坐到椅子上,看着她们旋风般地干起了活。她们像变戏法一样眨眼就换好了床单、开窗放入新鲜空气、给家具掸尘、还拿来一个移动浴缸注满热水。一个女孩帮安娜贝尔脱掉衣服,另一个拿来一条折好的毛巾和一桶用来清洗头发的温水。安娜贝尔舒服地颤栗了一下,踩进红木镶边的活动浴缸。

“请扶住我,小姐。”年轻的那个女仆说道,伸出手臂让安娜贝尔抓住,“你好像站不太稳的样子。”

安娜贝尔扶住她坐进水中,又松开她结实的手臂。“你叫什么名字?”她问道,把肩膀沉入热气腾腾的水里。

“麦琪,小姐。”

“麦琪,我想我在私人起居室的地板上掉了一枚金币——你能去帮我找来吗?”

女孩迷惑地看看她，显然在琢磨着为什么安娜贝尔会把一枚值钱的硬币留在地板上，如果她找不到又会怎么样。“是，小姐。”她不自然地行了个屈膝礼，冲出了房间。安娜贝尔把头埋在水里，再坐起来，脸和头发都冒着热气。另一个女仆弯腰在她头上擦肥皂，她揉揉眼睛。“洗干净的感觉真好。”安娜贝尔喃喃说道，静静坐着任女仆替她服务。

“我妈妈总是说生病的时候洗澡不好。”女仆疑惑地告诉她。

“我要试试看。”安娜贝尔答道，感激地把头往后仰，让女仆往她头发上浇温水。安娜贝尔又揉揉眼睛，看见麦琪已经回来了。

“我找到了，小姐。”麦琪上气不接下气地叫道，摊开手里的硬币。她的手可能从来没有握过一枚一英镑的金币，因为普通的女仆一般一个月只挣八先令。“我该把它放在哪里？”

“你们俩可以把它分了。”安娜贝尔说。

女仆俩目瞪口呆地看着她。“噢，谢谢，小姐！”两人异口同声地喊道，眼和嘴巴都睁得大大的，非常惊奇。

安娜贝尔想到佩顿家接受霍奇汉姆勋爵可疑的恩惠已经一年有余，现在又伪善地把他的钱散给别人，她低下了头，对她们的感激感到尴尬。两个女仆见她不舒服的样子，连忙扶她从浴缸里出来，擦干她的头发和发抖的身子，帮她穿上干净的长袍。

安娜贝尔洗了澡后神清气爽，又觉得疲惫，她上了床躺在柔软光滑的床单上。女仆收拾浴缸的时候她打起了瞌睡，只迷迷糊糊地记得她们踮起脚尖离开房间。醒来已是薄暮时分，她眨眨眼，母亲正在点燃桌上的灯。

“妈妈。”她无力地叫了一声，睡意仍未褪尽，觉得昏昏沉沉。记起白天与霍奇汉姆的交锋，她摇摇头让自己清醒，“你没事吧？他有没有——”

“我不想讨论。”菲莉帕轻声说道，她面部精致的轮廓在灯光下镀上一层金色。她的表情麻木空洞，前额现出几道浅浅的表情纹，“是的，我很好。亲爱的。”

安娜贝尔点点头，感到不安与消沉，羞耻的感觉覆盖了她。她坐起身，后背僵硬得像是换了根铁脊柱一样。尽管肌肉僵硬，但她觉得有力气多了，两天来肚子头一次饿得咕咕叫。她下了床，走到梳妆台前拿起梳子梳起了头发。“妈妈，”她犹豫地说，“我想换换环境。也许我该回到马斯登起居室，摇铃叫份晚餐，在那儿吃。”

菲莉帕仿佛只听到一半。“好的。”她心不在焉地说，“这主意不错。要我和你一起去吗？”

“不，谢谢……我感觉身体很好，而且也不远。我自己去。你也许想要一个人安静一下，经过……”安娜贝尔不自在地打住了话，把梳子放下，“我很快就回来。”

菲莉帕低声咕哝了一句，坐在壁炉旁的椅子里。安娜贝尔察觉到她对马上能一个人呆着感到欣慰。安娜贝尔把头发编成一条长辫子拖在肩上，然后离开了房间，轻轻在身后掩上门。

她走向大厅时，听到客厅里传来正在享受晚宴的客人们的低语声。音乐声盖住了谈笑声——是一曲弦乐四重奏，带钢琴伴奏。安娜贝尔停下来听了听，震惊地发现这正是梦里听到的伤感优美的旋律。她闭上眼，凝神聆听着，喉咙突然有些发紧，是一种想望的疼痛。音乐让她充满了她不允许自己去感受的那种渴望。老天，她想着，我生了病变得多愁善感了——我必须控制自己。她睁开眼，继续往前走，差点一头撞上对面走来的人。

她抬起头，看见西蒙·亨特，心脏开始痛苦地膨胀。他穿着黑白晚礼服，大嘴巴微微翘起，闲适地微笑着。他低沉的声音让她浑身激灵了一下。“你这是去哪里？”

那么他是为她而来的，尽管他本可以和楼下高贵的客人们混在一起。安娜贝尔感到膝盖毫无由来地突然发软，紧张地玩弄着发梢，“去起居室吃晚餐。”

亨特挽起她，转身引她沿走廊走下去，步子放得很慢来配合她的步伐。“你不想在起居室里用晚餐。”他告诉她。

“我不想？”

他摇摇头。“我有个惊喜给你。来吧，不远。”她很乐意地跟着他。亨特审视地瞥了她一眼，“你走得稳当多了。现在感觉怎样？”

“好多了。”安娜贝尔回答，这时她的肚子咕咕叫起来，让她脸红，“事实上，我有点饿。”

亨特咧嘴笑了，带她来到一扇半开的门前。他引她跨过门槛，把她带进一间小巧可爱的房间，四周是花梨木墙板，装饰着挂毯，家具包着琥珀色的丝绒。不过屋子最大的特色是内墙的窗，开向两层楼下的客厅。楼下的客人完全看不到这里，但音乐声却从开着的窗飘进来，清晰可闻。安娜贝尔睁圆了眼睛，目光移到一张摆满了盘子的小桌上，盘子都扣着银罩。

“我花了很长时间也想不出什么能吊起你的胃口，”亨特说，

“所以我让厨房什么都弄了一点。”

安娜贝尔被征服了，想不出有任何男人曾经这样花心思讨她欢喜，突然有些语无伦次。她艰难地咽了咽口水，眼神四处游移，回避着他的脸，“这太好了。我……我不知道这里有这么一间房间。”

“几乎没人知道。伯爵夫人身体不适不能下楼的时候，有时候会在这里坐坐。”亨特凑近她，修长的手指托住她的下巴，让她看着他的眼睛，“你愿意和我共进晚餐吗？”

安娜贝尔的脉搏跳动得那么快，她肯定他的手指都能感觉到。“我没有年长女伴陪伴。”她几乎是耳语道。

亨特微微一笑，手放开了她的下巴。“你再安全不过了。我不会勾引你的，你显然太虚弱了，还不能自卫。”

“你真是太有绅士风度了。”

“我会等你身体好些的时候再勾引你的。”

安娜贝尔还给他一个微笑，扬起一条细眉说：“你对自己太有信心了。你难道不应该说你打算设法勾引我吗？”

“从不期待失败——我父亲总这么跟我说。”亨特强壮的胳膊扶着她的背，引她入座，“你想喝点葡萄酒吗？”

“我不可以。”安娜贝尔苦恼地说，陷进厚厚的椅垫里，“会马上上头的。”

亨特倒了一杯给她，迷人又坏坏地微笑着，年轻的撒旦也会设法这么微笑的。“喝吧，”他低声说，“如果你有点醉的话我可以照顾你。”

安娜贝尔啜了一口柔滑的美酒，揶揄地瞄了他一眼。“我在想有多少女子因为你同样的保证而倒下……”

“我用不着让姑娘醉倒，”亨特说着揭开盘子上的盖子放在一边，“我通常在她们倒下后才追求她们。”

“你过去已经让很多女子倒下了吧？”安娜贝尔忍不住问他。

“我的那份不多不少。”亨特答道，直视着她，表情既不遗憾也不炫耀，“不过最近我的精力被其他消遣分散了。”

“那是？”

“我在监督一家火车机车厂的进展，我和韦斯特克里夫共同投资的。”

“真的？”安娜贝尔饶有兴趣地看着他，“我还从没坐过火车呢。是什么样的？”

亨特咧嘴一笑，抑制不住的热情让他显得像个大男孩。“快速，令人激动。客运火车的均速大约每小时五十英里，不过联合正在研制一种六厢特快机车，时速可以达到七十英里。”

“每小时七十英里？”安娜贝尔重复道，无法想像以这种速度前进的情形，“那样乘客不会觉得不舒服吗？”

“不会特别舒适。”亨特承认，又给自己倒了些酒。“我不会建议别人使用私车以外的交通工具旅行——尤其是你这样的人。”

“我这样的？”安娜贝尔给了他一个责备的微笑，“如果你是在暗示我很娇气，那我可以向你保证我不是。”

“你应该是的。”他温暖的目光从她粉红的脸上移到她苗条的上身，然后又注视着她的双眼。他声音里有什么东西让她无法呼吸，“稍微宠一下你就会的。”

安娜贝尔深吸了一口气,设法恢复正常的呼吸节奏。她强烈地希望亨特不要碰她,希望他能遵守诺言不勾引她。因为如果他那样做的话……上帝保佑……她不确定自己能够抵抗他的诱惑。

“联合是你们公司的名字吗?”她声音发颤地问,努力找回谈话的线索。

亨特点点头,“是肖氏铸造厂在英国的伙伴公司。”

“是奥莉维亚小姐的未婚夫,肖先生的公司?”

“完全正确。肖正在帮我们适应美国的引擎制造体系,那比英国的方法高效高产得多。”

“我一直听说英国制造的机器是全世界最好的。”安娜贝尔评论道。

“这有待论证。而且就算是这样,它也极少标准化。英国制造的机车没有两辆是完全一样的,这大大降低了产量,也增加了维修的难度。不过,如果我们仿照美国的样品制造统一的铸模零件,使用标准的规格和模板,我们几个星期就能造一辆机车,而不是几个月。维修也会快得像闪电一样。”

他们交谈着,安娜贝尔着迷地看着亨特,她从没见过一个男人这样谈论自己的职业。在她的经验里,工作并不是男人喜欢谈论的事,因为劳动维生的观念本来就是下等阶层的显著标志。如果一名上流社会的绅士不得不谋一份职业,他会对此非常谨慎,假装他的大部分时间都是在休闲活动中度过的。不过西蒙·亨特从不故意隐瞒他对工作的享受——出于某种原因,安娜贝尔觉得这有种奇怪的吸引力。

在她的催促下，亨特进一步描述了他的生意，告诉她他是如何谈判买下一家铁路持有的铸造厂的，又如何转变它采用新的美国系统。五英亩的厂址上，九幢楼房里已有两幢被改造成制造标准化螺栓、活塞和阀门的铸造车间。这些零件和从纽约肖氏铸造厂进口的部件一起，正被组装成一系列四厢和六厢的机车，将在全欧洲发售。

“你多久去厂里一次?”安娜贝尔问道，咬了口淋着奶油水芹酱的野鸡肉。

“我在城里的时候，每天都去。”亨特凝视着杯里的酒，微微皱了皱眉，“实际上，我已经离开很久了——我必须尽快回伦敦，检查进度。”

他很快就要离开汉普夏郡的消息本该让安娜贝尔高兴。西蒙·亨特令她分神，这是她承担不起的。亨特离开庄园后，她就可以把精力集中在肯达尔勋爵身上。然而，她有种奇异的失落感，她意识到她有多么享受他的陪伴，而一旦他离开，石宇庄园将会了无生气。

“聚会结束前你会回来吗?”她问道，全神贯注地用叉子把肉排切碎。

“那要看情况。”

“什么情况?”

他的声音非常温柔，“看有没有足够的理由回来。”

安娜贝尔没看他。她陷入不安的沉默，目光视而不见地移到窗口，那里传来舒伯特《罗莎蒙德》的华美旋律。

终于传来一声小心的敲门声，一个男仆进来收走了盘子。

安娜贝尔侧着脸，不知道她和西蒙·亨特单独用餐的消息会不会很快传遍仆人的大厅。不过，男仆离开后，亨特似乎看出了她的心事，安慰道："他不会跟任何人说的。韦斯特克里夫把他推荐给我，因为他能对私事守口如瓶。"

安娜贝尔担心地看看他。"那么……伯爵知道你和我……不过我肯定他不会赞成的。"

"我已经做了许多韦斯特克里夫不赞成的事。"西蒙平静地说，"而且我并不总是赞同他的决定。不过，为了维护我们有利可图的友谊，我们一般不会互相作对。"他站起来，手撑在桌上往前靠，他的影子笼罩着她，"想下棋吗？我带棋盘上来了……万一你想下的话。"

安娜贝尔点点头。她凝视着他温暖的黑眼睛，想到这也许是她成年以来第一次完全开心地呆在一个地方，和这个男人一起。她对他感到强烈的好奇，迫切地想发掘掩藏在他外表下面的想法和感情。

"你在哪里学的下棋?"她问，观察着他的双手把棋子放回到原来的位置。

"跟我父亲学的。"

"你父亲?"

他一边嘴角嘲弄地似笑非笑，"屠夫不能下国际象棋吗?"

"当然，我……"安娜贝尔感到脸上又发烫地红成一片。她为自己的不得体而羞愧，"对不起。"

亨特脸上残留着笑意，研究着她，"你对我家似乎有错误的印象。亨特家是殷实的中产阶级。我的兄弟姐妹和我都上过学。现在我父亲雇我的兄弟在店里干活。他们晚上经常下棋。”

听到他口气里没有责难之意,安娜贝尔松了口气,拿起一枚小卒,在手里转动着,“你为什么不替你父亲工作呢,像你兄弟那样?”

“我年轻时是个倔头倔脑的捣蛋鬼。”亨特笑着承认,“不论我父亲让我做什么,我总想证明他是错的。”

“那他是什么反应?”安娜贝尔问道,眼里闪着光。

“开始他努力对我保持耐心,但没有效果,之后他便反其道而行之。”亨特沉浸在回忆中,懊悔地微笑着,“相信我,你永远不会想被一个屠夫抡着棍子打——他们的胳膊像树干一样粗。”

“可以想像,”安娜贝尔小声说,偷偷仔细看了他宽阔的肩膀一眼,想起了他强壮结实的肌肉,“你家里对你的成功肯定感到很自豪。”

“也许吧。”亨特不带表情地耸耸肩,“不幸的是,我的野心似乎让我们之间产生了距离。我父母不让我在西区为他们置宅,也不理解我为什么要选择住在那边。他们还觉得我的投资也不像是合适的职业。如果我转行做更……更实在的事,他们会更高兴的。”

安娜贝尔专注地看着他,试着理解他的言外之意。她一直知道西蒙·亨特不属于他经常出没的那个上流圈子,可直到此刻她才想到,他在被他抛在身后的那个圈子里也一样无所适从。她不知道他会不会偶尔觉得孤单,或者他让自己忙碌得无暇去顾及这点,“我想能比五吨重的机车引擎更实在的东西实在不多。”

他笑了，伸手拿她手里的棋子。安娜贝尔不知怎的就是不肯松开那粒象牙棋子，他们的手指纠缠在一起，眼神亲密地交织着。她为那股从手流到肩膀，又扩散到她全身的暖流而惊讶。她就像是在阳光下喝醉了酒，浑身洋溢着暖意，伴随着这种快感，一种泫然欲泣的感觉突然袭来。

安娜贝尔感到迷惑，猛然把手抽开，棋子掉落在地板上。“对不起，”她声音不稳地笑着说。她突然对将要发生的一切感到害怕，如果她继续和他单独呆在一起的话。她笨拙地站起来，从桌边走开，“我突然觉得很累……酒还是对我起作用了。我该回房间去。我想你还有足够的时间和楼下的每个人打交道。谢谢你的晚餐，还有音乐，还有——”

“安娜贝尔，”亨特敏捷地来到她面前，手扶住她的腰。他低头看着她，黑色的眉毛疑惑地皱着。“你不是在怕我吧，是吗？”他小声说。

她沉默地摇摇头。

“那你为什么突然急着要走？”

她可以有无数种回答的方法，可眼下她完全失去了委婉、机智，或任何巧妙措辞的能力。她只能像被球棍打了一记一样迟钝地说：“我……我不想这样。”

“这样？”

“我不想成为你的情妇。”她迟疑地轻声说道，“我可以做得更好。”

亨特对她坦率的话语很费了番思量，他的手仍稳稳留在她腰间。“你是指你可以找到人结婚，”他最后问道，“还是指你打算做一个贵族的情妇?”

“这并不重要,不是吗?”安娜贝尔喃喃道,推开了他的双手,“两者都与你无关。”

尽管她不愿去看他,仍能感到他的眼神停在她身上,她体内的暖流渐渐消退,开始颤抖。“我带你回房间。”亨特说道,不带任何感情。他陪她走到了门前。

第十六章

次日早晨，安娜贝尔重新加入到客人中间，振奋地发现自己的蝰蛇事件赢得了包括肯达尔勋爵在内所有人的深刻同情。肯达尔表现出极大的敏感与关切，与安娜贝尔共坐在露台上的露天早餐桌前。安娜贝尔在自助餐台选取食物时，他坚持替她端着盘子。她的水杯一空，他就让仆人替她斟满。他也坚持为坐到他们这桌的康斯坦司·达洛比小姐做同样的事。

想起壁花们对康斯坦司小姐的评论，安娜贝尔估计了一番竞争形势。肯达尔对这个姑娘不只是一般地感兴趣，她安静、有些清高。她瘦得很优雅，正是现在颇为流行的样子。黛西说得没错——康斯坦司小姐确实长着钱袋一样的嘴，只要肯达尔跟她说一句有关园艺的知识，她的嘴就收成小小的O形。

“那一定可怕极了。”康斯坦司小姐听说了蝰蛇的故事后，对安娜贝尔说，“你没有一命呜呼真是个奇迹。”尽管她的表情天使般可爱，她淡蓝色的眼里却闪着冷冷的光。安娜贝尔想到，如果这位姑娘一命呜呼的话，就不会那么讨人厌了。

“我现在已经恢复了。”安娜贝尔说着，朝肯达尔笑笑，“而且完全可以再去树林里远足。”

“我可不会那么快就累着自己，如果我是你的话，佩顿小姐。”康斯坦司小姐带着关心的微妙语气说道，“你看来还没有完全恢复。不过我肯定你苍白的脸色过几天就会有所改善的。”

安娜贝尔保持着微笑，不想流露出对她的话有多怨恨……尽管她强烈地希望讨论一下康斯坦司前额的斑点。

“请原谅，”康斯坦司小姐小声说着从桌边站了起来，“我看到新鲜草莓了。我很快就回来。”

“不用着急，”安娜贝尔甜甜地建议，“我们几乎不会注意到你的离席。”

安娜贝尔和肯达尔都注视着康斯坦司小姐飘然走向自助餐台，碰巧，本杰明·马科斯洛先生也在选取食物。马科斯洛彬彬有礼地从大碗草莓边退开，为康斯坦司小姐端着盘子，她舀了一些精挑细选的草莓在上面。看起来两人之间的气氛除了热忱的友谊并无其他……可是安娜贝尔碰巧想起了黛西前天告诉她的那个故事。

然后她想到了除去康斯坦司小姐这个对手的绝妙方法。她未及细想后果、道德或任何其他烦人的念头，就向肯达尔凑过身去。“他俩看来很擅长掩饰真情，不是吗?”她低声说道，狡猾地朝康斯坦司小姐和马科斯洛看了一眼，“不过当然，如果被别人知道了对他俩都没——”她打住了，假装不自在地看着肯达尔勋爵疑惑的眼神，“噢，对不起。我还以为你肯定已经听说了……”

肯达尔突然愁云满面。“听说什么?”他问道，警觉地看看那一对。

“唉，我可不是散布谣言的那种人……我只是听说，水宴那天，在河边野餐时……康斯坦司小姐和马科斯洛先生被发现在幽会。他俩躲在树后，还……”安娜贝尔小心地做出一副难受的表情，停住了，“我什么都不该说的。说不定这其中有误会。谁知道呢，不是吗？”

安娜贝尔姿态优美地从茶杯里啜了一口茶，从杯沿向外审视地看了一眼。她一眼就读懂了肯达尔的情绪：他不愿相信康斯坦司小姐居然会被发现不检点。单是这么想一想就足以吓倒他。然而，作为一名真正的绅士，肯达尔不会去调查真相。他永远也不敢问康斯坦司小姐，她是否真的和马科斯洛幽会过。相反，他会对此事保持沉默，设法忽略自己的怀疑……然而没有答案的疑问只会有增无减。

“安娜贝尔，你不——不该这样。”伊薇小声说。下午，安娜贝尔坦白了自己的所作所为。四个朋友坐在伊薇的卧室里，伊薇脸上涂着厚厚一层白泥，据说这能祛除雀斑。她从厚厚的增白膏下盯着安娜贝尔，试图继续说下去，可是很显然她说话的力量——其实本来就不太大——被一片反对声打消了。

“这是个聪明的策略。”莉莲宣布，从她坐着的梳妆台上拿起指甲挫。她是否赞成安娜贝尔的行动尚未明确，不过显然她会一直站在她一边，“安娜贝尔其实并没有说谎，你看。她只是重复了一遍别人告诉她的流言，而且她说明了那仅仅是——谣言。肯达尔爱怎么想是他自己的事。”

“可是安娜贝尔没有告诉他，她知道这流言是没——没有根据的。”伊薇争辩道。

莉莲专心致志地把指甲磨成完美的椭圆形，“那她还是没有说谎。”

安娜贝尔觉得内疚，又想替自己辩解，她看着黛西。“那么，你怎么想？”

鲍曼妹妹一直翻来覆去地把跑柱式棒球在两只手里传来传去，答话之前她精明地看了安娜贝尔一眼，“我觉得有时候不把全部情况告诉别人跟撒谎差不多。你已经走上了一条危险的道路，亲爱的。小心你的下一步。”

莉莲恼火地摆出生气的表情。“噢，拜托别像个杂耍的算命人一样说话，黛西。只要安娜贝尔得偿所愿，她怎么成功的就不重要了。结果就是一切。还有伊薇——别在道德上吹毛求疵了。你同意帮我们一起诱骗肯达尔幽会的——这不比安娜贝尔重复一个没有依据的谣言更糟糕吗？”

“我们都答应过不伤害任何人。”伊薇带着十足的尊严说道，拿起一块小毛巾把厚厚的霜从脸上擦掉。

“康斯坦司小姐没有受到伤害。”莉莲坚持着，“她没有爱上他。很明显她想要肯达尔只不过是因为他是季末的单身汉，而她尚未婚嫁。老天，伊薇，你得坚定立场。康斯坦司小姐的处境会比我们更糟糕吗？看看我们——四个壁花，到目前为止白忙活了一场，除了雀斑、蝰蛇伤，还有在韦斯特克里夫勋爵面前暴露内衣的耻辱，别无所获。”

安娜贝尔本来坐在床沿，现在仰面倒在四柱大床中央。她看着头顶的条纹顶篷，觉得很内疚。噢，她真希望自己像莉莲一样，相信为了目标可以不择手段！她向自己保证以后一定要严守道德规范。

可是……就像莉莲指出的那样，肯达尔勋爵可以相信也可以不理会这流言。他是个成年人，可以自己做决定。安娜贝尔做的不过是撒了把种子——是培养它们还是任它们荒芜，选择在于肯达尔。

晚上，安娜贝尔穿上用无数层透明的丝质轻纱做成的淡粉色裙子，腰部用一条丝带收着，点缀着一大朵白玫瑰。走路时，她的裙摆拖在地上簌簌作响。她把上面几层纱弄蓬松，感觉自己像个公主。她等不及永远也穿不完衣服的菲莉帕，先离开了房间，希望能碰到她的朋友。运气好的话，她还可能碰到肯达尔勋爵，找个借口和他开溜一会儿。

安娜贝尔稍稍留神着脚踝，沿走廊走向大楼梯。她一时冲动，在马斯登的私人起居室停了下来。房门半开着，她小心翼翼地走了进去。房间里没点灯，不过走廊透过来的灯光足以照亮角落那张棋桌的轮廓。她被不知什么力量牵引到了桌前，看见她和西蒙·亨特的棋局被恢复了，她感到一丝喜悦。他为什么要花时间把棋子摆成好像还在下着的样子呢？他是不是期望她接着走下一步棋？

什么也别碰，她告诉自己……可又实在难以抵抗这强烈的诱惑。她眯起眼，聚精会神地重新打量着棋局。亨特的骑士可以轻松俘获她的皇后，这意味着要么移动皇后，要么保卫她。突然她看到了保护皇后的最佳办法——她把附近的车往前移，捉住了亨特的骑士，这样他就在棋盘上完全消失了。她满意地微笑着，把被吃掉的棋子放在一边，离开了房间。

她走下楼梯，穿过进门的大厅，又沿另一条走廊走向一排公共房间。脚下的地毯吸掉了所有的声音……可是她突然感觉有人在跟着她。她感觉裸露的后背一阵警觉的战栗。回头一看，她发现霍奇汉姆勋爵正跟在她后面，考虑到他矮胖的身材，他走路的速度还真是惊人。他粗壮的手指勾住她背后的腰带，迫使她要么停下，要么面临脆弱的腰带裂成两半的风险。

这迹象表明霍奇汉姆已经变得非常傲慢，居然在很容易被人看见的地方这么跟她打招呼。安娜贝尔愤怒地喘着气，猛然转身面对他。他滚圆的躯体被塞进紧身的晚礼服里，喷过香水的头发散发出一股油腻的味道，侵犯着她的鼻孔。"真是个可人儿，"霍奇汉姆喃喃道，满嘴白兰地的冲人酒气，"看来，你恢复得很好。我想我们也许应该继续昨天的谈话，我被你母亲愉快地转移注意之前的讨论。"

"你这个令人作呕的——"安娜贝尔发怒地骂道，可是他打断了她，手指紧紧抓住她的下巴，使劲捏着。

"我会把一切告诉肯达尔。"他说道，肉球一样的嘴唇凑得那么近，"再添油加醋一番，保证他从此会极端鄙视你和你一家人。"他笨重的身体把她压到墙上，挤得她透不过气来。"除非，"他说，酸臭的唾沫喷到她脸上，"你决定像你母亲一样配合我。"

"那就去告诉肯达尔吧。"安娜贝尔说道，眼里燃烧着怒火，"把一切都告诉他，一了百了。我情愿在阴沟里饿死也不会'配合'你这种令人恶心的猪。"

霍奇汉姆难以置信地狠狠看着她。"你会后悔的。"他说，嘴唇上沾着口水沫。

她带着冷冷的鄙夷笑了，“我不这么想。”

霍奇汉姆松手放开她之前，她眼角的余光看到有什么在动。转过头，她发现有人朝她们走来——一个男人像潜行的豹子一样悄无声息地大步走来。在他眼里，她和霍奇汉姆显然是在充满爱意地拥抱。

“放开我，”她哑声对霍奇汉姆说，奋力挣脱他庞大的身躯。他往后退了一步，终于放手让她喘了一口气，恶狠狠地看了她一眼，朝那个男人的反方向走去。

安娜贝尔慌乱地看着西蒙·亨特的脸，他正扳住她的肩。他望着霍奇汉姆匆匆离去的眼神严厉无比，几乎可说是凶狠，她感觉自己的血都变凉了。他随后又低头看着她，那样子让她呼吸困难。在此之前，她从没见过西蒙·亨特稍有失态。不管她怎么侮辱他、打断他或轻蔑地拒绝他，他总是可以预料地带着嘲讽自如应对。可现在看来她做的事真的让他动怒了。他看上去一副准备掐死她的模样。

“你刚才一直跟着我吗？”她强迫自己平静地说道，不知道他是怎么能恰好在那个时候出现的。

“我看见你穿过进门的大厅，”他说，“霍奇汉姆尾随着你。我跟着是因为我想知道你们之间到底有什么关系。”

她的眼神变得抵触起来，“那么你发现了么？”

“我不知道。”他用低得危险的声音回答，“告诉我，安娜贝尔——你说你可以做得更好的时候，想的是这个吗？偷偷地为这砣白痴一样的肥猪油服务，来换回他给你的可怜的报酬？我真不敢相信你会蠢到这个地步。”

“你他妈真是个伪君子。”安娜贝尔气愤地小声骂道，“你生气是因为我做了他的情妇，而不是你的——好，告诉我——我把身体卖给谁又有什么区别？”

“因为你不需要他。”亨特咬牙说道，“你也不需要肯达尔。你需要我。”

安娜贝尔搞不清楚自己乱作一团的情绪，也不明白为什么和他这样的冲突开始让她充满奇异可怕的兴奋。她想打他，扑向他，惹恼他，直到他最后的自制都碎成粉末。“让我猜猜——你打算向我提供更丰厚的报酬？为了和我做你认为我和霍奇汉姆可能在做的勾当？”当她看见他脸上的答案时，轻蔑地笑了起来，“答案是不。不。我只说一次，永远别再来烦我——”

她打住了，听到有人声传来，更多人正朝走廊走来。她又慌又怒，情急之下团团乱转，想找扇可以钻进去的门，可以不被别人看见她和亨特单独呆在一起。亨特一手抓住她，把她拉进了最近的一间房间，猛地关上门。

安娜贝尔摸清了钢琴的形状和凌乱的乐谱架，猛然挣脱了亨特。他伸手扶稳一个被她的裙摆扫过差点翻倒的乐谱架。“如果你能忍受做霍奇汉姆的情妇，”亨特低声说，“那么你也能忍受做我的。你可以说你没有被我吸引，可我们都知道这是谎话。开个价吧，安娜贝尔。数目随便你说。你想要自己的房子？游艇？没问题。我们快些结束这局面吧——我已经受够了对你的等待了。”

“真是浪漫。”安娜贝尔颤抖地笑道，“我的上帝，你的提议也太不委婉了，亨特先生。而且你对我除了做别人的情妇别无选择的判断也大错特错。我可以让肯达尔娶我。”

他的眼睛像黑曜岩一样黑。“和他结婚对你会是地狱。他永远不会爱你。他甚至永远不可能了解你。”

“我不需要爱情。”她说，被他的话打倒了。“我只要——”她停住了，胸口突然感到一阵疼痛，是一团难以忍受的冰冷，“我只要——”

门上传来声响。门把手开始转动。安娜贝尔惊呆了，意识到有人正要进门来——那样，和肯达尔结婚的全部希望都会落空，化作风中的尘土。她本能地抓住亨特的胳膊，拖着他朝窗边的壁凹走去，窗框的铜柱上挂着窗帘。壁凹里只有一个丝绒包垫的窗座，上面随意摆放着几本书。安娜贝尔一把拉上窗帘，扑在亨特身上捂住了他的嘴巴。这时一个人……也许是好几个人……走进了音乐室。她能听到男人低沉的说话声，几下撞击声和金属的叮当声，她糊涂了，直到听见小提琴不成曲调的拨弦声才明白过来。噢，上帝。是乐手们在舞会开始前来这里给乐器调音。她刚刚差点在整个乐队前名誉扫地。

窗帘上方透出来的光淡淡地照在他们脸上——足以让安娜贝尔看清西蒙·亨特眼里突然闪现的坏笑。这种情形下，只消他说一句话或发出一点声音，她就完了。她的手把他的嘴捂得更紧了，她用杀人般的威胁眼神死死盯着他，眼睛离他的眼睛只有几英寸远。

乐手们的说话声夹杂着乐器调音的声音，拖长的音符延续着，直到不和谐的琴音变得和谐。安娜贝尔不知道会不会被抓住，茫然地盯着窗帘，希望它们不要被拉开。她感到亨特嘴里的热气呵在她手上，他的下巴绷紧了。她看了他一眼，他眼里不怀好意的笑意已经消失了，取而代之的是令人警觉的神情。她呆住了，心脏开始怦怦乱跳，令她隐隐作痛。她睁大眼瞪着他，只见他空着的手举了起来。她的手指仍然捂着他的嘴……他开始把它们一个个掰开，从小指开始，他的呼吸加快了频率。她微微摇了摇头，努力保持身体和他的距离，他的胳膊却把她的腰搂得更紧了。她完全掉入了陷阱……无法阻止西蒙·亨特做他想做的任何事情。

最后一个手指被掰开了，亨特放下她的手，抓住她的后颈。她的手指在他袖子上乱舞一气，他的手抓得更紧了，她上身微微弓了起来。他没有弄痛她，可也让她无法动弹。他俯下头时，她的嘴唇微微张开，无声地喘着气，脑子里一片黑暗。

他的嘴压在她嘴上，温柔而有力，索求着她的回应。她顿时浑身发烫，上下都在燃烧，猛烈来袭的前所未有的欲望令她束手无策。记忆里的那个吻和现在这个完全无法相提并论……也许是因为他已不再是陌生人。她如此需要他，迫切的程度令她自己吃惊。他的嘴唇轻轻地落在她唇上，又转向她的下巴、脸颊，所到之处都留下了柔和的火苗，然后他又重重地吻回她的双唇。她感觉他的舌尖触碰着她的，那柔滑的感觉如此出乎她的意料，要不是他紧紧抱着她，她肯定已经退开了。

乐手们响亮而刺耳的琴声刺激着她的耳朵，提醒她随时可能被发现。她强迫自己放松地靠着亨特，身体却仍然颤抖着。接下来的几分钟里，她会任凭他对她做什么，随便什么，只要他不暴露他俩的存在。亨特吮吸着她,舌头温柔地探寻着。她为他亲密的探索震惊,更为她自己身体的脆弱部位那无法言传的快感而惊讶。她浑身酥软,在他怀里震颤着,双手摸索着他的脖子、他的头发,他的发丝在手里的感觉是那么柔软浓密。她双手的试探打乱了他的呼吸,仿佛她的抚摸强烈地影响了他。他一只手滑到她脸上,轻抚着她的脸庞,他稍微往后仰了一些,好逗弄她。他轻轻咬住她的上唇,接着是下唇,羽毛般温暖地轻拂着她。她犯了瘾一般发抖,紧紧勾住他的脖子,把他往下拉。他再一次吻住了她,她差点大声呻吟起来。在喉咙发出声音之前,她强行抽开了自己的嘴,把脸埋在他肩上。

她感觉他宽厚的胸膛剧烈地起伏着,热气呵在她的头发上。他抓住她脑后蓬松的鬈发,把她的头往后仰,露出了脖子。他滚烫的唇落在她右耳下面小小的凹处,舌尖沿着那条细细的血管一路下行,刺激着她极其敏感的神经。他的手指滑到她肩上,拇指抚摸着她的锁骨,手掌探索着她玲珑的曲线。他轻轻蹭着她脖子的一侧,找到一处让她颤抖的点,在那里逗留许久,直到她感觉自己被吻湿的唇又要发出一声呻吟。

她拼命把他推开,坚持了两三秒,他重又饥渴地搜索着她的唇。他的手掌隔着丝裙拂过她胸部,一次、两次、三次。每次缓缓的拂动,他皮肤的热度都穿过衣服传到她的身体。他的吻越来越密集,她的头被迫顺从地往后仰着,在他舌头慵懒的轻抚、双手灵巧的探索下,她对他完全放开了。这是不应该发生的,可她的神经愉悦地震颤着,她的身体沸腾地享受着。

在这静默、滚烫的时刻,他令她浑然忘我——她完全不记得时间、地点，甚至她是谁。她只知道她需要他靠得更近、更深、更紧……他的皮肤、他坚硬的肌肉、他在她身上到处游走印下热吻的双唇。她紧紧抓着他的衬衫，把它从长裤里扯了出来。她手里拽着他那浆过的白色亚麻衬衣，急切地渴望着下面温暖的肌肤。他似乎明白她对这样的欲望毫无经验——他的吻变得安抚起来，手移到她背部轻扶着让她平静。然而他越想舒缓她的渴望，就越适得其反，她的嘴狂乱地吻着他的，身体急切地扭动着。

他最后只能挪开了嘴，紧紧地抱住她，他的唇埋在她颈肩发红的曲线处。安娜贝尔感激他抱得那么紧，他的臂弯有力地环绕着她，包容着她剧烈的颤抖。他们就这样站着，不知道过了多久，直到安娜贝尔模模糊糊地意识到房间里变得静悄悄的。刚才的几分钟里，乐手们已经做完准备工作离开了。亨特抬起头，慢慢伸手抓住窗帘的边掀开约摸一英寸。音乐室里空无一人，他的注意力回到安娜贝尔身上，拇指尖把她耳边垂下的一缕富有光泽的头发拂了回去。

“他们走了。”他粗声耳语。

安娜贝尔仍在惊讶之中，思绪无法连贯，无语地望着他。他的手指抚过她滚烫的脸颊、饱满的嘴唇。她感到一种类乎绝望的情绪，她未能满足的身体反应强烈，脉搏重新加快，一阵快感漫过全身。该是抽身离去的时候了，不然她的消失很快就会遭人非议。可令她羞愧的是，她一动不动，亨特继续抚摸着她时，她的身体饥渴地享用着。他的手移到她裙子后背，手指熟练地摆弄着，一边继续弯腰亲吻着她的嘴。这一次她再也忍不住发出了声音，小声呜咽着。裙子绷紧的上衣终于解开时，她舒服地叫了一声。裙子领口的剪裁使她不能穿有罩杯的紧身胸衣——她穿了那种胸部以下的紧身衣，乳房袒露在内衣下。

亨特继续亲吻着她，拉着她一起坐在带软垫的窗座上。他把她放在他膝上抱着，把她松垮的衣服往下褪。她体内升起了新的欲望，这迫切的渴望让她从胸口发出颤抖的低吟，她坐在他膝上的身体有节奏地紧张起伏着。亨特也被同样的需要折磨——她能听到他剧烈的心跳，他俩的每一次呼吸都气喘吁吁。可他显得比她更能驾驭自己的激情，他的动作保持着谨慎节制。她扯着自己层层叠叠的裙子，手指胡乱抓着他外套的袖子和背心——太多的衣服，到处都是，她需要感觉他的肌肤紧贴着她，都快发疯了。

“放松，亲爱的。”他抵着她的脸耳语道，“放松。不，躺在我怀里，别动……”可她无法让身体服从命令，无法停止臀部的扭动，无法停止被吻得发肿的嘴里发颤的请求。

亨特抱着她，继续轻声低语着，嘴唇轻拂着她的脸庞，手指按摩着她脉息狂乱的手腕凹处。她发现他替她整理好衣服，把她像洋娃娃一样抱起来，替她系好后背。他还轻轻发颤地笑了一声，好像对自己的举动觉得困惑。后来，她回想这一切时发现，他看起来和她一样吃惊，可当时，她挫败的渴望令她脸红，根本无法理清思绪。随着体内的欲望渐渐退潮，留下的是可恶的羞辱感。

安娜贝尔从他膝上挣脱，扭过头背对着他，腿打着战。她只能找到一个词打破沉重的寂静。她看也不看他，嘶哑地说：“下不为例。”穿过窗帘，她飞快地离开了房间，沿着走廊疾走。

第十七章

安娜贝尔逃离音乐室后，西蒙在那里呆了起码有半个小时，努力平息自己沸腾的激情，让燃烧的血液冷却。他拉直衣服，用手理理头发，沉思着下一步。“安娜贝尔，”他喃喃道，这辈子从来没有感到这么苦恼和困惑。被一个女人搞到如此境地实在令人气恼。他一直是个出名的狡猾、训练有素的谈判好手，现在却向她提出了最笨拙的建议，并且被断然拒绝。活该如此。他不该在她还没有承认需要他的时候就试图让她开价钱。可是对她和霍奇汉姆是否有一腿的怀疑……霍奇汉姆，所有男人里面偏偏是他，这让西蒙妒忌得发狂，让他把平素的技巧全都抛在了脑后。

回想起吻她和抚摸她温暖、柔软而光滑的肌肤的感觉，西蒙感到体内的激情又一次奔涌而出。以他的经验，他本以为他对各种可以想像得到的感官享受都了如指掌。可他现在才认识到，和安娜贝尔上床会是完全不同的体验，这不仅牵涉到他的身体，也涉及他的情感……那么惊人的情感，他还无法让自己去面对它。

他们之间的相互吸引已经变得危险——不仅对她是这样，对他亦是如此。显然西蒙需要对此多加思索。不过眼下，他的脑子不太好使。

他小声骂了一句，离开了音乐室，一边把黑色丝绸领结扶正。他四肢紧绷着，迈着小步，感觉自己像个掠夺者一样情绪激昂地走向舞厅。想到马上要开始又一个社交之夜几乎让他发疯。他对冗长的宴会耐心本来就不多——他不是那种可以懒散地聊上几个小时，并且享受无所事事的男人。他本来早就离开了，要不是因为安娜贝尔也在石字庄园的话。

他沉思着走进舞厅，扫视了一下人群，马上就发现了安娜贝尔，她坐在角落的椅子里，和肯达尔勋爵在一起。肯达尔对她的公开迷恋一目了然，他喜悦的眼神里流露出他的兴趣。安娜贝尔显得很克制，红着脸，好像不敢迎视肯达尔爱慕的目光。她几乎不说话，双手紧紧交叉放在膝上安坐着。西蒙眯起了眼注视着她。讽刺的是，现在安娜贝尔热情减退感觉不确定时，肯达尔对她的好感却终于生根了。如果安娜贝尔真的得手能支配他的话，肯达尔日后会惊讶地发现，他的妻子并非看上去那样羞怯天真。她是个充满活力和激情的女人，一个无疑野心勃勃的女人，需要一个旗鼓相当的对手。肯达尔永远也不可能掌握她。他对安娜贝尔来说太绅士了——过于温和节制，太有知识了，却是不对路的知识。安娜贝尔永远不会尊重他，也不会欣赏他的优点。她最后会鄙视他的个性，那本该是她仰慕的……而肯达尔会被安娜贝尔的个性吓退，而那本是西蒙所欣赏享受的。

西蒙的目光从他俩身上移开，走到屋子另一头，韦斯特克里夫和几个朋友正在那儿交谈。伯爵朝他转过身，低声说："过得愉快吗？"

"不是特别愉快。"西蒙手插在外套口袋里，焦躁地环顾着舞厅，"我在汉普夏郡已经呆得够久了——得回伦敦去了，看看厂里怎么样。"

"那么佩顿小姐呢？"他轻声发问。

西蒙考虑了一会儿。"我想，"他慢吞吞地说，"我会等待，看看她追求肯达尔的结果如何。"他疑问地扬起眉看着韦斯特克里夫。

伯爵点点头，"什么时候出发？"

"一大早。"西蒙忍不住长长地叹了口气。

韦斯特克里夫揶揄地微笑。"局面自会明朗。"他淡淡地说，"去伦敦吧，脑子清楚的时候再回来。"

安娜贝尔无法甩掉像冰层一样笼罩着她的忧郁。她夜里难以入睡，面对楼下丰盛的早餐也难以下咽。肯达尔以为她倦怠的面容和静默寡言是因为病还没好透，于是不断对她表示同情和安慰，直到她被烦得恨不得远远躲开。朋友们的好意也同样让她心烦，安娜贝尔头一次对她们兴高采烈的玩笑提不起精神。她努力回想自己是什么时候开始变得寡寡郁欢的，发现是从奥莉维亚小姐那儿听说西蒙·亨特已经离开石字庄园之后。

"亨特先生已经到伦敦办事去了。"奥莉维亚轻快地说，"这种聚会他从来呆不长——奇怪的是他这次没有走得更早。不过那还很难说,要知道……”

有人问亨特先生为什么走得这么突然,奥莉维亚小姐微笑着摇摇头。“噢,亨特总是来去无踪,像汤姆猫一样。他的离去总是很突然,他好像不喜欢任何形式的告别。”

亨特没和安娜贝尔说一声就走了,这让安娜贝尔感觉被遗弃了似的,焦虑不已。前一天晚上的情形——噢,可怕的一晚!——不断在她脑海里重现。经过音乐室里的一幕后,她失去了方向,思绪完全被亨特占据了,根本无法集中精神。她一直垂着眼,免得不小心看到他,她还暗暗祈祷他不要走近她。幸好他一直保持着距离,有肯达尔勋爵与她如影随形。肯达尔整个晚上都在和她谈论她既不理解也毫无兴趣的话题。她随便附和几句,不怎么热心地微笑着作为对他的鼓励。她本该为肯达尔对她的关注欣喜若狂,可实际上,她只希望他能走开。

她在早餐时抑郁的样子反而更让肯达尔受吸引。莉莲·鲍曼以为她的温顺是演出来的,偷偷地在她耳边说:“干得好,安娜贝尔。他完全在你手心里了。”

安娜贝尔借口需要休息,从餐桌告退,在宅子里独自漫步,直到来到那间蓝色的起居室。那张棋桌诱惑着她,她慢慢走近,想着女仆会不会已经把棋子装进盒子,或者已经有人动过了棋盘。没有,还是她离开时的样子……只有一个小小的变化。西蒙·亨特已经移动了一枚小卒作为防卫,这样她既可以加强自己的防线,也可以向他的皇后发起进攻。这步棋是她没有料到的。她本以为他会更强硬,更有进攻性。她研究着棋盘,努力理解他的战略。他这步棋是出于犹豫,还是随意?或者是否隐藏着她没看到的意图?

安娜贝尔的手伸向自己的一颗棋,犹豫着,又把手缩了回来。这只是场游戏,她告诉自己。她每走一步都太过当真了,好像有什么大奖悬着一样。尽管如此,她再次伸出手前还是重新斟酌了一番自己的决定。她把自己的皇后向前挪,吃掉了小卒,棋子相碰的时候,象牙和缟玛瑙发出清脆的声音,让她满足地颤栗了一下。她把小卒攥在手心里,感受着它的分量,然后小心地把它放在棋盘旁边。

一个礼拜过去了,安娜贝尔发现自己在棋桌旁的那一刻是惟一让她高兴的时刻。她从没有过这样的感受……不高兴,也不伤心,甚至对未来也不再忧心忡忡。她只是麻木着,她的感觉和情感全都变得迟钝,她甚至觉得自己再也不会对什么产生热情了。这种冷静超然的感觉是如此彻底,她有时会感觉自己站在自己外面,看着一个机械似的玩偶每天行尸走肉一般度日。

肯达尔勋爵越来越频繁地与安娜贝尔做伴……他们在舞会一起跳舞,在音乐晚会上并肩而坐,在花园里一起散步,菲莉帕远远地跟在他们身后。肯达尔亲切、可敬,并且文雅迷人。他那么宽容,事实上,安娜贝尔开始想,她们最后给他设圈套时,他可能也不会对被迫娶一个他无意间容忍接纳的女孩过于反感。他最终会习惯,而且,作为一个懂哲学的男人,他总会找到方法接受这局面的。

至于霍奇汉姆,显然菲莉帕成功地把他挡在一边不让他接近安娜贝尔。菲莉帕甚至还说服他不要把他们的秘密透露给肯达尔勋爵，尽管她对此不愿详谈。考虑到这会对母亲造成多么持续的伤害，安娜贝尔试着说起离开石字庄园的念头。然而，菲莉帕不愿听。“我会搞定霍奇汉姆的，”她坚决地说，“你只要继续和肯达尔勋爵交往。大家都能看出来肯达尔被你迷住了。”

要是安娜贝尔能够忘记音乐室壁凹的那一幕就好了……她无比清晰地梦到这一幕，并在痛苦中醒来，床单缠在腿边，浑身火热。她老想着西蒙·亨特，记起他的气息、他的温暖，还有他撩人的吻……他优雅的晚礼服下坚实的身体，这深深困扰着她。

尽管壁花们答应要对自己的浪漫历险毫无保留地互相倾吐，安娜贝尔还是无法向她们任何一个倾诉。和亨特发生的一切太暧昧太私密了，不适合被对男人懂得还没她多的热心朋友审问。而且就算她设法向她们解释这种体验，她知道她们也不会明白的。没有言语能形容这种勾魂的亲密，以及随之而来的无比困惑。

她究竟是怎么会对一个自己一贯鄙视的男人有这种感觉的呢？她两年来一直害怕在社交场合遇见他——她觉得他是所能想像得到的最令人不快的伴儿。而现在……现在……

抛开这些不该有的念头，一天安娜贝尔又来到了马斯登起居室，希望能给她胡思乱想的脑子找点东西读。她胳膊下夹着一本重重的大部头著作，封面上印着烫金字：皇家植物协会——一八四三年尊贵会员提交报告之发现与结果。书沉得像铁砧一样，安娜贝尔苦恼地纳闷关于植物人们怎么会有这么多东西要讲。安娜贝尔把书放在一张小桌上，在窗边的长沙发上坐了下来，这时角落棋桌上的什么东西吸引了她的注意。这是她的想像,还是……

安娜贝尔的眼睛好奇地眯了起来,大步走到桌前看着棋子的布局,一个礼拜都没人动过。是的,……可现在不一样了。她本来用她的皇后吃掉了西蒙的小卒,现在她的皇后被从棋盘上拿了下来,放在一边。

他回来了,她想,浑身突然涌起强烈的情感。她肯定只有西蒙·亨特才会碰这棋盘。他在这里,在石字庄园。她的脸变得纸一样白,而脸颊则开始发烫。意识到自己的反应很不恰当,她努力让自己平静下来。他的返回并不意味着什么——她不需要他,不可能拥有他,而且必须不惜一切避开他。她闭上眼睛,做了个深呼吸,集中精神调节脉搏,希望她狂乱的心跳可以放慢它不听话的节奏。

她终于恢复了平静,低头看着棋桌,想搞明白他走的那步棋。他是怎么抓住她的皇后的?她飞快地计算着棋子以前的位置,然后发现……他用那枚防守的小卒诱她前进,让她正好走到能被他的车吃掉的位置。她的皇后被除掉后,她的国王也受到了威胁,而且……

她被他将了一军。

他用那枚不起眼的小卒耍了她一把,现在她处境危险。安娜贝尔发出一声难以置信的笑声,离开棋桌在房间里踱着步。她满脑子防御的战略,努力想做出一个令他出其不意的决定。她循着本能,转身回到棋桌,一边微笑一边想着亨特发现她的反击后会是什么反应。她的手在棋盘上方迟疑着,可那股激动的暖流却完全消失了,她的脸冷静下来。她在做什么?继续着这场游戏，维持和他哪怕是这么脆弱的交流，这毫无意义。不，……这太危险了。在安全与灾难之间根本无需选择。

安娜贝尔的手微微发抖，伸向一枚枚棋子，把它们在盒子里整齐地摆好，有条不紊地结束这场游戏。“我放弃。”她的话让她喉咙哽咽，痛苦地吞了一口口水。她还没蠢到允许自己想要一样……一个……一个显然不适合她的人。盖上棋盒，她从桌边往后退，站着看了它一会儿。她感觉自己枯萎了，疲惫不堪，可她很坚决。

今晚。她和肯达尔勋爵之间模糊暧昧的追求今夜必须了断。宴会即将结束，既然西蒙·亨特回来了，她不能冒险让他继续和自己纠缠不清而毁了一切。她端起肩去找莉莲，她们会一起想个计划出来。今夜将以她和肯达尔勋爵的订婚而告终。

第十八章

“计划的关键是时机。”莉莲说道，她褐色的眼睛闪着愉快的神色。显然没有一名军官会比现在的莉莲·鲍曼更坚决地指挥一场战役。四位壁花一起坐在后阳台，各自拿着一杯沁凉多果肉的柠檬水，表面看来懒洋洋的，实际上她们正在周密地计划着晚上的行动。

“我建议你们晚饭前在花园里散步，好让我们开开胃。”莉莲对安娜贝尔说，“黛西和伊薇会同意，我们会带上我们的母亲和弗洛伦斯婶婶，还有任何碰巧在聊天的人——我们到达梨树林另一头的空地时，很有望看到你和肯达尔勋爵已经 flagrante delicto① 了。”

“flagrante delicto 是什么？”黛西问道，“听起来很非法。”

“确切地说，我也不知道。”莉莲承认，“我在小说里读到的……我肯定这就是让姑娘们败坏名声的事。”

---

① 拉丁文，意为“在犯罪现场被当场捉住”。

安娜贝尔不起劲地笑了一下，希望自己哪怕能有鲍曼姐妹的一分兴奋。换做两个星期前，她一定已经喜形于色，不能自已了。然而现在她觉得一切都不对劲。最终能够让一位贵族向她求婚的前景一点也不能让她欣喜。她感觉不到兴奋、欣慰或是哪怕一丝乐观，觉得这就像是一件不得不完成的讨厌的任务。鲍曼姐妹像老到的阴谋家一样专业地策划计算时，她把自己的忧虑掩藏了起来。

然而，最善于观察的伊薇似乎注意到了安娜贝尔面孔背后的真实情感。"这是你想——想要的吗，安娜贝尔？"她轻柔地问，蓝眼睛里充满了关切，"你不是非这样不可，你知道。我们可以帮你另外找个追求者，如果你不想要肯达尔的话。"

"没时间找其他人了。"安娜贝尔小声回答，"不……必须是肯达尔，而且必须是今晚，要赶在前面……"

"赶在前面？"伊薇重复道，侧着头微带困惑地看着安娜贝尔。阳光照着她散落的雀斑，像金粉一样在她丝绒般的皮肤上闪耀着，"赶在什么前面？"

安娜贝尔沉默着，伊薇低下头，指尖沿着杯沿收集着杯口的果肉。鲍曼姐妹正在热烈地交谈着，为梨树林是不是伏击肯达尔的最佳地点争论不休。就在安娜贝尔以为伊薇会抛开这个话题时，她轻声说道："安娜贝尔，你是不是听说亨特先生昨天深夜返回石字庄园了？"

"你怎么知道的？"

"有人告诉我婶婶了。"

看着伊薇洞彻的眼神，安娜贝尔不禁想，谁要是低估了伊万杰琳·詹纳,迟早要倒霉。“不,我没听人说起。”她小声说。

伊薇微微倾斜着柠檬水杯,凝视着杯里混着糖水的液体,“我觉得奇怪,他没有向你索讨那个吻,”她慢慢地说,“从他过去对你流——流露的兴趣看……”

她俩的眼神相遇了,安娜贝尔感到自己的脸红了。她飞快地摇摇头,眼神祈求着伊薇不要再说下去。

伊薇脸上闪过理解的神情。“安娜贝尔,”她缓缓说道,“你不会太介意今晚我不和其他人一起去抓你和肯达尔勋爵吧?到时会有很——很多人去看的。毫无疑问莉莲会带上一大群不知情的目击者。我会是多——多余的。”

“我当然不会介意,”安娜贝尔说,又局促不安地微笑着问,“是出于道德上的保留意见吗,伊薇?”

“噢,不,我没有那么伪善。我很乐意为与此事有关而认罪……不——不管我今晚去不去,我都是我们的一分子。只是……”她停顿了一下,又很柔和地接着说道:“我觉得你不——不想要肯达尔勋爵。不是作为一个男人——不是为了真正的他。现在我对你多了些了解,我……我相信嫁给他不会让你幸福。”

“可我会的,”安娜贝尔争辩道,语气变得尖锐,把鲍曼姐妹的注意力引了过来。她们停止聊天,好奇地看着她,“没人能比肯达尔勋爵更接近我的理想了。”

“他对你再完美不过了。”莉莲表示强烈赞同,“我希望你不是在撒播怀疑的种子,伊薇——现在那样做可太迟了。我们不可能现在放弃这么绝佳的计划,我们几乎已经成功了。”

伊薇马上摇摇头，似乎在椅子里缩了起来。“不，不……我不是要……”她的声音轻得变成了咕哝声，她抱歉地看了安娜贝尔一眼。

“她当然不是。”安娜贝尔帮着伊薇说，露出一个大大咧咧的笑容，“我们再温习一遍计划吧，莉莲。”

肯达尔勋爵对安娜贝尔·佩顿怂恿他傍晚一起溜出去在花园散步表现出好玩和得意的情绪。暮色温柔，潮湿的空气笼罩着庄园，没有一丝微风打破厚重的氛围。大部分客人都在为晚餐更衣，或是在棋牌室和客厅里闲坐，摇着扇子。室外基本上没什么人。这种情形下，如果一名女子提议在无人陪伴的情况下出去散步，没有男人会不知道她想要的是什么。肯达尔显然不会反对一两个偷偷的吻，于是任安娜贝尔哄他漫步在阶梯状的花园一侧，来到爬满玫瑰枝蔓的干砌石墙后面。

“我还是觉得我们应该找个年长的女伴陪着，”他微微笑着说，“这实在太不恰当了，佩顿小姐。”

安娜贝尔立刻给了他一个微笑。“就跟我溜出来一会儿，”她催促道，“没人会注意的。”

他欣然随她往前走着，安娜贝尔心里的内疚越来越重，好像从四面八方朝她压过来。她感觉自己像是在把一只羔羊引向屠夫。肯达尔是个好人——他不应该被人算计陷入强迫的婚姻。要是她有更多时间的话，她可能会让一切自然发展，让他真正自愿向她求婚。可这已是聚会的最后一周了，她必须现在就让他就范。如果她能搞定这部分计划，从此一切都会容易得多。安娜贝尔，肯达尔勋爵夫人，……她可以想像自己成为一名受人尊敬的年轻贵妇，居住在汉普夏郡平静的世界里，偶尔去伦敦，节假日迎接弟弟从学校回来。安娜贝尔，肯达尔勋爵夫人会养半打金发的孩子，有些会像他们的父亲一样适合戴眼镜，讨人喜爱。安娜贝尔，肯达尔勋爵妇人还会成为一名贤妻，她的余生都会为她诱骗他娶了她而赎罪。

他俩来到梨树林后面的空地，铺着砾石的圈子里有张石桌。肯达尔停了下来，低头看着安娜贝尔，她已精心摆好姿势斜倚在石桌边。他鼓起勇气触摸着散在她肩上的发丝，欣赏着浅褐色发梢的金色光泽。“佩顿小姐，”他低声说，“现在你一定已经看出来我非常喜欢和你在一起。”

安娜贝尔的心脏开始跳到喉咙口，感觉快要窒息了。“我……我觉得我们一起谈话、散步非常愉快。”她终于开口说道。

“你真可爱。”肯达尔低声耳语，向她靠近，“我从没见过这么蓝的眼睛。”

一个月前，安娜贝尔会为此欣喜若狂。肯达尔是个好男人，更不用说他还很迷人、年轻、富有，而且还有爵位……噢，她这到底是怎么了？当他朝她泛红的紧张的脸俯下身来时，她浑身都感觉勉强。她心烦意乱、困惑地努力保持不动。可还没等他们的嘴唇碰上，她就深吸了口气，扭过了身子背对着他。

空地上一片沉寂。

“我吓着你了吗？”肯达尔询问的声音传来。他是那么温文尔雅……与西蒙·亨特的傲慢如此不同。

“不……不是这样。只是……我不能这么做。”安娜贝尔揉揉突然觉得疼痛的前额，裹在桃色丝质花裙里的肩膀感觉僵硬。她重新开口时，声音因挫败和自鄙而显得沉重。“请原谅，勋爵。您是我有幸认识的最最好的男士。这正是我必须离开的原因。我这样鼓励你的兴趣是不对的，不会有什么好结果。”

“你为什么会这么想？”他问道，显然完全糊涂了。

“你并不了解我。”安娜贝尔苦笑着说，“相信我的话，我们并不相配。不管我怎么努力，我最终都无法不伤害你——而你又太绅士了，因此不会反对，我们双方都会感到痛苦。”

“佩顿小姐，”他低声说道，想搞明白她的突然发作，“我还是不明白——”

“我也不肯定自己是否明白。不过我很抱歉。我希望你一切都好，勋爵。我希望……”她的呼吸开始不规律起来，她突然笑了出来。“希望是件危险的事情，不是吗。”她喃喃道，迅速离开了空地。

第十九章

安娜贝尔自责地大步走在回屋的小路上。她不敢相信。就在她想要的一切都唾手可得时，自己却把它扔掉了。“愚蠢，”她对自己咕哝着，“真蠢，真蠢……”她不敢想像朋友们到了空地却扑了个空时，自己该怎么跟她们交代。也许肯达尔勋爵还留在她离开的地方，看上去像一匹还没来得及吃上一口，饲料袋就被人猛然拽掉的马一样。

安娜贝尔发誓自己不会再让其他壁花帮忙找丈夫了——她可是刚刚把送到她手里的机会白白扔掉了。现在无论发生什么都是她自作自受。她加快步子，几乎小跑着往回走。她那么专注地疯狂撤退，差点一头撞到正沿着石墙边的小道漫步的一位男士。她赶紧停住，低声说了句“我很抱歉”，本可以绕过他继续跑。然而他引人注目的身高和从外套口袋里抽出来的黝黑的大手立刻暴露了他的身份。她目瞪口呆，在西蒙的注视下站立不稳地往后退。

他俩一般茫然地对视着。

安娜贝尔刚从肯达尔身边跑开，无法不注意到两人之间的差别。亨特在渐浓的暮色里显得黝黑、高大、富有男人味，有着海盗的眼睛和异教国王冷漠无情的气质。他还是那么桀骜……没有更温顺一点……也没有变文雅一分……然而他是那么令安娜贝尔渴望，她肯定自己已经完全失去了头脑。他俩之间的气氛似乎一触即发，充满着激情和矛盾。

“怎么了？”亨特开门见山地问，对她心烦意乱的样子眯起了眼。

要把她的情感过滤成连贯的语句几乎是不可能的任务。不过，安娜贝尔还是努力了一下，“你没跟我说一声就离开了石字庄园。”

他的眼神像红木一样又冷又硬，“你把棋子收起来了。”

“我……”她的眼神飘向别处，咬着嘴唇，“我负担不起分心。”

“现在没人让你分心。你想要肯达尔？——尽管去吧。”

“噢，谢谢。”她讽刺地说道，“你能优雅地退让真是太好心了，你已经把一切都毁了。”

他警觉地看看她，“为什么这么说？”

在夏夜温暖的空气中安娜贝尔还是奇怪地感觉发冷。一阵微颤从她的骨头开始蔓延到皮肤。“我生病时收到的那对低帮靴子，”她直截了当地说，“我现在穿着的这对——是你送的，不是吗？”

“这很重要吗？”

“承认吧。”她坚持着。

“是的，是我送的。”他简单粗暴地说，“那又怎样？”

“我一两分钟前和肯达尔勋爵在一起，一切都按计划发展着，他正要……可我却不能。我不能在穿着这双可恶的靴子的时候让他吻我。我就这么走开了，他肯定会以为我精神错乱。不过你还是对的……他对我来说好得过头了。我们会是糟糕的一对。”她顿了顿，乱吸了几口气，看见亨特的眼里突然闪起了火花，他的身体一动不动，蓄势待发。

“那么，”他柔声说，“既然你抛开了肯达尔，你的计划是什么？回到霍奇汉姆身边？”

安娜贝尔被这个嘲弄的问题惹火了，满脸愤怒。“就算是，也与你无关。”她抬起脚跟从他身边走开。

亨特两步就抓住了她。他扳过她的身子让她面对着他，双手环绕着她的上臂。他轻轻摇着她，嘴唇凑到她耳边。“别再玩了。”他说，“告诉我你想要什么，现在，趁我还没失去仅存一点的耐心。”

他的气息，有肥皂的香味，清新而迷人的男人味，让安娜贝尔晕眩。她想要钻进他的外套里……她想要他吻她直到她昏倒。她想要这位卑鄙、傲慢、令人蛊惑、英俊得要命的西蒙·亨特。可是，噢，他可不会对她发善心。她受到威胁的骄傲又冒了出来，堵住了她的喉咙，几乎无法说话。“我不能。”她粗声说。

亨特抬起头，俯视着她，眼里闪着好笑的神色。“随便你要什么，安娜贝尔……只要你愿意开口。”

“你决意要完全羞辱我，是吗？你不能让我留有一丝尊严——”

“我，羞辱你？”他扬起眉，嘲弄地斜眼看她，“两年来每次我请你跳舞都被你断然拒绝——”

“噢，好吧。”她狠狠地说，开始浑身发抖，“我承认——我想要你。好了，你满意了吧？我想要你。”

“想要我做什么？情人还是丈夫？”

安娜贝尔震惊地看着他，“什么？”

他抱住她，稳稳地搂住她颤抖的身体。他什么也没说，只是专注地凝视着她，她正努力理解他问题的含义。

“可你不是结婚的类型。”她终于虚弱地说。

他的指尖顺着她细巧的耳廓触摸着她的耳朵，“我发现，碰上你以后我就是了。”

轻柔的抚摸令她的血液燃烧，她无法思考，“我们可能第一个月里就会杀死对方。”

“很有可能。”亨特认同道，他浅笑的嘴拂过她的太阳穴。嘴唇的温度让她周身一阵酥麻。“不过还是嫁给我吧，安娜贝尔。就我看来，这能解决你大部分的问题……还有我自己的不少问题。”他的大手温柔地滑过她的脊背，平息着她的颤抖。“让我宠坏你，”他低声耳语，“让我照顾你。你从来没有依赖过任何人，不是吗？我的肩膀足够强壮，安娜贝尔。”他深深地笑了起来，“而且我可能是你认识的男人里面惟一可以负担得起你的一个。”

她太惊讶了，无暇回应他的挖苦。“可是为什么？”她问道。他的手移到了她裸露的后颈上，指尖停留在头骨下面的浅窝里，她喘着气，“你可能可以让我做你的情妇，为什么还要向我求婚呢?”

他温柔地轻抚着她的脖子,“因为这几天里我意识到,我要让所有的人都知道你属于谁。尤其是你。”

安娜贝尔闭上眼睛,他的唇慢慢游移上她微微张开的干燥的嘴唇,她浑身的感官都沉浸在幸福之中。他的手和臂膀紧紧抱住她顺从的身体。如果说他的拥抱里有占有的意味,那么里面还有一丝敬畏。他的指尖探索着她皮肤上最敏感的部位,像私语那么轻柔地抚弄着。她任他诱开她的唇,他的舌温柔地摸索着,她呻吟起来。他的轻吻令她迷醉,满足了她的需要,而又令她急切地意识到渴望被填满的空虚之处。亨特感觉到她在怀中剧烈地颤抖,于是久久地吻住她,臂弯紧搂着她让她平静下来。他的手托住她火热的脸颊,拇指扫过她丝绸一般的唇。“回答我。”他低语道。

他手掌的温度让她的皮肤微微发颤,她把脸颊埋在他的掌心里。“好的。”她气喘吁吁地说。

亨特的眼里闪着胜利的光芒。他把她的头往后仰,又吻住了她,越来越深。他双手扶住她的头,调节着角度,直到两人的嘴完全契合。她呼吸的节奏开始变得任性,过多的氧气让她突然眩晕。她伸出手紧紧抓住他肌肉强健的身体,手指掐入他绒面呢的外套。亨特继续吻着她,一边把她的手放到他脖子上,让她紧搂着他。让她站稳后,他满意地把手放到她束着紧身胸衣的腰上,轻轻把她拉近。他越来越急切地吻着她,她的感官陷入狂喜。

他的嘴终于放开了她,她呻吟着表示抗议。他让她安静,轻声告诉她有人来了。安娜贝尔两眼朦胧,疑惑地从他的肩上往外看。一群目击者正在看着这对站在路中央相拥的情侣。莉莲……黛西……她们的母亲……奥莉维亚小姐和她英俊的美国未婚夫，肖先生……最后，还有韦斯特克里夫勋爵。"噢，上帝。"安娜贝尔激动地叫了一声，把脸埋在亨特肩上，好像闭上眼睛就能让他们全都消失一样。

亨特低头对她轻语，听起来他觉得很有趣，"将军。"

莉莲最先开口："到底发生了什么，安娜贝尔？"

安娜贝尔畏缩着，强迫自己面对朋友的目光。"我做不到，"她局促地说，"我很抱歉——这计划很好，而且你们做得很出色——"

"而且本来会很成功，要不是你吻错了人的话。"莉莲喊道，"上帝，到底发生了什么事？为什么你不是在梨树林里和肯达尔勋爵在一起？"

这可不是谁愿意在一大帮人面前讨论的事。安娜贝尔迟疑着抬头看看亨特，他正带着嘲讽的微笑观察着她，看来对她即将要做出的解释很感兴趣。

在持续的沉默中，韦斯特克里夫搞明白了状况，厌恶地从安娜贝尔看到莉莲，"怪不得你这么坚持要来散步。你俩给肯达尔设好了圈套！"

"我也有份。"黛西声称，决意和她们共患难。

韦斯特克里夫好像没听到她的话，紧紧盯着莉莲毫无悔意的脸，"老天——有什么事情是你做不出来的？"

"就算有的话，"莉莲伶俐地回敬道，"我也还没发现。"

要不是安娜贝尔眼下处境难堪，她肯定已经对伯爵的表情笑了出来。

莉莲皱着眉，注意力回到安娜贝尔身上。“现在抢救还不算晚。”她说，“我们可以让在场所有的人都保证对你和亨特先生在一起的事守口如瓶。没有任何人看到，就像从没发生过一样。”

韦斯特克里夫勋爵沉着脸考虑着她的话。“尽管我极不情愿赞同鲍曼小姐，”他悲观地说，“我不得不同意。我们把这件事情忽略对各方都最好不过。佩顿小姐和亨特先生没被人看见，因此，也没有人名誉受损，也就是说这不幸的情形不会有什么后果。”

“噢，是的，她的名誉确实受连累了，”亨特突然坚定地说，“被我。而且我不想逃避后果，韦斯特克里夫。我——”

“不，你想的。”伯爵威严地向他肯定，“如果我允许你为了这个女人自毁一生，我会下地狱的，亨特。”

“自毁一生？”莉莲愤怒地重复着，“亨特能娶到安娜贝尔这样的姑娘已经是万幸了！你怎么敢暗示她配不上他，显然他才是——”

“不，”安娜贝尔焦虑地插嘴说道，“求你了，莉莲——”

“请原谅，”肖先生极有礼貌地低声说，一边勉强掩饰着笑意。他臂弯挽着奥莉维亚小姐，优雅地鞠了一躬，“我想我和奥莉维亚小姐在这里有些多余，还是先告辞了。我可以替我俩担保我们会像‘三不猴’一样又聋又哑又瞎。①”他的蓝眼睛闪着幽默的神色，“我们让你们来决定今晚看到或听到了什么……或者没有。来吧，亲爱的。”他带着奥莉维亚小姐转身返回庄园。

---

① 日本佛教寺庙中常见的分别捂住眼睛、耳朵和嘴巴的三猴形象。寓意为不该看的不看、不该听的不听、不该说的不说。

伯爵转向鲍曼姐妹的母亲，她个子颇高，窄窄的脸像是只狐狸。她一脸义愤填膺的表情，只不过为了不错过任何好戏才没有开口。黛西事后懊恼地解释说，鲍曼夫人从不会在一部戏的中间歇斯底里，而喜欢留到幕间休息的时候再发作。

“鲍曼夫人，”韦斯特克里夫问，“我可否请求您对此事保持沉默？”

伯爵，或者任何有贵族头衔的男士，哪怕是请求雄心勃勃的鲍曼夫人一头跳到花坛里让他开心，她也会照做不误的，还会完美地翻着跟头。“噢，当然，勋爵大人——我从不会散布这么低俗的流言。我女儿真是不明就里，天真无邪——看到她们和这个……这个不检点的姑娘走在一起真让我忧心。我肯定像您这么明断的绅士一定能看出来我的两位天使是完全无辜的，她们是被这个她们当做朋友的老谋深算的姑娘带得迷失了方向。”

韦斯特克里夫怀疑地朝两位“天使”冷冷瞥了一眼，“确实。”

亨特的胳膊一直保护地搂着安娜贝尔的腰，他冷冷地看着这群人。“随你们的便。佩顿小姐的名声今晚一定得被损害，不管怎样。”他拉着她沿小路朝前走去，“来吧。”

“我们去哪里？”安娜贝尔问道，想挣脱他的臂弯。

“去屋里。如果他们不愿意做目击者，看来我得当着其他人的面诱骗你。”

“等一下！”安娜贝尔叫道，“我已经答应嫁给你了！为什么得再丢一次脸？”

亨特不理会韦斯特克里夫和鲍曼姐妹的抗议，简短地答道：“保险起见。”

安娜贝尔停了下来,任他怎么拉也不肯移动脚步,"你不需要保险!你以为我会不守诺言吗?"

"一句话,是的。"亨特平静地把她往前拖,"现在,我们去哪里?大厅,我想。那儿有很多人可以见证你被强暴。或者,也许棋牌室——"

"西蒙,"安娜贝尔抗议道,被他粗鲁地往前拖着,"西蒙——"

她的直呼其名让他一下子停了下来,转身好奇地半带着微笑低头看着她,"怎么,亲爱的?"

"看在上帝分上,"韦斯特克里夫低声说,"我们把这留到业余戏剧之夜吧,好吗?就算你真的这么一心想要她,亨特,你也不必再向我们展示了。我很乐意从这里赶去伦敦见证你的未婚妻被玷污名声,哪怕只是为了求得这里的安宁。不过别请我去参加你的婚礼,我可不想做个伪君子。"

"不,只是头蠢驴。"莉莲的嘀咕声传来。

尽管声音很轻,韦斯特克里夫好像还是听见了。他黑色的头立刻转了过来,满面怒容,威胁地看着莉莲故意做出的无辜表情,"至于你——"

"那么,我们说定了。"西蒙打断了他,阻止了一场显然会变得无休止的争论。他看看安娜贝尔,一脸男人的满足,"你的名声已经被玷污了。现在我们去找你母亲。"

伯爵摇摇头,露出只有刚刚被违背意愿的贵族才会有的冷冷的不悦之色。"从没听说过一个男人刚刚毁了一个姑娘就这么急不可待地要向她父母坦白。"他阴郁地说道。

第二十章

菲莉帕对这个消息的反应平静得令人吃惊。他们三个坐在马斯登私人起居室里，西蒙陈述了他们订婚的消息以及原因，菲莉帕脸色发白，但没有作声。短暂的沉默过后，菲莉帕眼睛一眨不眨地盯着西蒙，谨慎地说："安娜贝尔没有父亲庇护，亨特先生，所以得由我来和您谈谈，消除顾虑。每个做母亲的都希望女儿受到尊重和善待……您一定会同意……"

"我明白。"西蒙说道。安娜贝尔被他的郑重其事打动，凝视着他，而他的注意力全在菲莉帕身上，"我向你保证你的女儿不会有诉苦的理由。"

菲莉帕脸上闪过一丝戒备，安娜贝尔咬着嘴唇，知道接下来会是什么。"我猜您已经知道了，亨特先生，"她母亲低声说，"安娜贝尔没有嫁妆。"

"是的。"西蒙平静地答道。

"这对您没关系？"菲莉帕语带疑问。

"毫无关系。我有幸在选择妻子的时候可以不必考虑经济因素。我才不在乎安娜贝尔是不是没有一分嫁妆地过门。而且,我还打算减轻你的家庭负担——还掉欠债、处理账单和债主、学费等等——不管需要什么,只要能让你舒心。”

安娜贝尔看见菲莉帕的手在膝盖上紧紧握着,手指都发白了,她说话时声音有些发颤,可能是出于激动、欣慰、尴尬或者三者兼而有之,“谢谢,亨特先生。您知道,要是佩顿先生还在的话,情况就会有所不同——”

“是的,当然。”

菲莉帕若有所思地沉默了一会,低声说着:“当然,没有嫁妆,安娜贝尔也就没有零花钱的来源了……”

“我会在巴林银行替她开个户头,”亨特温和地说,“我们开始存,要么,五千英镑?……我会不时视需要打钱进去的。当然,我会负责供养马车……衣服……首饰……还有,安娜贝尔可以在伦敦所有的店里赊账。”

安娜贝尔无暇注意菲莉帕的反应,脑子像陀螺一样飞快转着。想到手头会有五千英镑……一大笔钱……这不太像是真的。她的惊讶与希冀交织着。多年的贫困之后,她终于可以去最好的女装店,可以给杰里米买匹马,还可以用最奢华的家具、饰品把家里重新布置一下。然而,刚求完婚就这么直接地讨论金钱让安娜贝尔感觉不安,好像是为了利益而把自己卖了似的。她小心地瞄了西蒙一眼,看到他眼里又闪现着熟悉的嘲弄之色。他太了解她了,她想,脸上开始发烫。

接着他们谈到了律师、合约和条款,安娜贝尔一声不吭,发现母亲谈婚论嫁起来变得像头斗牛狗一样执著。像讨论公事一样的谈话可跟浪漫情调毫不搭界。更何况，安娜贝尔注意到菲莉帕没有问亨特是否爱安娜贝尔，而他也没有这么声明。

西蒙·亨特离开后，安娜贝尔随母亲走到自己的房间，在那里她们可以畅所欲言。安娜贝尔为菲莉帕不寻常的平静担忧着，关上门，考虑着该说些什么，不知道她是否对西蒙·亨特这位女婿持保留意见。

一待身边没有旁人，菲莉帕就走到窗前向外看着夜空，然后一手捂住眼睛。安娜贝尔警觉地听到了隐隐的啜泣声。“妈妈……”她望着母亲僵硬的背，迟疑地说道，“对不起，我——”

“感谢上帝，”菲莉帕声音不稳地低声说着，仿佛没有听到，“感谢上帝。”

尽管韦斯特克里夫发誓不会出席西蒙的婚礼，他还是提前两周来到伦敦准备参加婚礼。他不苟言笑却彬彬有礼，甚至还主动要求代替安娜贝尔过世的父亲，将她交给新郎。她真想拒绝，可菲莉帕听了那么高兴，安娜贝尔只好接受提议。能迫使伯爵在他显然反对的婚礼上扮演这么重要的角色，她甚至有点暗自得意。韦斯特克里夫来伦敦完全是出于他对亨特的忠诚，显然两人间的友谊远比安娜贝尔所猜测的深厚得多。

莉莲、黛西和她们的母亲也一起来教堂参加了婚礼，她们之所以来完全是因为韦斯特克里夫勋爵的出席。鲍曼太太本来决不会允许女儿参加一个嫁给了平民、并且会带坏她的姑娘的婚礼。然而，任何能接近英格兰条件最好的单身汉的机会都不容错过。尽管韦斯特克里夫对她的小女儿视而不见，对她的大女儿又显然非常鄙视，但鲍曼夫人确信这是完全可以克服的小小障碍。

遗憾的是，弗洛伦斯婶婶和一家人全都不准伊薇参加婚礼。她写了封热情洋溢的长信给安娜贝尔，还送来一套金粉描花的塞夫勒细瓷茶具作为结婚贺礼。剩下的一小拨来宾是亨特的父母和兄弟姐妹们，他们和安娜贝尔想像的差不多。他母亲脸色粗糙，身材粗壮，和蔼可亲，似乎对安娜贝尔颇有好感，直至发生了件改变她看法的事。他父亲是个棱角分明的大个子，整场婚礼从头到尾没有一丁点儿笑容，尽管他眼角深深的笑纹说明他本是个开朗的人。父母两个都不特别好看，却制造出了五个惊人的子女，一律高个、黑发。

要是杰里米能参加婚礼就好了……可他还在学校，她和菲莉帕决定让他学期结束后再回伦敦，那时亨特和安娜贝尔已经度完蜜月回来了。安娜贝尔不太确定杰里米对于西蒙·亨特成为他的姐夫会有何反应。尽管杰里米看来挺喜欢他，可他毕竟已经习惯了作为家里惟一的男性的事实。要是亨特对他有所约束的话，他很可能会恼怒不耐。就这点而言，安娜贝尔自己也不太喜欢对一个老实说还不太了解的男人言听计从。

结婚当晚，安娜贝尔就不得不面对这一事实。她在拉特利奇酒店的房间等待她的新婚丈夫。安娜贝尔本以为亨特与众多单身男人一样住在私人寓所，没想到他住酒店套房。

“为什么不呢?”几天前亨特这么问她，对她不加掩饰的疑惑感到好笑。

“嗯……住在酒店太没有隐私了……”

“请原谅我的不同看法。我可以来去自由，没有一帮仆人在我背后对我的各种习惯和姿势说三道四。就我看来，住在一间经营良好的酒店里远胜过住在一幢有穿堂风的楼房里。”

“话是不错，可是像你这样的男士一定要有足够多的仆人来显示你的成功——”

“请原谅，”亨特说道，“我一直认为，只有确实需要他们的工作时才有必要雇用仆人。我到现在也看不出把仆人作为炫耀的工具有什么好处。”

“他们可不是奴隶，西蒙！”

“就眼下大多数仆人的薪水来说，这一点很值得讨论。”

“如果我们要住在一所像样的房子里，会需要很多帮手。”安娜贝尔冒失地说，“除非你打算让我趴在地上，自己擦地板洗炉子。”

她没注意到这番话令亨特褐色的眼睛闪过一丝坏笑。“我打算让你趴在地上，亲爱的，不过我保证你不用擦地板。”他见她一脸茫然，轻轻笑了起来。他搂住她，飞快地在她唇上留下一个吻。

她在他怀里轻轻挣扎了一下。“西蒙……放手……我母亲看到我们这样不会同意的——”

“哦？我现在对你可以想做什么就做什么，她不会有半点反对。”

安娜贝尔皱着眉，用胳膊挡在两人之间，“噢，你这傲慢的——不，我是认真的，西蒙！我想解决这件事……我们要永远住酒店吗？还是你会为我们买一幢房子？”

他又飞快地偷吻了她一下，对她的表情发笑。“你喜欢什么房子我都可以买，甜心。更棒的是，我会帮你造一座新的，因为我已经习惯了良好的照明和现代管道的舒适了。”

安娜贝尔停止了扭动。“真的吗？在哪里？”

“我猜我们可以在布鲁姆伯里或骑士桥附近搞到一块土地。”

“梅费尔①怎么样？”

西蒙微笑着，好像早就料到她会这么提议，“别告诉我你想住在格罗夫纳或圣詹姆斯这样房屋密集的广场，从窗口看着自负的贵族们在他们小小的铁栏杆围着的院子里踱步——”

“噢，是的，那样太完美了。”她热切地说道，让他笑了起来。

“好吧，我们在梅费尔弄一处房子，上帝帮忙。你想请几个仆人都可以。注意我没说‘需要’，显然这完全不重要。与此同时，你觉得可以忍受在拉特利奇住上几个月吗？”

安娜贝尔回忆着他们的谈话，打量着他们的大套房：天鹅绒、皮革和光亮的红木，豪华的陈设。她不得不承认，拉特利奇完全能改变一个人对酒店的看法。据说那位神秘的主人，哈利·拉特利奇先生希望建造欧洲最优雅最摩登的酒店，结合欧陆风情和美国的创新。拉特利奇酒店位于剧院区，建筑庞大，从议会剧院到泰晤士河河岸足足占了五个街区。酒店的特色包括防火结构、食物运送电梯，还有每间套房都配备的私人浴室，更不用说那家令人称道的餐厅，这些无不令富有的美国人和欧洲

① Mayfair，伦敦高级住宅区。

人趋之若骛。令安娜贝尔高兴的是，鲍曼一家也住在这里，占了酒店一百间豪华套房中的五间。也就是说，她蜜月回来后有机会和莉莲、黛西经常见面。

安娜贝尔从没到过英格兰以外的地方，发现西蒙打算带她去巴黎呆两个礼拜自然无比兴奋。曾经和母亲一起去过巴黎的鲍曼姐妹为她提供了一份制衣店、女帽店、香水店的清单，安娜贝尔热切地期待着她与这座光明之城的初次相遇。然而，他们要翌日才出发，在此之前，尚有新婚之夜需要度过。

安娜贝尔睡袍的领口和袖子上缀着大把白色蕾丝，她心绪不宁地在套房里踱着步。又在床边坐下拿起床头柜上的发梳。她一丝不苟地梳着头，一边揣测着是不是所有的新娘都是这样惴惴不安，不知道接下来的几个钟头会让人高兴还是害怕。这时，门口传来钥匙转动的声音，黝黑、结实的西蒙走进了房间。

安娜贝尔的脊背一阵紧张的颤栗，她强迫自己继续平静地梳着头发，不过她把梳子攥得太紧了，手指有些发抖。西蒙的眼神游移过覆在她身上的蕾丝和轻纱。他仍穿着正式的黑色结婚礼服，缓缓走近，在她跟前站住。她坐在椅子里，令她吃惊的是，他屈膝蹲了下来，两人恰好能够平视，他的大腿夹住她纤细的小腿。他的大手举起，凑近她瀑布般的头发，用手指梳理着，一边着迷地注视着金褐色的发丝从他指间滑落。

尽管西蒙穿戴整齐，她还是注意到一些凌乱的迹象……他短短的刘海掉在额前，灰色丝质领结也松开了。安娜贝尔把梳子扔在地上，手指迟疑地去理他的头发。乌黑的发丝浓密发亮，不听她手指的使唤。西蒙一动不动地任她为他解开领结，上面还饱含着他的热度。他的眼神让她的腹内感觉一阵发痒。

“每次我见到你，”他轻声说，“都以为你不会比上次更美丽——而你总是证明我是错的。”

安娜贝尔把领结搭在他肩上，对他的赞美报以微笑。他握住她的手，令她微微惊了一跳。他微微翘起嘴，疑惑地看看她：“你紧张？”

安娜贝尔点点头，任凭他握着她的手指，轻柔地摩挲着。西蒙似乎字斟句酌地静静开口道：“宝贝……我猜你与霍奇汉姆的经历不太愉快。不过我希望你能相信我，不会都是那样的。不管你担心的是什么——”

“西蒙，”她嘶哑着喉咙打断了他，清了清嗓子，“你真是太好了。而——而且你能对此这么体谅……嗯……我很感激。可是……我想我对我和霍奇汉姆的关系表达得不够清楚。”见他突然好奇地凝神聆听，完全看不出他的表情，安娜贝尔深深地吸了口气平稳情绪。“事实上，有些晚上，霍奇汉姆确实到我家来过，他确实替我们付过一些账单，作为……作为……”她停顿了一下，感到喉咙发紧，难以启齿，“不过……他来拜访的不是我。”

西蒙的黑眼睛微微睁大，“什么？”

“我从没和他上过床。”她坦白，“他是和我母亲。”

他盯着她，目瞪口呆。“上帝。”他喃喃道。

“是从一年前开始的。”她说道，语气里不无辩解之意，“我们已经山穷水尽。账单无休无止，却没钱付。我母亲继承的财产因为投资不善，收入日渐减少。霍奇汉姆已经垂涎我母亲有一阵了。我不知道他什么时候开始夜里来访的……不过我在门厅看到他的帽子和手杖,总是在奇怪的时间,然后我们的欠债就会稍微减少一些。我意识到发生了什么,可我从没对此说过什么。我本该说的。”她叹了口气,揉揉太阳穴,“在聚会上,霍奇汉姆挑明他已经厌倦了我母亲,想让我替代她。他威胁要把秘密全部抖出去……而且‘添油加醋’,他这么说……那样我们就会完蛋。我拒绝了他,不过我母亲设法让他安静下来。”

“你为什么让我以为是你和他有染?”

安娜贝尔不安地耸耸肩。“你自己这么断定的……而且没什么道理去纠正你,因为我当然没想到我们会有这样的结局。不过你还是向我求婚了,这让我得出结论:我是不是处女对你并不特别重要。”

“是的。”西蒙低声说,声音听起来很奇怪,“我不顾一切地想要你。不过现在我……”他突然停住,不可思议地摇摇头,“安娜贝尔——只是为了弄清楚——你是说你从没和男人上过床吗?”

她推推他的手,他捏得她骨头都要碎了,“嗯……是的。”

“是的,你有,还是没有,你没有?”

“我从没和任何人上过床。”安娜贝尔明确无误地说,疑惑地看看他,“你因为我没有早些告诉你而恼火吗?对不起。可是这种事情又不能随随便便在喝茶的时候或是在门厅说……‘你的帽子,顺便提一下,我是处女——’”

“我没有生气。”西蒙若有所思地上下打量着她,“我只是不知道现在该拿你怎么办。”

“和我没告诉你之前一样?”她抱着希望地问道。

西蒙站起身,把她也拉了起来,小心翼翼地搂住她,好像害怕一用力她就会碎掉一样。他把脸埋在她的头发里，深深地吸了口气。“相信我，我最终会做的。”他说道，听起来有些好笑，“不过我需要先问你几件事情。”

安娜贝尔把胳膊伸进他的外套里面，抱住他坚实光滑的身躯。薄薄的衬衣浸透了他身体的温度，她沉浸在他充满男人味的温暖怀抱里，愉快地颤抖了一下。“问什么？”她催促道。

在此之前她从没见过西蒙说话稍有吞吞吐吐……可他异乎寻常地迟疑着，好像他以前从来不必进行这种讨论。“你知道会发生什么吗？你知道那些……呃，必要的知识吗？”

“我想是的。”安娜贝尔答道，她的脸颊能感到他心跳得非常快，这有趣的发现让她微笑。“我母亲和我谈过，就在刚才——之后我很想请求宣布婚姻无效。”

突然，他闷笑了一声。“那么，我最好赶快行使我丈夫的权利。”他火热的手轻轻握住她的手指，举到他唇边。他的呼吸像是蒸汽一般。“她跟你说了些什么？”他贴着她的手指轻声问道。

“传授了基本常识之后，她说我该任你摆布，就算不喜欢也别抱怨。她还建议我如果觉得特别不舒服，可以转而想想你为我开的巨额银行户头。”

话刚说完，安娜贝尔就后悔了，怕西蒙会被她的坦白惹恼。可他开始粗声笑了起来。

“考虑完国家大事后，这改变真是令人精神一振。”他后仰着头看着她，“那么，我该用过户金额和存款利息来向你求爱吗？”

安娜贝尔转动了一下被他握着的手，指尖摩挲着他的嘴唇，在丝绒般的表面逗留片刻，又滑向他线条刚毅的下巴，“没必要。

说些平常的话就好。”

“不……平常的话对你可没有用。”西蒙把一缕发丝拨到她耳后,手心托起她的脸庞,凑过身来。他的嘴逗引她的嘴顺从地张开,手在大团的蕾丝里摸索着她的身体。没有紧身胸衣勒住肋骨,她能透过睡袍的薄纱感觉到他的触摸。他的手沿她的身体两侧游走,令她颤栗,变得极其敏感。

“女人的第一次通常会比较痛苦。”他低语。

“是的,我知道。”

“我不想弄痛你。”

这话令她感动,又惊讶。“我母亲说不会很久的。”她说。

“疼痛?”

“不,这过程。”她说,不知何故他又笑了起来。

“安娜贝尔……”他啄着她的颈,“我第一眼看到你站在全景剧场外在钱包里找硬币时就想要你。我的眼睛无法从你身上挪开。我几乎不敢相信你是真的。”

“你整出戏都在盯着我看,”她说道,耳垂被他轻咬了一口,不禁喘息着,“我怀疑你对罗马帝国的衰亡什么也没有了解到。”

“我了解到你的嘴唇是我所吻过最柔软的。”

“你介绍自己的方式很奇特。”

“我情不自禁。”他的手上下抚摸着她的两侧,“在黑暗中站在你身边是我经历过的最难抵抗的诱惑。我满脑子想的都是你的可爱,我有多么想要你。灯完全熄掉后,我再也无法忍受了。”他接着又加了一句,口气里有一股男人的自得,“而且你没把我推开。”

“我太吃惊了!”

“那是你没有反抗的原因?”

“不,”安娜贝尔承认,侧过头用脸颊摩挲着他的,“我喜欢你的吻。你知道我喜欢。”

他笑了。“我当时也希望这不是我一厢情愿。”他凝视着她的眼,两人的脸庞如此贴近,鼻子几乎碰到了一起。“和我到床上来。”他低语道,声音里有一丝几乎难以察觉的不确定。

她叹息着点点头,让他领她来到四柱大床边,床上铺着厚厚的深紫红色丝绸床罩。西蒙拉开床罩,把安娜贝尔抱到熨烫光滑的床单上,她挪到一边,给他腾出地方。他站在床边凝视着她的脸,一边脱下礼服。剪裁精良显得如此文明有教养的衣服和下面那原始的男性张力对照鲜明,很不协调。安娜贝尔料得没错,他有异常魁梧的身体,肩和背微微凸起,小腹结实,现出肌肉的纹路。黝黑的皮肤在灯光下染上了一层琥珀色的光泽,而肩膀表面的光泽像是刚铸完的金属那样炫目。胸前的黑色胸毛并不能软化他有力的骨骼和肌肉。安娜贝尔怀疑再也找不出比他更健康、更有活力的男人了。也许他不太符合流行的苍白瘦弱的贵族形象……可安娜贝尔觉得他非常迷人。

他也上了床,她体内交织着掠过一阵阵激动与担忧。“西蒙,”她被他揽入怀里时呼吸急促地说,“我母亲没告诉我……今晚我该为你做些什么……”

他的手抚弄着她的头发,手指滑过她头颅,令她脊背又热又麻。“你今晚什么也不用做。就让我抱着你……抚摸你……看看有什么能让你高兴的事……”

他的手找到了她睡袍背后的珍珠母扣子。安娜贝尔闭上眼,感觉大片轻薄的蕾丝花边从肩上滑了下来。“你还记得音乐室那晚吗?”她低声问道,感觉他将睡袍从她胸前褪下时喘起了气,“你在凸窗边吻我?”

“每一秒钟,血液沸腾。”他轻声回道,把她的胳膊从宽大的袖子里拉出来,“怎么会提起这个?”

“我总是忍不住想到。”她坦白,扭动着身子配合他把睡袍脱掉,裸露的肌肤每一寸都已红透了。

“我也是。”他承认,“看来我们是一对易燃的组合——比我预料的还厉害。”

“那么说,人们并不都是这样?”她问着,手指探索着他深陷的脊梁和两侧硬实的肌肉。

她的触摸,尽管简单,却扰乱了他呼吸的节奏,他向她贴近。“不,”他喃喃道,把一条长腿搁在她紧系着袜带的大腿上,“几乎很少会这样。”

“为什么——”她刚开口问他,就微微呻吟着停住了,他的手和嘴在她浑身上下游移,安娜贝尔伸手抱住他的头,让他浓密的头发滑过指尖,像她一直渴望的那样。他亲吻着她柔嫩的手腕、手臂内侧,和她肋骨之间浅浅的凹处,吻遍了她身上每一寸肌肤。她任他吻着,颤抖着,感受着他扎人的胡子和他嘴里潮湿的热气。可当他吻到她肚脐,舌尖进入这小小的洞穴时,她翻滚着躲开了,震惊地吸着气。“不……西蒙,我……求你了……”

他马上撑起身子,抱住她,对住她绯红的脸笑着。“受不了了?”他嘶哑着问。“对不起——我有一会儿忘了你是第一次。

来,让我抱着你。你没吓着吧,有吗?"

她还没能回答,他已经吻住了她的嘴,温柔地牵扯着。他的胸毛摩擦着她的胸部,像粗粒的天鹅绒一样。她喉咙里发出低低的声音,宣泄着她渐渐压制不住的快感。她在他嘴下喘息着,身体发烫,像要融化一般地温顺。苍白的肌肤因激情而漾起一片片红。她的心脏怦怦作响,四肢随着愈来愈猛烈的愉悦而僵硬起来。

他躺在她身边,胳膊托着脑袋,黑色的头发凌乱,眼神明亮热切,带着一丝有趣的神情。他仿佛明白她体内的感受,为她纯洁的惊慌而着迷。"别躲,"他喃喃道,微笑着。"你可不想错过最精彩的部分。"他慢慢把她拉回身边,手轻抚着摆好她的身体。"甜心,我不会弄疼你的,"他在她脸旁低声耳语着。"让我给你快乐……"

他继续呢喃着,一边悄悄地一路往下亲吻着她的身体。她抬眼看看他,嘴唇微微翘起似乎微笑着。"我把银行户头的事全忘了。"她说道,他轻轻笑了起来。

他的拇指拂过她额际的发线,丝线般的头发覆盖着细嫩的皮肤。"可怜的安娜贝尔……"她感到腿间的力量加重了,带来第一波像是痛苦的感觉。"恐怕接下来的部分不会那么舒服。不管怎样,对你来说是这样。"

"没关系……我……我只是很高兴是你。"

毫无疑问,新娘在新婚之夜说出这样的话很是奇怪,不过他微微笑了一下。他俯下头在她耳边低语。他们互相研究着对方,一个心满意足,一个眼神因渴望而发亮。安娜贝尔慢慢感觉一阵神奇,意识到他完全扭转了她原先的看法。她本来那么肯定西蒙会利用这个机会证明他是她的主人……情况却恰恰相反,他对她无比耐心。她充满了感激,搂住他的脖子亲吻着他,舌头伸进他的嘴,手在他背上往下抚摸着。他释放时浑身发抖,牙关紧咬着,让狂喜的感觉湮没自己。他把头埋进她散开的发丝,沉浸在她蜜一样柔滑的暖意里。良久,他紧绷的肌肉终于松弛下来,长长地呼了口气。

"我再也不离开这张床了。"他咕哝着,让她枕着他臂弯。

"噢,你会的。"安娜贝尔困倦地说,"你明天要带我去巴黎。我可不会让你剥夺我蜜月的权利。"

西蒙轻触着她凌乱的卷发,含笑答道:"不,亲爱的老婆……你什么权利也不会失去。"

第二十一章

蜜月的两个礼拜间，安娜贝尔发现自己根本没有自己以为的那么见多识广。出于天真和英国人的傲慢，她本以为伦敦是所有文化和知识的中心，然而巴黎令她耳目一新。这座城市惊人的现代，相形之下伦敦显得像是个过时的乡下表弟。而尽管巴黎的社会、文明程度日益进步，街道却几乎仍是中世纪的面貌，阴暗、狭窄、幽深曲折地在各区造型优美的建筑间盘绕。从古老教堂的哥特式尖顶到庞大坚固的凯旋门，形形色色的建筑对感官而言无异于一次混乱而愉悦的进攻。

他们下榻的酒店"巴黎之心"位于塞纳河左岸，在店铺林立的蒙帕纳斯街和圣日尔曼德普雷市场之间，市场里货品繁多，异域风情的土特产、织物、蕾丝、工艺品和香水令人眼花缭乱。"巴黎之心"是一座宫殿，所有的套房都是为了感官欢愉而设计。比如洗澡的房间——他们把它叫做浴室——铺着玫瑰色的大理石地板，墙上是意大利瓷砖，还摆着一张豪华的洛可可式长沙发，洗完澡后可以小憩片刻。有两个，而不是一个瓷浴缸，都配有冷热水箱。浴缸上方的天花板上是一幅椭圆形的风景油画，方便客人洗澡放松时欣赏。安娜贝尔从小接受的是英国式的洗澡观：即洗澡是为了清洁，一切以方便为上。看到洗澡也可以成为奢靡的享受，她不禁莞尔。

令安娜贝尔高兴的是，在这儿的餐厅，男女可以公开共坐一桌，而不必要求另开一间单间。她从未享用过如此美味的食物……小洋葱和红酒炖出的细嫩的小公鸡肉……烤得恰到好处的腌鸭，鸭皮香脆流油，鸭肉入口即化……淋块菌汁的鲉鱼……当然，还有甜品……厚厚的浸过甜酒裹着酥皮的蛋糕、覆着坚果和蜜渍水果的布丁。西蒙见安娜贝尔每晚都为点什么甜品而痛苦地抉择，便很认真肯定地对她说，将军指挥作战也没有她在蜜桃挞和香草蛋奶酥之间做选择那么慎重。

一晚，西蒙带她去看演员衣着过分暴露的芭蕾舞，接着又去看了场喜剧，那些黄色笑话不用翻译也能看明白。他们还去参加了一些西蒙的熟人举办的舞会和社交聚会。有些是法国公民，其他的都是从英国、美国和意大利过来的游客和移民。有些是他持有股份的公司的股东和董事，还有些则和他的运输和铁路公司有往来。“你怎么会认识这么多人？”安娜贝尔不无疑惑地问过西蒙，在他们参加的第一个晚会上，很多陌生人都和西蒙打招呼。

西蒙当时笑了起来，委婉地嘲讽说别人会以为她从来没意识到这个世界上除了英国贵族还有其他人。事实上，她确实如此。在此之前，她从来没想过要往这个清高的圈子外面看一看。这些男人和西蒙一样，单从经济角度而言都是精英分子，努力地积累财富，很多人拥有整座的城镇，这些城镇都是在迅速膨胀的工业区周围兴建起来的。他们拥有矿产、大种植园、磨坊、仓库、商店和工厂；而且他们的兴趣似乎从来不会局限于一国之内。他们的妻子逛街让法国裁缝为她们缝制衣服时，这些男人们窝在咖啡馆或私人沙龙里，无休止地谈论着生意和政治。很多都抽用细细的纸管卷着的烟草，他们把它叫做香烟，是埃及士兵开始兴起的，迅速传遍了欧洲大陆。晚餐时，他们谈论着安娜贝尔闻所未闻的事情，显然报纸上也从未报道过。

安娜贝尔发现丈夫说话时，其他男人都很重视他的观点，会就很多事情征求他的意见。也许西蒙在英国贵族圈里无足轻重，但他显然在那个圈子之外很有影响力。她现在明白为什么韦斯特克里夫勋爵会对他那么尊重。事实上，西蒙本身就是一个强大有力的男人。看到别人对他的敬重，也注意到其他女人对他卖弄风情，安娜贝尔开始对她丈夫另眼相看。她甚至开始对他产生了一丝占有欲——对西蒙！——而且发现自己开始吃醋，在晚餐时坐在他身边的女人设法吸引他的注意，或是当某位女士调情似的宣称西蒙必须陪她跳一曲华尔兹的时候。

在他们参加的第一场舞会上，安娜贝尔和几位高雅时髦的年轻贵妇一起站在前厅，其中一位是美国军火商的妻子，另外两位是法国女人，丈夫都是画商。安娜贝尔尴尬地回答着她们关于西蒙的问题，不得不无奈地承认自己对丈夫仍所知甚少。话题终于转到跳舞上面，安娜贝尔不由得松了口气。西蒙穿着一身无懈可击的黑色晚装，和微笑着红着脸的女人们打了个招呼，转向安娜贝尔。他们对视着，这时舞厅里传来一首动人的曲子。

安娜贝尔认得这旋律……是伦敦很流行的一首华尔兹舞曲，那么甜美醉人，壁花们曾一致认为听这支曲子时只能坐在一边实在是一种折磨。

西蒙伸出手臂，安娜贝尔接受了，不禁想起过去她曾无数次拒绝与他共舞。想到西蒙终于得偿所愿，安娜贝尔笑了。“你总是能得到自己想要的吗？”她问。

“有时候花的时间过长。”他说。他们走进舞池，他把手搭在安娜贝尔的腰上，引她来到旋转着的舞者中间。

她感到一阵头晕目眩的紧张，仿佛他们要一起做的事远非跳舞这么简单。“这是我钟爱的华尔兹。”她告诉他，走进他的怀抱。

“我知道，所以才会请你跳。”

“你怎么知道的？”她难以置信地笑着问，“大概是鲍曼姐妹告诉你的？”

西蒙摇摇头，戴着手套的手指握住她的，“他们演奏这支曲子的时候，我不止一次地注意过你的脸。你总是一副恨不能从椅子里飞出去的样子。”

安娜贝尔吃惊地张着嘴，好奇地抬头凝视着他。他怎么会注意到这么细微的事情？一直以来她总是对他不屑一顾，而他却注意到她对一支曲子的反应并牢记在心。意识到这点，她感到眼泪涌入眼眶，她迅速转过头看向别处，努力克制着汹涌的感情。

西蒙把她拉入舞动的人群里，他的臂膀坚强有力，扶在她背上的坚定的手带给她力量和方向。跟随他是那么容易，让身体放松，跟随着他的节奏，裙摆扫过发亮的地板，轻拂着他的腿。醉人的旋律似乎渗透了她全身上下，消融了她喉间的疼痛，令她充满无限喜悦。

与此同时，西蒙将安娜贝尔引入舞池时体会到的则是胜利的感觉。终于，经过两年漫长的追求，他总算能和她一起共舞了。更令人满意的是，一曲终了，安娜贝尔仍将是他的……他可以把她带回酒店，褪去她的衣服，与她温存直到天明。

臂弯里她的身体非常柔顺，带着手套的手轻轻搭在他肩上。很少有女人能这么轻松流畅地跟随他的舞步，好像她早就知道他会把她带到哪个方向，甚至比他知道得还要早。他俩的身体那么合拍，迅速地在房间里旋转着，像是一只飞鸟。

西蒙对熟人们遇见他的新娘时的反应毫不惊讶——那些祝福的话语以及觊觎的目光，还有几个男人窃窃私语，声称并不羡慕他得负担如此美貌的妻子。最近安娜贝尔愈发动人了，经过一段高枕无忧的日子，她脸上不再有担心紧张的痕迹。她在床上充满爱意，甚至欢快嬉戏——前一晚她像头顽皮的海豹一样爬在他身上吻着他的胸和肩膀。他没料到她会这样，过去他认识的美女无一例外都是冷淡地躺在下面等着被人崇拜。相反，安娜贝尔挑逗他，拥抱他，直到他承受不住，翻到她身上，她会在下面咯咯笑着抗议说她跟他还没完。“我会搞定你。”他假装威胁地咆哮着，直到她发出欢愉的呻吟。

西蒙并不幻想他俩的关系会一直如此和谐——他们个性都太独立好强，冲突肯定是不可避免的。安娜贝尔放弃了嫁给贵族的机会，也就对那种一直梦寐以求的生活关上了门，而必须适应一种迥异的生活。除了韦斯特克里夫和另外两三位出身良好的朋友,西蒙与贵族社会接触极少。他的世界主要是由像他那样的专业人士构成的,不修边幅、愉快地努力赚钱。这群工业家和安娜贝尔熟知的那个有教养的阶层毫无相同之处。他们说话太大声,交往太频繁,时间太久,对传统或礼貌毫无敬意。西蒙不太确定安娜贝尔能否适应这些人,但她看来勇于尝试。她不会明白他对她的努力有多么感激。

他很清楚,两天前的那晚她忍受的那一幕本会让其他未经风雨的年轻姑娘窘迫掉泪,然而安娜贝尔处理得颇为得体。他们参加的是一位富有的法国建筑师和他妻子举办的社交宴会。来宾众多,开怀畅饮之后场面变得混乱,气氛有些失控。西蒙才离开桌子和男主人交谈了几分钟,回来就发现安娜贝尔已经被两位正在抽牌决定谁能优先用她的鞋子喝香槟的男士缠住了,神色紧张。

尽管这游戏纯粹是为了好玩,但两位争宠的男士显然从令她难堪中得到不少乐趣。对那些容易腻味的人来说,再没什么比挑衅别人的面子更好玩的乐子了,尤其是在受害者显然还是个天真无邪的姑娘时。尽管安娜贝尔努力淡然处之,这个无礼的游戏还是令她难堪,她已经完全是强作欢颜。她从位子上站起来,迅速环视了房间一周寻找救星。

西蒙脸上挂着无所谓的社交表情走到桌前,手安慰地扶在安娜贝尔僵硬的背上,拇指轻抚着她裸露的脊背。他感觉她稍微放松了些,抬头看他时脸上慌乱的红晕也减退了。“他们在为谁能用我的鞋子喝粉色香槟而争吵。”她喘着气告诉他,“我没有让他们这么做,我不知道怎么——"

"哦,这问题很容易解决。"西蒙平静地插嘴说道。他很清楚人们正朝这边聚拢,非常好奇他会不会对两个男人的鲁莽举动大发雷霆。他温柔而坚定地把安娜贝尔按回椅子里。"坐,亲爱的。"

"可我不想——"她不安地开口,却见西蒙在她面前蹲下来,不由惊讶地倒吸了口气。他把手伸进她的裙摆下面,脱掉了她绣着珠子的绸面拖鞋。"西蒙!"她震惊地睁大了眼睛。

西蒙站起身,动作潇洒地把鞋子一人一只递给两位男士。"鞋子你们可以要,先生们——只要你们都知道里面的东西属于我。"他抱起赤脚的妻子,离开了房间,围观者报以欢笑和掌声。出去时他们正好碰上被派去拿香槟回来的侍者。"这个我们要了。"西蒙告诉目瞪口呆的侍者,后者把沉甸甸的冰镇过的酒瓶递给了安娜贝尔。

西蒙把安娜贝尔抱上了马车,她一手抓着香槟,一手搂着他脖子。"看来你要让我为你的鞋子破费不少。"他告诉她。

她眼里开始有微笑闪烁。"我酒店里还有很多鞋子。"她欢快地告诉他,"你打算用它们来喝香槟吗?"

"不,我的爱人。我打算用你来喝。"

她吃惊地瞄了他一眼,恍然大悟后把脸埋入他的肩膀,耳朵绯红。

回忆着这段插曲,还有之后的快乐时光,西蒙低头看着臂弯里的女人。八盏枝形吊灯的闪烁烛光映在她眼眸里,跳动着火花,令蓝色的瞳孔看来像是星光熠熠的夏夜。她也凝视着他,以从未有过的浓烈眼神，好像她在渴望什么永远不可能得到的东西。这神情令他不安，他感到自己强烈地想要竭尽全力满足她。那一刻，无论她问他要什么，他都会毫不犹豫地给她。

对在场的所有其他夫妇来说，他们无疑是危险的一对，因为在他俩眼里，屋子已经变得模糊不清，西蒙已经丝毫不在乎他俩是朝哪个方向舞动。他们这样跳着，直到有人不客气地评论说夫妇俩在舞会上表现得这么不管不顾可实在不雅，说他们蜜月后不久就会彼此厌倦。西蒙对此一笑置之，低头在安娜贝尔耳边说："你现在后悔以前从不和我跳舞了吧？"

"不，"她低声回道，"如果我不那么有挑战性的话，你会失去兴趣的。"

西蒙低低地笑了一声，抱住她的腰带她来到房间一侧。"这永远也不会发生。你的一言一行我全都感兴趣。"

"真的吗？"她怀疑地说，"那么韦斯特克里夫声称我浅薄自私呢？"

她面对着他，西蒙一手撑在墙上保护地靠近她，声音非常温柔，"他不了解你。"

"那你了解？"

"是的，我了解你。"他伸出手指拨弄着粘在她颈边的一缕湿漉漉的头发，"你很小心地保护自己。你不喜欢依靠任何人。你坚定有主见，而且坚持己见。固执就不用说了。不过你绝不自私。而且任何人有你的智力绝对不可能被称作浅薄。"他的手指跑到她耳朵后面的发丝里，眼里闪现出戏谑的神情，加了一句，"而且可喜的是，你非常容易被诱惑。"

安娜贝尔气愤地笑了一声，举起拳头作势要捶他，“只是对你才如此。”

他呵呵笑着，大手抓住她的拳头，吻着她的指关节。“现在你嫁给了我，韦斯特克里夫当然再也不会说一句反对的话了。如果他那样的话，我想也不用想就会结束我们的友谊。”

“噢，我可不希望那样，我……”她突然好笑地看着他，“你会为我那么做？”

西蒙的手指捋着她棕色秀发里面的一丝金发。“我会为你做任何事。”这句誓言是肺腑之言。西蒙不是那种言而无信的男人。安娜贝尔把自己托付给了他，作为回报，她将得到他明确无误的忠诚和支持。

不知何故，安娜贝尔沉默了很久，西蒙以为她累了。可他们回到“巴黎之心”的房间时，她以全新的热情把自己给了他，努力用身体表达她无法言明的心声。

第二十二章

一如他承诺的那样，西蒙是位慷慨的丈夫，为一大堆法国制作即将寄往伦敦的衣服和饰品买了单。一天下午他带安娜贝尔进了一间珠宝店，让她随便挑自己喜欢的。对着黑丝绒上陈列着的一颗颗钻石、蓝宝石和翡翠，她只能无助地摇摇头。多年来一直穿戴着人造宝石和穿了又穿的旧衣服，节俭的习惯一时很难改变。

"没有你喜欢的吗？"西蒙催促道，拿起一根白钻和黄钻串成花枝形状的项链。他把它放在她光溜溜的脖子上，欣赏着钻石在她细致的肌肤上的闪光，"这条怎样？"

"还有相配的耳环，夫人。"珠宝商急切地说，"还有一个手镯很配这款项链。"

"很漂亮。"安娜贝尔回答，"只是……嗯，随随便便走进一家商店像买罐糖果一样买条项链实在太古怪了。"

西蒙对她的怯意稍稍有些迷惑，认真地注视着她，店主很有策略地退到了店堂后面。西蒙把项链轻轻放回丝绒垫上，握住安娜贝尔的手。他的拇指轻抚着她的手背,"怎么了,亲爱的?如果这家店的东西不合你的口味,还有其他珠宝店——"

"噢,不是这样!我想我是太习惯于不买东西了,现在能买了反而很难适应。"

"我非常希望你能克服这个问题。"西蒙假装一本正经地说,"与此同时,我已经看够了你的假珠宝。如果你自己不能挑些什么的话,那么请允许我来。"他动手选了两对钻石耳环、那条花形项链、一个手镯、两条长长的珍珠链和一枚五克拉的梨形钻戒。安娜贝尔被他的大手大脚吓坏了,半推半就地抗议了几声,结果西蒙笑着告诉她,她越反对他就会买得越多。她马上闭了嘴,睁大眼睛看着那些首饰在付过钱后被放在一个丝绒衬垫的红木盒子里,顶上有个小把手。除了那枚戒指,西蒙在她手指上套了一下,觉得太松了,还给了店主。

"那我的戒指呢?"他们离开店后安娜贝尔两手捧着红木盒子问道,"我们就把它留在那儿吗?"

西蒙觉得很有趣,耸起眉毛看看她,"他会改好尺寸送到酒店。"

"可要是弄丢了呢?"

"你的反对到哪里去了?在店里面你显得好像根本不想要它。"

"是的,可现在它是我的了。"她焦急地说,引得他哈哈大笑。

当晚戒指就安全地送到了酒店,装在一个丝绒衬垫的小盒子里。她这才松了口气。西蒙给送戒指来的人一枚硬币时,安娜贝尔已经急冲冲地从浴室里出来擦干身子换上了干净的白睡袍。西蒙关上门，转身发现妻子已经一脸期待地站在他身后，像是圣诞节早上的小孩一样。他不禁对她的表情微笑起来，发现她扮演淑女的努力在激动之下很快就不见了。他从盒子里取出闪闪发光的戒指，拿起安娜贝尔的手，套在她的无名指上，刚好衬着结婚那天他给她的那枚素金指环。

他俩一起欣赏着她手上的钻戒，直到安娜贝尔欣喜地叫了一声搂住了他。他还没来得及反应，她已经松开他光着脚欢快地跳起了舞。“太可爱了——看它有多闪亮！西蒙，别走——我知道自己肯定显得拜金之极。没关系，我就是这么物质，可以让你知道。噢，我真是喜欢这枚戒指！”

西蒙享受着她的激动，抱住了她的细腰。“我没打算走开，”他说道，“这正是我收获你感激果实的大好时机。”

安娜贝尔热切地把他的头往下一拉，拼命吻着他的嘴唇。“你完全可以。”她又狠狠地吻了他一下，“现在。”

他对她的全身攻击笑个不停。“毫无疑问，我应该说看到你高兴已经是足够的回报了。可另一方面，如果你坚持的话——”

“是的！我非常坚持！”安娜贝尔从他身边大步走开，来到床前往上爬，夸张地仰天倒在床上，摆出一个大字。西蒙随她进了房间，为她滑稽夸张的动作着迷不已。这是他从未见过的安娜贝尔，古灵精怪，善变诱人。他走上前去，她扬起头催促道：“我全是你的了。赶快收获你的成果吧。”

他灵巧地脱去夹克和领结，迫不及待地服从命令。安娜贝尔坐起身看着他。薄薄的睡衣下她的腿仍然张着，头发丝绸一般散落在肩上。“西蒙……你要知道没有这戒指我也会和你上床的。”

“你真是太好了。”他一本正经地说着，一边脱掉了长裤，“每个丈夫都喜欢听到自己不单是具有经济价值。”

她的眼光扫过他单薄的身体。“在你所有的优点里面，西蒙，经济上的优势很可能是最小的一个。”

“可能?”西蒙走向床边，举起她的一只裸足，嘴唇贴上她柔嫩的足底，“你的意思不是‘肯定’?”

她躺了下去，被他的舌头舔得直喘气，睡衣的下摆也滑到了大腿根部。“噢……是的，肯定。非常肯定……”

她浴后的身体湿润甜美，弥漫着肥皂的香味和玫瑰精油的醉人气息。她粉色的芬芳肌肤令西蒙兴奋，他又吻又啃，从脚踝直到膝盖。一开始安娜贝尔被他舔得咯咯笑着直打滚，等他继而吻上另一条腿时，她安静下来，呼吸变得缓慢深沉。他跪在她张开的大腿间，把睡衣往上撩，亲吻着裸露出来的每寸肌肤。他沉醉于她肌肤丝绒般的触感，吻着她的腰、她的每根肋骨、再往上到她心脏怦怦作响的胸部。

安娜贝尔发出一声祈求，抓住他的手。西蒙不出声地笑了，反捉住她的手腕，把双手在她头上按住，吻着她的嘴。他察觉到她不能动弹的惊讶，和接下来的反应:她闭上眼，吹拂在他脸上的呼吸节奏变快了。他继续一手抓住她手腕，一手滑到她身上。兴奋的他自己也变得坚硬滚烫，肌肉紧绷着，身体几乎要蜷曲起来。在他所有做爱的经验里面，从未如此热切投入，与外界的所有联系完全中断了，只剩下他和安娜贝尔……她的愉悦令他喜悦……她颤抖的回应令他欲火燃烧。她的嘴在他嘴下张开，欢迎着他。他的吻越来越强烈深入,令她呻吟。她的身体波浪般起伏着,而她被囚禁的手腕也在他掌下扭动着。每一次扭动都是急需满足的欲望,他周身充满原始的饥渴。她语无伦次地祈求着:“西蒙,求你了……求你了,我需要你……”

蜜月最糟糕的时候是一天早上,安娜贝尔兴高采烈地告诉西蒙说,她觉得那句老话是对的——婚姻是友谊的最高境界。她本想让他高兴,可西蒙的反应却敌意得令她迷惑。西蒙知道这句话出自塞缪尔·理查逊,他简短地说他希望她的文学品味能有所提高,免得他老得听到小说里盗来的低劣哲理。安娜贝尔大为受伤,冷冷地一言不发,她不明白为什么她的话会如此激怒他。

西蒙整个上午都没露面,下午很晚才回来,发现安娜贝尔在酒店沙龙里和几个中年妇女玩牌。他走到她背后,手搭在她肩上。她隔着丝裙感到他的触摸,感觉那么微妙。安娜贝尔很想延长她受伤的怨忿,闪过把他的手甩开的念头。然而她告诉自己表现得宽容一些不会损失什么。安娜贝尔堆起一个微笑,抬头看看他。“下午好,亨特先生。”她低声说道,像大部分夫妇在公共场合那样互相正式称呼,“希望你在外面玩得愉快。”她顽皮地把手里的牌给他看,“看看我的牌。你有什么好建议吗?”

西蒙的手滑下椅背,低头在她耳边低语。“是的——赶快结束你的游戏。”

安娜贝尔感到其他几位女伴充满兴趣的眼神,努力保持脸部的平静,尽管她觉得脖子开始发热。“为什么?”她问,而他的嘴还在她耳边。

“因为我五分钟里就要和你做爱。”他低声回答，“不管那时我们在哪里……这里……我们的房间里……或者楼梯上。所以如果你喜欢隐秘一些的话，我建议你尽快把牌输了。”

他不会的，安娜贝尔想着，心跳紧张地加快了。然而她一转念想到，她了解西蒙，这不是没有可能的……

安娜贝尔一边想着，一边手指发抖地打出一张牌。下家出牌的时间长得折磨人，而再下面那位则和自己刚来到桌边的丈夫说笑了几句才出牌。安娜贝尔感到汗珠开始在自己的胸前和眉间聚集，她考虑着退出游戏的方法。理性的声音要她平静，她想到不管西蒙有多大胆，他也不会真的在酒店的楼梯上强暴妻子。然而，西蒙随意地看看表，理性的声音就突然消失了。

“你还有三分钟。”耳边传来他的低语。

安娜贝尔在心慌意乱时却感到自己腿间可耻地一阵颤栗，她的身体完全熟悉他声音里的暧昧含义。她两腿紧紧并拢，尽力平静地等着轮到她出牌，而她的心跳已经变得狂乱。其他几位牌友懒洋洋地聊着天，扇着扇子，叫侍者去再拿一壶冰柠檬汁。总算轮到安娜贝尔了，她扔出最大的牌，接着又抽出一张。看到新打出的牌无足轻重，她如释重负，把剩下的牌都扔了下来。“恐怕我输了。”她说道，努力不让自己听起来气喘吁吁的，“玩得真开心——谢谢各位，我得走了——”

“再玩一轮吧。”其中一位女士催促道，另外几个也发出恳求。

“是啊，玩吧！”

“至少喝杯酒等我们把这轮玩完。”

“谢谢,可是——”安娜贝尔站着,感到西蒙的手在她背上的分量,轻轻喘了口气。衣服下她的乳头坚挺起来。“我昨晚舞跳得筋疲力尽,”她编了个借口,“今晚去戏院前一定得休息一下。”

随着几声再见和几个心照不宣的眼神,安娜贝尔设法体面地离开了沙龙。他们走到通往楼上的旋转楼梯口,安娜贝尔松了一口气,责备地看了丈夫一眼。“如果你想要让我难堪,你成功了——你在干什么?”肩膀处她的裙子变松了,她惊讶地发现他已经解开了她几粒钮扣。“西蒙,”她带着愤怒的嘶声叫道,“你敢!不,住手!”她赶忙从他身边走开,可他轻松地跟上了她。

“你还有一分钟。”

“别傻了,”她简单地说,“我们一分钟到不了房间,你不会——”她发现他又在解另一粒扣子,尖叫一声停住了,转身去打他放肆的手。他俩对视着,她难以置信地发现他的威胁完全是当真的,“西蒙,不要。”

“要。”他的眼里充满老虎一般的顽皮神情,他脸上的表情则是她现在已经非常熟悉的那种。

拉起裙子,安娜贝尔转身奔上楼梯,惊慌失措地笑着喘着气。“你真是不可理喻!离我远点。你——噢,如果这样被别人看到,我永远也不会原谅你的!”

西蒙看来不急不忙地跟着她——是啊,他可没有一大堆裙子和束身内衣阻挡他。她跑到最上一层楼梯,转过弯,一级级的楼梯爬得她膝盖发痛。她的裙子笨重无比,她的肺快要炸开了。噢,见他的鬼,他怎么可以这样对她——也见自己的鬼,她还在上气不接下气地咯咯傻笑着。

“三十秒。”她听到身后的声音，呼吸困难地爬完了第二层楼梯。离房间还有三条长长的走廊——时间根本不够。紧抓着裙子松垮的前摆，她上下打量着前面的走廊。她冲到能找到的第一扇门前，是一间狭小漆黑的储藏室，散发着浓浓的浆过的亚麻织品的味道，借着走廊的灯光可以看到架子上整齐地码着床单和毛巾。

“继续走啊。”西蒙低声说道，把她挤进了房间，关上门。

安娜贝尔陷入一片漆黑。她还在不停地笑着，徒劳地躲闪着向她伸来的手。她丈夫的手臂好像突然长得比八爪鱼还多，他速度惊人地脱着她的衣服，快得她根本来不及防备。“要是你把我们反锁在这里了怎么办?”她问，她的裙子掉在了地板上。

“我会把门砸开的。”他答道，解着她内衣的带子，“待会儿。”

“要是哪个女仆发现我们，我们会被扔出酒店的。”

“相信我，女仆们见过比这更糟的。”她的裙子被西蒙踩在脚下，他把她的内衣也松开散落到脚踝。

她半推半就地反对了几下，她被他吻得张开了嘴，急切地回应着他粗糙的爱抚的唇。他们紧紧交缠着，身体颤抖着、熔化了一般，每一个吻都是一次探索的入侵，令她愈发兴奋。她的紧身胸衣太紧了，可是这束缚带来意料之外的喜悦，她的欲望几近疯狂时，手指拼命抓着他的衣服。他们吸入的空气满是熨烫过的干净床单的味道，他们缠绕的肢体绷得那么紧，像是要留住两人之间的绝妙感觉。

“见鬼。”几分钟后西蒙终于能喘气时咕哝道。

“什么?”安娜贝尔轻声问,她的头重重地靠在他的胸前。

“我以后这辈子闻到粉浆的味道都会兴奋。”

“那是你的问题。”她慵懒地微笑着回答。

“也是你的。”他告诉她,紧接着他的唇在黑暗中找到了她的唇。

第二十三章

西蒙与安娜贝尔回英国后不久，就无可避免地要面对两家之间再平常不过的交往。西蒙的母亲伯莎要求他们去共进晚餐好互相熟悉，因为在婚礼之前他们都没来得及互相认识。尽管西蒙已经提醒过安娜贝尔会发生什么，她也已经事先让他的母亲和兄弟做好准备，她还是怀疑这次见面的结局最理想也是好坏参半。

还好杰里米对拥有西蒙·亨特这位姐夫挺满意。过去几个月里他长得又高又瘦，在家里的客厅拥抱安娜贝尔时已经高出她一头。他金褐色的头发因为经常在外面跑动颜色浅了很多，被太阳晒黑的脸上，明亮的蓝眼睛在微笑。"我读到妈妈的信说你要嫁给西蒙·亨特时真不敢相信自己的眼睛。"他告诉她，"这两年里你说了那么多他的话——"

"杰里米，"安娜贝尔呵斥道，"你敢把我说过的话说出来！"

杰里米笑着一手搂着她，一手伸向西蒙。"恭喜你，先生。"他们握手时，他继续恶作剧地说："事实上，我一点也不吃惊。我姐姐老是不断地抱怨你，我就知道她肯定对你很有感觉。”

西蒙温暖的目光落在他一脸气恼的妻子身上。“我想像不出她有什么可抱怨的。”他和蔼地说。

“我相信她说——”杰里米开口道，安娜贝尔用胳膊肘顶了他一下，他夸张地龇牙咧嘴了一番。“好吧，我收声了。”他说道，防备地举起双手笑着从她身边走开，“我不过是和我的新姐夫礼貌地寒暄一下。”

“‘礼貌的寒暄’可以交谈天气，或者互相问候健康。”安娜贝尔告诉他，“而不是把自己的姐姐私下说过的可能令人尴尬的话抖出来。”

西蒙一手搂住安娜贝尔的腰，让她靠在自己胸前，低头对她耳语：“我很清楚你说了些什么。毕竟，你当着我的面都已经说过了。”

听出他语气里的诙谐，安娜贝尔安心地靠着他。

杰里米从没见过姐姐和一个男人这么融洽，对她的改变报以微笑。“我得说结婚看来挺适合你，安娜贝尔。”

这时菲莉帕走进了房间，欢叫一声奔向女儿。“亲爱的，我太想你了！”她紧紧拥抱着女儿，然后笑容可掬地转向西蒙，“亲爱的亨特先生，欢迎回家。在巴黎玩得开心吗？”

“非常愉快。”西蒙和颜悦色地答道，低头吻了吻她仰起的脸颊。他没看着安娜贝尔，又加了一句，“我特别喜欢那里的香槟。”

“哦，当然，”菲莉帕答说，“我想大家都会……安娜贝尔亲爱的，你在干什么？”

"只是把窗户打开，"安娜贝尔压着声音说道，西蒙的话已经让她的脸变成腌甜菜的颜色，她记起那晚西蒙对一杯香槟极富创意使用，"这里太热了——都这节气了怎么还关着窗？"她一直背对着他们，费力地弄着窗锁，直到杰里米过来帮忙。

西蒙和菲莉帕交谈着，杰里米推开窗，朝脸蛋发烫迎风纳凉的安娜贝尔咧嘴笑了。"蜜月肯定非常甜蜜。"他又笑了一下小声说道。

"你可不应该知道这些。"安娜贝尔轻声说。

杰里米感到好笑地哼了一声。"我十四岁了，安娜贝尔，不是四岁。"他把头凑近她，"那么……你为什么嫁给亨特先生？妈妈说是因为他坏了你的名声，不过我知道肯定不止这些。有一点是肯定的——除非你愿意，你是不会允许别人玷污你的名声的。"他眼里的幽默神情消失了，认真地问道："是因为他的钱吗？我看了家里的账本——显然家里已经穷得叮当响了。"

"不全是因为钱。"安娜贝尔对弟弟一向言无不尽，但要承认真相却是那么困难，哪怕是对她自己。"我在石字庄园生了病，亨特先生对我好得出乎意料。我和他的关系缓和下来后，我发现和他之间有一种……嗯，奇妙的联系……"

"精神上还是身体上？"杰里米从她眼里读出了答案，又露出了笑容，"都有？那很好。告诉我，你们有没有——"

"你们两个在说什么悄悄话呢？"菲莉帕笑着问道，做手势让他们离开窗前。

"我请求我姐姐不要欺负她的新婚丈夫。"杰里米答道，安娜贝尔转起了眼。

“谢谢。”西蒙严肃地对他说，“你可以想像，要忍受这样的妻子需要多大的毅力，不过目前为止，我做到了——”他看见安娜贝尔威胁的眼神，笑着住了嘴，“看来我和你弟弟该到外面去说我们男人的悄悄话，你可以跟你母亲讲讲巴黎。杰里米——你想不想坐我的四轮轻便马车兜一兜？”

她弟弟根本不需要更多的催促，“我去拿帽子和外套——”

“不用戴帽子，”西蒙干脆地建议，“它在你头上一分钟也呆不住。”

“亨特先生，”安娜贝尔在他们身后叫道，“如果我弟弟伤残或发生意外，你就别想吃晚饭了。”

西蒙回头喊了一句什么，两人就从门厅消失了。

“四轮轻便马车太轻太快了，很容易翻车。”菲莉帕担心地皱起眉，“我希望亨特先生是个驾车的老手。”

“他完全胜任。”安娜贝尔安慰地笑着说。“从酒店到这里他驾得那么平稳，我差点以为我们乘坐的是一辆沉重的老式四轮大马车。我向你保证，杰里米再安全不过了。”

接下来的一小时里，两个女人坐在客厅里喝着茶，讨论着过去两个礼拜里发生的所有事情。正如安娜贝尔预料的，菲莉帕没有问起她蜜月的私密部分，克制着不去冒犯夫妇俩的隐私。不过她对安娜贝尔描述的所遇见的诸多外国人和参加的宴会非常感兴趣。那群有钱的实业家是菲莉帕不熟悉的，安娜贝尔努力向她描绘着，她听得津津有味。

“越来越多这样的人来到英国，”菲莉帕评论道，“寻求与他们的财富相匹配的头衔。”

"像鲍曼一家。"安娜贝尔说。

"没错。好像每个季节都有越来越多的美国人潜入——天晓得,现在要找到个贵族已经够难的了。我们当然不需要更多的竞争。要是这场企业狂热能够最终降温,一切回到原来的样子,我会很高兴。"

安娜贝尔遗憾地微笑着,不知道该怎样向母亲解释,根据她自己的所见所闻,工业的扩张才刚刚开始……而且一切再也不可能回到原来的样子。安娜贝尔刚刚开始有所了解:铁路、螺旋桨船和机械化的工厂会影响英国乃至整个世界。西蒙和他的熟人在晚餐时讨论的都是这些话题,而不是上流社会所热衷的狩猎或乡间聚会。

"告诉我,你和亨特先生处得好吗?"菲莉帕问,"看起来是这样。"

"噢,是的。尽管我得说亨特先生和你我以前认识的男人都不一样。我们习惯的那种绅士……他的想法和他们不同。他……他是一个进步的……"

"噢,上帝,"菲莉帕语气稍带厌恶地说,"你是指政治上?"

"不……"安娜贝尔沉吟着,意识到自己甚至不知道丈夫倾向于哪个政党,于是做了个鬼脸,"事实上,听了他的一些观点,我不怀疑他是支持辉格党的,甚至是自由党——"

"天哪。也许什么时候你可以说服他转变方向。"

安娜贝尔笑了起来。"我很怀疑。不过这并不重要,因为……妈妈,实际上我开始相信,某一天这些企业家和商业家的观点会比贵族的更有分量。单是他们的经济影响——"

“安娜贝尔，”菲莉帕柔声打断了她，“我想你希望支持自己的丈夫是件好事。不过生意人是永远不会像贵族那样有影响力的。在英国，肯定不会。”

她俩的谈话突然被打断了，杰里米冲进客厅，头发凌乱，眼神兴奋。

“杰里米？”安娜贝尔焦急地叫道，跳了起来，“出了什么事？亨特先生在哪？”

“绕着广场遛马让它们平静下来。”他摇摇头，气喘吁吁地说：“这男人是个疯子。我们至少有三次差点翻车，差点撞死半打人，我被颠得下半身青一块紫一块。只要我还能喘气，我肯定已经开始祈祷了，那会儿我们显然就快送命了。亨特的马是我见过脾气最暴烈的，他诅咒的话那么粗鲁，只要说上一句就足以让我被学校永久开除——”

“杰里米，”安娜贝尔抱歉地开口说，难以相信西蒙会如此对待她弟弟，“我很——”

“毫无疑问这是我有生以来最棒的一个下午！”杰里米兴高采烈地继续说道：“我请求亨特明天再带我出去，他说他有时间的话就行——噢，他真是了不起，安娜贝尔！我要去喝点水——我的嗓门里积了半英寸的灰。”他带着少年的兴奋冲了出去，他母亲和姐姐盯着他，目瞪口呆。

晚上，西蒙带安娜贝尔、杰里米和他们的母亲来到肉铺楼上的住所，他父母仍住在那里。共有三间房间，狭窄的楼梯通向三楼的阁楼。屋子不大但布局合理。尽管如此，安娜贝尔还是能读懂她母亲脸上的疑惑和不赞成，因为菲莉帕不理解为什么亨特一家不住到漂亮的联体别墅或排屋里去。安娜贝尔越是向她解释亨特一家对自己的职业不以为耻,也不想避开劳动阶层这一低等身份,菲莉帕就越糊涂。安娜贝尔怀疑母亲是故意装糊涂,生气地再也不想和她讨论西蒙的家庭了,并偷偷命令杰里米要菲莉帕别在他们面前说任何看不起人的话。

"我试试看。"杰里米很不肯定地说,"不过你也知道妈妈和与我们不同的人从来处不好。"

安娜贝尔恼火地叹了口气。"上帝,我们要和与我们毫无相同之处的人共处一个晚上。我们也许会学到些什么。或者更糟,我们可能还要享受……噢,这耻辱!"

她弟弟露出好奇的微笑。"别对她这么苛刻,安娜贝尔。不久之前你对下层社会还抱有同样的轻蔑。"

"我没有!我……"安娜贝尔满脸怒容地停住了,又叹了口气,"你说得对,我有。不过现在我看不出来为什么。工作没什么可耻的,不是吗?当然要比无所事事值得敬佩。"

杰里米继续微笑着。"你变了。"他只说了一句。安娜贝尔回答时不无遗憾。

"也许这不是坏事。"

现在,他们登上了从肉铺通往亨特家住房的狭窄楼梯,安娜贝尔感觉到西蒙言行之间的微妙收敛,那是他对事态感觉没把握的惟一迹象。显然他很在乎他和她的家人,用杰里米的话说,处得如何。安娜贝尔决心让今晚一切顺利,脸上挂着自信的微笑,哪怕听到了亨特家的吵吵闹闹声也不畏缩……大人的说话声、孩子的尖叫,还有听起来像是家具翻倒的巨响。

“天哪，”菲莉帕叫道，“那听起来像是……像是……”

“打架？”西蒙替她说道，“有可能。在我家，要区分谈话和吵架可不容易。”

走进房间，安娜贝尔努力分辨着眼前的一张张脸庞……西蒙的姐姐莎丽，婚后养了半打孩子，他们正像潘普洛纳公牛一样在房间里到处乱窜……莎丽的丈夫、西蒙的父母和三个弟弟，还有一个叫梅里迪斯的妹妹，她的忧郁安静与周围的混乱格格不入。西蒙曾告诉过安娜贝尔他特别喜欢梅里迪斯，她和其他粗壮的兄弟姐妹都不同，害羞而书卷气。

孩子们都围着西蒙，他的得心应手令人称奇：他轻松地把他们抛起接住，同时还能发现谁新掉了颗牙齿，并给那个流鼻涕的一块手帕。头几分钟的欢迎非常混乱，大家扯着嗓子互相介绍，孩子们前后乱窜，壁炉边的猫被好奇的小狗啃了一口，愤怒地直叫唤。安娜贝尔本以为之后就会安静下来，可事实上，整个晚上都是这么闹哄哄的。她瞥见母亲僵硬的笑容，杰里米的轻松自在，还有又气又好笑的西蒙，他竭力控制乱哄哄的场面却无甚效果。

西蒙的父亲托马斯体格魁梧，有张令人肃然起敬的脸。他偶尔一笑的时候表情会有所缓和，那微笑不如西蒙的迷人，却有安静的吸引力。安娜贝尔就坐在他边上，成功地和他友好地交谈了一句。不幸的是，两位母亲的交流不太顺利。原因倒不是互相讨厌，而是完全无法沟通。她俩的生活、形成并影响各自观点的点滴经验积累都太不一样了。

晚餐是切得厚厚的十分熟的牛排，搭配着布丁和一小丁点儿蔬菜。安娜贝尔想起在法国享受的美食，努力把苦闷的叹息压了下去，奋力消灭着厚厚的肉排。

没多久，梅里迪斯友好的谈话总算让她有事可做，“安娜贝尔，你得多跟我们讲讲巴黎。我和母亲很快就要去欧洲大陆旅行了，这是头一次。”

“太好了，”安娜贝尔叫道，“你们什么时候出发？”

“过一个礼拜，事实上。我们至少要去一个半月，从加来开始，最后到罗马……”

关于旅行的谈话一直持续到晚餐结束，厨房的女仆过来收拾盘子，他们回到客厅用茶点。让孩子们高兴的是，杰里米和他们一起坐在壁炉边的地板上玩跳棒游戏，还帮着管住了小狗。安娜贝尔坐在边上看着他们玩耍，一边和西蒙的姐姐聊天。她没法不注意到西蒙和他母亲的消失，她猜这位母亲有许多问题要问她的长子，关于他仓促的婚姻和婚后的状况。

“噢，糟糕！”杰里米的叫声传来，“小狗对着壁炉撒了泡尿。”

“谁快点去告诉女仆。”莎丽说道，孩子们则冲着调皮的小狗哄笑。

安娜贝尔坐得离门近，马上跳了起来。走到隔壁房间，安娜贝尔发现女仆还在清理餐桌。听说了这个小恶作剧后，女仆马上拿着几块抹布去了客厅。安娜贝尔本来要跟着她出去，但她听到边上的厨房传来说话声，踟蹰了一下。她听见伯莎低低的不赞成的声音。

“……那么她爱你吗，西蒙？”

安娜贝尔呆立原地，全神贯注聆听西蒙的回答。“除此之外，结婚还有很多理由。”

“那么就是说，她不爱你。”伯莎直截了当地评论，“我要说我并不吃惊。像这样的女人从来不——”

“注意点，”西蒙低声说，“你正在谈论我的妻子。”

“她会是你胳膊上的漂亮装饰，”伯莎坚持说道，“当你周旋于上流人士之间时。可如果你没钱她会嫁给你吗？困难的时候她还会呆在你身边吗？要是你能对我介绍给你的姑娘多看一眼就好了。那位莫莉·哈弗洛克，或是佩格·拉切尔小姐……这些结实的好姑娘才是真正可以依靠的伴侣……”

安娜贝尔再也听不下去了。她控制着脸上的表情，悄悄回到了吵闹明亮的客厅。好吧，那就是偷听的结果，她懊恼地告诉自己，不知道伯莎对她的看法会不会比听到的更糟。批评的话语刺痛了她……不过安娜贝尔不得不承认西蒙的家人，或他母亲，没有什么特别的理由去喜欢她。事实上，安娜贝尔意识到她在考虑嫁给西蒙的好处时，从来没想过自己能回报他什么。

她很困惑，想着要不要和西蒙说起自己无意中听到他们谈话这件事，她立刻打消了这念头。讨论这个话题只会使他说些安慰之辞，或是为他母亲道歉，两者都毫无必要。她知道要向西蒙和他家人……甚或是向自己证明自己的价值还有待时日。

夜里，安娜贝尔和西蒙回到拉特利奇，西蒙搂着她的肩，微笑着注视着她。“谢谢。”他说。

“谢什么？”

“谢谢你对我的家人这么友好。”他把她拉近，在她额前吻了一下，“还有你能忽略他们和你的不同。”

被他一夸，安娜贝尔欢喜得脸都红了，突然感觉好多了。“我今晚过得很愉快。”她撒谎说道，西蒙咧嘴笑了。

“你不必那么说。”

“噢，也许有那么一刻，当你父亲谈论动物的内脏时……还有你姐姐说起她宝宝在浴缸里干的好事……不过总的说来，他们非常，非常……”

“吵闹？”西蒙替她说道，眼里突然闪现笑意。

“我本来要说的是‘很好’。”

西蒙的手滑到她背后，替她按摩着肩胛下面紧张的部位。“你扮演平民的妻子这个角色很出色，从各方面来说。”

“没那么糟糕，真的。”安娜贝尔沉吟着。她的手轻轻挑逗地抚摸着他胸前，戏谑地看了他一眼，“我可以忽略很多东西，来回报这……令人印象深刻的……优秀的……”

“银行账户？”

安娜贝尔笑了，手指伸进他的长裤。“不是银行账户。”在他的嘴吻住她的之前，她轻声说道。

第二天，安娜贝尔兴奋无比地和莉莲、黛西重聚，她们的套房和她的在拉特利奇的同一翼。她们尖叫着欢笑着互相拥抱，吵得鲍曼太太不得不派女仆过来让她们安静一些。

“我想见伊薇。”安娜贝尔抱怨着，与黛西手挽手走进客厅，“她过得怎样？”

“两个礼拜前她惹了大麻烦，试图去看她父亲。”黛西叹了口气说，“他的病情恶化了，卧床不起。可伊薇溜出去的时候被抓住了，现在她被弗洛伦斯婶婶和其他亲戚关在家里不能出门。”

“要关多久？”

“说不清楚。”令人泄气的回答。

“噢，这些可恨的人。”安娜贝尔嘀咕着，“真希望我们能把伊薇救出来。”

“那岂不是很好玩吗？”黛西自言自语，立刻陷入了沉思。“我们应该绑架她。我们可以带上梯子，架在她窗下，然后——”

“弗洛伦斯婶婶会放狗咬我们的。”莉莲闷闷地说，“他们养了两条硕大的獒，晚上守在院子里。”

“我们可以扔些掺了药的肉给它们。”黛西反驳道，“等它们睡着的时候——”

“噢，别提你那愚蠢的计划了，”莉莲叫道，“我要听安娜贝尔讲她的蜜月。”

两双深褐色的眼睛充满兴趣地盯着安娜贝尔，毫无少女的害羞。“那么？”莉莲问：“到底是怎样的？像他们说的那么痛苦吗？”

“快说呀，安娜贝尔，”黛西催促道，“记住，我们可保证过什么都要说出来的！”

安娜贝尔咧嘴一笑，自己了解的事对她们还是个谜，这让她颇为高兴。“好吧，有一阵确实不舒服，”她承认，“不过西蒙人很好，而且……很细心……尽管我以前没有经验可以比较，但我想不出来作为情人还有哪个男人能比他更棒。”

“你是指什么？”莉莲问道。

安娜贝尔的脸上出现一抹粉红。她斟酌着语句，试图解释这突然显得无法描述的事情。她当然可以把整个过程详细描述一遍，但那样会破坏这件隐秘之事的温柔动人之处。“两人亲密的程度远远超过你的想像……开始你会尴尬难当，但接着会觉得妙不可言，完全忘记自己的存在，惟一重要的事就是亲近他。”

姐妹俩思考着她的话，沉默了一小会儿。

“要多久?”黛西大胆地问道。

安娜贝尔脸上的红晕更深了。“有时候只要几分钟……有时候要几个小时。”

“几个小时?”两人异口同声地重复道，一副不可思议的样子。

莉莲厌恶地皱皱鼻子。“上帝，听起来太糟糕了。”

安娜贝尔被她的表情逗笑了。“没那么可怕。事实上，这很享受。”

莉莲摇摇头。“我得想个法子让我的丈夫速战速决。有的是比在床上花几个小时做那事好得多的事呢!”

安娜贝尔笑了。“说起那位将来会成为你丈夫的神秘男士……我们应该着手计划下一场战斗了。社交季节要一月份才开始，我们有几个月可以准备。”

“黛西和我需要一位贵族担保人。”莉莲叹了口气，“更别提还有那些礼仪课。不幸的是，安娜贝尔，因为你嫁了个平民，事实上没有什么社交影响力，所以我们和刚开始时一样没有进展。”她赶紧又补充道，“我可不是要说你不好，亲爱的。”

“没关系。”安娜贝尔温和地答道，“不过，西蒙倒有几位贵族朋友——尤其是韦斯特克里夫勋爵。”

“噢，不。”莉莲坚决地说，“我可不想和他扯上什么关系。”

“为什么不?”

莉莲扬起眉，好像为需要解释而觉得奇怪，“因为他是我见过的最难以忍受的男人?”

“可是韦斯特克里夫位高望重。”安娜贝尔哄着她，“而且他是西蒙最好的朋友。我自己也不太喜欢他，可他会是个有用的同盟。他们说韦斯特克里夫的头衔是英格兰最古老的之一。再没有谁的血统比他的更纯正高贵了。”

“而且他很清楚这点。”莉莲阴郁地说，“尽管他满嘴平民主义，谁都能看出来他骨子里为自己是个可以对一帮佣人呼来喝去的贵族而激动。”

“我纳闷韦斯特克里夫为什么现在还没结婚。”黛西沉思着自语，“尽管他有缺陷，可谁都得承认他是个鲸鱼级的抢手货。”

“要是有人用鱼叉叉住他，我会非常激动的。”莉莲喃喃道，其他两个都笑了起来。

夏天最热的几个月里，伦敦的“优秀上流社会”大部分都离开了，尽管如此，城市生活却远非一潭死水。在八月十二日议会休会和狩猎松鸡季节到来之前，有头衔的绅士们还是需要在下午的例会上露个面。绅士们去参加议会或是去俱乐部时，他们的妻子会去逛逛街、拜访朋友或是写写信。晚上他们则一起参加通常通宵达旦的晚宴、社交聚会和舞会。这就是一位贵族的日程表，还有那些被认为从事高贵职业的人士，比如教士、牧师、海军军官或者医生也是如此。

安娜贝尔很快就失望地发现，尽管她的丈夫富有而成功，他的职业却完全算不上高贵。因此，他们有时候会与一些高雅的上流社会的活动无缘，尽管安娜贝尔满心想加入其中。只有某位在经济上受惠于西蒙的贵族或是韦斯特克里夫的好朋友才会邀请西蒙去家里。安娜贝尔以前的贵族女朋友现在也很少来访，尽管她去看她们时从不曾被拒之门外，她们极少会再度对她发出邀请。阶级与社会地位的界限不可逾越。哪怕是那位因丈夫赌博挥霍而家道衰落的子爵夫人，哪怕她住在破烂的屋子里，只有两个仆人可以使唤，似乎也决意要让自己在安娜贝尔面前显得高高在上。毕竟，她丈夫缺点再多也是个贵族，而西蒙·亨特是个令人讨厌的商人。

安娜贝尔被子爵夫人的冷淡招待气坏了，去找莉莲和黛西痛诉她屡屡遭受的冷落怠慢。她俩听着她激动的抱怨，又同情又好笑。“你真该去看看她的客厅！”安娜贝尔说着，在姐妹俩坐着的客厅长沙发前大步来回走着，“所有的东西都又破又烂，上面都是灰，地毯上到处是酒渍，而她还在那边看不起我，为我嫁得低了感到惋惜。低了，她居然这么说，谁都知道她的丈夫是个愚蠢痴呆的酒鬼，每先令都扔在了赌桌上！他可能是个子爵，可他连舔西蒙的靴子都不配，我百般忍耐才没对她这么说。”

“你为什么忍着不说？”莉莲懒懒地问，“要是我，就会把她有多愚蠢势利如实相告。”

“因为和这种人争论毫无用处。”安娜贝尔生气地说，“就算西蒙救了一打溺水的人，他也不会得到那些又老又肥、手指头也不动一下的贵族所得到的尊敬。”

黛西微微扬起眉，"你后悔没有嫁一个贵族吗?"

"不，"安娜贝尔马上回答，突然羞愧地低下头，"不过我想……我想有时候，我会忍不住希望西蒙是个贵族。"

莉莲稍带担忧地看着她，"如果你可以回到从前做出改变，你会选择肯达尔勋爵而不是亨特先生吗?"

"上帝，不。"安娜贝尔叹着气，跌坐在针绣花边凳上，陷在她印着小花的绿色丝裙里，"我不后悔我的选择。可我确实为自己没能参加韦马克家的舞会，或是吉尔布莱斯家的社交聚会，或是任何上流社会的活动而感到遗憾。我和亨特经常参加的是完全不同的人们办的宴会。"

"什么样的人?"

安娜贝尔迟疑着，这时莉莲用诙谐幽默的语气回答道："我猜安娜贝尔指的是往上爬的人。所有那些刚刚致富、带着下层价值观、举止粗鲁的人们。换句话说，我们这样的。"

"不。"安娜贝尔连忙说道，姐妹俩都笑了起来。

"是的，"莉莲柔声说，"你嫁到了我们的世界，亲爱的，你不属于这儿，正如我们不属于贵族圈子，假设我们能找到带头衔的丈夫的话。事实是，我才不想和韦马克家或吉尔布莱斯家混在一起呢，他们全都无聊透顶而且自以为是，让人难以忍受。"

安娜贝尔若有所思地皱着眉看着她，突然开始从一个新的有利的角度看待自己的处境。"我从没考虑过他们是不是无聊，"她小声说，"我总是想要爬到梯子的顶端，却没想过自己会不会喜欢那儿的风景。不过现在这问题已经不重要了，当然。我必须设法适应这种和以前我自以为想要的那种不一样的生活。"她胳膊肘撑着膝盖,两手托腮,懊恼地加了一句:"我被某个尖酸的子爵夫人冷落而不觉得难过的时候,我就成功了。"

具有讽刺意味的是,就在这个礼拜,亨特一家受邀参加哈德卡索勋爵举办的舞会,他欠西蒙的人情,向他请教过怎样打理家庭投资与资产平衡。这是场盛大的活动,宾客如云,尽管安娜贝尔新近下定决心不再在乎是否能参加上流社会的舞会,她还是禁不住心情激动。安娜贝尔穿着一件浅柠檬色的绸缎舞会裙,用黄丝带扎起一缕缕长鬈发,挽着西蒙的手臂步入舞厅。舞厅用洁白的大理石柱子撑起,在八盏枝形吊灯的灯光下熠熠生辉。空气里弥漫着大捧大捧玫瑰和牡丹的香味。安娜贝尔拿起一杯冰镇的香槟,迫不及待地融入了朋友堆里,享受着这优雅宁静的时刻。这些人是她一直理解并且设法模仿的——有教养、举止优雅,具有音乐、艺术和文学修养。这些绅士做梦也不会有在一位女士面前谈论政治或生意的念头,而且他们宁愿被开枪打死也不会提起某样东西的成本,或是公开谈论某人的身价。

她跳了很多舞,和西蒙,也和其他男士。她谈笑风生,巧妙地应对大伙对她的溢美之辞。舞会进行到一半,她发现西蒙在房间一侧站着和朋友交谈,突然有种想过去找他的冲动。她设法摆脱了两个粘人的年轻男子,在柱子投下的阴影里走着。柱子与柱子之间摆放着供客人休息谈天的长沙发和椅子。她经过了一群寡妇……然后是一帮闷闷不乐的壁花,她同情地对她们微笑了一下。然而,当她经过两个女人背后时,无意间听到几句话,不由停下脚步,前面一簇浓密的棕榈叶挡住了她的身影。

"……不知道今晚为什么一定要邀请他们。"其中一个生气地说。安娜贝尔听出来那是她以前的朋友，现在的威尔斯-特拉顿夫人，几分钟前她刚和她轻松愉快地交谈过，"瞧她那得意劲，炫耀着手上的俗气钻石和那位缺乏教养的丈夫，毫无羞耻感！"

"她不会永远得意的。"她的朋友回答，"她好像还没意识到他们只被经济上受惠于他的人家里邀请。或者是韦斯特克里夫的朋友，当然。"

"韦斯特克里夫确实是个有分量的同盟。"威尔斯-特拉顿夫人承认，"不过他的恩惠也仅止于此。事实上，他们应该有自知之明，不要硬挤到不属于他们的地方去。她嫁了个平民，那么她就该和平民们呆在一起。不过我猜想她觉得他们配不上自己……"

安娜贝尔觉得恶心、空虚，悄悄从这对交谈的女人身后退开，朝舞厅的角落走去。我实在应该改掉这个偷听别人说话的习惯，她不无讽刺地想着，记起了那晚听到伯莎·亨特对她的评论。我好像总是听到别人说自己的坏话。

关于她和西蒙的流言并没让她吃惊——令她惊讶的是那女人语气里的恶意。很难推断到底是什么引起那样的憎恶——除了，也许是，妒忌。安娜贝尔找到了一个英俊、阳刚而富有的丈夫，而威尔斯-特拉顿夫人的丈夫至少比她大三十岁，只有一种盆栽植物的魅力。因此威尔斯-特拉顿夫人和她的同伴们会下定决心保护她们拥有的惟一优势……她们的贵族身份。

安娜贝尔记起菲莉帕的话，"生意人永远也不会像贵族那样有影响力……"可在她看来，贵族们害怕像西蒙这样的实业家不断壮大。他们中间很少有人像韦斯特克里夫那样聪明地认识到他们不能只是依靠拥有土地的古老特权来维持势力。安娜贝尔穿过几根柱子，扫视着舞厅里的那群贵族……那么骄傲，一举一动都那么传统……那么决意地无视周围开始变化的世界。她仍然觉得与他们打交道比与西蒙那些粗鲁甚至异想天开的专业人士朋友相处更令她舒服。然而她不再那么渴望敬畏地看待他们。事实上——

她的思绪被向她走来的一位男士打断，他手里拿着两杯冰镇香槟，秃顶、大肚腩，脖子上的肉褶子耷拉在丝绸领结上。安娜贝尔暗中叫苦，认出了他——威尔斯-特拉顿勋爵，那个无比憎恨她的女人的丈夫。从他盯着她胸部的贪婪眼神看来，他不会赞同他妻子将安娜贝尔逐出舞会的想法。

威尔斯-特拉顿对婚外情的嗜好众所周知，一年前他曾试图接近安娜贝尔，强烈地暗示说他很愿意帮她解决经济困难，只要她能陪他。她的拒绝似乎没有熄灭他的兴趣。她结婚的消息也不能。对威尔斯-特拉顿这样的贵族来说，婚姻并不是外遇的不利因素——相反，这是一种鼓励。“千万别惹未婚姑娘”是贵族们的普遍想法……而风流韵事一向是已婚勋爵和贵妇的特权。对这些贵族来说，再没有什么比另一个男人的年轻妻子更有吸引力的了。

“亨特夫人，”威尔斯-特拉顿欢快地说着，递给她一杯香槟，她接了过来，淡淡一笑表示感谢，“您今晚像夏日玫瑰一样迷人。”

“谢谢，勋爵大人。”安娜贝尔矜持地说。

“您这么光彩照人是因为什么呢，我亲爱的？”

"因为我刚刚结了婚，先生。"

威尔斯-特拉顿咯咯笑了起来，"啊，新婚燕尔的日子我记得很清楚。趁现在好好享受吧，因为它稍纵即逝。"

"也许对有些人来说是这样。对其他人来说，它可以延续一生。"

"亲爱的，您真是天真得可爱。"他故作了解地傻笑了一下，眼光又落到她胸前，"不过我不会纠正你浪漫的念头，它们到时自然会消失。"

"我很怀疑。"安娜贝尔说道，他哈哈大笑。

"那么，亨特是位令人满意的丈夫吗？"

"各个方面。"她向他肯定。

"来，我告诉你一些秘密，我们可以找个角落说话。我知道不少。"

"您当然知道不少。"安娜贝尔回答，"不过我不需要知道，勋爵大人。"

"我坚持要和你溜开，就一会儿。"威尔斯-特拉顿的肉手搭在她背上，"你不会傻到要大惊小怪吧，是吗？"

安娜贝尔知道她惟一的自卫方法就是大事化小，她微笑着转身走开，故作漫不经心地抿了口香槟，"我哪儿也不敢和你去，勋爵大人。恐怕我的丈夫非常善妒。"

听到身后传来西蒙的声音，她吓了一跳。"很有道理，恐怕是这样。"尽管他说得很平静，他语气里的严厉却让安娜贝尔担心。她用恳求的眼光静静看着他，求他不要大动干戈。威尔斯-特拉顿确实令人讨厌，但他不会造成问题，西蒙如果对此反应过度，会让大家都很难堪。

“亨特，”这位笨重的贵族恬不知耻地笑着低声说道，“你是个幸运的男人，能拥有这么可爱的奖品。”

“是的，我是。”西蒙的眼神变得恶狠狠的，“如果你胆敢再靠近她——”

“亲爱的，”安娜贝尔带着诙谐的笑打断了他，“我真崇拜你的原始气概。不过我们还是把这留到舞会结束吧。”

西蒙没有回答，怒目瞪着威尔斯-特拉顿，他毫不留情的威胁引起了附近站着的人们的注意。“离我妻子远点。”他轻声说道，对方顿时脸色煞白。

“晚安，勋爵大人。”安娜贝尔说着一口喝完杯里的酒，给了他一个灿烂的假笑，“谢谢您的香槟。”

“很高兴，亨特夫人。”威尔斯-特拉顿不悦地回答，匆匆离开了。

安娜贝尔窘迫得满脸粉红，避开其他客人好奇的目光，离开了舞厅，西蒙紧紧跟在她身后。她来到外面的露台，放下杯子，让微风吹拂她发烫的脸颊。

“他跟你说了什么？”西蒙出现在面前，粗声问道。

“没什么大不了的。”

“他在向你示爱——谁都能看出来。”

“这对他根本无所谓，对其他人也一样。他们就是这样的人——你很清楚这些事情没人当真。对他们来说忠贞只是一种——一种中产阶级的偏见。如果一个男人接近另一个男人的妻子，像威尔斯-特拉顿那样，没有人会在意的——”

"我很在意,被接近的是我的妻子。"

"你这样挑衅的反应会让我们成为笑柄——何况,这显得你对我的忠贞毫无信心。"

"你刚说过你们这种人不相信忠贞。"

"我不是他们这种人。"安娜贝尔厉声说道,发起了脾气,"我嫁给你以后就不是了,不管怎样!我不知道我现在到底算什么——既不是他们那样的,也不是你这样的。"

他的表情没有变化,可她感觉到她刺伤了他。她立刻悔恨不已,叹了口气,揉着前额。"西蒙,我不是说——"

"没关系,"他粗暴地说,"我们进去吧。"

"可我想要解释——"

"你不需要解释。"

"西蒙……"她一脸沮丧地闭上了嘴,被他带回舞厅,她真希望自己能收回刚才那些一时冲动的话。

第二十四章

正如安娜贝尔担心的那样,她在哈德卡索舞会上一时冲动的指责已经在她和丈夫之间造成了一点小小的然而不可否认的隔阂。她很想向他道歉,向他说明自己并不怪他。然而她花了心思告诉他自己从没后悔嫁给他,得到的只是冷冷的回应。西蒙一向乐于和她谈论任何话题,对这件事却避而不谈。她无意中用指责这把匕首刺中了他,而他的反应则显示出他的某种内疚:他使她无缘进入一度梦想的上流社会。

令安娜贝尔欣慰的是,他们的关系很快就回到了以前的样子,他们的相处有趣、富有挑战,甚至可以说是充满爱意。然而,她还是困扰地觉察到一切都完全不同了。有时候西蒙会对她有所戒备,因为现在他俩都清楚她有能力伤害他。他似乎只允许她接近到某种程度,在两人之间保持着最后的关键距离来保护自己。不过在她需要他的时候,他还是会一如既往地给予帮助和支持……一晚,麻烦从天而降时,他证明了这点。

那天西蒙回家特别晚,整天都在联合机车厂工作。一天下来，他浑身散发着煤烟、汽油和金属味回到了拉特利奇，衣服脏乱不堪。

“你这是干嘛去了？”安娜贝尔叫道，对他的模样又吃惊又好笑。

“在铸造厂里走动。”西蒙回答，一进卧室就把西服背心和衬衫脱了下来。

安娜贝尔怀疑地看了他一眼。“你可不止是‘走动’这么简单。衣服上的污渍哪来的？你看上去像是自己在造机车一样。”

“有时候他们需要额外的帮手。”西蒙把衬衫扔在地板上，显露出结实的肌肉。他看起来心情格外好。作为一个健壮的男人，西蒙很喜欢出点力气，尤其是带着点风险的那种。

安娜贝尔皱起眉头，去边上的浴室替他放洗澡水，回来发现他穿着内衣裤，腿上有拳头大小的瘀青，手腕上烫伤了一处，红红的。她焦急地叫了起来：“你受伤了！发生了什么事？”

西蒙似乎对她的焦急和她冲过来的样子有那么一小会儿疑惑。“没什么。”他说，边伸手去搂她的腰。

安娜贝尔推开他的手，跪下来检查他腿上的瘀青。“怎么弄的？”她发问，用指尖轻轻触碰着瘀痕的边缘，“是在铸造厂里弄的，是吗？西蒙·亨特，我要你离那儿远点！到处都是锅炉、吊车、大桶……下一次你很可能会被碾碎或者烫死或者浑身都被打了孔——”

“安娜贝尔……”西蒙的声音里有好笑的意味。他弯腰抓住她的手腕，把她拉起来，“你这样跪在我面前我没法和你说话。这完全不合乎情理。我可以解释——”看见她的表情他停住了，他奇怪地眨着黑色的眼睛,“你很生气,是吗?”

“哪个妻子都会这样,如果她们的老公也像这样回到家里!”

西蒙的手滑到她后颈,轻轻捏着。“你对一个瘀青块和小小的烫伤反应也太强烈了,不是吗?”

安娜贝尔怒气冲冲,“先告诉我发生了什么,然后我会决定怎么反应。”

“四个男人设法用长柄钳子把一个金属盘从熔炉里弄出来。他们要把它放到一个框架里转动、压制。这个金属盘比他们预计的要重,眼看他们要把这见鬼的玩意掉下来了,我就拿起一把钳子过去帮忙了。”

“为什么不让其他工人去做呢?”

“我正好站在熔炉边上。”西蒙耸耸肩,努力轻描淡写,“我们把盘子往下移时我的膝盖撞到了炉子,弄了块瘀青——另一个人的钳子碰到了我的胳膊,烫到了一点。不过没什么大不了的。我一向恢复得很快。”

“噢,就是这样?”她问,“你就是这样穿着衬衫举起几百磅重热得通红的铸铁?——我这么担心真是愚蠢。”

西蒙低下头,嘴唇轻抚着她的脸颊,“你不用替我担心。”

“总要有人担心。”安娜贝尔强烈地感觉到他身体的力量和结实,站得离她那么近。他魁梧的身躯充满力度和男性气概。可西蒙毕竟是血肉之躯,并非刀枪不入。他只是个人,她猛然意识到他的安全对她有多重要。安娜贝尔挣脱他的怀抱,去看浴缸里放的水,一边转过头说:“你闻起来像列火车。”

“还带着个大烟囱。”他答道,跟着她的脚步。

安娜贝尔嘲笑地哼了一声，“如果你想要设法逗笑，就别费心了。我对你很愤怒。”

“为什么？”西蒙轻声说着从后面抱住了她，“因为我受了伤？相信我，你喜欢的所有零件都还中用。”他吻着她脖子的一侧。

安娜贝尔脊背僵硬，拒绝他的拥抱。“就算你一头跳进熔铁的大桶里，我也不会在乎，要是你蠢到不穿防护的衣服就去铸造厂而且——”

“地狱之汤。”西蒙用鼻子轻蹭着她发际的小缕秀发，一只手伸到前面往上滑行摸索她的胸部。

“什么？”安娜贝尔问道，琢磨着他刚才是不是讲了一句新的脏话。

“地狱之汤……他们这么叫熔化的铁。”他的手指绕着她被紧身胸衣托得又高又硬的乳房，打着圈。“老天，你衣服下面穿的是什么东西？”

“我的新胸衣，带钢托的。”这件时髦的衣服是纽约的舶来品，里面带有金属支架，比起传统的胸衣更有支撑力，同时也硬邦邦的。

“我不喜欢。我都感觉不到你的乳房了。”

“你本来就不应该。”安娜贝尔故作耐心地说。他两手都放到她胸前，试探地捏了一把，她转着眼睛，“西蒙……你的洗澡水……”

“到底是哪个白痴发明了紧身胸衣？”他暴躁地问道，放开了她。

“当然是一个英国人。”

“很有可能。”她去关浴室的水阀，他跟着她。

“我的裁缝告诉我说紧身胸衣以前是中世纪奴隶穿的长袍。”

“那你为什么这么喜欢穿奴隶的东西呢？”

“因为每个人都穿，如果我不穿，相比之下我的腰会显得像奶牛的一样。”

“虚荣，你的名字是女人。”他引用了一句名言，把内衣扔在瓷砖地板上垫脚。

“那么我猜男人戴领结是因为戴着无比舒服？”安娜贝尔甜甜地问，看着他钻进浴缸。

“我戴领结是因为如果我不戴，别人会更加觉得我缺乏教养。”这个浴缸显然不是为他这样尺寸的男人设计的，他小心翼翼地坐下去，热水漫到他的腰部，他舒服地嘶了一声。

安娜贝尔走到他身边，手指梳理着他浓密的头发，轻声说道：“他们根本不明白。来——别把胳膊伸到水下面。我帮你洗。”

她给他涂着肥皂泡，愉快地探索着丈夫锻炼有素的身体。她的手缓缓滑过他坚硬的肌肉，有的粗糙起伏，有的平滑细密。西蒙是个感官动物，他丝毫不掩饰他的快感，懒懒地眯缝着眼看着她。他的呼吸加快了，尽管仍然很有节奏，他的肌肉在她指尖的触摸下变得铁一般坚硬。

浴室里一片宁静，只听得到流水声和他俩的呼吸声。安娜贝尔迷迷糊糊地抚摸着他胸前打了肥皂的胸毛，回忆着他在她上面，它在她胸前的感觉。“西蒙。”她低语。

他睁开眼，黑色的眼珠凝视着她。一只大手握住她的手，按在他肌肉饱满的胸前，“嗯？”

“要是你发生了什么事，我……”她停住了，听到门口传来猛烈的敲门声。她的遐思被打断了，“嗯……会是谁呢？”

西蒙脸上现出一丝烦躁，“你叫过什么东西吗？”

安娜贝尔摇摇头，起身拿起一块毛巾擦干手。

“别理它。”

敲门声更执著了，安娜贝尔揶揄地笑了，“看来我们的访客不打算轻易放弃。我想我还是去看看是谁吧。”她走出浴室，轻轻关上门，让西蒙自己洗完澡。

大步走到套房门口，安娜贝尔打开了门。“杰里米！”看到他的表情，她因弟弟突然到来而生的喜悦很快就消失了。他的脸色苍白凝重，嘴紧紧抿着。他没戴帽子没穿外套，头发乱成一团。“杰里米，出了什么事了吗？”她问道，把他迎进屋里。

“你可以这么说。”

看出他眼神里抑制不住的恐慌，她越来越担心地注视着他，“告诉我发生了什么事。”

杰里米一只手扒了扒头发，厚厚的金褐色的发丝都竖了起来。“事情是——”他停住了，一脸惊讶，好像无法相信接下去要说的话。

“事情是怎样的？”安娜贝尔问。

“事情是……我们的母亲刚刚刺伤了一个人。”

安娜贝尔一脸迷惑地看着弟弟。渐渐地她脸上出现了生气的表情。“杰里米，”她严厉地说，“这是你开过最粗俗的玩笑——”

“这不是玩笑！我他妈真希望它是!”

安娜贝尔还是充满怀疑,“她刺的是谁?”

“霍奇汉姆勋爵。爸爸以前的一个朋友——你记得他吗?”

安娜贝尔突然脸色发白,浑身恐惧地一震。“是的。”她听见自己低声说,“我记得他。”

“显然他今晚到家里来了,我那时和朋友出去了——我回家得挺早——我一进门就看见门厅地板上的血迹。”

安娜贝尔轻轻摇着头,努力理解他的话。

“我跟着血迹进了客厅,”杰里米继续说道,“女仆歇斯底里,男仆正在设法清理地毯上的一摊血迹,妈妈像雕像一样站着,一言不发。桌上有把剪刀——她做针线活一直用的那把。据仆人说,霍奇汉姆和妈妈进了客厅,有争吵的声音,接着霍奇汉姆就手捂着胸口摇摇摆摆地出来了。”

安娜贝尔的脑子飞速地转着,思绪一片混乱。她和菲莉帕一直对杰里米隐瞒着真相,霍奇汉姆来访的时候他都在学校。据安娜贝尔所知,杰里米从来不知道霍奇汉姆到家里拜访过。他肯定会难以接受这个事实,如果他发现他的学费有一部分是……不,一定不能让他知道。她以后得设法找到一些解释。现在最重要的是保护菲莉帕。

“霍奇汉姆现在在哪里?”安娜贝尔问,“他伤得严重吗?”

“我不知道。他好像去了后门,他的马车等在那里,他自己的男仆和车夫把他带走了。”杰里米猛摇着头。“我不知道妈妈刺中了他哪里,刺了几下,或是为什么。她不肯说——就是那么看着我好像连自己的名字都记不起来了。”

“她现在在哪儿？别告诉我你就把她一个人留在家了？”

“我让男仆紧紧看着她，不让她——”杰里米停住了，警惕地看看她身后，“你好，亨特先生。很抱歉晚上打扰你，不过我来是因为——”

“是的，我听到了。你的声音传到了隔壁房间。”西蒙站在那里，平静地把干净衬衫的下摆束进长裤，看着杰里米的眼神充满警觉。

安娜贝尔转过身，看见丈夫，她的血都凉了。有时候她会忘记西蒙能变得多可怕，可是眼下，他无情的眼睛和毫无表情的脸让他显得像是个残忍的杀手。

“霍奇汉姆这个时候到家里来是为什么？”杰里米自言自语，年轻的脸焦虑不堪，“妈妈又为什么要接待他？又是什么令她这样发狂？他肯定对她耍了什么诡计。他肯定说了爸爸什么话……或者甚至可能想调戏她，这个肮脏的混蛋。”

杰里米的猜测之后，屋里一阵紧张的寂静，安娜贝尔张开嘴想说什么，西蒙轻轻摇摇头，制止了她。他全神贯注转向杰里米，冷静地说：“杰里米，跑去酒店后面的马厩把我的马车套上马。让他们给我的马上鞍。然后回家把地毯和沾了血迹的衣服拿到机车厂——第一幢楼房。提我的名字，经理不会问你问题。那儿有熔炉——”

“是，”杰里米说道，马上明白过来，“我会把一切烧掉。”

杰里米离开房间后，安娜贝尔转向丈夫，“西蒙，我……我想去我母亲那儿——”

“你可以和杰里米一起去。”

“我不知道该拿霍奇汉姆勋爵怎么办……”

“我会找到他，”西蒙严肃地说，“希望他的伤口很浅。如果他死了，要把这桩事遮掉就难得多了。”

安娜贝尔点点头，咬着嘴唇，说道：“我还以为我们已经解决霍奇汉姆的问题了。我做梦也没想到他还敢骚扰我母亲，在我嫁给你之后。看来什么也无法阻止他。”

他搂住她的肩，用令人吃惊的温柔声音说：“我会阻止他。对此你完全可以放心。”

她担心地皱着眉头看看他。“你打算——”

“我们以后再谈。现在，去拿你的斗篷。”

“是，西蒙。”她低声说着，快步走向她的大衣柜。

安娜贝尔和杰里米来到母亲的屋子，发现菲莉帕坐在楼梯上，紧紧握着一杯烈酒。她看起来那么小，几乎像个孩子，安娜贝尔凝视着母亲低垂的头，心脏扭作一团。“妈妈，”她轻唤着，在她身边坐了下来。她伸过手臂搂住母亲圆润的背。这时，杰里米有条不紊地加入男仆，帮他一起卷起地毯，搬到外面的马车上。在满心忧虑之中，安娜贝尔还是不禁想到，对一个十四岁的男孩来说他表现得非常出色。

菲莉帕抬起了头，魂不附体地凝视着安娜贝尔，“对不起。”

“不，不要——”

“就在我以为一切总算都圆满的时候，霍奇汉姆来了……他说他想继续来拜访我，如果我不同意，他会把事情公诸于众。他说他会毁掉我们所有的人，让我被大家唾弃。我哭着哀求他，他哈哈大笑……于是，他把手放在我身上时，我感觉心里有什么东西崩溃了。我看到边上的剪刀，我忍不住拿了起来，而且……我想杀了他。我希望我杀了他。我不在乎自己会怎样——”

“嘘，妈妈，”安娜贝尔轻声说着搂住她的肩膀，“没人可以责怪你的举动——霍奇汉姆过去是个魔鬼，而——”

“过去是？”菲莉帕麻木地问道，“你是说他死了？”

“我不知道。不过一切都会好的，不管——杰里米和我都在这里，亨特先生不会让你发生任何事的。”

“妈妈，”杰里米叫道，抬着那卷地毯的一头和男仆向后门走去，“你知道剪刀在哪儿吗？”他问得那么随意，好像他只是要用来剪掉包装绳一样。

“在女仆那儿，我想。”菲莉帕回答说，“她在设法把它洗干净。”

“好吧，我会去问她拿的。”他们往前走着，杰里米一边回头说，“看看你的衣服，好吗？只要有一点血迹都不行。”

“好的，亲爱的。”

安娜贝尔听着他们的对话，不禁想着她和她的家人怎么能够这样随意地谈论销毁谋杀证据。想到她曾经在西蒙的家人面前还有一丝优越感……她不禁一阵畏缩。

两个小时后，菲莉帕喝完了酒，安全地上床睡觉；西蒙和杰里米一前一后几乎同时回到家里。他们在门厅简短交谈了几句。安娜贝尔下楼时，看见西蒙迅速地一手拥抱了杰里米一下，又揉揉他本来就已经很乱的头发。这父亲般的举动似乎让杰里米安心不少，脸上出现了疲倦的笑容。安娜贝尔呆呆地站着看着他们两个。

杰里米这么容易就接纳了西蒙真是令人惊讶，安娜贝尔本以为他会反抗西蒙的权威。看到他们之间迅速联结起的纽带，她感觉奇妙，要知道杰里米不是能轻易信任别人的。她现在才想到，对弟弟来说，有一个坚强的人可以依靠，可以为他因为太年轻还无法自己处理的问题提供解决方法，是多大的安慰。门厅的黄色灯光照在西蒙深色的头发上，他抬头看她时，颧骨闪着光泽。

安娜贝尔压下汹涌得令人迷惑的感情，走下楼梯问道："你找到霍奇汉姆了吗？如果这样——"

"是的，我找到了他。"西蒙伸手拿起搭在栏杆上的斗篷披在她肩上，"来，我们回家的路上我会原原本本告诉你。"

安娜贝尔转向弟弟，"杰里米，我们走了你行吗？"

"一切尽在掌握。"他像男人一样自信地说。

西蒙的眼里闪现着笑意，手扶住安娜贝尔的腰。"走吧。"他低声道。

他们一上马车，安娜贝尔就开始不断问西蒙问题，直到他把手放在她嘴上。"如果你能安静一两分钟，我就告诉你。"他说。她点点头，他咧嘴一笑，凑过身子用嘴唇代替了自己的手指。飞快地偷了个吻，他又坐回座位，表情变得严肃。"我在霍奇汉姆家里找到他，他的家庭医生在照看他。还好我及时赶到，他们已经叫了一名警察，正在等他到来。"

"你怎么让仆人放你进去的？"

"我闯了进去，要求马上见霍奇汉姆。那时正一片混乱，没人敢拒绝我。一名男仆带我去了楼上的卧室，医生正在给霍奇汉姆的伤口缝针。”他的脸上一副幽默的表情，“当然，只要顺着那混蛋的尖叫和吼声我也能找到他的房间。”

“太好了，”安娜贝尔极其满意地说，“在我看来，霍奇汉姆勋爵经历再大的痛苦都远远不够。他情况怎样，你出现在他房间里他怎么说？”

西蒙厌恶地翘起一边嘴唇。“伤口在肩上——小伤而已。他说的大部分话还是不必重复了。等他咆哮了几分钟后，我让医生在隔壁等候，我要与霍奇汉姆私下交谈。我告诉他，听说他得了严重的消化疾病感到很抱歉——他听了大惑不解，我就解释说，向他的朋友和家人提起时，把刺伤说成胃疾对他是最有利的。”

“要是他不肯呢？”安娜贝尔微微一笑问道。

“要是他不肯，我明确地说，我会把他变成约克夏郡腌猪腿。要是我听到一句有损你母亲或家人名声的谣言，我都会怪罪于他，我会让他死无全尸，葬礼都不能办得体面。我跟霍奇汉姆说完后，他吓得气都不敢喘。相信我，他再也不敢靠近你母亲了。至于那个医生，我补偿了他的来访，并说服他忘记这个插曲。我本来可以就此离开了，不过我还得等待那个警察。”

“你怎么对警察说的？”

“我告诉他事情搞错了，他根本不需要过来。我让他下班后去棕熊酒馆开怀畅饮，记在我的账上，算他辛苦一趟。”

“感谢上帝。”安娜贝尔如释重负，依偎在他身边。她靠在他肩上叹了口气，“那杰里米呢？我们怎么对他说？”

“他没必要知道真相——这只会伤害他，令他困惑。在我看来，菲莉帕只是对霍奇汉姆的调戏反应过激，一时忘了分寸。”西蒙用拇指抚摸着她的下巴尖，“我有个建议，希望你能认真考虑一下。”

不知道这个“建议”是不是变相的要求，安娜贝尔怀疑地看着他。“哦?”

“我想在一切风平浪静之前，菲莉帕最好和伦敦保持距离——还有霍奇汉姆。”

“多少距离? 她该去哪里?”

“她可以和我母亲和妹妹一起去欧洲大陆旅行。她们还有几天就出发了——”

“这是我听过最糟糕的主意。”安娜贝尔叫道，“我想要她留在这里，这样我和杰里米能够照顾她。其次，我可以保证你母亲和妹妹都不会高兴——”

“我们可以让杰里米一起去。他下学期开学前还有足够的时间，他可以护送她们三个，他会干得很出色。”

“可怜的杰里米……”安娜贝尔想像着他护送三位女士环游欧洲的画面，“我甚至不会希望我最坏的敌人有这样的命运。”

西蒙咧嘴笑了，“他很可能会学到许多关于女人的知识。”

“而且没有一点是令人愉快的。”她反驳道，“为什么你觉得有必要让我母亲离开伦敦呢? 霍奇汉姆勋爵仍然是个威胁吗?”

“不，”他低声说，轻轻抬起她的脸，“我告诉你，他再也不敢靠近菲莉帕了。不过，万一霍奇汉姆还有任何麻烦，我希望处理的时候她能够不在场。何况，杰里米说她看起来不太对劲。可以理解，在这样的环境下。出去几个礼拜会让她好过些的。”

安娜贝尔考虑着他的主意，不得不承认有点道理。菲莉帕已经很久没出去度过假了。如果杰里米和她一起去，也许亨特家人的同行也是可以忍受的。至于菲莉帕的想法……她已经麻木到不能做任何决定了。随便安娜贝尔和杰里米有什么计划，她好像都会赞同。“西蒙……”她慢吞吞地问，“你是在征询我的意见，还是只是告诉我你的决定?”

西蒙的目光揣摩着扫过她的脸。“哪个更容易让你同意呢?”他从她表情里读出了答案，轻轻笑了，“好吧……我是在询问你。”

安娜贝尔顽皮地笑了，又依偎回他的怀抱，“那么如果杰里米同意的话……我也同意。”

第二十五章

安娜贝尔没有问西蒙，伯莎和梅里迪斯·亨特对于多了两位旅伴有何反应，她当然不太想听到答案。重要的是菲莉帕能离开伦敦和一切与霍奇汉姆有关的东西。安娜贝尔希望母亲回来的时候能够振作起来，从容不迫地开始新的生活。这次旅行可能也会让杰里米高兴，他很盼望能亲眼见识在学校学过的陌生国度。

他们动身前一个礼拜，安娜贝尔开始一心为母亲和弟弟打点行李，努力满足六个星期的旅行所需。西蒙对安娜贝尔为他们购置的东西之多公开表示好笑，说别人会以为她家人是要去荒郊野外露营，而不是一路住在客栈和私人小旅店里。

“国外旅行有时候会很不舒服，”安娜贝尔回答，一边忙着把茶叶罐和饼干罐塞进一个皮背包。他们的床边堆着高高的一堆箱子和包裹，她正把各种东西归类放成几堆。其中有从药房买来的各种药物、一对羽绒枕头、额外的床上用品、一箱读物、一堆包装好的食物。她举起一个装着蜜饯的玻璃罐，挑剔地检查着，

“欧陆的食物和这里不一样——”

“是的，”西蒙一本正经地说，“和我们的不一样，大家都知道他们的比较有味道。”

“那里的气候可能比较反常。”

“蓝天和阳光？噢，他们会不惜一切避开的。”

对他的嘲讽，她斜眼看看，“你当然有更好的事情可做，而不是看着我打开盒子。”

“当你在卧室里干这些的时候，我可没更好的事可做了。”

安娜贝尔直起身子，抱起胳膊挑逗而挑衅地看着他，“我恐怕你得控制一下你的冲动，亨特先生。也许你没注意，可蜜月已经结束了。”

“我没发话，蜜月就不会结束。”西蒙告诉她，没等她逃开就伸手抓住她。他不容抗拒地吻住她的唇，把她扔到床上，“也就是说你没希望了。”

安娜贝尔咯咯笑着，在宽大的裙子里乱蹬一气，直到她发现自己被按在床上，压在他身下。“我还有很多行李没打完呢，”她抗议道，他已经在她大腿间躺好了，“西蒙——”

“我有没有跟你提过我能用牙齿解开扣子？”

她又上气不接下气地笑了起来，他的头俯到她胸衣前，她扭动起来，“那不是很实用的技能，不是吗？”

“某些情况下很有用。我示范给你看……”

那天剩下的时间里几乎都没打点什么行李。

然而，安娜贝尔终于还是站在了她家的联排别墅前，看着母亲和弟弟乘坐马车出发前往多佛，他们会在那里和亨特家人会合,一起穿越海峡去加来。

西蒙站在她身边,手安慰地放在她背上,马车转过街角,沿大街向前驶去。她备觉孤单地挥着手,不知道他们没有她该怎么办。

西蒙把她拉进房子,关上门。“这样是最好的。”他肯定地告诉她。

“对他们还是对我们?”

“对所有相关的人。”他微微笑着,让她面对着他,“我估计接下来的几个礼拜会过得很快。同时你也会很忙,亨特夫人。首先,今天上午我们要去见位建筑师讨论我们的造房计划,然后你得在经纪人替我们在梅费尔找到的两块地方里面挑一个。”

安娜贝尔把头靠在他胸前。“感谢上帝,我本来已经开始对能否离开拉特利奇感到绝望了。不是我不喜欢那里,你要知道,只是每个女人都想要一个自己的家,而且……”她停了下来,感觉到他在玩她束起的头发。“西蒙,”她警告他,“别把我的发卡拿下来。要把头发重新盘回去太麻烦了,还有……”她叹了口气,对他皱着眉头,她的头发散了下来,她听到金属发卡掉在地板上的叮当声。

“我忍不住。”他的手指贪婪地穿行在她散开的发辫中间。“你有这么漂亮的头发。”他举起一把丝一样光滑的头发在脸颊上揉着,“这么柔软。闻起来像鲜花一样。你怎么让它这么好闻的?”

“肥皂。”安娜贝尔一本正经地回答,在他胸前偷偷微笑着,“事实上,是鲍曼家的肥皂。黛西给了我一些——她们的父亲从纽约成箱成箱地寄过来。”

“哦。显然他是个百万富翁。每个女人闻起来都该是这个味道。”他让她的头发穿过他指间，低头用鼻子蹭着她的脖子。“你还在什么地方用了?”他低语道。

“我很想邀请你找出来，”她说，“不过我们要去见建筑师，记得吗?”

“他可以等。”

“你也可以。”安娜贝尔严肃地说，尽管笑声正要从她嗓子里冒出来，“上帝，西蒙，你可没有被剥夺你的权利。我已经非常努力地满足你——”

他用吻堵住了她的嘴，那么温暖诱人，她脑子里所有的理性都消失了。他的大手摩挲着她的头发，把她的背抵在门厅的墙上，舌头伸进她的嘴里，尽情享用着她，直到她头晕目眩，手指紧紧拽着他的外套袖子。慢慢地，他的嘴挪开了，轻柔地啃着她的脖子。他轻喃着令她震惊的话语，不是华丽的词藻，而是用男人的直白表达着他无尽的欲望。“一碰到你，我就失去了自制力。不在你身边的每一分钟，我能想的都是进入你的身体。我讨厌所有把你我分开的东西。”

他把手伸到她背后，用力扯着她的裙子。她喘着气，感到开口处的钮扣崩开了，象牙雕的扣子散落一地。西蒙模仿着发出声响，把裙子从她胳膊上褪下，故意踩在她的裙摆上。被蹂躏的衣服掉落在地板上，他把她拉到他身边，抓住她的手腕引向自己的身体。安娜贝尔的手指抚摸着他，深吸了一口气，微闭起双眼。“我想让你尖叫、用指甲乱抓、在我怀里晕倒。”他低语道，胡碴儿蹭着她的皮肤,“我需要触摸你的每个地方,从里到外,任何我能够得着的地方——”他不再说话,猛力地吻住她的唇,突然充满狂热的欲望,好像她的味道是一剂奇异的兴奋剂,令他发狂。她迷迷糊糊地觉察到他在口袋里摸索着,然后什么东西在她紧身内衣的结上割着……他用刀割开了它,她意识到,肋骨和腰上的紧箍着的束缚突然松开了。

意识到自己将要在自己娘家的门厅里被蹂躏,安娜贝尔摇摇晃晃地推开了他,微笑着,颤抖着。哪怕在他最兴奋的时刻,西蒙似乎也总能克制自己,小心控制着自己的激情。她从不担心他会对她不够温柔……直到现在。他看上去像个野人,脸上被陌生的红潮掩盖。她的心脏开始痛苦地狂跳,她舔了舔干燥的嘴唇。她舌头的紧张活动引起了他的强烈注意,他心无旁骛地盯着她的嘴。

“我的卧室……”她设法说道,转身走向楼梯,双腿发抖地往上爬。没走几级,她就感到西蒙很快跟了上来,肌肉发达的胳膊抓住了她。没等她发出声音,他一把抱起她,无比轻松地走上了楼梯。

他把她抱进卧室,他黑色的身影在她童年时自己钩织的暗淡花边、破旧蕾丝和装了框的针线活样本中间显得格外突兀。西蒙粗暴地脱掉她的衣服,把她放在平滑的床上,床因为长久不用而散发着些许霉味。他的衣服很快也加入了她掉在地板上的衣服,他的身体爬到她的上面。她明确主动地回应着他的急切,张开胳膊抱住他,他与她合为一体时,变得温柔起来,他的急不可耐转变为摧枯拉朽的强度。似乎他身体的每个部位都是为了满足她而生，如绸缎般延展的坚实肌肉、令她迷醉的气息和味道。

安娜贝尔被这极其强烈的亲密所征服，感到泪水涌入眼眶，西蒙轻言细语安慰着她，他的嘴唇拂过她的唇，吮吸着她不规则的气息，同时猛力撼动着她，令她绷紧了浑身的肌肉。她在他唇下啜泣着，语无伦次地乞求他放开她。他终于放过她，加快节奏把她带到了激烈的高潮，他们的交合粗野、筋疲力尽、威力无穷。

几分钟后，安娜贝尔浑身绵软地躺在他身上，脸枕着他的肩，试图理清自己迷乱的感觉。她从未感觉如此满足，每一根神经都浸透着欢愉。她还在两人的合欢中发现了一些新的东西……一个没有到达的高度，甚至比他们刚才体验的还要高……某种似乎触手可及而尚未实现的可能性。一种感觉……一个愿望……一样难以言传可望而不可及的东西。她闭上眼，沉浸在他们身体的亲密接触中，而抓不牢的承诺像善良的精灵一样在空中飘荡。

安娜贝尔对丈夫如此潜心投入的工程越来越好奇，便问西蒙她能不能去机车厂看看，得到的却只是拒绝、顾左右而言他以及各种各样不让她去工厂的伎俩。意识到西蒙是出于某种原因而不想带她过去，她要去的决心变得越来越强烈。“只是很快地看一下，”一天晚上她坚持道，“我想要的只是看一眼。我什么都不会碰。看在老天的分上，我那么频繁地听你谈论机车厂，难道没有权利去亲眼看看吗？”

“太危险了。”西蒙不容置疑地说，“一个女人去那里做什么，到处都是重型机械和几千磅重的大桶，装着滚烫的地狱之汤——"

"你这几个礼拜一直对我说那儿很安全，说我完全没有必要为你担心……现在你跟我说那里很危险?"

意识到自己战术上的失误，西蒙摆出生气的表情，"对我安全并不意味着对你也安全。"

"为什么不?"

"因为你是女人。"

安娜贝尔像前面提到的那桶地狱之汤一样炸开了，眯起眼看着他。"我很快就会对此做出回应，"她低声说，"如果我能克制住冲动不用最近的重物敲你的头的话。"

西蒙在客厅里来回踱着步，身体的每根线条都显示着挫败。他在她坐着的长沙发前蹲了下来，伏在她身上。"安娜贝尔，"他粗声说道，"去铸造厂参观无异于透过地狱的门张望。我们已尽可能把那里搞得安全，但即使这样，那儿还是个吵闹、粗糙、肮脏的地方。而且，确实一直存在潜在的危险，而你……"他停住，用手拢着头发，好像突然很难面对她的眼神。费了一番挣扎，他强迫自己继续，"你对我太重要了，无论如何我也不能用你的安全冒险。我有责任保护你。"

安娜贝尔的眼睛睁得大大的。她被他的告白打动了，而且吃惊不小:他承认她对他很重要。他们四目相对，她感觉到一种奇怪的紧张气氛……并非令人不快，然而却令人不安。她转过头，专心研究着他。"完全欢迎你保护我。"她小声说，"不过，我不想被锁在象牙塔里。"感觉到他内心的挣扎，她继续和他说理。

“我想多了解你不在我身边的时候所做的事情。我想看看对你来说那么重要的地方。求你了。”

西蒙沉默地考虑了一会儿。他回答的时候，语气里明显有一丝不快，“好吧。不然我显然会不得安宁，我明天带你去那儿。不过如果你觉得失望可别怪我。我警告过你了。”

“谢谢。”安娜贝尔心满意足地答道，给了他一个灿烂的笑容，听到他接下来的话，笑容也随之黯淡了。

“还好，韦斯特克里夫明天也要去工厂。你俩正好有机会互相熟悉。”

“太好了，”安娜贝尔竭力显得愉快地说道，一边努力克制着自己不要因这个消息而沉下脸。她还没有原谅伯爵对她的尖刻言论，以及他所说的娶了她会毁了西蒙一生的话。不过，如果西蒙以为要面对韦斯特克里夫这样自负的浑球就会让她动摇心意的话，他可错了。她脸上挂着淡淡的笑，接下来的整个晚上都在想，一个妻子不能替丈夫挑选朋友真是太遗憾了。

第二天上午，西蒙带安娜贝尔来到了占地九英亩的联合机车厂。一排排大而深的楼房上耸立着许多烟囱，往外吐着浓烟，飘荡在卡车停车场和纵横交错的人行通道上方。机车厂的规模比安娜贝尔料想的还要大，厂里的设备那么庞大，看得她几乎说不出话来。他们先参观的是组装车间，九台机车引擎正以不同进度安装着。公司的目标是第一年制造十五台引擎，第二年产量翻倍。听说机车厂的开支平均每个礼拜要一百万英镑，运作资本更是这个数目的两倍，安娜贝尔盯着她丈夫，诧异得下巴都要掉下来了。“老天,”她虚弱地说,“你有多有钱?”

听到这个缺乏修养的问题,西蒙的黑眼睛里突然笑意乱闪,他低头在她耳边低语:“足够让你有穿不完的靴子,夫人。”

接着他们去了模型间,这里是仔细检查零部件的图纸,并根据不同规格建造木头原型的地方。后来西蒙向她解释,木头模型会被用来制作模子,再向里面浇注熔化的铁液、冷却。安娜贝尔觉得很神奇,问了一大堆问题,从铸模的过程,到液压铆接机器的工作原理,以及为什么快速冷却的铸铁会比慢速冷却的更坚固。

尽管西蒙一开始顾虑重重,慢慢地他变得乐意领她参观工厂,不时对她专心致志的表情微笑着。他小心地引她走入铸造厂,她发现他把这里描述成地狱似乎并不过分。并不是工人的工作条件不好,他们有很好的待遇,也不是房子的问题,这里还算井井有条。确切地说,是这个工作本身的性质,喧嚣的场面、刺鼻的浓烟、震耳欲聋的噪音、嘶叫的锅炉冒出的红光,在这沸腾的场景下,穿着厚厚衣服的工人们操着烙铁和长柄木槌。当然魔鬼的奴隶们劳作时不会有他们一半协调一致。工人们在火与钢的迷宫里穿梭,时而在转动着的庞大吊车或是盛着地狱之汤的大桶边蹲下,停留片刻让巨大的金属盘摇摇晃晃地通过。安娜贝尔注意到一些好奇的目光停留在她身上,不过大部分时候,工人们都专心工作,不容分神。

铸造厂的中央停满了可移动的吊车,吊起装满生铁、废铁和焦炭的卡车,拉到二十英尺高的圆顶大烟囱顶部。混合铁料被倒进圆顶,熔化后装进巨型长柄勺子,再由另外的吊车浇入模子。浓烟、金属和汗液的味道停留在空气中。安娜贝尔注视着熔铁从桶里运到模子里时，不由自主地靠紧了西蒙。

饱尝了金属折断时的刺耳尖叫、蒸汽机的震耳嘶鸣，还有六个男人抡动的大锤的震荡回声，安娜贝尔发现每个新的巨响都开始让她畏缩。很快，她感到西蒙的胳膊搂住了她的背，他正和凸缘车间的经理莫尔先生半吼着友好交谈着。

"你见到韦斯特克里夫勋爵了吗？"西蒙问。"他计划中午到厂里——他以前从没迟到过。"

这位中年雇员用手帕擦着流汗的脸，回答说："我想伯爵在组装车间，亨特先生。他有点担心新的汽缸铸件的体积，想在安装到位前检查一下。"

西蒙低头看看安娜贝尔。"我们出去吧。"他对她说，"在这里等韦斯特克里夫实在太热太吵了。"

安娜贝尔松了口气，总算可以离开铸造厂无休止的喧闹了，她马上表示赞同。既然她已经彻底看过了这个地方，好奇心得到了满足，她就打算离开了——尽管这意味着必须和韦斯特克里夫一起呆上一阵。西蒙停留片刻，和莫尔经理最后说几句话，她看着工人们用一台蒸汽鼓风机把风吹进大圆顶。强烈的气流使滚烫的金属熔液流入小心放置的勺子，每个勺子都装着几千磅不稳定的液体。

一大堆废铁被倒入圆顶顶部的入料门……显然太大了，因为工头生气地冲着卸载卡车的工人嚷嚷着。安娜贝尔眯着眼，聚精会神地观察着他们。上面的工人粗声警告了几句，又开动了鼓风机……这一次，大难临头。翻腾的铁液很快倾覆了勺子，冒着泡从烟囱大块滴落，有些掉在吊车上。西蒙停止和凸缘车间经理的谈话，两人同时往上看去。

“上帝，”她听见西蒙说，她刚朝他的脸瞥了一眼就已经被他按在地上，被掩护在他身体下面。与此同时，两团南瓜大小的铁液掉落在下面的冷却槽里，瞬间引起了一系列爆炸。

爆炸引起的强烈气浪像是一连串拳头击打在人身上。安娜贝尔被西蒙压在身下，叫不出声来，他的肩膀像盾牌一样护着她的脑袋。然后——

一片沉寂。

开始好像是地面的震动戛然而止。安娜贝尔失去方向，眨眨眼睛设法看清楚，却被熊熊火光吓了一跳，机器的隐约轮廓看着像是中世纪陵墓插图里的怪兽。一股股热浪猛烈地向她扑来，似乎要把她的皮肉和骨头都分离开来。金属碎屑和填料在空中乱舞，好像是从机枪里扫射出来的一般。四周，人们像旋风一样忙乱着，一切却都寂静得吓人。突然，她感到耳朵噗的一声，里面满是刺耳的金属嚣叫。

她被什么人拖着。西蒙使劲拽着她的胳膊，一把把她拉了起来。她重心不稳地倒在他怀里。他在对她说着什么……她几乎能听出他的声音了，接着她开始听到较小的爆炸的声音，还有吞噬着楼房的熊熊烈火。她盯着西蒙的脸，努力想听明白他的话，可她又被一阵刺痛分了神，更多发烫的金属碎屑撒在她的脸和脖子上，像是一大群咬人的讨厌飞虫。她忍不住用手朝空中可笑地挥舞着，当然是出自本能而非理性。

西蒙推推搡搡地拖着她想离开这片混乱，一边用身体护着她。一只大象大小的金属桶慢慢滚到他们跟前,把经过的一切都压得粉碎。西蒙咒骂了一句,把安娜贝尔往后推,等它轰隆隆地滚过去。到处都是男人,挤着撞着爬着叫喊着,本着求生的欲望惊恐地朝楼房两端的出口奔去。又一阵爆炸撼动着楼房,伴随着声嘶力竭的叫喊。安娜贝尔热得无法呼吸,晕头转向地想着在到达门口之前会不会先被烤熟。"西蒙,"她喊道,紧紧抓住他的细腰,"又想了一下……我确定你是对的。"

"关于什么?"他问,眼睛紧紧盯着厂房的出口。

"这里对我来说是太危险了。"

西蒙弯腰把她扛到肩上,抱着她跨过翻倒的吊车和坍塌的设备,胳膊紧紧地夹住她的膝盖。安娜贝尔无助地上下摇晃着,发现他的外套上有许多带血的洞眼,一定是爆炸掀起的金属屑料和碎片在他掩护她的时候扎进了他的背部。越过一个又一个阻碍,西蒙终于到达了三折门的门口,把安娜贝尔放了下来。他用力把她推向一个人,大喊着让那个人接住,把她吓了一跳。安娜贝尔扭头发现西蒙把她交给了莫尔先生。"把她带出去,"西蒙嘶哑着嗓子命令,"不许停下,直到她完全离开这里。"

"是,先生!"车间经理一刻也不放松地抓住安娜贝尔。

她被强拉着带向入口,安娜贝尔疯狂地回头看着西蒙,"你打算干什么?"

"我得确保每个人都出来了。"

她浑身一阵恐惧,"不!西蒙,和我一起——"

"我五分钟就出来。"他粗鲁地说。

安娜贝尔的脸扭曲着,恐惧和愤怒的眼泪夺眶而出,"五分钟里，房子都已经烧坍了。”

“快走。”他对莫尔说道，然后转身走了。

“西蒙！”她尖声叫道，心有不甘地看着他消失在厂房里。天花板上蓝色的火苗此起彼伏，机械被剧热烘得弯曲变形，发出刺耳的声音。烟雾从门口冒出来，像是黑色的花朵，和头顶的白云形成诡异的对比。安娜贝尔很快发现反抗莫尔是没有用的。她深深吸了几口外面的空气，咳嗽起来。莫尔片刻也没有停留，直到把她在一条铺着石头的人行通道上放下，并严厉地命令她呆在原地。

“他会出来的，”他简短地告诉她，“你呆在这里等他出来。向我保证你不会走开，亨特夫人——我必须去设法保证其他人的安全，你不要给我额外制造麻烦。”

“我不会走，”安娜贝尔机械地说道，她的眼睛死死盯着厂房的门口，“去吧。”

“好的，夫人。”

她一动不动地站在石子路上，茫然地凝视着厂房大门，四周一片骚乱。人们飞奔着经过她，有些人则伏在伤者身边。还有一些，像她一样，像石雕一样一动不动地站着，目光空洞地看着火光。烈火又爆发出一阵地动山摇的怒吼，继续吞噬着厂房。十几个男人拉着一台手压引擎靠近楼房——这肯定是留在工地上供紧急情况下使用的，因为根本来不及寻求外面的帮助。他们手忙脚乱地把一根虹吸皮软管接在一个地下水箱上。抓住长条的把手，他们开始齐心协力地压泵，往引擎的气舱里压入足够的气体，让机器朝空中喷出百来英尺的水龙。可惜这对毁灭性的大火不起什么作用。

安娜贝尔等待的每一分钟都像一年那么漫长。她感觉自己的嘴唇蠕动起来,不出声地说着话……西蒙,出来……西蒙,出来……

几个身影蹒跚着出现在门口,脸和衣服都被烟熏得焦黑一片。安娜贝尔的眼神扫过他们,发现丈夫不在其中,又把注意力转移到手压引擎上。人们已经把水喉对准了邻近的楼房,设法避免火势蔓延。安娜贝尔难以置信地摇摇头,意识到他们已经放弃了这座厂房。他们将里面的所有一切都弃之不顾了……包括任何可能仍然困在里面的人。她立刻行动起来,跑到另一个出口,在人群里拼命寻找着丈夫的身影。

看见一位车间经理正在记录撤离的工人名单,安娜贝尔奔到他身边。“亨特先生在哪?”她尖声问道,重复了好几遍才引起他的注意。

他几乎看也没看她一眼,精神不集中地回答说:“里面又发生一处坍塌。亨特先生在帮助一名困在废墟的工人出来。后来没人见过他。”

尽管厂房喷发出滚滚热浪,安娜贝尔却感觉彻头彻尾的寒冷。她的嘴唇颤抖着。“如果他能出来的话,”她说,“现在应该已经出来了。他需要帮助。谁能进去找找他吗?”

车间经理看看她,好像她是个疯婆子一样。“去那里?那等于自杀。”他转身走到一个刚刚倒地的男人身边,弯腰把一件叠起的外衣枕在他头下。等他想起来回头朝安娜贝尔看的时候,她已经不见了。

第二十六章

就算有人注意到一个女人冲进了厂房，他们也没有试图阻止她。安娜贝尔用手帕捂住口鼻，在呛人的滚滚浓烟中行进着，眯着的眼里不断被刺激出泪水。从另一头燃起的大火已经蔓延到椽子，凶猛地跳动着蓝、白、黄色的火焰。比灼热更可怕的是噪音；烈焰的吼叫、金属折断的尖叫呻吟、笨重的机械如孩童的玩具被踩在脚下一般断裂，哐啷作响。金属液体冒着泡泡翻滚着，时而像葡萄弹一样爆裂。

安娜贝尔撩起裙摆，在及膝高的缓慢燃烧的废墟中跌跌撞撞地走着，呼唤着西蒙的名字，她的声音湮没在一片嘈杂中。就在她快要绝望的时候，看见废墟里有东西在动。

她大叫起来，奔到这个高高的倒下的身影边。是西蒙，还活着，还有意识。他的腿被困在一辆倒下的吊车的钢轴里面。他看见她时，满是烟灰的脸恐惧得变了形，他挣扎着想坐起来。“安娜贝尔，”他嘶哑地说，剧烈地咳嗽了一阵，“见鬼，不——离开这里！你究竟在干什么？”

她摇摇头，不想让争执浪费呼吸。吊车非常沉重，他俩谁也搬不动——她得找样东西……一样临时的杠杆把它移开。她擦擦火辣辣的眼睛，在一堆夹杂着碎石的铸件和一堆平衡锤里搜索着。所有的东西都满是油烟，让她在废墟里走动时滑了好几下。一排方向盘靠在摇摇欲坠的墙边，有的比她个子还高。她走过去，找到一堆轮轴和有她拳头那么粗的连接杆。她抓起一根沉重油腻的连接杆，拉出来拖回丈夫身边。

看了西蒙一眼就知道，如果他能抓得到她的话，肯定会当场杀了她。"安娜贝尔，"他咆哮着，一边不停地咳嗽，"离开这房子，现在！"

"除非和你一起。"她摸索着液压装置下面的一块木块。

西蒙扭动着身子，扯着自己被卡住的腿，说了一大堆威胁她的下流话，她把木块用力拖到他身边，放在吊车边上。

"太重了！"见她奋力搬着连接杆，他龇牙咧嘴地说，"你一动也动不了它的！快出去。见鬼，安娜贝尔——"

她吭嗤吭嗤地用连接杆架住木块，垫到吊车下面。她往下压着，用尽全身力气。吊车在原地一动不动。她沮丧地喘了口气，拼命压着杠杆，直到铁杆抗议地发出吱吱呀呀的声音。没用——吊车动也不动。

一阵响亮的爆裂声，铁片在空中飞舞着，她猫下腰用手护着头。她感到胳膊被撞了一下，力大无比，把她撞倒在地。她的上臂烫得发痛，她看了一眼，发现一片金属碎屑扎进肉里，鲜红的血溅了出来。她爬到西蒙身边，感觉他把她抓到胸前保护着她，直到铁片雨稍稍平息。"西蒙，"她气喘吁吁，直起身看着他被烟熏红的双眼。“你总是带着刀。在哪里?”

西蒙僵住了,这问题敲打着他。一瞬间,他权衡着各种可能性,然后摇摇头。“不,”他粗声粗气地说,“就算你能把腿割下来,你也不能把我拖出去。”他把她往外推,“没时间了——你必须离开这见鬼的工厂。”

有那么一刹那,安娜贝尔想要顺从他,想要逃离这地狱般的厂房的念头几乎征服了她。可她摇摇晃晃地站起身,低头看着他,那么魁伟却又那么无助的他,她无法就这样走开。她又拿起连接杆,架回木块上,不顾肩上的伤口剧烈作痛。她的耳内都是自己心跳的巨响,根本无法分清西蒙的叫喊和摇摇欲坠的楼房的轰鸣。这可能是好事,因为他看起来愤怒得发狂了。她全身吊在杠杆上,她的肺痛苦地吸入呛人的空气,痉挛着。眼前的景象开始模糊,可她还是继续使着最后的力气,用自己的体重来移动杠杆。

突然她感觉衣服后背被什么东西抓住了。要是她还有力气尖叫的话,她肯定已经这么做了。安娜贝尔吓得魂不附体,浑身僵硬地被往后拉,她的手也被从铁杆上撬开。她呛着,呜咽着,几乎被烟熏瞎的眼睛看着身后精干的黑色身影。耳边传来冷静的声音,“我来支起吊车。你听我的口令把他的腿挪开。”

她没看清他的脸,却先听出了他充满权威的语气。韦斯特克里夫,她诧异地想。确实是伯爵,他的白衬衫破烂肮脏,他的脸上有一抹抹烟灰。然而外表凌乱的他显得很平静、有力,做着手势让她去西蒙身边。他轻松地举起铁杆,在吊车的钢轴下调整着杠杆的位置。尽管他个子不高,经过多年高强度的体育运动，他瘦削的身体却非常结实、无比健康。韦斯特克里夫奋力往下压着杠杆，安娜贝尔听见金属弯曲的吱呀声，庞大的吊车往上移动了至关重要的几英寸。伯爵冲安娜贝尔吼着，她不管西蒙在这庞然大物下翻滚时痛苦的呻吟，疯狂地拖着西蒙的腿。

韦斯特克里夫把吊车放回地上，发出轰的一声巨响。他跑去帮西蒙站起来，用结实的肩膀架着他的胳膊支撑着他受伤的一侧。安娜贝尔架起他另一边，西蒙惩罚地抓住了她。她被浓烟和灼热逼得不能看、不能呼吸也无法思考。她纤弱的身体不断剧烈地咳嗽着。要是就靠她自己，肯定不知道该怎么走出厂房。她被西蒙野蛮地抓着往前推，穿过废墟时被一把提起，她的小腿、脚踝和膝盖已经痛得变了样。折磨人的路似乎永远也走不到头，他们的前进缓慢，而厂房摇晃着，像头野兽对着自己受伤的猎物咆哮着。安娜贝尔的脑子开始晕眩，她竭力保持清醒，但她眼前金星乱闪，黑暗在远处向她招手。

她完全不记得他们从厂门出去的那一刻，冒着烟的衣服、烧焦的头发、烫伤的脸……她后来能记起的只是向她伸过来的无数双手，她疼痛的双腿突然卸下了身体的重量。她慢慢倒在某人的怀里，感觉自己被抱了起来，她的肺贪婪地收集着新鲜空气。一块滴着水的咸咸的布掠过她的脸，陌生的手伸进她的衣服替她解开紧身胸衣。她都已经不在乎了。她已精疲力竭、神志不清，任别人粗手粗脚地照顾，把放进她嘴里的金属勺里的东西咽了下去。

安娜贝尔终于苏醒过来时，不断眨着眼，让泪液舒缓刺痛的眼球。“西蒙……？”她喃喃道，努力想爬起来。有人温柔地制止了她。

“再休息一会儿，”一阵低沉沙哑的嗓音传来，“你丈夫很好。有些小伤，不过显然可以抢救。我甚至怀疑他的腿都没断。”

她渐渐清醒过来，迟缓而惊讶地意识到她正倚在韦斯特克里夫勋爵怀里，他席地而坐，她的裙子解开了一部分。她抬头看看伯爵严峻的脸，他古铜色的肌肤抹了一道道黑色，头发又脏又乱。平时毫无瑕疵的伯爵现在那么衣衫不整、讨人喜欢并容易接近，她几乎不认得他了。

“西蒙……”她小声说。

“现在他正被送上我的马车。不用说，他等不及把你带上了。我会把你俩都带到马斯登寓所——我已经派了一名医生去那里等我们。”韦斯特克里夫把她往上扶了扶，“你为什么进去找他？你本来可以变成一个非常有钱的寡妇。”这问题并无嘲讽之意，而是出于淡淡的好奇，这令她困惑。

安娜贝尔没有作答，她的注意力转移到他肩上的一块血迹上。“屏住别动。”她低声说道，用断了的指甲捏住扎进他衬衫里一片针那么细的金属碎片，快速地拔了出来，韦斯特克里夫的脸痛苦地扭作一团。

她举起碎片给他看，一边端详着碎片。伯爵懊恼地摇摇头。“上帝，我没注意到。”

安娜贝尔把碎片放在手心握着，小心问道：“你为什么要进去，勋爵大人？”

“我听说你冲进着火的楼房去找你的丈夫，我想能帮上些忙……比如开开门、帮你清理掉路上的东西什么的……就是那样。”

“你的帮助非常大,”她说,故意模仿着他不动感情的语气。他咧嘴一笑,被烟熏黑的脸上牙齿洁白无比。

韦斯特克里夫小心翼翼地扶她坐起来,他用胳膊从后面支撑着她,灵巧而不带感情地帮她把衣服扣好,一边思考着被完全摧毁的厂房。“只死了两个人,还有一个没有找到。”他喃喃道,“真是个奇迹,考虑到这火势。”

“机车厂就这么结束了吗?”

“不,我想我们会尽快重建。”伯爵和蔼地看着她疲倦至极的脸,“以后你可以向我描述一下事情的经过。现在,请允许我把你抱上马车。”

他站起来抱起了她,安娜贝尔喘了口气,“噢——不需要——”

“这是我能尽的微薄之力。”韦斯特克里夫脸上又闪过一丝难得一见的笑容,不费力气地抱着她,“对于你,我需要进行补偿。”

“你是说你现在相信我真的在乎西蒙,而不是为了钱才嫁给他?”

“差不多。看来我看错你了,亨特夫人。请接受我谦卑的道歉。”

安娜贝尔怀疑伯爵很少会向人道歉,更不用说是谦卑的道歉,她用胳膊勾着他的脖子。“我想我不得不接受,”她不情愿地说,“因为你救了我们的命。”

他把她抱得更舒服一些,“那么,我们讲和了?”

"讲和了。"她同意,在他肩上咳嗽起来。

医生在马斯登寓所的主人卧室里照看西蒙时,韦斯特克里夫把安娜贝尔带到一边,自己替她清理上臂的伤口。他用镊子夹出半刺进皮肤的金属碎屑,再涂上酒精,安娜贝尔痛苦地尖叫着。他在伤口上轻轻擦上药膏,熟练地包扎完毕,又给她一杯白兰地减轻她的不适。也许他在白兰地里加了什么东西,又或者纯粹是太累了的关系,安娜贝尔已无从知晓。喝下两指宽深琥珀色的液体后,她觉得头有点晕,轻飘飘的。她告诉韦斯特克里夫,他没有做医生这一行是这个世界的幸运,声音已经含糊不清了,他一本正经地赞同她的观点。醉醺醺的她摇摇晃晃地起来想去找西蒙,被管家和两个女仆坚决制止了,她们看来很想替她洗个澡。安娜贝尔还没明白过来,就已经被洗过澡,换上从韦斯特克里夫年迈的母亲衣橱里偷来的睡衣,躺在了柔软干净的床上。她一闭上眼睛,就沉沉睡去。

令安娜贝尔懊恼的是,她第二天早上很晚才醒来,努力想弄明白她在哪里,发生了什么事。一想到西蒙,她马上艰难地爬起来,赤着脚轻轻走入走廊,根本没注意周围的精美布置。她碰到了一个女仆,女仆颇为诧异,眼前这个女人头发蓬乱,红红的脸上满是伤痕,还穿着不合身的睡衣……尽管昨晚被彻底地洗了个澡,这个女人身上还是有股浓浓的烟味。

"他在哪里?"安娜贝尔没头没脑地问道。

还好女仆明白了她极其突然的问题,把她带到了走廊尽头的主人房。

安娜贝尔走进开着的门，看见韦斯特克里夫勋爵站在大床边，西蒙半躺着靠在一堆枕头上。西蒙裸着上身，雪白的床单衬得他格外黝黑。安娜贝尔见他胳膊和胸部都打着石膏，一阵难过，明白他要清理掉那么多的金属碎片一定非常难受。两位男士一注意到她进来，立刻停止了交谈。

西蒙的眼光锁定在她脸上，专注得令人紧张。房间里涌动着看不见的强烈感情，他俩都淹没在极度紧张中。安娜贝尔凝视着丈夫花岗岩一样坚毅的脸，觉得什么言语都不合适。如果她现在和他说话，要么是夸张，要么是轻描淡写，两者都显得愚蠢。安娜贝尔很感激有韦斯特克里夫在场作为缓冲，发表了她对他的第一句评论。

“我的上帝，”她说，检查着他脸上的割伤和烫伤，“你看起来像是刚刚在小酒馆里跟人打架打输了。”

韦斯特克里夫走上前来，握起她的手，无可挑剔地鞠了一躬。他还像个骑士一样在她手背上吻了一下，让她吃惊不小。“要是我真的在酒馆跟人打架的话，夫人，我向您保证我绝不会输。”

这话让安娜贝尔笑了一下，她不禁想到二十四小时之前，她还在鄙视他的傲慢自持，而现在她却觉得这似乎很讨人喜欢。韦斯特克里夫安慰地握了握她的手后松开了，“您允许的话，亨特夫人，我告辞了。显然你和你丈夫有些事要谈。”

“谢谢，勋爵。”

伯爵关上门离开了，安娜贝尔走到床边。西蒙皱着眉转过头不看她，他清晰的侧面轮廓在阳光下闪着金光。

“你的腿断了吗？”安娜贝尔粗哑地问。

西蒙摇摇头，凝神看着墙上华丽的花卉墙纸。他嗓音里似乎冒着烟，“会好的。”

安娜贝尔注视着他，目光在他肌肉粗壮的胳膊和胸部、长长的手指和掉落在他眉间的一缕黑发上滞留。“西蒙，”她柔声问道，“你不能看着我吗？”

他回过头，眯起眼恶狠狠地盯着她，“我不止要看着你。我还想掐死你。”

安娜贝尔不需要问为什么，因为她已经知道了。她让自己耐心地等待着，西蒙的喉结剧烈地运动着。“你昨天所做的事不可原谅。”他终于低声说道。

她吓了一跳，看看他，“什么？”

“我躺在那个地狱一样的地方，提出了我生命里的最后一个请求。而你拒绝了。”

“事实上，那不是你最后的请求，”安娜贝尔谨慎地回答，“你活了下来，我也是，现在一切都好了——”

“不好。”西蒙斩钉截铁地说，升腾的怒火让他脸色发青，“我一辈子都会记得这种感觉，你要和我一起送死，而我却什么可以阻止你的事也做不了。”他别过脸，他的呼吸因为突如其来的激动情绪而变得急促。

安娜贝尔朝他伸出手，又突然停住，停顿在半空。“你怎么能让我把你留在那里，受了伤，孤零零的？我做不到。”

“你应该按我说的做！”

安娜贝尔毫不退缩，她明白他愤怒背后的恐惧，“如果是我躺在厂房的地板上，你也不会离我而去——”

“我就知道你会这么说，”他恨恨地说，“我当然不会离开你。我是男人。男人应该保护他的妻子。”

“而妻子应该是一个好帮手。”安娜贝尔反驳道。

“你不是在帮我。”西蒙骂道，“你是在让我极度痛苦。见鬼，安娜贝尔，你为什么不听从我？”

她回答前深深地吸了口气，“因为我爱你。”

西蒙还是没看着她，这句话显然让他震动不小。他的大手在床罩上紧紧握成拳头，他的防备显然开始松垮了。“我情愿死一千次，”他说道，声音颤抖着，“来保护你让你不受任何伤害。而你情愿抛弃性命做毫无意义的牺牲，这让我无法承受。”

安娜贝尔盯着他，感到眼睛刺痛，而需要和无尽柔情像疼痛一样在体内聚集。“我认识到一些事情，”她沙哑地说，“当我站在厂房外面，看着大火燃烧而知道你在里面的时候，”她哽咽着，费力地吞了一口口水，“我情愿死在你怀里，西蒙，也不愿面对没有你的生活。那么漫长的岁月……那么多的冬天、夏天……一百个需要你却永远没有你的季节。慢慢老去，而你在我的记忆里永远年轻。”她咬着嘴唇，摇摇头，眼里充满泪水，“我对你说我不知道自己属于哪里的时候，我错了。我属于你，西蒙。除了和你在一起，其他一切都不重要。你会和我永远粘在一起，而你如果叫我走开，我永远也不会听从。”她努力颤抖地微笑了一下，“所以你最好停止抱怨，接受这个事实。”

西蒙突然转身一把抓住她。他把脸埋在她纠结的头发里。他的声音变成痛苦的吼叫。

“上帝，我受不了了！我不能每天在你出去时每分钟都在担心你会出事，知道自己所有的神智正常都维系在你的幸福上面。我不能这样感觉……太强烈了……哦，该死。我会变成一个胡言乱语的疯子。我对谁都不再有用了。如果我不能减轻这种感受……如果只有现在一半爱你……我可能还能承受。"

听了他粗鲁的告白，安娜贝尔声音发颤地笑着，浑身洋溢着暖洋洋的喜悦。"可我需要你全部的爱。"她说。西蒙抬起头看着她，他的表情让她呼吸困难。几秒之后她才恢复过来。"你的全心全意。"她歪嘴笑着继续说道，接着挑逗地压低了声音，"还有，你的整个身体。"

西蒙颤抖着，凝视着她容光焕发的脸，好像眼神再也离不开似的，"那是当然的。昨天你还急不可耐地想用小刀把我的腿割下来。"

安娜贝尔的嘴往上一撇，用指尖轻抚着他毛茸茸的胸部，玩弄着富有光泽的黑色胸毛。"我的本意是想要保留你最大的一部分，把它弄出去。"

"要是那样的话我可能会让你这么做的，如果我觉得可行的话。"西蒙握住她的手，把脸埋在她粗糙的掌心，"你是个坚强的女人，安娜贝尔。比我以为的还要坚强。"

"不，坚强的是我对你的爱。"她顽皮地瞥了他一眼，低语道，"我可不是随便谁的腿都能割下来的，你知道。"

"要是你再敢冒生命危险，不管什么原因，我都要掐死你。过来。"西蒙放在她脑后的手用力把她拉近。他俩的鼻子就要碰在一起时，他做了个深呼吸，说："我爱你，见鬼。"

她用嘴唇逗弄地轻轻擦着他的嘴唇，"多少？"

他叫了一声，这轻吻似乎令他反应强烈，“没有极限。比永远还远。”

“我爱你更多。”安娜贝尔说着，吻住了他。她感觉到一阵强烈的幸福，伴随着难以捉摸的完美和彻底满足的感觉，这是他们从未到过达的。她温暖地漂浮着，仿佛灵魂浸浴在阳光下。她抬起头，从西蒙眼里惊奇的光辉看出来，他也感觉到了。

他开口时声音里有一种新的神奇感觉，“再吻我一次。”

“不，我会弄疼你的。我正靠在你的腿上。”

“那不是我的腿。”他淘气地回答，她笑了起来。

“你这个变态的男人。”

“你真美，”西蒙低语，“从里到外。安娜贝尔，我的妻子，我甜蜜的爱人……再吻我一遍。而且不要停止，直到我开口。”

“是，西蒙。”她喃喃道，欢喜地服从命令。

后 记

“……不，那还不是最精彩的部分，”安娜贝尔热烈地说，挥着手里的一叠纸示意鲍曼姐妹安静下来。三个女人窝在安娜贝尔的拉特利奇套房里，晃着穿着长丝袜的腿，小口抿着甜酒。“让我念下去……‘我们在卢瓦尔河谷停留，观看一座正在重修的十六世纪的城堡，亨特小姐认识了一位未婚美国绅士，大卫·基尔，他陪伴两位表妹来旅行。显然他是位艺术历史学家，正在写一本关于什么的学术著作，他和亨特小姐有很多话题。据两位母亲说——从现在起我将这样称呼妈妈和亨特夫人，因为她俩总是形影不离，而且好像还共用一个脑子——’”

“老天，”莉莲笑着叫道，“你弟弟非得写这么长的句子吗？”

“嘘！”黛西责备道。“杰里米马上要讲母亲们对基尔先生的看法了！继续，安娜贝尔。”

“‘——他们一致认为基尔先生是一位讨人喜欢、相貌堂堂的绅士——’”安娜贝尔念道。

“那是指英俊吗？”黛西问。

安娜贝尔咧嘴笑了,“当然。杰里米接下来还说基尔先生已经请求获准给梅里迪斯写信,他打算等她回伦敦以后去拜访她!”

“太美妙了!”黛西喊道,向莉莲举起酒杯,“再给我倒一杯,亲爱的——我想为梅里迪斯未来的幸福祝酒。”

她们都非常乐意地喝了酒,安娜贝尔把信放在一边,愉快地叹了口气,“真希望能够告诉伊薇。”

“我想念伊薇,”莉莲令人惊讶地愁苦着脸说。“也许很快她的看守们——对不起,她的家人——会允许我们去拜访。”

“我有个主意,”黛西发表意见说。“等父亲下个月从纽约过来时,我们会和他再拜访一次石字庄园。自然,安娜贝尔和亨特夫人因为她们和韦斯特克里夫的友谊也会被邀请。也许我们可以请求让伊薇和她婶婶也被邀请。那样我们就可以举行正式的壁花会议了——更不用说再打一场跑柱式棒球。”

安娜贝尔夸张地呻吟了一声,大口吞下了杯中酒。“上帝帮帮我。”她把杯子放在身边的桌上,在口袋里摸索着拿出一个装着一样东西的小纸包,“我想起来了——黛西,你能帮我个忙吗?”

“当然,”女孩马上答道,打开了纸包。看到一片像针一样的金属,她的脸好奇地皱了起来,“这到底是什么东西?”

“工厂着火那天,我从韦斯特克里夫勋爵的肩上拔下来的。”她对她们看着长长的铁片吃惊的表情咧嘴一笑,“如果你们不介意的话,可以带去石字庄园,扔到许愿井里。”

“我该许什么愿呢?”

安娜贝尔轻声笑了，“像上次为我许的愿那样，替可怜的老韦斯特克里夫许一个。”

“可怜的老韦斯特克里夫？”莉莲哼了一声，怀疑地看着她们两个，“你上次替安娜贝尔许的是什么愿望？”她对妹妹命令道。“你从来没告诉过我。”

“我也从没告诉安娜贝尔。”黛西咕哝着，带着好奇的微笑看着安娜贝尔，“你怎么知道是什么的？”

安娜贝尔也对她笑着。“我猜出来的。”她盘起腿，前倾着身体小声说：“现在，关于替莉莲找丈夫的事……我有一个非常有趣的想法……”